绿 宝 石
Fall into your light

阳光的翅膀雪白，
未来高悬于青空，闪闪发光。

蔷屿

蔷屿

著

焕羽

北京联合出版公司
Beijing United Publishing Co.,Ltd.

Chapter 1 >>> / 001 /	Chapter 8 >>> / 100 /
游离	冷梦

Chapter 2 >>> / 005 /	Chapter 9 >>> / 106 /
明盛	沉浮

Chapter 3 >>> / 013 /	Chapter 10 >>> / 111 /
白羽	无善之浪

Chapter 4 >>> / 019 /	Chapter 11 >>> / 122 /
谎言之海	不灭之火

Chapter 5 >>> / 040 /	Chapter 12 >>> / 136 /
暗涨之潮	自由之艰

Chapter 6 >>> / 069 /	Chapter 13 >>> / 143 /
冰凌之刃	去留之踌

Chapter 7 >>> / 094 /	Chapter 14 >>> / 166 /
大寒	母爱之笼

焕羽

目录
CONTENTS

Chapter 15 »> / 178 /
古樟

Chapter 16 »> / 183 /
密约

Chapter 17 »> / 188 /
友情

Chapter 18 »> / 191 /
迷离之春

Chapter 19 »> / 209 /
囚鸟之韧

Chapter 20 »> / 222 /
苍茫之夏

Chapter 21 »> / 234 /
透明之秋

Chapter 22 »> / 246 /
皑皑之冬

Chapter 23 »> / 262 /
江风

Chapter 24 »> / 267 /
妈妈

Chapter 25 »> / 275 /
英雄

Chapter 26 »> / 289 /
羽翼之振

Chapter 27 »> / 295 /
自由之望

Ext chapter Ⅰ »> / 302 /
番外Ⅰ 盼盼

Ext chapter Ⅱ »> / 317 /
番外Ⅱ 青羽

Ext chapter Ⅲ »> / 329 /
番外Ⅲ 云都知道

Chapter 1
游离

夏天就要过去了，可夏天什么都没有留下，一如去年，一如前年。

乔青羽钻出晒不到太阳的屋子，在热辣的空气里没走几步，就被阳光刺得睁不开眼睛。

她意识到自己应该带把伞。要折返吗？算了吧。

午后的朝阳新村昏昏欲睡，乔青羽快速移动的身影像一条潜游在死水中的鱼。游至小区正门，她拐了个弯，眼睛盯着不远处的公交车站，耳朵里突然窜进一个声音。

"喂，乔家手工面馆的妹妹！"

声音来源是路口的书报亭，烫着卷发的微胖老板娘努力朝乔青羽挥手："来啊，老乔家大女儿，出来玩啦？"

一个更加自我、更加果决的人，会无视她那假惺惺的热情，装作没听见，直接走开，可是乔青羽没有。她停下了，半是客气，半是好奇。

"妹妹，过来，"老板娘招手让她走近一点，"问你个事情。"

一会儿"大女儿"，一会儿"妹妹"的，让乔青羽有点恍神。走过去的那几步，她注意到书报亭前已经站着一个高瘦的中年男人。

"温院长，您可以问问她，"见乔青羽听话走近，老板娘向中年男子献上讨好的笑，"这孩子刚搬过来的，就住您家对面那栋楼，好像是三十九栋三楼吧？"

说着，她把视线投向乔青羽，眼里充满毫不掩饰的窥探欲。

乔青羽点了点头，警惕心提了上来。这老板娘知道还挺多。

"您可以问问她有没有看到阿盛，他这两天是不是在老房子里。"

高瘦男人转过身，金边眼镜后的明目对上了乔青羽茫然又带着些防备的眼神。

"妹妹，你家住三〇几啊？"老板娘半个身子压在杂志摊上问。

"三〇三。"乔青羽小声回答。

"哟，这不就在您家正对面嘛！"老板娘看向中年男人，笑容堆砌在脸上，"这好办，以后阿盛来没来老房子，问问她就行了。"

提出这个绝妙的建议后，她两眼放光，满怀期待地等着中年男人的赞许。他却只是盯着乔青羽看，奇怪的目光令乔青羽不安。

不是那种轻佻玩味的目光，而是沉重的、伴随着深思的目光，他似乎在乔青羽脸上搜寻着什么。

"院长？温教授？"

"嗯，"男人短促而平静地朝老板娘点了点头，"觉得这女孩有点面熟，但——"他朝乔青羽露出带着歉意的礼貌微笑，"一时想不起来在哪里见过了。"

"嘿，您见过的人比我吃过的米都多，但这次呢，"老板娘笑道，"我看您八成是认错人了吧！老乔家是顺云的，一个多月前才搬来寰州呢！对了，他这大女儿呀，马上也去寰二中了，高二，对不？说不定跟阿盛一个班呢！妹妹啊，你这两天看到阿盛了吗？就你家对面那栋楼，也是三楼，你从阳台上看过去就能看到的，正对面……这是阿盛的爸爸，这两天一直在找他……"

乔青羽一直保持着戒备的神情。老板娘喋喋不休的时候，她警觉地发现男人用唇语重复了"顺云"两个字，微蹙的眉头松弛了，一脸恍然大悟的样子。

乔青羽明白了。

男人见过的人不是她，而是几年前在寰州读了半年书的她姐姐乔白羽。

那一刻她无比担忧男人下一句开口提的就是乔白羽，她开始后悔自己停下脚步。

"你看到阿盛没有啊，妹妹？"老板娘继续追问，"你家阳台正对面，明盛，你认得吧？"

乔青羽摇头。

"没看到？"老板娘不可置信地眯起眼。

"没注意，"乔青羽说，"也不认识。"

"你们学生不是每个人都认识阿盛的嘛！"老板娘呵呵笑了起来，"来我这儿买书的学生不多啊。我有些时候问问他们，都说知道阿盛的啊！说阿盛名头很响的啊！你怎么不认识啊！"

她的话使得乔青羽和中年男人的脸上同时显露了难堪之色。乔青羽是因为自己一贯的消息不灵通而羞愧，中年男人则像是被触到了痛点，面色复杂地轻叹一声。

老板娘无视乔青羽，连忙给自己打圆场："院长，您别想错，大家知道阿盛，是因为这小伙子相貌好啊！太帅了啊！要我说，阿盛这模样，放电影明星堆里都是打眼的，更何况——"

"行了，冯姐，你就别替他讲话了，他什么德行我清楚得很，"中年男人有点不耐烦地挥了挥手，"他现在无法无天，你们这些老街坊别老惯着他，给他说好话了……"

"男孩子皮点聪明啊！"冯老板娘伸过手，宽慰似的拍了拍中年男人的背，"阿盛还不聪明？样样拿得出手！这么好的儿子，我们羡慕都羡慕不来，不要操心咯……"

"你爸妈身体都还好吧？"

问话时，中年男人往侧边移了移，不动声色地避开老板娘的故作熟络之举，重新看向乔青羽的眼神里，少了分疏离，多了分柔和。

这问题来得没头没脑，让乔青羽有点意外。她眨了眨眼，正欲开口，却被冯老板娘打断了："老乔两口子身体硬朗着呢！喏，他们在那边开了家面馆，也不雇人，每天起早摸黑勤快的嘞……"

"他们身体挺好的。"乔青羽看着中年男人回答。

"好。"中年男人又短促地点点头，转头看向冯老板娘，"冯姐，我得走了，你要是——"

"我要是看到阿盛就给您发短信。"冯老板娘迫不及待抢过话，"不打电话，您忙呢。"

"麻烦了。"

男人离开后，乔青羽一直悬着的心放了下来——他没提乔白羽。不过很快她就意识到自己方才的担忧弄错了对象。不管中年男人和乔白羽曾经是什么关系、对乔白羽了解多少，他冷静、克制，且不住这里，应该不会也不屑无端捅出乔白羽的事；相反，眼前这个驻守小区大门的，一个人的八卦欲抵得上顺云一座城的书报亭老板娘，才值得警惕。

她两次提及自己是"老乔家大女儿"，明显还不知道乔白羽的存在。

"我们寰州比顺云热很多哟，对吧？"目送完中年男人，冯老板娘炯炯的目光投向乔青羽，"你弟弟呢？刚搬来时看到一眼，怎么后面就不见人了？"

"寰州太热，他回老家了。"

"一个人住在顺云啊？"

"乡下爷爷奶奶家。"

答案令冯老板娘满意。她微微笑了下，用一副心疼的语气问："这么热，你爸妈都不舍得给你们装个空调啊？你们姐弟是住一个房间的吧？装一只就够了，省得孩子受罪啊。"

是一个房间，但也不是一个房间。朝阳新村紧贴大运河的西岸，是个狭长的老小区，房龄快三十年了，乔青羽一家租住的三十九栋三〇三是套不到六十平方米的两居室。大房间和阳台同一个朝向，被乔陆生和李芳好用几块三合板隔成两半，靠窗的一半给乔劲羽，靠门的一半给乔青羽。原因很简单，网络的接口靠窗，误打误撞进体校的乔劲羽可以玩游戏，费尽周折转学进入寰州二中的乔青羽不能碰电脑。

隔开姐弟俩的三合板密不透风，还有扇正反都能锁的门，乔劲羽不在家的日子，门就紧紧锁着，乔青羽连那边窗帘的颜色都没记清。装一台空调就够了，怎么可能？

"你在顺云成绩不错的？"说完空调，冯老板娘自动切到下一个话题，"寰二中哪里好进，你爸妈有本事的嘞。"

乔青羽理解世界上有这样的人，惺惺作态，虚情假意，嘴上夸赞，心里嘲讽，说白了，就是看不起人。

"我在顺云一中是考第一的。"

"嗬，那真是成绩不错的，"冯老板娘故作肯定地点点头，"那在二中上游有的，到时候跟阿盛比比啊，你们一个学校……"

"我不喜欢和人竞争。"

"哟，这话说的，"冯老板娘不屑一顾地笑了，一眼看穿乔青羽的样子，"二中竞争多激烈啊，你天天在家都不舍得出来玩的，还说这种话！"

刚才那句话确实有点昧着真心，但和冯老板娘说的"学习竞争"无关——不出来玩是因为妈妈李芳好不让，天天在家也并不只有学习。读狄更斯、雨果、巴尔扎克，在宣纸上一遍遍探寻柳体的强健，以及看电视上如火如荼的北京奥运会，这些占据了乔青羽绝大部分的暑假时间。

乔青羽不打算解释。她已经在书报亭前待了够久，不能再任由这个无聊空虚的老板娘侵占自己珍贵的自由了。

"今天怎么出来啦，这么难得，"冯老板娘又说，"去哪里啊？"

如何巧妙、得体地绕过这个问题，彻底封住冯老板娘的嘴，马上离开呢？乔青羽快速思考着，内心焦灼起来。

"追你妈妈去啊？不放心她给你挑手机啊？"

手机？妈妈去买手机了？终于能够拥有属于自己的手机了？

"我跟你讲啊，妹妹，你爸妈挣钱不容易，手机能打电话发短信就行了，"乔青羽的迟缓反而让冯老板娘如鱼得水，摆起长辈的姿态说个不停，"不要追什么潮流。这寰二中的学生，条件肯定比你们顺云好，有钱人多，你可千万别跟同学攀比，女孩子虚荣最要不得，晓得伐？"

"晓得，"乔青羽认同地点头，"我走了，阿姨，拜拜。"

说完她就转过身子，步伐又大又快，佯装没听见冯老板娘在身后喊"你妈去太平洋电脑城了"。行至朝阳新村公交站，她停住了，在被烈日烤得滚烫的公交站牌上，找到了自己的目的地——清湖。

想象着湖面的潋滟水光，乔青羽轻快地笑出了声。

Chapter 2
明盛

冯老板娘用的是"追",说明李芳好刚走,同时意味着妈妈短时间内不会回家查岗——以李芳好的性格,买手机这么贵重的东西,一定会货比三家,在电脑城逛足两小时。

乔青羽的思绪随着公交车的走走停停而不断摇晃。在书报亭前浪费的几分钟并非完全无意义,至少,她隐约明白了父母不辞劳苦举家迁往寰州的原因——所谓大隐隐于市,在朝阳新村,他们和众多挤在这儿的外地人一样,只是终日忙碌又无名无姓的普通人。

多奇妙啊,父母躲避流言的方法竟然是落定于流言诞生之地,就像冲进平静的风眼以避开台风一样,睿智又悲壮。

望着车窗外,乔青羽想,寰州一定是座汹涌的城市。乔白羽的曾经只是这座城市的一个小浪潮,他们一家的到来就像树叶飘落在海面上一样无声无息。真好,她喜欢大城市吞噬一切的魄力。

公交车停在清湖北路,乔青羽下了车。烈日吓退了不少游客,她独自一人,没戴帽子,没有伞,也不特意寻求树荫,两手空空在湖边缓行的样子引得好几个人回头看她。顶着大日头走了大半个小时后,乔青羽来到南岸的一座凉亭,见凉亭后面有间开着空调的小店,便走了进去。

柜台后的老板向她打了个招呼,笑着说她脸上红扑扑的,用的是寰州话,想必把她当成了住在附近下楼买水的学生。

乔青羽从冰柜中拿出一瓶矿泉水,转身递给老板五元钱,内敛地笑了笑。

"冰冰脸,冰冰脸,"老板指了指她手里的水瓶,把手掌放在脸上示意,"漂亮脸蛋自己不心疼的?"

脸上确实火辣辣的,还有点疼。乔青羽先打开盖子猛喝几口,而后学着老板的样子,把剩下的半瓶冰水贴在了自己的脸上。

接过老板给的零钱时,她身后的自动门叮咚一声开了,几个笑闹着的年轻男女拥了进来。

"乔青羽?"

扭头,乔青羽惊愕地看见一张遥远又熟悉的纯良笑脸。

"何恺学长?"

"真没想到,"何恺的眼睛放光,"你怎么在这里?"

"我来看看清湖。"乔青羽微笑着低语。与何恺同行的几个人纷纷把视线落在乔青羽身上,使得她有点不好意思。

"你一个人?"何恺又问。

乔青羽点头。

"听说你转去寰二中了?"

"嗯。"

表现得如此冷淡,乔青羽并不是刻意为之。相反,她激动又紧张。在顺云一中,何恺成绩出色,且眉清目秀的,乔青羽和众多女生一样,对他怀有天真的崇拜和朦胧的爱意。她比何恺低一级,之前从未与他讲过话,而何恺,竟然知道她的名字。

"好突然啊。"

何恺声音里的惋惜引得他身边的那几个年轻男女嗷嗷乱叫。乔青羽感觉自己的脸更红了。何恺无奈地示意他们别闹,转头问乔青羽要不要一起吃晚饭。

乔青羽局促不已:"不用了,我得回家。"

"你家在哪里?"何恺身后的一个好事者问。

"朝阳新村。"

"顺路啊!"好事者激动地搭上何恺的肩,朝他使眼色,"我们去运河美食街,就在朝阳新村对面,送你呗。"

"一起走吧。"何恺故作镇定地看着乔青羽。

乔青羽没有推辞,厚着脸皮上了他们的商务车,和何恺一起被留在最后一排,有一句没一句地,笨拙地与何恺聊了一路。为了防止冯老板娘瞅见自己下车,乔青羽特意让车子停在弓桥边,打算从运河边的后门溜进小区。

没想到何恺跟着她下了车。

"我也喜欢在水边走路,"何恺故作轻松,"顺便送你到楼下吧。"

两人沿着运河边的细窄人行道慢悠悠地走,乔青羽思绪乱飞,根本无法将注意力集中在何恺的柔声细语上。时间已过下午四点半,李芳好随时可能出现在朝阳新村,带着新买的手机。乔青羽可不想让李芳好撞见自己与何恺在楼下惜别的情景。得让何恺离开了,片刻耽误不得。

"……但我发现你和别的女孩不一样,"何恺一直在说话,"夏天你从不打伞,一点都不畏惧太阳。"

"畏惧太阳"这四个字使得乔青羽朝何恺转过了脑袋。

"你不怕晒黑吗?"何恺问,又连忙补充,"我不是说你黑啊,你别误会……你皮肤很白,我想问的应该是你怎么晒不黑……这个问题好傻。呵呵,其实我就是想说,你这样的女孩很特别,不像有些女孩有点姿色就很在意自己的外表,你跟她们不一样……"

乔青羽注意到不远处的河边有一棵粗壮的樟树,枝繁叶茂,气势恢宏。树下那片厚实的树荫,可以当作与何恺道别的好去处。

"像你这样的女孩——"

"我也怕晒的,"乔青羽略显粗鲁地打断何恺——她马上就后悔自己的慌不得体了,"我只是出门少,总忘记带伞。"

"我觉得你好酷。"

乔青羽有点晕眩,不知道是因为扑面而来的绚烂日光,还是因为何恺的笑。她悄悄吸了口气,加快步伐,把何恺带到樟树下的阴凉处。她本想找个借口赶紧与何恺告别的,可何恺对着立在护栏里的一块告示牌细细打量,似乎刻意要把时间延长。

"严禁踏入,"何恺念出声,"后果恐怖。"

不在意地瞄向告示牌,乔青羽的视线立马被那上面的几个字牢牢钉住了:非凡的、无与伦比的柳体。

真正的好字是有生命和灵魂的。眼前这几个字,和自己挂在墙上的乔白羽十二岁时写下的"长风破浪会有时,直挂云帆济沧海"一样,充满了独特的清新活力。乔白羽的一撇一捺翩翩轻快似灿烂少女,眼前的一折一勾遒劲爽落是明朗少年,更洒脱。对比之下,自己暑假用掉的那一沓宣纸,就像画满了肢体不协调的愚笨木偶。

轻叹一声,乔青羽凑近两步,看清这警告是用毛笔写在白纸上的,被贴在原本官方立的告示牌上,遮住了刻在牌子上的字。看得出官方牌子不含糊,乔青羽因此推测这棵老树是受到保护的名木。

"能有多恐怖?"何恺也看出这是一个人的恶作剧,不以为意地轻笑着,"我倒想看看。"说着,他抬起脚,干脆地跨过了圈着树干的低矮护栏。

此淘气之举有效地打破了何恺在乔青羽心里遥远又刻板的印象。她的视线追随着何恺,见他用手摸着粗粝的树干,默不作声绕了一周,而后跳出护栏,背对着她,在河沿半蹲下来,微偏着头看向河面。

一艘载满沙子的木头货船在何恺的剪影前悄无声息地滑行,乔青羽心里泛起涟漪。

缺憾即美。轻轻离去,不告而别,会使今天的小冒险回味无穷,而且——乔青羽用力说服自己抬起脚——在家迎接李芳好,总比让一片好心兴冲冲回家的妈妈扑空要厚道。

打定主意后,她直勾勾地望着何恺的背影,使劲在脑子里刻下这完美的画面。古樟葱郁,灰绿色的水波丝绒般柔润,河边的少年一动不动,怀着比夏日还要燥热的心事。

突然,何恺的脑袋转过来,乔青羽急忙移开目光,看向树下的警告牌。

"水里有鱼,"何恺笑道,"你要不要过来看看?"

乔青羽把视线从"严禁踏入,后果恐怖"的牌子上移开,见何恺站起身,重新踏进护栏里,绕到牌子的一侧,歪头打量着。

"这字和你写的很像,"何恺笑言,"就是你们班挂在后墙上的校训,都说是你写的……"

确实是她写的,乔青羽点头。就像被何恺叫出名字一样,何恺知道她写的校训,也让她有些惊异。不过,因为她只是盯着牌子,所以看起来有点平淡。

"你写得更好看。"何恺加了一句。

乔青羽抬眼,笃定地摇了摇头:"不是,我写得最差。"

何恺有些困惑地笑了笑，没追问，她便不再吭声，放任自己的视线停留在警告牌上。看得出写这幅字的人和乔白羽一样，都有一双受老天眷顾的手，下笔轻松从容。乔白羽清丽俏皮，这个人肆意张扬。骄傲的人——乔青羽判定。

男生——她再次判定。

看久了，"恐怖"两个字变得面目狰狞。乔青羽疑惑，能写出这样的字，说明这个人并非心智未成熟的小孩，不是小孩却还做恐吓路人这种幼稚的事？

"来看鱼吗？"何恺的声音传来。

乔青羽意识到自己是打算不告而别的。她望着何恺，张开嘴，却把涌上来的"不"给吞了回去。何恺邀请了两次，她不忍心拒绝。心里的时钟嘀嗒响着，她越发焦灼。

"以后你就不回顺云一中了吧？"何恺笑得有些腼腆，"我本来以为再也看不见你了，今天真的太意外了……对了，你在寰二中是几班啊？我给你写信，可以吗？"

乔青羽轻咬下唇，迟疑着开口："我在高二5班。"

一时间两人无话。突然何恺想起了什么，从裤子口袋里猛掏一阵无果，抬头问乔青羽有没有带笔。

乔青羽摇头。

何恺环顾四下，捡起脚边的一块石头，在写着"严禁踏入，后果恐怖"的纸上用力划了两下，看见淡淡的印痕，高兴地朝乔青羽眨了眨眼。疑惑之际，乔青羽见何恺用石头在那几个字下方费力写出一串数字，仔细地撕下纸的右下角，递了过来。

"我的手机号码。"

不知为何，乔青羽很想逃。但她还是伸出了手。

她没能拿到何恺的手机号码。

一双大脚从天而降，"啪"地将何恺手里的纸踩到地上。

乔青羽被震得往后连退三四步，可一站稳，她就看清楚了：这人本事不小。且不说他从两米高的树枝上跳下来能够精准蹭到何恺的手，就说他跳下来时双腿一内一外把护栏夹在膝盖间的站姿，就不是一般人能做到的。

何恺摸着被擦到的右手手背，皱着眉头，刚想开口，却被那人抢先问道："叫什么名字你？"

是略显低沉的清朗少年音，听着怒意难掩，跋扈至极。

乔青羽只看到他精瘦的背影。长袖连帽黑卫衣的帽子盖过头顶，上半身裹得严严实实，浅灰运动短裤刚到膝盖，小腿细直而白。看不到袜子，炫目的黑白篮球鞋，鞋后腰印着个举着篮球的黑色飞人——是乔劲羽心心念念的名牌篮球鞋。

"有钱人家的孩子，"乔青羽暗想，"难怪这么嚣张。"

"叫什么名字？"黑衣少年提高音量，似要威慑四方。

何恺不语，往前走了两步，准备跨出围栏。

"不说？"黑衣少年冷冰冰地拦住何恺，也不看他，"信不信我烧了顺云一中。"

何恺惊讶："你躲在树上偷听我们的谈话？"

"说出名字，"黑衣少年的声音里满是不耐烦，他指着被何恺撕掉一角的告示，又说，"赔。"

何恺瞪着黑衣少年，脸上是乔青羽从未见过的愤怒。站在一侧的她不知所措，心里哀号——李芳好回家很可能会扑空了。先前出门的无知无畏荡然无存，她不禁为自己的处境担忧起来。

"我赔你一张纸？"何恺咬着牙低声说，"我……"

他突然停住了，眼里先是顿悟，后是惊慌："你……你不会是明盛吧？"

一天中第二次听到"明盛"这两个字，联想到书报亭前见过乔白羽又问起自己父母的神秘男人，乔青羽的神经莫名其妙地紧绷起来。

"真不好意思，我……"何恺的态度来了个一百八十度大转弯，充满歉意的同时如履薄冰，"我不知道这是你写的，不然我肯定不会撕，抱歉，对不起。"

"名字，"明盛的声音听着相当冷酷，"第三遍了。"

"何……何恺。"

何恺那战战兢兢的模样让乔青羽更紧张了。她看不到明盛的脸，只觉得大热天能用长袖黑衣把自己包裹起来的人绝非一般人。所以，依照冯老板娘的说法，阳台对面住着的，就是这个她从未耳闻却令别人闻风丧胆的家伙？

"两件事：一，开学了我朋友去顺云找你，你好好招待，别装孙子；二，"明盛说着，随手撕下剩下的大半张纸，在手里揉成一团，"赔一张一模一样的字，一周内。"

说完，他抬起长腿跨过护栏，轻飘飘瞄了呆立在一侧的乔青羽一眼，不屑地"喊"了一声，大步迈进朝阳新村的后门。

乔青羽轰鸣的心在明盛瞄她时猛地静了音。那一闪而过的双眸，黑得纯粹，亮得惊人。

一

没有空调的酷夏注定会在生命中画下浓墨重彩的一笔。乔青羽一边这样安抚自己，一边把钥匙插进锁孔。

屋子里静悄悄的，李芳好没回来。

她松弛下来，把自己扔在咯吱作响的老旧皮沙发上。坐了会儿，她走向阳台，照常把挂在阳台外的衣服收进来。

对面三十八栋整幢楼都沐浴在金色斜阳里，透过紧闭着的蓝色铝合金玻璃窗，可以清楚地看到正对面的厨房里清爽、整洁，但厨柜上空空荡荡，一点烟火气都没有。厨房与客厅之间没有门，而是一块垂到地面的米黄色隔断帘。厨房旁边的房间则用深色窗帘遮住整扇玻璃窗，像要隔绝外边的一切光和热。

乔青羽不禁疑惑：这里有人住？

收回视线，她眼前回闪着黑色兜帽里明盛的侧脸，脑海中不由得冒出四个字——惊鸿一瞥。那半张脸线条流畅，鼻梁高挺，皮肤白得显眼，斜看她时下巴微仰，不可一世的姿态仿佛与生俱来，骄傲得浑然天成。仅被瞄了一眼，当时那种升腾而起的压迫感，现在回想起来仍旧心有余悸。"太帅了啊"，冯老板娘俗气的声音不请自来，一遍又一遍地在乔青羽耳边回旋。

她又回忆起冯老板娘提到的另一句话："说不定跟阿盛同一个班呢。"

这个可能性让她莫名激动——谁不希望自己班里有一个风云人物呢？就只是看看他，围观他的故事，生活就不至于那么无聊啊。

况且，阴错阳差地，自己与这位传奇人物也算有了点莫名的交集。

明盛临走前撂下的那句话使得乔青羽很为何恺担忧。看起来这事跟自己无关，但因为是自己有意带何恺去古樟下的，所以，她无法置身事外。

两件事里，"赔字"这件事，除了自己，乔青羽想不出还有谁能帮忙。

"严禁踏入，后果恐怖"这几个字就像刻在她的脑子里一样，每个细节都清晰得很。当晚，乔青羽放弃了赶在开学前看完《悲惨世界》的念头，伏在桌前，不厌其烦地把自己脑海里的字搬到白纸上。

一个多小时里，汗珠不断顺着她的脸颊滑至下巴。太闷热了。

最开始乔青羽热血偾张，下笔遒劲，可渐渐地，她握笔的右手就变得扭扭捏捏。越迟疑，笔下的字就越没有明盛写的那种气势，可又有点像，到后来纸上的字和脑海中的字混为一体，连最初那段清晰的记忆都模糊了。

忙活了这么久却收效甚微，乔青羽沮丧不已。"不急不急，"她宽慰自己，"我可以等后天见到明盛了再写。"

见到明盛本人，知晓他的气质与风格，也许能让自己茅塞顿开，掌握明盛写字的精华。

毕竟，字如其人。

这样想着，乔青羽更加期待后天的开学了。

—

二〇〇八年八月的最后一天，周日，乔劲羽回到了寰州的"新"家。晚饭后，趁着乔陆生、李芳好尚未归来，乔青羽总算摸到了电脑。

她在搜索栏里依次输入"寰州明盛""寰州二中阿盛""寰州阿盛"等关键词，飞速浏览关于明盛的一切。很快，从博客文章、贴吧帖子、学校论坛以及教育新闻中，她捕捉到了不少明盛的消息。

明盛五岁就入学了，就读的是紧邻朝阳新村的运河学校，小学毕业后进入城西的寰州外国语学校，去年初中毕业时以全市第三名的成绩考入寰州二中。他自小书画、钢琴、体育俱佳。书画作品年年拿奖，十三岁时从众多竞争者中脱颖而出，随着市青少年交响乐团去澳大利亚巡演，去年一进寰州二中就被招募进了校篮球队。他英语极好——从外国语学校发布的一段初三演讲比赛视频中就能看出。那次明盛拿了第一名，英语口语高级又自然。

而这些光鲜似乎都出现在明盛上高中之前，除了篮球。

高一开学没多久，明盛就受到寰州二中的警告处分，因为在篮球馆打人；十一月运动会后又受到记过处分——带人打群架；他最先被分在3班，因与班主任发生剧烈冲突，半个学期后就换到了9班；在9班与班长对着干，逼得那个尖子生主动提出转学；第二个学期换到了7班，与教导主任的矛盾升级，期中考试时鼓动全班学生罢考最后一门课，把教导主任气得进医院；打着"保护二中人"的名号，与校外的人纷争不断……因行为出格，长相出众，明盛很快就在寰州各个学校的贴吧里出名了。几乎在一夜间，寰州的学生都知道寰州二中有个明盛，只能看，不能惹。

当然，网上并没搜到关于明盛父亲的消息。

"姐，在看什么啊？"乔劲羽的声音从身后传来。他刚洗完澡，学电视剧里的人把家里唯一的浴巾裹在腰际，派头十足地走进来拿衣服。

"你知道明盛吗？"乔青羽头也不回地问，再次点开寰州二中的贴吧。

"听说过。"乔劲羽探过脑袋看屏幕，几秒后"哇"了一声，"姐，原来他也在高二5班啊，跟你一个班！"

"哪里？"乔青羽急急地问。乔劲羽用手一指，乔青羽看到浮在上方的一个新帖子，帖子名就是"听说阿盛去5班了，5班的筒子们有福啦"。

果然如冯老板娘所说，他们在一个班。乔青羽觉得自己的眼睛迟钝了，一种奇特的压迫感涌进胸腔，脑子里却有个细小的声音在欢呼。

"特帅，据说女生看他一眼就要晕倒，"乔劲羽躲在乔青羽身后套衣服边说，"网上有他照片的啊，你没见过？"

"没，"乔青羽淡淡地回道，"不过我今天下午见到他本人了。"

"啊？！"

"他就住我们家对面。"

"对面不是住着一对上班族吗？"

"不是门对面，是阳台对面，"乔青羽解释着，一边在脑海中认真过滤昨天冯老板娘说的话，"三十八栋的三楼。"

"真的假的啊？"乔劲羽边拉衣角边冲了出去。

这边乔青羽突然想起了什么，飞快地在搜索栏中输入"寰州温院长"这几个字。相关页面很快跳出来了，点进去第一条就挂着她昨天下午见到的那个中年男人的证件照。

是省一医院官方网站的页面。

"温求新，院长、主任医师、博士生导师，全面负责医院医疗、教学、科研、行政后勤等工作，"乔青羽轻声把开头的几句话念了出来，"擅长神经系统各种常见疾病、疑难疾病的诊断和外科治疗，尤其对各种颅脑肿瘤、脊髓与脊柱疾病、面肌痉挛、三叉神经痛有着丰富的治疗经验……"

"对面有两户人家，哪个啊？"乔劲羽把头探进门，"一个看起来没人住，另一个堆满乱七八糟的杂物，一看就不是有钱人家。姐，你搞错了吧？"

"没东西的那个。"乔青羽飞快回了句，继续浏览网页上的介绍。简历很长，从各个委员会的常委到省政协委员，包括所得奖项、刊发的论文等，洋洋洒洒，几乎有一页 A4 纸那么满。这阵仗，绝对是个有头有脸的人物。

视线上移，乔青羽仔细端详起中年男人的证件照。虽然她没见到明盛的正脸，明盛和他爸爸不同姓氏，但毫无疑问，这两人是亲父子——那咄咄逼人的冷傲，如出一辙。

"姐，"乔劲羽再次冲回来时，乔青羽刚好关掉网页，"我都说了，正对着我们的那家没人住……窗帘拉那么紧，窗户一点缝都没，屋里一点光都没有……我听说明盛家挺有钱的，他怎么可能跟我们一样住在这个破小区嘛！"

"他们家老房子。"

"你两耳不闻窗外事，一心只读圣贤书的，怎么一下子知道这么多啊？"

乔青羽没理他。回想着冯老板娘的话，她脑海中冒出一个疑问：为什么要让自己查看明盛是否在家？他爸妈难道没有钥匙？

"你跟他一个班，明天你就认识他了，到时候也带我认识认识啊！"乔劲羽走过来，"我要打游戏了。"

乔青羽起身给他让出位置，若有所思："之前姐姐是在维爱医院吧？"

"是啊，"乔劲羽疑惑又责备地看了她一眼，"好端端的，干吗提起这个！"

乔青羽没再说话。她的思绪回到两年半前最沉闷的那个春节。

乔白羽就是那段时间离开人世的。

Chapter 3
白羽

许是因为时间能加速人的记忆，现在回头看，确实如顺云那些左邻右舍及老家村里人所说，乔白羽走得"突然"。

只是当时的乔青羽并不认可这个词。乔白羽是圣诞节前那个冬至住进医院的，父母将她的骨灰盒带回来时已过了元宵节，这中间隔了差不多快两个月。

第一个月乔青羽不仅要应付期末考试，还得代替父母照顾乔劲羽，每天做饭洗衣；第二个月则回乡下爷爷奶奶家过了个异常煎熬的寒假——作为村里最受人夸赞的家风严厉、和睦懂礼之家，家里的每一分子都必须把悲痛时刻写在脸上，不然在外人看来就是没有良心。和所有愁眉苦脸的大人一样，乔青羽一整个寒假不敢展露一个笑脸，稍有轻松之意就会自责。所以，父母不在的那段日子，于读初二的十四岁乔青羽而言，相当漫长。

到现在乔青羽仍不知道姐姐是在具体哪个日子咽了气。父母从没说过，也问不得。乔白羽死后，她的名字在这个家里变成了不能说出口的禁忌。但对外人而言就不是了，乔白羽变成了乔家的标签。

"对，照相馆撕下来的照片就是他们那个大女儿的，漂亮得很，去寰州没多久就……"乔青羽听见别人这样说。

"可怜的，本来不为了生儿子，老乔有个铁饭碗，他老婆随便找个活儿，一家三口日子过得比现在肯定舒服多了！"也有人这样说。

"哪个男人不喜欢漂亮的，大女儿就算不学好，以她那样貌，以后嫁个有钱人也容易，还能帮衬一下弟弟妹妹……"这样的论断也不少。

有时，大人会喊住走在上学或放学路上的乔青羽，打听乔陆生是否又跑寰州打官司去了。除了短促地点头或摇头，乔青羽并不知道该如何回应他们窥探的目光。时不时地，她一转身就能听到诸如"这是二女儿，样子也好看的，但跟她姐站一起就没那么……二女儿不用管，老实……"的窃语。

在别人口中，自己仿佛是暗淡的月球，需要借着姐姐的耀眼日光才能存在。乔青羽不知道自己是从什么时候开始介意这一点的，但她从小就清楚自己认真学习的推动力——做姐姐做不到的事。

所以她自觉、懂事、省心。换言之，就是在学校里，她乖得无趣，毫无个性。

想着乔白羽的突然离世，乔青羽心里竟生出不合时宜的羡慕。她记忆里的乔白羽从来就没让父母放心过，就连死，也死得轰轰烈烈，余韵十足。她虽不赞同乔白羽出格的行为作风，却偷偷羡慕着姐姐的自由散漫和勇气。

乔青羽乖巧惯了，腻了。

她渴望做一个个性鲜明的人。当然，必须以不惹恼父母和不影响学习为前提。

明天就开学了，在一个人人称羡的超级中学。是时候拥抱新生活了。

终于开学了。

高二5班就是原来的高一5班，只是选文科的同学离开了，插进了3班、7班和9班的理科生——这三个班即明盛高一待过的班级，被解散了，变成三个文科班。

与完全陌生的乔青羽相比，明盛的到来显然更让5班人兴奋。乔青羽感觉这是老天爷对自己的优待——她可不想重蹈顺云一中的覆辙，变成同学议论的话题。

无所不知的冯老板娘喊自己"大女儿"，说明这里的人对乔白羽的事毫不知情。乔青羽虽内心不忍，但对干净生活的期待压倒了一切。"是爸妈主动把姐姐从生活中抹去的，"她安慰自己，"谁都想生活得简单轻松一点，沉溺在过去毫无意义，不是吗？"

所以，当她在学校里结交到第一个朋友蒋念时，她心安理得学着父母，在蒋念面前抹去了乔白羽的存在。

"那你爸妈会不会重男轻女啊？"蒋念是个心直口快的人，嚼着饭问，"不然干吗还要生你弟弟啊？"

乔青羽本能地为父母辩护："我爸妈也是没办法，他们对我和我弟都很好。"

"不是计划生育嘛，怎么能生两个呢？"蒋念疑惑。

乔青羽被追问得有些心虚——父母骨子里重男轻女是毫无疑问的，不然，爸爸也不可能拿国企的铁饭碗换儿子了。

"不知道，反正我爸妈更看重我，我弟成绩很差。"她快速回答。

好在蒋念并没纠缠这个问题，她轻轻踢了乔青羽一脚，缩起脖子，压低兴奋的声音："嘿，阿盛刚刚回头看了你一眼。"

乔青羽知道明盛坐在自己的右后方不远处，方才和蒋念聊天时，右后方那群男生的谈笑风生就是忽大忽小的背景音。她试图捕捉明盛的声音，无果，那家伙似乎一直沉默着。就在蒋念说明盛看了她一眼后，背景音突然被人按了静音键，乔青羽的心猛地提了起来。

"来了。"蒋念迅速抛出两个字。

一个高大的身影突然往自己身旁的空椅子上一坐，乔青羽惊得肩膀一抖。

是明盛在班里的死党，这两天与明盛像连体婴般同时出现、同时消失的男生，纨绔"富二代"叶子鳞。

"新同学，乔——青——羽，"叶子鳞咧开嘴，圆脸两侧的肉挤到一起，"劳驾你站起来一下。"

乔青羽看向他，眼里满是疑惑和防备。

"是这样，"叶子鳞正儿八经地清了清嗓子，"你看，我们那边共七个男生，正票选班花呢。现在三比三，你跟邓美熙打个平手啊！猜猜，还有谁没投票？"

乔青羽不吭声，莫名觉得羞耻。

"喂，告诉你一个秘密，"叶子鳞凑近，轻佻地低声道，"我投你了。"

乔青羽不自觉地把身子往另一边倾。

"还剩阿盛没开口，"叶子鳞说着，抛了个"你懂的"的眼神给蒋念，又把头转向乔青羽，嗓门突然变得很大，"阿盛还不太认识你，你站起来转个身让他看看，朝他笑笑，笑起来好看的女生他最喜欢了……"

侧后方的那群男生笑了起来。乔青羽的耳根唰地红了，僵硬地将脑袋别向另一侧，以示受了侮辱的不满。

叶子鳞跳起来绕到另一侧，又啪地坐下了。乔青羽迅速转过头，坚决用后脑勺对着他。

"喂，新同学，你别这样嘛，我带着任务来的，给我点面子啊……"

那些男生又笑了，有人吹起了口哨。动静闹大了，食堂里的其他人也纷纷朝这里看。

"神经病！"蒋念怒骂，"你们好无聊！"

叶子鳞不理她，对着乔青羽苦苦恳求。一个男生在自己身边好声好气，自己却赌气似的扭着脑袋，这画面怎么看怎么别扭。耳朵里嗡嗡的，巨大的屈辱感使乔青羽动弹不得。

"……你想，要是阿盛把票投给你，那你可就是他钦定的班花啊，这份荣耀——"

"我不要。"

叶子鳞一怔，随即变了脸："很清高嘛……"

"我不喜欢花，"乔青羽尽量使自己的声音听起来很平静，"和明盛没关系，也不需要你们评判。"

"我算是见识到了！"叶子鳞阴阳怪气地大喊，"你以为你谁啊！"

那一瞬间，乔青羽觉得自己走错了路。虽说坚持自我即个性，可她显然有点冒进。在声势浩大的明盛团体面前，她那小小的自我算什么？讲求个性，也不能把这伙人惹毛啊。

叶子鳞骂骂咧咧地回去了。乔青羽一边继续扒饭，一边听蒋念低声宽慰她。

"叶子鳞是这样子的，仗着家里有几个臭钱，特不尊重人……"

乔青羽抬头露出一个惨淡的微笑。

"你竟然不喜欢花，真的吗？"蒋念问。

乔青羽喉咙里发出一声沉沉的"嗯"。

"为什么啊？"

"就是，"乔青羽顿了顿，"觉得肤浅，所以喜欢不起来。"

既然隐藏了乔白羽的存在，她就不可能把那次因花而起的冤屈告诉蒋念。当时她刚读初一，某天回家后在自己床上发现了一束包装精美的粉红玫瑰。一定是哪个男生送给因重感冒而卧病在床的乔白羽的。见乔白羽睡得沉，乔青羽便悄悄把那束玫瑰捧在怀里，低头醉心地闻着。这一幕刚好被突然破门而入的李芳好瞧见了。

"不是我的花，"乔青羽触电般扔开花束，"不是我的。"

"也不是我的。"乔白羽有气无力的声音从上铺传来,乔青羽吃惊地竖起耳朵。

"我一整天都在被窝里没出门,"乔白羽艰难地起身,"我现在根本不敢收别人的东西。"

"到底是谁的?"李芳好眼看着就要爆发,犀利的目光在两姐妹间徘徊。

乔青羽想辩解,没想被乔白羽抢先了:"反正不是我的,青青,你读初中了,青春期了,要是有男生向你示好,你千万不能心软,知道吗?"

乔青羽至今清楚地记得自己当时的震惊。"我没有。"她重复着,咬着嘴唇,眼里滚出泪。

她能看出李芳好陷入了两难的困境:听信小女儿,会伤了大女儿的脸面,可若听信大女儿,很可能冤枉小女儿。乔白羽说完就躺了回去,满心委屈又愤怒的乔青羽则可怜巴巴地拉住李芳好的手,扑簌扑簌掉眼泪。

半晌,李芳好摸了摸乔青羽的脑袋:"青青懂事,以后不要收别人的花了,这方面一定要注意,女孩子,最重要的,就是洁身自好……"

话是情真意切对着乔青羽说的,李芳好的眼神却不断往上铺瞄。乔青羽明白妈妈借着教育自己,实际上教育的是乔白羽,只是妈妈不想伤了姐姐的自尊。透过朦胧的泪眼,李芳好一张一合的嘴似在吐出寒气,乔青羽越听越冷,由外而内,彻骨透心。

"你好有个性哦,"蒋念的话把乔青羽拉回现实,"不过你刚才那样说,别人会觉得你是吃不到葡萄说葡萄酸,故意的……因为叶子鳞说的是班花啊,又不是真正的花。"

第一次被说有"个性",乔青羽有些受宠若惊,便继续直言:"我也不喜欢'班花''校花'这种词,听上去只有外貌,没有内涵。"

蒋念皱起了眉,不爽地反驳:"不会啊,我们学校的校花王沐沐学姐就不肤浅,她成绩可好了,你肯定比不上她。"

乔青羽意识到自己偏激了。她晃了晃脑袋,试图把一直萦绕在脑海的乔白羽的俏丽身影晃出去。"不要影响我的生活。"她用警告的语气,暗暗对脑袋里的姐姐说。

往餐盘回收区走时,乔青羽和蒋念恰好跟在叶子鳞他们后面。那几个男生走得极慢,大声谈论高一一个叫作"甜甜"的漂亮女生,脏盘子丢进塑料筐时又突然争先恐后丁零哐当地恨不得盖过一切别的声音。乔青羽厌恶地皱起眉,视线游向食堂的玻璃门,发现明盛早就在那儿站着,松垮运动衫下的清瘦身体闲散地靠在门框上,脑袋微垂,看着手机,对外界充耳不闻。

凝神盯了两秒,乔青羽收回视线。太阳当头,这家伙被照得通体明亮,给人的感觉却是清冷,也许是进出食堂的同学都选择了另一扇玻璃门的原因。"距离感。"乔青羽想着,并肯定了自己的总结。

这是第二个词,前面一个是"优越感"。

观察明盛两天了,他表现得确实如他爸爸所说,"无法无天"。

迟到早退于他而言根本不是事儿,英语课上睡觉是家常便饭。开学那天当下拒绝班主任孙应龙指派给他的"班长"头衔,姿态懒散而放肆,令乔青羽心里直叹孙应龙好脾气。体育课、计算机课等副课上通通不见他的人影,据说他是和体育生一起在篮球馆打球。

可了解了明盛的成绩,乔青羽又觉得"无法无天"这四个字有点误解他。能维持寰州二中的年级前五十却又不死读书,书画、篮球、钢琴样样拿得出手,长相无可挑剔,是万人迷,男生群中一呼百应,家世优越的男生,有什么理由不"张狂"呢?各方面都出挑的人,太有叛逆的资格了。

他不但什么都有,还能随心所欲。乔青羽从心底里羡慕他。

只是,总结出的"优越感""距离感",并不能帮助乔青羽把握明盛那几个字的灵魂。

这两天晚上,她都专门抽出时间潜心模仿明盛的字。下笔的姿态要高,结束的笔锋要狂,书写过程要一气呵成。可她想尽办法,软毫、硬毫换来换去,却始终表达不出那种狰狞的感觉。"奇怪,"乔青羽想着明盛清爽而耀眼的形象,"他看着倒不像恶棍。"

最后一次尝试,前几个字虽差强人意,但"恐怖"两字虚张声势,使得整张纸透出笨拙的模仿痕迹。

乔青羽希望明盛是个说话算话的人,不然会显得自己偷偷摸摸的观察和模仿是在自作多情。同时她希望明盛不要太较真,毕竟任何人,包括他自己,都不可能写出一模一样的字。

周五上体育课前,乔青羽趁着班里的人都去了体育馆,把卷起来的最终成品偷偷塞进明盛的课桌。这是一周期限的最后一天,算是如约交了差。朝体育馆跑去时,上课铃已经响了,但乔青羽心情欢快、轻松。不过,一进体育馆的篮球场,她那放飞的心情就被猛地拽了下来。

已经集合的所有人都盯着她看,包括站在侧后方的明盛。他看乔青羽时眼角带着奇怪的笑意,若有所思的表情与前几天他父亲看到乔青羽时如出一辙。脑内的警报器自动响了,乔青羽小跑着加入队伍,姿态紧张得像是怕随时滑倒。

她站在前排队伍的右侧,与右后方的明盛隔了两个人。体育老师讲解完运球和传接球的动作要点后让大家分开练习,自由组队。乔青羽抱着篮球,刚对上不远处蒋念的视线,耳边就传来一个声音:"和我组队,乔青羽。"

那边蒋念悻悻地缩回脑袋,做了个"请"的手势。乔青羽僵硬地转过身子,还没张嘴,明盛便一把钩走了她手里的篮球:"跟我来。"

他运着球走出人群,顺带为乔青羽开出一条侧目纷纷的路。乔青羽呆立着,不祥的预感使她迟迟迈不出脚步。

在篮球馆的另一侧,明盛停下了。

"去啊,乔青羽。"离乔青羽最近的关澜嬉笑着推了她一把,"阿盛要教你打球!"

相比不祥的预感,四周猎奇的目光更令人难熬。乔青羽于是硬着头皮不负众望地跑向明盛,把这些兴奋的看客通通抛在了脑后。

017

事实很快证明她的预感没错。

"你的字写得很不错,"明盛说着,把球丢给乔青羽,"有点我的风骨。"

没等乔青羽开口,他慢悠悠地说了第二句:"所以,你可以帮我做件事。"

"什么?"

"给我写作业。"

乔青羽不可思议地看着他那张毫无愧色的俊脸,半晌憋出一句:"为什么?"

"因为我不喜欢写作业。"明盛答得干脆。

"不行。"

"有很多人巴望着帮我写作业,"明盛居高临下地看着她,"是我看不上他们那手烂字。"

"我没有义务帮你写作业,你不能因为——"

"不是义务,是赔偿,"明盛冷冷地打断她,"你老家那个相好,何恺,撕烂我写的牌子,又赔不出一模一样的,你给我写作业,就当是替他赔偿了。"

"我替他写了,刚刚已经把赔偿的字放进你抽屉了。"

"一模一样的?"

乔青羽被噎住了,嘴唇因骤然而起的愤怒微微颤抖。

明盛无视她冒着怒火的眼睛,自顾自轻飘飘地说:"给我写作业是你我之间的秘密,恭喜你能够掌握我的秘密。"

"你自己也不可能写出两幅一模一样的字!这根本是不可能完成的任务!"乔青羽直勾勾地盯着明盛,"你故意的,太过分了!"

"随你怎么说,"明盛不介意地耸耸肩,"我劝你乖乖帮我写作业,不然你的下场比何恺还惨。"

"何恺学长他……"乔青羽略紧张地顿了顿,"你把何恺学长怎么了?"

明盛斜眼看她,一副不耐烦的样子:"你帮不了他的,但你能帮自己。"

"我说了'不'。"

"如果你愿意帮我写作业,我就不把你姐姐乔白羽的事说出去,"明盛偏过头不看乔青羽,"毕竟你自认清高,肯定不想让同学知道你有一个——"他故意拖长声音,意味深长地顿了顿,"自甘堕落、年纪轻轻就染上艾滋不治身亡的亲姐姐吧?"

Chapter 4
谎言之海

每每不得已要做"出格"的事，乔青羽总会不自觉地把这件事的后果想个全面、透彻，以便给自己找到最佳的退路。可给明盛写作业这件事，注定了她无论怎样做，后果都将超出她的掌控范围。

断然拒绝，关于乔白羽的流言会瞬间飞满天，迟早传至朝阳新村，把父母苦心经营的清静生活搅得稀巴烂；接受，则意味着每晚要花费大量时间应付这件事，势必影响自己的学习；报告给老师，能把优等生逼退学的明盛一定会恣意报复自己，说不定他仍会说出乔白羽的事。

与明盛对着干是很惨的，乔青羽毫不怀疑这一点。周末趁着乔劲羽在家，她从顺云一中的贴吧里了解到何恺过去一周的悲惨遭遇：先是被几个社会混混在校门口扇了一巴掌，随即骑车回家时被恶意绊倒，摔伤了右手手腕，据说要三个月才能完全恢复。三个月无法写字，对于一个高三学生来说，无疑是实打实的"恐怖"。

"你在哪个班啊？"

主动与她搭话的人叫陈若已，乔青羽在顺云一中时的高一班长，乔青羽QQ里屈指可数的朋友之一。告诉她自己在5班后，陈若已激动了："天啊！和明盛一个班！"

随即她便问乔青羽是否知道为什么明盛与何恺过不去。

手指在键盘上停留十几秒，乔青羽缓缓敲下四个字——"不太清楚"。要说明白前因后果就得将那天的细节和盘托出，这对她来说非常困难——主动说何恺送她回家，让她感到难为情。此外，她承认自己胆怯——在顺云的同学眼中，她与何恺是陌生人，她已经联想到如果说明情况，大家在背后会怎样议论自己。

"你跟他一个班，要提防着点，别惹到他，毕竟你人生地不熟的，有事就忍忍，"那头的陈若已倒没追问，"不过，我也听说他不会为难女生，特别是二中的，尤其是自己班里的，不管男生还是女生，他都会罩着。对了！既然你跟他一个班，要不你去跟他说说，别再整何恺学长了，他这样很过分啊！"

乔青羽简单回了句："嗯，我晓得。"

"寰州是不是比顺云还热啊，"陈若已像在刻意寻找话题，"你去过清湖了吧？是不是没什么好看的？"

"我没什么机会出门，就自己偷偷看了眼清湖，"乔青羽回道，"和书上差不多吧。"

"为什么不出门啊？"

"我爸妈管得紧，不让我自己出去。"

陈若已"哦"了一声，接着说："你爸妈肯定不想带你去清湖啊，安陵园就在清湖边的北山上，他们去了肯定伤心。"

她仿若乔青羽多年好友的语气令乔青羽有些不适应。

"安陵园是什么？"

"寰州的公墓啊，你怎么连这个都不知道，你姐姐肯定葬在那里吧！"

许是因为已经慢慢习惯了缄口不提乔白羽的寰州生活，突然看到"姐姐"这两个字，乔青羽竟然有些排斥。

"我姐葬在南乔村的山上，祖坟边。"乔青羽回道。她开始讨厌陈若已莫名其妙的热乎劲。

"知道了，我刚刚随便猜的，弄错了别介意啊！"陈若已说，"主要是我爸前两天突然提到人在哪里走就应该在哪里超度，所以我就想到你姐了……"

"我现在已经很少想到她了。"

打出这句话时，乔青羽觉察到了自己刻意变硬的心肠。

"你和明盛一个班，能不能拿到他的照片啊？"

"不是说网上很多吗？"

"网上全是偷拍，没正脸啊！"

乔青羽已经完全丧失了聊天的兴趣。"不能。"她生硬地回复，同时做出决定，捍卫自己清白无辜的家。用自己的部分学习时间换取一家人清静安宁的生活，值得。

父母带着乔劲睿及其女友回家的时候，乔青羽正在与明盛的英语作文苦苦斗争。听到开门声，她手忙脚乱地将明盛的其他作业都塞进书桌的抽屉，然后走出房间打招呼。

"劲睿哥，"她微笑着喊了一声，看向乔劲睿身边烫着棕色卷发的秀气女孩，"堂嫂。"

女孩捂嘴笑着靠到乔劲睿的肩膀上："你堂妹嘴巴好甜啊，我都不好意思了。"

李芳好赞许地朝乔青羽扬了扬下巴："青青作业还没做好吧？你回去写作业，我们在外面说话声音小点，你作业写完了再出来。"

退回到房间，乔青羽拿出手机把自己刚刚绞尽脑汁查字典写出来的英语作文的前两句发给明盛——这是第三次了，前两次她发过去的句子，明盛的回复均为"不行"。

等待回复的时间里，大人们在客厅的谈话声透过隔音很差的老旧纤维板门飘了进来。隐隐约约捕捉到一些信息，乔青羽了解到乔劲睿请了假准备和女朋友出去旅游，走之前要回老家看看，顺带给爷爷奶奶的隔壁邻居秦姨带点药。

"这秦大姐还吃药的呀，"李芳好语气里满是惊讶，"大勇对她还算有良心的……"

"也就图个安慰吧，"乔陆生接过话，"疯疯癫癫多少年了，她那是心病，吃啥药都治不好。"

"这两年不吃药就会逃出来，"乔劲睿叹了口气，"还好爷爷奶奶已经搬到我爸妈的新房子去了。有一次，她半夜跑到爷爷奶奶院子里敲窗户找绳子，把奶奶吓得半死……"

"你们在说什么呀？"乔劲睿女友好奇地插话。

"哦哦，不说了，就是我爷爷奶奶村里的一个女疯子，"乔劲睿赶紧结束话题，温柔地回应，"跟我们没关系，不用怕。"

"是啊，劲睿在江滨的房子快装修好了吧？"乔陆生赞许地笑着，"年底能住进去吗？"

"差不多了。"乔劲睿回道。

乔陆生呵呵笑了两声："有出息，有出息。"语调中不难听出羡慕又心痛的情绪。乔青羽由此想到了自己那不争气的亲弟乔劲羽。随着一家人搬来寰州，乔劲羽进入寰州体校，父母望子成龙的想法应该算早早落了幕。连高中都考不上的人，何谈考大学呢？果然，下一句，李芳好就痛批起自己的儿子来：

"小羽要是有小睿你一半出息就好了，别说公务员了，他以后只要能养活自己，我就谢天谢地了……"

"但青青成绩很好啊，都能进寰二中，比我当年厉害多了，"乔劲睿笑着说，"叔婶以后指望青羽就行了。"

"她一个女孩子成绩好也就是顾自己，还能指望她？"李芳好笑道，"来，吃水果，小云，是吧？来……"

乔青羽分辨不出李芳好说这话是出于谦虚还是真心。她顿觉无力，又不甘，有一股想冲出去向父母证明自己的冲动。"公务员算什么啊，"她不服气地想，"我以后一定会比劲睿哥更有前途。"

明盛的英语练习卷摊在眼前，看起来面目可憎。他把所有作业都丢了过来，还不允许敷衍了事，导致乔青羽不得不耗费大半个星期天以达到他的要求。在这件无聊的事情上浪费这么多时间，实在太可惜了。

晚上九点半，明盛的回复还没来——已经一个小时了。

客厅里，乔劲睿他们站起了身。李芳好推开门："青青，你作业还没写完啊？劲睿哥要走了，出来打个招呼！"

"青青啊，我带了些水果给你和小羽补补身子……"乔劲睿也凑到门边，"哦，这房间就是这样隔了一下……"

"对对对，进来看看，小是很小，但没办法，"李芳好说着回头拿来钥匙，进屋打开了三合板门，"小羽住窗户这边，他住校，周末才来睡两晚。"

乔劲睿牵着女朋友小云走进三合板门那边的半间看了眼，出来时经过乔青羽的书桌，视线往墙上瞄去，脚步猛然顿住了。顺着他陡然严肃的目光，小云也仔细打量起挂在墙上的字。

"长风破浪会有时，"她轻念出声，"直挂云帆济沧海。"

"青青果然有志气。"乔劲睿转头对乔青羽仓促一笑，拉着小云往外走，小云却凑近看右下方的方形深红印章，眯着眼继续念出声："乔白羽书……乔白羽？是谁啊？"

她看向乔劲睿，乔劲睿却看向了李芳好，似在躲避，又似在求助，嘴角挂着尴尬的笑意。

"嗯，那个白羽，"李芳好的声音发干，脸上一副不知所措的神情，"白羽啊，劲睿可能还没跟你说，白羽就是……"

"是我姐。"

众人均把视线投向了乔青羽，包括刚挤进来的乔陆生。

"你姐姐？"小云吃惊地张大嘴，"你还有个姐姐啊？亲姐姐？她在哪里啊？"

"是亲的，是亲的，"李芳好飞快给了乔青羽一个谴责的眼神，"大青青六岁，就是命苦，前几年肠胃不好，碰到黑心医院，小毛病没治好，走了。"

小云"啊"了一声，站着的人似乎都僵住了。

"实在抱歉，我不知道……"小云充满悔意地小声解释，"因为劲睿没提过，所以我一直以为叔叔婶婶家只有青青和小羽……我要是早知道就不会问……"

"不要紧不要紧，都过去了，"乔陆生善解人意地点着头，"你现在是半个家里人了，迟早也是要知道这件事的……"

与迅速把控局面的乔陆生不同，直到乔劲睿他们走了，李芳好脸上的凝重都没散去。李芳好收拾茶几的时候，乔青羽识趣地过去帮忙，却被命令道："坐下。"

屁股刚碰到沙发，房间里就传来手机在书桌上连续不断振动的声音。也不管李芳好可怖的黑脸了，乔青羽一跃而起，冲进房间，迅速按下拒听键。

她一转身，李芳好火冒三丈地站在门口："这么晚了谁给你电话？"

乔青羽的第一反应是说"不认识的陌生号码"，毕竟为了避开李芳好的多疑，她并没有收录任何男同学的号码。可手机里还留着自己与明盛交流作业的短信，所以不能扯这个明显的谎。

"给我看看。"

李芳好伸手的同时手机又振动了。还是明盛。乔青羽干脆地按了拒听键，乖乖把手机递了过去，同时想好了说辞。

"就是我们班的一个同学，"她认真解释道，"他初中是外国语学校的，成绩很好，英语特好，所以我下午问了他一些问题。前面问的英语作文他没回，应该是用短信说太复杂了，他想打电话跟我说一下……"

"男同学？"李芳好皱起眉头，边说边打开了手机的收件箱。

乔青羽轻轻"嗯"了一声。

李芳好低头翻看信息："叫什么名字？干吗不存号码？好好讨论学习又不是不可以，干吗搞得一副心里有鬼的样子？"

乔青羽点头称是："本来也是想跟妈妈说一下这个同学再存的，劲睿哥他们来玩，就没来得及说……哦，对了，他叫明盛，就是明天的明，盛开的盛——"

"班里就没有学习好的女同学，偏偏要问一个男同学？"李芳好厉声打断乔青羽，"啊？"

乔青羽抿着嘴不吭声。

"从小妈妈就教你,女孩子最重要的是什么,你说?"

乔青羽咬着牙:"洁身自爱。"

"你的成绩在二中这个班里也就是中等,比你成绩好的女生肯定不少,放着女同学不问,偏偏问这个男同学,是什么意思?你怎么知道这个男同学的号码,这个号码是你背的?"

确实背诵记在了脑子里,昨天周六去学校拿明盛作业时,明盛当面报给她的——过于简单顺畅,说一遍就记住了。乔青羽无从解释,垂眼呆立,心里堵得慌,小口而快速地吸气吐气。

"你不要变得像你姐那样!"李芳好突然疯了一样怒吼,"听到了没有,啊?!"

乔青羽被吓得肩膀一抖,鼻头瞬间就酸了。

"你看看你姐,死了还被人说三道四!"李芳好的声音变成歇斯底里的哭腔,"就是因为她脑子不清醒!不自爱!活该她死后也不能安生!还搞得我们一家人都不能好好过日子!你想变成她那样?"

乔青羽震惊地抬起眼——妈妈沉默了两年多,一开口,竟然是对姐姐的指责和怨恨。

"你再做出这种事情……"李芳好忍住了泪,嘴唇颤抖,"再做出这种贴着男同学的事情,我打断你的腿你知不知道?"

"我知道了。"乔青羽喃喃。妈妈瞬间崩溃的模样吓住了她,无论李芳好说什么,她都会无理由同意的。

见乔青羽真的听进心里了,李芳好才慢慢地松弛下来。她向前走了两步,往乔青羽的单人床边一坐:"这幅字——"她看着乔青羽,仍旧抓着手机的手随意往墙上一指,"现在就拿下来。"

乔青羽点点头,二话不说,踮起脚伸长手臂把字匾摘了下来。都说睹物思人,父母每进自己的房间一次就会被折磨一次,自己为了名义上的"怀念"而执意把这幅字带到襄州,却不顾父母的感受,太自私了。

乔青羽把字匾翻过来放在书桌上,转头,李芳好茫然无所依的样子令乔青羽担心起来,小心翼翼地喊了声:"妈?"

"你姐命苦啊……"李芳好呢喃,似在自言自语,"人都走了,还被外面的人说三道四,还被家里人嫌丢人啊……"

"不要这样想,妈妈,"乔青羽坐在一侧,心疼地抚上李芳好的手背,"姐姐走得清清白白,那些流言,我们不要管就好了,我们越在意,别人越会认为他们说的是对的……"

与其说她在安慰李芳好,不如说她在安慰自己。明盛说乔白羽"自甘堕落",染了"艾滋",正是外人津津乐道的乔白羽的死因。可这不是真的。乔青羽清晰地记得,当初乔陆生接到医院打过来的第一个电话时,口齿清楚地重复了五个字:"急性阑尾炎?"

她是真相的目击者。乔白羽也许不检点,但绝没有不清白。

对于外面的流言，乔青羽理解父母的脆弱。他们老实本分，知礼守节，谁料摊上了这么个不省心的女儿。她也理解父母要面对更复杂的世界，所以要承受更大的压力。只是她同时认为，父母有点过于在乎别人的眼光了。可自己又何尝不在意呢？为了逃避流言，竟然做出给同学写作业这种没有尊严的事。

乔青羽想起明盛用乔白羽威胁自己时那张志在必得的脸。"我会一直被奴役，"她心里的警钟响起，"如果我一直在意的话。对爸妈来说，也是这个道理。"

这样想着，勇气突然注入内心，令她相信自己能够坦坦荡荡走到明盛面前，掷地有声地告诉他乔白羽真实的死亡之因。她决定明天就这样做。

就在这时，李芳好手里的手机突然振动了一下，短信显示为明盛的号码。

像突然被唤醒了，李芳好紧绷着脸，点开了短信。

四个字："给我电话。"

没等乔青羽反应过来，李芳好就顺手拨了回去。电话很快被接起，那边传来一声懒洋洋的"乔青羽"。

"你叫明盛？"李芳好冷冷地开口。

显然电话那头的明盛也如乔青羽一般怔住了。几秒后，他换了个端正许多的态度："请问您是……？"

"我是乔青羽妈妈，"李芳好严厉得让乔青羽汗毛直竖，"我女儿已经睡下了，你们讨论学习也得有个度，以后不要这么晚给我女儿打电话。"

那头沉默半晌，听筒里依稀传来一句"知道了，阿姨，抱歉打搅了"。

还算有礼貌，但乔青羽知道自己完了。

在寰州二中的第二个礼拜是在狂风骤雨中开启的。厚重的雨帘挡住了前路，挤满人的公交车前行艰难。挤在车身正中间的乔青羽没够着任何扶手，身体随着频繁的起步、刹车而不住地摇晃。套头耳机里声情并茂朗读英语美文的磁性男声毫无吸引力，乔青羽抬头看向挂在前方的小电视。

"据气象台预报，此次台风过境引起的强降雨将持续至九日凌晨，目前尚未造成人员伤亡。气象局发布台风II级预警，有关部门要继续做好海上船只避风、水库安全度汛以及城乡积涝、山洪、山体滑坡等次生灾害的防御工作……"

滚动的文字上方是迅速变换的最新画面，从中乔青羽意外捕捉到了"南乔村"。往常的潺潺小溪变成了汹涌深河，混着山泥的黄水漫进了村头那座熟悉的白墙黑瓦大宅。

那是爷爷奶奶的房子。

乔青羽摘下耳机——这是个不自觉的动作，心有所忧时，她喜欢安静。

车后端的高处有双眼睛越过人群看向了她。乔青羽转过头，视线对上了一双温柔的美目。

那女孩穿的也是寰州二中的校服。

下车后，女孩快步追上了乔青羽。她撑一把长柄透明伞，伞面低至手肘，黑色伞架似鸟笼。

"同学，"女孩的手伸过雨帘拍了拍乔青羽的伞，"你头顶的头发乱了。"

抬起伞面，乔青羽发现女孩子长得很乖巧，五官在习惯了乔白羽这等大美女的乔青羽看来有些平庸，但弯弯笑眼里充满了善意，有一种令人心安的美丽。而且，她穿得很保守——在短袖校服外还披了件长袖运动外套，这莫名增加了乔青羽对她的好感。

她摸了摸，果然有一小撮儿头发弯曲在空中。乔青羽马尾本就扎得松，肯定是刚才无意识摘下耳机时抓到了头发。

道谢时乔青羽迅速瞄了眼女孩的胸牌——高三1班，王沐沐。

王沐沐翩然离去的背影使得她脑海里心悦诚服地闪现出两个字——校花。

经过一整夜的心理建设，乔青羽认为自己已经做好了面对噩运的准备。被动的人永远被牵着鼻子走，她必须主动采取行动。

她从后门进入教室，经过明盛的书桌时，把装着他的周末作业的黑色文件夹"啪"的一声放在空荡荡的桌面上。

"怎么脸比天还黑啊，好吓人啊，"目睹这一幕的叶子鳞面露鄙夷，"那是什么？"

乔青羽没理他，径自走向座位。

"聋了还是哑了？"叶子鳞恼羞成怒，"阿盛找你说两句话，你就翘上天啦？也不看看自己的村姑样！要不是看你有用，阿盛才懒得理你！你不会误以为阿盛对你有点意思，所以给他写了情书吧？"

这刺耳的言论给人似曾相识的感觉。乔青羽不禁想，是不是明盛把姐姐的事告诉了他的狐朋狗友，所以叶子鳞才把自己想成和姐姐一样的人，肆无忌惮地侮辱自己。

她当然不可能给明盛写情书，不过她确实在黑色文件夹里放了一个信封，信封里的纸条上有两句话：一句是礼貌诚恳的道歉，为妈妈；另一句是义正词严的声明，为自己。

明盛的反应极有可能是另一场狂风暴雨，有多可怕，乔青羽不愿也懒得去细想。她只能做好自己，这是她深思熟虑一晚上的结论。

她和家人在顺云已经承受的、在寰州时刻躲避着的梦魇，都是乔白羽造成的，可始作俑者乔白羽已经撒手而去。许是被李芳好刺激了，乔青羽对乔白羽也产生了恨意。她可以原谅姐姐曾经对自己的恶意，但她不能允许姐姐把一家人都拖入泥淖。缩头缩脑只会激发外人的猎奇心，不畏人言才是面对新生活的正确姿态。

必须昂首挺胸、毅然决然地向外人宣告，乔白羽所做的一切丑事，与她无关。

这样想着，乔青羽甚至有点期待明盛的反应。从他出现在教室的那一刻起，她心里的警钟就开始嘀嗒倒计时，仿若静候预料中的火山爆发，又忐忑，又刺激。

明盛放下挎包时，收作业的物理课代表高驰恰好行至他的座位前。

"自己拿。"明盛说着，一股脑儿把文件夹里的作业本及试卷倾倒在课桌上。

抽出物理试卷的时候，高驰不小心把一个轻巧的白色信封弄到地上，便弯腰捡了起来："阿盛，这里有封信——"

　　"不要了，"明盛打断高驰，也不看一眼，嗓门不小且故意拖长声调，"垃圾桶就在你脚边，麻烦帮我扔了。"

　　乔青羽侧了侧脑袋又立马摆正——镇定，她提醒自己。

　　"我帮你看吧，盛哥，"叶子鳞流里流气地笑着，"免得脏了你的眼。"

　　说着，他起身抢过高驰手里的信封，正想要打开，明盛却忽地站了起来。

　　"还给我。"

　　接过信封，明盛俯身从课桌里拿出上周乔青羽赔给他的手写警告纸，迈开长腿，朝窗边那个扎着马尾、纹丝不动的纤瘦背影走去。

　　乔青羽感觉到明盛越来越近。左手边的玻璃窗外暴雨如注，右手边的空气因为突然出现的黑色身影而凝滞了。

　　"喂，"头顶上方传来明盛不耐烦的声音，"别老写些乱七八糟的东西丢我桌子里。"

　　此话一出，后排几个男生大笑，叶子鳞更是兴奋地鼓起了掌，惹得全班都转过头来看热闹。

　　乔青羽本能地想回击，一抬头，却意外发现明盛眼里闪着温和的笑意。她张了张嘴，冲到口边的反驳幻化成一缕空气。

　　"给，"明盛又说，眼里的笑意消失了，高高在上的怜悯取而代之，"可怜人。"

　　说完，他潇洒地用手里的信封和卷纸轻敲乔青羽的课桌："恕我无福消受。"

　　男生的哄笑、女生的窃笑令乔青羽困窘地想推开窗户跳出去。热血冲头，她噌的一下站了起来。

　　"怎么，"明盛抢在她之前开口了，语气里充满了挑衅，"难道不是你写的吗？"

　　"你才可怜，"乔青羽咬牙切齿，"自恋到可怜。"

　　叶子鳞率先发出了"噢喔"的惊呼，其他男生正欲群起加入，却被明盛扭头时的冰冷眼神吓得噤了声。

　　"乔青羽，"明盛回过头，沉下脸，"人身攻击就不对了。"

　　"是你先说我可怜的——"

　　"我说的难道不是事实？"明盛不耐烦地扬起下巴，眼里尽是轻蔑，"你有那样的姐姐、那样的妈妈，你不知道自己很可怜？"

　　乔青羽再次失声了。

　　像是梦中人被一语惊醒，她猛然意识到自己一直是自卑的。对乔白羽的恨意变浓了——"那样的姐姐"，生前要夺走所有关注，死后把全家人推进深渊，并把妈妈折磨成"那样的妈妈"，使自己在生活中失去自由，在同学面前失去尊严。乔青羽恨她。

　　"看在你很可怜的分上，"明盛一副胜利者的姿态，"我就原谅你刚才说我——"

　　"乔白羽是乔白羽，我是我，她作践自己不代表我也会作践自己。"乔青羽粗暴地打断明盛，直视他漆黑的双眸，"拿她做的丑事威胁我，是你卑鄙。"

她眼看着那双黑眸中的光辉散去，长睫毛落下又抬起，凌厉的寒光堪比刀子。"你无趣到惹人厌，乔青羽。"

对乔青羽来说，这句话相当于判了她死刑。比起刚开学就被学校的风云人物盖章为"惹人厌"的"无趣"女生，她宁愿自己被关于乔白羽的流言侵扰。可怕的是两者同时降临了。

"看起来挺文静的啊……"

"别被她的样子骗了，人可厉害了，当着阿盛的面骂他自恋、卑鄙……"

"据说是因为字写得不错，阿盛就让她帮写作业，结果……"

"可怜的阿盛，从没被人这样说过吧……"

"换作外人，估计现在牙都找不着了，但她是同班同学，又是女生，所以阿盛就懒得理她了……"

"他们班的人都不敢跟她走太近，她有个亲姐姐，很乱来，听说是得艾滋病死掉的，咱们以后也少去5班那边吧……"

乔青羽拿着勺子的手停住了——刚才她一直搅拌着碗里的汤。抬起眼，坚定坐在她对面的蒋念忧心忡忡地看着她。

乔青羽张了张嘴，却选择了沉默。

"别听了，"蒋念说，"越说越离谱。就算是艾滋病又怎样？难不成还会传给你？荒唐！"

乔青羽仍旧沉默。终于还是从顺云漫过来了，这阴魂不散的谣言。

"我要是你，现在就冲过去把那几个人的餐盘掀翻，"蒋念愤愤不平地盯着乔青羽身后，"让她们肆无忌惮嚼舌根！还高三的呢，生物白学了吗？绕绕绕，绕你们个鬼！"

"蒋念，"乔青羽鼻头酸了，"没事。"

"照她们这样说，有病就得避开，那医院的医生不都得被隔离起来？"蒋念似乎比乔青羽还要愤怒，"我跟你说，我妈妇产科的，以前还给一个艾滋病女孩做过人流手术呢！"

像是被什么击中一般，乔青羽的瞳孔迅速放大。

"那就是说，"她轻轻地、试探性地开口，"一个艾滋病人如果得了阑尾炎，照样会去做阑尾炎手术？"

"不然你觉得呢？"蒋念反问，忽然明白过来，惊恐地睁大眼，"你是说你姐吧？"

乔青羽浑身发冷。她当然知道不能听信谣言，可那帮人说得头头是道，且乔白羽确实不自爱。结交一帮下三烂的人，出卖自己的羞耻心，染上可怕的病也不是不可能。所以，乔白羽死于阑尾炎手术是真的，流言，也极可能是真的。

这就是他们举家逃离顺云的真正原因。真相穿着谣言的外衣，压得父母直不起腰。

想起星期天晚上乔劲睿的反应，乔青羽进一步认定，虽然嘴上不说，但家里的每个大人应该都对乔白羽带病离开这件事心知肚明吧？

不然乔劲睿怎么羞于启齿呢？要知道那可是他即将结婚的女朋友，最亲近的人啊。

他不提那件事，却偷偷塞钱。那天晚上入睡前，乔青羽依照李芳好的吩咐，将乔劲睿带来的水果分成两份——李芳好打算第二天带一份去体校给乔劲羽。就在一盒深红透亮的车厘子下方，乔青羽发现了一个厚实的红包，背面写着"聊表歉意"四个字。

得知乔白羽离世，乔劲睿曾一个劲地责怪自己没有照顾好这个妹妹。他在寰州工作，当时是地理位置上与乔白羽最近的人，理所应当肩负起照顾乔白羽的责任。虽然在乔青羽看来，乔白羽得急性阑尾炎根本就不关乔劲睿的事，毕竟他有自己的工作，无法时时看护着已经成年的乔白羽。

看到红包时，乔青羽有点惊异于乔劲睿的良心，但并没多想，现在，她突然想通了。

乔劲睿自责的不是阑尾炎手术这件事，而是没能拉住乔白羽，任由她陷入了地狱。

"我说两句你可别不开心哦，"蒋念小心翼翼地盯着乔青羽，"虽然手术都有风险，但阑尾炎手术死亡率真的极低，你姐姐那么年轻，说出去，是会有很多人不相信的。"

"这么委婉，她哪能听懂呢？"头顶突然传来明盛高高在上的声音，"又可怜又蠢，真可悲。"

—

父母有没有说谎？

乔青羽无法确定，只是失去了反驳明盛的勇气。新生活裂开一道口子，她掉进去了，四周混混沌沌、模模糊糊的，什么都看不清。

寰州与顺云最大的不同，在于边界。

顺云地处山区，是个轮廓分明的小县城，被碧绿的沁安江用一个弯道分成两半，弯道两头各有一座连着高速公路的桥，与外边世界泾渭分明。而在寰州，目之所及永远是楼，想看到边界，是不可能的。

乔青羽从未探索过朝阳新村的尽头，只知道靠近公交车站的小区大门够得上"气吞山河"这四个字——小区里涌出的人仿佛可以填满整个顺云。公交车缓缓到来时，她就是涌向车门的人潮中的一滴水，双脚不受大脑控制，表情麻木到面目模糊。下车不是上学，是落入触不到边缘的深海。与在顺云不同，那些讥笑的神色因乔青羽的沉默而变得大胆，躲避的姿态则因乔青羽是新人而更加决绝。

乔青羽不明白为什么流言在寰州传得这么快，第三天就窜进面馆，飘进了父母的耳朵里。后来她才知道，是因为有人把她"辱骂"明盛的事以及乔白羽的事同时发到了二中贴吧及寰州本地论坛八八楼。

明盛回击她的话时常回响在她的脑海里。"可怜""无趣"算是事实，"惹人厌"虽然很打击人，但可以不在乎。但是，说她"蠢"？

乔青羽并不能确定明盛是从哪里得知乔白羽的事的，直觉告诉她，明盛就是盲目照搬了顺云的谣言——"自甘堕落""艾滋病"这两个词，是过去两年多一直缠绕她的噩梦。所以，他听信谣言，和自己听信父母，难道不都是一样听信别人吗？他有什么资格说自己蠢？

逮着乔劲羽回家的日子，乔青羽在网上查到有"艾滋病合并阑尾炎"这回事，也看到有种说法是艾滋病患者更有可能患上阑尾炎，且治疗时容易产生并发症。结合一般做阑尾炎手术之后只需几天即可恢复这个情况，联想到父母之前在寰州待了两个月，乔青羽隐隐证实了自己的猜测。

只是她不可能跑到明盛面前，用自己的发现来反驳他说自己"蠢"这件事。谣言成真，她觉得连踏进学校的勇气都没有了。

偏偏乔劲羽央求她带他和几个同学进寰州二中看明盛打球，理由是已经答应同学了。"姐姐和明盛一个班，一定没问题"，他这样和同学说。乔青羽气得狠狠把他骂了一顿。

"姐，网上那些，我同学发给我看了，没想到你这么有种啊，居然骂明盛……但他也没怎么你吧，是不是？据说他从来不搞班里人的……你也真是的，都在一个班了，要搞好关系嘛，那可是明盛啊，换作我，早就——"

"是他把姐姐的事说出去的，"乔青羽打断喋喋不休的乔劲羽，"你这个软骨头！你知不知道，因为他几句话，我在学校受到多少白眼？"

"不太可能是他说出去的吧？刚开学，网络上就有大姐的帖子了好吧？是你自己与世隔绝——"

"干吗帮他讲话？"乔青羽气得几乎心梗，"你是不是我亲弟弟？！"

"姐，你别凶嘛，我同学也问我大姐的事啊，那我就直说嘛，"乔劲羽笑道，"我教你一个办法，你手机里存几张大姐从小到大的照片，再有人问，你就把大姐的照片给他们看，然后可怜巴巴地说大姐是被老家的人污蔑的，别人就会相信你了……我宿舍那几个看到大姐的照片，眼睛都直了，我说啥他们都点头……你拿去给明盛看，一定要给他看！"

"你真的觉得姐姐是被污蔑的吗？"平缓呼吸后，乔青羽若有所思地问，"那些乱七八糟的话，难道都是别人没事找事吗？"

"管他呢，"乔劲羽不在意地挥手，"反正这里没人认识大姐，我们说了算！"

犹豫了片刻，乔青羽："我刚才查到阑尾炎手术只需要几天，爸爸接到电话的那天，对我们说的是姐姐已经在医院做手术了，所以他和妈妈当晚就赶了过去。后来在寰州待了两个月，为什么呢？"

"不是后来大出血吗？"

"为什么大出血呢？"乔青羽陷入沉思，"为什么人们突然说姐姐得了艾滋病呢？"

"艾滋病"三个字使得乔劲羽倒吸了口气："姐，咱自家人能不能别提……"

"说不得吗？"乔青羽看向他，"爸爸总说'身正不怕影子歪'，若是假的，爸妈怎么会没底气面对呢？"

乔劲羽吃惊地张大嘴："不是，姐，你什么意思啊？"

"我想弄明白爸妈为什么在寰州熬了两个月，"乔青羽说，"姐姐大出血到底是怎么回事，到底是不是因为艾滋病。"

"哦。"

"你帮我问。"

"啊？！"

"就说同学追着问你这件事，你都快混不下去了。"乔青羽支着儿，"你住校，同学关系很重要的，总不能因为姐姐的事被人排挤吧？爸妈肯定理解。"

乔劲羽连连摇头："不行，我哪敢在爸妈面前提大姐啊？你又不是不知道——"

"我带你们进二中看明盛打球，"乔青羽打断乔劲羽，"作为你问爸妈的交换。"

乔劲羽先是一愣，随即疑惑："姐，都两年多了，干吗回过头想这件糟心事啊？"

"周围的人都戴着有色眼镜，我很痛苦，"乔青羽认真地看着他，"既然无法反驳，不如把真相调查清楚。"

很快乔青羽就发现自己太高估乔劲羽了，这家伙根本不打算遵守她提出的交换约定。看完寰州二中的校队练习赛，他就和体校同学一起消失了，直到周日傍晚也不见踪影。

"都是你搞不好和同学的关系害了我，"电话里，乔劲羽对乔青羽抱怨，"在篮球馆，别人看到你，故意离我们远远的，搞得我那几个同学都紧张死了！好像我们是瘟疫一样！"

"这能怪我吗？"乔青羽不客气地吼出声，"是我得了艾滋病？我也是受害者！"

"你能不能别说这三个字了？！"乔劲羽第一次朝乔青羽发火。

乔青羽怒气冲冲地挂断电话，随即陷入深深的沉寂。许久，她缓过神来，发觉嘴唇被自己咬得生疼。

她在屋子里转了两圈，想找到之前挂在墙上的字匾，把它放在脚下狠狠地踩。可她没找着。李芳好向来把东西收得很好，那块无用却无法丢弃的字匾，想必正稳妥地放在父母房间的某个角落里。

而父母的房间常年锁着门。

年幼时乔青羽还能自由出入父母的房间，直到乔白羽初一升初二的那个暑假，父母的书桌抽屉里少了五十元钱。那年乔白羽十三岁，她七岁，劲羽六岁，父母让他们站成一排兴师问罪，却什么也问不出来。

小时候，乔青羽只觉得乔白羽是个做了错事不敢承认的胆小鬼，现在她却敬佩乔白羽的刚烈。打死不承认，害得弟弟妹妹一同被骂也毫不在意，这种决绝是乔青羽做不到的——她的良心会插手。放到现在，若乔白羽还活着，定不会像她这样，如此在意外面的人言。

望着父母房间那扇紧闭的门，乔青羽想，换作姐姐，气急之下可能就一脚踏进去了。她做不到，她从小就厌恶乔白羽那种不计后果的莽撞。可此刻，第一次，她也厌恶起自己一直引以为傲的谨慎、周全。这股强大的力量引着她踏上了有别于姐姐的康庄大道，可同时也在她身边织了张网，裹得她不能自在地呼吸。

关于姐姐，父母隐藏起来的那部分真相，一定会在他们的房间里留着承载之物。比如，乔白羽当年的病历本，或者乔陆生打官司的文件。只要找到其中一样，就能证实自己的猜测，才能在流言纷飞的世界里活得明明白白。

中秋过后，天气转凉，李芳好出门前回望了眼站在阳台上晾衣服的乔青羽，小女儿踮起脚向天空伸长细细双臂的样子，像极了一只努力张开翅膀的鸟。

她随即想起了乔白羽，心中惊醒：青羽是什么时候长大的？

看似一只展翅欲飞的鸟，实则是深潜水底的鱼。再次袭来的流言像洪水一样涌进了这个家，乔青羽是看起来呼吸最平稳的那个。李芳好听乔劲羽说了，姐姐在学校不受待见，姐姐很痛苦。可她在乔青羽脸上捕捉不到丝毫波澜。她照常勤奋读书，放学后照常在店里帮一个小时的忙，面对别人猎奇的眼光照常笑容得体，仿佛在告诉父母，"一切都不用你们操心"。

就是眼眸深邃平静得像海。她懂得隐藏自己了。

李芳好仔细回想，确定乔青羽的转变就发生在自己责备她给那个叫明盛的同学发短信之后。从那以后她就有了心事，日复一日，越发懂事。

晚上李芳好关店回到家，乔青羽已经收好了衣服，坐在沙发上，一边看新闻频道一边把衣服叠得整整齐齐。

"作业做好了？"李芳好问。

"做好了，洗过澡了。"

李芳好满意地走进房间，放下挎包的同时听到乔青羽在敲虚掩的房间门。

"妈，衣服给你放床上吧？"

"行。"

乔青羽第一次进来的时候，李芳好背对着她，正弯腰在书桌的一个本子上匆忙地写着什么，第二次进来时，李芳好躬身在衣柜里拿睡衣，第三次，李芳好满脸怀疑地坐在床尾等她。

"这么点衣服一起捧进来不就行了，进进出出浪不浪费时间啊？"

乔青羽回应："我下次知道了。"

她迅速把手里的袜子放下，转身要走，却被李芳好拉住了。

"青青，坐下来，妈妈跟你聊聊，"李芳好拍了拍床，"来。"

乔青羽听话地坐在李芳好身侧。

"学校里怎么样啊？"

"还好，"乔青羽回，"老师讲课很快，我有时都跟不上……同学也都很厉害，很多人能同时兼顾学习和课外活动……当然，我晓得我的任务就是读书，不想其他事……"

李芳好幽幽的目光令她心里发颤。

"也有不适应的，就是食堂里一个辣菜都没有，没什么味道……"

"你老实跟妈妈说，"李芳好突然牵起她的手，"上次妈妈打电话给你那个男同学，你是不是生妈妈的气啊？"

乔青羽愣了愣，顺着李芳好的意思道："我早就不生气了，妈妈，是我不对。"

"嗯，"李芳好点点头，拉过乔青羽的手，面色因乔青羽的坦诚而柔和了许多，"你呀，心里有气也正常，但你要知道妈妈为什么这么严格，这都是为了你好……你现在大了，不是小孩子了，很多事情自己心里要有数……"

她低下头，边说边摩挲着乔青羽的手背，乔青羽便不动声色地观望着房间的布置：家具很少，靠窗的位置有一张空荡荡的单人书桌，门边立着泛黄的白色三合板衣柜。抬头，她发现那块熟悉的深红色字匾被放在衣柜顶部，没有任何遮盖，怕是已经落了灰。

"妈妈跟你说点掏心窝子的话，"李芳好抬起头，吓得乔青羽立马收回视线，"你喜欢念书，是好事，但你一个女孩子，更重要的是洁身自好，以后找个有担当的人，好好过日子……这才是爸妈最操心的……"

"妈妈，"乔青羽反过来握住李芳好的手，"现在这个阶段我会好好读书，不想其他的，大学毕业后再找个好人好好过日子，你就放心吧。"

懂事的回答让李芳好一下子无话可说。

"时间不早了，我帮你把衣服放好吧。"乔青羽说着站了起来，打开衣柜，迅速观望一番，回头对李芳好乖巧地一笑，麻利地把衣服、裤子一格格分类放好。

李芳好欣慰地看着她。

"那我先去睡了，明天早起上学。"乔青羽说着退出房间，主动带上了房门。

关上自己的房门，她像只鲤鱼一样跳跃着躺到了床上。

就在刚才帮忙放衣服期间，她发现衣柜灰暗的另一侧底部放着个白色金属箱子。看样子是保险箱。毋庸置疑，只要弄到保险箱的钥匙或密码，所有疑问都会有答案。

有方向就有了力量，在学校的日子却越来越不好过。乔青羽经过高二3班的教室时，有个男生冲到她面前，喊了声："二花！"

他高大的身躯贴得很近，乔青羽不得不停下脚步。

"二花。"高大男生轻佻地笑着，又凑近一点，呼出的陌生气息喷到了乔青羽的鼻尖，吓得她连连后退。

"耳朵真的红了！"男生越过乔青羽的脑袋大喊。

身后的众人发出哄笑，乔青羽恨极，视线缓缓上移，死死盯着这个男生夸张大笑的脸。

感觉到她的森冷，男生止住笑，换上一副胆战心惊的表情："哟，我好怕啊，你别碰我啊，我还是处男呢，不想得艾滋——"

"陈予迁。"

明盛的声音像冷风一样飘进了乔青羽的耳朵，陈予迁猛地住了嘴。

随即他从陈予迁身后冒了出来："跟我来。"

说完，他大步经过乔青羽，目不斜视。

-

自从有人把乔白羽的照片放上学校的贴吧，乔青羽就得到了"二花"这个称呼。二花，劣于乔白羽的二等村花。偶尔有男生用下流的语气喊她"老二"，这种时候乔青羽胃里会泛起一阵恶心。时间久了，她一进入学生多的地方，就会产生天旋地转的感觉。

她看过八八楼的一个帖子，以"最美艾滋病患者"为标题，放的是乔白羽不知何时拍的艺术照。照片里的乔白羽如钻石般干净剔透，比言情小说的封面女郎还要动人。发帖人自称是乔白羽多年的同学，眼看着她从小学到高中一步步踏入堕落的深渊。最末，这个帖子总结道："心比天高，命比纸薄。"

乔青羽发现世界上的很多事都是真假参半的，就像网上的这个帖子。真的部分是帖子列举了乔白羽的不检点事迹，比如从初中起就喜欢抢人男朋友等；假的部分，是发帖人的身份。

乔白羽没有从小学到高中的多年同学。最开始她在里方乡中心学校，初三前转到顺云三中，重读初二，留了一级。高中那年，顺云有个新成立的职业学校华君艺校到处招生，乔白羽就被父母送了过去。艺校收费贵，首届只有两个班，集中了顺云市考不上高中的家境尚可的学生，而像乔白羽这样在乡下读了八年书的，仅她一个。

其实从帖子内容也可以看出来，发帖的人只是把道听途说的收集到一起罢了，加上乔白羽的出众脸庞，很轻易地得出了"心比天高，命比纸薄"这个结论。在乔青羽看来，这八个字也只说对了后面半句。尽管乔白羽从小就偷钱、放纵，但乔青羽知道，姐姐并不是个有野心的人。

她只是喜欢被关注罢了。

乔青羽很难跟别人解释乔白羽做这些事完全是随着性子的，不像自己，有沉淀的耐心。乔白羽挑选男人的标准很简单：温柔。

只要满足这一点就够了。

柔情蜜意的年长男人对乔白羽有着致命的吸引力，不管那个人是否已经有伴侣。从这点来说，乔白羽可能确实如网上那些人骂的那样——"下贱"。

-

走进礼堂的时候，前排几个叽叽喳喳的高一女生鄙夷地往乔青羽身上瞄了好几眼。乔青羽面不改色地经过她们时，最外侧的女生不自觉地往里面靠了靠。

礼堂的活动是高二英文朗诵比赛，乔青羽到得晚，观众席已经布满了黑压压的人头。又有人喊"二花"。乔青羽把思绪从乔白羽身上收回来，一池目光，令她头晕目眩。

蒋念呢？哦，蒋念在前排，她要上场比赛。

高二5班的位置在礼堂的最中间，班里的人基本到齐了。乔青羽遥遥看了眼人群中那几张黑洞洞的空椅子，抚了抚额，朝礼堂后方走去。

观众席的后半部分是空着的，她挑了个最昏暗的角落位置坐下。

叶子鳞和陈予迁是比赛开始后才悄无声息出现的，两人一左一前坐下，把乔青羽围了起来。

"嘿，二花，"转过头来的叶子鳞压低声音，"明天上午哥带你去看闵江大潮。"

"帮你交几个学校外面的朋友，"身侧的陈予迁凑近，"省得你在寰州孤苦伶仃的，万一有困难了，也不至于像你姐那样无依无靠——"

乔青羽面无表情打断他："到明盛了。"

话音刚落，礼堂内掌声雷动，男女生的尖叫声震耳欲聋。乔青羽忐忑的心思虽然完全不在舞台上，却也不由得被身穿白衬衫的明盛吸住了眼球。

这家伙平时只穿松垮的运动T恤，为了比赛换上挺括的衬衫西裤，修长的身形着实夺目。看不清他的脸，也不需要看清。开口前，他先调整了麦克风的高度，而后单手握着麦克风环视四周，一连串的简单动作使得乔青羽移不开目光。聚光灯有魔力，把骄横难缠的叛逆少年变成了落落大方的谦和君子。

和礼堂里的其他人一样，乔青羽凝神屏息。

"Good afternoon."

麦克风里明盛收敛有礼的声音冲击波一般狠狠撞进了乔青羽的胸膛。她高悬的心摇摇晃晃，像风中摆动的秋千。

几乎是同时，观众席中传来"啊——"的一声尖叫。

叶子鳞歪嘴笑着回过头："甜甜也太疯了，老师都坐着呢。"

陈予迁撇嘴："苏大小姐才不把老师放眼里……二花，明天看闵江潮，去不？"

"不去。"

听她冷冷的回复，叶子鳞向陈予迁使了个眼色。

"喀喀，"陈予迁咳了两声，"带你认识你姐以前的男朋友，富二代哦……"

他富有深意的眼神令乔青羽汗毛直竖。

"不去。"

乔青羽丢下他俩，起身离开礼堂。

天朗气清，风儿和煦，她想也没想就往礼堂边的花园走去，找了张长椅坐下，抬头望天，闭眼，深吸一口气，又缓缓地连带着脑海中莫名挥之不去的明盛的声音一起吐出。

麦克风给他的声音添了一分深沉、一分磁性，加之他特有的慵懒，与开学初的跋扈至极相比，简直判若两人，演讲时的他致命般出众夺目。

猛地睁开眼，天空净蓝如洗，空旷寂寥。

乔青羽记起乔白羽曾告诉自己寰州很美。

三年前的中秋节，周日，到寰州不足一个月的乔白羽兴高采烈地给家里打了个电话。

"青青，"听到接电话的是乔青羽，乔白羽快乐地喊，"我在北山，哇，这里看寰州超梦幻！清湖原来是蓝色的呀，和天空一样！"

乔青羽已经忘记自己是怎么回应的了，只记得自己不冷不热的态度。接电话前，她看到来电显示，那个手机号码不是乔白羽的。天知道乔白羽身边是不是有个男人。她没问，一是她自小就被教育妹妹没资格过问姐姐的事，二是她真的没什么兴趣。

此刻，她不禁联想，刚才陈予迁说乔白羽"以前的男朋友"，是不是就是几年前陪乔白羽爬北山的那个人呢。

可不管是不是，跟她有什么关系呢？乔白羽结交的那些人，她离得越远越好。

良久，乔青羽起身走回教学楼。高二学生都集中在礼堂里，二楼、三楼空无一人。乔青羽沿墙缓步走上台阶，正想转身从后门进入高二5班，突然听到门边传来说话声。

"那也是二花啊。"叶子鳞的声音，"乔青羽不是村里长大的又怎样，看她那村姑样！她哪点比得上她姐姐？"

乔青羽低头看了眼身上的玫红条纹短袖Polo衫——五六年前的款式，乔白羽的衣服。

"行了，叶少，知道你眼光高，只有乔白羽那种级别的美女才能入你的眼。"开口的是陈予迁，"不过这乔白羽真神啊，要不是黑哥告诉我们，谁知道她是农村长大的啊？又洋气又清纯，真是少见……"

因为网络上流传的照片几乎都是来寰州才拍的，乔青羽心里暗想。

在买衣服这件事上，父母从来都是忽略她的。乔白羽喜欢追求潮流，挑选的都是鲜艳的颜色，乔青羽即便憎恶，也只能任凭这些过时夸张的衣服把自己包装成同学中的异类。

"还很有风情，那双眼睛一看就是有故事的人的，我就喜欢这种有风韵的美人……"叶子鳞流下了哈喇子，"咱校的女生都太正经了，江滨新区很多女生都是乔白羽那个范儿，但没她好看，乔白羽这么容易上，怎么就没被我遇上呢……"

"啧啧啧，你别恶心了，她死了都，"陈予迁说，"也不想想她是怎么死的。"

"艾滋病啊，"叶子鳞嚷了句，猛然惊恐不已，"黑哥以前是她男朋友的话，不会被……"

"是男朋友之一，没多久就分手了。"陈予迁严肃道，"放心，我私下问过了，黑哥没事，就是发现她行为不检点才分手的，她染病是分手之后的事……"

"唉，自古红颜多薄命啊！"叶子鳞感慨，"看来我还是得注意点，不能找太开放的女生……这么一绝色美人，可惜自作孽啊，老天爷怎么不多给她一点脑子，对吧，阿盛？"

乔青羽这才知道明盛也在他们之中，不自觉地屏住呼吸，侧耳倾听。

"少在背后说别人，"明盛声音冷淡，没了礼堂里夺人心魄的光芒，而是恢复了惯常的漫不经心，"嘴碎。"

"乔白羽都死了啊，还说不得吗？"叶子鳞听着不太服气，"大家都在说啊，而且不是我先提的，是陈予迁先提的……"

"我只是说乔青羽的鼻子眼睛和乔白羽挺像……"

"你还说乔青羽比邓美熙漂亮呢，你不会看上二花了吧？"

"你他妈才看上她了呢！就她那样？阿盛不跟她计较她还蹬鼻子上脸的，我能看上她？"

"不是你说她被人嘲笑可怜巴巴……"

"我是赞同阿盛说的，她——"

"行了，"明盛突然插话，听着凌厉，"烦不烦，你们？"

空气静了。明盛换了缓和点的语气："以后别再提什么乔白羽，糟心。"

"是是是，"叶子鳞讨好地笑，"这女人太脏。"

"是太惨，"明盛说着，快速吐了口气，"从小被爸妈丢在农村里不管，他妈的比乔青羽还悲惨。"

说得乔青羽一震。

她忆起自己对乔白羽是产生过歉疚感的，在自己年纪还很小的时候。四五岁时她曾不止一次听到南乔村的大人拿她和乔白羽打趣，笑称让乔白羽回到顺云的父母身边，让她来村里陪爷爷奶奶。此番笑谈常常吓得她哇哇大哭，死死抱住李芳好的腿，说自己不要和姐姐换。

"不换不换，"李芳好抚着她的脑袋，"过两年等我们换个大点的房子，再让姐姐回来，一家人就可以在一起了。"

好事者会继续怂恿乔白羽，列举一大堆顺云好玩的地方，逼问乔白羽想不想爸妈。乔白羽通常沉默以对，有一次实在无路可退，只好开口："青青是妹妹，还小，我要让着她。"

这话赢得大人掌声一片，为这个无聊的玩笑画上了句号。乔青羽舒了口气，却无法雀跃，乔白羽那双水汪汪的眼睛盛满隐忍的愁绪，冲向了她，压住了她。

那是第一次吧，自己对姐姐产生了深深的歉意。

一

国庆假期，面馆歇业三天，乔青羽、乔劲羽随父母回到了顺云。先前台风引得溪水暴涨，浑浊的洪水把爷爷奶奶的老房子浸泡成不可居住的危房。一到顺云，一家人便马不停蹄地赶往南乔村。

爷爷乔礼隆和大伯乔海生站在村口迎接他们，待他们下车后寒暄一番。乔海生拉着乔劲羽的手，把众人领进了离村口不远的新房子。

乔青羽跟随大人把新房子看了个遍，口中自动溢出赞美之词。"所幸台风前就把爹妈接过来了，"乔海生自豪地说，"还是劲睿的主意，这小子心细，天天看天气预报，老惦记着家里。"

奶奶方招娣笑得满脸褶皱，拉着乔劲羽的手："小睿是能干的，小羽也很能干，这两个孙子可算是生得好，你们两兄弟都有福气啊！"

"老房子还去住吗？"乔青羽问。她站在三楼通道的窗户边，视线越过窗外高低起伏的屋顶，刚好能看到溪水边老房子泛黄的白色后墙。

"没法住人咯，"大伯母刘艳芬笑道，"爹妈以后就住我们家。陆生啊，你们以后过年就来这里，把这里当自己家就行了，平常不用操心爹妈的事，我们会照顾得好好的……"

李芳好顺着刘艳芬说起客套话。乔青羽听着无趣，推门进了右手边的房间——她和乔劲羽晚上就睡这里。

宽敞的房间里只放着一张床，散发出崭新的气息。墙角有张深红色的劣质皮沙发，是旧的，从老房子乔白羽的房间里搬过来的。

"姐，"乔劲羽凑了过来，"下去吃晚饭了。"

"这怎么睡？"乔青羽用下巴指指床，"你睡沙发还是我睡沙发？"

"就知道你会纠结这个问题，"乔劲羽无奈地笑了，"放心啦，我跟爸睡楼下，你跟妈睡楼上。"

乔青羽已经多年没有和李芳好同睡一张床了，说实话，她根本没有和妈妈睡在一起的记忆。乔劲羽出生时，她一岁半，据李芳好说，那时她就独自睡在另一个房间了。

初秋夜微凉。冲完澡，踩着拖鞋往三楼走时，乔青羽暗暗希望李芳好已经睡了。她一点也不喜欢跟妈妈单独相处。

屋内只留了一盏暗黄的床头灯，被褥平整，李芳好光着脚蜷缩在红色的沙发上，困得头一点一点的，看样子是在等她。

"妈？"

听到声音，李芳好迷迷糊糊看了她一眼，打了个深长的哈欠，起身朝床走去："洗个澡那么久？快睡觉吧。"

乔青羽疑惑李芳好为什么不去床上坐着等待。也许，又是睹物思人，想起乔白羽了吧。

想起大伯的说辞，洪水浸过的老房子没法住人了，今后怕是不会去了。爷爷奶奶的衣物全都搬过来了，那——乔青羽瞄了眼昏黄灯光下的红色沙发，不禁想，就是说，姐姐的东西，全都不要了？

老房子是传统砖瓦房，共两层，乔白羽曾住了八年的房间在第二层，没有天花板，抬头就是鱼鳞般的黑瓦和暗沉色调的圆木房梁。那是个狭长的房间，一扇木窗朝向东南，书桌、床、衣柜和沙发只能排成一列，关上窗就像身处望不见头尾的隧道。乔青羽记得这红色沙发是后来搬进去的，好像是乔青羽在店里看见了很喜欢，父母为讨她欢心，竟然买了回来。

一张现代设计风格的红色沙发，放在都是古旧木制家具的房间里，显得极其突兀。

"你爷爷奶奶就是怕浪费，不舍得扔东西，"李芳好见乔青羽看着红沙发，说道，"也不知道把这张沙发带过来干什么。"

乔青羽大胆地、试探性地开口："妈，姐姐以前房间里的东西，都不要了吗？"

"那房子晦气，"李芳好的回应快得出乎意料，气息很急，"上游水库建好后，被淹也不是一两次了。那块地风水不好，不然老乔家解放前好歹是大户人家，人丁兴旺，怎么会掉下来这么快？你看看，村里除了你爷爷奶奶，也就是没用的乔大勇带着他那个疯老婆住那个坑里，别人谁愿意住啊？你爷爷奶奶早该搬出来了。"

乔青羽点头称是。看样子，乔白羽房间的东西，大人是不打算要了。

李芳好提到乔大勇的疯老婆，使得乔青羽想起自己小时候不愿意和乔白羽互换的另一个原因。谁愿意住在一个半夜尖叫的女疯子对面呢？

"睡吧。"李芳好下令。

乡村入眠早，乔青羽毫无困意。关灯后，她睁眼躺着，耳边李芳好的呼吸越来越均匀、平稳。侧过头，秋风撩起轻薄的纱帘，在红色的沙发上摩擦着，发出细碎的沙沙声。

这沙发，原本在乔白羽房间里，就是放在窗户下的。

静夜中，想着乔白羽曾经的房间，想着那满满当当的书桌、贴满明星海报的墙、衣服乱放的衣柜，想着漆黑瓦片下轻盈的雪白窗帘，乔青羽不由得伤感起来。

为乔白羽那不被任何人珍视的八年。

寂静放大了纱帘摩挲沙发的声音，乔青羽悄声下了床。

靠近窗边，她打了个寒噤。拨开纱帘，正要关窗，她蓦然发现，远处的老房子里，有个窗口灯火明亮。

乔青羽定了定神，仔细看，确认那个有光的房间就是乔白羽住过的屋子。

一个人影缓缓出现在窗口，屋里的光呈明黄色、鲜红色，不断跳跃着，窗口冒出异样的黑烟。

那不是灯，是火。

乔青羽尖叫起来。

一

所有冲向老房子的人中，乔青羽是第一个赶到的。一个浑身是火的女人在地上打滚，见到有人来，她绝望地冲了过来。

乔青羽连连后退，突然间女人停住了，怀里掉下一小团燃烧之物，自己则纵身一跃跳入了溪流。

乔陆生、乔海生他们随后就到了，手忙脚乱地提着水桶冲到二楼灭火。那团燃烧之物就在乔青羽脚边，她抬脚狠狠踩了几下，火灭了，几张残缺的纸张随风飘了起来。

乔大勇从对面屋里冲出来，冲进溪流里救他正在挣扎的疯老婆，嘴里骂骂咧咧："造孽啊造孽啊，我还不如弄死你算了……"

风突然猛了些，几簇火苗一窜，火势更大了。

帮大人灭火之前，乔青羽眼疾手快捡起了地上残缺的纸——她注意到纸上有字，是乔白羽的笔迹。李芳好来了，见乔青羽也提着水桶，便把乔青羽赶到一边。眼睁睁地，乔青羽看着火越烧越旺，很快所有人都撤出了院子。

这一切发生得太快了。李芳好面朝燃烧的老房子，哭成了泪人。

"都没了啊，"她声嘶力竭地喊，"小白啊，你的东西都没了啊，随你去了啊……"

乔青羽手里还抓着那几张纸。借着明亮的火光，她缓缓展开手掌，认真辨认纸上的字。

她的视线一下子就被中间最完整的那句话吸引住了。看得出这是乔白羽多年前写的字，略显稚嫩，但干干净净、规规整整的，像她的脸蛋一样漂亮。

"劲睿哥要了我的第一次，"乔白羽写道，"我爱他，但我还是哭了。"

一开始乔青羽以为这是乔白羽曾经写给谁的信，但很快她就发现这几页纸其实是日记。左上方的焦痕处有个模糊的手写年份——98年。

十年前自己六岁，乔白羽十二岁，刚刚小学毕业。那年夏夜，老房子上空绽放出最绚烂的烟花——为了庆祝乔劲睿考上寰州大学。那年隧道一般的房间里莫名出现了讨好乔白羽的红色沙发。那年，顺云抽屉里的钱还没有不翼而飞，乔青羽尚能自由进出父母的房间。

身边李芳好仍在号啕大哭，声音悲恸得像狂吼的山洪。乔青羽只觉得眼前天旋地转，所有声音骤然远去。

原来他们都错了。

Chapter 5
暗涨之潮

回到寰州后，乔青羽越发沉静。见她心事重重，李芳好某天晚上特意早早回了家，拉过乔青羽谈心。

"老实跟妈说，你到底在想什么？"

她们坐在客厅的旧沙发上，身下的棕色人造皮革因陈旧而泛黑。

"老实跟妈说，"李芳好加重语气，"别整天耷拉着脸。"

直说定会引发李芳好的情感地震。乔青羽望了眼李芳好紧绷的面孔，伸手，抚上了她的肩："妈妈，你别担心，我没有在想乱七八糟的事。"

"你看我，"李芳好恨不得掰过乔青羽的脑袋，"看我，我叫你老实说，你越拐弯抹角，越说明你心里有鬼。"

乔青羽知道李芳好只是不希望女儿有秘密。她也想象着能和妈妈敞开心扉谈谈乔白羽的事，只是一面对李芳好，她心里就会打起退堂鼓。那种从小累积起来的没来由的担忧和惧怕，是她迟迟不敢开口的原因。

李芳好的语气越发严厉："妈妈毕竟不是你肚子里的蛔虫，你也大了，有什么事，要学会主动和妈妈沟通，晓得吗？"

"晓得的。"

酝酿半天，到头来还是什么都不敢讲。乔青羽很讨厌自己在李芳好面前的怯懦。事后回想起这场无意义的谈话，她又觉得自己虚伪——为了维持自己在妈妈面前一贯的"省心"形象，她竟然强力掩盖了自己探索真相的欲望。

在学校里，乔青羽不看人眼色、不被人在乎，反而能做真实的自己。蒋念人缘好、朋友多，是各类活动的活跃分子，时间一久，乔青羽就习惯了独来独往。她倒挺享受这种清静。

教学楼后方的多功能楼顶部有个天台，原本是情侣的约会佳地，可后来学校围上了一圈高耸的带刺铁丝网，美其名曰为了安全，防止学生掉下去。铁丝网内的天台看起来森冷、压抑，吓跑了情侣，变成了校内混混儿的抽烟宝地。

乔青羽去过天台两次——校内的混混儿无非就是那么几个，避开他们比避开其他同学简单多了。

那两次都是雨天。十月中旬秋意浓厚的一天，放学时天空落下雨滴。刚刚走到校门口的乔青羽从包里拿出伞，撑开，掉头穿过教学楼，进入多功能楼，拾级而上，第三次朝天台走去。

如她所料，天台上一个人都没有。雨渐渐大了起来，乔青羽卸下鼓胀的书包，往木门边一放，撑伞踏进雨中，透过一圈圈的铁丝网向外眺望。

雨幕中的城市一片模糊。渐次亮起的霓虹灯浸在水里，光晕弥漫，有种迷离的美丽。

每每在天台上独自待着，乔青羽的思绪就不由自主地朝那几张烧焦的纸飘去。乔白羽水润灵动的双眸火花一般在脑海中闪现，背后是乔劲睿温柔体贴的黑影。紧接着，她的思维就停滞了，脑海中一片空白。

今天也是一样，不知过了多久，乔青羽才意识到自己在发呆。

雨点早就溅湿了半只帆布鞋，凉意袭入双脚，钻进身体，使她打了个寒战。转过身，乔青羽看见木门边不知何时来了两个女生，一个空手站着，另一个一手拿扫把，一手拿畚箕，正弯腰把畚箕里的垃圾倒入乔青羽的书包。

"喂！"乔青羽大喊，"你们在干吗？！"

站着的女生捂嘴笑了起来，倒垃圾的女生瞄了乔青羽一眼，加快了倾倒的动作。

见乔青羽冲过来，捂嘴笑的女生神色慌张地往后退了两步，朝另一个女生招手："邓澄，快快，她来了！"

那避之不及的神色就像看见了瘟神一样。乔青羽什么都不管了，把伞一扔，咚咚咚跑下楼，双手一伸，拦住了企图逃走的两人。

这下她看清了，方才捂嘴笑的那个女生是高一6班的苏恬，洋娃娃般精致，一开学就和明盛打得火热。

"垃圾应该倒入垃圾桶，"乔青羽正色道，"你们太过分了。"

苏恬鄙夷地斜视着她，拉着邓澄往后退了两步，居高临下的姿态刺得乔青羽生疼。

"把我的书包清理干净。"

"喊！"邓澄拿着扫把朝木门一指，"那里是我们班的卫生包干区，原来门边放了个垃圾桶的，不见了，那我能怎么办？"

"在外面，"乔青羽平静地说，"天台上，角落里。"

"我没看见，"邓澄气势很足，目露凶光，咄咄逼人，"放垃圾桶的地方是个书包，那我就倒进书包里，就这么简单。"

一旁的苏恬赞许地点头，一本正经地补充道："外面这么大雨，我们怎么出去拿垃圾桶啊？"

"你们拿不到垃圾桶，是我造成的吗？"乔青羽不禁加大音量，"那个垃圾桶里都是烟蒂，有本事你们把垃圾倒到明盛书包里啊？不是他天天带人来天台抽烟吗？"

像触到了某个开关，苏恬瞬间变了脸，大眼瞪得恐怖，仿佛美妖现出狰狞的原形："你谁啊？你也配提阿盛的名字？就你那张烂嘴也配提阿盛的名字？我告诉你，要不是——"

"把我书包清理干净，"乔青羽冷冷地打断苏恬，"不用你告诉我什么。我告诉你，即便是明盛做出这种事，我也会让他把我书包清理干净。"

"闭上你的脏嘴！"苏恬怒吼，"你再敢说阿盛的名字试试？"

"明——盛——"乔青羽注视着苏恬冒着怒火的双眸，一字一顿地说，"明——盛，明——盛，明——盛——"

她觉得苏恬就要爆炸了，隐隐地她竟有些期待。她希望苏恬暴烈一点，直接给自己一拳或者把自己推倒，这样她才有理由不留余地地反击。

"闭！嘴！"苏恬捂着耳朵，跺脚尖叫。

突然间她转过身向楼上乔青羽的书包冲过去，拎起敞开的书包，把里面的东西一股脑儿倒在了雨水流淌的天台上。

"你……"乔青羽失声了。

苏恬神清气爽走下楼，一副胜利者的姿态。

"我把书包清理干净了，"经过乔青羽身边时，她趾高气扬，"倒进去的都是灰尘，大雨洗洗就干净了。"

那天乔青羽很晚才回到朝阳新村。发了个短信跟李芳好说伞丢了要躲雨，她留在教室，花了很长时间细细擦拭被雨水浸湿的课本和练习卷。所幸高一高二不用上晚自习，入夜了，教室里空无一人，她可以把书本试卷摊在多张课桌上，打开呼啦啦的吊扇吹风。

其他都无所谓，就是那本淡绿硬壳封面的名著摘录本让她心疼。

乔青羽看书有摘抄的习惯。乔白羽留下的、被烧焦的那几页残纸，被乔青羽贴在了摘录本最中间的部分。留在家里极有可能被李芳好翻到，只能保存在随身携带又不用交给任何人看的本子里。苏恬把书包往外倒的时候，夹在中间的摘录本自动翻到正中间，直挺挺扑在天台的雨水里。等乔青羽把本子拾起来的时候，那几页残纸，已经湿透了。

好在字迹仍旧清晰。就是浸湿的纸黏在一块儿，乔青羽试图分页时，不小心撕破了一张。

撕裂的地方是个男生的名字——何飞海。

想必是乔白羽曾经的同学，南乔村隔壁何家村的人。许是名字太普通了，乔青羽觉得异常熟悉。然而她回想了许久，确定自己从未在乔白羽口中听到过这个名字。也很有可能乔白羽提到过，但自己没在意。对于姐姐的世界，她向来漫不经心。

高三晚自习共三节课，第三节课上课铃响起时，乔青羽已经完成了所有的作业。她起身，把书本收集到自己的桌上，并把半湿的摘录本收进书包。

这时，后门嘭的一声被撞开了。

"二花，"叶子鳞旋风一般闯进教室，"哟，作业写完啦？"

乔青羽迅速拉上书包拉链，扭头看了眼窗外，雨停了。

"哟，别总是这么冷嘛，"叶子鳞凑过来挡住乔青羽出去的路，"听说，今天被苏恬欺负啦？"

吊扇仍在呼呼吹着风，叶子鳞校服残存的烟味飘进乔青羽的鼻子，她不禁皱了皱眉。

"甜甜跟阿盛说了这件事，委屈巴巴的，"叶子鳞语气轻佻，凑得更近了，"但是，哥知道是你受委屈了，要不——"

"让开。"

叶子鳞一愣，继而笑得荡漾："你竟然让甜甜把垃圾倒到阿盛书包里，你怎么那么敢讲呢！不过那个垃圾桶不是阿盛弄过去的啊，你不知道他不抽烟吗？我们都不敢在他面前抽烟！是哥拿过去的，哥是不是很环保——"

他顿住了，乔青羽抬眼，直直地看向他。

"让开。"

叶子鳞嘴角露出一丝不明所以的微笑，紧接着急急向后退到走道里，躬身做了个"请"的动作。

他那假惺惺的毕恭毕敬令乔青羽有些恶心的同时也有点满足，有胜利的喜悦。

看着高大威猛的叶子鳞，其实是个纸老虎。

而光鲜亮丽的苏恬有荒唐可笑的洁癖，自己即便什么都不干，在她眼里就是大型杀伤性武器，所以也不必怕她。

平静只是自己的表象，乔青羽清楚这一点。在与苏恬的冲突和与叶子鳞的对峙中，她能真切地感觉到胸腔内澎湃的愤怒，只是这愤怒再汹涌，也会在她开口时如回落的潮汐一般自动退去。

不知为何，看到乔白羽留下的残纸之后，她就失去了爆发的力量。

现在她对流言不像之前那样介意了。"你们知道些什么，"她想，"你们说她污秽、脏、下贱，你们哪里知道引诱她走上这条不归路的，是爱。"

一夜之间，她理解并原谅了姐姐做的一切。

苏恬逢人便说自己"收拾"乔青羽的经过，这件事被当成笑话，很快传遍了全校。乔青羽感受到更多明显的恶意，很多人看不惯她那张不苟言笑的清冷脸。蒋念对乔青羽的冷淡反应早就习惯了，现在的她对乔青羽很有种恨铁不成钢的急切："苏恬明摆着欺负你，你可以告诉老师的啊！"

乔青羽觉得老师是没办法解决自己面临的困境的，当然也有可能只是她懦弱，怕被苏恬或明盛报复。不过，出乎意料地，教导主任"黄胖子"竟然主动找了她。

到了黄胖子的办公室，她才发现苏恬也在。

"有同学反应你们之间有矛盾，"黄胖子让两人并排站着，"苏恬，你先说，是怎么回事？"

苏恬张开嘴，用柔软的语气说打扫卫生时乔青羽故意把楼顶的垃圾桶踢到了天台角落。乔青羽深吸一口气，朝她转过头。

"所以还是我的问题，黄主任，"苏恬的面容真诚而坚定，"我当时太生气了，不应该把学姐的书倒在外面。"

说完，她突然朝乔青羽转过身："学姐，对不起！"

乔青羽怔怔地看着她，一下子没反应过来。这时身后传来开门声，出乎意料地，明盛出现在门口。

"你小子今天倒是准时,"黄胖子没好气地吼了句,"先在门口等着!"

明盛一声不吭重新合上了门。这边苏恬再次向乔青羽道了歉,声音更大更真诚了:"学姐,对不起!我真的不是故意的!"

黄胖子先被打动了:"行了乔青羽,是你有错在先,你也跟苏恬道个歉,这件小事就过去了。"

苏恬等着。半响,乔青羽终于开口:"我不道歉,我没有错。"

黄胖子皱起了眉头:"一个巴掌拍不响,你们两个人肯定都有问题,苏恬都道歉两遍了,你还无动于衷?你敢说自己一点错都没,啊?!"

"垃圾桶不是我放到天台上去的,"乔青羽镇定地看着黄胖子,"即便她们把垃圾倒在我书包里,我也没有辱骂她们。我一点都没有错。"

"不是,学姐你这么说太离谱了,那我怎么可能……"

"你这孩子怎么这么自以为是!"黄胖子打断大喊的苏恬,"那你说,苏恬干吗动你书包?"

"她把垃圾倒进我书包……"

"不是我倒的!"苏恬大喊。

乔青羽瞄了她一眼,改口道:"她动我书包,是因为我提到了明盛的名字。"

苏恬震惊,瞬间面色绯红,嘴唇发颤。黄胖子疑惑地扫视两人:"明盛那小子也和这件事有关?"

"我当时怀疑垃圾桶是明盛他们那些人踢到天台上的,所以让苏恬把垃圾倒进明盛的书包,"乔青羽平静地回答,"而苏恬之所以生气,就是因为她喜欢明盛,觉得我不配说这两个字。"

黄胖子眨了眨眼,似在努力消化这句话。苏恬脸红到脖子,看乔青羽的眼神里充满了怨愤和杀气。

虽说苏恬喜欢明盛众人皆知,但捅到老师面前就是另外一回事了。乔青羽知道自己再次和学校的风云人物结下了梁子。

"所以,"乔青羽抬眼,再次看向黄胖子和苏恬,"我不道歉。"

说完这句话,她心里痛快不已,不顾黄胖子的眼神,转身迈开大步。

拉开门的同时,门口的明盛往侧边一靠,算是给她让开了路。

乔青羽这才想起明盛一直在门口等着。

在明盛眼皮底下经过时她想,他一定听到了里面的谈话。迈着大步走到楼梯口,鬼使神差地,乔青羽猛地停了下来。

她感觉明盛一直把视线放在自己的背影上。

犹豫片刻后,她转过了身。与想象中明盛别过头看向别处的画面不同,这个靠在墙上的闲散家伙,正大大方方、毫不躲闪地看着她。

走廊里光线较暗,乔青羽分辨不清他的神色。

"喂，"见她回头，明盛喊了声，依旧是那种带着轻微倦怠的腔调，"那个垃圾桶——"

"不是你弄过去的，"乔青羽打断他，"我知道。对不起。"

她莫名想到他不抽烟。说完，她就跑下了楼，脚步咚咚，勉强盖过了心脏的轰鸣。

自从一开学就被明盛宣判为"又可怜又蠢，真可悲"之后，她好像再也没有跟明盛讲过话。自己在学校遭受的一切全是明盛开的头，乔青羽知道这点，可奇怪的是，她对明盛的怨愤并没有持续很久。与别人明目张胆的避之不及或者冷嘲热讽不同，明盛仿佛只当自己是个透明人。

因为明盛，高二5班门口常常聚集着一帮男生，若乔青羽经过，他们就会肆无忌惮地开起乔青羽的玩笑。人群中的明盛永远是一副置身事外的样子，既不阻止也不加入。有那么一两次，乔青羽狠狠瞪回去的时候，意外捕捉到明盛脸上一闪而过的凝重。

她想起明盛说乔白羽悲惨。就凭这点，她就觉得明盛与众不同。

一个周六早上，在阳台上晒衣服时，乔青羽仰头望见了一字形的雁群。它们被风托着，像乘着波浪，流动着，浮沉着。天空辽阔，蓝得近乎透明，干净得令人心碎。

突然间她流下了泪。

她又想出门逛逛了。

应付李芳好的理由很简单，就说回学校图书馆查资料写英语作文。家里的网是上个租客留下的，刚好前一周到期了，父母没续费，自然在家里不能上网。

到寰州二中之前，乔青羽换上了另一辆公交车——与两个月前不同的是，这次说谎的她，对留在店里辛勤劳作的父母，已经没有愧疚感了。

第二辆公交车是随机上的，乔青羽并不知道它会过江。车子在拥挤的寰州城里兜兜转转，半小时后突然杀出重围，低吼着爬上了坦荡的闵江四桥。视野一下子开阔起来，乔青羽坐直身子，把右侧的窗户完全推开。

风的呼啸和发动机的嘶吼在她耳内争鸣。江水的咸腥味灌进鼻腔，强劲的风结结实实拍在她脸上，压迫着她，令她呼吸有点困难。

她感觉到突如其来的、前所未有的轻盈，体内所有的沉重都被大风一吹而尽。

原来这就是闵江，如此浩渺。乔青羽感叹，嘴角弯起。

她贪婪地吸收着视线里壮阔的一切。灰绿色的水，水面上跳动的光，对岸逐渐清晰的玻璃大厦。另一个方向的视线尽头，平静的闵江水岸模糊成一片拨散不开的迷雾。

举世闻名的闵江潮应该很壮观吧？明年，也许自己可以来看看。

过了四桥，公交车很快就到了位于江滨新区的终点站。车内只剩几个年轻女孩，乔青羽排在她们后面下车，在她们的谈笑中听到"寰州旅职"四个字。

"叮"的一声，脑袋中的警钟响了。

下车后乔青羽发现，公交车站对面就是寰州旅游职业学校。

像是被一只看不见的手牵着，乔青羽不由自主地走过了面前的斑马线。在猩红色的大门前,她停住了。

过马路时她就觉察到了,门边的一个保安一直在打量她,随着她的靠近,那个人的眼神越发疑惑。

乔青羽转身想走,保安却迎了过来。

"那个,同学,你不会是白羽的妹妹吧?"

没等乔青羽开口,保安又说:"刚才我看到你站在那里,吓了一跳,还以为是乔白羽回来了……远看你们俩真像啊,这个子,这身材,头发都黑得跟墨一样……近看还是不一样的,白羽是你姐吧?你这鼻子跟她简直一模一样!"

乔青羽以侧脸示他,一声不吭。保安又说:"哎,我对白羽印象可深了,想当年我是第一年来,她有次很晚才回来,宿舍楼关门了,她想从走廊的窗户里翻进去,被我抓到了。她当时求我那个可怜的样子哟,那双眼睛我一辈子都忘不了……"

乔青羽落荒而逃。

回去的公交车上,她的思绪又被乔白羽占领了。保安的话萦绕在她脑海,方才的轻盈心情被驱散得无影无踪。她又气又恨,却无可奈何。

"那双眼睛我一辈子都忘不了"——乔青羽回味着保安的话,心情复杂难言。

现实中见过乔白羽并忘不了她的,一定不止保安一个。乔青羽想起报刊亭旁明盛爸爸看到自己时沉思的眼神。沉寂已久的好奇心跳出来攥住了她:省一医院的院长,为何见过在维爱医院医治并过世的乔白羽?

她并不觉得温院长是在网络上见到乔白羽的。从八八楼帖子的发布时间来看,之前人们并不知道乔白羽的存在。明盛爸爸是在现实中见过乔白羽的,毋庸置疑。

为什么会见过乔白羽呢?什么时候见到乔白羽的呢?

很多种可能性同时在乔青羽的脑海里发了芽,结合之前自己对于姐姐死时是否染病的怀疑,她觉得自己的脑子快要爆炸了。

除了明确无疑的死亡,姐姐来寰州后发生的其他事,自己竟然一件都不知道。

要不是意外拯救了那几页残缺的日记,自己对姐姐,可以说是一无所知。

乔青羽的心疼得紧。

不能一味沉浸在自己的情绪里了,她想。不能作茧自缚,让姐姐谜一般的沉重过往拖垮自己的生活了。

要想破茧成蝶,必须主动向前。

乔青羽决定先解决自己怀疑许久的事:乔白羽动阑尾炎手术时,到底有没有染上艾滋病。

她常常想着父母衣柜里的那个白色保险箱。有一次帮李芳好把枕套被套放进衣柜,拉开的是有保险箱的那一侧,借此她发现保险箱既有一个锁眼,也有一个数字盘。据网上查到的,这类保险箱需要先输入密码,再使用钥匙。除此之外,房间的门还常年锁着。三重阻碍令乔青羽灰了心——想要不知不觉打开保险箱,根本是不可能的事情。

改变思路，乔青羽觉得可以从外部入手，比如维爱医院。

就在路过寰州旅职的那个周末，乔青羽再次以回学校查资料为借口离开了家，直奔与寰州旅职一江之隔的维爱医院。这是寰州最大的私人医院，广告铺得广，浅蓝色大楼一如图片展示的那样柔和、温馨。医院大门前立着一块广告牌，醒目的"无痛人流"四个大字让乔青羽不敢直视。

她挂了消化内科，在候诊室边写作业边等待，引来不少人的目光。约两个小时后，她听到了自己的名字。一个面色凝重的中年女医生问了她几个问题，让她躺下摸了摸她的肚子，而后往桌前一坐，大手一挥让乔青羽走。

"你没啥问题，别自己吓自己，"女医生道，"年轻女孩不要瞎减肥，好好吃饭。"

乔青羽迅速打开手机，把翻拍的八八楼的乔白羽照片给医生看，询问起乔白羽的事。女医生凑近看了眼，没等乔青羽说完就打断了她："阑尾炎手术死了？我在维爱干了五六年了，没听说过这种事。"

多日来悬在头顶的大石瞬间掉落，砸进心里。乔青羽怔了怔："医生，您见过我姐姐吗？"

"见过也不记得了，每天我要见多少人啊，你自己说说？"

"网上都说我姐姐得了艾滋病所以有并发症，我很想知道我姐姐到底有没有艾滋病，是真的会——"

"你这孩子真是的，这种问题要问你爸妈啊！我都说了我不认识你姐姐，再说我这儿是消化科，艾滋病的事得问性病科，要真得了艾滋，医院里都有记录的。"

说完这句，中年女医生耐心见底，按铃喊"下一个"，把乔青羽赶了出来。

时近中午，一楼的挂号窗口人员寥寥，经过时乔青羽放慢了脚步，犹豫许久，终究没有鼓起挂性病科的勇气。

单纯"性病"两个字就够令人恐惧的了，更何况背后那露出獠牙的真相？

乔青羽发现自己越来越喜欢去天台了，不管是天晴还是下雨。秋高气爽的日子，排球联赛和足球联赛同时开赛，运动会开场在即，摄影社的展示作品令无数学生在广场上驻留，新成立的健美操啦啦队大张旗鼓地招兵买马。校园里日日热闹，只是都与乔青羽无关。

不过，因为校篮球队争分夺秒为市篮球联赛做准备，明盛天天在篮球馆，成天围着他的那帮男生大大减少了去天台的次数，意外地给乔青羽留出了更多的清静时间。

天台上清静，教室外也清静。或许因为自己把学习之外的心思全放在了乔白羽为何离世这个谜上，对同学的眼光不像开学时那般在意，或许因为大家对于她另类的存在已经习以为常，总之，那些因明盛而常常聚集在走廊上，时不时在她经过时调侃一下的男生，突然对她失去了兴趣。

也有可能——这个猜测一冒头就被乔青羽狠狠摁灭了——是明盛阻止了他们。她听到他吐出两个字——"无知"，在陈予迁拦下并质问她身上穿着的过时T恤是不是乔白羽的旧衣服的时候。她知道他针对的是陈予迁。说实话，听到这个词时，乔青羽心里又惊异又感动。

惊异于他看似漫不经心，实则准确预料到了陈予迁下一步的攻击——"你姐的衣服有没有消过毒啊？别把脏病带进学校啊！"——这两个字让陈予迁硬生生把这些冲到嘴边的话吞回了肚子里，眼球瞪出的丑样就像活吞了一只苍蝇。

感动于他说"无知"二字时的语气，那么锋利，那么绝情，仿佛陈予迁根本不是他的朋友。

也感动于他说完后与自己四目相对时脸上表露的复杂神色，不忍压过了悲悯，好像还有歉意？

应该是自己想太多了吧。明盛斥陈予迁"无知"，更有可能是他真的受不了陈予迁的愚蠢。回想他刚开学时对自己说的话——"我很挑剔的"，配合那张呵斥陈予迁的冷脸，乔青羽陡然生出另一个猜测，即明盛其实并不在意这帮成天围着自己转的男生，及女生。陈予迁疯傻，叶子鳞猥琐，陈沈人云亦云没有主见，剩下的那拨人面孔常换，来来去去就像无足轻重的蚂蚁。被这些人托举成王，能有什么成就感？倘若自己是明盛，面对这些每天蜂拥而至的低廉倾慕，肯定早就腻了。

他身上那股懒洋洋的倦怠感就来自于此吧。世界于他而言只是一盘切好了摆在眼前的水果，想品尝什么直接拿一块就行了，奈何他养尊处优惯了，眼光高，对平常的玩意儿不以为然，懒得伸出手。

这样说来，他在同学中这么吃得开，反而说明他待人处事其实挺随和？

他骨子里当然是很挑剔的，乔青羽想，没有谁比他更有资本——各方面都优于常人，连对世界的理解都是。

是什么让他能脱口而出乔白羽的经历"太惨"，在别人都只关注乔白羽的外貌、作风及死亡的时候？

应该跟他自己的童年有关吧？

学校里几乎人人都知道明盛家在清湖名院，朝阳新村的爷爷家只是他读小学时"顺便"住了几年。父母太忙，照顾不了孩子就委托给长辈，这种事虽说正常，但对于被"放下"的孩子来说，心里难免会有弥补不了的缺憾。

乔青羽感觉明盛的小学时光肯定不轻松。练好书法和钢琴需要悟性，更需要定性和耐力，而最需要的是内心自发的驱动力。他的字如此出类拔萃，一定不是长辈逼迫的结果。他是个自我要求极高的人，在练字这件事上，他肯定从小就相当自觉。

他和乔白羽一样，拥有异常乖巧的童年。

用远超同龄人的懂事向不在身边的父母证明：爸爸妈妈，你们看，我其实很乖很棒的。

当然，他比姐姐幸运多了，乔青羽提醒自己，理智地压下了心里莫名涌起的对明盛的理解甚至同情。

还有，别忘了何恺学长遭受的事。现在的他骄蛮任性，早把童年抛开了，自己何必情感泛滥，思考那么多呢？随即她强行转念一想，认定明盛在同学中风风光光、游刃有余并不代表他随和，而是代表他没有用心。

表面风光，其实也没什么真朋友——这个想法让乔青羽内心痛快，充满了把明盛从空中拽下来的报复感——和我一样。

都是孤独的。

有一次，苏恬和邓澄又出现在天台木门口，远远望见乔青羽，逃难一般匆匆跑下了楼。别人也一样，想来天台的，只要看见乔青羽在，就会自觉转身离去。

是不幸，但乔青羽也庆幸。

运气好的时候，傍晚的天台一根烟蒂都看不到。这种时候，乔青羽就会把书包当枕头，躺下来观看被铁丝网割裂的青天白云。

偶尔她会想起何恺。有一次，班里的宣传委员关澜进门时大喊有从顺云一中寄来的信，但没等乔青羽反应过来，那封信就被叶子鳞抢走了。叶子鳞交还信的条件是让她对着自己说"我爱你爱到死"，乔青羽便放弃了拿信的念头。

那封信，是何恺写的吧？

她用力记住的古樟下运河边少年的背影，遥远得像留在了上辈子。

乔青羽很享受独处的状态，躺在地上完全放空的时候，她常常感觉自己长出了透明的翅膀。天空那么高，那么远，却触手可及。只是她飞不了多久。眼泪经常不自觉地流下来，垂直落地，把她拉回地面。

十月末，期中考试的前一天，平躺着睁开眼时，乔青羽蓦然发现身边坐着一个人。

"嘿。"

王沐沐微微垂下的笑脸刚好挡住太阳，金灿灿的光晕悬浮在她脑后，像天使的光环。

乔青羽坐起了身。

"我去你们班找你，但他们都不知道你在哪儿，"王沐沐的声音比风还温柔，"我猜你在这里，果然。"

乔青羽戒备又疑惑地看着她，嗓子里发出含混不清的"嗯"。

"我叫王沐沐，是高三1班的。"

"我知道。"

王沐沐微微一笑："我经常看见你在阳台晒衣服，乔青羽。"

"阳台？"

"我家住你家对面，"王沐沐继续笑着，"朝阳新村三十八栋三楼。"

乔青羽恍然大悟。看来王沐沐住的就是那户堆满杂物的人家——明盛家对面，难怪大家都说他们从小青梅竹马。

"我想找你帮个忙，"王沐沐真诚地看着乔青羽的眼睛，"你愿意来国旗班吗？"

乔青羽用了两秒消化王沐沐的邀请："国旗班？"

"我高三了，必须争分夺秒，"王沐沐看向前方，"国旗班就我资质最老，也该退了啦……你来，好吗？"

乔青羽微微张了张嘴，良久冒出两个字："可是……"

"升旗很简单，练半小时就能掌握节奏，就是穿长袖制服夏天有点热，"王沐沐朝乔青羽眨了眨眼，"我很喜欢看你挂衣服时心无旁骛，仰起头认真把衣服扯平的样子，就像一只天鹅。"

乔青羽惊得失去了语言。

"后天考完试之后来找我哦，"王沐沐嫣然一笑，"不然下周一就没人升旗了哦。"

对于二中的学生来说，毫无预兆出现在旗杆下的乔青羽，无疑是惊吓。集会时，乔青羽担任新升旗手的新闻就在学生中飞速传开了，穿着制服正式出现众人面前时，乔青羽捕捉到台下蜂鸣般的嗡嗡声。

不过，一切议论都在国歌响起时骤然消失了。

人群的巨大安静给乔青羽带来全新的冲击，她很享受这个时刻。难耐的是之后的国旗下讲话，站在旗杆下的她真切感觉到了主席台下方无数飞箭一般的目光，尤其是明盛被叫上台与她并排站立的时刻。

明盛因为多次不交作业而受到警告处分，他自己毫不在意，乔青羽却觉得难堪，仿佛是她犯了错。

散会后，乔青羽飞快跑回一楼的后勤室。国旗班共有八个人，四男四女，邓澄也在其中。换下制服时，后勤室只有四个女生，单独在一侧的乔青羽听到了邓澄和另两个女生的聊天内容。

"挂了号的，性病科，"邓澄边说边斜了乔青羽一眼，"不信你去问12班的方可冉，是她说的，昨天她陪她妈妈去维爱看病，亲眼看到她去了性病科。"

乔青羽心里咯噔一下，头皮发麻。

昨天是周日，她确实去维爱医院挂了性病科。不过，与之前不同，这次她遇到的是个警惕性很高的年轻医生，也许是为了保护病人的隐私，无论乔青羽怎么问，那个医生都只说"不清楚"。被赶出问诊室时，乔青羽沮丧得很。

"不信你们自己去问她。"邓澄丢下一句，挑衅一般朝乔青羽转过头。

乔青羽迅速换上自己的帆布鞋。

出门前，她被邓澄喊住："学姐，我说得没错吧？"

低头顿了顿，乔青羽没有回应也没有回头。

在操场被以苏恬为首的几个高一女生用篮球"不小心"砸到脸时，乔青羽想，没有人逃得过命运。"生为乔白羽的妹妹是我的命，延续她的老路，被议论被排斥，我逃不过。"

鼻血流淌不止，却没人前来道歉。远处响起苏恬的欢笑声，想必是明盛他们到了。

乔青羽头向上仰着,以一种笨拙的姿势往操场边移动。身后有人喊她清理掉在篮球场边的血,另有人加码说不想大家都染病。随着刺耳的笑声,乔青羽加快步伐,越跑越快。

校医务室的小王医生见到她时吓了一大跳,问怎么满脸都是血。乔青羽这才明白,为什么她仰头跑了一路也没撞到任何人,她惊悚的模样就像一把刀,让别人不敢靠近。

帮她清理后,小王医生拉开隔断帘,指了指帘子后面的狭窄病床,说:"你去平躺着,躺会儿,下节课我帮你请假。"

"我可以拉上帘子吗?"乔青羽问。

见小王医生点头,她心里舒了口气。

医务室的天花板是没有杂质的白色,空气中充斥着消毒水的气味,令乔青羽觉得莫名心安。最后一堂课是自习,错过了,倒也没什么损失。小王医生噼里啪啦敲着电脑,时不时撩起帘子查看乔青羽鼻子的情况。第四次,她正在帮乔青羽检查时,医务室的木门被砰的一声撞开了。

"谁啊,怎么不敲门?"

"王医生王医生,阿盛扭伤了!快!"

一群男生乱哄哄地拥了进来。小王医生皱着眉放下帘子,转身怒喝:"伤者留下,其他人都回去上课!"

"我们是校队的啊,王医生,我们——"

"我这里就这么大,里面还有个病人在休息,"小王医生叉着腰训斥这帮高大的男生,"你们该干吗干吗去!我最讨厌吵吵闹闹了!"

众人很快退了出去,随着砰的一声,屋内只留下了明盛。

"稀客啊,大名鼎鼎的明盛同学,"小王医生说,"我看看,哪只脚?怎么回事?"

"不小心。"

小王医生白他一眼:"不小心……又不是第一天打球,以前怎么没有不小心?"

明盛笑道:"跳下来的时候地上多了个球,踩着了。"

"那不扭伤才怪!谁往球场内乱丢球啊,是不是那帮喜欢你的女生啊?"小王医生调侃道,"我看看啊,会有点痛的,你忍着。"

随即,帘子这边的乔青羽清晰地听到明盛猛地倒吸一口气,手不自觉地抓紧了床单。

"你这扭得有点厉害,得去医院配点药啊。"小王医生边说边起身,"我去隔壁拿个冰袋,先帮你敷着,你赶紧给你爸打个电话,去省一吧。"

说完,她拉开门出去了,屋里陷入安静。乔青羽稍稍挪了挪小腿,病床咯吱一声,吓得她立马止住了动作,大气都不敢出。

不一会儿,小王医生回来了:"打电话了没?来,敷着。"

"打了。"

乔青羽暗暗吃惊,为明盛这不动声色的谎言。

"王医生,我这脚多久能好?"

"你想赶着市篮球联赛,对吧?我算算,"小王医生寻思着,"至少得三个礼拜吧,估计刚好能赶上。"

"那就成。"

"你要是读书有打球这么用心,你爸就放心了。"小王医生笑道,仿佛和明盛很熟似的,"这学期怎么又不做作业了?"

明盛敷衍回了三个字:"太忙了。"

"哈哈哈,"小王医生忍不住大笑,"你就不能让你爸省点心?他工作已经够忙了,每天救死扶伤……你在学校这么威风,穿这么好的衣服鞋子,用这么好的手机,不都靠你爸妈——"

"里面是谁?"明盛打断喋喋不休的小王医生。

"对哦,被你一弄,我差点儿都忘了,"小王医生边说边起身,一下子撩开隔断帘,对一直平躺着的乔青羽说,"同学,刚才我就想说你没事了,回教室吧。"

乔青羽迅速下床,风一般拉开了医务室的门。

行至走廊的拐角,她停下了,身体重重地往墙上一靠,一个大胆的想法在脑海中慢慢成形。

一瘸一拐的明盛是十分钟之后出现的,独自一人。被等在墙角的乔青羽喊住时,惊讶爬上了他的脸。

"我能帮你写作业,"乔青羽开门见山,"但我需要两样东西,作为交换。"

惊讶变成狐疑,那凝视她的漆黑双眸令乔青羽耳根莫名发烫。"对你来说不难的。"她接着补充。

"直说。"

"第一个是手机,带号码、拍照清晰的。"乔青羽说,"第二个,是我的信,之前被你们抢走的。"

"手机可以,"明盛若有所思,"什么信?"

他是在装傻吗?乔青羽压住悄然而起的怒意:"就是那天被叶子鳞——"

"想起来了,"明盛点头打断她,"不行。"

"为什么?"

"你别误会,"他懒洋洋地看向别处,"我不想抢你的信,只是抢何恺的信。"

"何恺写给我的信,"乔青羽一字一顿,尽量保持理智,"就是我的信。"

"换句话说,"明盛轻蔑一笑,"换句话说,别的男生给你写信,我根本懒得管……何恺不行,他左手写的那些鬼画符,污染了我的眼球。"

"那是因为他的右手被你害……"

"再说,"明盛强势打断乔青羽,"我帮你悬崖勒马,你应该感谢我才对。"

"什么意思?"

"生活再苦都不能随便谈恋爱啊,"他轻飘飘地看了她一眼,"你不是很有种的吗，乔青羽？"

明盛说到做到，很快就给乔青羽带来一部崭新的手机。为了藏好这部诺基亚N95，乔青羽特地把书包内里划开，在里面缝了个不易察觉的暗袋。面馆事情多，李芳好每天早出晚归，来寰州后倒没再翻过她的书包，可乔青羽不敢掉以轻心——李芳好的信任，是她能够安然前行的前提。

帮明盛写作业比想象中浪费时间，以及钱。出于明盛的高要求，碰到不会的题，乔青羽必须拍照发彩信问他，明盛回复也基本是用彩信。彩信耗费流量大，还没熬到周末，新号码的话费就见底了。

乔青羽后悔自己提要求时没带上话费。她想让明盛充值，却拉不下脸，末了心一横，把自己近一年来存的一百元零花钱全充了进去。当然心疼，但没办法。顺利的话，这周就能完成自己的大计，周一就能把手机还给明盛并结束写作业这件苦差事。

乔青羽从没如此期待过周末，以一种开天辟地的决绝心境。周六天没亮她就醒了，听到父母关门的咔嗒声，一下子坐起了身，简单洗漱后，打开台灯，马不停蹄忙起作业。乔劲羽是四个小时后起床的，刷牙时靠在门边，含混不清地问乔青羽借钱。

"一分都没有，"乔青羽头也没抬，"我以前借给你的，你哪次还过？"

"今晚同学请我唱歌，我总得回请他吃夜宵吧！"乔劲羽嘟囔着，"不然也太不够意思了！"

"没钱就别打肿脸充胖子，"乔青羽白了乔劲羽一眼，"刚好今晚我有事找你帮忙。"

"我要去。"乔劲羽嚷嚷，退回洗手间。

洗完脸，他发现乔青羽端端正正坐在客厅里，面色凝重盯着茶几上的一本淡绿色硬壳本子。

"怎么了？"

"来，"乔青羽拿出姐姐的姿态，"我跟你说件事。"

乔劲羽眉头紧锁，满脸不情愿地同意帮忙时，李芳好打来了电话。

"我忙到现在，你怎么还不来？"

乔青羽这才想起来自己忘记去店里吃早餐了。

"小羽呢，起了没？"

对面的乔劲羽立马闭眼。

"他还在睡。"

"你赶紧过来，"李芳好声音里满是不悦，"都九点半了！"

乔青羽不敢耽搁，挂了电话就打算穿鞋，乔劲羽跟着她：「姐，真的，借我点钱。"

"真没有。"

乔劲羽闷闷不乐，继而眼珠一转："你拿来拍照的手机先给我用用呗，我待会儿跟同学出去玩，刚好可以练练……"

"拍照有什么好练的，"乔青羽起身，"晚上给你。"

"谁借给你手机啊，姐？"乔劲羽拦住她，"你在学校交到朋友啦？是不是有男朋友啦？"

乔青羽狠狠瞪他："我用自己的劳动交换来的，你以为我跟你一样，成天想着不劳而获啊？还有，不管怎样，我借了手机这件事不能让任何人知道，听到了吗？"

"听到啦，我就是随口问问嘛，"乔劲羽缩回脑袋，"总是那么凶……"

跑下楼梯时，乔青羽依稀听到乔劲羽嘀咕"难怪没人追"，她心里一紧，想到被明盛劫走的何恺的信，气得几乎喊出声。

一定要拿回来——那封信。

相比繁忙拖沓的周六上午，乔家手工面馆的周六夜晚通常结束得潦草而匆忙，这个周六尤其。八点就没了客人，乔家夫妻俩早早地盘点收拾，九点钟就回了家。

时间尚早，乔陆生靠在沙发上，从央视新闻切换到本省文化频道。屋内的乔青羽全神聆听——中国现代遗传学奠基人谈家桢过世了，享年一百岁；茅盾文学奖举办在即。紧接着切入了热播的电视剧。片头曲响了挺久，看来乔陆生放下了遥控器。

另一边，乔劲羽爱不释手地倒腾着N95，嘀嘀咕咕对屏幕赞不绝口，突然对准乔青羽，咔嚓一声。

"你干吗？！"乔青羽吓得面容失色，"声音关不掉吗？"

"不会关啊，"乔劲羽凑过来，面带得意，"姐，你看你看，我把你拍得多……"

乔青羽嘘了一声，屏息十秒，扭头朝乔劲羽使了个眼色："妈去洗澡了，上。"

乔劲羽站起来后，她瞄了眼床头柜上的闹钟："别忘了，总共只有十分钟，无论如何，九点半之前回到房间。"

"知道，"乔劲羽说，"你可以做侦探去了。"

他走了出去，没带上门。电视画面仍停留在那电视剧上，洗手间传来花洒喷水的哗哗声，乔劲羽叫了声"爸"，在乔陆生身边坐了下来。

"元芳，你怎么看？"乔劲羽学着电视里的口吻，"大人，我觉得此事有蹊跷。"

乔陆生哈哈大笑。

"爸，"乔劲羽正色道，"我们老师说开学时把我的学籍信息填错了，让我拿户口本回学校再核对一下，咱家户口本在这儿吧？"

"在啊。"乔陆生点头，"这种重要的东西，肯定是人到哪儿带到哪儿，等你妈出来让她拿给你。"

"爸，你现在就拿给我吧，我刚刚都睡了，突然想起这事，明天我们学校秋游，一早就得走，我想赶紧回去睡觉呢。"

"行，那你在这里等着。"

先是旧沙发弹簧发出的咯吱声，后是房间门打开的刺啦声。乔青羽一跃而起，跑进客厅，看见乔劲羽耳贴着父母关上的房门，对着她做了个"OK"的手势。于是她跑进厨房，左手拿杯，右手拿热水壶，闭上眼往自己手上倒水。

"啊——"撕心裂肺的叫声从厨房直抵房间，乔陆生立马冲出房间。

"青青！怎么了，青青？"

乔青羽的脸痛苦地扭曲着，脚边是横倒在地的热水壶。她嘴唇颤抖，嗓子里发出痛苦的呜呜声。左手手腕处的紫色衣袖已经被水浸湿了。

"烫到了？"乔陆生奔向前，"快用冷水冲冲！"

说着他将自来水开到最大，拉过疼得龇牙咧嘴的乔青羽，把她的手放在水龙头下。凉水减轻了那可怕的灼痛，可乔青羽已经被疼出了眼泪："好痛。"

"你怎么那么不小心呢？又不是小孩子了……"

乔陆生满眼心疼的样子反而使得乔青羽抑制不住自己的眼泪。

"爸爸。"她放声大哭。

好委屈啊。

"还好是左手，"乔陆生轻拍她的背，算是安慰，"不碍事……以后小心点，倒个水怎么会烫到手呢……"

酣畅淋漓的痛哭中，厨房的灯突然亮了，乔劲羽从门口走了进来。

"姐，不用这么节约电啊，"他说着乔青羽之前教他的台词，"要养成开灯的习惯啊。"

他的出现令乔青羽迅速恢复理智，这小子动作还挺快。

紧接着李芳好一边擦着湿头发一边挤进厨房。看了看乔青羽通红的手腕，她二话不说，扭头走了出去。

"我现在去药店买点药，"她边换鞋边喊，"待会儿关门了。老乔，你洗完澡把衣服洗一下！"

李芳好走后，乔陆生见乔青羽不再哭了，便让她继续冲水，自己则离开了厨房。

"没有。"没等乔青羽发问，乔劲羽便轻声说。

"没有？"

"保险柜里有顺云的户口本、房产证、店铺合同、两本存折、一个账本、几封信、妈妈的金项链、金耳环、金手镯，"乔劲羽掰着指头说，"但没有打官司的文件，也没有姐姐的病历本。"

"所以你没拍到？"

"都没有我拍个鬼啊！"

"嘘——"

"姐，"乔劲羽沮丧地吐了口气，看着乔青羽受伤的左手，语气中不乏愧疚，"家里真穷。"

"你翻了存折？"

乔劲羽点头："还有账本。姐，你不知道吧？家里还欠着钱。"

见乔青羽不吭声，他又补充道："大姐治病花了不少钱。"

"我不清楚，"乔青羽低语，"爸妈从来不讲这些。"
"你是对的，"乔劲羽脸上难得很严肃，"大姐的事，爸妈瞒着我们。"
"瞒着我们什么？"
"我拍了账本，"乔劲羽说，"你看看就知道了。"
听到这句，乔青羽立马关上水龙头，躲进了房间。

五百万像素的摄像头足够捕捉到账本上的每个数字了。乔劲羽从后往前拍了三页，条目清晰，一目了然——是以月为单位的家庭收支情况，每年占据一页，底部是一年的总计。红笔写下支出，蓝笔写下收入。最后一张照片，即二〇〇六年那页，顶部的"一月"后面，那串红色的支出数字明显长于其他。

乔青羽的视线被后面括号里的备注紧紧吸引住了。
"白羽省一医院费用共十五万八千元。"

省一医院，她心里默念，眼前闪过温院长凝视她的眼神，脑海中冒出"悲悯"二字。没错，就是悲悯，他是知情者。他也许知晓一切。院长见过的人成千上万，乔白羽能给他留下记忆的点，不太可能是因为她的脸。

"爸妈骗了所有人，"乔劲羽幽幽地说，"连爷爷奶奶都认为姐姐是因为维爱医院不负责才走掉的！"

"不然呢？"乔青羽回，"难道告诉爷爷奶奶，姐姐得了艾滋病所以有并发症吗？姐姐都死了，没必要给老人家增加心理负担了，我倒是可以理解爸妈。"

"奇怪，那爸爸干吗跟维爱医院打官司？"乔劲羽问出了乔青羽心里的疑惑，"难道不应该跟省一医院打官司吗？"

"具体什么情况，我们都不知道，"乔青羽一边摇头，一边继续翻看另外几张照片，"而且，跟维爱医院的官司应该没赢。"

"啊？爸说赢了的呀！"

"赢了就会赔钱给我们家。"乔青羽说，"你看看这几年的收入，除了二〇〇六年二月份，其他时间都差不多，来寰州这几个月，每个月也就比顺云多赚两千块，刚够房租而已……"

"二〇〇六年二月份怎么了？"

"这儿写着呢，"乔青羽把手机放平，"'白羽入祖坟，收挽金三万三千零八元'。"

说话间她注意到右侧三月份的支出备注："白羽入安陵园，公墓三万元。"

"安陵园是什么？"乔劲羽疑惑。

"清湖边的公墓，"乔青羽几近失语，"爸妈偷偷把姐姐葬在寰州了。"

次日早上，乔青羽从诡异的梦中挣扎出来，一睁眼却又被屋内的沉沉黑暗压得快要窒息。她猛然下床，逃命一般窜出了没有窗户的房间。

阳台外的空气是清洌的灰色，像是被淡墨染透。盯了良久，乔青羽才意识到外面在下雨。

她只穿着单薄的短袖睡裙，却仍被阳台外的凉意吸引过去。

正对面三楼，常年紧闭的厚实窗帘后面，透出一团暖黄色的光。细雨中，那团光影影绰绰，遥远得像即将消失在森林深处的萤火虫。

许久乔青羽才反应过来，明盛家亮起了灯。

窗帘后就是明盛吧？

自从冯老板娘问她是否见过明盛后，她从未在意过对面是否有人住。想起初次相见的那个炽热午后，乔青羽莫名觉得，人前百毒不侵的明盛，私下就是喜欢把自己挡个严实。不然，好端端的，干吗穿长袖、戴兜帽，还躲在树上？

万众瞩目的少年怀揣不为人知的心事，看似无敌，其实内心依赖大树的荫蔽——这画面想着很有诗意，可乔青羽明白，放在明盛身上不是那么回事儿。

世界于自己是一团浸了水的毛线，缠缠绕绕越来越沉，于他却是一个没有阴影的玻璃瓶，任何一个角落都光明坦荡，能大方示人——就像他本人一样，干什么都不畏缩，即便做坏事也会坦然说出自己的理由，心里像藏不住任何黑暗似的，敞亮得近乎透明。

他哪有什么心事啊。

人和人之间，竟是这样不同。乔青羽不禁想，若明盛落入自己的境遇，他会如何反应？他一定不会甘心自己的生活被重重迷雾困住，也不会任由积压于心的愤懑无形无迹吧，很可能会不管三七二十一，先把世界搅个天翻地覆再说。

怕别人知道自家的秘密后对自己指指点点？不会的，他不屑于隐藏自己，也不在乎这些。

乔青羽想起一件事，即开学后不久，英语老师小邬曾当众批评明盛写作文敷衍了事。"题目是'童年'，你却写树，偏题偏到了太平洋，这就算了，"当时小邬这样说，"问题是你竟然自己抄自己，把一年前登上英语报的作文抄了一遍！太不像话！有那个抄的工夫，还不如自己动手写几句，难道你写不出来？"

此番斥责并未让明盛难堪。他大方地走上讲台，接过小邬手中挥舞的练习卷，当即念起自己的作文。

"你……"小邬脸色铁青，"停……停下！"

明盛不理会，悠然把作文念完了，不落一词。那是一篇抒情散文，通篇在歌颂一棵树。不过那个关于树的单词太陌生，乔青羽听不懂。

"你觉得自己写得很好？"小邬怒言，"这是态度问题！"

"小时候我喜欢爬树，我爸妈觉得危险，明令禁止，"明盛答非所问，环顾教室，视线来到乔青羽脸上，顿住了，而后微微加重语气，"我爷爷却带着我爬上了运河边的老树，他有时候比我还调皮，像个老顽童。"

"古樟是我童年回忆的重要部分，"明盛又说，"值得我一次次，大声赞美。"

古樟。乔青羽醒悟的目光紧紧盯着明盛，捕捉到他一闪而过、堂而皇之的不屑。

他就是这种人，既能维持自己的高傲姿态，又能让他讨厌的人死个明白。他不喜欢隐藏。

豁达、直接，乔青羽客观地分析着，这些倒是好品质。

现在她认为，当初明盛用乔白羽的事来威胁自己给他写作业，与其说是恶毒，倒不如说是轻狂。毕竟他看起来不愿意也不屑于在背后讨论别人。很可能在他看来，乔白羽因病离世这个既定事实迟早会从顺云传至寰州，所以在被李芳好"教育"且自己拒绝给他写作业后，他报复得云淡风轻，心安理得。

她又想到初见明盛时他把自己遮挡起来的样子。只是为了不被邻居认出来，对吧？或者是为了耍酷。他是个没有秘密的人，对吧？

思绪兜兜转转，乔青羽反应过来，轻骂了自己一声。揣测他这么多有何意义？

在阳台上站了没一会儿，肩膀就被飘进来的细密雨丝打湿了。手臂上寒毛直竖，鼻腔渐渐堵塞。深秋的凉意可不是闹着玩的，乔青羽于是环抱双臂退回屋内。

换下睡裙时，她瞄了眼床头柜上的闹钟，已经十点了。奇怪，今天李芳好没打电话来催。

同样以去图书馆查资料为借口，这个周日的早上，乔青羽用完午餐后就离开了面馆。她本来打算去安陵园一探究竟，奈何雨越下越大，丝毫没有停歇之意。在校图书馆待了会儿，乔青羽回到空无一人的教室，认真写完了明盛的作业。把装作业的黑色文件夹放进明盛课桌抽屉里时她犹豫了一下，打消了顺便归还手机的念头。

"还是明天再还给他吧，"乔青羽想，"看见我烫伤的手，他应该不会对我停止给他写作业有意见。"

回到家的时候是下午四点，雨还在下。屋里比早晨还昏暗，沙发上坐着个一动不动的人。

"妈？"

没有回答。李芳好脸色黑得吓人。

"妈，你回来休息呀？"

"你去哪儿了？"

"学校啊，"乔青羽小心翼翼看着李芳好的侧影，"英语作文要查资料，需要上网……"

"过来。"

毫无起伏的声调吓得乔青羽不敢呼吸。她卸下书包，胆战心惊地走向坐在沙发上的李芳好。

"坐。"

李芳好指着沙发边的小凳子。乔青羽听话地坐下，仰起头看妈妈，极其不安。

"你说，"李芳好的胸腔剧烈地起伏了一下，"你是什么时候学会骗人的？"

乔青羽不是没见过李芳好大发雷霆的样子，可此刻的妈妈极其陌生。两条深壑般的泪沟以惊人的速度攀上她的脸庞，整张脸苍白得似被泼了石灰。眼睁睁地，李芳好以肉眼可见的速度衰老了。

"妈妈……"

"从哪里学的，"李芳好眼里毫无光芒，声音冷得连空气都冻结了，"啊？"

乔青羽一愣。

"书包拿过来。"

乔青羽神色微微一变："妈，到底怎么了？"

"心虚了？"李芳好突然看向她，目光堪比刀子，"拿过来。"

N95正躺在书包底部的暗袋里，粗略地翻看书包是发现不了的。可李芳好显然是铁下心要把书包翻个底朝天。果然，一分钟后，她就从暗袋里掏出了手机。

"哪里来的？"

"捡的。"乔青羽面不改色心不跳。

李芳好鼻腔里哼了一声："多少钱买的？"

"我在学校图书馆捡的，上周我——"

一声脆生生的"啪"打断了她的话——李芳好起身扇了她一巴掌。

"我再最后问你一遍，"李芳好紧紧盯着她，"多少钱买的，还是谁给你的？"

火辣的左脸似乎要烧起来了——这是李芳好第一次打她。乔青羽咬了咬嘴唇，硬生生逼回眼泪："我在学校图书馆捡的。"

"学校里捡的，那就是同学或老师的，"李芳好点点头，"妈妈明天就去学校问，到底是谁丢了手机。"

直到店里收工了，乔青羽才知道李芳好之所以翻自己的书包，是因为保险箱里少了一只金镯子。那只金镯，是定亲时，乔陆生送给李芳好的礼物。

毫无疑问，是乔劲羽拿走的，尽管面对乔陆生电话里的质问时，那家伙一再否认。

这厢乔青羽也死不承认自己教唆弟弟干坏事。气急起来，李芳好抬手又要打巴掌，被乔陆生挡住了。

"别打了……"

"不打，很快就变成小白那个鬼样子你信不信？"李芳好歇斯底里地喊，"我现在悔啊，当初小白犯错了不舍得打她，就该打，狠狠打，打得她长记性！"

一说完，李芳好就蹲地号啕大哭，使劲推开试图劝她的乔陆生，看起来两个人像扭打成一团。

乔青羽吓得躲进房间，她从没见过父母这样失控。

脑海中浮现栩栩如生的一幕：在她升旗时，李芳好不顾一切冲上学校的主席台。她丝毫不怀疑李芳好真的会带着手机去学校。明天，将成为她一生的噩梦。

李芳好没收了手机，势必会翻看个彻底，除了昨晚乔劲羽偷拍的那张侧脸，其他倒不用担心——好在自己警惕性高，有及时删除信息和照片的习惯。明盛的作业已经完成，他不可能再发消息。他俩之间从来没有通过电话。通讯录上没有一个人。

乔劲羽抓拍照片里的自己，披散的长发被随意拢在耳后，睫毛在眼睑上投下弧形阴影，映着暖黄色的台灯光线，面庞通透又柔亮。第一次见到这样的自己，乔青羽竟为照片透出的那份娴静超然着迷——乔劲羽特意避开了桌上的杂物,以空无一物的白墙作为背景,女孩的澄净、孤独就像黑夜中的月光一样昭然。

躺在床上辗转反侧,不时摸摸枕头下的淡绿色摘录本,乔青羽暗暗期待着李芳好随时冲进房间,质问她照片是谁拍的、在哪里拍的。她做好了坦白一切的准备。意识渐渐模糊,遁入空无之境时,她又恍惚地想,明天不上学了。

可事情从来就不会如她所愿。

闹铃响起时,她闭着眼伸出手寻找闹钟,却意外地摸到了另一只手,吓得她双眼猛地睁开。

"起床吧,"李芳好边说边关掉闹钟,"今天妈妈陪你去学校。"

迅速洗漱完毕后,李芳好已经拎着皮包在门边等着了。

"路上买两个包子当早饭,"李芳好冷冰冰地注视着乔青羽的一举一动,"你爸去体校找小羽了。"

跟在李芳好身后下了楼,乔青羽咬着下唇,轻轻扯了扯李芳好的衣角:"妈,我真的没拿金镯。"

"你指使小羽拿的。"

淡绿色摘录本就在书包里。天还没亮透。一股强大的动力推着乔青羽向前两步挡住了李芳好——她觉得说明白了,天也就亮了。

"是我指使小羽去翻保险柜的,"乔青羽脱口而出,"但不是为了偷家里的财物。"

李芳好眼神锋利得像刀,似乎下一秒就要把乔青羽切开了。

"我只是想知道姐姐到底是怎么死的,"乔青羽说,"姐姐死的时候,是不是真的染上了艾滋病,还有就是……"

隔着书包,她的手摸到了摘录本坚硬的封皮,话语却迟疑了。对面李芳好突然脸色惨白,眼神中的锋芒消失了,失魂落魄却又强装镇定的样子令乔青羽心疼。

"还有什么?"李芳好的声音微微颤抖。

"还有就是我觉得劲羽也想知道真相,"乔青羽轻声说,"所以我才让他帮着一起。"

"你怎么做姐姐的?!"李芳好劈头盖脸骂了过来,"小羽那个人我知道的,整天乐呵呵的,哪里像你这样心思深啊?就是你把他拉下水!我是你们两个人的妈!你以为我不知道啊?!"

像被狠狠摇了几下,乔青羽的头嗡嗡作响。两个行色匆匆的年轻人经过,快速瞄了戳在路中央的母女俩一眼。待他们走远,李芳好一把抓住乔青羽的手腕:"走,回家先!"

乔青羽从来不知道李芳好的手劲这么大,步伐这么快。她没有退缩,却仍以一种被拖拽的姿势进了屋。

"你别以为我不知道你在想什么,"把门啪地一关,李芳好转身朝乔青羽吼,"就你那点小心思,能瞒得住我?我早就发现你不对劲了!你说,你是不是成天想着你们班的那个明盛,想和他交朋友?"

乔青羽愕然："妈，你说什么啊……"

"那个明盛，我早就向来店里吃饭的学生打听过了，样子可以，成绩可以，在学校里跟个明星一样，特招女孩子喜欢。"李芳好继续说道，"你看看你自己那副魂不守舍的样子！一开学就主动给人家发信息，你是女孩子啊，你才多大啊，要不要脸的啊？"

这太荒唐了。

"那个明盛就是个二流子、地痞！花钱大手大脚，成天打架闹事，别以为我不知道！"李芳好怒吼，"你要交上这种混账朋友，这辈子就完了，我告诉你！"

乔青羽气得想笑。

"你老实说，你是不是有样学样，从明盛那种无赖那里学来的，教坏弟弟，偷家里的东西？"

老实说，乔青羽并不认为明盛是那种从家里偷钱的人。当然，跟李芳好没必要掰扯这么多，解释反而会往自己身上泼脏水，显得自己很在乎明盛的清白似的。有了姐姐的先例，妈妈最害怕的就是自己过早陷入男女之情，乔青羽明白这点。

"说啊！"

李芳好的声音如惊雷一般。乔青羽缓缓开口："妈，不是你想的那样，我对明盛没有任何想法，真的。"

"那你一开学就主动给他发短信？从小到大，你什么时候主动开口向男孩子问过问题？"

是为了何恺。乔青羽想着，意识到李芳好的直觉很准——自己这样做，的确是因为对一个男生动了情。

"我当时真的没想那么多，妈妈，"乔青羽说，"我能记住他的号码，只是因为他的号码很简单，很好记，是无心的。"

"你就骗吧，我看你能骗到什么时候！"

"我指使小羽开保险箱，与明盛没有任何关系，"乔青羽看着李芳好愤怒的双眼，顿了顿，心跳到嗓子眼儿，"我想找爸爸打官司的文件，或者姐姐的病历本，想知道姐姐到底是怎么走的……"

"好端端过了两三年了，突然来这么一下，你以为我会信你的鬼话？你以前怎么不管啊？"

"因为，"乔青羽拉开书包，抽出淡绿色摘录本，翻到贴着乔白羽残缺日记的那几页，"我在老家发现了这个。"

李芳好一把抢过本子，屏住呼吸看了几秒，突然无力地往墙上一靠。

那一瞬间乔青羽以为李芳好快要不行了——她双唇煞白，脸色铁青，手握拳捶着胸口，急促又大口地喘着气。"妈，"慌乱无措的乔青羽轻唤着，"妈，你怎么了？"

李芳好气若游丝："给我倒杯水。"

乔青羽从厨房拿出水杯时，李芳好已经回到房间，瘫坐在床头。接过温水喝了两口后,她恢复了些气色,下巴一点,让乔青羽坐下。

"你从哪里找来这个东西的?"

淡绿色摘录本被合上了,李芳好一手紧紧握着,放在腰侧。乔青羽突然觉得,这是自己最后一次见到这个本子了。

"就是国庆节回老家的时候,"乔青羽回答,目光停留在本子上,"那个女疯——秦阿姨跑出来扔下一个东西,就是姐姐的日记本。其他的都烧掉了,就这几页还……"

她视线上移,声音渐渐消失了。李芳好双目紧闭,两颗豆大的泪珠在那苍白的脸上滑落,悄无声息却惊心动魄。乔青羽吓得不敢呼吸。

半响,李芳好挥手:"晓得了。"

"妈,"乔青羽小心翼翼,"姐姐写的,是真的吧?"

见李芳好没声响,她调整心绪,轻声解释:"我的心事其实就是这个,姐姐太可怜了,以前我只会怪她,但是我不知道她原来早就……"

乔青羽停下嘴,打量着李芳好不变的神色,改口道:"现在我理解她了,很后悔自己以前没和她多交流,我以前根本不把她当回事……外面把姐姐的死传得乱七八糟,我知道不能听外人的,可是我又不敢问你们……我就是想知道姐姐到底是怎么回事,不想跟以前一样,对她不闻不问了——"

"你姐都死了,"李芳好幽然打断乔青羽,"知道了又有什么用?"

"我就是……想知道实情,"乔青羽咬咬下唇,"妈妈,我长大了,不是小孩子了,家里有什么事,不用瞒着我,我也可以和你们一起承担的……"

说话间,李芳好的眼睛睁开了,瞳孔毫无光芒,是乔青羽从未见过的绝望。

"其实,"乔青羽试探着问,"姐姐就是因为得了艾滋病,做阑尾炎手术产生了并发症才走的,对不对?"

"什么并发症,什么乱七八糟的?"李芳好厉声反问,"你从哪里看来这些奇奇怪怪的东西?"

"我已经知道姐姐是从省一医院走的,不是维爱医院,"乔青羽心一横,"而且,爸爸跟维爱医院的官司也没赢。"

对面李芳好的瞳孔迅速放大,旋即变成一团怒火,喷向了乔青羽:"你觉得自己本事大了知道这些事?你姐姐,管她哪个医院走的,反正就是个谎话连篇的烂人!不知好歹不懂感恩的白眼狼!我和你爸对你们三个人哪一个不是尽心尽力?对你姐姐,我们花了多少心力?她在的时候,我们哪天不是好吃好喝供着?哪里亏待过她一点点?你们两个,我还时不时说两句,她呢?她那个脾气,我哪里敢说她一句?我怎么对她,她又是怎么对我的?日记本从来不给我看,却给一个女疯子!她根本不把我这个妈放在眼里!"

"妈——"

"你别叫我'妈',我也不是你妈!"李芳好疯了一般大喊,"你又好到哪里去?捡到你姐的东西自己藏着,教弟弟干坏事,你觉得自己有能耐了?你还有多少事情瞒着我？我是不是你妈，啊？！"

乔青羽被震得说不出话。

"好，就算你说的是真的，金镯是小羽自己想拿，不关你的事，"李芳好话锋一转，"那这个手机怎么回事？真是捡的，这么巧一只新手机被你捡到？！"

"我——"

"你也不用解释了，我自己能搞明白，"李芳好盯住乔青羽，咬牙切齿，"我是你妈！想骗你妈，没门！"

不知道那天的夜晚是如何降临，次日又是如何天亮的。第三节语文课铃声响起时，乔青羽也不知道自己为何还在教室里坐着。她觉得自己完全可以离家出走，永不回头。

李芳好是升旗仪式结束后出现在校园的。站在主席台旗杆下的乔青羽远远看见了李芳好先进保安室登记而后快步走进校门的身影。黄胖子上台发表一周总结时，她望着台下黑压压的整齐人头，突然产生了冲向前跳入人海的冲动。

她想象着，自己在落地之前长出了翅膀，在众人仰头惊呼中越飞越高，旋即融入耀眼的日光，彻底消失。

丝带般轻柔的秋风轻抚着面颊，乔青羽回过神来，微仰起脸，全神贯注地聆听自己的一呼一吸。

没有人知道她的左手手腕被烫伤了。大家不在意，她自己遮盖得也很严实。摘下升旗的白手套，用大拇指钩住校服袖口，刚好可以把通红的受伤皮肤挡住。她发现自己很擅长遮掩——隐藏伤口，忽略它带来的痛意，仿佛这件事没有发生。

就像父母刻意遗忘姐姐存在过一样。

孙应龙走进教室，给了乔青羽一个意味深长的眼神，乔青羽因此知道李芳好还没走。她忐忑不安熬到下课，孙应龙把讲义一放，大步走到她的座位旁，关心地问她手怎么样了。

"哦，"乔青羽下意识地把左手藏在了桌下，以避开前面转回头的好奇眼光，"好多了，孙老师。"

"你妈妈都跟我说了，"孙应龙带有深意地点点头，"等下节化学课下课，你先别去吃饭，来我办公室，你妈妈还在等你。"

"知道了。"

他一走，不远处的蒋念便凑过来问乔青羽怎么了。

"没什么大事。"乔青羽谨慎地回答，"对了，中午我要去孙老师那儿就先不去吃饭了，你和别人吃吧。"

蒋念往桌上一趴，明显疑惑且不满："我前阵子事情多不陪你吃饭，你不高兴啦？"

乔青羽没料到蒋念这么直白，有些感动也有些不好意思，便低头笑了笑，柔声安抚蒋念道："不是，跟你没关系，我知道你很忙。"

蒋念满眼心疼的样子："我不是不理你啊……你想找我聊天，可以随时叫我的哦，晓得吧？"

久违的暖流从心底涌出，哽在咽喉里，为阻止这股强大的感动变成热泪，乔青羽痛快地笑出了声："知道了，放心吧，我没事。"

"哇，"蒋念惊讶地张了张嘴，"真想给你一面镜子，你看你看，你笑得多好看！"

一句话使得乔青羽腼腆地低下了头，再抬头时，笑容已经不见了。

"你应该多笑笑，真的。"蒋念眼中饱含真诚和鼓励，"管他什么，一笑而过！"

乔青羽倒希望自己能够笑对这一切，可从来只是希望而已。下课后走到孙应龙的办公室门前，她看见沙发上李芳好冷若冰霜的侧脸，所有的侥幸和期待就像飘在空中的肥皂泡一样，一眨眼就消失了。

"来吧，乔青羽，"孙应龙朝伫立在门边的乔青羽招手，语气很和蔼，"进来。"

走进去后，乔青羽发现那只崭新的N95就放在孙应龙眼前的办公桌上。

"事情我都知道了，"孙应龙边说边环顾四周，"老师不喜欢拐弯抹角。现在办公室没别人，乔青羽，来，当着老师的面，好好解释一下这只手机是从哪里来的……我跟你妈妈沟通好了，你只需要说实话，说出来这件事就算过了，不管是怎么来的，正当的途径还是不正当的途径，都不追究了。"

说完了，空气陷入安静，李芳好抬着头，视线紧紧粘在乔青羽的脸上。

"这里没有别人，"孙应龙干笑一声，重复道，"老师和你妈妈绝对不会害你。若是正当途径，说出来，是给你自己一个清白；若是不正当途径，说出来，是给你自己一条退路、一个机会。瞒在心里，让别人猜测，对你来说没有任何好处。"

一旁的李芳好短促地点了点头。

"老师也跟你妈妈说了，你在学校里，一直没有正式融入集体，平常独来独往，是孤独的、无助的，你妈妈前面一直在抹眼泪。她心疼你，"孙应龙柔声细语，"怕你封闭自己，走上错误的道路——"

"青青，"李芳好突然开口，"上午你爸去体校找小羽，已经把金镯子拿回来了——前两天妈妈气急，打了你，是妈妈不对，你脸上疼，妈妈是这里疼啊！"

见她左手抚着胸口，情绪激动，带着哭腔，乔青羽反而越发冷静。那记不分青红皂白的响亮耳光，她永远都不会忘记。说真的，她宁愿李芳好强硬到底，而不是联合老师在自己面前示弱。扇了巴掌再叫委屈，在妈妈眼里，总归是自己不对。

"刚才老师也和你妈妈分析过了，手机和金镯是两件事，只是恰好出现在同一时间。"孙应龙说，"金镯的事，你弟弟承认了，是他一时糊涂，也还了，那这件事就过去了；手机的事，只有你才能说清楚。"

"手机是捡的，"乔青羽开口，"在学校图书馆捡的。"

孙应龙不相信地笑了笑："这……"

"照片谁拍的？"李芳好突然恢复往日的严厉，"你不是没朋友吗？谁帮你拍的，在哪里拍的？"

"小羽帮我拍的，在家里拍的，"乔青羽很镇定，"可以查到照片的拍摄时间，就是周六晚上。"

"我问了,小羽说他没见过什么手机!"李芳好的声音变大了。

乔青羽暗自苦笑——乔劲羽这家伙倒是把自己的叮嘱放在了耳边。可是,她很想质问李芳好——"妈妈,为什么你相信弟弟而不相信我?"

"到底是怎么回事?!"李芳好忽地站了起来,"孙老师,你看看,这孩子最近就是这样谎话连篇,不知道中什么邪了,以前很懂事的……"

"乔青羽,"孙应龙脸色凝重了一些,"你不解释清楚,只会让你妈妈更加焦急。这也不是什么大事,两三句话就能说清楚,对不对?"

乔青羽点头:"对。"

"那你说。"

开口前,乔青羽缓缓吸了口气:"手机里的照片是我要求乔劲羽拍的,并胁迫他不准说出我有手机这件事。手机,是我上周二在学校图书馆捡到的。"

听了这话,李芳好眼里冒出乔青羽熟悉的怒火,她刚想发作,却被孙应龙抢了先:"这么说来,你本来是准备把手机占为己有,不还给别人了?"

半晌听不到乔青羽的回应。李芳好狂吼一声:"老师问你话呢,说啊?!"

"我不是这种人,"乔青羽抬眼环视面前满脸审视的二位,声音微微颤抖,"不管你们相不相信,手机,我一定会还的。"

去食堂匆匆用完午饭,乔青羽带李芳好逛了一圈校园。行至礼堂边的花园,李芳好拉着她坐下了。

校广播里传来蒋念的声音,播报的是一则失物招领启事。李芳好竖起耳朵,核实了手机的品牌、型号和崭新程度都准确无误后,转过头,抓起乔青羽受伤的左手,长叹一口气。

"青青,爸爸妈妈就开了个小面馆,每天拼死拼活也就赚那么点钱,没办法什么都给你用好的……这寰州比顺云大多了,学校里有钱同学肯定多,别人用好东西,我们不用去眼红,不用和别人攀比,做好自己,踏踏实实本本分分,才是最重要的……"

乔青羽别着脑袋,视线在一株碧绿的冬青上失去焦点。长凳前的小径上不时有三三两两的学生经过,李芳好的絮叨,让她无地自容。

"各位同学中午好,现在播报一则失物招领。有同学上周二在校图书馆的阅览室捡到一只诺基亚 N95 手机,黑色,手机号码是……"

广播第二次响起,乔青羽意识到她和李芳好已经在长凳上坐了十分钟。距离下午上课还有半小时,十分钟后失物招领将被第三次播放。乔青羽回头瞅了李芳好一眼,她的嘴依然没停,根本没有要离开的意思。

"……妈妈对你严厉,不是亏待你,而是真心为你着想,像你这个年纪,要是有一点……"

翻来覆去就那么几句话。

"你自己说是不是这个道理?"

"嗯。"乔青羽点头，回头瞄了李芳好一眼，心脏骤然跳停了。

明盛、叶子鳞和陈予迁正一动不动站在李芳好身后不远处。

在孙应龙面前斩钉截铁说手机是"捡的"时，乔青羽不是没设想过后果。李芳好没在集会上寻找手机主人，而是通过校广播的形式，对她来说已是万幸。她不觉得明盛会前往认领——刚开学时李芳好在电话里声色俱厉"教育"他的事，于他而言，一定印象深刻。此刻，"那样的妈妈"在校园里守株待兔，聪明倨傲如他，一定会避得远远的，省得沾上一丁点灰尘，弄脏自己的清白声誉。

然而余光里，这三个人开始朝她们靠近。

左手手指因紧张而蜷曲了一下，乔青羽重新看向右前方那棵静默的冬青。

"唉，这手啊，得过段日子才能好了，"李芳好低头抚摸乔青羽的左手手背，"好在现在天气没那么冷，你别用袖子遮，露出来好得快，晓得吧？"

乔青羽点头。这几个人怎么还没经过？

"这要是留下疤就不好看了……女孩子啊，贪慕虚荣要不得，爱护自己还是应该的，毕竟以后的日子长啊……"

趁着李芳好低头感慨期间，乔青羽鼓起勇气轻轻撇过头，窥探的眼神猝不及防撞上了明盛看向自己的晶亮双眸。脑子里轰的一声，她迅速收回视线，再次看向那棵坚定的冬青。

难怪他们走得慢，明盛上次扭伤的脚还没好。

几秒后乔青羽意识到自己方才一直在平复地震般的心跳。她试图思考，思绪却总是飘到明盛一瘸一拐的走路姿势上。这家伙因为脚伤，最近大部分时间都留在教室里，中午基本趴在课桌上睡觉，怎么今天跑出来了？

回想刚刚他们站在那儿饶有趣味地俯视自己和李芳好的样子，乔青羽不由地想，他们就是冲着自己，有备而来。

无须猜测到底会发生什么，反正肯定是一场羞辱、一个笑话。

李芳好半个身子面对着乔青羽，仍旧低垂脑袋，浑然不知两米开外的身后小径上明盛他们已经触到了自己的影子。乔青羽视线移了过去，恰好目睹明盛将受伤的那只脚抬起，缓慢有力、分毫不差地踩上了李芳好影子的脑袋。

突然，乔青羽明白了：明盛此行针对的不是她，而是李芳好。

他当然是要报复的。多日前的那通电话对他来说是奇耻大辱，他要为自己正名——鬼才会看上你那惹人厌的无趣女儿，鬼才想和你们这可悲的一家扯上关系。李芳好是家长又怎样？胆怯于他，是不存在的。

击败李芳好很简单，甚至不用当面交锋，路过时提及乔白羽就可以了。先让叶子鳞用无限美妙的词语赞美乔白羽的外表，再让陈予迁用极其低俗的语言指责乔白羽的行为，最后自己悲天悯人总结一句：这都是因为父母不要她。没错，几句话就可以让李芳好溃不成军。

两秒后明盛抬起另一只脚。乔青羽抬起视线,屏气凝神,直直看进他漆黑的眸子。

"不要,"她在心里呐喊,"放过我妈妈。"

炯亮的黑眼眸深邃起来,似望不见底的清水潭。

乔青羽想摇头但很快抑制住了自己的冲动——她不想表现得太可怜。她垂下眼,装作不在意他们,反而李芳好注意到有人来了,转头打量了明盛好几眼。

"我就喜欢皮肤白但是成熟点的,"叶子鳞幽幽的声音一响起,乔青羽的心就跳到了嗓子眼,"看起来轻盈又纯洁,就像江滨新区那个——"

"下午我体育课不去了,"明盛不由分说地打断了叶子鳞,"放学后你俩来画室找我。"

陈予迁飞快瞥了乔青羽一眼,和叶子鳞面面相觑。没等他俩反应过来,明盛又说:"叶子鳞,你他妈别再拉着苏恬一起来。"

"哦,哦哦。"叶子鳞忙不迭应着,跟上不知为何突然加快脚步的明盛,"不是,是她一找不到你就问我你在哪儿,她不是在跟你学画画吗……"

"她——很——吵,"明盛显然有点不耐烦,"学校里就没有让我能安静待着的地方……"

三个人渐行渐远,循着小径拐了个弯,消失在一株矮小的雪松后面。空气安静,乔青羽僵着,被自己狂跳的心脏晃得有些失神。

他放过了我们。

"中间那个就是明盛?"

李芳好盯着她,眼神刀尖般锋利。

乔青羽有些迟钝:"对。"

"离他远点。"

恐吓一般的命令。乔青羽知道自己必须马上回应,容不得半点不悦,她也确实这样做了。

"我知道的,"她避开了李芳好的目光,"你放心,妈妈。"

下午第三节课是体育,手受伤的乔青羽请了假。上课铃响之前,蒋念凑到乔青羽身边,神秘兮兮地把一个扁平的小盒子塞进她的课桌。

"前面有人来认领你捡到的那只手机了,"她故意压低声音,"她也没问是谁捡到的,就让我把这个东西带给那个拾金不昧的同学,说是感谢礼物。"

乔青羽惊讶推辞:"别,我不要什么礼物……"

"哎呀,你就拿着呗,"蒋念凑得更近,笑得更神秘了,"我倒是想告诉你谁领了手机,但那个完美的失主不让说啊!她的话,我怎么能不听呢?"

她意味深长地转动了一下眼珠,调皮眨眼:"我只能透露这么多了,你可得把礼物收好咯。据说失主很少送别人礼物的哦,都是别人争着抢着送给她,你可真幸运。"

等到班里人都去了操场,乔青羽抽出那个盒子。盒子是牛皮卡纸做的,浅棕色,

067

开口处用透明胶带封得很严实，拿在手里极轻，仿若空无一物——明盛卖的什么药？

环视四周，确认班里没有别人了，乔青羽才小心翼翼地把透明胶带撕开。

里面是个紧紧贴着盒子的折叠的白色信封。突然间乔青羽慌乱极了，这家伙不会真的写了封感谢信吧？

空气中的寂静压着她，她用小拇指认真抠出信封期间，紧张的脉搏达到了顶峰。信封终于被抠出一角，乔青羽吸了口气，一股脑儿把信封抽出来摊开。

赫然入目的是正中央的"乔青羽"三个大字，歪歪扭扭得像刚学写字的幼童写的；右下方是熟悉的浅蓝色圆形校徽，校徽下边印着方正的楷体字"顺云市第一中学"。在寄信人一栏，乔青羽看见了同样笨拙的"何恺"二字。

"原来他只是把何恺学长的信还给我。"乔青羽想着，心中莫名失落，继而羞愧难当——为自己刚才的方寸大乱。

她拿起何恺的信，正要撕开，突然听到教室后门吱呀一声。

明盛进门，拉开自己座位的椅子，面朝乔青羽，大大咧咧坐了下来。

Chapter 6
冰凌之刃

这边乔青羽飞速回身。

过于安静的教室里,一切细微的声响都被放大了。一下子撕开信封,纸张碎裂的声音尖锐刺耳——乔青羽头皮酥麻,她知道身后的明盛正盯着自己的一举一动。

为防止再次发出声响,她慢吞吞地、极其小心地抽出了雪白的信纸。

"喂,"明盛突然开了口,丝毫不掩饰自己的不悦,"你不打算解释一下?"

乔青羽停下展开信纸的动作。南乔村老房子的大火,烈焰中的乔白羽日记,昏暗中的滚烫热水,李芳好脸上沉重的泪……这一切像快镜头般在眼前迅速闪过,使她根本无从开口——如何解释?

"听见了吗,"明盛听着有些恼怒,"乔青羽?"

"听见了,"乔青羽微微侧过脑袋,"没法解释,再说跟你也没关系。"

末了,她加上一句:"我的手受伤了,没法帮你写作业了。"

随着椅子挪动的声音,明盛站了起来。乔青羽想回头却不敢,等她反应过来,明盛已经出现在她眼前,长腿一迈,坐在正前方的椅子上。

"挺严重嘛。"

乔青羽匆忙把左手放了下来,却立马后悔自己这个慌乱的动作。

"烫的?"

"都说了跟你没有关系。"乔青羽说着,右手大拇指不自觉地在何恺的信封上摩挲,"你看到了,我真的没法帮你写作业了。"

突然间明盛凑近一点,视线直直盯住乔青羽的脸:"干吗看都不看我?你怕我?"

乔青羽蹙眉抬眼:"不。"

她当然早就熟悉了明盛的模样,可毫无防备地直面这张俊脸,且只隔着半米的距离,她还是禁不住一震——用"惊为天人"来形容,一点也不过分。英挺的鼻梁贵气逼人,纤长睫毛下黑白分明的眼珠相当清润,浓密的双眉乍看精致,细看有些杂乱,却恰到好处地显现出难以驯服的气质。微乱的短发像是从没认真对待过,有几撮儿不听话地冒出了大部队,逆着光融进了斜阳。他在发光,铂金色的。

"你受伤的是左手手腕,"明盛语气悠然,"这意味着你可以继续帮我写作业。"

乔青羽微微一愣,继而又冒出个"不"字。

"你的条件我都满足了,"明盛说着,抬起一只手,把那只黑色 N95 放在桌上,"信还给了你,手机你继续用。"

"我没有那么多时间和金钱帮你写作业,"乔青羽直言,"手机被我妈发现一次,还会被她发现第二次。这件事,我真的做不了了。"

"既然你妈那么神通广大，"明盛瞄了桌上的信封一眼，听着很不以为然，"那你还敢跟那个叫何恺的窝囊废通信？你肯定不舍得丢掉他的信，而且会给他回信的，对吧？"

乔青羽一下子不知该如何反驳。

"有那个时间，还不如帮我写作业，"明盛轻飘飘地说，"就用你自己的手机，话费我帮你充。"

乔青羽哭笑不得。这两件事根本无法相提并论就算了，她自己的手机比小灵通好不了多少，拍照连脸都看不太清，根本无法用彩信沟通作业题——不过，明盛可能想不到她手机太差这个问题。

"至于你周末用我的手机干了什么坏事，都让你妈追到学校了，"明盛继续说，"我就不追究了。"

不知不觉乔青羽恢复了冷静，她思考着。

"怎么样？"

"你很讨厌做作业，是吗？"

"谁会喜欢写作业？"明盛微微蹙起眉头，"不过我是没空。"

"忙着打篮球吗？"

明盛的表情变了，有点意外，又像是憋着笑："你以为我分不清孰轻孰重？"

"那你怎么没空？"

"考试，"明盛盯着乔青羽，"SAT（美国高中毕业生学术能力水平考试）。"

乔青羽显然没听懂，可明盛没给她继续问的机会。

"反正我比你想的忙多了，"他往身后的桌子一靠，双手交叉放在脑后，扬起下巴，居高临下看着她，"尤其这半年。你若能帮我，这只手机就送给你，话费我充。"

"我不要手机。"乔青羽摇摇头，字句清晰，毫不畏惧地看着明盛的眼睛，"做作业比写信费时多了，但如果你答应我一件事，我就可以长期帮你。"

明盛维持着睥睨天下的姿势："说。"

"我知道你爸爸是省一医院的院长，"乔青羽不自觉地坐直了身体，"而我的姐姐乔白羽两年多以前就是在省一医院离开的。如果你可以帮我问清楚她到底是怎么走的，我就一直帮你写作业，无怨无悔。"

说完，她认真打量明盛的表情。他先是无动于衷，几秒后，像是突然反应过来，极其不屑地"呵"了一声。

"我不跟我爸讲话，"他声音冷漠，站了起来，瘦高的身躯恰好遮住窗户外的斜阳，在乔青羽的课桌上投下一片阴影，"我们还是互不干扰吧，乔青羽。"

从孙应龙那里得知手机被一个叫"王沐沐"的高三同学领走后，李芳好便默认乔青羽没有说谎，也不再提及这件事。手机和金镯的事都算尘埃落定，顺带着，乔白羽的残缺日记也被没收了。几天过去，乔青羽放学后照例在面馆帮忙时，回头望了望李芳好从后厨进进出出的忙碌身影，突觉一切仿若梦境。

若没有手腕上的伤，发生的这些事，就像店门口那口盛放白粥的大铝锅的蒸汽一般，冒出来就消失无形了。

对父母自欺欺人、遗忘一切"坏"事的做法，乔青羽不满至极。然而周末乔劲羽回家后，乔青羽惊觉自己其实比父母也好不到哪里去。

"姐，你就老实告诉我呗，"乔劲羽缠着乔青羽，"谁借你手机的？我一定不会说出去。"

"感谢你嘴巴很牢帮我守住了手机的秘密，但你真的不需要知道更多了，"乔青羽斩钉截铁，"知道也没什么意义。"

这些话就像是脑子里早就备好的，无须思考就滔滔流出了。说完，乔青羽不禁想，也许，父母隐瞒乔白羽的死因，也是因为觉得坦露真相毫无意义。

毕竟乔白羽再也回不来了。

乔青羽差点儿相信父母迟早有一天会真的忘记乔白羽的那个周末，乔家手工面馆一周内第二次歇业一天，且郑重其事地在卷帘门上贴出了原因，是"家事"。

临出发了乔青羽才知道，安陵园是他们的目的地。

去补祭乔白羽二十三周岁的生忌日，在这个云淡风清的秋日。

下了公交车沿着山坡拾级而上时，连一向活泼、散漫的乔劲羽都变得安静、稳重了。安陵园是寰州风景最好的公墓，背靠北山，面朝清湖，稍高点的墓碑就能把清湖另一侧的寰州尽收眼底。进入墓园后，一家人以乔陆生为首，沿着墓地中间的石阶继续向上走。快到尽头时，乔陆生往左一转，在一个紧靠着石阶的白色墓碑前停了下来。

乔青羽紧随着乔陆生，脚步停下来之前，她就被墓碑正中的照片吸引住了。

那是一张她从未见过的黑白照，有点褪色了，照片里素面朝天的乔白羽明眸皓齿，闪耀动人。四个人一起烧香拜了拜。末了，乔青羽弯下腰，凑近，用衣袖仔细擦掉落在照片上的灰尘。

起身时，她发现李芳好在背后默默注视着她擦灰尘的动作。像是怕跟乔青羽对视，见乔青羽转过来，李芳好赶紧吩咐乔劲羽把东西拿出来。

乔劲羽把手里的袋子放在地上，躬身掏出袋子里的东西，一样一样递给乔陆生。

几条做工精良的褶皱纸连衣裙，一个纸板糊的豪华小屋，以及——乔青羽惊奇地张大眼——从淡绿色摘录本里撕下的、粘有残缺日记的纸张。

乔劲羽显然也愣了楞，但仍旧把手里的纸张递给了乔陆生。

乔青羽呆滞地看着他的动作，突然间胸闷得喘不过气来。

身边李芳好开始抽泣："白羽啊，傻孩子啊，你怎么不给妈妈托梦啊，怎么还是什么都不愿意跟妈妈说啊……"

令人窒息的阴郁沉沉地压下来。乔青羽转过身，背朝墓碑，大口呼吸。

天空是通透的纯蓝，清湖像被撒上了一层碎银，对岸鳞次栉比的玻璃大厦泛着洁净的光——这就是乔白羽所说的梦幻的寰州吧。

下山前，乔陆生拉过姐弟俩，神情严肃地说："姐姐喜欢大地方、风景好的地方，你爷爷奶奶嘛，觉得落叶必须归根……爸妈自己做主给姐姐买了个她喜欢的地方，爷爷奶奶那边，以后爸妈来说，你们千万不要乱说。"

像是解释，但更多是叮嘱。

"那姐姐的……"乔青羽大胆问，"人，到底是葬在老家还是这里？"

"老家。"李芳好突然从身后插嘴，听着已从悲痛中恢复过来，"这个地方就是给姐姐买个位置，爸妈图个心安。"

她接得太快了，以至于乔青羽并不相信。

"妈妈，爸爸，"乔青羽视线回落到乔白羽的照片上，"谢谢你们，姐姐肯定很喜欢这里。"

悼念完毕，一家人收拾心情，整理好东西，缓步走出墓园时，依次与一个背着双肩包捧着一大束白色玫瑰的男青年擦肩而过。像刻意回避似的，经过乔青羽一家的时候，男人加快步伐且低下了头。

李芳好的脚步突然顿住了，几秒后她一拍脑袋，转头大喊了声："何飞海！"

男人也顿住了，扭头，露出一个腼腆的笑容。

"我就说怎么那么面熟，"李芳好竟露出了笑容，"以前你是里方乡中心学校初二1班的，我说的没错吧？"

架不住乔陆生和李芳好的热情邀请，何飞海从乔白羽墓前回来后，挤进出租车，来到了朝阳新村。家里从没开过火，像接待贵宾似的，到家后没多久，李芳好就给所有人委派了任务：乔陆生买菜，乔劲羽买水果，至于乔青羽，则是去店里拿餐具和调味品。

背着一书包的白瓷碗盘回至三十九幢的二楼时，乔青羽刻意放轻了脚步，悄无声息移动至三楼的房门前。

"你们和劲睿还一起玩过的啊？"门内李芳好感慨，"白羽没跟我说过，这孩子不把我当妈，很多事情随便和别人说也不跟我说。"

"她其实不善于表达，"何飞海听着有点窘迫，"不像看起来那样，其实她心墙很高……"

"反正我这个妈在她眼里就是没什么用。"李芳好长叹一声，"我说，你怎么找到这个地方，是劲睿告诉你的？"

"哦，"何飞海像是突然回过神来，"对，是劲睿哥告诉我的……本来想上周来的，我时间安排不出来，所以只好这周……"

"所以是真的巧，这都能碰上。来，喝水喝水。"李芳好干笑几声，"你是真的有情有义，专门跑来看白羽，是白羽的福气啊，可惜她命薄，享不了这个福咯……"

楼下传来沉重的脚步声，像是乔陆生回来了。乔青羽立马站直身体，敲响了门。

她先进去，乔陆生后脚就进了门。李芳好穿上围裙进了厨房，把乔青羽赶进房内写作业，换作乔陆生往沙发上一坐，话题变成琐碎客套的拉家常。在房内的乔青羽凝神听了一小会儿，被突如其来的电视新闻声打断，便放弃了偷听。

至少，她知道乔劲睿也对安陵园的事知情。

吃晚饭时，乔青羽仔细打量何飞海，发现那让他看起来很凶的眉毛下有一双温顺的、充满善意的眼睛。大人的聊天使她得知何飞海家庭贫困，在学校里从小拔尖，三年前曾以顺云市高考第一的成绩考入北京大学，现已申请到公费出国的名额，明年就去美国名校念研究生了。他穿着朴素，相貌朴实，基本是李芳好或乔陆生问一句他答一句，木讷得有些迟钝，却透着一股强大的踏实和安全感。

乔青羽想，姐姐一定很信任他，换言之，他一定知道不少姐姐的事。

只是她没机会与何飞海单独聊天。

在家里坐了几个小时，何飞海起身告辞时，乔青羽主动帮他拿下挂在墙上的外套。

"谢谢妹妹。"何飞海微笑。这是今天第一次，他直视乔青羽的眼睛。

乔青羽心里忐忑不已——趁着拿外套时，她把写有自己QQ号码的纸条塞进了外套的口袋。

-

周日，乔家手工面馆照常营业，李芳好和乔陆生又开始像陀螺一样转个不停。上午在店里帮了会儿忙，乔青羽说要去校图书馆查资料，被李芳好禁止了。

乔青羽明白，李芳好对她的信任就像被刀割裂的白纸，再也无法恢复如初了。

面对李芳好的果决，她没再坚持，回到了无光的房间。拧开台灯，浅绿色摘录本不知何时回到了她的书桌上，静静地躺在英语课本旁边，她拿起来翻开。正中间那几页已经被撕掉了，空荡荡的，仿佛没有了心。

把本子一丢，乔青羽向后直挺挺倒在了床上。

"没关系，"她望着天花板，似望着乔白羽的无瑕脸庞，"我会永远记着的。"

闭上眼，一片沉寂中，两个字从她心中轻轻跃出，前所未有地震荡着她的灵魂：

姐姐。

-

为了不错失何飞海的好友申请，周一午饭后，乔青羽在校图书馆找了台电脑，接受了近期几乎所有的QQ好友申请。她一边点击同意一边数着数，二十八个。

多得超乎想象，但她并没多想。

一时间屏幕右下方的小企鹅闪个不停。大部分都是无聊寂寞的男生，一开口就是轻浮的吹捧。乔青羽一般不回复，见情况不对就干脆地删除对方。如此操作了一小会儿，新跳出来的对话框里，一个顶着黄毛头像的陌生账号张口就喊出了乔青羽的名字。

"你是谁？"乔青羽敲下第一句回复。

"你管我是谁啊，你以为你是谁啊，加了又删掉，装什么清纯啊！"那边发来一句话。

他怎么知道自己删了人？乔青羽有点疑惑，但并不打算深究，而是关掉了对话框。

熟练地把这个人删去了。

随即她又点了下跳动的企鹅，冒出来另一个对话框，是戴眼镜的紫发头像，网名是"我只在乎你"。

看着还算正经，也许是何飞海？

对话框里，只有一个"hello。"

乔青羽回了个"你好"。

"寰州二中高二5班第八组第四排的乔青羽，"那边发来一句话，"你寂寞吗？"

绝对不是何飞海。乔青羽突然明白为什么有这么多莫名其妙、满嘴下流话的男人加自己了，因为有人把自己的QQ号码告诉了他们。

一群互相认识的二流子。

她刚想重复方才删人的操作，刚移动鼠标，眼睛就瞪大了——对话框里噌地出现三张照片，两张是她的背影，一张是她垂下头的侧脸。场景都在教室，虽然一看就是偷拍的，但画面清晰得很，尤其是那张她低头拿书的照片，放大了看，连阴影中的睫毛都丝丝分明。

"寂寞芳心无处去，"那人发来一句话，"哥哥疼你，小美女……"

感到后背冷飕飕的，乔青羽整个人都僵直了。

"放学后哥哥在校门口等你，"那人又说，"别怕，就是想去你家吃碗招牌牛肉面，乖。"

恐惧从头到脚裹挟了她。

"你姐姐，我以前也心疼过的，"那人继续说，"现在轮到妹妹了，小可爱。"

脑海中一片空白，明晃晃的。

良久，乔青羽才意识到，那泛着冷光的银白色，是刀尖。

乔青羽感觉自己正在变锋利。从图书馆回来，她破例从后门绕进教室。今天是学校运动会暨社团展示节的第一天，大部分人午饭后不在操场就在广场，教室里只剩寥寥几人，其中就有明盛。

他单只膝盖抵着桌沿，单手拿着本轻薄的英文小说，姿态闲散却看得很投入。

乔青羽在他身后停顿了两秒，经过第三组最后一排叶子鳞的座位时，又停了下来。

"就是这里，"她看向自己的座位，暗自比画着，"就是这个角度。"

正拿着手机聊天的叶子鳞猛地转过身："干吗？偷窥啊？"

说话时他把手中的银色手机翻了个面。乔青羽注意到这款手机背面有一个漂亮的摄像头，像极了数码相机。

"有病啊，女鬼一样！"叶子鳞骂骂咧咧，"阴森森的，赶紧吸点阳气吧你！"

明盛往这里瞄了几眼。乔青羽不再停留，迈开步子，走回自己的座位。

应该就是叶子鳞偷拍并发给他那帮狐朋狗友的。这样说来，明盛也知道吧？

脑子陷入混乱，心就像掉进冰窟窿一样瞬间冰凉。可有什么好失望的呢？她嘲笑自己，刚开学时不就看清楚了吗，明盛根本就是个狂傲、狠毒、惹不起的混账啊！

重新拿出何恺的那封信，信封上不协调的"乔青羽"三个大字显得有点心酸。内容倒还好，是打印的，中规中矩的宋体字，段落分明，就像刊登在报纸上的优秀征文。

"乔青羽同学，展信愉快！"

摊开信纸，乔青羽再次把信读了一遍。高三的压力与调整，梦想的遥远、可贵，以及对周遭一切人和物的感恩——这封信与其说是写给她看的，更像是何恺的自我独白。只是最末一连串的询问提醒着乔青羽，何恺是期待她回信的。

乔青羽拿起了笔。

写了一句"你的来信让我意外又高兴"，她就卡住了。那些"和新同学相处得怎么样"以及"你一定也有梦想吧，可以告诉我吗"之类的问题，她一个都不想回答。可她确实又有许多情绪急需吐露，也许太多了吧，反而堵在笔尖了。

沉吟良久，乔青羽才憋出两句客套的回复。何恺的信是个完美无缺的青春世界，没有他被明盛霸凌的伤痛，也不提及如标签一般贴在乔青羽身上的乔白羽。写着写着，乔青羽突然发觉自己其实不认识笔下流出的那些若无其事的轻快语句，仿佛写信的自己是另一个人。

转念一想也对，她怎么敢把真实的、被无数愁绪撕裂的自己，坦然地展现给何恺呢？

完成了回信的任务，乔青羽大大地舒了口气。接下来得去校门对面的文具店买信封及邮票，然后走至路口，把信塞进深绿的邮筒。接着就可以回家了。提前三小时，肯定碰不见号称要在校门口等自己的无赖。请假原因也想好了，就说生理期肚子疼。运动会和自己毫无关系，孙应龙没理由不放自己走。

计划好一切，乔青羽起身收拾书包。教室里的人不知何时已经走光了，后门敞着，门边明盛的桌椅空空荡荡。

叶子鳞杂乱的课桌上有个东西隐隐闪着光。

探了探脑袋，乔青羽看清了，是他方才对着傻笑的手机。

平常从后排男生的打闹中，她听说过叶子鳞不止一部手机。据说是因为校外的女友不止一个，为避免发串信息，干脆一个女友一个号码。偶尔忙不过来时，他就把手机分派给身边的人，他口述，别人帮着打字。有一次，陈沈拿着手机嗷嗷大叫，引得几乎全班男生都围了过去——一个年长叶子鳞好几岁的女朋友，在陈沈的擅自引诱下，发了张极其暴露的写真照片。

从来不在意他们打闹的乔青羽，惊觉自己竟然无意识地记住了这么多。

走过叶子鳞的书桌，乔青羽再次停下脚步。宽大的笔袋敞着，草草放置的手机正面朝下，恰好压住了笔袋一侧的拉链。手机背面，窄小方正的镜头盖是打开的，盖子上方亮晶晶的一圈，正是那个浑圆如房门猫眼的摄像头。

另一端绿色小圆圈后的英文字母应该是手机品牌。凑近一点，乔青羽看清了：索爱。

"你在看什么？"

心跳漏了一拍，慌张转头，乔青羽看见明盛靠着门框，满脸的疑惑。

他怎么悄无声息就出现了？

"没什么。"

像是做坏事被抓住，乔青羽的脸瞬间红得发烫。她低下头，迈着急促的碎步，从明盛审视自己的视线下匆忙擦过，迅速在他眼前消失了。

顺利寄完信，乔青羽坐上回家的公交车，提前一站下了车，拐进小巷里一个不起眼的小网吧。

第一次进入网吧，心里充满了罪恶感，但她顾不了那么多了。找了个隐蔽的空位，在油腻腻的键盘上，她快速敲入了自己的QQ号和密码。

添加好友的申请仍旧源源不断。这次，乔青羽不再大意——只要感觉不是何飞海，她就点了拒绝。企鹅终于不再跳动之后，她点开"我只在乎你"的对话框，犹豫一番，发了一行字过去：

"叶子鳞不会只发了我一个人的照片给你吧？"

对方的头像是"忙碌"的状态，对话框跳出来一句自动回复。时间尚早，乔青羽等待着。她搜索了索爱手机的图片，很快就找到和叶子鳞手机一模一样的机型——是今年的新款，拍照有800万像素。这时下方的对话框突然变黄了。

"他说你漂亮又寂寞，需要关怀，小美妞。"

这么容易就套出了实情。乔青羽轻笑一声，手指停留在键盘上，迅速思考着。

"妹妹别怕，哥哥无微不至，不然你姐姐以前怎么愿意跟我喝酒呢？"那边开始滔滔不绝，"寰州这么大，坏人那么多，你初来乍到，人生地不熟，跟你姐姐以前一样，多可怜啊，哥哥最看不得小姑娘可怜巴巴的样子了，乖，叫我声大哥，大哥疼你……"

"我姐姐以前是在哪里跟你喝酒的？"乔青羽回复，"你怎么认识她的呢？"

"你姐姐一去学校就碰到流氓，我英雄救美呀！妹妹，哥哥是不是很善良呀？"

说明乔白羽一开学就遇到这个人了，乔青羽心想。这个说自己善良的男人，让她不自觉地联想到一只披着羊皮的狼，还是张劣质、漏洞百出的羊皮。

所以，他们的"友谊"持续了多久呢？屏幕另一头的这个男人，是不是知道不少乔白羽在寰州的事呢？

"没有朋友，被人嘲笑，心里好苦的，是不是？"那人仍在喋喋不休，"不怕，现在你有哥哥了，我黑哥虽然大部分时间都在江滨混，但江这边的朋友也不少，你有麻烦了，喊一声，我一定帮！等一下我多带几个人去二中门口给你撑腰，以后你在学校里想横着走都行！"

乔青羽敲下"不用"，转念一想，又把这两个字删去了。

"这几天学校运动会，也是社团展示日，广场上很多老师，校门口很多家长进出，人太多了，不太方便，"乔青羽一股脑儿敲下这句话，"周五放学时再见可以吗？"

这条发过去之后，那人一下子没回复。迟疑片刻，乔青羽加上一句："那天我也不着急回家。"

很快对话框里出现了几个笑脸:"妹妹太贴心了!行,那我们今天就不过来了。"

打发了这个叫黑哥的人,乔青羽陷入了沉思。缓兵之计无法化解她的困境,可内心深处,她似乎也在期待着与这帮人见个面。一时间,她不知道接下来要怎么办,就像被卡在了两块巨石之间,动弹不得。

这时右下角的企鹅变成了一个闪动的小喇叭,又有人加她了。

她麻木地点了点鼠标,添加者的头像跳出来,就是企鹅本身。扫过头像后的简短网名,乔青羽不禁坐直了身体。

沧翼。

也就是飞海和白羽。

深吸一口气,乔青羽点了"同意"。

"你好,青羽,"那边开门见山,"我是何飞海。"

乔青羽回了句"你好,何大哥"之后,那边就没话了。想起他木讷又可靠的样子,乔青羽决定自己把握主动权。

"我有事想问你,可以吗?"

很快有回复了:"可以。"

爽快的回复让乔青羽无比心安,以至于有点感动。沉吟片刻,她敲下:

"你是我姐姐的好朋友吗?"

发过去后,她放下双手等待着。很快,那边发来长长的一段话:

"我知道你们一家对我和白羽的关系感到好奇。周末我特意回寰州探望她,似乎是我与她关系不寻常的力证。看得出来,叔叔阿姨都是腼腆之人,又因为往事实在太过沉痛,所以留我吃饭时,会刻意避开白羽的存在。我本来想解释的,但叔叔阿姨的笑容使我开不了口……现在既然你问了,我就坦诚地告诉你吧。"

那边还在输入,乔青羽屏息等待着。

"初一、初二的时候,我和乔白羽当过两年的同学,但不在同一个班。她实在太耀眼了,任何举动都能吸引别人的注意,我也不可免俗地被吸引了。可我当时比她矮半个头,灰头土脸,家里穷得叮当响。所以,对她,我只是默默注视,远远观望。可以说,她开启并完成了我对女孩的一切美好想象。但我是她的朋友吗?答案显然是否定的。"

乔青羽惊愕地张了张嘴:"但你不是跟她还有劲睿哥一起出去玩过吗?"

"出去玩不止我们三个,而是很多人一起,"何飞海解释道,"我外婆家在南乔村,两个表哥和劲睿哥都是认识的。高考成绩出来后,家里的哥哥姐姐说要为我庆祝,喊上一大帮朋友去顺云一起玩,那次就有劲睿哥和乔白羽。当时我很想问她要联系方式,却鼓不起勇气。说白了,我和她,就是陌生人吧。"

一个字一个字看完,乔青羽不禁有点泄气。如此说来,何飞海对乔白羽,根本就是一无所知嘛。

"我本来还以为,你都知道姐姐葬在安陵园了,肯定至少是她的朋友。"

"今年春节我去南乔村外婆家，碰见了劲睿哥。我不知道他是怎么看出来我一直惦念着乔白羽的，总之是他主动告诉我，说白羽其实在安陵园，让我有时间就去看看她，还让我保守秘密，说得瞒着家里的老人。"

"他怎么知道姐姐在安陵园？他怎么自己不来看姐姐？？"乔青羽突然怒气腾起，一不留神，多打了个问号，"这么重要的事，我爸妈怎么都不告诉我和劲羽？"

"当时我也觉得奇怪，因为感觉留乔白羽一个人在寰州的山上，太孤单了。但这是你们家的家事，我一个外人，不便插手，也就没多问。"

沮丧地吐出口气，乔青羽往后靠在椅背上。一时间，她想不出还要说什么，那边也就一直沉默着。

她正想关掉QQ时，"沧翼"的对话框里冒出一句，仿佛是要安慰她："后来想想，你父母是世界上最疼爱乔白羽的人，他们这样做肯定有他们的道理。"

乔青羽不自觉地摇了摇头。

"你爸妈人太好了，"何飞海又说，"他们很不容易，不告诉你们，肯定是有他们自己的考虑，而且一定是为了你们好，你要多体谅他们啊。"

乔青羽缓缓吐出一口气，双眼因过于失望及突如其来的不耐烦而失了神。末了，她往前一倾，噼里啪啦敲起了键盘：

"所以你对我姐姐，除了容貌，其他的一无所知，对不对？我本来还以为你和别的男人不一样！没想到你和他们一样肤浅！"

顿了顿，她继续敲字：

"收起你那假惺惺的喜欢！你根本不是真正关心她！你都说自己是一个外人了，有什么资格教育我？我当然知道我爸妈为了我们好，哪里需要你来告诉我？你这个事不关己高高挂起的自私鬼！"

也不等何飞海回应，她断然关掉了电脑起身，胸口先是憋得慌，继而像被割了一刀，满腔怒火撕裂细窄的伤口，喷薄而出。

她觉得自己燃烧起来了——就像那个女疯子一样。

浑身是伤，但无所畏惧。

周五放学后，乔青羽将一把美工刀放进校服裤子口袋里，背上书包，毅然决然走出教学楼。

黑哥他们早就到了。半小时前，乔青羽收到了一条号称是黑哥的陌生短信，说他们在校门口。十分钟前从走廊往校门看，确实有几个衣着突兀的社会青年站在保安室对面的人行道上，像溪里的石块分割着涌向公交车站的学生流。

五分钟前乔青羽给李芳好发了短信，告诉她今晚学校有优秀毕业生的返校演讲，她会留下来听。

她并没有完全撒谎——来演讲的学长叫明岱，据说是明盛的表哥。教室里相当一部分人早早地去阶梯教室占位子了，说明这个演讲值得一听。

"好的。"

三分钟前李芳好简单回复的这两个字令乔青羽心里一紧。以往偶有留校的情况，李芳好都会叮嘱她早点回家，可是今天没有。

下楼时乔青羽侥幸地想，也许是因为妈妈在忙。

临近校门，她的心思回到了当下的难题上。

学校里想走的学生都走得差不多了，那几个社会青年凑在一起，其中一个穿着黑色发亮短皮衣的长发青年不断回头朝校门里张望。乔青羽保持着稳健的步子，视线却在那个黑皮衣再次转头时急匆匆飘向了一边——她到底还是有点怕的。

突然间她听到一个沙哑又兴奋的男声："嘿，小美女！"

黑皮衣认出了乔青羽。

她一出校门，这帮人就围了过来。

"乔青羽，嘿，你就是乔青羽吧？"黑皮衣凑得最近，内搭的黄色毛衣散发着浓烈的烟味，"我就是黑哥啊！"

"嘿，"乔青羽对着眼前这张五官局促的黄脸微微一笑，"黑哥。"

"哎，你别紧张啊，我又不是来害你的。"黑哥直直盯着乔青羽的脸，眼里发光，"读书好累的对不对？走，哥带你去电玩城放松放松！哎，你们这几个人干吗，往后退点，别吓着妹妹……"

他们一共五个人。

不想表露心底的厌恶，又不愿让别人误认为自己和他们相熟，乔青羽就像被一只无形的手推着，脚步急促又犹豫。很快走至路口，见黑哥伸手要拦出租车，乔青羽赶紧开了口："黑哥，对面的奶茶好喝，要不我们去喝奶茶吧？"

黑哥眯着眼望了眼对面，转头殷勤地笑了起来："听你的听你的，哥先请你喝奶茶！"

奶茶店本就狭小，加上刚放学，店里的四张桌子有三张已经坐了人。乔青羽率先拿到自己的奶茶，径直走向了角落的那张空桌。

黑哥满脸带笑紧紧跟着她，靠近桌子时窜到她面前利落地帮她摆正了椅子。没一会儿，另几个男青年各自拿着喝的加入他们，保镖似的站在一边，狭小的空间瞬间变得拥挤。余光里，乔青羽注意到另外三桌的几个学生往这里瞅了几眼，随即站起来离开了。

这倒给他们留下了充足的座位。

小口吸着味道浓郁的奶茶，穿过所有人盯着自己的目光，正对面的校门给乔青羽增加了一丝勇气。

别紧张，这里是安全的，她告诉自己，就当一场谈判。

"叫你小乔，怎么样？"黑哥直勾勾地上下打量她，"之前你姐姐，我们也是叫小乔的，你们一样漂亮。"

乔青羽迅速回看他一眼，垂眼看向桌面："我配不上吧，姐姐比我漂亮多了。"

"哈哈。"黑哥干笑了几声，突然把脑袋凑得很近，暧昧地低语道，"我说配得上就配得上，你姐就样子好看一点，但是没脑子，哪能跟你比，你多乖多聪明啊……"

"她惹你不高兴了吗？"乔青羽问道，不自觉地往后退了一点，身体紧绷起来，"为什么你要说我姐姐没脑子啊？"

黑哥哼了一声，眯起眼，似在回忆："何止惹我不高兴，她惹很多人不高兴。你姐那个人，这里少根筋，白瞎了她那张脸。"

他用食指点了点自己的太阳穴，话语中竟有种凶狠劲。

"跟猫一样，谁有好吃的，就屁颠屁颠跟过去了，养不住，"黑哥继续道，"害得我白为她操心，没有情义。"

说完，变脸一般，他又换上了迷离的笑："我是个大方的人，也不是不舍得给女人花钱，但花的钱总得有回报，你说，是吧？"

说话的同时他双手移了过来。乔青羽惊得赶紧把手放到了大腿上。

"妹妹不怕，哥看你穿得少，想帮你暖和暖和……"黑哥笑得荡漾，声音黏糊糊的像加了蜜，"哥真喜欢你，看照片就喜欢，看到你真人更是喜欢得不得了……哥知道你苦，没人疼，哥心疼死了。跟着哥，学校里没人欺负你不说，就算你以后到社会上了，哥还能帮你撑腰……你缺什么就跟哥说，哥一定给你买……"

他色眯眯的目光下，乔青羽不由得把手伸进裤子口袋，悄悄握紧了那把坚硬的美工刀。

"你喜欢喝奶茶，哥天天让人买了送到校门口。"黑哥说，"你想，这在同学中多有面子！哥还能给你买名牌衣服名牌鞋子，放假了你想去哪儿玩哥就带你去……"

见他只是喋喋不休倒没有进一步的动作，乔青羽渐渐恢复镇定。

"可是我并不想找男朋友。"

黑哥大笑："我说妹妹单纯天真嘛！哥知道你是好学生，不会强迫你，就想对你好。不是男朋友，不是啊，就是对你好的大哥哥。对大哥哥可以完全信任的嘛！手冷了，哥哥帮你暖和暖和，身上冷了，哥哥帮你焐焐，这就够了嘛！哥不会对你怎样的，都是为你着想啊，不怕不怕……"

"你对我姐姐也这么好的吗？"乔青羽问，"是不是一开始很好，后来就喜欢上别人，对她不好了呀？"

"哟，你看这妹妹多聪明，变着法儿问我是不是专一。"黑哥对着旁人哈哈一笑，又回头道，"哥也不瞒着你啊，小乔，是你姐不要哥啊！没两个礼拜，她就不理哥了，跟别的男人去了啊！"

"白费很多钱，连嘴都没亲到。"边上一个人咬着吸管嘀咕了一句。

"喀喀。"黑哥咳了两声，坐直身体，正色道，"当时哥也就是个小弟，没多少钱。这两年算是混出点名堂，所以，小乔妹妹，现在坐在你面前的黑哥，可不是当年的那个穷光蛋，我愿意罩着你，算是你的福气。"

另几个人纷纷点头。

"那——"乔青羽迅速思考着,"你混得比那个人好吗?就是把我姐抢走的那个男的?"

"他都进去了。"黑哥轻蔑一笑,"要我说你姐没脑子呢,那个人看着风光,干的都是犯法的事啊!但是呢,我黑哥,绝对不干犯法的事!"

另几个人赞同地点头。

"我黑哥靠的是人格魅力。"黑哥扬扬自得起来,"你跟我几天,你就知道了,什么叫人格魅力。"

"我觉得你确实很善解人意,"乔青羽看着黑哥的眼睛,尽量自然地说,"不是我想象中不讲道理的人,所以才有这么多仗义的兄弟。"

黑哥满足地哼了一声。

"你喜欢我姐姐,对她好,但又不强迫她,我觉得很感动。虽然我姐姐见异思迁,给你留下了不小的遗憾,但我相信你在她那里一定有个好印象,这其实很重要。因为如果你强迫她,她就会告诉我,我就不会答应跟你见面了。"

黑哥显然没料到乔青羽会这样说,看乔青羽的眼神里多了分赞叹。

"而且,不论我问什么问题,你都会认真回答,这说明你是个很有耐心、很温柔的人。"乔青羽继续说,"老实说,我见你之前很忐忑,生怕我会被你们欺负,但现在看来,是我想错了。你们都很聪明,如果要欺负我,就不会选在校门口见我了,对不对?"

"对对对,"黑哥忙不迭应着,"哥疼你都来不及,哪会欺负你呢……要是想害你,就不会送你回家了,你说,是吧?"

"说到回家,"乔青羽双眼亮晶晶的,直视着黑哥,"我和我姐姐不一样,我爸妈管我特别严格,严厉禁止我和异性交往。所以,如果我们要做朋友,就不能让我爸妈看到。"

黑哥拼命点头:"那是那是,你毕竟还小嘛,还是个高中生嘛,至少要等你成年,才能让你爸妈知道我们交朋友。"

"交朋友"三个字使得乔青羽冒出一层冷汗——狼现形了。

"就是朋友,不是男女朋友。"她纠正道,尽量镇定。

"就是朋友啊,就是朋友。"黑哥嘻嘻笑着,扭过头朝另一边的几个小弟使了个眼色,又转头格外一本正经道,"那小乔,以后每个礼拜五,我来接你放学,我们一起出去玩,好不好呀?"

"今天不行,"乔青羽说,"我爸妈还在等我回家吃饭。"

"你不是说不急着回家吗?"黑哥皱眉,有些恼怒。

"本来我这个点已经到家了,今天特意跟我妈说了晚半个小时,就是因为要和你们认识一下。"乔青羽感觉内力耗尽,"下次吧,下次我再想个理由不回家吃饭。"

"哎呀,那还得等一个礼拜啊,哥哥会想死你的啊!"黑哥露出哀怨的表情,"哥特意从江滨过来,老远的啊,吃个饭都不赏脸啊?"

边上一个黄毛小弟建议:"抱一下吧,抱一下再走。"

几个人突然站起身,挡住了通道。黑哥干咳两声,慢悠悠站起来,移至乔青羽身边,笑眯眯地张开了双臂。

"给点交朋友的诚意啊,小乔,"他故意放慢语速,假笑着,"奶茶也喝了,想学你姐姐骗我啊?"

乔青羽摇头。她的防御堤坝快要崩溃了。

"你要回家吃饭,可以,"黑哥一手撑着桌角,朝她弯下腰,语调仍是软绵绵的,却有种阴森的恐怖,"但你下次翻脸不认我,我不就亏了这杯奶茶钱嘛!你以为我那么蠢,在你姐身上栽过的跟头会不记得?"

"我不会不认你的。"乔青羽尽量平静地看着他。

"但哥脆弱的小心灵不相信啊,"黑哥带上虚假的哭腔,"你让哥'啵'一个,就算下次你不认哥,哥都不会怪你了。"

说完,他的脸就压下来了。恐惧突然冲到顶端,乔青羽连忙拿手挡住脸,一边忙不迭移到靠墙的另一张椅子上。这时,不远处突然传来一个女孩的声音:"你们在干吗?"

黑哥重新站直了身体。乔青羽睁眼,见到问话的是奶茶店的一个女店员。

"没事没事,聊天呢。"黑哥笑道。

女店员踮起脚,望见了墙角惊慌失措的乔青羽。这时黑哥打发其中一个小弟再买一杯奶茶,女店员便满脸狐疑地回到了奶茶的操作台。

黑哥再次发起了攻势,坐到乔青羽方才空出的座椅上,嗲嗲地恳求道:"妹妹,小乔妹妹,哥就'啵'一下你的小脸,你就当被蚊子咬了一口,有什么损失,对吧?来吧妹妹,来……"

说着他又慢慢压过来了,这回是整个身子。慌乱中,乔青羽掏出美工刀,迅速推出亮晃晃的刀片:"不要过来!"

黑哥止住前倾的动作,盯了美工刀几秒,笑得令人后背发凉:"哟,原来一开始就是逗我的呀,一开始就带着刀呢!小贱人胆子倒不小,是你姐那个大骚货教你的?耍我很好玩,是吧?"

刀刃在眼前颤抖——乔青羽根本控制不住自己紧张的手。

"小乔妹妹,"隔着校服,黑哥双手摸上了乔青羽的手腕,钳子一般使得乔青羽双手动弹不得,"清水一样的小乔妹妹哟,是不是甜甜的呀?"

他猛地加大手劲,加上之前尚未完全痊愈的烫伤,乔青羽左手顿时因为疼痛而使不上力,手里的刀,眼看着就要滑落了。这时黑哥垂下脑袋,一边死死盯住乔青羽,一边用牙齿咬住刀柄,轻巧地一甩头,随着一声清脆的"当啷",美工刀掉在了地上。

"红扑扑的小脸真是可爱,来,很简单,哥就'啵'一下……"

"喂,你们几个人,"又传来那个女店员的声音,听着是朝里面喊,"你们喝完就赶紧把位子让出来,别妨碍我们做生意!"

"我们他妈哪里妨碍你做生意了?"一个小弟理论道,"不是买了好几杯奶茶了吗?顾客就是上帝!"

"马上又有上帝来,好几个人指名要坐干净位子的。"女店员不为所动,嗓门更大了,"二中的明盛带人来,我可不敢怠慢他!"

竖着耳朵的黑哥听到这句,突然放开了手:"妹妹,咱换个地方……"

乔青羽一边拼命摇头,一边紧紧抓着桌角:"我不去。"

黑哥狠狠撂下一句:"逃得了和尚逃不了庙!"

罢了,他跨过地上的美工刀,大步朝门口走去。几个小弟见状,赶紧跟了过去。

"哥,怎么啦?"

"叶子鳞不是说这妞谁都不待见,可以随便玩的吗?"

"哥,你亲到没有啊?"

"他妈的都闭嘴!"黑哥凶狠地说着,"二中门口你还跟那小子抢地盘?关这个妞屁事!"

他们渐行渐远,乔青羽呆在原地。像是被狂风肆虐过,她的脑子一片狼藉。

"没事吧,同学?"女店员走过来摆正椅子,"他们干吗欺负你啊?"

乔青羽回过神来。明盛马上到了,她想。身体仿佛不受控制,她一下子站了起来。

"你缓缓,先缓缓。"女店员善解人意地拍了拍她的肩,"我看你吓得不轻。你就坐着吧,不打紧的。"

"可明盛不是……"也许是起身太急,乔青羽头晕目眩。

"哈,"女店员笑了,"我那是吓唬他们呢,我哪里知道明盛来不来啊。你就坐吧,不碍事。"

像是精心准备了很久的考试突然被告知取消了,乔青羽觉得庆幸又失落。

踏上公交车时她隐隐觉得,也许,还是庆幸吧。

庆幸没让明盛看见自己缴械投降后一败涂地的样子。

-

小隔间的昏黄台灯下,刀刃闪着暗淡的光。

有开门的声音。乔青羽迅速把刀片收进古铜色刀柄,塞进抽屉。

"青青,"片刻后李芳好推开房门探进脸,"出来吃点水果。"

脸色暗沉得跟刷了一层碳似的。乔青羽想,不可能是因为太疲惫。

果然,她在餐桌边一坐下,刚拿起一个橙黄的橘子,李芳好二话不说就骂开了。

"也不晓得去店里打声招呼就回家了,什么时候从学校回来的?听了什么讲座?我看你那张嘴又骗人吧?"

乔青羽放下橘子:"是个几年前考上清华的学长,叫明岱,好多同学都留下来听了……我到家一个小时了,因为赶着写作业,就没去店里。"

"怎么又是个姓明的,男的?"

乔青羽不言语。

"问你话啊,哑巴了?"李芳好走过来,用手指狠狠点了点乔青羽的左边胸口,"你这里飘了野了你知不知道?!清华,你能考上清华?去凑什么热闹?!"

乔青羽腾的一下站起身,在李芳好惊愕的"干吗"声中冲向房间,砰的一声,关上了房门。

"你给我出来!"

李芳好不给她平静的机会。暴怒中,乔青羽行动快过意识,做了件她自己之前绝对没有设想过的事——一脚踹开了通往乔劲羽那边的三合板门。

"反了天了!"李芳好怒吼,迅速逼近,"我看你还——"

"别过来,"乔青羽爬上乔劲羽的书桌,刺啦一声拉开冰冷的铝合金窗户,"你再过来我就从这里跳下去。"

突然间一种极度的恐惧爬上了李芳好的脸,使得她看起来相当脆弱而扭曲。

"青青你下来,乖。"

说话时她掉下了泪,想上前但又怕刺激到乔青羽,竟无助地蹲下身子,像一座轰然倒塌的大厦。

"青青,乖,别干傻事……"李芳好半跪着,边哭边小心翼翼地向前移动,"青青,妈妈不骂你了,不骂你了……"

冷风吹得乔青羽恢复了理智,眼前母亲的凄惨姿态令她也不自觉地落下了眼泪。于是她收回手,双脚垂下坐在书桌上,激烈的情绪碾过的身体里一片空虚。

"来,来,"李芳好挣扎着起身,轻轻抚摸她无生气的脸,"妈妈抱一下,抱一下。"

头埋在李芳好胸前,鼻腔里尽是面馆的油烟味,可却是久违的柔软和温暖,乔青羽号啕大哭。

"是妈妈话说重了,妈妈知道你是好孩子,你一直都是好孩子。"李芳好抽泣着安慰乔青羽,"妈妈只是太担心了,怕你走错道啊……"

对于自己是不是好孩子,乔青羽从未怀疑过。不过,紧接着周六发生的事似乎证实了李芳好的不安。

黑哥他们是下午来的,当时李芳好回家看乔青羽了,店里只有趴在桌上小憩的乔陆生一个人。听到动静,乔陆生就醒了。七八个头发颜色各异的社会青年围着他,乌云似的盖住了他头顶的灯光。

"你女儿呢?"为首的黑皮衣问,"不是死掉的那个大的,小女儿,在家里?"

乔陆生谨慎地问有何贵干。

"她欠我钱,"黑皮衣咧嘴一笑,愉悦地把烟灰弹在桌面上,"昨天,她喝了我买的奶茶。"

好不容易打发走了这帮人,乔陆生把店门一拉,急匆匆赶回了家。两夫妻关着门在房间内窃窃私语时,乔青羽焦急地在客厅里打转——爸爸是在店里撞见鬼了吗?怎么怕成这样?

半小时后夫妻俩出来了,竟又神奇地恢复了常态,像没事人一样。

"青青，你学习压力大，以后就不用去店里帮忙了。"乔陆生和蔼地摸摸乔青羽的头，"刚才爸妈商量了，明天就让乔欢过来帮忙，以后你早上去带个早餐，晚上放学直接回家就行了，晚饭给你送来，店里少去。"

"乔欢姐姐是南乔村的老乡，就在寰州打工，之前就想让她帮忙来着，店里事情太多了，"李芳好接话，"她来了，妈妈每天就能腾出手，送你上学放学了。"

是告知不是商量，乔青羽默默点了点头。

她隐隐猜到是因为黑哥找上了门。次日，乔欢的到来，很快证实了她的猜测——乔欢是个热情的自来熟，晚上就和乔青羽挤在一张床上。随意聊几句，乔欢就把黑哥他们一伙在店里白吃白喝的事抖搂出来了。

"你爸妈怕你担心，不让我说。"乔欢似乎很喜欢躲在被子里说悄悄话的感觉，语调中透出压抑不住的兴奋，"我就说嘛，我十六岁的时候都出来打工两年了，才不是小孩子。你那么聪明，哪里猜不到……那个黑哥带着三四个人晚上来吃面，吃完了记账上，说到时候一起给。他们混社会的，我们做小本生意的能怎么样，还好也就几碗面……"

乔青羽就听着，不做任何辩驳。乔欢胖，本就狭小的床现在被挤得满满当当，被窝里闷热得有种窒息感。终于，乔欢说完了，乔青羽掀开被子，大口吸气。

"我妈妈以前也喜欢偷听我和我妹妹讲话的，"乔欢似乎乐在其中，"你爸妈真好嘞，这么为你着想，我妈以前老是用棍子打我的嘞。"

"你做了什么坏事？"黑暗中乔青羽望着天花板，毫无感情地问。

"偷钱买吃的啊。"乔欢嘻嘻笑，"你看我这身材就知道了，我从小特喜欢吃零食，我妈嫌我胖，不给我买啊……"

说着说着她声音渐小，接着便鼾声大作，乔青羽仍旧盯着天花板，原本就零星的困意，瞬间被搅得全无。

为什么所有人都强调父母是为她好？

明明她是始作俑者，却被硬生生隔离在面馆的危机之外。她厌恶极了父母这种自以为悲壮的牺牲。

"我不会为此感动、愧疚的。"乔青羽告诉自己。

-

乔欢的到来使得原本就狭窄的房间更加无法转身。在得知父母为了替她省钱，让她无限期与自己同住时，乔青羽的感觉就像是被折断了脖子，再也不能自在地呼吸。

李芳好说到做到，每天接送她上学放学。乔青羽不喜欢妈妈每天准时出现在校门前，隔着安全头盔目送或者迎接自己的幽幽目光。可她喜欢坐在电瓶车后面的感觉，喜欢像无数冰冷鞭子般压迫自己裸露肌肤的密集气流，以及凉风中狂乱飘舞的马尾。闭上眼睛，她会幻想自己是自由的。

下车时，座位两边原本冰凉的银色架子往往被她焐得发烫。李芳好每次都提醒她扶住自己的肩膀或者腰，可乔青羽从来不为所动。不仅如此，她还会一走进校门就脱下套在校服外面的乔白羽的粉色旧棉衣。

早读之前,她会贪恋地望望隔着几排课桌的玻璃窗—— 一周前运动会结束那天,全班大挪移,她从靠窗的第八小组变成了教室中间的第四小组。前后左右都是人,她觉得自己就像一条掉进沙漠里的鱼。望着窗子,她会非常具体地想象着自己在玻璃上缓慢吐出洁白的水汽,再目睹它们悄然消失的清逸身影。

她靠想象存活。生活是一片随时把人吞噬的冰沼,浓稠的雾使得她辨不清方向。所幸她赤足前行,脚底的冰冷刺入身体,维持着她的清醒。虽不知通往何方,但她坚信自己脚下踩着的是冰凌,刺骨却剔透,是这个浑浊不堪世界里最干净的路。

月考结束的那个周六,乔欢休息一天,约上曾经一起打工的小姐妹去服装市场逛街了。李芳好照旧在周六下午回了家,陪伴乔青羽写作业。下午五点左右,她给乔青羽留下一碗热乎乎的面,出了门。

乔青羽吃了面,洗了碗,套上乔劲羽随意丢在沙发上的黑色连帽卫衣,溜进四合的暮色。经过报刊亭时,她拉了拉本就遮住了半张脸的帽檐,瞅着仅剩五秒的绿灯,一口气冲到马路对面。往右拐三十米,她停下了,躲在一棵光秃秃的梧桐后朝对面张望。

挤在一排门面中的乔家手工面馆像个发光的鞋盒,乔青羽第一次发现店里的灯光如此白亮。此刻,店里的六张桌子,有三张已经坐了人。

通往后厨的帘子被掀开,李芳好出现了,动作麻利、笑容满面地把一碗面放在其中一个客人面前。

"慢慢吃,这里有小菜和辣酱,汤不够可以加。"

乔青羽可以想见李芳好令人称赞的淳朴与热情。

她开始在两棵梧桐树下缓步来回,不时朝对面望望。几分钟后,乔欢出现了,拎着不下五个袋子——她回得比之前说好的时间早,乔青羽顿时感激她没有先回家,而是直接来了店里。乔欢回来没多久,三个头发颜色各异的青年男子,人手一根烟,大摇大摆走进了店门。

乔青羽不踱步了,躲到树后,隔着川流不息的车流,仔细盯着那三个人的举动。

他们就坐在靠近店门口的桌子边,等菜时直接把烟灰抖落在地上。背对自己的这个人面朝外跷着二郎腿,时不时对路过的女孩吹个口哨。不一会儿,面端上来了,三人埋头吃完,对乔欢挥了挥手,乔欢便赶紧去收银台拿来一个本子和一支笔。

其中一个人随意画了两笔。乔欢收起本子,脸上浮上送客的笑容。

他们离开后,乔青羽就回了家。次日是礼拜天,晚饭之后,乔青羽重复了昨天的行动。

不过这次她没停留那么久。发色各异的三个青年一踏进店门,她就拿出手机按下了110。

报警后的三四天,大人忙忙碌碌,一切照常,家里的气氛却日渐惶惶,就像一条蛇暗夜里潜入了房间。乔青羽知道，有什么大事发生了。

乔欢送给乔青羽一件新买的极其宽大的灰色外套，说是特意给她买的，虽然乔青羽很疑惑，既然是特意买的，为什么一开始没送给她，而是拆了标牌才送给她。几乎与此同时，李芳好收起了乔白羽的粉色旧棉衣和几件颜色鲜亮的旧毛衣，并把自己穿了多年的黑色羊绒衫给了乔青羽，说是更保暖。乔陆生不知从何处带回来一个大纸箱，连夜从两个房间里整理出许多"不需要"的衣物。

乔陆生在客厅刺啦一声拉开透明胶带时，乔青羽刚洗完澡出来。有什么东西撑起了纸箱盖——进屋前她瞄了眼，愕然发现是那块深红色的字匾。

不间断撕胶带的声音急促、尖锐，刺破静夜，令乔青羽莫名冒出冷汗。

乔欢没睡着，乔青羽也睡不着。砰的一声，乔陆生背着箱子出门了，屋子里陷入宁静。这时乔欢轻声对乔青羽说自己明天要回一趟南乔村，因为——她顿了顿——因为乔大勇的疯老婆死了。

"本来自己都能走走了，上次烧成那样，我大勇伯伯给她看病也花了不少钱，大家都说不值，医好了也见不得人……"乔欢叹了口气，"谁知道昨天从三楼跳下来，死了。"

"为什么？"乔青羽望着天花板。

"唉，她一直疯疯癫癫的，就是发疯了呗。"乔欢喃喃，"她那个屋子，窗户早就封起来了，也不晓得她怎么就爬到屋顶去了……"

"为什么要把窗户封起来？"

"老早小孩死掉的那年，她就好几次想寻死，"乔欢说，"只好把她关在房子里，农药都锁起来。我大伯命苦啊，勤勤恳恳干活，赚的钱都用在这个老婆身上了，自己没享过一天福……她生个女儿，女儿不到两岁，发高烧死了，我大伯就想着再生一个。她就天天跟我大伯打架，后面就完全变成疯子了……就这样我大伯也还是对她好的，该看病看病，该买药买药……别人都说，这哪里像买来的老婆，根本就是请来的佛一样供着——"

"买的？"乔青羽忍不住打断乔欢，"秦阿姨是大勇伯伯买来的？"

"一万二，二十年前的一万二啊。"乔欢感慨，"说是读过书的，一家人才凑钱给大伯……我大伯啥都好，就是人样子不行，太老实又没读过书，家里苦，三十好几了还没姑娘愿意嫁进来……急了好几年，专门去外地农村找人问才买到的……本来说买个能生孩子的就行了，我大伯又想孩子娘有文化，说是对孩子好，才买的这个嘛！"

闭上眼，秦阿姨裹着烈焰冲向自己，背后高高蹿起的火苗似燃烧的羽翼，熊熊火光中，乔青羽只记得一双比火还要炽热的眼睛。

"秦阿姨应该很美丽吧？"乔青羽睁开眼，声音像浸了水。

"样子是好的，个子很高，白白净净，城里读过书的姑娘家，"乔欢回忆道，"北方人啊，普通话很标准的。刚来的时候，大家都说我大伯有福气啊……"

"秦阿姨的女儿叫什么名字？"

"我听大人说过，好像是叫盼盼？"

"盼盼，"乔青羽轻声道，"皮肤白得像蓝天上的白云，睫毛比羽毛还要柔软、浓密和整齐，大眼睛扑闪扑闪……"

这是很早之前家里人提起乔白羽小时候时经常说的话。

"这我就不记得了，那个时候我也就一两岁——"

"也是个小天使，"乔青羽打断乔欢，仿佛自言自语，"所以，她们都回到天上去了。"

"她们？"

一滴滚烫的泪就要冲破薄薄的眼皮堤坝了。乔青羽艰难地侧过身，任由它夺眶而出，悄然砸落在纯棉枕套上。

乔欢不在店里的那两天，因无法分身，李芳好不得不放乔青羽自己坐公交车上学放学。突如其来的"自由"，却让乔青羽心生不安。

在公交车上，她总感觉有人偷偷盯着自己。为了避开学生群，上车后她会尽量往后挤，直到踏上高出两个台阶的后半部分，遁入面色麻木的上班族群；为了躲开不请自来的窃语，她会习惯性地在耳朵里塞入耳机。有那么一两次，仿佛要抓个现行，她猛地将视线朝学生群扫去，却只看到那些与她无关的年轻背影。明盛也在他们之中，三五次撞上他的视线——这让她很意外。

她想，也许是自己对彩色头发太敏感了。围着明盛说话的几个男生一看就是混社会的，其中有一个就是一头黄毛。

上次在校门口奶茶店围着自己的那群人中也有个黄毛——乔青羽仔细回想着，开始憎恨自己当时太慌张了，没记住他们所有人的长相——但和今天公交车上的这个应该不是同一个。

马上她又生气地想，就算是同一个又怎样，明盛和他们一伙，不是太理所当然了吗？

下车后，她去店里吃晚饭。李芳好的不断催促使得她不得不一口气把热气腾腾的面条吃完。乔青羽因此推测报警并没有起到预计的效果，那几个人照样不请自来。她很想问问李芳好，却不敢开口。连续两天，她在店门口的台阶上发现几摊大小不一的鲜红印记——一开始她吓坏了，以为是血，但看清后她舒了口气，是油漆。

可是，为什么会有红色的油漆？

为什么要把乔白羽的东西都扔了？

乔欢回来的那天是礼拜六，店里比平日早半个小时歇业。李芳好洗衣服，乔陆生看电视，乔劲羽躺在里间和同学发短信。乔欢洗完澡回到房间，打着哈欠准备上床时，窝进被子贴墙靠着的乔青羽合上了从图书馆借来的《卡拉马佐夫兄弟》。

"乔欢姐，"她直截了当地问，"那帮人是不是往店门上乱涂乱画了？"

"没有的事，"乔欢朝她夸张眨眼，"瞎想什么呢！别瞎操心哈。"

乔欢并不擅长说谎。乔青羽笑了下，没再追问。

这一天除了乔劲羽，一家人都睡得异常地早。半夜，也许是凌晨，迷迷糊糊中，乔青羽感觉身边突然空了。睁开眼，木门下方的缝隙里透出暗黄的光——客厅亮着小灯。

随即传来走出门的脚步声，听着三个大人都在。灯一黑，大门发出缓慢但清脆的啪嗒声。

乔青羽顿时清醒了，想也没想就跳下床，胡乱穿上裤子和外套，也跑了出去。

她很快就捕捉到他们步伐匆匆的背影。在朝阳新村的大门口，三个大人拐向面馆的方向。半分钟后乔青羽过了马路。和上次一样，她躲在面馆对面的梧桐树后，小心翼翼朝那边张望。

惨白的路灯下，乔家手工面馆的银灰色卷帘门被一些横七竖八的鲜红大字涂满了：
"艾滋病一家！脏！狗娘养的！"
上面的字极丑陋，还有用笨拙的笔触画的女孩，摆出极其污秽的姿势，令人触目惊心。乔青羽闭上眼，难受得几乎窒息。

对面传来刺耳的刺啦声，卷帘门被打开，又拉下，乔陆生从店内拎出几桶油漆，搬出几把椅子，和李芳好、乔欢一起，马不停蹄地开始往门上刷棕色的油漆。

乔青羽快步离开了。

她一口气跑到了运河边。河水静谧，空气无声，这个时间马路上竟没有一辆车子通过。寂静中，乔青羽转头望见不远处那棵岿然不动、张牙舞爪的古樟，走了过去。

这次，官方的保护牌亮洁如新，不再贴着明盛的警告。

几个月前何恺在树下被明盛威胁的场景跳进脑海，进寰州二中后这黑暗的几个月，就像这漆黑的河水一般，令人喘不过气。

全是明盛开的头。

乔青羽抬头，交错无序的树枝被无数苍绿的叶子覆着，像一张巨大的网，沉沉压住了天空。树干上爬满了无数褶皱，是干裂的、没有生命力的树皮。

乔青羽跨进低矮的围栏。

这几天她随身携带那把古铜色的美工刀，它不重但结实地躺在裤子口袋里，拉得裤子有点变形却令乔青羽很有安全感。刚才，出门尽管匆忙，但刀仍在。

靠近树干，乔青羽紧抿嘴唇，亮出了冷色刀刃。

一

周一一早，明盛在课桌内发现的奇怪恐吓信引发了班里的热议——仅有"收手"二字，写在一块半个巴掌大的棕色树皮背面。为什么是恐吓信呢？因为——这是明盛自己解释的——树皮的一角被火烧焦了，表示这个人在用火威胁自己。

"你不是为了篮球赛什么都忍了嘛，怎么还有人惹你啊？"专程跑来凑热闹的陈予迁兴奋不已，"干吗用树皮啊，哪个神经病啊？"

"我也想知道，"明盛声音不大却极有穿透力，不打折扣地钻进乔青羽的耳朵，

"是谁特意与我过不去，连一棵老树都不放过。"

"写的是'收手'，是不是你欺负哪个小姑娘，把人家逼急了呀？"叶子鳞心不在焉地笑道。

"那是你，"陈予迁替明盛反驳，"你看你那花痴样，昨天阿盛比赛你都不来，去哪儿混了……总算把江滨的那个妞拿下了？"

叶子鳞笑声猥琐："昨天是我的大喜日子，不宜广播，细节待会儿跟你们说。"

换座位后，明盛远离了后门边的"宝座"，也挂在了教室的中轴线上，不过是中轴线另一侧第五小组的最后一排，与第四小组紧紧贴着，距乔青羽不到两米。他们说话间，不少人拥向后排想一睹那封恐吓信的真容，明盛便任由他们传看。乔青羽低头对着英文课本喃喃，心思却随着那块树皮，在教室里飘荡了一圈。最后，右前方的关澜站了起来，把树皮递到坐在乔青羽身后、伸出右臂越过乔青羽头顶的高驰手中。

"谁这么无聊？"关澜面朝后排站着，左手叉腰，右手因打抱不平而不自觉叩响乔青羽的桌面，"阿盛，肯定是育才那帮人故意找碴儿，激怒你，影响我们校队比赛！"

"啊，那就不能掉进他们的圈套，去年不就是比赛前故意找阿盛单挑吗？"邓美熙不知从哪里冒出来，挽上关澜的手臂，"害得阿盛被处分，影响了比赛的发挥，好过分哦……"

话是对着关澜说的，落进的却是全班的耳朵，当然包括乔青羽。以前，她怎么不觉得邓美熙如此造作？

"去年育才的那个肥仔都被开除了，"叶子鳞扯着嗓子，"我就不信他们还敢来第二次。"

树皮在高驰手里翻来覆去："为什么要写在树皮上啊？这肯定是我们本校的人放在阿盛课桌里的吧？今天早上谁最先来教室，有没有看到外班的人来教室？"

"我开门的，"前排转过脑袋的蒋念像小学生一样举起了手，"但我坐第一排，没注意哦。"

"我第二个到，没看到别班的人。"坐在后门边的杨文西开口，"可能不是今天早上放在阿盛课桌里的呢？"

"看这刀痕就知道，割下来的时间并不久，肯定是这一两天，"高驰摩挲着树皮若有所思，"看着有点像樟树的皮……"

在一片"名侦探高驰"的逗笑声中，乔青羽悄悄吸了口气。她第一次意识到原来自己所在的高二5班这么团结，也深刻体会到明盛的可怕：他似乎什么都不用做，就可以调动全班的力量。

更可怕的在于他的沉默。用他在乎的老树来威胁他，乔青羽不信自己在他眼中和在别人眼中一样是个透明人。

上课铃声响起，打断了整个教室的破案气氛，可乔青羽知道这件事不会停。很快，她就会变成全校同学的通缉对象。英语老师小邬在黑板前讲解生词，她心神不宁、无意识地转着笔，数次把笔掉落在地上。第三次，她弯腰捡起笔时，被小邬老师点了名。

"你来把这些例句读一遍。"

因为心虚，乔青羽读得磕磕巴巴。在顺云一中，英语也算是她的强项，可在寰州二中，就像其他所有科目一样，她的英语平平无奇，口语更是因为生硬而显得有点土气。此刻，她信心全无，对着黑板小声读完，紧张得全身毛孔都张开了。

"看你浑浑噩噩的，"小邬不满地说，"站着听吧。"

乔青羽垂下头，脸红到耳根。生平第一次在课堂上得到差生般的待遇，她无地自容。

"老师，"明盛懒洋洋开了口，"她站那儿妨碍我们后排的视线。"

小邬瞪大眼，无奈的视线越过乔青羽："那你说怎么办？"

"站后面啊。"

没等小邬点头，乔青羽就拿起书，自觉地挤出了座位。她目不斜视，直到贴着教室后面的黑板站定了，才注意到明盛双手十指交叉抱着头后仰的得意之态。他的座椅比别人更靠后，右膝抵住桌沿，那副悠哉的姿态，放在顺云一中任何一个老师的课堂上，都是要被罚站的。

小邬继续讲解生词，乔青羽遂把目光放到黑板上。明盛的后背距她仅一米，就在左前方。余光里，她看到明盛把双手放回桌上，而后又像之前一样，双手交叉放在了脑后。

不过，这次他手里夹着纸条，上面有着三个龙飞凤舞的字——是你吧。

这个举动令乔青羽心脏怦怦跳，小邬一回身，她赶紧把视线放回黑板。"是我，"她愤愤地想，"明知道是我，为何还让树皮在班里传阅？"

十几秒后明盛收回手，唰唰唰又写了几个字，然后和方才一样，十指交叉托住后脑勺，顺便把纸条送到乔青羽眼前：

"我说过了，互不干扰。"

稍稍回忆乔青羽就想起来了，上次在教室，自己让明盛帮忙问乔白羽真正的死因时，他确实说过这四个字。当时她并未在意，潜意识里，她只把这几个字简单理解为明盛拒绝帮助自己。此刻，他再次提起，她才明白他是在认真地和自己划清界限。

紧接着她猛然意识到，自己越了界。

答案很明了，明盛不是隐藏在黑哥背后的"共犯"——他主动拒绝和自己有任何关联。而且，黑哥提到明盛就逃，自己难道忘了？

至于他是否知道黑哥他们对面馆的所作所为，这不重要。换言之，即便他知道并以此为乐，乔青羽也不能说什么——毕竟，黑哥他们做的，并不关他的事。这件事的始作俑者，是叶子鳞。

是自己，听任愤怒淹没理智，把明盛当成了理所当然的靶子。

一种前所未有的羞耻感席卷而来，虽站在明盛身后，但乔青羽的感觉像是自己站在他眼前，强迫他看自己肢体乱舞的丑样。莫名的害臊使得她抬不起头。

真想时光倒流，收起美工刀，收起暗夜中可笑的坚定，让那棵历尽沧桑的古樟继续静默，但毫发无伤地伫立着。

明盛没再写什么，捧起一本英文小说，瞬间沉浸进去。小邬老师在黑板上写了几个关键词后往讲台上一坐，让大家写小短文，教室里突然陷入死寂。最后边，复杂的情绪车轮般碾过唯一站着的乔青羽，没人注意到她把手伸进校服口袋，攥紧了贴着大腿的美工刀。

她相信，这次是理智帮忙做的决定。

约到叶子鳞非常简单，但见到他就没那么顺利了。在天台吹了半小时冷风后，乔青羽接到叶子鳞的短信，让她去礼堂的后台。

礼堂后面的小门没锁，但出乎意料地沉重、厚实，隔绝了外头的光。乔青羽摸索着探进了自己从未踏足过的陌生区域。转个弯，黑漆漆的走廊尽头，只有"安全出口"的小牌子散发出遥远清幽的绿光。乔青羽停下脚步，喊了声"叶子鳞"。

听不见回应，她也不敢往前，就回头了。退至刚刚转过来的弯道，突然耳边传来一声震耳欲聋的"啊"，乔青羽被吓得一哆嗦。叶子鳞哈哈大笑。

"你……"

"小乔约我干吗？"叶子鳞油腔滑调地说，打开手机电筒，学着电视里恐怖片的场景，把电筒从下而上对准自己的下巴，看起来狰狞而惊悚，"你刚刚是不是怕死了？"

乔青羽掉头往前走："出去说。"

"是不是黑哥他们欺负你了？"叶子鳞跟着她，提前一步按住了门，高大的身躯挡在乔青羽面前，"你怎么不早点来找我呢？我帮你啊。"

他气息很近，乔青羽不得不后退两步："我找你就是想问你，为什么要把我的QQ号给那些人？"

"黑哥是个很温柔的大哥，可以保护你。"叶子鳞轻轻一笑，"再说，是你自己同意的啊，黑哥跟我说，他们那么多兄弟加你，你一个个都同意的啊！"

乔青羽语噎。

"想要朋友就说嘛，"叶子鳞的声音突然暧昧起来，身影不断压近，"我最懂女孩了。我看到你第一眼就知道你很需要呵护，你惹到阿盛，其实我比谁都急……你皮肤这么白，天天冷着脸，跟冰凌一样，可我就是喜欢冰凌，多干净，多纯洁……"

说话间乔青羽感到有什么爬上了自己的胳膊，像一条蛇。她很快反应过来，是叶子鳞不请自来的手在她上臂游走。

"叶子鳞！"乔青羽怒吼，一把甩开他，"你恶心！"

说完，她把眼前的身影用力一推，冲出门外，跑进花园。

叶子鳞没有跟过来。

在花园里，乔青羽慢慢恢复了平静。摸到裤袋里的美工刀，她镇定思绪，再次走向了礼堂。

可叶子鳞不见了。她寻找着，终于在操场篮球场边的看台上望见了那个令她憎恶的身影。

绕到叶子鳞身后，乔青羽拍了拍他的肩："跟我来。"

众人的讶异中，她把叶子鳞带下看台，走至避开众人眼光的角落，刚站定就把美工刀分毫不差地架在叶子鳞耳朵下方的脖子中间。

"你想干吗……"叶子鳞瞬间腿软。

"这是一把崭新的美工刀，"乔青羽一步一步，拿刀的右手纹丝不动，逼着他靠紧了看台的侧墙，"可以轻易切开你的皮肤。知道这薄薄的皮肤后面是什么吗？"

叶子鳞的声音很虚："我警告你，乔青羽，如果你敢——"

"颈动脉。"乔青羽打断他，用寒气逼人的刀刃平平压住叶子鳞的脖颈，"既然你说我像冰凌，那我就告诉你，冰凌是怎样的锋利。"

叶子鳞双眼像金鱼一样凸起，显出不可思议的惊恐神色。

"让黑哥他们别再来我家的店，"乔青羽说，"你是始作俑者，必须把这件事解决。"

"我就是把你的 QQ 给他们，我跟他们没那么熟！"叶子鳞叫屈，"我都不知道他们对你干了什么！"

几米外的操场边缘，有几个女生叽叽喳喳经过，其中有个人往这边瞅了好几眼。见叶子鳞的头轻微偏了偏，乔青羽立马加大右手的力度："别动。"

"我真和他们不熟！"叶子鳞哭丧着脸，"就是我想追二十二中的一个女生，黑哥帮我加上她的 QQ，作为交换，我也给他一个女同学的 QQ，就这么简单！"

"他天天骚扰我家的店……"

"跟我有什么关系！"叶子鳞突然大喊一声。

"你别以为我不敢动手，叶子鳞，"乔青羽阴沉着脸，"你不答应解决这件事，我就在你脖子上划一道口子。"

"问题是我做不到，"叶子鳞一脸苦相，"我都说了，我跟黑哥不熟。"

"我不管。"

"问题是你自己——"

叶子鳞的话没说完，一个身影从天而降——明盛直接从看台上跳了下来。

看清明盛的瞬间，乔青羽的右手像是有自我意识般抬了起来，随即又失去理智般使劲砸向叶子鳞的肩膀。在叶子鳞夸张的惊呼声中，另一只手凭空伸出，牢牢握住了美工刀的刀刃。

等乔青羽反应过来，明盛手上淌出的血已经染红了刀尖。

Chapter 7
大寒

晴空下有一只独自遨游的苍鹰，清湖水覆盖着无数颗闪烁的水晶。太阳喷出凌厉的烈焰，落到地上却飘散成一片纷纷扬扬的纯白。太阳雪，乔青羽呢喃，不由得闭上了眼。

温暖如梦。连主席台下那片黑压压的冷漠眼光，也因这梦幻的美景而善良起来。

肩上一阵刺痛，是一片晶莹无瑕的雪花刺到了肌肤。光洁的肩膀上什么都没有。往下望去，乔青羽惊得叫出声来——她什么都没有穿！

身体猛地颤抖了一下。乔青羽睁开眼睛。

左耳边，乔欢的呼吸均匀而平稳。

屋子里没有一丝光线，空气凝滞。脑海中回荡着方才的那个梦，乔青羽轻轻起身，抓过羽绒服，悄悄打开了房间门。

楼下路灯的光散进客厅，沙发桌柜虽模糊但可辨。茶几上的玻璃有点反光。无用的烟灰缸压着一张醒目的白色A4纸，是那张令父母沉默了一整晚的通报批评书。

走近一点，她注意到烟灰缸边还有支笔。毫无疑问，父母签了字，而且肯定是规规矩矩一丝不苟地签的。

"他们才不会问我难不难受呢。"乔青羽伤心地想。

认真回想，她确认，当自己带着叶子鳞、孙应龙和教导主任黄胖子出现在面馆时，李芳好眼中闪过一丝纯粹的对她的关切。她也确信，当孙应龙再次复述事情始末时，乔陆生忧心忡忡看着她的目光里有难掩的心疼。可问题是他们什么都没说，不仅不说，还和平常一样，让她匆匆吃完晚餐且当着叶子鳞、孙应龙和黄胖子的面，硬生生把她赶回了家。

父母把她强行排除在事情之外的做法令她觉得匪夷所思，但很快就想明白了：他们就是懦弱、胆小，却又极好面子，生怕在同学和老师面前管制不住她的言行——是的，他们发现她长大了，不受控了。

对父母来说，权威是高于一切的，即便这权威仅仅浮于表面。

乔青羽惊觉自己早就走上了一条反抗父母的路，不动声色地。

她说不上是好还是不好，不过这前路茫茫的艰巨感让她有种意外的痛快。还有孤独——突如其来、巨大的孤独，就像孤身走在贫瘠荒原上，很难说自己讨厌这种苍茫的感觉。

走进阳台的冷风中，乔青羽的视线不自觉地一直停留在正对面那扇棱角分明的玻璃窗上。最近她越来越多注意起对面灯光的明灭，尤其在刺伤明盛后的这三天。她清晰记得，就在刺伤明盛的那天晚上，对面厨房隔断帘后的黄色灯光，在各家各户都行将入眠时,突然亮了起来。那一刻她刚好在阳台晾晒自己洗完的毛衣。毛衣是新的,暗淡的咖啡色,那天第一次穿。理论上不用洗,可是在洗澡前,乔青羽发现右手的袖口有一小块不起眼的深色印记——明盛的血沾上了她盖过手腕的衣袖。

在水龙头下使劲搓衣袖时,乔青羽有种清洗犯罪证物的慌乱,可亲眼看见对面的灯啪地亮起的那一刻,她又有了种被赦免的轻松。随即羞耻心漫上来,淹没了这种奇妙的错觉——明盛不会责怪她。

一定是错觉。

他说"不要紧",是给迅速围上来的另几个男生听的,而不是为了宽慰她;他喊"别管她",是为了给那几个围住自己的男生解围,省得冲过来的篮球教练误以为他们合伙欺负自己一个女生。被簇拥着走向校门时,他扭过头朝自己投来极为严肃极为深长的一瞥,黑曜石般的眼瞳似射出万千利箭,盯得自己无法动弹。乔青羽感觉自己被锁定了,逃无可逃。

那莫名形成的荒诞错觉时不时跳出来,搅乱她的正常理性。明盛右手虎口缝了七针的消息旋风般传遍校园,不少义愤填膺的陌生面孔冲到乔青羽眼前,丢下他们愤怒的唾骂。身后的高驰逢人就说,这件事的分量足够上法庭了——十六岁,故意伤人,应当负刑事责任。叶子鳞在黄胖子办公室里哭丧着脸,颠三倒四一直叫冤。然而明盛比她还沉默,仅在黄胖子说让乔青羽在星期一的集会上向他公开道歉时,极其不满地摇了摇头。

"来龙去脉,叶子鳞和乔青羽都说了,想必你也清楚了。"黄胖子对着明盛语重心长地说,"乔青羽也是受害者,只是找错目标,用错了方式。她平时乖巧,家里不容易,学校要惩罚,但更要帮助她,你作为她的同班同学,也该宽厚一点……"

"不用向我道歉,"明盛的腔调一如平常,带着些许倦意,"她犯错,批评她就行了。"

所以有了这张即将贴在校宣传栏供全校人围观的通报批评书。认真权衡,乔青羽觉得宣传栏其实比主席台厚道,至少不用直接面对那些赤裸裸的评判眼光。马上,她又提醒自己,明盛这样说,很可能只是因为他不想听自己用麦克风说出他的名字,就像苏恬憎恶自己说"明盛"这两个字那样。说白了,他厌恶自己,才宁愿躲得远远的。

是这样的。他说到做到,一再用行动践行着"互不干扰"这四个字。

如果说一开始明盛对自己的瞧不上更多是出于他幼稚的报复心,带着捉弄的成分,那现在他对自己的无视,乔青羽觉得,是顺从了他骨子里的清高。不止她一个人有这种感觉。脚扭伤后休养的那几周,明盛把打球时间分给了学习,下课后偶尔会靠在走廊围栏上放松——基本独自一人,拒绝了乌七八糟的拥趸。

"阿盛这阵子好用功好安静啊,"有次经过讲台,乔青羽听到关澜对前排的邓美熙和秦芬说,"连陈予迁都不怎么敢来找他。"

"脚受伤心情不好吧?"邓美熙点头,飞速回头望了窗外的明盛一眼,抿嘴笑得腼腆,"太乖巧了真让人不习惯。"

乖巧？这两个字充满了讨好大人的意味，应该不是促使明盛做出改变的理由。乔青羽更愿意相信明盛是厌倦了那些无意义的追捧，他心气骄傲，脑子清醒，不允许自己真的堕落。

大家都看出来明盛变深沉了，甚至有些忧郁，只不过没人会傻乎乎地当面问他为什么——好像先前对明盛的认识全是虚的，第一次，大家发觉原来明盛清冷起来是如此难以接近。

脚伤顺利恢复后，明盛如愿赶上了市男篮的比赛，带着性格中凸显的沉毅，据说在球场上表现得相当出色。他一路势如破竹，令人惊喜，奈何被自己一刀斩断，无缘最后的决赛。至于明盛对待受伤这件事的"冷淡"，乔青羽发现自己庆幸之余却并不好受，这是为什么？

他会不会太超脱了？

被刺伤后，明盛仅休息了一天就回到学校，因手伤没写作业，却交了打印出来的语文作文。对应孙应龙布置的题目"精神"，他再次写了古樟。

他感叹它的沉默、深刻，歌颂它的清雅、高洁。他说，爬上那些繁茂了几百年的枝丫，像踏进圣殿，浮躁的心既能被安抚，也能被洗涤。古樟树干细密、坚实，树叶自带醒神之清香，不给蚊虫丝毫蠹蚀之机，而他自己，从今往后必须像樟树一样，永远稳固、坚定，永远高尚如一。

他写得很坦诚，怎么想就怎么写——乔青羽想着，带着莫名的羡慕和奇怪的失落——看来，他对无聊的"叛逆"腻了，要遵从良知，做个积极向上的好学生了。

乔青羽意识到自己最近对明盛显然过于关注了，像这个无人惊扰的深夜，自己从梦境中跌醒，特意来阳台透气，却一直盯着对面的窗户发呆，思绪不断扫过明盛那双黑眸，恍惚得似掉进了另一个冰凉的梦。她对自己很不满，继而把视线左移，无聊地打量起王沐沐家的窗户来。

相比明盛家的明净玻璃，王沐沐家的窗户仿佛不透明，甚至是不平整的。玻璃蓝得不均匀，乔青羽可以轻易想到窗户内侧杂乱拥挤的柜面、堆满脏碗的水池，东西多得像是要溢出房子。若不是王沐沐明明白白说过自己就住这里，她根本不会相信这样的屋子里会住着那样一个纯美干净的女孩。

这时身后啪嗒一声，父母卧房的门打开了。

提着拖鞋的李芳好直接朝洗手间走去。片刻之后，传来马桶抽水的声音。再之后，李芳好就看到了站在阳台边的乔青羽。

她嘴巴张了张，深深吞进一口冰冷的空气，趔趄着冲过来，扶住乔青羽的肩膀。

"青青，外边冷，来，妈给你暖暖。"

强抑惊恐的李芳好听着随时能哭出来。乔青羽明白了，她误以为自己要跳楼。牵着乔青羽在沙发上坐下后，李芳好随手扯过来一件大衣，小心翼翼裹住乔青羽穿着单薄睡裤的双腿。

"妈妈先帮你暖暖，才四点多，天都没亮，回去好好睡啊，乖。"李芳好边说边把乔青羽的双手捧到嘴边哈气,声音像是被泪水浸湿了。

"妈,"乔青羽反抓住李芳好的手,"你别瞎想,我就是透透气。"

"那就好那就好……"

李芳好声音渐低,空气迅速回归沉寂。末了,乔青羽问:"黑哥他们今晚来了吗?"

"哦,你这孩子,"李芳好捡回了魂魄,声音重新有了力气,"让你别管家里的事,爸妈顶着呢……他们来了,有你那个同学叶子鳞,还有孙老师、黄老师,他们就没乱来……他们自己也说了,这点小事不想惊动二中的老师,以后不会再来店里了……"

乔青羽缓缓舒了口气。自己的处境是很糟糕,但无论如何这件事算是解决了。

李芳好又说:"本来你爸就说,这两天要找找学校的老师,还有陈表舅,让他们出面,这帮人肯定就不敢乱来了。"

乔青羽不置可否。

"你啊……"李芳好长叹一口气,乔青羽做好了挨训的准备。

"唉,说起来你也不算小孩子了,"李芳好吐出一句,"道理,老师肯定都跟你说过了,妈妈就不说了,省得你心烦……今天爸爸妈妈问了明盛同学的医药费,把钱交给孙老师了,让他帮忙给明盛同学的家长。对方虽然没提这茬儿,但错都在我们身上,这个医药费,一定要赔。妈妈就是告诉你这个做人的道理,你懂不懂的?"

"懂。"

"你爸还专门把道歉写在纸上,一起塞在信封里,让孙老师交给明盛同学的父母,"李芳好补充道,"但都是不够的啊,你们老师说,可惜明盛同学没办法参加什么篮球赛最后几场比赛了。是啊,是很可惜啊,但我们能怎么样呢?所以说,你一定要记住,做人最基本的就是不能伤害别人,一旦伤害了,你再怎么赔钱再怎么道歉都是补不回来的,那个伤口永远在那里……"她的声音突然出现波动,像是强忍着胸腔里陡然而升的莫名怨气,"这就是要看运气,运气好,对方不放在心上,你以后的日子也就能乐呵呵过了;运气不好,对方一直记在心里,恨你,你也没话讲,你说,是不是?"

乔青羽怔怔地回了个"是"。

李芳好把心里的气吐了出来,刚开始气势如虹,而后极其漫长。

"我跟你说啊,"平静之后,她继续道,"我跟你们孙老师请过假了。今天下午你不用上学,也别在学校吃午饭,一下课就出来,我带你,还有小羽,一起回趟顺云。现在你赶紧去睡觉,省得上学精神不好。"

"去顺云干什么?"

"身份证带上,去公安局办点正事,"李芳好说,"今晚还得赶回来。好了,不多说了,你赶紧睡觉去。"

语焉不详的"正事"二字落进乔青羽心里,使得她根本睡不安稳。不过,这种神秘并没维持到下午——上午第三堂课,乔青羽正对着语文课本上的古文犯困时,一张匿名小纸条传到她眼下:

"乔晴玉,新名字好温柔哦!"

环视一周,没人异常。叶子鳞昏昏欲睡,明盛的课桌空空如也——这两天他都没来上学。纸条上的字有点熟悉,娟秀的字体像是女孩子所写,不像是恶作剧。乔青羽盯了几秒,顿时回过神来"正事"指的是什么——父母要给她和劲羽改名字。

下了课,蒋念笑得神秘,把她拉到走廊:"为什么改名字都不跟我说?我不是你的朋友吗?"

"你写的纸条?"

"对,"蒋念点头,"我前面去教务处拿材料,刚好撞见你妈来拿学校的同意书,你为什么要改名字啊?"

乔青羽望向集会广场:"我没有要改名字。"

"可是我看到……"

"我想——"乔青羽望着蒋念关心的眼神,若有所思地缓缓说道,"我想,是我爸妈迷信,觉得我姐离开是因为名字中有个'羽'字,加上我前几天做的事,让他们觉得我也长出野蛮的翅膀了,所以改名字。"

蒋念笑得勉强:"这个理由有点荒唐啊……"

"很荒唐,"乔青羽抿着双唇看向远方,似在自言自语,"真是悲哀透顶。"

"那……"蒋念有点无措,又想安慰乔青羽,便说,"你换个角度想,改名字这么麻烦,你爸妈其实是在想尽一切办法为了你们嘛,挺周到的啊,读音很像,生活中其实不会带来什么麻烦,你觉得呢?"

"不是这样的,"乔青羽真诚地望着蒋念,摇了摇头,"不是一个名字的问题。"

"是观念的问题。"蒋念充满理解地接过话,"但我觉得其实也不是什么大问题啦。晴玉,挺好听的啊,你笑起来像天上洒下阳光一样,肌肤似玉,多贴切啊!"

"没那么烂漫,"乔青羽再次摇了摇头,"他们只是害怕我的翅膀,要拔掉它。"

"青——羽——",她在心中念出这两个字,掷地有声。

她怎么可能接受那两个软弱无力的字?

在历史长河中,二〇〇八年可谓波澜壮阔,激荡人心。雪灾、汶川大地震、奥运会,交替的大悲大喜似席卷所有人的惊涛骇浪,给年尾留下了浩荡又深长的余波。乔陆生把电视停在寰州市民生频道。屏幕里记者随机采访路人,问人们对这一年的感触,"不平凡"这三个字不止一次钻入屋内乔青羽的耳朵。她凝神,认真看完陀思妥耶夫斯基鸿篇巨制的最后一页,顺势往后一倒,深深陷进厚实的棉被里。

泛黄的天花板像老旧的宣纸,乔青羽想着自己已经很久没有练字了。

伸长手臂活动了一下蜷曲着的冰凉手指,假装握紧一支劲挺的狼毫,她对着天花板肆意挥洒下"不凡"二字。想象着它们的潇洒,她第一次对自己的字产生了不含杂质、十足的满意。

好冷。缩回手哈气,乔青羽的思绪开始乱飘。前阵子,为了捍卫自己与乔白羽一脉相承的名字,她和父母吵得几乎天崩地裂,连电话另一头的乔劲羽也卷入了。最终她赢了。然而那场史无前例的争吵用尽了全家人的热量。真正的冬天，屋子里看不见的风雪，在争吵之后悄无声息降临了。

父母给了她无数个失望的背影。屋子从雪原变成冰原，乔青羽知道，自己踩着冰凌之路，踏进了极寒之地。屋外越来越冷，大片乌云遮天蔽日，似在酝酿一个掩埋寰州的巨大阴谋。翻开新台历，一月份的两个节气是醒目的红色字体——小寒，大寒。

乔青羽的视线停留在"大寒"上，那是春节前他们一家待在寰州的最后一天。

这是二〇〇八年的最后一夜，朝阳新村一个不透风不透光的小隔间里，十六岁的乔青羽感觉自己变成了一只被困在暴风雪中的鸵鸟。屋外乌云终于松落，大片的雪花悄然无息地填满了整个天地。屋内乔青羽开始怀念盛夏的烈日。"寰州的冬季太昏暗太漫长了，"她想，"我需要太阳，永远耀眼、永远热情的太阳。"

Chapter 8
冷梦

期末考到休业式之间的一周，学校安排高一、高二的学生去各个单位进行社会实践。考试前一天，上午最后一堂语文下课后，孙应龙把长长的实践单位列表贴在教室后方，让大家趁午休时间填好名字。饭后回到教室，见列表前人头紧凑，乔青羽就先去了图书馆。从图书馆回来时已经快打铃了，列表前空无一人，她便走了过去。

"阿盛！"

站定没多久，她就听到侧后方的陈沈起身朝后门喊，"给你留了个名额——福利院，和去年一样。"

余光里明盛大步走了过来，乔青羽刚拿起笔的手顿了顿，把笔放回白板下的凹槽，接着往边上移了一步，让出列表前的空间，视线往下扫到了明盛垂挂着的右手——虎口的缝线仍在，像一根根小刺，扎疼了她的神经。

"乔青羽。"

从他口中蓦然听到自己的名字，乔青羽慌乱又心虚，慢慢抬起眼与他对视。

"我还写不了字，"明盛的目光有些灰暗，喉结上下动了动，又说，"你帮我。"

乔青羽"哦"了声，机械地拿起笔，睁大眼睛在表格上搜寻，几秒后在列表下方找到了"寰州市众恩福利院"几个字，抬起手，却听到明盛说："不是那个。"

她疑惑地回头，见他眨了眨眼，把头别向一侧，淡然道："图书馆。"

说完，他就走了。收到指令的乔青羽于是毫不马虎地把他的名字写在了"寰州市少年儿童图书馆"那一栏，而后又粗略扫了眼列表，在唯一空着的"寰州市第九人民医院——寰州大学医学院精神卫生中心"后面写下了自己的名字。

虽然她原本的意愿也是选择图书馆。

—

李芳好对乔青羽选择"精神病院"似乎很有意见，不过因为乔青羽抢先解释说只有这组没有男生，便悻悻地闭上了嘴。乔青羽于是体验到一丝报复的快感。原本就不热络的母女，现在更加不怎么说话，尽管每天李芳好都坚持骑电瓶车接送女儿。

在九院实践的二中学生只有五个人，除了乔青羽，另四个女生都是高一的。不出两天，李芳好就把这四个高一学生的样貌熟记于心。她那毫不回避、上下打量别人的审视眼光，令乔青羽根本没有勇气和学妹们交谈。她们看到李芳好时互相交换的眼神也很奇怪，厌恶中带着好奇，到后来则增加了一点关切。乔青羽不愿但不得不承认，李芳好在她们眼中就是个行为出格的精神病人。

一开始，乔青羽和别人一样，以为经常被人们开玩笑的九院是个诡异恐怖、"关押"着许多扭曲面孔的"牢笼"。可来了之后，她才发现这里整洁、温暖。她的工作是帮助感统失调的孩子做运动，带他们做操、坐圆筒练平衡、抛接篮球等。其中有个五岁小女孩因为走路经常摔跤，父母每天带她来训练平衡感。小女孩叫小橙，很喜欢乔青羽，一来就会大笑着扑进她的怀里。

"姐姐，我来啦！"

奶声奶气的声音，暖暖甜甜的，一下子就把乔青羽融化了。她带着小橙玩攀爬、跳圈的游戏，小心护着她骑平衡车时摇摇晃晃的身体，荡秋千时推得她咯咯笑。练单脚跳时，小橙常常摔倒，一开始哭得很凶，但乔青羽温柔安慰了几次并一再肯定她的胆量后，她就不哭了。

"姐姐，"临近实践结束的一天下午，小橙抱住乔青羽的脖子，调皮地在她耳边说悄悄话，"你好漂亮呀！"

回家后，回想着小橙在自己耳边呼出的暖润话语，乔青羽眼眶里热流涌动。脑海中冒出个场景——很多年前的春节吧，在南乔村老房子的烤火炉边，她也喜欢这样对着乔白羽的耳朵讲话。那时她四岁？五岁？记不清了。讲话的内容也早就模糊，印象里只剩乔白羽笑眼盈盈的柔美侧脸。木炭的红色火光微映着乔白羽白瓷般的脸庞，她看向乔青羽的大眼睛里漾着灵动的水光。年幼的乔青羽因此第一次切切实实地感触到了姐姐震撼人心的美丽。

在遥远的小时候，她是深深以姐姐为自豪的。

实践的最后一天，小橙按时出现在康复厅里。在进行一系列常规运动后，主班医生带着屋子里的人来到了户外花园。元旦的那场雪已经在多日的明媚阳光下消失殆尽，忽略那几棵萧索的银杏，院子里暖融融的，像是已经进入了春天。依照医生的话，小橙爬上了花坛，乔青羽跟在一旁，小心翼翼保护着她。花坛的水泥台面有二十厘米宽，普通五岁的孩子早就能在上面奔跑自如了，对小橙来说却仍是个不小的挑战。像走平衡木一般，她双手向两边平举，一声不吭，紧紧盯着脚下，小脸紧绷着，努力克服内心恐惧的坚定模样，令乔青羽很感动。

一圈，五十米，三分钟，没有摔倒。

小橙父亲眼中透着喜悦，仿佛小橙拿到了跑步冠军，小橙母亲则高兴地搂住她，不断亲她的脸蛋。这寻常的父慈母爱场景，害得乔青羽快落泪了。为避免丢人，她赶紧离开几步，朝院落另一边望去——那个角落有不少穿着细密蓝白条纹病号服的人，都在晒太阳，看起来很放松。

"姐姐！"

乔青羽回过头，小橙睁着不含杂质的大眼，正在朝她招手："姐姐，我想和你说悄悄话。"

乔青羽笑着蹲下身子。

"姐姐，明年我就可以上小学啦！"

"嗯！"乔青羽认真点了点头，摸了摸小橙的马尾，也在她耳边轻声道："后年我就读大学啦！"

小橙装模作样也摸了摸乔青羽的马尾，又把头凑过来："姐姐，我好喜欢你呀！"

乔青羽忍不住抱了抱小橙，然后平视她明亮的双眼，嘴角不自觉地一直上扬："我更喜欢你！"

接着，她从口袋里掏出一根亮黄色、浑圆、有透明包装的棒棒糖，在小橙面前晃了晃："这个送给你。"

小橙眼睛发光，指着包装纸下方的绿色蝴蝶结："哇，它有叶子呢！"

"拿着吧！"

"可是，"小橙面露难色，"我爸爸妈妈不让我吃糖，吃糖牙齿会长虫子的。"

乔青羽霎时有点无措。今天是实践的最后一天，九院的志愿者来来去去是常态，可她觉得自己应该和小橙说再见，以某种不会惹哭小橙的方式。没想到毫不知情的孩子竟单纯地拒绝了她。

"看，"仿佛看出乔青羽脸上的失落，小橙赶紧把嘴巴张得老大，"我这里面已经有一颗蛀牙了。"

"那是不能吃糖了，"乔青羽疼惜地摸了摸小橙的脸，继续笑道，"但我送给你的不是糖。"

小橙歪头盯着乔青羽手中那个亮黄色的小球，疑惑问道："那这是什么呀？"

"是太阳。"

"哇！"小橙顿时笑得灿烂，"好可爱的小太阳！"

孩子把棒棒糖接过去时的笑脸像一朵盛开的小花，给乔青羽带来了一个难得的好梦。梦里，她背着书包走在人来人往的街上，前方的拥挤蓦地消散，变成花香鸟语的缓坡。她慢慢上行，草坪另一端画卷般的美景逐渐展现在眼前。是之前在北山看到的碧波浩渺的清湖，以及远处闪着银色星光的寰州城。她的家就在寰州城里。

梦里的寰州很远，可梦里天气温和，书包很轻。因此，梦里的自己一个劲往前，没有丝毫疲倦。没有路，梦里的自己不需要路。

醒过来后，乔青羽花了半天时间细细回味这个梦，心不在焉地过了上午的休业式。年级休业典礼结束后，各班回到各自的教室，乔青羽发现教室的课桌已经被推到两侧，其中一侧的桌上摆满了各种零食和饮料。黑板上写着"新年下午茶"几个花体字，投影屏幕上切换着一张又一张照片：社团招新，英文朗诵比赛，校足球，排球联赛，秋游，运动会，英语戏剧比赛，迎新晚会，等等。乔青羽坐在角落看着闪过的一张张照片，极难得看见自己的身影。来了一个学期，自己在精彩纷呈的二中里，越发像个透明人。

孙应龙走进来，喧闹的教室安静了一些。幻灯片停留在最后一张照片上，是篮球校队拿了市联赛冠军的合影。一排异常高大的校队成员中，站在一侧身高不起眼的明盛一下子抓住了乔青羽的视线——以他那肆意、蓬勃的英俊。

"啊，阿盛不上太可惜了。"不远处的邓美熙拉着关澜嘟囔着，"本来场上至少还有阿盛不是体育生，现在别人肯定又说我们学校全靠体育生了……"

关澜爽朗一笑："那也是我们学校的体育生！我们的！有本事他们招过去啊！"

"我就替阿盛不值啊，"邓美熙说着朝乔青羽瞄了一眼，"去年是替补，没怎么上场，今年是主力，还进入了首发，是他自己辛苦练习才有的成绩，谁晓得——"

关澜捅了捅邓美熙："行了，也别这样说。"

"明年高三了，"邓美熙声音反而更大了，因满是怨气而阴阳怪气，"又不是体育生，谁还有那么多时间练球打球啊！高二就是最后的机会！正常人都会替阿盛不值吧！"

班里瞬间安静下来，孙应龙摸着下巴，疑惑而吃惊地望着邓美熙。像是脸上挂不住了，邓美熙甩开关澜，三两步走到乔青羽面前，抬起右手直指乔青羽的鼻子："你损毁的不仅是阿盛的心血，还有我们全校人的心情！你说，你怎么还有脸坐在这里，你脸皮怎么这么厚？"

所有人都看着她俩，包括不远处极其震惊的明盛本人。乔青羽觉得自己全身都烧起来了。

"你向阿盛道过歉吗？肯定没有吧？"邓美熙愤愤不平，"你这种人怎么可能会道歉！"

确实没有。乔青羽抿了抿双唇，脖颈无力，抬不起头。

"邓美熙！"孙应龙走下讲台。

"孙老师，"邓美熙放下右手，后退一步，声音颤抖着，"难道乔青羽不应该向明盛道歉吗？"

"这件事都过去了，还拿出来说干吗？"孙应龙和颜悦色，似要抚平班里的紧张感，"再说，乔青羽父母早就私下向明盛父母道过歉了。明盛自己都不介意这件事，你一个旁人，就别操心了……"

"不仅是我，"邓美熙辩驳，但气息明显弱了许多，"大家都替明盛觉得委屈。"

孙应龙哈哈大笑："我们班一直很团结，团结在明盛同学周围，很有凝聚力，这是好事，但——"

"这是我和乔青羽两个人之间的事，"明盛突然开口打断孙应龙，语气深沉，似压着怒意，"不关你的事，邓美熙。"

邓美熙带上了哭腔："我只是——"

"我以为这件事已经过去了，没想到竟然……"明盛打断邓美熙，瞄了乔青羽一眼后顿住了，转而面向所有人，"省得误会，现在我就明明白白告诉大家，就像孙老师说的，乔青羽已经道过歉，以后别提了。"

"是啊是啊，"孙应龙心满意足地接话，"毕竟乔青羽也是我们班的同学啊，大家要互相包容，互相帮助……"

突然邓美熙抽泣起来，推开众人，不管不顾冲出了教室。关澜大叫她的名字，紧随其后。教室里如蜂窝一样炸开了。邓美熙在班里的人缘比乔青羽好多了——无数目光像密密麻麻的箭落在乔青羽身上，使得她也想夺门而出。

可她只是坐着，静候孙应龙维持好秩序，听着高驰、叶子鳞等人调动气氛，而后恍恍惚惚进入"新年下午茶"的轻松氛围。在同学们的谈笑打闹声中,她拿出手机,按下熟记于心的那个简单号码,认真敲了三个字发过去:

"对不起。"

明盛几乎是同时看到这条短信的——乔青羽一抬头就看到不远处的他拿起了手机。可他只是瞄了眼就把手机塞回口袋了。她等了一整个下午,直到寒假正式开始,他都没有回复。

大寒之日真正来临时,天空降下了第二场雪,夹着雨点,细碎、冰凉、不可亲近。晚饭后,乔青羽发现雨夹雪停了,便踩着湿漉漉的冰冷地面走到运河边。灰绿色的河水泛着冷光。十米开外就是古樟,停在原地思忖了会儿,乔青羽终究没朝那个方向继续前进。

手机在她回头时振动个不停。

她以为是李芳好,看清号码后却吓得差点儿把手机扔在地上。

是明盛。

嗡嗡嗡的蜂鸣盖过了她心脏的喧闹,半晌,她终于接了。

小心翼翼地"喂"了一声,过了两秒,那头传来明盛清晰无比的声音,带着些许不满:"干吗不过来?"

"啊?"乔青羽疑惑,"过来哪里?"

"树上,"那头顿了顿,加重语气,"你过来。"

然后那头就挂了。乔青羽定了定神,走到古樟的围栏外,仰头看到了坐在树杈上的明盛。四目相对,他居高临下。

"会爬树吗?"

乔青羽摇头:"不会。"

明盛起身,解下脖子上的黑色围巾,用围巾绑住身下的树枝,垂下的那截,在乔青羽头顶摇晃,伸手就能抓住。

"试试,"明盛边说边身手矫健地蹿上了更高一些的树杈,"很简单。"

他的口气不容反驳。乔青羽抓住了围巾——质感意外地柔软。最下方的树杈其实就比她的头高一点,粗糙的树干摩擦力大,不容易脚滑,她一咬牙,先拽住围巾踩上树干,再使劲抱住围巾所挂的粗壮树枝,倒是第一次就成功了。

"你让让。"明盛的声音从头顶传来。

乔青羽听话地移到了树枝外沿,让出舒适且安全的树杈。为防止自己掉下去,她侧身坐在树枝上,双手紧紧按住身下湿漉漉的粗糙树皮。

"刚才为什么不过来?"明盛跳下来后,边解围巾边问。

没等乔青羽想好怎么回答,他又问:"看见我在树上?"

"没看见。"乔青羽摇头,看着他把围巾胡乱地塞进挎包,"你叫我有事吗?"

塞完围巾,明盛恢复刚才悠然靠树的姿势,同时从包里掏出一个白色信封,展示一般举在空中，挑衅地问："这是什么？"

天色已经很暗了，借着下方路灯的光，乔青羽分辨出信封上写着规整的大字——"乔青羽收"，信封右下角，是熟悉的浅蓝色校徽"顺云第一中学"。

"那家伙的手好了？"明盛轻笑一声，充满蔑视。

看起来是的。校徽边有明明白白的"何恺"二字，信封上的字都是手写的，虽平庸，但认真。现在换成明盛的手受伤了。天道轮回，自己竟无意识地帮何恺报了仇。

乔青羽紧张起来。一紧张，她就又不吭声了。

"你到底是听不见，"明盛有些无奈地问，"还是怕我？为什么不说话？"

"你想怎么样？"乔青羽尽量让自己听起来很淡定，强迫自己直视明盛漆黑但明亮的眼眸。

"就这样。"明盛说着，用左手食指和中指夹住信封，稍一用力，信封像雪片一般飞了出去。眼睁睁地，乔青羽看着它飘进了冰冷迟滞的运河。

她收回难以置信的眼神："那是我的信！"

"还没到你手里就不算，"明盛不以为然，"丢了，你觉得心痛吗？"

他突然严肃起来，视线在乔青羽脸上停留两秒，心虚了一般移向别处。倒是乔青羽，因为有愤怒支撑，无所畏惧地一直盯着他。

"会吗？"明盛声音飘摇，莫名其妙急促地呼出一口气。他恰好坐在树枝的阴影里，面色晦暗不明。

"你把我叫到树上，就是为了捉弄我吗？你不觉得自己为所欲为很过分吗？"乔青羽怒言，"何恺学长写给我的信，就是我的东西，你凭什么想扔就扔？我心痛不心痛关你什么事？"

一口气说完，她看向树下，好不容易才在水中找到一个模糊的白色影子。看来那封信已经被水浸透，很快就要被吞没了。回不来了，乔青羽想。受了欺负的委屈压过愤怒，她突然间很想哭。

"其实，我并不喜欢捉弄别人，"明盛开口了，似是沉思了许久，声音略带沙哑，但出乎意料地柔和，"我只是每次想到你，心里就不舒服。"

乔青羽侧着脸瞪他，双唇紧抿，眼眶通红。

"我不喜欢这种感觉，"明盛继续道，视线下垂，落在树枝上，失了焦，"它折磨我有一阵子了。我想摆脱它，结束它。"

说完，他就沉默了。天已全黑，冰寒沉寂的空气令乔青羽胆寒。明盛的话在她脑海中回荡——不舒服、不喜欢、折磨。那个片刻她以为明盛想抹掉自己的存在，在这无人知晓的冷夜。围巾被他收起来了，自己该怎么下树？"摆脱""结束"，到底是什么意思？

末了，她大胆开口："你可以说明白一点吗？"

"做我女朋友。"明盛蓦然看向她，眼眸闪烁如夏夜繁星。

Chapter 9
沉浮

世间万物都静止了,包括树叶被冷风捶打的窸窣声响,包括自己的呼吸与心跳。对面路灯的光斜射过来,刚好照亮了乔青羽的整张脸,身后无路,垂挂着的脚下是寒意森森的运河。她失去了动弹的勇气。

"一想到你,我就浑身不自在,"明盛端正身体,声音沉静,"这种感觉不仅痛苦,还让我变得迟钝。如果没有这种感觉,当你刺向叶子鳞时,我就不会也不敢抓你的手了。直接抓刀刃,真他妈是我做过最愚蠢的事。"

一席话让乔青羽恢复了思考的能力。原来,明盛心里还是介意的。缺席最后几场重要的篮球赛,会是他一辈子的遗憾吧。李芳好说得对,伤害一旦形成,就永远在那里了。

"坦白说,我觉得找你当女朋友就是在找麻烦,"明盛继续道,"和你在一起必定会沾上你姐姐这个永远抹不去的污点。你妈妈是个可怕的控制狂,你弟弟是个谄媚的软骨头,手脚还不干净,"他顿了顿,似在打量乔青羽的脸色,"而你,除了骨头硬点,整天只知道看书,很少笑,很无趣。我都搞不懂我为什么会看上你。"

乔青羽完全恢复了理智。

"不过我想清楚了,我走出这一步,对我俩来说都是解脱,"明盛的声音很真诚也很自信,"有我帮你挡着,没人敢欺负你。"

沉默在空气中蔓延。过了会儿,明盛又开口:"我没有交女朋友的经验,但我一定会对你好的,谁让我……"他吐出一口气,接着说道,"谁让我喜欢上了你?!"

乔青羽听出他心中的挣扎,很想反驳"不用这么勉强",话到嘴边又吞了回去。最初的震惊已经平复,此时此刻,一种奇特的不满在胸腔里乱窜,她得好好组织一下语言。

"乔青羽,我都说了那么多了,"明盛望着她,语带无奈,"你可不可以对我积极一点?"

"你让我明白,找我做女朋友是为了解决心中痛苦的感觉,是对我的恩赐,"乔青羽缓缓说,"那……我就明明白白告诉你,我不愿意。"

明盛有点不可置信地睁大眼睛:"你拒绝我?"

"我觉得,一个人在所谓表白的当下,能够把利弊分析得这么透彻,就不是真正的喜欢。"乔青羽说,"我和我的家人在你眼里一无是处。你自己也说了搞不懂为什么看上我。其实在我看来很简单,你虽然行事跋扈,但心里还存着良知,你心里那种痛苦的感觉,只是人道主义的怜悯罢了。"

明盛呵了一声,仿佛被气笑了:"人道主义……你说起来倒头头是道。"

乔青羽被他笑得有些心虚，但仍自顾自说下去："还有一点就是，我不像别的女生那么在意你，捧着你，所以你——"

"老子无时无刻不在想着你，"明盛语调中有难掩的怒意，"直接说吧，你拒绝我，是不是因为何恺？"

乔青羽愣了愣。

"对我来说很简单，如果你已经跟他交往，就当我什么都没说过。"明盛大剌剌地一摆手，"但如果你们没交往，你有什么理由拒绝我？当我女朋友，你知道有多少女生会羡慕你？"

"我没跟何恺学长交往，至于你，我都说了不愿意，"乔青羽心里也有了气，"听不懂吗？你对我的感觉就是对一只可怜小动物的感觉。我不觉得自己可怜，不需要你勉为其难的施舍。"

"我就是把真实想法告诉你，"明盛皱起眉，"我的心痛了这么久，难道是假的吗？"

"过一个寒假你就会忘掉这种感觉，"乔青羽直言，不知为何自己竟悲愤得快哭了，"毕竟，在你眼里，我很无趣，除了给你带来痛苦，一无是处。"

明盛听起来无可奈何："骨头很硬，你都不知道你有多坚硬。"

"反正我不愿意，"乔青羽怒气不减，"更何况我妈妈是控制狂，我哪里敢在她眼皮底下早恋？"

明盛不以为然地"嘁"了一声："骗人吧，我没见过谁比你胆子更大。"

一时间两人无话。乔青羽别过头看向河面，黑黢黢的水里已然找不到那封信的踪迹。她黯然神伤，呼吸却慢慢平复下来，又感觉到了风，扑打在脸上，冰冰凉凉的，马尾扎得松散，鬓角的几缕碎发撩拨着自己的鼻尖，痒痒的。

挺了挺背，她抬起一只手把头发拨回耳后，突然意识到自己悬空坐在树枝上，顿时一吓，赶紧缩回手，像方才一样双手紧紧按着树枝以保持身体的平衡。

惊吓过后，她朝树杈的阴暗处望去，毫无防备跌进一双璀璨温润的眼眸。

那双躲避不及的眼睛里装满了青涩的柔情，几乎都溢出来了。眼瞳里闪过窘迫，仿佛刚才并不是在看着自己，而是小心翼翼、温情脉脉地偷吻着自己。

心脏突然发了疯，毫无章法地撞击着胸腔，脑袋像是被重击了一锤，开始晕眩——乔青羽觉得自己随时可能掉进河里。

她不明白为什么黑暗永远遮不住明盛眼里的光。她再次望向明盛，他别过了脸，单手在挎包里掏出了手机。

"我——"

"我——"

两人都没看对方，同时开口又同时停嘴。正当乔青羽想着让明盛先说时，那家伙主动抢先了："我希望你说到做到，乔青羽。"

是他一贯带着倦怠的慵懒语气，刻在骨子里的高高在上给了乔青羽不小的压迫感。

"什么？"

"不要早恋。"明盛一字一顿,边说边点亮了手机屏幕。

乔青羽本来还想就上次刺伤他的事,当面向他诚恳地道个歉。可他那狂妄的掌控一切的语气使她打消了这个念头。

"我要回去了。"她冷冷地说。

明盛盯着手机:"再见。"

"你让让。"

"不。"

树枝是向上生长的,她现在坐的位置下方紧贴着河岸不说,离地面将近两人高,跳下去是不可能的。明盛坐着的树杈,是唯一可以下树的地方。仿佛早就预料到了这一点,明盛说了"不"之后,似笑非笑地抬起眼:"你过来啊。"

乔青羽没跟他周旋。当着明盛的面,她脱下自己的棉服外套,把手机装进外套口袋,往树下一扔,而后继续向外挪动几下,纵身跃入了刺骨的运河。

总算换洗完所有湿淋淋的衣裤,吹干头发,端着热乎乎的生姜水在书桌前坐下,乔青羽脑海中闪现明盛说的"我没见过谁比你胆子更大"。是揶揄吧?不过,现在想起来竟然有种奇妙的愉悦。

无论如何,明盛向自己表白了。放在任何女生身上,这都是值得炫耀的荣光。树上的半小时仿若一个跌宕的梦,那双不小心被自己捕捉到的充满蜜意的双眼则使得梦境越发迷离。可是不行。书桌前,乔青羽翻开新借的《罪与罚》,试图用陀思妥耶夫斯基的崇高和深刻,将自己那颗狂热的心脏从无意义的虚荣感中拉扯出来。

"七月初,酷热蒸人,傍晚,有个青年走出自己的斗室——这是他向C胡同的二房东转租的。他来到街上,然后慢慢腾腾地、仿佛犹豫不决地朝K桥方向走去。"

简短的开篇段落,乔青羽却盯了良久。酷热,斗室,来到街上。一个学期前的那个闷热午后,自己抱着冒险的小憧憬擅自离开这个逼仄空间时,哪里晓得前方等待自己的竟是一只张着血盆大口的巨兽。

如果当时乖乖的,不出门,过去半年的生活会是另一番面貌吧?

那坐在这里的自己恐怕就是另一种心情了,和过去一样单调、乏味又麻木。

初见时明盛那勾人魂魄的一瞥,现在回想起来,心脏仍会颤动。"人生若只如初见,其实我和你的关系,只需这不经意的一眼就够了"——乔青羽突然无比沮丧——"光芒万丈的你和一地狼藉的我,本就不是同路人"。

她拿起笔,从书包里抽出摘录本,开始认真抄写这简短的开头。

"就当经历了一场梦,"乔青羽告诉自己,"就当我和书中的青年一样,离开斗室后朝桥的方向走去,而不是经过冯老板娘的报刊亭。就当我没有偶遇何恺学长。就当——"她笔头顿了顿,略微痛苦地闭眼,"就当我失忆了,忘却了这个学期发生的一切,包括今晚。"

下学期开始真正的新生活。

有钥匙插进锁眼的声音，紧接着乔陆生、李芳好和乔欢依次进了屋。乔青羽的房门没锁，片刻后，穿着臃肿羽绒服的乔欢推开房门："青青，给！"

一串烤肠出现在乔青羽鼻头下，散发出的诱人香味瞬间挑起了乔青羽的味蕾。她朝乔欢笑笑，停下笔，接了过来。

"休息一下。"乔欢凑过来，"你也太用功了，放假还天天做题！"

"不是做题啦，"乔青羽笑着摇了摇头，"看课外书。"

乔欢凑得更近了，皱着眉慢悠悠念出页面上方的两行字：

"最要紧的是，我们首先要善良，其次是要诚实，再次是以后永远不要互相遗忘。"

"这你写的呀？"

"不是，"乔青羽笑了，"是名著里面的话。我看到喜欢的就抄下来。"

乔欢眉头舒展，赞许不已："这话说得有道理，做人就是这个道理……"

说着，她的声音低了下去，似乎有点出神。乔青羽把手里的烤肠伸向嘴巴，又停在空中，轻轻扯了扯乔欢的衣袖："乔欢姐？"

"啊，哈哈，我刚刚发愣了。"乔欢笑道，凑过脑袋，"那个，你知不知道劲睿过年要结婚啊？"

"劲睿哥过年结婚？"

"几个月前就来寰州领证了，说是婚礼办两场，初六先在村里热闹一下，三月份在寰州大酒店再办个正式的。你大伯家的新房子，就是给儿子结婚用的呀。"

乔青羽很冷漠地"哦"了一声。

"你劲睿哥过两年就三十岁了，是喜事啊。我本来也没多想，"乔欢继续道，"就是看到你写在本子上的这句话，心里不知道怎么了，冒出个小疙瘩。我跟你说说，你别笑我迷信啊！白羽走了两年多了，过完年刚好满三年，那按照规矩，三年内不能办喜事，那劲睿也没做错啊！我嘛，可能想太多了，又想到你大伯家几个月前就进新房子了，进新房子也是喜事啊，不也应该等满三年吗？还有领结婚证，怎么不满三年就领了呀……但是你爷爷奶奶都能开明接受，我还这么老古董，呵呵……"

"你觉得大伯家这么急，不尊重过世的姐姐，"乔青羽接话，认真地看着乔欢，"因为我们一大家子给人的印象都是最遵守忠孝礼仪、最尊重这些习俗的，对不对？"

"那是的咯。"乔欢嗔怪地看着乔青羽，"不是什么印象不印象，你爷爷奶奶，村里谁会说他们不好？你爷爷奶奶以前都是乡里的思想品格模范啊。要不是家风好，你们家的后代，像劲睿啊、你啊、劲羽啊，哪能一个比一个像样？就是白羽不小心偏掉了，但其实大家心里都知道的，人各有命，白羽的命就那样，你爷爷奶奶对她再好也扭不过老天爷给她的命……再说，你大伯大伯母以前对白羽，还有一直到现在对你们家，那真是好得不能再好了。以前白羽刚来村子里，劲睿是一点泥巴都不让她踩到的，谁没见过劲睿背着她到处走啊，真是把她当作公主一样的。唉，跟你这么说说，我自己想通了，刚才我有什么好不舒服的呢？劲睿年纪到了，结婚是大好事，我一个外人在那里瞎想什么啊……我就是读书少，有点迷信……白羽要是知道她劲睿哥结婚

109

了，肯定比劲睿还高兴，你说，对不对？"

乔青羽垂下眼，没有回复。

"呀，你的烤肠怎么还没吃，冷了都。"乔欢推着乔青羽的手，"你赶紧咬一口，尝尝，我特意带给你的呢。"

"乔欢姐感觉有点失望吧？"乔青羽说，"毕竟，等半年再进新房领结婚证，对大伯家来说没什么损失，同时还能在礼节上给姐姐足够的尊重。太急了，以至于之前对姐姐的好，现在想起来都有点打折了。"

"啊？"乔欢一副听不太懂的表情，"那老房子进水泡成那样怎么等啊。还有，劲睿女朋友不是寰州城里人嘛，听说父母都是老干部啊，年纪大了，也盼着独生女早点结婚。劲睿等得起，女孩等不起啊。"

许是乔青羽没有隐藏自己的不服气，乔欢突然紧张起来："青青啊，你爸妈前阵子就跟我说先别跟你讲劲睿结婚的事，说你现在叛逆，容易闹脾气……我说出来，是觉得你年轻人，又是读书的，再怎么样也不会跟我一样迷信，什么三年不三年，对吧？你从小就懂事得很，怎么会闹呢？我就想不通了。对不对？再说，你一回到南乔村不就知道劲睿初六结婚嘛，反正明天就回去了……"

后面听着像是乔欢在自言自语给自己开脱。乔青羽轻轻拍了拍她的肩膀，微笑着宽慰道："乔欢姐，我爸妈不了解我，劲睿哥结婚是好事，只要他对结婚这件事是真心的、诚心的，我就很为他高兴，也会祝他幸福。"

"我就说嘛，无缘无故跟劲睿过不去干什么，对吧？劲睿哥对你也好的啊，每年过年都给你大红包的吧？"乔欢开心起来。

"红包都在我妈那里。"

"今年趁劲睿结婚你肯定能拿更多。"乔欢眨眼，"劲睿可大方了，你去婚礼上帮帮忙，他肯定给你更大的红包。"

距婚礼还有十天。明盛突如其来的告白沉进河里，乔劲睿躲在乔白羽身后的黑影面目清晰地浮现出来。乔青羽有点迫不及待了。

Chapter 10
无善之浪

乔青羽对过年的期待是在乔白羽出事那年被突然摁灭的。

十四岁之前，春节是乔青羽能够名正言顺拥有新衣服的唯一理由，这朴素的期盼支撑着她，使得那些在外人眼里可有可无的家族传统在她看来都是可爱可敬的。

乔劲羽跟着村子里的其他小孩到处放鞭炮时，她为写春联的爷爷乔礼隆打下手，拿着墨块在砚台里细细研磨；乔白羽赌气躲在自己房间不出门时，她忙着将"八冷菜八热炒"端上大圆桌，并依照长幼尊卑之序摆好年夜饭的椅子。乔礼隆家是南乔村最看重规矩门面的家族，乔青羽则是大家眼里最懂事的那个小孩。

乔白羽住院的那年春节，留在南乔村的乔青羽和其他大人一样，仍旧一丝不苟地遵守着过年的一切规矩，只是脸上的表情是凝重的。

依照家里的传统，年初一至初三不能洗澡洗头，这原本并不难遵守，可那年沉重的空气却使得乔青羽尤其渴望被冲淋的感觉，这渴望如此强烈，以至于她在年初二晚上趁大人都睡下时偷偷烧了热水，用水杯轻手轻脚冲刷掉自己头发上的污垢——白羽病重，来家里向爷爷奶奶表达关切之人一拨接着一拨，屋子里时刻缭绕的香烟迷雾早就使她的头发不堪入目。

她发现，打破习俗并不难，尤其是当心里怀着愤怒时——家里大人忽视被香烟呛得猛烈咳嗽以至于几乎吃不下饭的她，殷勤地向来慰问之人不断递烟的举动，令她委屈且愤怒异常。童年构筑的对春节的宏大期盼在一夜之间瓦解了，加上乔白羽离世带来的悲痛，从那时起，"春节"二字在乔青羽心里就失去了热烈的颜色。

但今年显然与前几年不同。

张灯结彩的新房像一只整装待发的美艳孔雀，尚未开屏就吸引了全村人的目光。进出忙碌的大人们一扫前三年的阴霾，笑得如此满足而纯粹，一张张动容的脸似在黑暗隧道中摸索良久，总算被天光照亮。

乔劲睿要结婚了。偌大的新房里四处洋溢着喜悦，却唯独没能感染乔青羽。

大部分时间，她把自己关在三楼空荡荡的客房里，写作业，看书，抑或发呆。原本摆放红色沙发的地方现在放着一张木制书桌，至于沙发去哪儿了，根本没有问的必要。在大人看来，在喜气洋洋的新房里放乔白羽曾经用过的东西，绝对是不合适的——不吉利。没错。

乔白羽生前让家族蒙羞，死得亦不光彩，她是耻辱，是噩运，所以，必须把她抹去。父母丢弃乔白羽的一切物品等于在向众人宣告，这个女儿不值得惦记。

沉沉的愤怒把乔青羽压在书桌前。"姐姐已经死了，"她悲愤地想，"你们竟还要杀死她第二次。"

临近春节，南乔村爆竹声不断，远远近近的噼里啪啦声不断冲击着乔青羽心里的引火线。好不容易安静下来，乔青羽拿出《罪与罚》，刚翻过一页，就听到了门外乔劲睿打电话的声音。

"到了，昨天都到了，放心。"乔劲睿的声音穿过门板，"我妈、我奶奶、我婶，一起帮忙叠，时间肯定够！对了，还有我妹！她也能帮忙！"

乔青羽不禁坐直了身体。

"不复杂，一点都不复杂。"乔劲睿很温柔，"我们就结这一次婚，当然什么都要挑你最满意的，绝不会让你受委屈……你不放心我，我让青青帮忙，她女孩子，心细，房间布置好后我拍照给你看，行不？"

乔青羽皱了皱眉。

"嗯嗯，小仙子，你乖乖休息就好，"乔劲睿的声音腻起来，"什么都不用操心，我的宝贝。"

几秒后，房门响了。

"青青，你在吗？"

乔青羽走过去开门。

"明天就大年三十了，休息会儿吧，"乔劲睿并没进门，"成天把自己关房里，又没电脑玩，多没意思啊。"

"就像以前姐姐一样。"

这话脱口而出，令乔青羽自己都微微吃惊。

乔劲睿的笑容明显僵硬了些："呵，我房间有电脑，你去我房间玩吧！用QQ跟同学聊天也好啊！来，现在就来，你爸妈都出去了，我不会向他们打报告说你玩电脑，来吧……整天在屋子里，会出毛病的……"

他转身往楼下走，乔青羽带上门，跟在他身后。

"我爸妈去哪儿了？"

"去镇上买鱼了，今天不去就来不及了。"乔劲睿话语中充满了愉悦，"你想想，初六那天，十六桌啊！爷爷这两天在溪里专门用砖头围了一个圈，就是用来养鱼，到摆酒那天才杀。"

"十六桌，院子里摆得下？"

"挤一挤刚好摆下。没办法，咱家在村里人缘好，比原先计划的多了两三桌呢，"乔劲睿转了个弯，脚步加快，"都是家族几辈子积攒下的福气。"

乔青羽快步跟上他的步伐。

乔劲睿的房间是二楼最大的那间，有独立的洗手间和阳台，桌柜、沙发、电视、空调等一应俱全。床头正上方的白墙上挂着一幅巨大的婚纱照，照片中一脸幸福的小云侧身依偎在乔劲睿的肩膀上，梦幻的白色头纱在她后背弯出完美的弧度，仿若轻盈的羽翼。

"我觉得这照片素了点，爷爷奶奶也说，婚纱照怎么搞了个黑色的背景，不好看，"

乔劲睿顺着乔青羽的目光说道，"但小云非要挑这张，说是什么极简风格。你觉得呢？"

照片中真是一对璧人。乔青羽微微失神，随即反应过来，真诚叹道："我觉得很脱俗，小云姐很有品位。"

乔劲睿呵呵一笑："反正这种事我都听她的，只要她高兴就成。"

说完，他走到书桌旁，躬身点了几下鼠标，指着屏幕上的图片道："青青啊，你过来看看，依照这个样图，这几天帮我布置一下婚房……小云说家具深棕色难看，想要白色的，我特意买了专门的贴纸，这两天看看把家具都贴一下……还有墙，她寄了墙纸过来，还有拉花什么的……"

"好。"

"你做事细致，"乔劲睿站起身，"小云要求高，别人毛手毛脚，我不放心。"

"劲睿哥，你……"乔青羽顿了顿，瞄了眼墙上的婚纱照，"你要结婚了，很开心吧？"

问出口的那一瞬间，乔青羽感觉有什么东西穿胸而过，无声无息却激烈无比。

"啊哈，"乔劲睿毫不在意地点点头，"开心，当然开心，就是忙啊……本来我和小云打算旅行结婚，但两边家长都不同意啊，还要搞两遍酒席，所以事情那个多啊……哎，不过也是，结婚是两家人的事情，小云独生女，我独生子，两边家长就这么一次机会，肯定得好好热闹热闹……这几天你可得好好帮我！别整天待在屋子里了，你也就我这么一个哥哥，是不？家里这么大一喜事，你天天不露面，让外人知道了，该怎么说！"

"我——"

"我呢，不像长辈，总想着管你，"乔劲睿继续道，"我是作为哥哥关心你。你爸妈对你太严格了。这几天呢，你就说帮我布置婚房，我房里的电脑，你随便用，这样成不？别憋出毛病来。"

一股脑儿说完，乔劲睿展露一个笑容："小羽那小子都没电脑玩，看，哥哥对你好吧？"

乔青羽无动于衷。

"青青啊，"乔劲睿语重心长起来，"你有心事。"

乔青羽看向他，主动向前一步，在床沿坐下。

乔劲睿又笑了，这次是爽朗的："要是为情所困，那哥哥作为过来人，给你的忠告就是，千万不要在高中谈恋爱。"

乔青羽低下了头。

"早恋毁一生啊，"乔劲睿感叹道，"尤其是对女孩子。"

见乔青羽一直不回应，他便继续说："看来我猜对了。我就说嘛，你们这个年纪除了为情所困还会有什么别的烦恼？那个男生是谁？寰二中的？顺云一中的？他欺负你了？要是真欺负你，你告诉我，我想办法吓唬一下他，替你报仇——"

"劲睿哥，"乔青羽开口，抬起头定定看向他，"你以前欺负过女孩子吗？"

乔劲睿眼里晃过一丝惊异，随即扭头扑哧笑了："你看我像欺负女孩子的人吗？"

"我不确定。"

"我是你哥，我的人品你还不确定？"乔劲睿瞪大眼，"再说，我要是欺负女孩子了，我们家在村里还能有这么好的口风，我在单位里能被领导看重？大家都是明眼人，都是从小看我长大的，我的人品你还怀疑？"

"那，"乔青羽提醒自己镇定，"姐姐是怎么回事？"

"姐姐？"

"就是白羽。"

最后两个字让乔劲睿的瞳孔突然放大，紧接着遁入虚无。很快，他回过神来，眉毛拧成麻绳："白羽怎么了？怎么想到小白了？"

"姐姐十二岁的时候，在她的日记本里记下了你们之间的事。"

乔劲睿的眉毛拧得更紧了，脖子前伸，嘴巴微张，过于夸张的惊讶表情令乔青羽反感起来。

"是真的吧？"她追问道。

"我都不知道你在说什么。"

"你口口声声让我不要早恋，但你自己就是那个让姐姐早恋的人，"乔青羽紧紧盯着他的眼睛，"你欺负了她，你毁了她的一生。"

"哈哈，"乔劲睿坐直身体，肩膀抖动两下，"你一天到晚脑子里都在想些什么？这种瞎话编出来干吗？"

"我不是闲得慌，故意提这件事跟你过不去，"乔青羽说，"我确实替姐姐鸣不平。但她已经离去，而活在世上的要继续生活，我知道这个道理，我不是故意要为难你。"

乔劲睿扭过头，没再说话。

"我想了很久，该不该找你说出这件事，"乔青羽压抑着心里涌动的情绪，"可如果不说出来，我就没办法祝贺你结婚。"

她转头望向床头的婚纱照："我很想真诚地祝愿你和小云姐，所以，我必须说出来。"

"劲睿哥，"乔青羽回过头，"你……当时对姐姐是真心的，对吧？毕竟她那么美……年少轻狂，一时冲动犯了错，所以才会——"

"够了，"乔劲睿突然站起身，"我看你已经憋出毛病了，胡言乱语什么啊，不晓得你在乱讲什么。"

"你明明清楚我在说什么！"乔青羽也起身，愤怒腾然而起，"还有，我想问问你，小云姐知道你过去做的龌龊事吗？你有坦诚面对她吗？"

"无聊！"乔劲睿提高声调，"你是不是言情小说看太多了？"

"结婚是两颗心的结合——两颗毫无保留的完完整整的心。"乔青羽捂了捂胸口，神情激动，"你隐瞒自己丑恶的过去，只用虚情假意满足她的要求，你扪心自问，这就是所谓完美无瑕的爱情吗？"

"你懂什么！枉我总是在你妈面前说你好话，我看你爸妈说得对，你飘了，缺管教！"

"劲睿哥！"乔青羽喊住拉开门的乔劲睿，深深吸了口气，郑重问道，"你敢不敢摸着良心说自己没有欺负过姐姐？"

"呵，"乔劲睿侧了侧脑袋，垂下的左手不自觉地握成拳，语气却莫名回归温和："青青，成天胡思乱想，你爸妈该担心了。"

在乔青羽看来，乔劲睿匆忙离去的脚步带着慌乱，这表示他心里多少受到了冲击。虽然她对劲睿的矢口否认很不满，但冷静下来她就理解了他的反应。大婚在即，让人人称道的乔劲睿在"不懂事"的堂妹面前忏悔自己错误的过往，根本是不可能的事。

重新回到三楼书桌前坐下时，乔青羽不平但又无奈地觉得，也许，只能让乔白羽的久远过去随风飘散了。

就算乔劲睿大大方方承认了自己的错误，那又能怎样？难道要让他去乔白羽的坟前磕头吗？难道不让他结婚吗？

人死不能复生，况且在乔白羽刚离世时，乔青羽亲眼见过乔劲睿真诚的悲痛。想起他几个月前偷偷塞在水果篮里写着"聊表歉意"的红包，乔青羽想，劲睿哥其实一直在表达自己的悔意。

至于他是否与小云坦诚相待，自己作为不相干的堂妹，没资格插手操心太多。

道理想通了，愤懑和失落却仍逗留在心里，挥散不去。天色渐暗，楼下的院子里传来伯母刘艳芬大声招呼乔大勇进里屋坐会儿的邀请。几分钟后，乔青羽下楼倒水喝，听见了刘艳芬和乔大勇的对话。

"你呀，就别想着后代了，当时买老婆那钱，还不如拿来盖个房子……"刘艳芬坐在火炉边，边剥豆子边说。

乔大勇猛吸了口烟，狠狠吐出来："我这辈子就是被那婆娘搞得没意思了，我怎么就花钱买了这么个衰神！除了会写几个字，她还会什么？生个女儿死去活来的样子，还养不大！自己疯疯癫癫，还去骗小白！她发起病来，我打她几下怎么了，她个不要脸的还会跑到小白房间里去，骗小白护着她！这种女人就是心眼坏，认识几个字觉得自己了不起了……"

乔青羽倒完水，双手捧着温热的玻璃杯，转身，推开虚掩的房门，走进了里屋。

"青青来啦。"乔大勇吐出一口烟，干笑两声，对着刘艳芬的耳朵继续道："我就是个老实人，花了钱买个老婆，不就是为了有后代？那婆娘没发病的时候，我跟她说了很多次，只要她给我生个儿子，养到读大学，她想走就走。我一个人，老婆跑了被村里人笑我就认了，但她就是那么死脑筋，一到晚上就开始发癫，不愿跟我睡——"

"咳咳，"刘艳芬及时打断乔大勇，"孩子在这儿，别说这些啦！"

隔着缭绕的烟雾，乔大勇眯着眼看了看乔青羽："毕竟是姐妹啊，以前还说青青瘦瘦小小，不像礼隆家的娃，这两年一下子长开了，跟小白越来越像咯！"

刘艳芬又咳了两声："大勇啊，大过年的，少提晦气的事。"

"呵呵。"乔大勇把烟灰弹进火炉，突然一拍脑袋："对了，青青啊，我去拿个本子，你帮我看看上面写的啥。"

"什么本子？"刘艳芬抢先问。

"这不要过年了嘛，前两天我搞卫生，从那婆娘的床底下找到一个本子，"乔大勇有些胆怯地解释，"上面蚯蚓一样的外国话，我看不懂，青青会英语，帮我瞅瞅。"

刘艳芬面露难色："她疯疯癫癫能写什么！这本子拿来拿去干吗！你呀，明天去上坟，直接烧给她就行了！"

"烧是要烧，就是——"

"我跟你去你家看看吧，大勇伯伯。"乔青羽站了起来。

她去了才发现，乔大勇所说的本子是用数十本多年前的小学作文本拼起来的，厚得如同词典一般。里面密密麻麻写满了英文，时而用铅笔，时而用圆珠笔，时而用水笔，字迹却很统一。粗略翻了两页，乔青羽的好奇心被完全勾住。见天色已晚，在征得乔大勇的同意后，她将这本英文日记带回了乔海生的新房。

用完晚餐她就遁回三楼客房，借着写作业的名，打开日记读了起来。看得出秦姨英文水平有限，却写得相当认真，介绍了自己的名字、出生地、小学、初中、高中的学校、父母的名字及职业等，似在给自己撰写回忆录。

因词汇、句型简单，乔青羽看得飞快。小半本过后，字句间冒出"Xiaobai"，乔青羽的精神一下子紧绷了。

"She was very kind, very beautiful, like my daughter, Pan Pan."（她非常友善，非常漂亮，就像我的女儿，盼盼。）

有人上楼，乔青羽慌张地把日记本合上，藏进书包里。

李芳好推开门。

"大家都在下面烤火，"她走近，把手放在乔青羽的后脑勺上，"青青，你也下来吧。爷爷奶奶喜欢团团圆圆。"

"嗯。"

站起身，她发现李芳好欲言又止，眼睛里写满了难以分辨的内容。

"怎么了，妈？"

"青青，"李芳好的声音里带着恐慌，"之前你捡到小白的日记，你就当从来没看到过，知道吗？"

没等乔青羽回答，她又说："这是家丑。家丑，你懂吗？聪明人都会当不知道……你姐姐名声本来就差，要是让别人知道她十二岁就……你要知道有些人嘴巴毒得很，这种事要是让外人知道，我们家在村子里怎么抬得起头？刚才劲睿找到我，说了下午的事，被你奶奶听到了，现在一家人都等着你下去呢……待会儿你下去，千万别犟，大人说什么你就应着，知道吗？"

"可是——"

"这种事传出去，我们一家子都毁了。"李芳好悲哀地摇了摇头，"你姐姐已经去了，让她安心去吧。"

"可是姐姐很委屈啊。"

"这就是她的命。"李芳好喃喃,"人各有命……反正,等一下要是说起这件事,你就说自己下午发神经乱讲的——"

"我不想说谎,"乔青羽打断李芳好,"我不想自欺欺人。"

"你懂个屁!"李芳好突然怒吼,"你知不知道这件事提起来就相当于在我心上捅刀子?你可怜可怜自己的妈妈吧!小时候你很善良的啊!"

"善良"两个字像一只有力的手,扼住了乔青羽的脖子,令她失声了。

她沉默地跟在李芳好身后下楼,走进暖融融的里屋,看见一大家子都在。火炉边坐着乔礼隆、乔海生和乔陆生,乔劲羽靠在远离火炉的沙发上看电视,乔劲睿站在一侧发短信,刘艳芬和奶奶方招娣则围坐在茶几的一个纸箱边,手里不断忙活着。

走近了,乔青羽看清她俩在叠喜糖盒。

李芳好一进门就加入了她们。乔劲羽身边有个空位,看着是为乔青羽准备的,但她没有走过去——那个位置正对着茶几,坐下意味着得"干活"。见她呆立着,乔礼隆挥挥手:"青青,来烤火。"

"等下过来一起叠。"李芳好回头,给了乔青羽一个眼神。

房间里闷得很。在火炉旁坐下,乔青羽拿起火钳,将炭灰轻轻覆盖上通红的木炭。身边的乔礼隆开口了:"青青,回家两三天了,除了吃饭,你就不下楼,这样可不行。"

"天天不出门,别人会觉得奇怪,不知道的人还以为是家里太古板,不让女孩子出去玩呢……"乔海生接话。

刘艳芬转过头:"现在啊,开朗的女孩子受欢迎,整天不出门不见人的女孩子,反而被人说!青青像模像样,规规矩矩的,要是被人说个性古怪,多亏啊,是不是?"

"是啊,"奶奶方招娣说,"家里这阵子客人多,老有人问青青呢。"

"我作业很多,"乔青羽低头喃喃,漫无目的地拨弄着炭灰,"而且,我都不太认识这些客人。"

声音虽小,却还是飘进了爷爷乔礼隆的耳里。他咳了两声以示不满,随即大声批评道:"别人问起你是好心,你高高兴兴和别人打个招呼,给他泡个茶,才算懂事!又不是明天开学,作业你还做不完?"

"是啊,女孩子家家,读书过得去就行了,反正都是要嫁人的,给外人一个好印象,留下好口风,才最要紧。"方招娣马上迎合,"这里我也要说一下陆生,芳好,养女儿不是这样养的,学习成绩没有人品重要!本来小羽去体校嘛,让他自己去,反正每个礼拜回家,青青在顺云一中读得好好的,转什么学啊!一家子去寰州,又要租房子,不嫌折腾啊!寰州什么乱七八糟的人都有,小羽是男孩子,去那儿见见世面是好的,但青青是女孩子啊,可容易学坏了——"

"妈,"李芳好打断方招娣,"带青青去寰州,就是想让她考个好大学,现在社会竞争激烈……再说她很乖的,除了学习,不想其他事,你们就放心吧。"

"你哪里是她肚子里的蛔虫?"刘艳芬笑得意味深长,"女孩子心思多,有些早熟的十一二岁就走错路了，青青发育算迟的，现在也得小心点。"

话音落下，屋子里陷入短暂的沉默。乔青羽把脸埋在膝盖上，用火钳使劲戳断一块滚烫的木炭，正要戳第二块，一只大手伸过来，不客气地把火钳抢走了。

"爷爷奶奶、伯父伯母说了这么多道理，你有没有听进去？"乔陆生把火钳往地上一丢，气冲冲地问。

所有人都看向了她，包括发短信的乔劲睿。奇怪，本来乔青羽想点头敷衍的，现在头颅反而冻僵了一般，动弹不得。

"青青可能是有点内向，胆子小，但她从小就规矩，"李芳好连忙笑着缓和气氛，"而且善良、聪明、识大体，肯定不会走错路的。"

"善良"两个字第二次落进乔青羽心里，刺得她疼。

"青青啊，"乔礼隆叹了口气，"听爷爷的话，过完年，让你爸妈带着你和劲羽去公安局改个名字。这个'羽'字啊，不吉利，不吉利。"

方招娣像是安慰乔青羽："改了名字，你就会开心一点。有件事啊……算了，反正孩子们也大了，就说给孩子们听听吧。"她紧锁眉头，见没人反对，便继续说道，"洞里源的道姑说，小白走得急，不舍得，魂又得找个宿主，所以——"

"所以我被姐姐的魂魄缠上了，对吧？"乔青羽冷冷地抬头。

"改了名字，她就找不到你了。"方招娣恳切地朝乔青羽点点头，"青青啊，这次你回家，变了好多……你不用怕，小白肯定不会害你，就是她的坏毛病跑到你身上了，就像她以前也总把自己关在房间里不出来……"

"憋出毛病了。"乔海生认同地点点头。

又是沉默。乔青羽张了张嘴，最终把"你们才有毛病"这句话硬生生吞回肚子里。

"青青啊……"方招娣的声音苍老而慈祥，"你看啊，现在你是家里唯一的女孩子，其实你才是家里的宝啊……"

"姐姐憋出了什么毛病？"

乔青羽环视所有人，出乎意料地镇定。

"这里，"乔礼隆说着，一边严肃地盯着乔青羽，一边抬起右手敲了敲自己的脑壳，"你姐姐，这里有毛病。"

"不清醒，"乔青羽鼻头发酸，嘴唇微微颤抖，"不自爱。"

"今天说起小白，那我就要多说两句了。"刘艳芬放下手里的活儿，"喏，陆生，芳好、爸、妈，你们都在……以前我们对小白的好，村里谁没看到？那真是掏心掏肺，把她当作亲女儿养的啊！有好吃的，那都是先给小白再给劲睿！劲睿对小白还不好？那绝对是真心真意！怕她被男的欺负，去哪里劲睿都是跟着的！他这个哥哥做得不好？也就是劲睿高三那年，学习忙，管不到小白了，她就在学校交上乱七八糟的朋友了，就走上歪路了——"

"把劲睿哥也带上歪路了，对吗？"

乔青羽突如其来的大声质问似一声惊雷，打断了刘艳芬的喋喋不休。一时间没人说话，屋内更加闷了。在火炉边坐了这么久，乔青羽感觉自己的手脚仍旧冰凉，额头却冒出了汗。

"劲睿哪里走歪？"乔海生看向乔青羽，眼里都是斥责，"劲睿从小听话，孝顺，考上重点大学，考上公务员，单位领导哪个不夸他？他本本分分的，哪里做过一件坏事？"

乔青羽的视线越过乔海生，死死盯住乔劲睿的脸："没有吗，劲睿哥？"

"你这孩子怎么回事？"乔礼隆忍不住开始责骂，"干吗跟家里人过不去？家里人亏待你了，欠你的？你劲睿哥的人品，你走出去，随便抓一个人问问！你知不知道劲睿要结婚了？太不像样了实在是！"

"劲睿要是有问题，人爸妈也就不愿意把小云那么好的姑娘嫁过来了。"方招娣也激动起来，"青青啊，你想想，咱家要是有问题，人爸妈他们都是当官的，还愿意让小云进门？我们是农村人家呀！那是因为劲睿有本事又靠得住！你脑子里不知道在想什么东西！"

李芳好纹丝未动，脸色铁青。乔陆生只管用火钳拨弄木炭。乔劲羽仍靠在沙发上，还是那副懒懒散散的样子。突然间，乔青羽想哭。

这时乔劲睿走了过来，和气地拍拍乔青羽的肩："青青，你和小白是亲姐妹，感情好，她走得急，你心里一直不舒服，我们都知道……"

"说出来就好了，就好了。"乔陆生喃喃，伸过手拍了拍乔青羽的手臂，"青青，别想了，让姐姐安心去吧。"

"姐姐曾经那么乖巧，为什么突然变得不自爱？"乔青羽噙着眼泪环视四周。

乔礼隆叹了口气："这就是命，人各有命。"

"我是认为，以前大勇的疯老婆把小白带坏了，"刘艳芬振振有词，"他早就该把那个疯女人锁在房间里！他就是懒，不想给疯女人做饭，总让她出来做事情……"

方招娣赞许地点点头，又摇摇头："唉，小白命苦啊。"

"青青现在是敏感的年纪，有些奇怪的想法正常的，"李芳好转过头，声音平静，神情却有些恍惚，"好在她从小就是个善良的女孩子，最能体会长辈的辛苦用心了，这次说清楚了，就好了。"

"反正你记住家里人是绝对不会害家里人的。"乔陆生对着乔青羽语重心长加了句，"过年了，你也开心点，别总让爷爷奶奶担心。"

那边，乔劲羽突然坐直了身体："其实，我也觉得，大姐走了，肯定希望大家想起她就想到她好的一面，曾经糟糕的往事，就算活着也不愿再提吧？"

众人纷纷发出赞许的"嗯嗯"声。

"小白再怎么样也是个善良的娃，咱家的人啊，没一个不心善的，"刘艳芬感慨，"都是想着让大家都能好好过日子，对不？"

她的话得到了所有人的一致首肯。

乔青羽站起来："我去上厕所。"

洗手间冰凉的镜子里，她有一张惨白的脸，毫无光彩的瞳孔里刻着"绝望"二字。

"我们首先要善良，其次是要诚实，再次是以后永远不要互相遗忘。"

陀思妥耶夫斯基的话在她脑海里回旋。有这么容易就好了，她想。

姐姐，乔青羽轻喃，朝镜子哈出浑圆的白色翅膀，目睹它一点一点被看不见的冰冷空气啃噬，直到消失殆尽。

—

次日是除夕，一早，乔青羽满足家人的期待，用完早餐后没再缩回房间。迎着稀薄的阳光，她捧着又旧又厚的英文本子，坐在院子一角，飞快翻阅着。

过年加结婚，两大喜事撞在一起，家里每个人都忙得团团转。刘艳芬来喊了乔青羽两次，让她去里屋帮忙叠喜糖盒，均被乔青羽拒绝了。第三次，刘艳芬拉着走出厨房的李芳好一起给乔青羽施压，她才合上本子的最后一页，不情不愿站了起来。

见她满脸抵触，李芳好赶紧开口："青青，你眼睛也休息下，那个喜糖盒子难弄，时间赶，你手巧，去帮帮，乖。"

"我会帮的啊，"乔青羽点头，举起手中的本子，"但我得先把这本子还给大勇伯伯。"

"啊？你昨天把那个疯子的东西拿回家了？"刘艳芬惊恐极了。

"大勇伯伯说今天下午上坟会烧掉，所以我刚才赶时间看完了。"乔青羽轻描淡写地说，"我先还回去，再回来叠喜糖盒。"

出院子后她瞧见了在路边打电话的乔劲睿，便走过去用本子轻轻敲了敲他的肩膀。

"我妹来了，你稍等，稍等。"乔劲睿说着，用手捂住手机的话筒，迅速收起脸上的笑，"怎么了？"

"这是秦阿姨的记录，英文的，"乔青羽说，"里面记下了你对姐姐做的事。"

仿佛大白天看见鬼一般，乔劲睿的脸瞬间扭曲了。

"青青，"他的手先是用力握紧手机，紧接着毫不犹豫按下了通话结束的按键，换上阴冷的眼神："我真是对你很无语……"

"Xiaobai and her brother fall in love, the love was wrong, but Xiaobai gave her first time to her brother（小白和她哥哥相爱了，这是错误的爱，但小白把她的第一次献给了哥哥。）"读到这里，乔青羽顿了顿，不顾乔劲睿极度震惊的脸，继续读道，"She had a baby, so her family discovered and stopped their love. She went to the hospital, took away the baby. Her brother went to university. She cried, cried and cried at night.（她怀孕了，被家人发现，家人阻止他们在一起。她去医院打掉了孩子。她哥哥去读大学了。夜里她不断哭泣。）"

"劲睿哥，"乔青羽啪地合上本子，直直看进乔劲睿的眼睛，"你有没有诱奸十二岁的姐姐？"

乔劲睿脸上的不屑覆盖住他的惊慌："一个女疯子乱写的，你也信？"

"我相信她写英语的时候神志是清醒的。"乔青羽说，"你敢不敢回答我刚才的问题？"

"什么问题？"

"你听清楚了，我最后问一遍，"乔青羽字句清晰地说，"你高考那年，有没有诱奸十二岁的姐姐，导致她怀孕？"

乔劲睿"啊"了一声，沉默两秒，开口道："你还真敢说。"

"我要你摸着良心回答。"

"青青啊，长幼有序，我年长你十二岁，是你哥哥，照理说你没资格这样跟我说话，"乔劲睿看向远方，"但是，"他突然回头，语调中透出寒意，"我还是会回答你。"

乔青羽屏气凝神。

"我没有。"

怕乔青羽不相信似的，他连忙加上一句："不信，你随便问问家里的其他人。"

"不用，"乔青羽冷冷地回应，"劲睿哥，说谎是有报应的。"

"赶紧把本子还回去，让大勇伯伯烧了。"乔劲睿转过头，"哥哥好心劝你，别再像个疯子那样胡言乱语。"

慢慢靠近面目全非的老房子，乔青羽莫名不敢抬头。远远地，她就看到曾经乔白羽住过的房间漆黑，空洞，似一幢房子被强行挖走了心。

凄婉，又吓人。

正在整理上坟供品的乔大勇一接到本子就立马放进了装香纸的塑料袋，然后转头问乔青羽："那婆娘是不是怕被我打，故意写外国话骂我？"

乔青羽缓缓摇了摇头。

"没骂我？"乔大勇合上供品篮的竹盖，"那她写了些啥？"

沉思半晌，乔青羽回答："秦阿姨写了个故事。"

"她还会写故事？"

"一个被社会蹂躏的女人的一生。"

"啊？"乔大勇显然没听懂。

"就是她自己的故事。"乔青羽微笑了下，声音里却满是哀愁，"大勇伯伯，这本子一定要烧掉吗？"

"肯定烧掉咯，留在家里干吗，人都不在了……那婆娘是不是在本子里咒我？害我没后代！"

"没有，"乔青羽坚定地摇头，"秦文秋阿姨是个心地善良的好人。"

可那又怎样？她仍旧被命运捉弄，下班途中碰到人贩子，被关押在这个愚昧的南方小村庄，失去意外得到却无比珍贵的孩子，失去作为人的清醒理智，最终悲惨离开人世。

再一次，乔青羽对虚无的"善良"二字，产生了前所未有的厌恶。

Chapter 11
不灭之火

记忆中最灿烂的烟花盛开在十年前的夏夜,乔劲睿收到寰州大学录取通知书的那天。乔青羽记得自己的兴奋劲,记得摆满丰盛食物的大圆桌以及相互敬酒的大人们,也记得那晚的乔白羽——在满院子的嘈杂混乱中,一袭白裙的她熠熠闪光,空灵得不像凡人。

她还记得当烟花在空中肆意盛放,花瓣如雨纷纷坠落时,乔劲睿弯腰捂住乔白羽耳朵的温柔动作。

这几天她极少把自己关在三楼客房了,思绪却掉进了囚笼,总在有限的那几个记忆碎片之间打转。是的,以前人们就说白羽和劲睿感情好得羡煞旁人,比亲兄妹还亲。白羽吃不下的饭,劲睿会二话不说拨到自己碗里;白羽冬天双手冰冷,劲睿就敞开衣领让她双手环着自己的脖子取暖。曾经乔青羽也和大人一样觉得劲睿温柔且细心,如今看来,劲睿对白羽显然过于无微不至了——好得过了界。若关爱弟妹是他的本性,那他对乔青羽、乔劲羽理应一视同仁,然而他没有。

乔劲睿呵护的对象只有乔白羽。

"也许,"乔青羽想,"他当时是真心的。"

很难想象为什么温柔至极的乔劲睿会对年仅十二岁的乔白羽做出那种事。但乔白羽已经离开,乔劲睿坚决否认,所以这将成为一个永远的谜。只有她,乔青羽,一个人在乎的谜。

认认真真用最后一段厚实的白色贴纸覆盖住棕色的木质衣柜,乔青羽起身绕着衣柜走了几步,对自己的手艺很满意。

乔劲睿出现在门边。

"青青手真巧,"他边夸边走近细看,"平平整整,完美!"

"如你所愿,"乔青羽说,"盖得自然又严实,不留痕迹。"

乔劲睿意味深长地苦笑了一下,立马换上愉悦的表情:"累了就下去吃点东西,或者玩电脑,随你玩多久!"

"我还是下去帮忙装喜糖吧。"

能自由自在上网确实诱人,但乔青羽拒绝接受乔劲睿的好意,仿佛那是贿赂。一楼里屋空无一人,她打开堆在墙边大小不一的纸箱,自觉往叠好的喜糖盒里装喜糖。没一会儿,刘艳芬提着木炭走了进来,看见乔青羽忙碌的身影,惊喜地喊:"青青来啦!"

"嗯,伯母。"

"哟,真懂事。"刘艳芬一边用火钳把木炭夹进火炉,一边喜滋滋地说,"劲睿的婚房弄好了?我加点炭,待会儿这里就暖和了……你小心点,那些喜糖啊,喜糖盒子啊，本来就不太够，千万别掉到火炉里……"

"伯母放心。"

新加的木炭里有两块仍在燃烧，刘艳芬用火钳拨弄了几下，跳跃的火苗很快就被炭灰覆灭了。刘艳芬出去后，乔青羽环顾屋子里堆着的纸箱、喜糖盒、灯笼等，冒出一股强烈的冲动：把这些通通堆到火炉上，一把火烧了。

房子顺带起火，是的，连同楼上那间一尘不染的洁白婚房。

院子也逃脱不掉。镇上借回来的整齐叠放在墙边的锃亮的深红木头桌凳，能让火焰更加炫目，胜过十年前的夏夜烟花。

烧个精光。让这个充满隐瞒和欺骗的婚礼化为灰烬，让这些助纣为虐毁灭白羽的所谓家人，颜面丧尽，失去一切。

南乔村最光彩的新房，在一派祥和的冬夜里，变成一团照亮全村的烈焰——这个画面让乔青羽觉得很过瘾。"你们那么喜欢烧东西，"她想，"干脆成全你们，给你们火的狂欢，烧掉村庄里这颗愚昧的心脏。"

门剌啦一声，乔劲睿的声音传来："青青，你在这里？飞海，先进来暖和一下……"

把手里的金银丝带折成一个漂亮的蝴蝶结后，乔青羽把完工的喜糖盒放在一边，转身，以微笑回应了何飞海的问候。

"飞海来上个网，是发材料给美国那边？"乔劲睿在火炉边坐下。

"对。"何飞海点头，望着屋内的杂物，"哇，劲睿哥，结婚要买这么多东西？"

"以后你就知道了，"乔劲睿笑着，"你不能一直沉迷在过去的暗恋里，总得结婚生子吧！"

"哥，你别老提这个……"何飞海尴尬不已。

"我也很怀念小白。"乔劲睿拉着何飞海在火炉边坐下，突然刻意深情起来，"以前，我一直把她当作亲妹妹！我还记得以前你们班那帮人，小学六年级的男孩子就那么坏了？天天把小白堵在走廊里！你说，你不是一直暗恋小白吗，怎么不保护她？"

"我……"何飞海挠头，"哥，那时大家都小，不懂事……再说他们哪敢真的欺负乔白羽，大家都知道乔白羽有个哥哥，没有男孩子敢真的欺负她。"

"我这个哥哥做得还是不够啊。"乔劲睿拍了拍大腿，痛心疾首地摇摇头，"唉，我一去读大学，她就被带坏了。"

"哥，我觉得作为哥哥，你对乔白羽简直不能更负责了，"何飞海连忙说，"大可不必这么自责。乔白羽有你才是她的福气。"

乔劲睿瞄了乔青羽一眼："不是，我有很多做得不好的地方……"

"人都是这样的，对离去的亲人不舍，就会自责。"何飞海安慰道，"而且过两天你就结婚了，乔白羽不能到场，你心里肯定更加……"

乔青羽一下子站起身，动作之快使得何飞海一愣。

"我相信她绝对不会怪你，反而心疼你这么自责。"

拉开门时，乔青羽听到身后传来何飞海安慰乔劲睿的话语。

她控制住了自己回头让何飞海闭嘴的冲动，来到院子里，空气干燥寒冷，刺骨寒风带来了爆竹燃放过后的硝烟味。正对房子大门的院墙很高，特意加上了小青瓦，做成了传统马头墙的样式，青瓦下的白色墙面上有一个巨大苍劲的"礼"字。

对着马路的院墙另一面，乔青羽知道，写的是"德"。

堂前古铜色的老式挂钟敲了四下，一辆浅金色的乡间中巴从院子大门前经过，在十米开外停了下来。乔海生领着一群男女老少下了车——都是刘艳芬的娘家人，提前两天过来帮忙准备婚礼。

朝那群人挤出几个笑容后，乔青羽迅速闪回三楼的客房，飞快将摊在书桌上的书本和作业收进书包里。十几分钟后，刘艳芬如她所料，抱着被子上楼进了门："青青，这几天家里热闹，挤挤啊。"

乔青羽点点头，一声不吭地帮她把垫被摊在书桌边的地板上。

"作业做完了？"刘艳芬边拍被角边问。

"早做完了。"

"还是那么懂事，不让你爸妈操心。"刘艳芬笑道，"小睿的小姨和她女儿。玲玲，跟你差不多大，今晚睡这儿。"

"嗯。"

"你下去跟玲玲玩吧！她在镇上读高一，听说你是寰二中的，特意来跟你一起玩。"

"哦。"

乔青羽走下楼梯。乔劲睿的房门敞开着，电脑前坐着个陌生的年轻女孩。见她沉迷于电脑，丝毫没注意自己的出现，乔青羽匆忙转身，静悄悄地快速下了楼。

每个人都在忙，忙于三天后的盛宴，忙于眼下的人情往来。李芳好在厨房忙碌，乔劲羽和乔陆生不知去往了何处。乔青羽将羽绒服的拉链拉到顶端，领子立起遮住口鼻，背后的帽子拉起盖过额头，走出了院门。

南乔村不大，沿着最外沿的村道慢悠悠晃一圈，回到家才五点半。何飞海踏出院门，视线不自觉地被启动离去的最后一趟乡间中巴带走，顺带看到了与中巴擦身而过的乔青羽。

他微笑着点点头，算是打了个招呼。

"何大哥，"乔青羽喊住抬脚的他，小跑向前，"你会来劲睿哥的婚礼吗？"

何飞海"嗯"了一声："今日收到了邀请，会来。"

"我一点都高兴不起来，"乔青羽别过头，用眼神指了指热腾腾的院内，"他们，不尊重姐姐。"

"哦，"何飞海若有所思，神情谨慎，"不尊重的意思是？"

乔青羽深吸了口气："还没过三年。"

"这个，嗬，"何飞海笑得无奈，"其实过了的。"

"啊？"

"当年你姐姐春节前就已经……"何飞海小心地看了乔青羽一眼，"你爸妈为了让老人家安心过个年，所以自己在寰州处理了后事，熬过元宵，才通知家里的。"

"为什么你知道的比我这个亲妹妹知道的都多？"

"是劲睿哥告诉我的。家人没告诉你，可能觉得你年纪小……"

"最不尊重姐姐的就是劲睿哥了。"乔青羽直言，"我喊住你就是想劝你，没必要来这场虚情假意的婚礼，真的。"

"为什么？"何飞海皱眉。

"为了姐姐，"乔青羽认真而坚定，"她讨厌这场婚礼。你喜欢她，就尊重她，好吗？"

"我……不太懂你的逻辑。"

"劲睿哥不值得。"

"不值得什么？"

"不值得祝福。"乔青羽说，"你既然真心喜欢姐姐，就尊重她的意愿，很难吗？再说院子里本来就挤不下了，你跟劲睿哥非亲非故的，没必要来凑热闹！"

"我真的不太懂你的逻辑，"何飞海很疑惑也很真诚，"我和劲睿哥认识很多年了，他当然是我值得信赖的朋友。反而对乔白羽而言，我只是个陌生人……"

"姐姐曾在日记里写过你的名字。"

何飞海轻轻"啊"了一声，数次张嘴，终于再次发出声音："那，她写我什么了？"

"我只是让你知道，你对她而言，不是陌生人。"乔青羽淡淡地说，"你自己也说过，她心墙很高，不善于表达。"

像垂下的夜幕，何飞海的眼睛瞬间失去了光辉。

当一天的喧闹终于归于沉寂，房子像只困顿的巨兽酣然入梦时，睁眼侧躺在床上的乔青羽想："我需要一个完全属于自己的房间。"

墙面是暗青色的，朴素又庄重。窗帘是轻盈的白色，入夜了挡住夜的黑暗，天亮了迎接耀眼的日光。轻软温暖的床铺带有魔力，躺上去就能卸下沉重，化解哀伤。清透的空气，香甜的梦。

耳边李芳好的鼾声挥之不去，地板上拱起的棉被里，那个叫玲玲的女孩子翻了个身。乔青羽闭上眼，试图入睡，头脑却越来越亢奋。挣扎无效，她干脆下床，套上羽绒服，轻轻走出了房间。

她走进了一楼的里屋——只有这个房间没人。

冷。用火钳挖出深埋在炭灰下的几块通红木炭，没一会儿，乔青羽又重新盖上炭灰，将火炉恢复原样。不能让他们发现异样，她想。

经过前几日的奋战，里屋比之前整齐多了，准备好的喜糖、喜烟、喜酒等，通通装进了大纸箱，并排堆在远离火炉的窗户下。打开纸箱，乔青羽拿起一盒喜糖，指尖轻轻抚过盒子顶部用金银丝带系成的蝴蝶结，然后熟练地打开盒子，抽出里面的小卡片。

卡片正面，身穿大红中式礼服的乔劲睿和小云正襟危坐，幸福的笑容溢在脸上；卡片背面仅仅印了两人的名字，名字正中是一颗红艳艳的爱心。

把喜糖盒恢复原样放回去后，乔青羽走向火炉，用火钳夹住卡片，戳进炭灰，不断深入，直到确保卡片被坚硬、灼热的木炭包围。

她没减轻手上的力度，直到火钳的手柄开始发烫，抽出火钳，另一头宽扁的夹口里，一丁点卡片的痕迹都看不到了。

第二天是初五，天蒙蒙亮才昏昏入睡的乔青羽一早就被李芳好喊了起来。

"玲玲都下去帮忙了，你也勤快点，"李芳好边整理床铺边说，"特别是这两天，最忙，你是自家人，懂事点。"

乔青羽下了楼，身穿红色长款羽绒服的玲玲正往餐桌上端菜。看到乔青羽，她愉快地喊了声"青青姐"。

乔青羽报以和煦的微笑。她加入了玲玲，往餐桌上摆好碗筷，吃早饭时主动坐在玲玲身边。两人很快熟络起来。

"今天上午桥头镇有舞狮，"收拾餐桌时，乔青羽对玲玲说，"我们一起去看看吧？"

玲玲爽快地答应了，挽着乔青羽的手臂，转身向她妈妈打了个报告，得到允许后两人走进厨房。乔青羽问了问李芳好，却被否决了。

"家里事情那么忙，你还跑出去玩，"李芳好皱着眉，"不懂事！"

"可玲玲的妈妈都同意了……"乔青羽小声道。

"两个女孩子一起去玩，可以的嘛，注意安全就好。"刘艳芬笑道，"玲玲，想去玩就去啊，来大姨家本来就是玩……小芳，青羽和玲玲在一起，你还不放心？玲玲就在桥头镇读书，每个礼拜回家，可熟悉了！"

"行吧，"李芳好松口，"早点回来，回来吃午饭。"

这意味着她们有四个小时的自由时间。乔青羽去院门望了望，乡间中巴刚刚出现在拐角。她旋风般冲上楼拿了书包，跟在玲玲身后，气喘吁吁地上了车。

中巴在狭窄的山路上走走停停，约摸半小时后，在桥头镇的汽车站熄灭了发动机。舞狮的广场就在汽车站对面。下车后，乔青羽和玲玲就汇入了人流。锣鼓喧天中，乔青羽踮起脚，仔细环视了四周的店铺，然后以去车站洗手间为由，离开了玲玲。

汽车站斜对面的复印店尚未营业，乔青羽因此失望极了。

玲玲找到乔青羽的时候，她正在车站的候车大厅向窗口内的工作人员询问车次。回头看见玲玲疑惑的脸庞，乔青羽有些尴尬地笑了："就随便问问。"

"刚刚你去哪儿了呀？我还去厕所喊你呢！"

她拉起乔青羽回去继续看舞狮。走到一半，乔青羽停下步子。

"玲玲，桥头镇还有别的打印店吗？"

"打印店？我们学校门口有一家，干吗呀？"

"就是，"乔青羽心里燃起希望，口头却语焉不详，"有事。"

可学校门口的打印店也没开门。也是，才正月初五呢。见乔青羽死灰般的面色，玲玲小心地开口问："青青姐，你是不是约了人啊？"

"啊？"乔青羽顿时茫然，马上反应过来，凄惨地笑了笑，不置可否。

"约了男生吗？"玲玲捂嘴，眼睛却发光，"男朋友吗？"

"不是。"

"跟我说没关系啦，我一定帮你保密！其实你来桥头，根本不是看舞狮，对吧？"

乔青羽吐出口气："唉，不说了。"

玲玲却穷追不舍。实在被她问得烦了，乔青羽干脆应了声："就算等人吧。别告诉任何人。"

"放心。"玲玲更兴奋了，"为什么没来啊？"

"可能耽搁了吧。"

"哦，可惜。"玲玲叹道，"如果是真心赴约，排除万难也要守承诺啊！就像青青姐你一样！"

乔青羽苦笑不已。

她们踏上回南乔村的乡间中巴。车内有无赖抽烟，在司机的威胁下拉开车窗，把烟头抛出了窗外。突然灌进的带有香烟味的冷风使得乔青羽猛打了几个喷嚏。关上窗户时，她开始抑制不住地咳嗽，一声比一声猛烈，翻肠倒肚，面色苍白。

咳嗽终于停息时，不知为何，她眼里竟含着泪。

"肮脏又凶恶的家乡，"她决绝地想着，在心里倒计时，"永别了。"

在家人看来，除了过年之前谈及乔白羽的那个夜晚，乔青羽一切如常——乔青羽庆幸这一点。她对自己这几天的平稳表现相当满意。

但不是百分百满意。主要在于没有提前思考打印的问题。

而当乔劲睿否定了长辈的安排，不让乔青羽待在新娘身边帮忙时，乔青羽意识到自己还捅出了另一个漏洞——乔劲睿的不信任。他隐隐觉察到自己的异样，害怕自己会扰乱新娘的心情。

"可我必须待在新娘身边。"乔青羽想。至于打印——办法总比困难多，实在不行就自己写。

"你放心，"午饭后她告诉乔劲睿，"我对小云姐没有任何敌意，绝对不会胡言乱语。"

许是被她真诚的眼神打动，乔劲睿动摇了："也罢，我一直都觉得家里你最善良，不可能破坏大家这么多天的心血。"

后一句话发挥了它的作用，给乔青羽带来了压力。上楼时她脑海中闪过这些天李芳好、乔陆生以及家里所有人忙忙碌碌的身影，内心的决绝开始动摇。婚房的门敞着，屋内空无一人。乔青羽停下脚步，迟疑片刻，走进婚房并关上了门。

打开电脑，她仔细研究了离顺云最近的火车站——童阳市火车站——的车去往寰州的时刻表。结合上午在桥头镇汽车站询问的汽车班次，脑海中很快形成了一条具体的路线。

"逃亡。"乔青羽轻喃，自嘲地笑笑，登上了许久未用的QQ。

忽略此起彼伏的嘀嘀声，她首先在一直空着的个性签名一栏填上了一句话：

"用一朵花作为配饰，去跟世界决斗。"

这是她摘录本上的第一句话，高一时不知在哪本杂志上看到的，出自一个叫阿多尼斯的诗人。按下回车键，仿佛完成遗言，乔青羽胸口空落落的，同时百感交集。

右下角的企鹅跳动不停，其间闪现的深蓝大海头像一下子抓住了乔青羽的心情。是明盛。

点开对话框前，她不自觉地吸了口气。

"新年快乐。"

对话框是从班级群里专门打开的私聊框，只有这四个字，发送时间是1月26日零点零分，除夕之夜。

乔青羽清晰地听到了自己心脏的轰鸣。

片刻后她平静下来，发送了几个字："谢谢，你也快乐。"

"在老家吗？"

明盛的回复吓了她一跳，紧接着她明白了，他的头像是彩色的，不就说明他在线吗？

"是的。"

"老家过年好玩吗？"

"不好玩。"

那边发过来一个太阳的表情，紧接着问："你不开心吗？"

这句话像鼓槌敲在乔青羽的心上。她沉默了。

"你的签名是什么意思？"明盛又问，"为什么要跟世界决斗？"

"一句诗而已，"乔青羽回复，"抄的。"

"你没说'不关你的事'，"那边飞快发来一句话，"how nice（多好啊）."

乔青羽微微一怔。

"Pls tell me more（请多告诉我一些），"屏幕上迫切地跳出一句，"anything（任何事）."

盯着"anything"良久，乔青羽有点晕眩。她想打字，抬起右手，却不自觉地捂住了口鼻。鼻头有莫名的酸意。

门外传来玲玲和刘艳芬的说话声。乔青羽坐直身体，飞速敲下："你下午有空吗？能帮我一个忙吗？"

"说。"

"打印一篇文章，两百份。"

"可以。"

"我今晚就需要，"乔青羽边思考边发送，带着那边看不见的小心翼翼，"今晚八点之前。"

"也就是说，六个小时之内要送到你老家？"明盛显然有些吃惊。

"是的。"乔青羽咬着下唇，"我老家在顺云市桥头镇里方乡南乔村，从寰州直接开车过来三个小时左右，赶得及的。"

很快，她又加上："你打车过来，车费我出。可以吗？"

"我在纽约。"

乔青羽不禁瞪大眼睛，随即泄气地垂下了头。

她再抬头时，屏幕上多了一句话："文章发给我。"

下午四点后，每半个小时，乔青羽就会跑出院门朝村口张望一番。晚饭上桌时，窗外响起细密的沙沙声，玲玲高兴地跑进堂前说，下雪了。

"好兆头，"乔礼隆笑道，"瑞雪兆丰年！"

"雪一般下一夜就停了。"乔海生也笑道，似是给大家定心丸，"今天都早点睡，明天大家伙早点起来，把院子先扫干净。天气嘛，不用担心，明天肯定出太阳！"

乔劲睿皱着眉："下雪了路就难开了。车队明天得提早一个小时出发。"

"吃完饭你就去洗澡，不然别人去洗了，你又排到很后面。"李芳好在乔青羽耳边低语，"洗完澡就睡觉。明天你跟车，跟新娘，很费精力的。"

饭后趁李芳好在厨房收拾，乔青羽又溜到院门口望了几眼村头。冲完澡后，顶着一头湿漉漉的长发，她再次来到了院门前。

可村口并没出现任何打着双闪的车子。

八点钟刚过，乔青羽已经在李芳好的督促下钻进了被窝。前一夜她睡得极少，此刻虽然她心里记挂着村头的交接，却已疲困极了。为防止自己睡着，她先是看书，发现行不通后便在脑海中一遍遍演练接下来的行动，力争不放过任何一个细节。半小时后玲玲轻手轻脚进了门，啪的一声关上了灯。

乔青羽惊醒时，李芳好在耳边呼吸平稳。完蛋了，乔青羽心里绝望地呼喊。

她披上羽绒服，穿着拖鞋就下了楼。堂前的挂钟传来一声悠长的"当"—— 一点钟了。

屋外，两盏彻夜不熄的大红灯笼把空寂的院子染得魅惑而孤独。万物覆盖了一层白霜，轻盈的雪花如肥皂泡一般漫天飞舞。

拖鞋在地上留下一行明显的脚印，乔青羽缓缓推开了院门。

她看见，约摸百米外的村头，两盏黄色的车灯在不停地闪烁。

因为路面太滑，跑向车子的途中，乔青羽打了好几个趔趄。靠近后，她看清这是一辆寰州牌照的黑色轿车。车子停在路灯下，驾驶座上有个闭目的男生。

"嘿。"乔青羽叩响玻璃窗。

男生睁开眼，见到乔青羽后先是一愣，而后马上清醒了，把车窗摇了下来。

乔青羽一脸歉意："不好意思，你等了很久……"

"拿着。"男生满脸不悦，直接递给她一个黑色文件袋，"乔青羽，对吧？"

乔青羽接过文件袋："对。是明盛让你来的，对吗？"

男生没说话，而是将她从头到脚打量了一眼，目光犀利。乔青羽发现他高挺的鼻梁和明盛几乎一模一样。

乔青羽抿了抿嘴："谢谢你特意跑一趟。我不小心睡着了，真不好意思……费用的话，我过几天带给明盛——"

"你写的那些是真的吗？"男生打断她，一边打开门下了车，"关于乔劲睿的？"

"啊？"

"我打印的，不可能不看内容吧？"男生指了指乔青羽怀中的文件袋，"你有没有想过，把这件事捅出去，对乔劲睿会产生怎样的影响？"

"你认识乔劲睿？"

"不认识，听说过，"男生的语调有种与他年龄不相符的稳重，"以他现在的劲头，三十岁前就能提到副处，可谓鹤立鸡群，前途无量啊。"

乔青羽似懂非懂地点点头："你是说他在官场上混得如鱼得水？"

男生扑哧一声笑了："随你怎么形容。但是呢，系统里容不得任何带来恶劣影响的人。你把他的事广而告之，对他来说是毁灭性的打击。"

"你是谁？"

"我叫明岱，"男生微笑道，"阿盛的表哥。"

乔青羽恍然大悟地"哦"了一声："就是之前来学校演讲的清华大学的学长？"

"对。"明岱说，"我父亲，也就是阿盛的舅舅，叫明兆群，我之所以知道乔劲睿的大概情况，就是因为我爸曾在餐桌上提到过他，说他工作能力出色，是一颗冉冉升起的新星。"

乔青羽点点头。明兆群，一个几乎每天在电视和报纸上出现的家喻户晓的名字。

"所谓'一人得道，鸡犬升天'，"明岱观察着乔青羽的脸色，"本来这完全不干我的事，但既然受阿盛之托来了，那我就提醒你一下，乔劲睿能改变的是你们整个家族的命运，为了一时之气把他拖入泥潭，值得吗？你姐姐乔白羽已经死了，你这样做，没有任何人能得到任何好处。"

沉吟片刻，乔青羽抬头："我要的就是海浪翻卷。"

这也是摘录本上的一句诗。明岱挑了挑眉，显得有些震惊，而后笑着摇了摇头："行吧，我算是知道了。"

见乔青羽疑惑，他解释说："知道阿盛为什么要帮你了。"

转身上车，他嘀咕道："也对，你还是遵从内心为好。要是让阿盛知道我千辛万苦送材料来却让你改变计划了，他估计会灭了我。"

"我不会改变计划的。"

"看出来了，"明岱面容温和了许多，"你们都是一类人。"

"你们？"

"你，"明岱的眼神耐人寻味，"还有阿盛。"

他关上车门，摆摆手以示告别，掉转车头，很快消失在夜色中。

堂前挂钟第三次敲响时，乔青羽缓缓拉紧金银丝带，郑重地把喜糖盒重新塞回纸箱最上层的空格里。

脚边的地面上，还剩几张纸。

没时间了，另两个纸箱里的喜糖不塞纸条也罢。

双脚已经冷得麻木。乔青羽扶着墙，咬牙悄声跺了跺地面，而后使劲把叠在上方、每个喜糖盒里都塞了纸条的两个大纸箱依次搬了下来，和下方另两个喜糖纸箱调换了位置。

"不能让他们过早发现这些纸条，"她想，"燎原的星星之火可不能被扑灭。"

拖着失去知觉的双脚，她挪到火炉边的窗户旁，发现雪不知何时停了。"礼"字顶着几抹白色，在灯笼的红光下既庄重又凄艳，莫名地令乔青羽不安。

事已至此，要么逃离，要么灭亡。

她把剩下的几页纸仔细对折成手掌大小，回房间后小心翼翼地藏在了枕头下方。

疲惫不堪的身躯躺下，想到自己枕着明盛的字，一阵闪电般的战栗穿过她的身体。

三小时前在路灯下打开黑色文件袋，抽出里面打印的文章时，乔青羽就惊艳得吸了口冷气。白纸上印的是明盛的手写体，挺拔、整齐，字字清雄有力。醒目的黑色方框里，标题"不该遗忘之殇"狠狠绊住了她的目光。之前乔青羽还有点担心她发过去的文字篇幅有限，打印在纸上容易被人忽略，但现在看来，除非不识字，这张纸被打开喜糖盒之人忽视的情况绝对不会发生。

她已经很久很久没有这种感觉了——毫无条件、超乎预期被满足的感觉。纸上的字比明盛平时胡乱写的内敛、端庄许多，像是为了适应她，满足她，明盛刻意收起了他的狂傲。她没有回答明盛为什么自己要"去跟世界决斗"，但是，他递给她一把剑——一把为她量身定做的剑。

乔青羽觉得明盛理智上很可能并不赞成自己这么决绝。"两百张意味着人尽皆知，"看完文章后，他在对话框里打出一句话，"你不怕家里人反过来把你逼上绝路吗？"

"我会离开他们。"

直到看到纸条乔青羽才知道自己误解了明盛的态度——尽管他回复的"fine(好)"有点敷衍，但行动上，他帮她做到了极致。

机械般反复塞纸条的静谧时光里，乔青羽频繁地想起明盛，被刺伤后他投向自己的深远一瞥时不时跳回脑海。所以，不是错觉，他确实没有责怪自己。现在想来，当时他急切重复的"不要紧""别管她"，坚决否掉黄胖子提议的公开道歉，出发点不是他自己，而是——她。突然豁然开朗——若他真的厌恶自己，怎会在受伤当晚就回朝阳新村，距离自己那么近？那晚，对面那团适时亮起、莫名抚慰自己的暖黄色灯光后面，毫无疑问就是他。稍微扩散开去，更多的蛛丝马迹浮现——

早就在公交车上看到过他不是吗，受伤前他就时常回朝阳新村了；

李芳好去学校寻找 N95 的主人时，明显来者不善的他，竟能读懂自己的目光，报复行动说弃就弃；

古樟……何恺撕坏告示下场惨痛，自己割破树皮却安然无虞，只收到"互不干扰"的提醒——互不干扰？他是欲盖弥彰吧？那时的他应该已经对自己……

突然摸到了明盛内心斗争的轨迹，自开学盖章自己"无趣""可悲"之后，再未从他口中听到过任何对自己的评价。感叹乔白羽悲惨、冷斥陈予迁无知的他，似一直在用刻意远离照顾着她的感受：她去天台后，他就不带人去天台了，走廊的清静随之而来，脚扭伤了行动不便，就不让那帮男生靠近，彻底杜绝教室外面的调侃和流言……太自作多情了，太美化他了，他这样做那样做怎么可能都是因为她？可是……

一双温和的笑眼慢慢浮现，缓缓荡漾——那是很早之前，明盛拿着拒写作业声明出现在课桌前时，乔青羽一抬头看见的他的样子。绝对不是真正要责怪她的样子。然而……

就连告白，他都在说自己无趣！

简直坦诚到愚蠢！

有些事无法忽视又不敢深想，比方说，在单独面对明盛的时候，为什么自己一不小心就会反应过度，那些乱了阵脚的感觉、不易察觉的莫名失落，是怎么回事？为什么曾害怕他看见自己一败涂地的样子？"为什么，总要向自己强调，我对他的思考，仅仅出自于羡慕，抑或报复性的解恨？我会如此琢磨别的男生吗？"乔青羽不禁叩问自己——"我对自诩为喜欢的何恺，产生过如此隐秘又顽强的好奇心吗"？

当然没有。在一片洁白的隆冬凌晨，乔青羽把冰凉的双手抬到嘴边哈气，眼前闪着明盛凝视自己的深色瞳孔，尽全力摁住自己摇曳的心旌。心跳不能紊乱，行动不能被影响，吵醒这静寂的天地，可就完了。

她却在躺回床上的一瞬间放松，懈怠。对明盛如蛛丝般缠缠绕绕的回想大胆发酵，连带着那句朴素至极的"新年快乐"，和今天这无论如何也要帮到自己的魄力，乔青羽感觉心里似被注入一汪有力的清泉，郁积于胸的所有苦涩都消融了，还产生了绵绵不断的甜蜜。

摸清自己的感觉，乔青羽心惊肉跳。"我对他知之甚少，"她警醒自己，"我该思考自己何去何从的问题，绝不能沉溺在毫无希望的风花雪月中。"

闭上眼，陷入混沌，她的思绪却仍旧滑向纸上那些笔力遒劲的字。

它们在轻舞、跳跃，忽地变成火苗，下一秒就要把她点燃了。

带着离别的心情看周围的人，他们说的做的一切，突然和自己有了距离。这场婚礼中，乔青羽本就比较边缘，现在则更觉得自己是个旁观者，抽离的灵魂完全感受不到铺天盖地的喜悦。

"快点吃。"

碗里突然多出一块排骨。抬起头，乔青羽和李芳好四目相对。

"拿起精神来，"李芳好不满地撇过脑袋，"也没让你干啥，乐呵些！"

与平时的随意不同，今天李芳好特意绾了个发髻。从侧面看，她流畅圆润的下颌线与乔白羽如出一辙，鬓角有两根若隐若现的白发。

妈妈是个美人。

"见事行事，机灵些，"李芳好边帮乔青羽盛汤边低语，"大姑娘了，懂事点！"

平常不过的埋怨及嘱咐，落进乔青羽耳里，就像是临别赠言。她沉默着点点头，收回骤然伤感的视线，对浑然不知的李芳好生出强烈的同情。

奇怪，她最早想逃离的人是妈妈，最放心不下的，竟也是妈妈。

饭后李芳好帮她整理了一下编好的头发，取下有点歪斜的珍珠发卡，摆正位置，重新扣进乔青羽右耳上方细密整齐的黑发中。

"你爸以前来我家送彩礼，一堆用不着的东西，就这发卡最像样，"李芳好边仔细检查乔青羽的头发边絮叨——同样的话，清晨她已说了一遍，"说是很贵，以前你爸退伍后去上海的百货商店买的，妈妈结婚那天戴过，怕珍珠掉了，一直不舍得拿出来用，今天你跟着新娘子，可得像个样子。"

"晓得了，"乔青羽鼻头发酸，轻声但无比敬重地喊了声，"妈妈。"

在乔青羽看来，大喜日子通常冗长又琐碎，塞满各种华而不实的仪式，而乔劲睿的婚礼尤其。午饭后出于拍摄需求，一伙人来到村口破败的祠堂，反反复复打开三脚架，撑起反光板，就为了几张能让小云心满意足的婚纱照。折腾了近一个小时，时而帮着打灯、时而举高婚纱拖尾的乔青羽哈欠连天，疲惫不堪。

坚持住啊，她告诉自己，还没开始迎宾呢。

几分钟后，她被前来看热闹的玲玲解救了。把新娘手捧花交到玲玲手里，乔青羽谎称肚子不太舒服，快步离开了祠堂。

踏过离祠堂不远的低矮石桥，几步就走到了老房子的院落。老房子黑洞洞的窗口仍在，斜对面同样是二楼，锈迹斑斑、比手指粗的铁网牢牢封住了另一扇窗。

乔青羽在两窗之间驻足良久，而后摘下了佩戴在外套上的胸花。

是两朵小巧的白色玫瑰，一大早乔青羽以自己是"半个伴娘"之名，在征得乔劲睿的同意后，向婚庆公司的人索要的。小云好像尤喜爱白色玫瑰，黑色婚车布置得像一片精心打理的白玫瑰花园。小心翼翼地，乔青羽将花束拆开，拧断铁丝，连同满天星和情人草重新包扎了一番。

在乔白羽的空心窗户下，她放下一朵白玫瑰；在秦文秋的铁网窗户下，她放下另一朵。

"你们值得。"

133

一

伴随着"砰砰砰"的声音，花筒里的金色彩带喷向天空，金丝雨下围观人群掌声雷动。乔青羽跟在手提婚纱尾摆的伴娘身后，沿着撒满金丝带的红地毯来到院门前精心布置的花墙下。新娘新郎站定后，她自觉地把用来装红包的酒红色皮包还给伴娘，自己则站在伴娘身后，不断从墙角的纸箱里拿出喜糖，递给伴娘。

乔劲睿赞许地看了她一眼。乔青羽一言不发地微笑着，密切关注着忙碌的伴娘。她一会儿伸手过来要糖，一会儿帮新娘拿手捧花，也时不时与来宾合影，合影时会把酒红色皮包靠在身后的花墙一角，用眼神示意乔青羽帮忙看一下。

来宾不断，很快纸箱里的喜糖就见底了。有男生把空纸箱收走，马不停蹄抬出两箱新的，并排放在墙边。

迅速判断后，乔青羽打开了纸箱外壳更直挺的那个盒子——没有纸条的喜糖盒。

可另一个有纸条的喜糖盒也马上被刘艳芬打开了——她笑容满面，过来拿额外的喜糖分给一个来宾的小孩。

乔青羽注意到其中一个小孩立马就把喜糖盒拆开了，用手在盒子里扒拉几下，见都是巧克力后不满地吐了吐舌头，随手把敞开的喜糖盒交给了他的父亲。那个父亲忙着和乔海生聊天，不管不问地把喜糖盒塞进了背包。

高悬的心却没有因此放松。见刘艳芬又来拿喜糖，乔青羽赶紧把手里"清白"的喜糖盒递了过去。刘艳芬离去后，乔青羽一边发喜糖，一边思考着接下来的行动。

她发现自己缺乏预想中的无畏。不，她没有勇气面对人们发现纸条的现场，目睹他们脸上的表情从困惑到严肃再到惊异，很可能夹杂着不小的兴奋，并不会给她带来痛快的感觉。她得提前离开。

又要合影了。伴娘依旧把酒红色皮包放在花墙一角，示意乔青羽帮忙照管。堂前的钟敲了四下，刘艳芬走进院内，乡间中巴出现在拐角，半分钟后将停在距离花墙不到二十米的前方。

这是最好的时刻。乔青羽假装系鞋带，面朝花墙蹲下身子，用宽大的羽绒服将酒红色包整个挡在里面，而后迅速从包中抽出一小沓红包，塞进羽绒服内侧的口袋。

她起身，没人发现她的异样。乡间中巴在身后徐徐而过，边上新郎新娘领着一拨人仍在乐此不疲地喊着"茄子"。就在乡间中巴停下时，人群一哄而散，伴娘回头，重新拎起了酒红色皮包。

又来人了，看着像是乔劲睿的中学同学。这次，乔青羽拿出几盒身负重任的喜糖，略微郑重地递给了伴娘，紧接着以去洗手间为由，离开了花墙。

她是从新房的后门离开的，踩着石板路绕过封闭的另一侧院墙，用羽绒服的帽子盖住脑袋，疾步来到了中巴停车的阶梯前。司机正在关门。乔青羽一手用袖子遮住口鼻，一手敲了敲，门再次开了。

急匆匆上车后，她径直走向了最后排的空位。

隔着玻璃，她依稀听到身后不远处爆发的欢笑声，检查了一下羽绒服内侧的口袋，身份证、钱包、手机、摘录本、红包，齐了。回头，本就斑斑点点的窗户外，那座彩灯高照的新楼及乔劲睿一伙人在中巴的灰色尾气里模糊不清，逐渐远去，转眼就消失了。

心情忐忑到了极点，乔青羽掏出手机，颤抖着按了关机键。

Chapter 12
自由之艰

比计划提前了一小时，但一切顺利。下午四点离开南乔村，四点半离开桥头镇，五点五十离开顺云市。七点半，乔青羽到达了隔壁省的童阳市——与寰州方向相反，一个完全陌生的地方。

这不是她的目的地。

童阳虽是个比顺云更微不足道的地方，但这里有火车站。一趟从广州开往上海的列车会在夜晚九点经过这里，停留两分钟。乔青羽买了票，在简朴的火车站里等了将近两个小时，终于坐上这列晚点半小时的裹着绿皮的庞然大物。

九十三分钟后，她将在寰州下车，做另一个短暂的停驻。

火车有节奏地哐哧哐哧，晃得她数次闭上眼睛。过去两夜的睡眠加起来可能都不够六小时，她已疲困至极。可她怕自己坐过站，又不敢打开手机设置闹钟，只好强撑着。最终目的地是上海，去寰州对她而言是危险之举。但是，那个地方，她无论如何都得去一下。

为了保持清醒，她向列车员借了支笔，开始在摘录本后面详细写下自己的计划。八个红包已经拆开数过，共4208元，作为她在上海第一个月的房租和生活费已经足够。她会尽快找一份工作，不管是餐厅服务员、服装店售货员，抑或是理发店的学徒工，都可以，关键是要有收入。适应后，她必须省吃俭用，边工作边自学，考中专，学一门专业的技能。再之后……那得好几年之后了吧，也许，那时候父母已经原谅自己现在闯下的祸了。

前路颠簸且茫茫。乔青羽合上摘录本，脑海中浮现乔白羽曾经得奖的那幅字："长风破浪会有时，直挂云帆济沧海。"她能轻而易举地勾勒出每个字的一笔一画，就像储存在大脑中的高清照片一样。爸妈真的把那幅字扔了吗？多可惜啊。

不管怎样，乔青羽挺胸吐出一口气，不用怕。乔欢姐初中毕业就去寰州打工，自己再过一年就成年了，有什么好畏惧的？

她突然意识到自己之所以敢把脑中的想法写在本子上，是因为以后再也不用担心被李芳好看到了。霎时她高兴起来，快乐得想要尖叫。

这就是她梦寐以求的自由啊。

—

到达寰州时已临近半夜十二点，到达大厅的店铺基本关门了，冷风从遥远的几个出口灌进来，把乔青羽冻得直哆嗦。她饿极了，困得够呛，出站后望见马路对面有一家经营夜宵的小吃店，便赶紧走了进去。

热腾腾的面条上桌后，没吃两口，她就意识到不对劲。

另一张桌子上两个抽着烟的混混儿一直朝她这边看。

见乔青羽注意到了，其中一个人走了过来，嬉笑着："妹妹，离家出走哇？"

没等他说第二句，乔青羽就站起身逃到了店外。

对面灯红酒绿的KTV像只不怀好意的怪兽，街边小旅馆外面站着几个人高马大的混混儿，马路上突然杀过来一辆低声嘶吼的跑车。深夜的城市仿佛换了张面孔，游荡在外的豺狼虎豹让乔青羽警惕而不安。

相比而言，火车站里有保安，反而更安全一些。

到达处的椅子不多，基本都被占领了，不少人躺在上面睡觉。乔青羽走了一圈，实在找不到座位，只好靠着一根粗壮的圆柱，坐在了地面上。

因为太累，她几乎都能忽略地板的冰凉了。将手机掏出来，她犹豫了很久，没敢开机，又原封不动放回羽绒服内袋里。

抱着双膝，她将头深深埋了下去，缩成一团。

"再坚持半天，"她强打精神鼓励自己，"到上海，第一件事就是找个旅馆，好好洗个澡，好好睡一觉，好好吃……"

脑海中香喷喷的米饭尚未成形，她的意识就被睡眠吞噬了。

被保安喊醒时，乔青羽头疼欲裂，又沉，脖子仿佛顶着一块大石头，一点都反应不过来。

一个遥远的声音不间断地告诉她，这里不能睡觉。挣扎许久，她坐起身，胸前冰冷。低头一看，羽绒服的拉链竟大敞着。

乔青羽倒吸一口冷气，双手赶紧摸了摸内袋。

"不能在这里睡觉！"保安凶神恶煞。

钱包、红包和手机都不翼而飞。

"你是女孩子，我不拽你，你自己起来！"

乔青羽瘫坐着："我的钱都被偷了……"

保安没好气："那边有警亭，等他们上班了，你自己去反映！"转个身，保安继续叨叨着，"这就是教训……"

乔青羽撑着圆柱摇摇晃晃地站了起来，还没站稳，一阵恶心感袭击了她，令她头晕目眩。

不应该在襄州驻留的，她心里绝望地呐喊着，扶着滚烫的额头，任由大滴的泪珠滚落脸颊。

哭够了，她走出火车站，凌晨五点的大街相当寂静——豺狼虎豹已经退去，新的太阳尚未升起。裹紧羽绒服的乔青羽逆着刺骨的寒风踽踽前行，脚步轻飘飘的，仿佛随时能被风吹走。

经过一家正在打烊的夜宵店，她被叫住了。

"小姑娘真的是离家出走哇？"

问她话的是正准备拉下卷帘门的老板娘，北方口音，身材敦实。见乔青羽愣着不吭声又一副神情恍惚的模样，老板娘走了出来："你那张漂亮的小脸蛋，我一下子就记住了，之前你面都没吃就走了啊……外面冷，来店里暖和暖和啦！"

迷迷糊糊地，乔青羽被老板娘拉进了卷帘门内。随着卷帘门刺耳的怪叫，她猛然醒悟过来："不是，你把我关在这里干什么？"

"我看你可怜，给你做碗面吃。"老板娘友好地笑道，"吃完你就回家吧，一个女孩子跑出来不是会被人欺负嘛！"

一碗鲜香暖热的青菜鸡蛋面很快就上桌了。乔青羽用筷子拨了几下，发现自己毫无食欲，手也沉得几乎抬不起来——她发高烧了，眼下最重要的是休息。可乔青羽知道自己需要进食，且为了不辜负老板娘的好意，她还是一口一口，慢慢把面吃完了。

吃完，她把碗送到后厨："对不起，我没有钱。"

"算咯，"老板娘爽朗地摆摆手，"快点回家去哟，哪里都没家里好哟。"

她刷碗期间，乔青羽就靠边站着，用混沌的思绪，努力理出了一个头绪。老板娘忙完，她开口道："老板娘，我可以帮你做两天工吗？后厨的事情，洗碗、切菜、备菜、煮面，我全都会……我就要十七岁了，不是离家出走，这次本来就打算去上海打工的，但在火车站，我的钱、身份证和手机都被人偷了……我只要凑够去上海的路费，有吃饭打电话的钱，就行了……"

"那我借你电话打啊。"老板娘边说边把手机掏了出来，"喏，你现在给你家里人打个电话，看能不能给你送点钱来。"

乔青羽拿过手机却没拨号，竭力想说服老板娘："我们家在寰州一个亲人都没有，打了电话也不会送钱来，太麻烦了。"

"你身份证丢掉了，我哪里放心用你哟。"老板娘一摊手，"店里进进出出，你要是把柜台的钱偷掉了，我怎么办？"

"我只待在后厨，"乔青羽举起右手做发誓状，"绝对不会偷钱。"

老板娘看着她，半晌，勉为其难地点了点头："那你找个地方睡觉，下午三点来。"

"我能在店里休息吗？"

"不成的，你要是把柜子里的钱拿走了，我上哪儿找你去？"

她的担忧有道理。乔青羽于是拖着铅石般的双腿，跟着老板娘走出后门，经过油渍肮脏的通道，来到寒风凄凄的马路口。眼巴巴看着老板娘戴上厚实的围巾、手套、帽子，跨上电瓶车，站在一侧的乔青羽张开口，差一点就恳求老板娘带她一起回去，借她一床被子睡一觉了。

"我可以借用您的手机吗？"最终她问出这句话。

第二次拿过手机，乔青羽定定神，按下了熟记于心的那个简单号码。

开场白完全没想好。等待接通的那短暂几秒，她忐忑的心几乎跳出嗓子眼。可很快，她就像只泄了气的皮球，蔫了。

明盛手机是关机的状态。

将手机还回老板娘时，乔青羽才想起明盛在纽约。是自己烧糊涂了。

一个人可以多坚强？重回火车站眯了几个小时，下午带着病体按时来夜宵店工作时，乔青羽开始佩服自己的毅力，并相信自己坚不可摧，一定能挺到上海。

和老板娘谈好的工钱是一天五十元，包饭，日结。厨师是个四十出头的中年男人，除了在指挥乔青羽做事时说两句，其余时间几乎不开口。因为发烧，乔青羽的动作明显比较笨拙，但好在厨师并不介意。入夜后店里忙起来，站在水池边接连不断洗了十几分钟碗后，乔青羽突然眼前一黑，不受控制地往后一倒，后脑勺磕在了灶台的边缘，疼得她眼冒金星。

几分钟后，老板娘在后门外找到了靠墙闭眼的乔青羽。

"这里！"她回头喊了句。

乔青羽惊醒，一睁眼，何飞海的脸出现在眼前。

她的第一反应就是逃走。可刚抬起腿，她就被何飞海拉住了："青青！"

几乎是同时，乔青羽喊出："我不回去！"

"你爸妈急疯了！"何飞海的声音是乔青羽从未听过的严厉，"你……荒唐！"

"荒唐"两个字像是直接从他胸腔里蹦出来的，乔青羽因此知道何飞海是真的愤怒了。

"这就是你要的？在小吃店做黑工？"何飞海绕到她面前，见她双颊红得不正常，便用手背探了探她的额头，"发高烧了。"

"我宁愿死在外面，也不愿回到那个愚昧、冷漠又专制的家。"

何飞海长长地叹了口气，而后恢复往日的温和："没有你说的那么不堪，青青。你即便讨厌他们，也不能做出那种事，伤害家里的每一个人。"

没等乔青羽回答，他就往前迈了一大步，直接拽上乔青羽的手臂："走，回家。"

"我不回去，"乔青羽挣脱着，"不回去！"

何飞海紧紧拽着她，另一只手则从口袋里掏出手机。见他要打电话，乔青羽眼疾手快地将手机抢了过来。

"别给我爸妈打电话！"

"你别开玩笑了，"何飞海露出不可思议的神色，"你知不知道家里人有多担心？你爸妈昨天连夜赶到襄州，今天去每个汽车站找你，现在还在火车站！你爷爷、大伯、大伯母今天也来襄州了！大家都怕你出事情！"

"是担心吗？是想把我抓回去质问吧？何大哥，"乔青羽快速地反驳，"你肯定看到了喜糖盒里的纸条，现在你知道姐姐经历过什么了，难道你不为姐姐鸣不平吗？"

像是被人扼住了脖子，何飞海嘴巴张大，却发不出声音。

"何大哥，你昨天参加劲睿哥的婚礼了吗？"

沉默半晌，何飞海摇了摇头："晚上听别人说劲睿的婚礼出岔子了，我才过去的。"

乔青羽产生一丝安慰，顺带增加了对何飞海的信任："我非常清楚我在做什么，我早就想好了，即使你们找到我，我也不会回去。我厌恶我的家。"

"可是你发烧了，"何飞海轻轻说道，仍是奉劝的姿态，"而且你奶奶昨天在婚礼上就气得晕过去了。"

乔青羽摇摇头："我做的决定是不会变的。你不要避开我的问题，何大哥，姐姐十二岁被劲睿哥欺负，难道你不心疼吗？劲睿哥毁了姐姐的青春，难道你不恨他吗？"

何飞海缓缓地眨了两下眼睛："乔白羽已经离开，我即便恨劲睿哥，也不可能像你这么冲动，牵涉这么多无辜的人。现在事情已经人尽皆知，你们家多年积攒的声誉一夜之间毁了，你们一大家子都被拖下了泥水。"

"没有人是无辜、清白的，"乔青羽摇头，"我爷爷奶奶，伯父伯母，我爸爸妈妈，他们帮劲睿掩盖这段罪恶的过往，给了劲睿没良心的底气，是名副其实的帮凶。"

何飞海又长长叹了口气。

"我知道被拖入泥水的感觉，过去三年，我一直憎恨姐姐，觉得她阴魂不散，搅乱了我的生活，"乔青羽继续说道，"过去我一直以自己清白无辜的大家庭为自豪。但发现这件事后我明白了，不是姐姐把我们拖进泥水，而是一大家子把她逼进了泥水。"

"没那么夸张，"何飞海轻声说道，底气却不足，"以前乔白羽很开朗，说实话，没人能看出她曾经经历过……"

"她在心里承受着！"

也许是因为太激动了，说完后乔青羽眼前又是一黑。见她踉跄了两步，何飞海抓住她的衣袖："不管怎样，你生病，必须得——"

"借我钱。"乔青羽稳住脚步。

"啊？"

"我的钱都被偷了。"

"我给你找个旅馆休息休息吧。"

"然后你就把我爸妈喊来？"

何飞海没吭声。末了，他说："你总不能一直不回家吧？而且，你爸妈下午报了警，现在每个车站每个旅馆都收到你的照片了，你离不开寰州，没地方去了。"

"借我钱，"乔青羽再次说，"如果你不想让我死在外面的话。"

何飞海前脚刚跨出店门，乔青羽后脚就从后门溜了出去。她看到出门前何飞海在和老板娘交代着什么。她在昏暗油腻的通道里跑起来，转弯前听到老板娘在她身后喊着什么，但没有回头。

一辆支起"空车"灯牌的出租车停在马路边，她想也没想就上了车。

司机把烟头往窗外一丢，问她去哪儿时，她说了"安陵园"。在后视镜里瞥见司机惊异的眼神后，她改口说了"医院"。

"我说呢，"司机放心地踩下油门，"大晚上的，黑灯瞎火的跑去公墓干什么！哪个医院？"

"我不熟，"乔青羽说，"我发烧了，很难受，去个最近的吧。"

十几分钟后，她在停靠的路边看到了一个红底白心的十字标志。付完钱，她才看清医院的名称——江省第一人民医院。

径直到头就是急诊部，有了何飞海给她的五百元，乔青羽安心地走了进去。

面对医生说的"多喝水""多睡觉"的建议，乔青羽直言自己要打点滴。

"我必须快点好起来，"她告诉医生，"越快越好。"

无奈之下，医生给了她一张单子。拿着单子来到输液室，目睹护士把针管插进自己手背的血管，乔青羽头一歪，很快又睡着了。

她是被孩子的哭闹声吵醒的，刚好头顶的玻璃瓶见了底，她便喊护士拔掉了针。输液室的沙发椅很宽大，软软的，想到何飞海说的各个旅馆都收到了自己的照片，乔青羽便觉得在医院的输液室窝一窝也不错。她环顾四周，右前方有个老人独自输液，一条厚重的毛毯盖在双膝上。乔青羽悄悄走过去，坐在他身旁的座位，做出陪伴的样子，闭上眼，很快又睡着了。

这次她睡得久，许是因为实在太累，且被空调吹出的温暖气息包围，几天来她第一次睡了个还算安稳的好觉。吵醒她的是输液室外的混乱。数个穿着白衣的医护人员大喊着跑来跑去，病床的轮子轱辘转着，在光滑的地面上摩擦出刺耳的声响。

隐隐约约，乔青羽听到有人大声地问："温院长到了吗？"

"马上到！"另一个奔跑的声音大喊，"院长昨晚才从美国回来，时差都来不及倒……"

"直接推进手术室！"

身边的老人不知何时走了，但那条棕色的毛毯盖在了乔青羽腿上。顿时，乔青羽明白为什么自己能安然入睡了。

她抱着毛毯，在门厅晃了两圈，没看到那个老人。时间才早上七点，门诊厅的挂号台前已经排起了长队。护士台有人值班。乔青羽把毛毯交给护士，决定离开逐渐喧闹的医院，去往安陵园。

门诊外有辆空置的出租车刚要起步，乔青羽冲过去，却在入口处与一个身穿西装的人撞了个满怀。

"楼下了。"那人在讲电话，也不看乔青羽，只是侧过头微微颔首表示歉意。

虽然他疾步跑向了电梯，可乔青羽看得很清楚——是温求新，明盛的爸爸。

门外出租车刚刚离去。出租车后停着一辆黑色小汽车，一个矮小粗壮的男人站在车边，与经过的护士聊起了天。

"温院长一路催我抓紧。路滑，我不敢开太快。"男人说，"哪里的车祸？"

"寰顺高速，"护士边说边摇头，"还是婚车呢，满车白玫瑰，据说没眼看，新郎新娘全都……可惨了。"

141

"唉，"男人叹气，"好事变坏事。"
寰顺高速，婚车，白玫瑰。
恐惧飞速扩散至全身，乔青羽动弹不得。

Chapter 13
去留之踌

"原来我是个懦弱的人。"

乔青羽对自己失望极了。犹豫再三,她走进了电梯,怀着无比忐忑的心情想上楼确认发生车祸之人到底是谁。电梯里,一对年迈夫妻哭得站不起来,旁边亲戚红着眼用寰州话安抚他们,乔青羽从中得知正是这对老人的孙女出了车祸。电梯门一开,望见走廊尽头冷冰冰的"手术室"三个大字,满头银丝的老太太发出了惊天动地的凄惨悲鸣。乔青羽退缩至电梯一角,没有跟随他们走出去。

害怕碰见自己无比熟悉的亲人的面孔,她逃了。

跑出医院后,她匆匆上了一辆出租车。这一次司机没有多问,在寰州城里左弯右拐,顺着窄长的滨湖路,穿过一群群兴高采烈的游人,爬上北山脚低矮的缓坡,把车子停在安陵园的公交站前。

头疼,晕乎乎的。明亮的太阳就在脑后,躲在影子里的额头滚烫,又渗着冷汗。踩着自己的黑色影子向上爬,乔青羽混沌的脑子里交替闪现明盛手写的纸条和模糊的车祸惨象。虽然残存的理智挣扎着告诉她车祸之人未必就是乔劲睿和小云,但心里上的罪恶感已经压得她直不起腰。

乔白羽的墓碑安安静静地立在台阶边,在前后几座鲜花围绕的墓碑的对比下,有一种楚楚可怜的孤寂。春节期间扫墓的人多,就在乔青羽用手抚过墓碑正中乔白羽甜美的笑脸时,一伙男女老少依次经过她身后,在几米之外的另一座墓碑前停下脚步。他们阵仗很大,鲜花、供品、香纸一样不落,礼数做全套,走之前还在墓碑前放了两根白色蜡烛。乔青羽因此对乔白羽产生了不小的歉意。

"对不起,姐姐,"她轻喃,"来得匆忙,忘记给你带花了。"

转过身,面朝太阳,乔青羽蹲下身坐在了阶梯上。肩膀靠上洁白的墓碑,头刚好抵着墓碑圆润的边角,合上眼,世界剩下一片红。体温肯定又高了,恶心感不断从空荡荡的腹中翻起,嘴里干燥得冒火。

"傻子。"乔青羽气若游丝地自嘲。

她向往着天空的辽阔,却忽略了肉身的沉重。此刻,虽然对笨拙的自己又怨又恨,她却不得不认识到,被高烧折磨的自己,很可能离不开寰州了。

不会连这片墓地都离不开吧?

思维停滞,脑内混浊的巨浪翻江倒海,整个人晕乎乎的。迷迷糊糊地,自己仿佛躺在床上,眼前是熟悉无比的李芳好的脸。

"叫你脱棉衣,"李芳好絮叨着,把叠好的热毛巾贴放至乔青羽额头,"你姐的旧衣服怎么了?不要和同学比来比去,晓得吧?"

妈妈的语调、神态清晰地仿佛发生在昨日。乔青羽动了动脑袋，将滚烫的脸贴在乔白羽冰冷的墓碑上。

混沌中，她感觉阳光消失了，一个模糊的声音从头顶传来，逐渐清晰："小姑娘？小姑娘？"

乔青羽努力撑开眼皮，面前站着个穿藏青色对襟棉服的老爷爷。

"小姑娘怎么一个人在这里？"老人戴着老式的大框眼镜，满头银丝逆着光发亮，"小姑娘生病了？快回家去吧！你家住哪里啊？"

乔青羽迟钝地摇摇头，张了张嘴，不言一词。老人探头看了看乔白羽的墓碑，善解人意地问道："来看姐姐哦？"

紧接着他又说："姐姐高兴了，快回家吧，小姑娘，这里冷啊。"

说完，他拍了拍乔青羽的肩，转身走下公墓的阶梯，步伐缓慢却轻逸，仿若踩着云。目送他离去后，乔青羽闭上眼睛，再次把头靠在乔白羽的墓碑上。

浑身虚软乏力，谈何离开呢？

不如就在这儿睡一觉吧。

乔青羽醒来时，太阳已爬至头顶。不远处有一家三口在祭拜，那个孩子一直好奇地往乔青羽这边张望。他们走后，又来了另一户人家，一个个压着惊讶之意经过乔青羽眼前，在乔白羽隔壁的墓碑前站定了。

空气中烟雾缭绕，乔青羽的咳嗽声打破静寂。

待那户人家走后，乔青羽艰难地站起来，转身，坐在乔白羽的墓前。

她必须考虑清楚接下来的去留。可头脑很沉，根本无法集中精神，思绪任意扩散又急剧收缩，徒留黑洞洞的恐惧。

"如果，"她对着照片中圣洁的乔白羽轻喃，"如果出车祸的真的是劲睿哥和小云姐，我该怎么办？"

万物俱寂，没有回答。

有人来了。单独一人，逐渐清晰的脚步声由远及近，行至她的右后方，停了。

乔青羽心脏悬起，回头，一大束盛放的白色菊花映入她的眼。

白菊上方，是一双黑曜石般晶亮的眼眸。

抬起头与明盛对视的那几秒，乔青羽感觉自己掉进了一个梦。她匆匆收回视线，用余光木然地关注着明盛半蹲下身子把花束端端正正摆在乔白羽照片下的动作。在他把目光转向自己后，乔青羽狼狈又窘迫地垂下了头。

"我还以为你去了远方。"

乔青羽忍住流泪的冲动，闭上晕眩的眼。

"你……"小心翼翼的姿态使得明盛温柔异常，"身体不舒服吗？"

乔青羽点点头，很快又摇摇头。下一秒，一只清凉的大手覆上她的额头。

"我好渴。"乔青羽开口，沙哑的声音因压抑而颤抖，似悲鸣。

144

她睁开眼，见明盛着急地四下张望，脸上是她前所未见的紧张："等我，三分钟。"

他起身飞速跑下阶梯，转出公墓入口，眨眼就消失了。

双腿不知何时麻了，乔青羽艰难地起身，仰起脸寻找太阳，一头撞进高悬于天的明亮光球。白色的太阳把她灼伤了，再睁眼，世界变得不真切，忽闪的白点无处不在，四周静寂得生出梦幻。

刚才，明盛突然出现，是自己的幻觉吧？

他怎么知道姐姐在这里？他怎么找到了自己？他……应该不会劝自己回家吧？混乱的疑问在乔青羽脑内你推我搡，奄奄一息的脑袋回光返照一般兴奋不已，短短几分钟就搅得乔青羽精疲力竭。

好在明盛又出现了。他迅速移动的身影似定海神针，神奇地抹平了乔青羽心中所有焦灼的巨浪。

"喝吧。"明盛递过一瓶拧开盖子的矿泉水。

山泉顺着枯干的舌根流入胸腔，乔青羽感觉自己就像一根渐渐恢复生命力的枯木。

"你得喝热水，"明盛声音轻得像怕她疼似的，"好好睡个觉。"

乔青羽放下一饮而尽的矿泉水瓶："我发烧了。"

"我知道。"

"外面都是我的照片吗？"

明盛微微愣了愣，似在仔细考虑这个问题的含义。

"我听说我家人在到处找我，已经报了警。"

明盛点点头："报纸上登了找你的寻人启事。冯阿姨，你认识吧？报刊亭的老板娘，她给我看的。"

"我不能回家。"

"你发烧很严重。"

乔青羽垂下眼。她靠仅剩的意志力与明盛对话，双腿却软绵绵的，看着弱不禁风，随时可能倒下。

明盛没任她徜徉在自己混乱的思绪里："先好好睡一觉再说。我带你去一个地方，保证你家人找不到。"

—

出租车缓缓驶向朝阳新村的大门时，因害怕被认出，乔青羽缩在后座的角落，早早地把羽绒服帽子盖过了头顶。右手边，明盛摇下车窗，向保安打了个招呼，又回应了车后不远处冯老板娘的问候。车子最终停稳前，乔青羽注意到了楼房号，谜底揭晓——朝阳新村三十八栋。

明盛带她来到了他爷爷的家。

进了门，乔青羽才敢摘下羽绒服的帽子。"别去厨房，那儿没窗帘。"明盛边说边弯腰从鞋柜里拿出一双拖鞋，"给。"

房子的格局和乔青羽家一模一样，却丝毫没有自己家那种沉闷压抑的感觉。白墙干净，沙发和餐桌是相同的原木色，朴素又充满暖意。原本摆放电视的地方，一架立式钢琴与一排高至天花板的书柜紧贴在一起，若不是因为反光，玻璃柜门干净得仿佛不存在。茶几下铺着浅灰色的地毯，一幅色彩明快的中国山水画挂在沙发上方的白墙上。空无一物的阳台被整个包在玻璃里，似装满了暖阳的透明大盒子。

一进门，明盛就拉上了客厅通向阳台的垂地窗帘，屋子顿时暗了许多。

"你可以在大房间睡一觉，"明盛推开书柜边的房门，"小房间的窗户正对着你家，你肯定不喜欢。"

乔青羽迟钝地点了点头。她的内心像是被软软的棉花塞满了，说不出话来。

突然明盛低声"哦"了一声，听着有些泄气。乔青羽伸了伸脖子望进大房间，看见床上什么都没有，只有光秃秃的床垫。

"我会铺床——"

"得了吧，你吃得消？"明盛不由分说打断她，"赶紧坐下，我来。"

乔青羽坐得局促不安，尤其是看到明盛从衣柜里依次搬出被子、枕头、被套床单等，把它们都摊开后便站在床边沉默时。她刚想过去帮忙，明盛冲出了房间："烧水，你要喝热水。"

旋风一般进厨房忙碌后，他又回到房门前："记住，不要去厨房，你们家有很多双眼睛。这边，"他指了指乔青羽左侧的垂地窗帘，"邻居的眼睛也一样可怕。"

而后，啪的一声，他把门关上了。

想象着他把自己单独留在房内面对被套抓耳挠腮的情景，乔青羽感动不已的同时又不禁想笑。木沙发有些硬，她顶着晕乎乎的脑袋，起身走向欣羡不已的书柜，眼神因柜里浩如烟海的书籍而热切起来。

几分钟后，就在乔青羽忍不住打开柜门抽出一本窥探已久的书时，房门呼啦一声开了。

她瞬间缩回手，像做坏事被抓住一般，不好意思地问："需要我帮忙铺床吗？"

明盛的急切和挫败写在脸上，语气却淡定如常："我能搞定。既然你吃得消，不如去冲个澡。"

"可是我没带换洗的内衣裤。"

此话不经大脑脱口而出，乔青羽的脸唰地变热了。她无意识地往后退了一小步，恰好刚才被抽出大半的那本旧书抵不住重力，啪的一声掉在了眼前的地上。封面上有两个姿态迷离的女人，低俗得像是色情小说。而在标题"挪威的森林"下，竟还印着一行极其显眼的黄色小字——告别处女世界。堂堂名作的封面怎么如此不堪！乔青羽羞得想要幻化成空气消失不见。

"热水可以让你放松。"

明盛说完，匆匆缩回脑袋，慢悠悠地关上了门。

乔青羽不仅冲了澡，还洗了头。三天来，她第一次脱掉厚重的外衣，花洒下的热水像一场通透的雨，洗去满身的污垢。吹风机的暖风伴随着洗发水留下的清香，使得乔青羽心里开出了无名的花，仿佛踏进了春天。

她走出洗手间，房子里静悄悄的，明盛不知去向。餐桌上放着一个冒着热气的敞盖开水壶和一只盛了半杯水的玻璃杯，杯子下压着张纸条，上面写着："我马上回来。"

房间里，床已铺好，灰白格子的枕头、被子呈现可爱的弧度，是看得见的柔软。

乔青羽轻轻拉开椅子，抽出玻璃杯下的纸条，又从羽绒服内侧口袋里掏出摘录本，小心翼翼地将纸条夹进本子里。

玻璃杯里的水仍然有些烫，她双手捧着，吹得无声无息，生怕自己一用力就会吹醒这个美梦。小口小口抿水时，她抬头打量四周，静静地将一切细节铭记于心。就在她倒第二杯水时，传来钥匙插进锁孔的声音，门开了，明盛闪进房内。

他一手拎着一大桶矿泉水，一手拎着两三个塑料袋。行至餐桌前，他依次打开塑料袋，分别是炒饭、白粥等食物，几盒感冒药和毛巾、牙刷、纸巾等日用品。而后，他把矿泉水拎进厨房，出来时手里换成了两只碗。

"吃得下吗？"

明盛简短问了句，在餐桌对面坐下，拿起一只碗盛了些白粥，推到乔青羽面前。

乔青羽说了声"谢谢"，蚊子叫一般，不敢与他对视。明盛也不说什么，三下五除二吃完炒饭，见乔青羽把碗推到一边说饱了，便拿过感冒药想要打开。

"给我吧，"乔青羽赶紧伸手，"我自己来，谢谢。"

仿佛听不见似的，明盛还是把冲剂袋子撕开了，去厨房拿了另一只玻璃杯冲好药后放在乔青羽面前。整个过程中，他不言一词，乔青羽的视线则无意识地紧跟着他的手。那是双骨节分明的大手，清瘦修长，指甲修剪得非常干净，冲药的动作轻柔却利落，奇妙地将优雅和霸气融合在一起——就像明盛本人一样，再怎么用温柔的语气也挡不住其与生俱来的强劲气，颇为迷人。

不知为何，只是看着明盛的手，乔青羽的心跳就乱了。

"吃了赶紧睡觉吧。"

像个接到命令的听话小孩，乔青羽一股脑儿把药喝完了。把杯子放到对面伸过来的大手上时，她鼓起勇气，抬头迎接明盛灼灼的目光。

"你什么都不问，"她开口，"对我这几天发生的事不好奇吗？"

"好奇啊，"明盛爽快地回答，眼神中的关切多了一分，"但等你安稳睡一觉再说。"

说完，他把杯子一放，走至大房间，单手压着推开的门，做出邀请的姿态。像被催眠般，乔青羽自动抬起脚，梦游一样神情恍惚地经过明盛身边。

"门可以反锁，"她听到明盛在她耳边低语，"什么都别想，睡一觉。"

她真的什么都没想。那张明盛显然是第一次铺的床有魔力。一碰到枕头，乔青羽就睡着了——久违的、真正的安眠。

醒来后乔青羽的四肢恢复了力气，头疼缓解了许多。暖融融的被窝里因出过汗而有些潮意。窗外路灯的光被浅色窗帘过滤掉一层，稀薄地覆盖住了对面的大衣柜。屋外雨声沙沙，均匀平和得令人心安，衬得明暗分明的房间静谧得像尘封多年的油画。

翻身下床，穿好衣裤和外套，乔青羽轻手轻脚地转动了房间门把手。静寂中，门锁"啪嗒"一声显得尤为刺耳。

客厅里空无一人，沙发一侧的落地灯散发着柔和的暖光。门边的挂钟里，时针指向了十二点。餐桌上开水壶和玻璃杯仍在。乔青羽倒了杯水，轻轻走至沙发边坐下。

客厅和厨房之间的隔断帘是双片式的。透过中间的缝，乔青羽看到厨房正对着的那户人家，也就是自己家，灯火通明。

她端坐着，沉默地喝了几口水，注意到小房间的门缝里也透出一丝光。明盛在里面吧？他睡了吗？

脑袋不再沉重，胃却饿得疼。无奈之下，她敲响了小房间的门。

开门的明盛竟只穿着一件短袖，睡眼惺忪、顶着一头乱发的样子，像是刚从床上腾起。

"我就是，"乔青羽匆匆扫过他迷离的眼，"想问有没有吃的。"

明盛挠挠头："等一下。"

他随手拿过挂在墙上的外套，边披上边走进了厨房。两分钟后他回来了，一手端着只白色的碗，一手拿着一个红苹果。

"牛奶麦片，"他把碗放在乔青羽之前坐过的位子上，自己照旧坐在对面，"你先吃，待会儿我再出去买点。"

说完，他变魔术般拿出一把水果刀，开始削苹果。

"感觉好些了吗？"

乔青羽嘴里含着麦片点点头，含混地发出个"嗯"。她饿坏了，埋头喝牛奶的同时偷瞅对面，视线紧紧贴在明盛的手上。他右手握刀，动作娴熟又流畅，弓起的虎口有几道缝合伤疤。想起那天明盛的血在操场上滴出一条小径，乔青羽的呼吸顿时有点急促。

"对不起。"她轻喃。

明盛好像没听见，抽出一张纸巾，把光滑圆润的米白色苹果放在纸巾上，推到了她的眼前。

"对不起，"乔青羽加大音量，"我用刀威胁叶子鳞实在太冲动了——"

"你到底要道几次歉？"明盛打断她，语气中竟有不弱的责怪意味，颇有种恨铁不成钢的痛心，"我现在告诉你，没关系。我排斥你，叶子鳞才会肆无忌惮，把你逼上绝路，所以问题在我，你懂吗？"

乔青羽呆愣了片刻："但无论如何我都不应该——"

"那帮败类哪有胆惹二中的人？"明盛脸上有了明显的怒意，"你跟我一个班，他们居然敢乱来！是我明明早对你有——"

他猛然停嘴，望向面红耳赤的乔青羽，轻吐出一口气："是我的问题。"

不要看我——盯着苹果的乔青羽心脏狂跳——不要看我，不要看我。

"半个世纪"后，明盛又抽了张纸，低头认真擦拭水果刀。乔青羽如获大赦般粲然一笑："你削苹果真快！"

"快吗？"明盛微微蹙眉，脸上却是掩饰不住的欣悦，手指捏住苹果皮的一端缓缓举高，"我今天特意放慢了速度。"

苹果皮是完整的一条，甚至没有折痕，令乔青羽忍不住"哇"了一声。

"小学时，全班同学都让我帮忙削铅笔，"明盛放下手，看向乔青羽的眼神里闪着得意，"我打败了所有的卷笔刀。"

乔青羽抿嘴笑着，低头又喝了口牛奶麦片。在明盛的注视下，她的动作僵硬多了。

"为什么？"吞下麦片后，她重新抬头，故作平常地问道，"为什么你能削得这么好？"

明盛随意地调整了一下坐姿："练习啊。"

"练削铅笔？"

"小时候我爸为了激励我，总喜欢跟我比赛——任何事。"明盛看向别处，"你知道他是干什么的，他对精准度的要求，不是随随便便就能达到的。"

"练字也是？"

明盛转过脸，下巴扬起，双手交叉托住后脑，放松地靠在椅背上："书法是为了让我妈满意。她自己是个书画家，给我的标准既模糊又变态。"

"什么标准？"乔青羽认真地问。

那头明盛居高临下却意味深长地看着她，嘴里缓缓道出一个字："美。"

乔青羽"哦"了一声，埋头继续喝牛奶麦片。感受到明盛的目光时不时往自己这边瞄，她吞下最后一口牛奶，佯作轻松地抬头问道："那，你这么……我是说，我觉得你应该已经达到你爸妈的要求了吧？"

"没有，永远不可能达到。"

他的声音毫无感情，苍白得有些绝望。乔青羽突然觉得明盛也是个可怜的小孩。她点点头，默默地把空碗放到手边，拿起苹果咬了一口，清香入脾。

"甜……吗？"明盛声音中带着羞涩的笑意。

乔青羽又点头。

"我再去买点热的。"明盛说着站起身，"公交站后面那家砂锅粥行吗？"

"不用不用，"乔青羽连忙站了起来，拼命摆手，"我不饿了，再说已经太晚了，还下雨。"

"我饿啊。"明盛留下一句，套上围巾，拿起鞋架边的长柄伞，转身后关上了大门。

他走后没多久，一声凄惨的女声尖叫撕裂了平和的雨夜。叫声如此急切，如此绝望，使得刚刚啃完苹果的乔青羽忍不住打了个寒噤。把脸贴近隔断帘的细缝向外观望，穿过影影绰绰的雨帘，对面客厅里那盏熟悉无比的日光灯仍旧亮着，餐桌边坐着一筹莫展的乔礼隆，电视前乔陆生迈着焦急的步子来回走动，沙发被墙挡住了大半，但仍能看出那双垂挂着的双腿属于无力坐直的李芳好。

脑海中浮现李芳好伤心欲绝的样子，乔青羽心一紧。

又有撕心裂肺的哭喊声传入耳朵，伴随着男人凶狠的咒骂，声音近得仿佛就发生在身后，乔青羽退了几步，转向紧锁的大门，凑近了门上的猫眼。

门外发生的一幕令她吃惊得吞了口空气。

一个男人抓着一个女人的肩膀，三两下把拼命反抗、尖叫的女人摔倒在地，又扯着她的头发，像扔编织袋般把这个摔倒的女人甩下了楼梯。没一会儿，对门敞开的大门里出现一张熟悉的脸，面无表情地往楼下望了眼，随即拉过门把手，砰的一声把男人、女人都关在了门外。

"啊——"女人尖叫大哭。男人不知从哪儿掏出来一小瓶二锅头，咕噜咕噜灌了几口，把酒瓶往地上摔个粉碎，摇摇晃晃地走下楼。

"我叫你多嘴，你个臭娘们……"

听着像是不断在踢女人。咒骂声和痛苦的呻吟声交替不息，把在门后偷窥的乔青羽吓得连连后退。几分钟后，男人也许是累了，走回房门前用力敲门，喊声震天响："沐沐！开门！"

又过了几分钟，女人也回来哭喊："沐沐，给妈妈开个门啊！"

之后就陷入了安静。楼道里传来脚步声，钥匙插进锁眼，明盛闪了进来，带进一阵冷意。

"砂锅粥，还很烫。"他边换鞋边说，瞅了眼惊魂未定的乔青羽，"你怎么了？"

乔青羽晃了晃头，试图理清刚才暴风雨般的场景。

"比较清淡。"明盛走向餐桌，打开塑料袋，拿出快餐盒，"你是不是很能吃辣？你家包子特辣……怎么了，乔青羽？"

"阿盛，"这两个字脱口而出，连乔青羽自己都暗暗吃惊，"我刚才看到沐沐姐的爸爸在打她妈妈。"

明盛耸耸肩："难怪外面有酒瓶。对他们家来说，这是家常便饭。"

乔青羽心事重重地吐出一口气，站起来走向餐桌。

"吓到你了？"

乔青羽很想像明盛那样随意地耸耸肩，但她做不到。方才门外的残酷还滞留在脑中，加上明盛语调中突如其来的关切和温柔，就像这夜一般浓稠，她太不自在了，简直想夺门而出。

"大人的很多事情，我们——"似乎被感染，明盛看着乔青羽，声音中骤然间满是难受和无奈，"别说我们了，大人自己也无能为力。"

看向明盛，正好与他的视线撞上了，乔青羽赶紧把目光移开。

"刚刚你喊我什么？"明盛抿嘴，把筷子抽出来，眼里跳跃着期待的光。

乔青羽怔了怔，不做理会，自顾自坐下，似在自言自语："为什么世界上有这么多不合理的事？"

"沐沐姐家里比较曲折，"见不舒服的情绪依然绊着她，明盛便解释道，"她爸以前是小学老师，后来下海经商，借了高利贷，亏钱被骗，从此一蹶不振，天天借酒消愁。"

"哦。"

"酒喝太多，肝废了，三天两头跑医院，还脾气暴躁，经常打她妈妈。听我爸说，"明盛的声调又沉重起来，"沐沐姐她爸熬不了多久，最多也就三五年。"

"三五年。"乔青羽低声重复。不知为何她联想到了自己——自己计划的是离开父母五年，从没想过如果父母中一个在这期间过世了，她该怎么办。

"沐沐姐很讨厌她家，"明盛边说边帮乔青羽打开快餐盒的盖子，"我也很讨厌我……"

"家"字几欲冲出却被他吞了回去："我爸妈。"

乔青羽有些疑惑地抬起视线，撞上对面凝神的黑眸子，亲眼看见它们瞬间被自己点燃，变成游移不定的璀璨光珠。

她缩回肩膀，看向左侧的热水壶，又抬起右手，迟钝地将披散的头发拨至耳后。也许是因为离窗户远，坐在餐桌边的乔青羽听不到一丁点雨声，耳朵里尽是自己心脏的轰鸣。

"你真好看。"

这四个字仿若从天而降的巨石，把乔青羽砸得灵魂出窍。"我想问，想让你帮我问问……"慌乱开口，乔青羽竟有些语无伦次，"问问你爸爸……一件非常重要的事。"

"就是我之前拒绝帮你问的那件事，对吗？"

明盛回得飞快，反而是乔青羽一下子没反应过来。

"我已经知道了，"明盛看着乔青羽有些茫然的脸，"你姐姐是怎么走的。"

空气静得让乔青羽不敢呼吸。半晌，她重复了乔陆生三年前说的话："急性阑尾炎？"

"你自己也不相信，对不对？"

他眼里的谨慎让乔青羽害怕。近在眼前的真相就像万丈深渊，她胆怯了，不敢向前。

两人都低了低头，同时抬起眼看向对方，又同时开口："你……"

沉默。

"你先说。"

"你只需要告诉我，"生怕自己退缩，乔青羽用极快的语速问道，"外人说的是不是真的，我姐姐有没有得艾滋？"

明盛看着她，嘴唇张了张，却什么声音也没有发出。

"是……"乔青羽深吸一口气，"真的？"

"HIV 阳性。"

乔青羽花了差不多半分钟来消化这三个字母和两个汉字，心中像是垂下了一块永恒的黑色幕布。自己一直嗤之以鼻的流言得到了证实,她觉得以后再也挺不直腰背了。

明盛再次打破沉默:"你和你姐姐很不一样。"

"不,"乔青羽失神地摇了摇头,"一样固执。"

"我以前还以为你讨厌她。"

乔青羽想说"我现在也没有喜欢她",话却哽在喉咙里,瞬间悲不自胜。她和乔白羽有着相似的血液、相通的灵魂,不是简单的"讨厌"或"喜欢"就能说清的。姐姐,这两个字让她想流泪。

她看向明盛,他目光柔和得像只小鹿。

"我姐姐很可悲,是不是?"乔青羽直视他,"我们一家都很可悲,是不是?"

"不是。"

"如果世界上没有我,她就可以在顺云长大,拥有完全不同的人生。"乔青羽的声音微微颤抖,"是我把她从家里挤走了。我有什么资格讨厌她呢?她讨厌我才理所当然。她应该更讨厌我才对。"

"我不认为她会讨厌你。"

"不用安慰我,"乔青羽任凭自己沉浸在悲伤里,"我知道自己是怎么回事。出生就是罪,又做出不可挽回的事,伤害了每个家人,罪上加罪。接下来无论我怎么样,离开也好,留下也罢,这罪恶感都会跟随我一辈子,永远抹不去。"

"乔青羽——"

"你可以再帮我一个忙吗?"乔青羽断然抬眼,"帮我问问你爸,今天早上做手术的,是不是乔劲睿和小云姐。"

明盛似乎没听懂。

"寰顺高速有辆婚车出了车祸,是你爸做的手术,我今早在省一医院看到的,"乔青羽解释道,"据说非常惨。我想好了,如果出事的是劲睿哥和小云姐,我就留在寰州,回家,面对一切。"

"如果不是,你就要离开寰州吗?"

"对。"

"今天上午,我就是从你们家的吵闹声中知道你姐姐葬在安陵园,所以才能找到你。"明盛缓缓说道,"放心,你哥哥乔劲睿不停地走到阳台上接电话,他不仅没事,还是组织你家里人寻找你的总捕头。"

"他没事?"乔青羽不敢确信地捂着胸口,"今天你亲眼看到他在我们家,对吗?"

"是的,我亲眼看到了。"

"天啊,"乔青羽有点恍惚,"太好了。"

半响她才反应过来明盛又一直看着她。两人面前各摆了一份砂锅粥,她不动,他亦没动。她想起他说自己饿,便轻声劝他喝粥。

"你要走吗?"

乔青羽不敢看他的眼睛。她埋头舀起一勺粥,沉默着点了下头。

"去哪里？"

认真思考了几秒，乔青羽答道："更大、人更多的地方。"

"上海？北京？"明盛皱眉，"你有钱吗？"

"说到钱，"乔青羽略带抱歉地看向明盛，"上次我说过会给你钱，不能让你表哥平白无故跑一趟，但我的钱在火车站被偷了，所以只能等我挣到钱才能……"

"乔青羽，"明盛凌厉起来，"你什么意思？"

"啊？"

"你不知道我为什么帮你？"明盛脸上闪过一丝苦笑，"我难道是因为你给钱才帮你？"

"我——"

"任何事，只要你开口，我就不可能拒绝，"明盛强势地打断她，"帮了你，我心里还难受，怕做得不够，怕你自己扛了太多。"

乔青羽无措的视线在餐桌上游移。

"你去哪儿我都无所谓，"明盛语调缓和了些，凝望着乔青羽，"但你知不知道现在整个寰州都在找你？想出去没有那么简单。确定目标在哪儿，我们就能一起想办法，做准备。"

"准备……什么？"

"钱啊，"明盛轻笑，眼神中满是嗔怪，"去北京和去上海的路费可不一样。"

乔青羽吓得连连摆手："不用你帮我，真的，我自己能够找到办法，真的。"

"既然你不留下来，"明盛仿佛听不到似的径自说道，"我就跟你一起走。"

乔青羽瞪大了眼。

"放心，我不会逼你以身相许。"明盛轻飘飘地看了她一眼，"我早就想离家出走了。而且，我就是要让你看看，我有多么正派，多么可靠。"

乔青羽意识到明盛是认真的，虽然他说这句话时，她并未捕捉到他的眼神。屋里莫名地燥热。她低头，视线停留在砂锅粥上，拿起勺子，一声不吭地埋头喝完了。一大碗温热的粥下肚，她额头渗出了汗。抬眼，她又跌进明盛那汪深不见底的清澈眼眸里。

"别再看我了。"

她语气中的冷意显然刺痛了明盛。他眨了眨眼，窘迫中带着些许震惊，脸上的表情因此极不自然。两秒后他别过头，留给乔青羽一个英挺而骄傲的侧脸。

"我知道你是认真的，"乔青羽悄悄吸了口气，"但我想让你知道，这样做没有意义。"

明盛迅速看了她一眼，继续别着头，下巴却低了些，脸上浮现挫败的暗影。乔青羽从没见过他这副表情，心一下子揪了起来："我是说，我已经知道你是个正派、可靠的人。"

怕听起来太敷衍，她又匆忙加了句："还很热心。"

"帮你不是因为热心，"明盛道，"是喜欢你。"

乔青羽从头皮酥麻到指尖。

"你大可以拒绝我第二次，没关系，"明盛摆摆手，一副不在意的模样，"但我想怎么做是我的事，你没权力替我做决定。"

他凑近了一些，坚定的眼神直捣乔青羽的心窝："我就是要跟你一起走。"

重新躺回被子里聆听窗外的雨声时，无比清醒的乔青羽感觉自己站在了黑洞的口子上。黑洞那头是明盛的眼眸。她意识到挣扎是徒劳的，自己终究会被彻彻底底吸进去，即便粉身碎骨。

她现在脑子里只剩下明盛的样子，逃亡的紧迫感荡然无存。一遍又一遍地，她回味着他的眼神、他说的话、他骄傲却受伤的神情。配合窗外的绵绵雨声，她仿佛变成了一叶轻舟，在那两汪比海还深的眸子里，漂荡得有些迷醉。

她不由自主想到了很久以后。一套不大的房子，原木色书架直通天花板，阳光穿透洁净的玻璃照在舒适的布艺沙发上。餐桌上花瓶里插着一大把清丽的雏菊，金黄色花蕊像一个个永不降落的小太阳。坐在餐桌边，她视线的尽头就是对面的明盛，就像他视线的尽头一定是自己一样。

雨声渐密。房门外传来啪的一声，明盛关上了客厅的落地灯。

毫无困意的乔青羽想，明盛回房后会马上睡觉吗？还是会像自己一样，一边聆听雨声一边想着对方呢？

她有点后悔自己刚才的忸怩——明盛问要不要上网，她摇了摇头。是不好意思进他的房间与他共处一室，还是惧怕在网络上看到与自己有关的新闻？或许都有。

"我就这么怯懦吗，情感和现实，一个都不敢面对？"

床贴着墙，乔青羽伸直左臂，指尖触碰到了沁凉的墙面。明盛就在墙的另一侧。他应该也不困吧？此刻的他在干什么呢？

她已经料到自己接下来面对明盛的情形。也许，无须他开口，只要对上他那双眼眸，她就会缴械投降，把自己的计划和盘托出。她不忍心看到失落再次爬上那动人心魄的眉眼。也许，她可以更疯狂一点，不顾一切地把感情和现实合二为一——任由明盛用那只受过伤的手牵着自己，把自己带去远方，无论哪里。

翻来覆去良久，乔青羽意识到窗外的雨停了。她闭上眼试图入睡，却捕捉到几声不大的敲门声。

咚，咚咚，咚咚。

有人在敲客厅那扇沉重的铁门。乔青羽的第一反应是自己被对面的家人看到了，吓得一下子坐了起来。

咚，咚咚，咚咚。听起来平稳镇定，一点也不急躁。

明盛没动静。

乔青羽迅速翻身下床，穿好衣服并仔细地整理好了床铺。声音仍在继续。她奔赴战场般走向房门，在心里发誓，无论如何也不能让家人踏进这个房子胡闹。她必须在明盛醒来之前离开。

手伸向门把手时,门外传来一声急促的"吱——",是明盛冲向了铁门。

他快得像一阵风,立马又"吱"的一声把铁门推开了。

手握冰凉门把手的乔青羽呆在原地。

"进来吧。"明盛的声音听着一点也不意外。

铁门关了。有脚步声行至沙发旁,轻轻地坐下了。

"前面在门缝里看到对面亮着灯,我就知道你回来了。"客厅里传来非常温柔的女孩声音,"还在倒时差吧?飞了十几个小时,一定累坏了吧?"

是王沐沐。乔青羽无声地舒了口气。

"还行。"听声音,明盛应该是坐在餐桌边的椅子上。

"不瞒你说,我爸妈今晚又吵得很夸张,"王沐沐听起来像是在苦笑,无奈但坚强的声音很抓人,"过年这几天没消停过。我爸是个疯子,我妈天天哭。"

"我看到地上的酒瓶了。"

王沐沐叹了口气:"阿盛,你知道吗,这是我第一次半夜离开家。"

"我要是你,早就走了。"

"我和你不一样,"王沐沐轻言细语,"我是女生。刚刚我要出门,我妈妈在床上哭着喊住我,说女孩子半夜不在家不像样……但我还是离家出走了。"

"不算吧,"明盛道,"你就在家门口。你打算要去别的地方,还是坐会儿就回家?"

"对我来说,半夜离开家,孤身敲响一个男生家的门,已经是非常英勇的举动了,"王沐沐声音小到几乎听不见,"虽然我和你很熟啦,但毕竟男女有别,不是小时候了。"

明盛没吭声。

"但我一点都不紧张啦,你家我最熟悉了,对不?小时候我爸妈忙,爷爷经常喊我过来吃饭,次数多了不好意思,我就帮爷爷打扫卫生,这里的每个角落我都非常熟悉,你的房间经常是我收拾的呢。"

"是啊,"明盛赞同道,"这么熟,有什么好紧张?"

"第一次离家当然紧张了。"王沐沐似在嗔怪,"说起来不怕你笑话,还是你们班的乔青羽给我的勇气呢。知道她做了什么,我就想,哇,她好勇敢,我真想像她一样。所以,我就发短信问你能不能来了。你收到我的短信,是不是很意外?"

"还好。"

"你昨晚就回来了,对不?"王沐沐笑着问,"说实话我挺意外的,还以为你会在清湖名院倒完时差再来看看,没想到——"

"沐沐姐,"明盛略显不耐烦地打断王沐沐,"你过来只是因为没地方去,还是想让我帮你什么?要我帮忙就直接说,能帮我一定帮。"

"哦,"王沐沐显得有些窘迫,"没有啦,我知道很不合适,但我今晚真的不想回家了……你不是一直睡大房间的吗?小房间可以让我待着吗?我不睡,上个网就天亮了。"

一下子没听到明盛的回复。

"不方便的话，我就坐客厅沙发上，你只管自己睡觉去，"王沐沐说，"等天亮了，我再去同学家。现在太黑了，外面又湿又冷，我不敢出去。"

"沐沐姐，"明盛的声音有些郑重，像是经过了深思熟虑，"乔青羽在这里。"

"啊？！"

"她已经睡了，在大房间，"明盛进而解释，"所以，今晚我睡小房间。"

"哦……"

"她不想让她爸妈找到，所以——"明盛顿了顿，"你一定要保守这个秘密。"

"她爸妈很担心她啊，"王沐沐的声音里难得有了一丝急切，"她们家都鸡飞狗跳好几天了啊。她怎么忍心就这样一走了之？她是来求你帮她的吗？你为什么要答应呢？"

"是我自己找到她并把她带回来的。"明盛认真地回答，"她无处可去，什么都没带，还发烧了。"

"你太好心了，阿盛，她刺伤了你，你却以德报怨……她能认识你，真是三生有幸。"

"沐沐姐，"明盛深深吸了口气，"是我喜欢她。"

仿佛坦白的人是自己，门后的乔青羽紧张地捂住了胸口。她没料到明盛会如此坦白。不过，转念一想，也许好朋友之间就该这样，明盛本就不是个扭捏的人，在信得过的青梅竹马面前，无拘无束才是正常的。是自己太缺乏朋友，不懂得如何与人交心。

几秒钟的死寂后，王沐沐开口，仍是温柔无比的声音："其实我有点猜到了，真的，我那么了解你……你是觉得她与众不同，对不对？"

"当然。"

"我也觉得，"王沐沐微笑道，"我也挺喜欢她的。她漂亮却不俗，虽然沉默寡言、独来独往，但一定是个美好的人。"

这句话一出，屋里的空气顿时流通了，站在门后偷听的乔青羽感动得几欲流泪。

"就是她不接受我。"明盛听起来也放松了，"但是，这只是时间问题，总有一天她会接受我。"

"我也觉得。"王沐沐竟笑出了声，"怎么会有女孩子不接受你？除非她看不见！"

明盛呵呵笑了两声。

"嗯，我真高兴你能告诉我你喜欢谁，"王沐沐仍旧笑道，"这说明你还是愿意跟我说心里话的。"

"我没想瞒着任何人。"

"这样的话，我今天就回家吧，不多说了，"王沐沐站起身，"跟你倾诉一番，心情已经好多了。"

明盛不多问也不挽留，主动推开铁门，把王沐沐送走了。

阴雨天，乔青羽在温暖的被窝里，被清柔的钢琴声唤醒。聆听片刻，她意识到这温暖平静的琴声来自一墙之隔的客厅。她从未见过明盛弹钢琴的样子,此刻脑海中浮现的也只是他那双在黑白琴键上波动的轻巧却有力的手。琴声中,低音紧凑而哀愁,高音舒缓却刚毅,似云上天使拨开乌云,朝深陷泥潭的自己展开了双臂。乔青羽停下穿衣的动作,眼角竟因无可言说的感动而溢出了泪。

她打开门时,最后一个音符仍萦绕在屋内。明盛放下琴键上的手,抿嘴看向乔青羽,脸上扬起羞涩却自豪的笑意。

"不能白听。"他说着,摊开右手,直直伸到乔青羽眼下。

乔青羽把手伸进羽绒服的口袋。

明盛被这个动作逗笑了:"真给钱?"

口袋里有一个冰凉却优美的东西,乔青羽身上唯一闪闪发光、绝对不能弄丢的东西。把它轻放在明盛手心时,乔青羽竟产生了把自己交付给明盛的错觉。

转头,避开他热切的目光,她匆匆走向洗手间。

"我跟你开玩笑的啊,乔青羽。"

"我知道,"乔青羽耳朵烧得发烫,"送给你。"

雨一直没停。乔青羽赠珍珠发卡这个举动仿佛一声惊雷,震得明盛暂时失去了说话的能力。空气中有浓稠的暧昧。午餐时两人都沉默着,却心照不宣地有了更多的眼神对视——主要是乔青羽不再一味逃避对面那炙热的眼神。明盛似乎随时能笑出来。每一次,他眼里漾动的光投射过来,乔青羽心里便涌起海浪般汹涌的甜蜜。

午饭后,明盛说要回清湖名院拿东西,乔青羽知道一定跟两人的出行有关。

"厨房别去,别拉开窗帘,谁敲门都不要开,"出门前明盛叮嘱,"等我回来。"

他住的小房间门没关,乔青羽尽管很想却终究没勇气过去打开电脑。事已至此,她想,就什么都抛下吧。有了明盛,身后的烂摊子及眼前的坎途似乎都不在话下了,脑子里只剩"和明盛一起逃离"这个笼统的想法,完全丧失了思考的能力。没错,有明盛就够了,他懂自己的困境,他是无所不能的。

站在书架前,乔青羽重新抽出那本老旧的《挪威的森林》。不入流的封面仍然刺眼,她竭力视而不见。明盛一走,她的心就裂了条缝,她相信书里直白又伤感的青春会填补这条缝隙。对那些绝对安全的世界名著,她已经厌倦了。她要爱情。

拿着书回到床边坐下,乔青羽翻开正文的第一页。这是她最享受的时刻——下雨时坐在干燥温暖的床上看一本渴望已久的书。可此刻窗外的沙沙雨声干扰了她。她的思绪不断朝窗外飘去,纸面上尽是明盛的影子,心里像有无数青草冒出头,痒痒的。

她突然意识到,外面是下雨,而不是下雪,说明天气没那么冷了。

所以,窗外绢丝般柔软又缠绵的,是春雨吧?

雨水覆盖的世界这么安静,自己的心却仿佛再也静不下来了。沙沙,沙沙,明盛的目光、明盛的嗓音,翻搅着一切。

听到钥匙插进大门锁眼的声音时,乔青羽刚脱去厚重的棉裤,把冰凉的双脚塞进被子里。手中的书正翻到第四页，开门的声音让她屏住了呼吸。有人悄无声息进门了，绝对不是明盛。

合上书本往床头柜一放，乔青羽下了床。

咚咚，咚咚。

房间门被叩响的同时，那头传来一个温柔的女孩声："乔青羽？你在里面吗？"

是王沐沐。乔青羽舒了口气。

"乔青羽？"

"我在，稍等一下。"

可王沐沐已经转动了门把手。推开门，见乔青羽正匆忙穿上棉裤，她不露声色地皱了皱眉。

"你不用下来，冷。"王沐沐关上门，扭头对着乔青羽粲然一笑，"吓到你了吧？放心，我绝对不会把你的行踪说出去。阿盛都告诉我了，我会和他一起保密。"

乔青羽穿好了棉裤，脸上显出感激和局促的复杂表情。

"昨晚听阿盛说你发烧了，"王沐沐径自走到床边坐下，"好些了吗？这几天这么冷，在外面不容易吧？"

"我好多了，谢谢沐沐姐。"

"我给你带了几片暖宝宝。"王沐沐微笑着，"昨晚，阿盛告诉我了，他喜欢你，把你带了回来。"

看不见乔青羽脸上的窘色似的，她自顾自轻松地说下去："但我怕他照顾不周，毕竟他从小到大都是被宠爱的那个人，从来没照顾过别人。不周到的地方，我来帮他补上。"

在她和煦的笑容下，乔青羽觉得自己说的"谢谢"两个字太轻廉了，配不上这金子般的善意。

"虽然我是你学姐，但我很佩服你。我家里更乱七八糟，可我没勇气像你一样说走就走。你骨子里是个洒脱的女孩，难怪阿盛会被你吸引。"

乔青羽第一次知道被人夸赞也会不自在地想要消失。

"你坐啊，"王沐沐轻松地拍拍床，"别一直站着嘛。"

乔青羽坐下后，她问："接下来你打算怎么办？"

"离开寰州。"

王沐沐有点意外地"哦"了一声，接着问道："去哪里？"

乔青羽轻轻摇头："还没想好。"

"我觉得离开寰州很明智，"王沐沐若有所思地点头，"但你得想好去哪儿、怎么去。现在外头到处是你的照片，你家人为了找到你不遗余力。"

她真诚的样子令乔青羽感动。

"但又得尽快走，因为爷爷这里也不安全，已经有邻居问我为什么阿盛又来了。"王沐沐环顾四周，话锋一转，"你知道我为什么有钥匙吗？"

乔青羽摇头。

"从小我就有爷爷家的钥匙,是爷爷给我的。"王沐沐说,"小时候,这里就是我的第二个家。"

"嗯。"

"但那把钥匙打不开大门。"王沐沐神秘但满足地笑了笑,"爷爷过世后,阿盛跟家里闹翻,自己把锁换了。连他爸妈都没有这把锁的钥匙。"

"可是你有。"

"对,他给我的。"王沐沐笑得很温婉,"我想,是因为他牢记爷爷的话,让我把这里当作第二个家。他不会让我无家可归。"

"他人真好。"

"不好就不会找到你并冒着被发现的危险把你带回家了。"王沐沐意味深长地叹了口气,"昨晚听他主动跟我说你在这里,我挺意外的。后来就理解了。他从小就喜欢当英雄,在有好感的女生面前当然想表现一下,太正常了。你别看他平时在学校挺狂的,其实他很少真正讨厌别人,很容易就会对别人展现友好和善意,尤其是他觉得可怜的人。从小到大,他帮过的人很多!他特别喜欢打抱不平。你处境这么惨,他不帮你才奇怪呢。"

乔青羽点头称是,心里却有点不是滋味。

"你运气很好,被阿盛找到并带回了家。"王沐沐望了乔青羽一眼,"唉,我就坦白说了吧。昨晚阿盛跟我说他喜欢你后,我心里一直不安,害怕他做出幼稚的事,伤害你。"

"没有,他很……"乔青羽顿了顿,"尊重我。"

"我说的伤害不是那个意思,而是……"王沐沐不自然地笑了笑,"而是我怕你抵抗不住他的攻势,掉进他手里。我还没见过他追女孩,但是呢,如果他追了,会有哪个女孩不答应?哪个女孩不愿意做他的初恋?他喜欢别人还好,喜欢上你,我反而担心了。"

乔青羽心里更不是滋味了,同时有些疑惑,便继续听王沐沐说下去。

"我怕他把你迷惑了。"王沐沐诚恳地看着乔青羽,"对他来说,让一个女生动心,不费吹灰之力,甚至只要往那儿一站就行了。他带你回家,给你买吃的,我很难想象你心里会毫无波澜。我怕的就是这个。像阿盛这样喜欢当英雄的男孩子,所谓的喜欢很可能就像一朵烟花,绚烂却短暂,很快就会消失得无影无踪。他要经过很多年,玩够了,成熟了,才能够真正安定下来。喜欢他的女生太多了,他面对的诱惑太大了。"

乔青羽感觉胸腔被一根刺顶着,硌得慌。

"很多喜欢阿盛的女生是不知廉耻的,才不管他是不是专一呢。"王沐沐眉头微蹙,"我怕的就是等你当真了,他却变心了,那受伤的就是——"

"沐沐姐,"乔青羽忍不住打断她,"我知道。"

王沐沐满脸歉意:"不好意思,我给你泼冷水了。"

乔青羽没吭声。

"说之前我就知道，忠言逆耳。"王沐沐无奈地笑笑，又小心翼翼看着她，"我觉得我们三个人——你、我，还有阿盛，可以变成无话不谈的好朋友。做朋友比较安全，友谊是永恒的。你说呢？"

"我有点头晕，"乔青羽站起来，"房间里太闷了。"

她掀开白色纱帘推开窗，雨声骤然变大，森森的湿冷侵入脖颈，令她不禁连打好几个大喷嚏。坦白说，她有些窝火，对于王沐沐的不请自来及这番"语重心长"的贴心话。她最反感被劝说了，尤其是打着为你好的名义。可她又觉得王沐沐说得没错。作为明盛的青梅，她无疑是最了解明盛的女生。内心深处，乔青羽竟对王沐沐产生了压制不下的嫉妒。这嫉妒使她觉得自己是个罪人，羞愧不已。

王沐沐走过来，一手轻抚她的后背，另一只手把窗关上了。

"对不起，我太直接了，"王沐沐涓涓细语，"你感冒，别再着凉了。"

"没事。"乔青羽挤出一个微笑，"冷静下来，我也知道，明盛很可能就是一时冲动。你说他喜欢当英雄，我就理解了。其实一开始，我就觉得他对我只是怜悯。现在他可能觉得我做的事情很刺激，而他喜欢刺激。"

"男孩子都喜欢追求刺激和新鲜感，女生就不一样了。"王沐沐眼里闪着真诚，"阿盛以前很乖的，进入高中才开始叛逆。他才不到十七岁，这个年龄段的男生最冲动了。"

想象明盛用看自己的眼神看别的女生，乔青羽顿时感觉有点窒息。

"沐沐姐，为什么他一进高中就跟别人打架呢？"

"你是说高一时他用篮球砸人的事，对不？"王沐沐点点头，"那不叫打架。一中的人一到周末就把混混儿带进我们学校看球，阿盛不喜欢他们，把他们赶跑罢了。"

"我感觉他好像是一夜之间叛逆的。"

"难道还要打报告啊？"王沐沐笑着，"初中还有中考的压力。他爸对他成绩要求很高的。进了高中，反正要去美国念大学，而且更受追捧了，行为张狂一点，也正常吧。"

"去美国念大学？"

"是啊，"王沐沐点头，"阿盛爸妈早就把路子铺好了。他小姨就在美国当教授。他虽然叛逆，但在学业上，他不会马虎的，一直遵守他爸妈的安排，不然就不会经常跑去美国，熟悉那边的学校，找那边的老师给自己补课了。他以后会定居美国，这也是我劝你冷静的一个原因。你看，我们跟他，不是同一个世界的人。"

乔青羽没吭声。雨越发大了，轻薄的白色纱帘外，世界灰暗一片。

痛苦使人清醒。王沐沐走后，重拾理智的乔青羽把感情和现实都想了个遍。明盛一开始就说自己"无趣"——她想——若两人朝夕相处，没几天他就会发现，褪去神秘的自己，仍然是他最开始轻视的那个无趣的人。然后他就会厌倦了，漂泊在外的艰苦生活会迅速浇灭他对自己的热情。虽然也抱怨父母，但——不知为何乔青羽很确定——

他终究会回到父母给他安排的康庄大道上。原因很简单，他尽管惹了很多事，却并没有怠慢学习。

自己不一样。眼前闪过家里人的脸，以及开学后同学的眼神，乔青羽觉得他们每个人都是摆在自己面前的深渊。她在寰州没有路，必须离开。

久留无益，待会儿就走。

明盛住的小房间门大敞着，从客厅沙发处望去，刚好可以看到床边的书桌。书桌不长，电脑占了左侧，两本摊开的书摆在右边，桌角立着一大一小两个相框。几秒后乔青羽发现自己的视线一直停留在反着光的相框上。把飘走的思绪收回来，她看回电脑。屏幕亮着，极其简洁，除了Windows自带的几个程序，就只有QQ的企鹅图像——明盛没有关电脑。

仿若闯入明盛的私人领域，走进房间的乔青羽有点忐忑。来到书桌前，她看清了照片：大的是一对儒雅老夫妻的合影，小的是明盛小时候和那位老先生的合影。看来这就是这房子曾经的主人——明盛的爷爷奶奶了。他们笑得真满足啊，乔青羽感慨着，忍不住盯着童年明盛细看……红领巾端正，校服齐整，眼神明亮坚定，充满信念，竟如此根正苗红。脑海中浮现明盛平日里不好惹不服管的样子，她的思维又开始发散，匆忙打住。

停止你对他的好奇心，她告诉自己。

深吸一口气，她坐下来看向电脑屏幕，伸手握住鼠标，刚准备搜索乘坐公交离开寰州的路线——

"铃铃铃铃——"

一阵电话铃突然响了起来，吓得她不敢动弹。

刺耳的声音来自沙发边的座机。跑回客厅，凑近，乔青羽在座机狭小的显示屏上看见一个陌生的手机号码。

她自然不会接，心里正寻思着是不是明盛爸妈找他时，铃声停了。尽快离开，她告诉自己，一转头，身后的座机突然又铃声大作。

这次的号码是明盛的。

手足无措的几秒钟里，乔青羽脑海里闪过多种可能。明盛自己打来的？他手机掉了，被别人捡去，找到了标有"家"的电话想物归原主？还是他回清湖名院被父母发现端倪，手机其实已经被父母没收？

"铃铃铃铃——"

急促的铃声搅得乔青羽六神无主，短短一分钟像经过了一个世纪那么长。好不容易平息下来，没过几秒，电话第三次响起。

一看，仍是明盛。

这次铃声似乎比前两次更急迫。实在撑不住了，她胆战心惊地拿起了话筒。

"乔青羽？"

听筒里明盛的声音比平时略低，贴着耳膜窜进心里，像一支平稳的箭，戳破了乔青羽心里不断胀大、担惊受怕的气球。

"乔青羽?"

电话那边声音调高了些,毫不掩饰地表示担心。乔青羽心里腾出另一个气球,悸动的、满足的、能令她飘扬的气球。

"是我,"她压低嗓音回道,"怎么了?"

那头轻微的、明显压制着的舒气声令她的心震颤不已。

"吓你。"

听起来明盛轻松了,甚至有些笑意。

幼稚,乔青羽想,嘴角却扬了起来。

"乔青羽。"

那头突然严肃,乔青羽一下子忐忑起来:"怎么了?"

"你不要走,"明盛字字清晰,"等我回来,知道了吗?"

挂了电话,乔青羽想,明盛一定和她感觉一样——内心充满了激情,剧烈涌动似不可抗拒的海浪。紧接着她想到了毁灭——海浪席卷过后,自己的灵魂将一无所有。

为什么自己会这么悲观呢?也许,明盛就是个从一而终的人呢?

她觉得自己焦透了,似一只掉进油锅的鱼,在这屋子里的每一秒都是煎熬。理智占据上风时,她开始恨自己的优柔寡断——为什么不舍得走?逃亡本就只是自己一个人的事,而且昨晚自己已经明确拒绝了明盛。为什么他脸上短暂的惆怅像一把尖刀那样,锋利地割着自己的心?

是自己太禁不起诱惑吧?是的吧?"明盛的爱慕"于自己而言,就像对任何女生一样,是一只充满诱惑力的水晶鞋,接受他就能走进殿堂。可自己还不够了解他,令自己晕眩的,很可能只是他那出众的皮囊,以及他身上的光环。所以,阻挡自己前行的,应该就是自己的虚荣心吧?就像王沐沐说的,谁会拒绝做明盛的第一个女朋友呢?那可是明盛啊。

在摘录本的最后一页,乔青羽仔细记下了离开寰州的公交路线。关掉网页,她小心地将键盘和鼠标移回原位。客厅的钟指向了午后一点,距离她昨天踏进这里,刚好二十四小时。

她环视一周,目光中充满了决绝的悲情。走吧,她告诉自己,去拥抱纯粹的自由,用一颗没有杂念的心。

这时铁门的锁又被转开了,王沐沐侧过身子,从推开的狭小空间里闪进屋。

"哦,"她看到立在客厅正中间用高领毛衣遮住下半张脸的乔青羽,一下子漾开了微笑,"还好我赶上了,你还没走。"

乔青羽压下莫名的不悦——这里是沐沐学姐的第二个家,所以,她当然不会敲门了。

"我就猜你会走,你那么果决,那么理智。"王沐沐说着,将手里一个鼓鼓的书包递了过来,"听阿盛说你什么都没带,刚我回家拿了些东西。给,你路上肯定用得着,热水、雨伞、毛巾、牙刷、袜子、换洗的衣服啊什么的——"

"沐沐姐,"乔青羽受宠若惊地摆摆手,"不用了。"

"好啦,你就拿着。"王沐沐把包往她怀里塞,"你孤身一人,我哪里放心?作为你的朋友,我一定要帮你。"

"朋友"二字让乔青羽心头一热。

"沐沐姐……"

"你自己千万小心,社会上很复杂,"王沐沐像个知心姐姐般边说边帮乔青羽把包背上,"不要随便理会男生,知道吗?不是每个男生都像阿盛那样善良的。"

"嗯。"

"你告诉阿盛你要走了吗?"

"没有。"

"不告诉他是对的,"王沐沐笑道,"告诉他,你就走不了了。"

"沐沐姐。"

乔青羽突然落下了泪。王沐沐把她拥入怀。

"我知道你很难受。"她拍着乔青羽的后背,"等落定了,记得给家里发个信息,也给我发个信息,不然我们都会担心的。"

乔青羽咬着唇:"你会是我一辈子的朋友,对吗?"

她像是幡然醒悟,看清了自己一直以来真正渴求的是什么。是友谊,是一个无话不谈的朋友。王沐沐说的"朋友"二字仿若甘霖,降在她枯涸的心床上,带着泪的酸涩——这意味着自己要永远放下明盛了。

乔青羽不想让王沐沐失望。在沉甸甸的友谊面前,爱情像气泡,不要也罢。再说,这也是为了保护自己。明盛的爱情极有可能是另一趟天崩地裂般的冒险之旅,已经岌岌可危的自己,哪有能力承受呢?

"过来人都说,高中的好朋友就是一辈子的朋友,因为共同度过了最疯狂的三年,"王沐沐真诚地说,"我们当然是一辈子的朋友。"

"谢谢你,沐沐姐,"乔青羽把书包背正,紧贴着后背,"我走了。"

走到三十八栋的尽头,乔青羽突然加快步伐,跑着冲向运河边蜿蜒的小道——她怕双脚不听使唤地拐弯,只为了朝三十九栋自己家的阳台投去告别的一瞥。

选择运河边的路,是因为可以避开小区大门口报刊亭的冯老板娘。昨天中午蜷缩在出租车里的她虽然脑袋昏沉,但仍听出冯老板娘对明盛的问候意味深长。

"跟朋友玩啊。"

稀松平常的五个字让她心里一惊。

自己的羽绒服是藏青色的,且当时侧靠着的整张脸被毛衣领子和羽绒服帽子遮了个严实,可乔青羽相信冯老板娘已经看出明盛带来的朋友是个女生。说不定她瞄一眼就牢牢记住了自己衣服的样式。所幸身上穿的毛衣、羽绒服和裤子都是过年的新衣服，不然，凭冯老板娘胜过侦探的眼力和记忆，自己根本不可能在明盛爷爷家安然度过二十四小时。

从昨夜开始断断续续的雨驱散了喜欢散步的老人，此刻，湿漉漉的河边小径上空无一人。老樟树就在左前方不远处，不断靠近时，乔青羽鼻子泛起了酸意。

她觉得自己实在太多愁善感了。

围栏里的告示牌被雨水冲刷一新，牌子是典雅的银灰色，印刻的靛蓝大字显得沉静而忧郁。樟树，五百年，一级保护。五百年，乔青羽喃喃，桑田沧海。

一如她此刻想起明盛的心情。

奇怪，明明根本没有开始，心里却感觉已经和他走到了尽头。

又下雨了。乔青羽从包里找出伞撑开，一手卷下遮住口鼻、已经被呼吸打湿的毛衣领，一手将伞面低垂盖过上半身，抬腿继续向前走去。

小径末端是几步狭窄的台阶，生锈的铁门常年开着，出了铁门就能踏上车水如流的马路。行至台阶口，乔青羽注意到铁门那边出现一个行色匆匆的女人，一边打电话一边小跑着。

于是她站到一边让开路，想让那个女人先过。

"大佬，赶紧派个摄像过来！"女人听着很激动，"乔青羽妈妈答应接受采访了。我临时下车来朝阳新村了！两分钟后就到她家了！我需要摄像！摄像……她妈妈说了，只要能让乔青羽回家，什么她都愿意做！不会白跑一趟的，放心好了！赶紧的啊！"

经过乔青羽眼前时，她朝乔青羽颔了颔首表示感谢，视线从乔青羽煞白的脸上匆匆扫过。

"乔青羽哪有那么单纯？"女人阔步离去，声音继续传来，"据说她在二中捅伤过同学。就是一叛逆女孩，所谓正义只是幌子——"

突然间女人停嘴并回了头。

乔青羽转身想走，但来不及了。

"乔青羽？"女人大喊一声，冲过来拉住她，"是乔青羽吧？我说怎么那么面熟！你就是乔青羽吧？藏青色羽绒服，月白高领毛衣，浅棕色灯芯绒裤子，是啊，你就是乔青羽啊！"

乔青羽想甩开她，奈何对方手劲太大，根本甩不开。

"你一直在朝阳新村？"女人满腔兴奋，"五分钟前我还跟你妈打电话，她怕你想不开，哭了好几天了……你没事就好啊！"

"放开我！"乔青羽怒吼，终于转过了脸。

"别生气，别生气，"女人讨好地笑道，"我是寰州卫视民生频道的记者，这两天一直在跟进你的事，看到你安然无恙真是太好了！喂，大佬，"她把手机放回耳边——乔青羽意识到她一直没挂掉电话——兴高采烈地说，"大佬，说曹操曹操到，我找到乔青羽了，她就在我边上！嗯嗯，我稳住她，先不说了！"

挂了电话，她毫不掩饰地打量着乔青羽的脸色。乔青羽厌恶又困窘，别过了头。

"小妹妹，"女记者展开善解人意的微笑，"你放心，我不会害你，大家都很担心你。你看到报纸上、电视上还有网上的新闻了吧？你家人为了找到你，所有办法都用了。你妈妈，前天还拿着扫把要把我赶出去，不让我采访家里人，今天都主动给我打电话说想上电视了。她想让你知道她不会怪你。你再不出现，她眼睛都要哭瞎了……"

她越来越动容，讲得乔青羽头皮发麻。

"你是一直在朝阳新村吗？在朋友家吗？你还没回家，对不对？我看你衣服都没换。"见自己的话有了效果，女记者放开紧抓乔青羽衣袖的手，"接下来你想去哪里呢？"

乔青羽抿着嘴不吭声。

"出来好几天了，至少应该给家里人报个平安吧。"

这句话就像手术刀一样精准又锋利。乔青羽难堪地低下了头。

"不管怎样，你平安无事就好。"

乔青羽感觉心里防御的围墙已不知不觉地坍塌了。雨变大了，暗灰的世界漫进眼里，她看不到出路。

"回家吧，"女记者说着，又拿起手机，"外面的世界比你想象的复杂多了。完成学业，羽翼丰满了，才能真正独立。这个道理，我相信你懂。"

她开始拨手机。

"别给我妈打电话，"乔青羽终于开口，颤抖的声音里满是乞怜，"求你了。"

"叛逆的高中生我见得多了，知道什么是为你好。"女记者一副公事公办的口吻，边说边把手机贴上耳朵。

乔青羽看着对面一张一合的嘴，耳朵仿佛失聪了。几秒后，手机那头，李芳好巨大的悲鸣冲破天际，震得她掉下眼泪。

"来，"女记者把手机贴上乔青羽的右耳，"跟妈妈报个平安吧。"

Chapter 14
母爱之笼

"这两天都在谁家里？"

李芳好第一次问出这句话时眼神惶惶，仿佛乔青羽刚从某个可怕的土匪窝里逃生。妈妈浮肿双眼里涌出的泪像滚烫的炭，浇在乔青羽的心上。身边扛着摄像机的记者立马调整了方向，镜头毫不留情地对准李芳好的脸。想也没想，乔青羽伸开双臂，往前一步挡住了镜头。

摄像机把乔礼隆和乔陆生远远地隔绝在了墙角，乔劲羽也千方百计地躲镜头。乔青羽因此明白，接受采访只是李芳好一个人的决定，家里没人支持她。

女记者微微一笑，深情地说了几句"回来就好"之后，礼貌地提醒李芳好接下来要用摄像机了。

"母女俩可以拥抱一下吗？"

乔青羽没动，李芳好亦未动。女记者脸上的微笑僵了，轻咳一声："李大姐，女儿终于回来了，你之前想在电视上说的话，现在能直接跟女儿讲了。"

话语中带着鼓励，暗示采访开始了。

李芳好极其不自在地问了第二句："这两天都在谁家里？"

镜头一下子转了过来，晶亮的镜头让乔青羽产生了一种被人偷窥一切的羞耻感，又像被人用枪指着。

"别拍了。"乔青羽说着，直接用双手手掌盖住了镜头。女记者心生不悦，连珠炮一样又问了李芳好几个问题，见李芳好无动于衷后就开始说教，一个劲地说乔白羽遭表哥性侵之事对整个社会来说是如何具有警示意义。她晓之以理、动之以情想要说服李芳好接受采访期间，乔礼隆进了屋，啪的一声响亮地关上了门，乔陆生则站在墙角不停地给李芳好使眼色。

"对不起，"乔青羽忍不住打断女记者，"我妈妈不想接受采访了。"

"孩子，是你妈妈主动打电话给我，我才来的。还有，李大姐，"女记者转向李芳好，"我帮你找回了孩子，你说几句自己心里的感受总可以吧？"

李芳好像是彻底被摄像机吓傻了，也不看乔青羽，眼神呆滞又无助。直觉上，乔青羽知道李芳好后悔了——也许在看见自己进门的那一刻，她就后悔答应接受采访这件事了。毕竟，上电视只是为了找回女儿，现在女儿已经找到，还上电视揭露家丑，那就彻彻底底是家族的叛徒了。

"我们不接受采访了，"乔青羽大声重复，"不接受采访了！给我们留一点私人空间！"

她毫不客气地将女记者和摄像师赶了出去。大门一关，乔礼隆从屋内出来，沉着

166

脸默不吭声，像幽魂一样凑近，令她心惊胆战。

"这两天都在谁的家里？"李芳好问了第三次，眼里满是质问，甚至威胁。

乔青羽说不出话。

"过来给我跪下！"乔礼隆大喝道。

乔陆生什么都没说，脸上混杂着乔青羽从未见过的愤怒和心寒。靠近后，他抓着乔青羽的肩，将她押解至乔礼隆面前。

小腿被踢了两脚，双膝因为承受不住压力而"咚"地砸在地上时，乔青羽的眼泪几乎夺眶而出。

"知错了吗？"乔礼隆浑厚的声音从头顶传来。

为了憋回眼泪，乔青羽几乎把嘴唇咬出了血。

"知错了吗？"

乔陆生重复，声音似来自天庭，压迫着乔青羽的每一根神经。

"不。"

"陆生，"乔礼隆扶着餐桌，"拿皮带。"

与其让李芳好趴在自己身上哭喊，乔青羽宁愿自己挨鞭子。母女俩较着劲，拼了命想护住乔青羽的李芳好似一头发疯的母狮，哀号响彻全屋。是乔劲羽终结了这人间惨象——劝说乔礼隆不成，他把爷爷推到地上，夺走了嗖嗖挥舞的皮带。

所幸衣服穿得厚，减少了一半的疼痛。腋下李芳好颤悠悠的手臂伸了进来，一抬头，乔青羽看见她脸颊上被打出了两道印子，看着都疼。

"先起来。"

不想消耗李芳好的力气，乔青羽赶紧自己站了起来。乔礼隆指着乔陆生和乔劲羽的鼻子怒骂不孝，乔陆生脸涨得通红，大气都不敢出。

"造孽！"乔礼隆狠狠地吼，声如洪钟，"我当初让你娶这个老婆就是造孽！"

李芳好气结于心，悲愤难抑，哇的一声，捶胸顿足地哭起来。

"这个家就是被你给毁了，你这个不会生也不会养的狗娘东西！"乔礼隆咬牙切齿，气得站都站不稳，抬起手掌就要往李芳好脸上挥。还是乔劲羽，一把抓住了乔礼隆的手。

"别打了，爷爷！"

李芳好开始自扇巴掌，啪啪啪的声音像刺刀，一下下扎在乔青羽心上。她心惊肉跳，泪眼模糊，却怎么都抓不住李芳好的手，只好一下子整个人扑上去，把李芳好死死抱住，号啕大哭。

"别打了，妈妈，别打了……"

两人悲凄的呜咽声中，乔礼隆再度走进房间，重重地关上了门。

乔陆生在沙发上坐下，待母女俩平静一点，才面色凝重地开口："青青，进去给爷爷认个罪。"

乔青羽放开李芳好，朝乔陆生转过身。户外光线明亮，乔青羽猛然意识到自己家的客厅和阳台没窗帘，这意味着明盛可能——极可能——在对面目睹了自己家的不堪和愚昧，看见了自己刚才崩溃的丑陋模样。

这比她被乔礼隆打还要令她难受。

"等劲睿和你大伯回来，再向他们认个罪。"乔陆生继续用不容辩驳的口吻说道，"明天，回南乔村，跟奶奶和大伯母认罪。现在去跟爷爷认罪。"

乔青羽僵着脖子，一动不动。

"你有脸回来就要有脸面对家里人。"乔陆生斥责道，"谁欠你了，啊？赔礼认罪要你的命了？劲睿婚没结成，昨天去办了离婚，工作也干不下去了！你奶奶爬都爬不起来了！都是你干的好事！劲睿本来都挑起这个家了，全被你毁了！"

"我也能挑起这个家的。"

这句话赌气一般说出口时，乔青羽心里却有点虚。乔陆生忍不住骂开了："你一个女孩子怎么挑起这个家？啊？家里名声不好，你以后出嫁都难！你回来了，就要认罪，不然你有本事就别回来，在外面是死是活，随便你！"

"姐，"乔劲羽像要缓和空气中的紧张气氛，诚恳地凑了过来，"不怕，我和你一起进去，我保证爷爷不打你。"

"这两天你在谁的家里？"

李芳好没头没脑又来了一句，似乎相比认罪，她更在乎乔青羽的行踪。没想到乔陆生彻底爆发了："你能不能别插嘴？！主次不分！眼光短浅！两个女儿都是这样被你教坏的！"

"我没变坏。"说出这话时，乔青羽心里竟是为李芳好不平。

"你姐轻贱，你恶毒，"乔陆生狠狠地说，"两姐妹没一个好东西！"

眼前的父亲仿佛变了个人，乔青羽心里有什么轰然倒塌了。

"回来就要认罪，不认罪，我马上赶你出门，"乔陆生放下狠话，"反正女儿会嫁人，迟早都是别人的！"

"青青，听爸爸的，去爷爷跟前认罪吧，妈妈陪你。"再一次泪流满面的李芳好通红的双眼用力看着乔青羽，"你不喜欢家里，也要等读完书再走，不然过不上好日子的，知道吗？"

乔青羽无言以对。她站起身，让难抑悲愤的李芳好挽着手腕，走进了乔礼隆所在的屋子。

一

大房间的窗户没有纱帘，花布窗帘是上个租户抑或是上上个租户留下的，用料极省，全部拉平了才勉强覆盖住窗玻璃，拉开了怎样都能遮住一小半天空。这是属于乔劲羽的半个房间。乔青羽坐在床沿，从窗帘硕大的缝隙望出去，目光呆滞地停留在对面那亮着暖黄色灯光的玻璃窗上。

明盛在家。她思绪飘散开去，不敢相信自己昨晚竟在同样大小的窗户边，在那张舒适的大床上，度过了心潮澎湃的一夜。

月亮已经挂在天上了，残缺了一大块，被窗玻璃染了色，是深蓝天空里一抹清冷的浅蓝。乔青羽突然想起女记者形容自己的浅蓝毛衣是"月白"。所以，月白就是浅浅的蓝吗？真是美好又忧伤。又多愁善感了，乔青羽自嘲地想，矫情。浓郁的哀愁却像在湿润宣纸上化开的黑墨一样收不住，脑子里闪着明盛的眼眸，回旋着逝去的哀歌。

"这是我最后一次想他。"乔青羽绝然地想。重新踏进家门意味着在对面的二十四小时只是个虚无缥缈的梦。对她而言，家和明盛，是不兼容的。现在，她回到现实中来了。

现实是什么？现实就是手掌被乔礼隆用长尺鞭打的锥心的疼痛，是面对乔礼隆的时候，李芳好跪在自己身旁，低头拼命把所谓的"罪"揽在她自己身上（不会教女儿）时颤抖的鼻音、隐忍的眼泪。现实是妈妈虽然多疑、苛刻，却是这个家里唯一替她着想的人。现实是她绝对不会故意触碰妈妈最敏感的伤口，去和男同学暧昧不清。

她必须珍惜在二中的时间，好好念书，为了将来展翅高飞。只有这样，才不会辜负妈妈，也不会辜负掉头回来的自己。

对面暖黄色的窗户像一团火苗，在她心里烧出一个永远无法弥补的洞。

这是我最后一次想他——乔青羽闭上了眼，感觉明盛的脸变成了流动的浅蓝色——明月为证。

乔礼隆打了乔青羽的手掌后，大手一甩，在乔陆生的央求声中，头也不回地离开了朝阳新村。后来他在小区门口等到乔劲睿，当晚就回到了南乔村。

没有跟着上车的乔陆生失魂落魄回到家，手里拎着瓶二锅头。

"家门不幸啊。"乔青羽听到他在客厅大喊，"小羽，来，陪爸喝点酒，消消愁。"

没听见李芳好的声音。酒水落进玻璃杯的声音很惊心，乔青羽从房间里冲了出来。

"劲睿那边，明天我们全家一起回去赔礼谢罪。"乔陆生宣布。

"爸，"乔青羽盯着明晃晃的杯子，仿佛盯着一头怪兽，声音里尽是恐惧，"你别这样喝白酒，好吗？我犯下的事，我一人当，你想怎么惩罚我都行。以后我一定不会再做出伤害家人的事情了……"

"一人当，"乔陆生冷笑，"你以为你当得起？你算老几？劲睿的未来毁了！我们家在村里永远抬不起头！你奶奶，要不是躺床上起不来，早跳河了！你看看你造的孽！谁给你的胆子，啊？！"

耳朵被震得嗡嗡作响，乔青羽不敢抬头，余光瞥见李芳好正坐在沙发上，一样一样掏出王沐沐送给她的书包里的东西。

一套包好的秋衣秋裤、两双袜子、拖鞋、毛巾、牙刷、牙膏、纸巾、饼干、水杯、雨伞，以及一个用黑色塑料袋包裹的东西。很快，李芳好就把塑料袋解开了，从里面拿出一包卫生巾——沐沐姐真周到啊，乔青羽不禁感慨。

"你的那个本子呢？"李芳好突然抬头，"淡绿色，你看书抄名人名言的那本，在哪里？"

乔青羽头皮一麻："哪本？"

李芳好直接走了过来，双手在乔青羽羽绒服的下摆拍了拍，麻利地拉开拉链，抽出了内袋里的本子。

"去洗澡换身衣服，"李芳好命令道，"先吃晚饭再说。"

"再说"二字，意味着一场避免不了的冰雹。晚餐进行得相当沉默，乔青羽在混乱又紧张的思绪里横冲直撞，找不到出路。明盛留下的"我马上回来"的纸条就夹在摘录本的最后一页，李芳好肯定已经翻到了。该怎么解释这张明显是男生字迹的纸条呢？李芳好能分辨出纸条上的字和喜糖盒里的字其实是出自同一人之手吗？男生的纸条、女生的书包，李芳好会怎么理解这两者的关系呢？

乔陆生平时极少喝酒，方才灌下大半瓶二锅头，有了明显的醉意，饭吃到一半就丢下筷子，跌跌撞撞进了卧室。乔劲羽想缓和家里的气氛，饭后主动提出收拾碗筷。他进厨房后，李芳好把乔青羽拉进了乔劲羽所住的那半个房间。

摘录本和王沐沐的书包都搁在桌上。书包鼓鼓的，李芳好已经把所有东西放了回去。关上三合板门后，她先走过去把窗帘拉平，而后以一声沉重的叹息，开启了和乔青羽的谈话。

"这两天都在谁的家里？"

依然是这个问题。乔青羽知道自己必须给出令人信服的答案，不然，处于崩溃边缘的李芳好极可能因为自己对她的欺骗而癫狂。

"同学家。"

"对面？"李芳好眯起眼，那语气仿佛已经知悉一切。

"是，"乔青羽绞着双手，"我同学就住在对面。"

"是那个叫明盛的吧？"

乔青羽的心脏蹦到嗓子口，停了。

"报刊亭的冯老板娘昨天跟我说明盛带了个女孩子回来，我就猜到是你。"李芳好幽幽地说，"我才知道他就住我们家对面，他爸妈不管他，一个二流子。你胆子大，骨头也贱，不回家跟着他鬼混。"

"妈，"乔青羽虚弱地开口，"我就是借他家的床睡了一觉，我们……只是同学，我发烧了，他见我可怜，帮我一把而已……"

她把自己在火车站过夜后发烧、在公墓遇见明盛的过程简单叙述了一遍。很快，她提到了王沐沐，告诉李芳好书包是王沐沐送的。

李芳好点点头："王沐沐，我知道，上次你捡到的手机就是她的，住明盛家对面，成绩很好。"

"嗯。"

"纸条是明盛写的？"

踌躇片刻，乔青羽吐出一个"对"。

"他专门去找你的，那么好心？"李芳好讽刺道，"这种事，你姐身上我见得多了，要么是他有非分之想，故意讨好你，要么是你不要脸，自己一直在倒贴。你现在长开了，脸蛋不错，贴一贴，哪个男生不乐意？反正男的又不吃亏。你跟我说说，你跟他，是哪一种？"

半响，乔青羽开口："都没有，不是你想的那样，妈妈。"

"是你倒贴，作践自己。"李芳好决断地说，"你们班主任孙老师，还有冯老板娘，都跟我说，你放进喜糖盒的纸条看起来像明盛写的。你自己不提，他哪里知道我们家的事？"

"是我的错，跟他没关系，"乔青羽有点窒息，"他只是看我可怜，随手帮个忙。"

"我看也是，这么着急替他说话，你就那么在意他？"

"我没有。"

"那你在怕什么？"

"我没怕。"

"怕我去骂他，给你丢脸？"

"是我求他帮我的，妈妈，"乔青羽逼迫自己抬起眼，"他是个很好心的同学。不信，你可以随便问问别的同学。你要骂就骂我，我自作自受，活该。"

"要不是你爸拦着，我早过去骂了，也不怕别人笑话。"李芳好声音不大却面目狰狞，"你爸这个窝囊废，一听人家爸爸是省一医院的院长就不敢动了，说什么万一不是，闹出笑话，不好意思面对温院长，本来心里就过不去……嗬，这次我是知道了，你爸那脑子跟你爷爷奶奶一样，有毛病！女儿就不是人！我真是悔，当初让我拼儿子时我干吗要生，就应该带着小白跟你爸离婚……"

她开始呜咽，哭声渐响，几乎断气。乔劲羽闻声赶了过来，二话不说坐到李芳好身边，一边轻声安抚，一边抚摸着她的背。慢慢地，李芳好平静了些，像孩子般把脑袋靠在了乔劲羽肩上，嘴里气若游丝地喊着："小白啊……"

乔劲羽给了乔青羽一个眼色，意思是，别站着，赶紧过来安慰妈妈。

乔青羽坐下后看到李芳好双眼紧闭，嘴角奇怪地抽动着，看着像诡异的笑。她正要拉李芳好的手时，突然间李芳好睁开了眼睛，眼神空洞无神，似魂魄已经不在。

正当乔青羽吓得几乎喊出来时，李芳好挥挥手，眼皮又闭上了。

没多久，她站起身，拒绝姐弟俩的护送，自己回房了。

第二天，因为是否要回南乔村谢罪之事，乔陆生和李芳好产生了前所未有的冲突。但凡乔陆生开始吼，下一句李芳好就用更响的声音盖过他，直到乔陆生狠狠摔了椅子。乔青羽听得惊心动魄，乔劲羽也吓得不敢动。乔陆生最终摔门而去时，听着李芳好仍不停地谩骂，乔青羽很担心乔陆生回来时和昨天一样，手里拿着瓶二锅头。

她预想到父母会愤怒、失望，甚至与自己断绝关系，但没料到父母会互相伤害和伤害他们自己。无论如何，她不愿再看到乔陆生喝醉酒的样子了。自己在南乔村放的火蔓延了过来，正毫不客气地啃食着自己的家，乔青羽觉得必须得做点什么。

不，她转念一想，什么都不能做。

一个听话的女儿会让崩盘的父母重拾力量，就不会迷失，也不会溃散了。

既然回来了，对所有的斥骂与惩罚就应该全盘接收；接下来事事听父母的话，让他们重燃对自己的信心。

父母大吵一架的那天下午，乔青羽还是跟着乔陆生回到了南乔村。为了不使李芳好觉得被全家人"背叛"，乔青羽劝乔劲羽留在朝阳新村，安抚妈妈的情绪。她在南乔村待了两个小时，接受了乔礼隆的训诫，并在一众邻居的围观下，依着乔礼隆的指令，面朝爷爷奶奶、伯父伯母，实打实地磕了三个头以赔罪。乔劲睿一直没有露面。乔青羽在他房门前长跪，在长辈审判的眼光下，把头脑里表示后悔和歉意的词句掏了个干净。

伯母刘艳芬几次欲冲过来，那架势似要把乔青羽撕裂，均被邻居拦下了。等乔青羽终于被允许从地上站起时，刘艳芬竟朝她啐了口痰。那口痰飞得不准，砸在了乔劲睿的门上，刘艳芬因此彻底失去了理智。

"小贱人！比你姐还贱！不要脸！白眼狼！把家里害成这样，眼泪都不流一滴，毒啊！狗娘养的！"她朝乔青羽怒骂，"你妈不敢来了？两个女儿合起来祸害我儿子！贱种！"

面无表情的乔青羽跟在乔陆生身后，漠然得像行尸走肉。这个下午必然是她人生中最屈辱的时光，许是因为太屈辱了，灵魂居然早就逃逸。还没走到一楼她就想，自己未来很可能会失去这段记忆。是的，她没哭，因为这副沉重的、言听计从的躯体里没有心。

相反，乔陆生时不时看向她，眼睛红了。

在他们走出院门之前，乔礼隆当着所有人的面，凝重地告诉乔陆生，以后过年都不用回来了。

"你爷爷奶奶不要我这个儿子了，"在最后一趟乡间中巴上，拿手抹眼睛的乔陆生对乔青羽叹息道，"你把家里的根都拔了。"

乔青羽确实有种被连根拔起的感觉，阵痛之余却又觉得轻盈，比她上一次独自坐中巴逃离时更轻盈。她很想劝劝乔陆生，告诉他南乔村一点都不值得留恋——从乔白羽选择葬在清湖边而不是祖坟就能看出来。可她什么都没说。乔陆生眉间经年累月的沟壑让她明白，要把家人带出这因她而起的痛苦境遇，需要耐心、力量，以及忘我的牺牲。

车窗外暮色迅速降临了，视线中的天空先是被灰色覆盖，而后逐渐加深，直到变成接近黑色的深蓝。中巴晃悠着，乔青羽觉得自己不是在山路上行驶，而是潜进了深海。不能呼吸的感觉相当难受，可因为身边的乔陆生而更加沉溺其中，她的四肢反而充满了向上的力量。我不能踩着父母的感受，以获得所谓的自由，她想，"我把他们拉进了这摊浑水，在我能够获得空气之前，必须先保证他们能自由呼吸。"

除此之外，其他的一切都不重要。

-

当天夜里九点，拖着疲惫的步伐踏进房间的乔青羽，立马觉察到在她和乔陆生离开朝阳新村的这大半天，李芳好一点也没闲着——原本属于乔劲羽的窗台书桌上，现在整整齐齐摆放着她的书，窗子对着的窄床上是她的被子和枕头。

然而更让她吃惊的是窗户玻璃外凭空冒出来的泛着冷光的铁栅栏。这让她联想到秦阿姨那鸟笼一样的房间。

窗帘被拆下了。乔青羽想触碰铁栅栏，窗户却怎么都拉不动。这时她才发现两扇铝合金窗户交接处的上下方，有两块焊接上去的铁片，所以窗户被死死固定住了。她的视线透过玻璃，穿过铁栅栏的缝隙，正对面的窗子一片漆黑。那一刹那，乔青羽觉得自己死了。

身后传来窸窸窣窣的声音，李芳好提着几张展开的报纸走了进来，脸上的表情比铁网还要坚硬。

"让一下。"

乔青羽顺从地站到一侧，看李芳好把报纸摊在书桌上，先是用胶水把好几页报纸粘在一起，而后仔仔细细把报纸糊在窗户玻璃上，没留下一丝缝隙。她的内心毫无波澜，仿佛李芳好做的这一切跟自己无关。弄好了，李芳好舒了口气，扭头对她说：

"今天我把那个书包和纸条，都拿到对面去还给你的同学了。"

心脏瞬间活了过来。乔青羽来不及掩盖的惊恐令李芳好满足又鄙夷："妈妈也没废话，就跟明盛说，要是他还跟你纠缠不清，我就一把火烧了他们家，为了女儿，我什么都做得出来。"

她紧紧盯着乔青羽，声音放低一些，满是威胁："你拎得清的吧？你的心还能静下来吗？"

"能。"

"你要是有点脑子有点脸，就别跟别人说你在男同学家里过了一夜，晓得？"

"晓得。"

李芳好不相信地"哼"了一声，把书桌上的牛津英文词典抽出来翻了翻，从中抖落一个白色的信封——那是乔青羽从小到大收到为数不多的信件中留下的唯一一封，内容是打印出来的，光明正大。

"何恺是谁？"李芳好声音里有种压抑着的胜利感。

乔青羽低眉顺眼："顺云一中的学长。"

"信里说'没想到会在清湖边偶遇你'，"李芳好冷笑道，"暑假里我不管你，你就自己跑出去玩了？"

"就一次。"

"这么巧一次就碰到了？"

"是。"

沉默了几秒，李芳好又问："你给他回信了？"

"是。"

"说了什么？"

"没说什么。"

又过了几秒。

"我还以为你跟你姐不一样，没想到都是看到男人走不动路。"

"我没有，"乔青羽咬了咬嘴唇，"姐姐也没有。"

"我就是你们肚子里的蛔虫我跟你说，你姐明着你暗着，你比你姐还危险！"

像是被雷劈了一般，乔青羽心里燃起自我毁灭的烈焰。"妈妈，你放心，"她绝望但充满挑衅地说，"即便我对何恺学长有好感，我们之间也不会发生什么的。谁都知道我们家很烂，正经男孩子只会离我远远的。"

"我就知道！等念完书再想这些事来不及吗？！"李芳好突然爆发了，唾沫星子喷过来，举着信封的右手上下挥舞个不停，"我尽心尽力培养你们姐妹两个，特别是你，从小就把你带在身边，来寰州了想方设法让你进好的学校。你逃走，前两天你爷爷奶奶、伯父伯母都说把你抓回来后送回顺云，去桥头镇上读个普高，高中毕业就行了。是我跟他们吵个翻天覆地，拼命把你留在寰州的！妈妈什么都不要，跟谁都能撕破脸，就希望你能专心念书，乱七八糟的事别想！你知不知道你过早想这些事会把自己毁掉？！长得漂亮有什么用？男女关系中女人哪有不吃亏的？你想想你姐姐！啊？！"

"姐姐就是被你们毁掉的！"胸腔的怒火喷涌而出，乔青羽不管不顾大吼着，"是你们把她送回乡下，送进乔劲睿的狼窝！你从来不会自责的吗？就知道指责我们！全世界就你最辛苦就你最清醒！错的通通是我们！口口声声说为我们好，那都是你的自我感动！你把我逼进绝路，迟早会把我也毁了，你信不信？！"

李芳好先是震惊，随即眼眶通红，双唇颤抖着抬起右手："出去，你走，我以后都不管你。"

乔青羽用毫不保留的怨恨眼神回敬她："我走。"

为了不让眼泪滚落，她扬着下巴刚抬起脚，李芳好就疯了般扑了上来。一个响亮的耳光后，失去理智的巴掌像雨点般密集，噼里啪啦砸在乔青羽的胸口和肩背。乔劲羽闻声冲进来，拉开了李芳好，乔陆生随即把捶胸顿足的李芳好推搡进了卧室。紧接着，隔壁房间里传来刺耳的争吵。

"你又出来当好人了？我管我的女儿，你算什么东西？！"

李芳好的声音悲愤又尖厉，似在指着乔陆生的鼻子骂。

"你看看你疯疯癫癫像什么样子！你会管女儿？害了小白还不够？青青迟早被你逼死！"乔陆生不甘示弱，嗓音响彻天，"你就是个疯婆娘，你看看你的样子，比秦姐还像个神经病！"

"我疯，我本来哪里疯，不都是你们乔家人把我逼的……"

门内传来尖锐的吼叫，似两只猛兽在互相撕咬，另一个房间里的乔青羽和乔劲羽心惊肉跳地沉默着。许久，坐在床沿的乔青羽感觉有只大手在轻抚自己的脸颊。

"痛吗，姐？"

乔青羽这才感受到方才那一巴掌打得脸火辣辣的疼。乔劲羽把手移开，坐在乔青羽身边，声音里满怀不忍和诚挚："姐，妈妈打你不对，但妈妈不容易，你是没看到她为了维护你，和爷爷奶奶、伯父伯母吵架的样子……你别跟妈妈犟了，好吗？大姐的事已经过去了，劲睿哥老婆没了，工作也不做了，已经得到惩罚了，以后别再追究了，好吗？我们一家跟之前一样，和和气气的，好吗？"

隔壁的撕扯仍在继续，"离婚"二字频繁从乔陆生和李芳好的口中爆出，把乔青羽扎得血流不止。

"好。"

她对弟弟点点头，用力抱住他，号啕大哭。

一

窗子装上铁栅栏的第二日，乔家手工面馆恢复营业了。因乔欢尚未回到寰州，乔劲羽便当起了面馆的临时服务员。李芳好最早起床，最后一个离开家，走之前会仔细地锁上乔青羽房间的三合板门——新加的锁，既是防止乔青羽擅自离开家的保障，也是对她之前离家出走的惩罚。

乔青羽没有怨言地接受了这把锁。她甚至有点庆幸，因为现在她的房间有天光，也有电脑了——虽然窗子密不透风，电脑老旧且上不了网。她整天整天坐在糊着报纸的玻璃窗下，不厌其烦地与排列在书桌上的各个科目做斗争。窗外有光的时间段里，李芳好每天回来三趟，带来三餐，清洗痰盂，板着脸听乔青羽边吃饭边汇报完成的学习任务。夜晚，一家人都回来后，乔青羽有半小时的洗漱时间。她不用做任何家务，不再洗晒任何衣服，所以，也就没再去过阳台。

也没注意对面的灯是否亮起过。

无意识地，乔青羽又开始练字，用零碎的时间，把脑海中面目模糊的理想字迹一遍遍刻画在草稿纸上。多日前被父母扔弃的"长风破浪会有时，直挂云帆济沧海"时不时跳进她的脑海，清晰、深刻，就像乔白羽那张自小就令人过目不忘的脸。她会想念乔白羽的盈盈笑眼，也只允许自己的思绪停留在那里。

长相绝佳之人总有相似之处。所以她小心翼翼，生怕自己一不留神，意念就滑向了明盛的黑亮双眸。

家里更吵闹，也更沉闷。乔陆生和李芳好现在常常拌嘴，又似乎在无尽地冷战。乔劲羽明显沉默了许多。每晚，乔青羽都强迫自己早早入睡，蜷缩在床上双眼紧闭的模样，就像试图把周边的一切痛苦幻想成梦境的稚气孩童。

有一天清晨，将醒未醒之际，乔青羽被乔劲羽敲击三合板墙的声音吵醒了。

"小羽？"

"看看门下,姐,"乔劲羽贴着墙说,"昨天我结账时,有个男生给我塞了封信,说是给你的。你赶紧收起来,别被妈发现了。"

乔青羽一个骨碌翻起身,果然在门下找到一个白色的信封。

父母和乔劲羽一走,她就赶紧拧开了台灯。信封通体纯白,没有任何字迹,封口被胶水牢牢粘住了。是明盛吧,乔青羽忍不住想着,抓过小刀,极为紧张又极其细致地将信封开了口。

一张对折的白纸被倒了出来。展开,纸上是一句英文:

"If you wanna run away again, I can still help you with anything.(如果你又想逃走,我仍旧能帮你做任何事。)"

担心被李芳好截获,所以特意用了英文。再次见到"anything",乔青羽的心和第一次一样微微颤动。可理智迅速压了上来,随即她心烦气躁,胸腔里乱如麻。"我妈妈没吓退你吗?"她有些怨愤地想,"我妈妈威胁说要一把火烧了你们家,你以为她是在开玩笑吗?难道你以为,在你和我妈之间,在你和我的家庭之间,在你和我的未来之间,我会选择你?"

她慢慢把手里的信撕成碎片。明盛仿佛比她更热切地盼望"逃亡",于他而言,这或许只是一个刺激的游戏。乔青羽心里泛起不悦,同时又为这份不悦对明盛感到抱歉——"别想着帮我了,"她想,"别再增加我的痛苦了。"

她在前所未有的纠结反复中度过了漫长的一天。夜里,待屋里沉寂无声,乔劲羽也终于关上隔壁的灯时,乔青羽敲响了床边的三合板墙。

"小羽?"

乔劲羽压低声音问她怎么了。

"我必须出去一趟,你能帮我吗?"

"出来干吗?妈妈发现会杀了我。"

乔青羽略一沉吟:"我要见明盛。"

她听到乔劲羽长长地、无奈地叹了口气,可一开口,他的声音里又充满了兴奋:"姐,你跟明盛到底怎么回事?妈干吗骂他?他对你怎么了吗?妈这样对他,你在学校里,会不会被他报复啊?哎,你知道吗,报刊亭的冯老板娘好讨厌,以前不见来过店里,现在天天来吃早饭,抓住妈就说她亲眼看到你和明盛坐在同一辆出租车里,说你穿了什么衣服,她肯定没看错……但妈就是一口咬定你没去过明盛家,也告诉我和爸,千万别说你去过明盛家。冯老板娘还尽说明盛的好话,言外之意好像是,你缠上明盛妈妈却不承认似的,但你怎么可能是这种人嘛!对吧,姐!别说妈了,我都要气死了——"

"你把她赶走,"乔青羽忍不住打断乔劲羽,"明天她来,点什么都说没有,让她走。"

"把她惹火了,她不就更加到处说我们家的坏话了?"乔劲羽说,"妈说了,店面和这房子都租了一整年,等七月份到期了,我们就搬家。然后,等你明年高三毕业了,

176

你去外地读大学，我自己留寰州上学，她和爸就回顺云了，这样经济压力还小一点。"

听不到乔青羽的声音，乔劲羽又问："姐，你和明盛到底发生什么了啊？"

在明盛家的二十四小时像电影快镜头般在乔青羽脑海里闪过。眼眶里突然泛出了泪，她强忍着鼻头的酸意："没发生什么。"

"那你怎么会去到他家里呢？"

"巧合罢了，不值一提，"乔青羽低语，"以后也不可能发生第二次。你就听妈的话，当作我没去过他家。"

"姐，"乔劲羽叹了口气，"以前可能是我们年纪小，大姐跟我们什么都不说，但我们俩差不多大，你跟我完全可以什么都说，若明盛欺负你了，我一定帮你。你可别……把自己憋坏了啊。跟谁讲都不如跟我讲，知道吗？若你被人欺负了，爸妈那边，你先别说，千万要跟我说，知道吗？好歹我也是练散打的。"

"你想哪儿去了，他没欺负我，"乔青羽轻笑道，内心涌起一阵暖意，"都说了是巧合而已。"

"行吧，"乔劲羽打了个哈欠，"我会想办法让你出来的。不过，你记住，这次是你鼓励我当小偷的，要是被爸妈抓到了，你可得替我说话哦。"

"当小偷？"

"不偷妈的钥匙再配一把，你怎么出来？"乔劲羽反问，"还有啊，上次我拿妈的金镯，让你受苦了，对不起啊。其实我拿了就后悔了，但又没时间放回去，也不敢跟你讲，所以……"

"我没怪你，"乔青羽坦言，"再说，这次你又冒着风险帮我，算一笔勾销了吧。"

"对了，你要见明盛，得提前跟他说吧？我想的是明天或后天下午，你最多只有两个小时的时间哦。"

"够了，"乔青羽说，"我出来时，借你手机给他打个电话，他应该就会来。"

"你确定？"

乔青羽不是确定，而是笃定，可面对乔劲羽，她却回了句"但愿吧"。原因很简单，对心里不知何时产生的对明盛的绝对信任，对他一定会把自己放在第一位的那种把握，以及两人之间呼之欲出的令人晕眩的暧昧，她是必须埋葬的，不能展现给任何人。

Chapter 15
古樟

赶在开学的前一天,得益于乔劲羽配来的备用钥匙,乔青羽走出了那扇薄薄的三合板门。脑海中明盛的脸一下子横亘在眼前,在心中排练了无数遍的几句话,在她踏出门的那一刻就乱了——"就此消失"的冲动卷土重来,她向乔劲羽借手机,极其慎重地把身份证塞进乔劲羽手里,以免自己一不小心就顺从了"逃亡"的诱惑。

"妈去给我买新鞋了,我在家等你回来后把门锁上。"乔劲羽不放心地叮嘱道,"姐,无论如何,你四点前一定回来。"

"一定。"

乔青羽眼皮不抬,输入"我在樟树上等你,勿回信息"几个字并署上自己的名字后,飞快按下了那个熟悉无比的号码。

乔劲羽盯着她的一举一动:"姐,你和明盛之间真没什么?"

"没有,以后别问了。"

说话间她已经删除了发送短信的痕迹。把手机交还给乔劲羽后,她戴上毛线帽,用长围巾裹住口鼻,急匆匆出了门。

老樟树那终年繁茂的枝叶提供了一个天然的隐蔽场所,除此之外,乔青羽想象不出附近哪里更合适了。今天是雾蒙蒙的阴天,河边的小径上人迹寥寥。解开自己的长围巾,抛过最低那根树枝,乔青羽比上次更轻松地爬上了树。紧接着她攀上了更高的枝丫,直到自己站起身就能让视线在绿叶的缝隙间穿出。高处的视野更开阔,小径尽头敞开的铁门就在她的眼皮底下。如果明盛在那里出现,她可以第一时间知道。

树上等待的时光里,她脑海里涌现半年前在树下"偶遇"明盛的回忆。当时自己与何恺竟完全没发现他。也许,他也像今天的自己这样,隐藏在枝叶浓密的高处?也许,他也像今天的自己这样,早就望见自己与何恺出现在铁门旁,所以故意捉弄树下扭扭捏捏的两个人?为何要在原有的名木保护牌上贴自己写的警告?他只是生活无聊寻找乐子而已,还是这棵树确实是他私密的庇护所?

记忆继续往前挪,她想起当时自己溜出小区,正好碰到明盛父亲在到处找他。连冯老板娘都不知道他在哪儿。他家里的窗帘常年拉着,就是抵挡冯老板娘这样以窥伺别人生活为乐的人吧。

乔青羽感觉对明盛有了进一步的理解,可又产生了许多不解。这棵古樟并不是绝佳的藏身之处,既遮不了雨,也挡不住盛夏的炎热。既然回到朝阳新村也不自由,为何不干脆另寻别处?她不相信他找不到更好的地方。

由此看来,这棵树对他而言,的确意义非凡。

她正出神，明盛瘦高的身影出现在小径尽头。

铅灰色卫衣兜帽遮住了头，他的步伐快如风。乔青羽突然觉得脚下不稳，吓得她赶紧蹲下来稳住身子。当明盛走到树下时，她已经换了个姿势，学着明盛上次的样子，背靠树干，坐在了粗实的枝丫上。

明盛三两下爬上了树，停在她右下方的枝丫上，斜靠树干站着，脑袋的高度刚及乔青羽垂下的小腿肚。她低下头，与他四目相对，悄咪咪地屏住了呼吸。

是明盛先移开了目光。

"你竟然还能出来，"他用不可置信又带着满足的语气打破安静，"看起来还毫发无伤。"

后一句话里，乔青羽听出了困惑。

"我看见你爷爷打你。"明盛又抬头望向她。

自己刚回到家时全家人的歇斯底里，是乔青羽一辈子的耻辱。明盛目睹了那一幕——她最不愿意看到的事，终究发生了。乔青羽顿觉尊严扫地。

"你妈把你窗子都封了，你还不逃？"

提到李芳好，乔青羽更觉得耻辱。

"前几天，我妈找你，对你说了过分的话……她就是这样的，容易激动，你不要……我——"

"我没什么，就是觉得有点搞笑。此地无银三百两，"明盛打断支支吾吾的她，"要不是你妈找上门，我都不知道你留着我随便写的纸条。"

乔青羽的脸燥热了："这并不代表什么。"

明盛抿嘴一笑，眼里闪过狡黠的光："你还偷偷跑出来见我。"

"这也不代表什么，"突然间乔青羽很慌乱也很恼怒，"你不要胡思乱想了。"

"我没有胡思乱想。"

他用轻飘飘甚至有点玩味的口吻融解了乔青羽的愠怒。空气莫名变得暧昧。乔青羽肢体僵硬，紧靠着树干，仿佛在攀紧自己的理智。

"我见你没有别的原因，"她义正词严道，"电话会留下通话记录，书信能保存，那都是我不能忍受的痕迹。面对面交谈不仅正式，而且是由记忆保管的，如果愿意的话，转身就能否认，就能忘却……这才是我想要的。"

右下方，明盛坚挺的侧脸蒙上了一层暗影。

乔青羽悄悄吸了口气，继续道："我很感谢你帮了我那么多……但我们之间，什么都没有发生过，以前没有，现在没有，以后也绝不会有。"

几秒后，明盛把头别向了另一侧："我不明白。"

这有什么不明白的？乔青羽焦躁起来："我不是一个有资格追寻自由的人，没办法像你那样随心所欲地生活。你要是想找女朋友就去找别人，我不能早恋也绝不会早恋。再说，我不可能让一段毫无未来的感情毁掉我的生活。"

"毫无未来的感情？"

"高中毕业后你去美国，我在国内，我们的人生是两条道，本就不应该有交集的。"

"有什么关系？"明盛抬头凝视乔青羽的脸，"春节时我在纽约，不照样做到了你让我做的事？你发着高烧在公墓游荡，是我把你接了回来。"

"可是……"乔青羽顿了顿，"总之，你离我越远越好。就像上学期那样，对我视而不见，把我当作陌生人……"

"上学期我才没对你视而不见……"

"你的喜欢，对我来说是沉重的负担！没有的话，我的生活会轻松很多！"

明盛沉默了。

"我从一开始就讨厌你。"乔青羽这才把心里排练多遍的话说出口，"我一开始就觉得你很可怕，那么肆无忌惮地欺凌一个素昧平生的人。现在我觉得你自负、专横、冥顽不灵。你从小就被宠坏了，骄纵狂妄，太把自己当回事了，我的处境再不堪，也绝对绝对不会喜欢上你。"

她原本的计划是说完就走，可现在明盛霸占着下方必经的树枝，所以她只能纹丝不动。这番话的效果显而易见，明盛被冻住了，似雕塑一般。空气沉滞，压得乔青羽无法呼吸。许久，她意识到自己竟憋出了泪。带着粉身碎骨的狂热，她又开口道："我宁愿你讨厌我，真的。我们互相讨厌，互不干扰。"

"你，"明盛动了动脑袋，声音里有种难得的畏缩，"一直对我捉弄何恺的事耿耿于怀，是吗？"

"我其实没想把他的手弄骨折，只是让人去吓唬一下他，"明盛继续说，充满了沮丧，"但我明白这没什么好辩解的。有些事，并不是我随便开个头就能收尾的，比如说，"他快速吐出一口气，"比如说大家对你的议论。"

"乔青羽，"他抬起头，神色庄重，"我很抱歉。"

他一认真，乔青羽就有点慌了。望向自己的诚挚黑眸中带着无限悔意，她深受震动，心绪起伏，说不出话。

"你不接受我没关系，但是，乔青羽，"他收回视线，望向河面，"别讨厌我。"

"我讨厌你，因为你对何恺学长不是简单的捉弄，"乔青羽缓缓开口，感觉心被撕成碎片，"而是无缘无故的、恶意的欺凌。其实你对我也是一样的，随意抢走我的信，当着我的面把别人给我的信直接扔进河里……还说喜欢我。这不是喜欢，是占有。所以对我来说，你的表白不值一文。"

明盛突然捂着胸口蹲了下去。半分钟后，半蹲着的他长长叹了口气，重新站直了身子，转向乔青羽的眼眸毫无神采："既然这样，那就没什么好说的了。"

"我最后想说的就是，谢谢你帮了我那么多。"

明盛惨淡笑了笑："这都是废话。"

结束了。看起来明盛已经死了心。乔青羽想让自己解脱，离开这棵树。可明盛仍旧岿然不动。

"如果有两个选择，"他突然抬头，眼神深邃，"自由但很快会死去，被囚禁却能长久活命,你怎么选?"

乔青羽自然地联想到了自己的处境。她刚想开口回答说自己刚才已经做出了选择时,明盛又开口了:"我一直觉得你跟我很像,现在我知道了,你跟我很不一样。"

"你选第一种?"

"是,"明盛吐出一大口气,"就像我爷爷,不自由,毋宁死。虽然,我很希望他当初能选第二个。"

乔青羽有些疑惑地看向明盛。

"之前,我爷爷生病了,进医院后,全身插满了管子,也就从没有摘下过呼吸机。他一直是个很乐观的人,神志清醒时会笑着跟我说,他总算变成了未来世界的机器人。当时我上初三,马上要中考,我爸觉得我经常跑医院浪费时间,就承诺说会在我中考后把爷爷带回家,连同那些维持他生命的所有机器,让我安心应对考试。他是院长,所以我对此深信不疑,就按照他说的做。可中考完那天,我回到家,我妈妈却告诉我说,爷爷已经走了。"

回忆起明盛摆在书桌上的他和爷爷的合影,乔青羽的目光深沉起来。

明盛目视远方,声音更加凝重:"后来我才知道是我爸关掉了那些机器的开关。他对我说,这是爷爷自己的选择。被机器插满全身的感觉很痛苦,而且清醒的时间越来越短,不如在还能笑得出来时结束生命。我不相信他,因为我跟爷爷说好了,他会看着我考上二中。我爷爷的爷爷是二中建校时的第一批学生,我爷爷、我爸都是二中毕业的,所以他对二中有特殊的情结。纵使爷爷不愿意痛苦地活着,我也不相信他会在我进入二中前离开。"

他停下了,似在调整呼吸,很快继续道:"在我不断质问下,我爸才承认,说选择在我不知情的情况下让爷爷离开是他的决定。关于自己何时去留,爷爷早就把决定权交给了他,而他特意在我忙于中考浑然不知时这样做,是为了帮我避开强行分别的痛苦。他说,这是他和爷爷两个人之间的决定,他已经确保爷爷离去时安详、平静,而我要做的,只是接受这个结果。"

"我无法接受,"明盛又顿了顿,继续道,"很长一段时间里,我连爷爷的想法都不认同,甚至怨恨他没把我们之间的约定放在心上。现在回想,爷爷一直是个精神世界丰富、热爱自由的人,肯定不愿意自己活成一具没有自我意识的空壳。后来,我特意穿着二中校服去了安陵园爷爷墓前,算是给了他一个交代。可我永远不能原谅我爸,他自作主张,剥夺了我和爷爷好好道别的机会;我讨厌他把我当成弱不禁风的小孩,好像我没有任何承受能力。爷爷的病,爷爷的死,这么重要的事,他竟然以中考这种荒唐的理由向我隐瞒实情,我一辈子都不会原谅他。"

"隐瞒"二字触到了乔青羽心底的疼痛处,她顿时觉得自己和明盛其实同病相怜。不同的是,她不像明盛那样有直接质问父亲的勇气,也无法做到明盛那样用长时间的不服管教来表达自己的愤怒。

"你——"在明盛一股脑儿说完又陷入沉默之后,她感觉自己必须说点什么,"你爷爷对你的影响很大吧？"

"我妈是画家，年少成名，据说我出生后的头几年天天缠着她，使她不能安心创作，可她又丢不下我，以至于越来越抑郁；我爸工作太忙，最擅长冷冰冰地提要求，所以爷爷接我来朝阳新村上小学，照顾我。"明盛声音里满是感伤，"没有爷爷，在那个容不得一丝灰尘的家里，我肯定早就自杀了。"

"自杀"二字从明盛口中冒出，令乔青羽稍稍惊愕。

"其实，我爷爷就算是自杀吧，只是让我爸决定时间罢了。"明盛黯然神伤地望向远处，突然间又抬头，箭一般的眼神直击乔青羽的心脏，"你会吗？"

"什么？"乔青羽一下子不明所以。

"就是……"明盛欲言又止，"就是，用最极端的方式，彻底逃离世界这个囚笼。"

他指的是自杀。为什么突然这么问？她只是选择不抵抗，他就以为自己永远自暴自弃了吗？还是说，在他眼里，自己枯井般的生活只是耗费生命，没有任何意义？

"我没那么软弱，"乔青羽听起来澄亮而坚定，"生命是一个相当漫长的过程，我不会允许自己只沉浸在当下的痛苦之中。"

明盛飞快笑了笑："除了我爸妈和我，所有人都以为我爷爷自然病逝了。我从来没想过会把这件事说给任何人听，但，"他顿了顿，"除了你。知道我为什么突然把这个秘密告诉你吗？"

"为什么？"

"明天就开学了。"

"嗯？"

"这是我最在意、最不想让别人知道的事。"

乔青羽还是不明所以。

"我曾经用你姐的事当作武器威胁过你，"明盛半蹲下身子，准备下树，"现在，你也有了威胁我的武器。"

乔青羽怔了怔，等回过神，明盛已经在树下消失了。她小心翼翼地爬下树，在最下方离地约一人半高的树枝上尝试了多次，一时找不到安全落回地面的办法。当她双臂紧紧抱着树枝，垂下的双腿笨拙又渴求地贴着树干寻找支点时，明盛不知从哪儿冒了出来，一把揽过她的双腿。

乔青羽惊呼着，为稳住上半身，双手不自觉地抱住了明盛的头。她在明盛肩头僵硬地趴了十几秒——明盛来回走了几步，似在寻找方便的落脚点，最终踏出围栏，才把面红耳赤的乔青羽放了下来。而后，不顾乔青羽极度的混乱，他退回围栏内，用铅灰色卫衣兜帽盖过头顶，跋扈地指了指身边的名木保护牌，下巴微扬，狂傲地看着她："这是我的树。从今往后，不许再踏进这里半步。"

他怎么突然换了个人？不过，蛮不讲理才是他的本色吧。乔青羽恼羞成怒，不甘示弱，恶狠狠回盯了他一眼，随即留下一个头也不回的背影。

就这样，回到各自的轨道中去吧。

Chapter 16
密约

乔欢在乔青羽开学的同一天重返店里，李芳好又开始不辞辛劳地每天用电瓶车接送乔青羽。她早就没收了乔青羽的身份证、公交卡，在开学当天则跟随乔青羽走进学校，排在长长的学生队伍中间，为乔青羽充了第一个月的午饭钱。

"你以后身上不要带钱了，反正你也用不到，"充值后，在周遭压抑着兴奋的窃窃私语中，李芳好挽起乔青羽的手臂，用语重心长的口吻说道，"饭钱我每个月都来给你充。你就安心读书，其他什么都不要操心。"

从饭堂出来，她领着乔青羽去了校长办公室。教导主任、年级组长、班主任都在，阵仗大得令乔青羽惊异又忐忑。好在开学当日事情多，这场谈话并没有持续多久。大部分时间是李芳好在说。她轻描淡写地讲述了这个冬天家里发生的一切，美化了家里的每一个人，并用恨铁不成钢的目光看着乔青羽，苦诉自己对她的付出。校长用宽厚的声音安慰了李芳好，并在她面前承诺，学校会一如既往地关爱每一个学生，保证乔青羽的学习环境；教导主任称赞了乔青羽的个性；年级组长只是用了然一切的目光看着她，什么都没说；班主任孙应龙则表示会多跟乔青羽交流，关注她的心理健康，帮助她融入班集体。这场谈话令李芳好非常满意，以至于在走向校门的路上，她把刚才的谈话内容一遍遍总结，不厌其烦地倾倒进乔青羽耳里。

"老师说得对，父母是你最坚实的后盾，你有心事千万别藏着，一定要告诉妈妈。"

"嗯。"

"世界上除了妈妈，还有谁会真正对你好？"

"嗯。"

"妈妈不求什么，家里也不求你什么，你好好读书，长大了自己好好过日子，就行了。"

有陌生的男生朝她们吹口哨，李芳好突然沉默了，脚底生风。乔青羽紧跟着她来到电瓶车旁，上车前，李芳好从上至下、前前后后打量她，忧心忡忡，一副要哭的样子。

"晚上带你去剪头发，"她突然决绝地说，"头发长容易分心。"

李芳好骑着电瓶车走了，带起一阵风，一缕轻柔的碎发似春风一般撩拨着乔青羽的下巴，她不舍地抓住了它们。回教学楼必经的集会广场上有不少学生，乔青羽想象着自己经过时会搅起的兴奋、审判及唾弃。于是她松开马尾，将及胸的长发用手指梳理整齐，而后奔跑起来，风一般穿过了那些被惊起的复杂眼光。

乔青羽知道她的头发黑亮柔顺如水一般。强迫所有人记住她长发披肩的样子，给她带来了回击的快乐。反正她什么都被剥夺了，干脆活得肆意畅快一点。

第二天返校考，当乔青羽顶着比许多男生还短的头发出现时，原本喧闹的教室就像被按了静音键一般，瞬间鸦雀无声。她的座位仍在教室的正中间，走过去的那几秒，漫长如一个世纪。余光里，明盛是后排唯一低着头的人。"我看起来一定很丑。"乔青羽绝望地想。他是刻意回避，还是毫不在意？

背对着明盛坐下后，她理智反弹，狠狠批判了自己。她警告自己说，不要在意任何人——任何人，就像在家里那样，沉浸于书本和习题，把一切通通忘却，并不是难事。

可这是在学校啊，那么多双眼睛，那么多张嘴巴。

被囚禁那七天给乔青羽带来了一个显著的成果，就是返校考的成绩意外地好。她是班里第十三名，竟然排在明盛前面。由于她第十三，明盛第十四，叶子鳞就开始拿这两个数字打趣。

"1314，一生一世啊，故意的吧？"他从远处冲着乔青羽大吼，"煞星！能不能放过我们阿盛啊？！"

所幸响应他的人并不多，除了少数几个女生捂嘴偷笑，后方那些男生像是集体失聪了。叶子鳞仿佛立马意识到自己说错话了，赶紧移到明盛身后，语气讨好如哈巴狗："阿盛，开玩笑，开玩笑……"

明盛拿开他搭在自己肩上的手："你有兴趣就自己追。"

"我追她？"叶子鳞拍着桌子哈哈大笑，"盛哥，你整我吧？哈哈，我追她还不如追一只青蛙！"

他被自己拙劣的押韵逗得夸张大笑，却换来了教室里更可怕的安静。明盛对叶子鳞的不悦写在脸上，使得其他人都自觉收起了附和叶子鳞的惯性。

"哥们儿，对面新开了一家店，中午我请客，听者有份！"

明盛不吭声，别人即便想去也只能憋着。没有人愿和明盛过不去，在他已经这么明显刻意撇开叶子鳞的情况下。

"今天不行……那周五晚上吧，周五晚上大家都方便些！盛哥，你说呢？"叶子鳞苦哈哈笑着，过于卑微的语调连乔青羽都可怜他了。

"别妨碍我看书。"明盛冷冰冰地击倒了他。

有人说，因为明盛考得差，所以没心情搭理叶子鳞，但这种论断根本站不住脚。更多人相信，明盛是因为去年被乔青羽割伤手的事，决定和始作俑者叶子鳞划清界限。难道不是吗？他那么讨厌乔青羽，可叶子鳞却一再去撩拨这个心机深重的转学生。惹不起还躲不起？明盛做得对。

乔青羽的直觉告诉她，明盛对叶子鳞突如其来的厌恶，确实是因为她。但不是因为手被割伤而无法参与篮球赛的事。是因为他使黑哥加剧了自己原本就苦难的生活，是因为他对自己那种猥琐、下流的兴趣。明盛很可能早就不爽叶子鳞了，只是现在才突然爆发。

这个推测让她膨胀。心思飘浮起来悬在半空，摊在眼前的文言段落，默读了十几遍才勉强能够背诵。早读下课的铃声响起，乔青羽有些气急败坏地合上课本，转而拿出一张草稿纸，握紧笔杆开始练字——第一个字她写了"白"，第二个是"殇"，接下来，她的右手像有自我意识似的，不经思考就写下了"南乔村"。这时她才意识到自己脑海中呈现的，是塞进喜糖盒的明盛的手写纸条。

乔青羽扔下笔，筋疲力尽又迷茫无助，对自己失望透顶。

关澜从外面走进来，喊了她一声，让她去孙应龙办公室。乔青羽像抓住救命稻草一般，逃出了充斥着明盛气息的教室。推开半掩着的办公室门，她正要开口喊"报告"，心脏却骤停了——明盛也在。

"进来。"孙应龙冲她点头。

待乔青羽走进去，与明盛并排站立，孙应龙问她，她离家出走后是不是去了明盛的爷爷家。

想起李芳好的警告和叮咛，乔青羽鼓足一切勇气，清晰地吐出两个字："没有。"

"没有。"孙应龙意味深长地重复了一遍，像是专门说给明盛听的，"世界上似是而非的事情多了，隐藏本身是没什么对错的，要看为了什么。很多时候，揭露比隐瞒给人带来的伤害更大。"

他顿了顿，目光从明盛脸上移到乔青羽脸上，更加语重心长了："你们现在还小，不懂人情世故，长大就会明白了。"

乔青羽其实什么都没听进去。她竟然当着明盛的面，断然否认了他对自己的帮助，当着他的面遗忘了一切。用过即弃，她果然如叶子鳞所说的心机深重。为了保全自己那丁点可怜的名声，她用自私和懦弱践踏着他的尊严和真心。现在，他会彻彻底底地看清她、厌恶她、憎恨她吧？

那天放学时，孙应龙又找了乔青羽第二次，好心向她推荐了校心理老师乐凡。他给了她一个座机号码、一个手机号码，说有任何难以启齿但又想找人倾诉的心事，都能给乐凡打电话。乔青羽承诺说自己一定会找乐凡老师聊天排解情绪。可一走出校门，她就把写着电话号码的纸条丢进了垃圾桶——她讨厌孙应龙把自己看得那么脆弱。肯定是李芳好强迫自己剪的那突兀的短发令她看起来有点疯癫。她恨李芳好，恨她不仅控制自己，还控制别人对自己的看法。"我很好，"乔青羽不断告诉自己，"我能排解任何心事。"

因为天气原因，开学第一周的升旗仪式没有如期举行。细雨绵绵的周一，乔青羽去找了王沐沐，告诉她自己想退出国旗班了。王沐沐并没把视线焦点放在她的短发上，仿佛根本没注意到她的变化，这让她很受安慰，也对王沐沐陡增亲近之感。

"可以啊，"听乔青羽说完，王沐沐爽快地点头，"虽然我早就不管国旗班的事了……但他们都是我选的，我可以再给国旗班选一个。"

新的升旗手就是苏恬。据说她并不情愿站乔青羽曾经站过的地方，无奈国旗班的其他女生非她不要。据说她同意进国旗班后，马上就把国旗班过时的制服、手套、鞋子全换了，用的是她自己家的钱。据说她嫌弃只有一套长袖制服太少，特意增加了夏季的短袖短裙制服，连国旗都换成了新的。

真好，乔青羽心想。不知为何她挺喜欢苏恬这样做，喜欢苏恬那种不加掩饰的想方设法把自己抹去的那股劲。

王沐沐却显得很不好意思。私下里，她找到乔青羽，解释说国旗班的东西很旧，确实该换了，又说她毕竟不算国旗班的人了，没法阻止苏恬这么浪费等。当时刚放学，乔青羽怕李芳好在校门口等急了，就没和王沐沐说太多。第二天，王沐沐又找来了。

"我要去一个地方，一个人不太敢，你陪我，好吗？"

这次，她是赶在最后一堂自习课打铃前来的。乔青羽怕赶不回来上自习，又无法拒绝王沐沐的郑重，便跟随她走出了教学楼。上课铃声在踏入行政楼时响起，乔青羽停下脚步，和王沐沐面面相觑。

"没关系的，自习课迟到几分钟，你们孙老师不会怪你的。"她脸上带着抱歉不安的微笑。

乔青羽于是和她并排继续向上走，来到三楼，在走廊的尽头，王沐沐面对一扇红棕色木门停了下来。

木门上有五个醒目的大字——心理咨询室。

乔青羽的第一反应是自己被出卖了——很可能，就是孙应龙委托王沐沐带自己来见心理老师的。震惊和愤怒写在她的脸上，被王沐沐刻意回避了。乔青羽想掉头就走，双脚却迟缓、滞重。就在这时，王沐沐敲响了红棕色木门。

乐凡老师打开了门，王沐沐回头做了个"一起来"的手势，乔青羽便鬼使神差般跟着走了进去。

与王沐沐并排坐在柔软的布艺沙发上，乔青羽感觉她的肢体比自己还要僵硬。乐凡是个慈眉善目、脸庞圆润的中年女性，给她们各倒了杯水后，自己在侧边的单人沙发上坐下了。

"我时常会遇到结伴而来的女同学。"她笑着开口，满眼疼惜的目光在两个女孩之间来回游移，"你们两个我都认识，王沐沐，乔青羽。我有点诧异的是，你们竟然是这么好的朋友。"

"我这里干净明亮吧？"乐凡笑着，"多大的心事都容得下，多大的心事在这里说出来，放在太阳下晒晒，就变轻了。"

见两个女孩都没回应，她起身把浅色窗帘拉上，光线暗下来，刺眼的阳光消失了，屋子顿时柔和许多。

突然王沐沐腾地一下站了起来："对不起，老师，我……我还没准备好。"

乐凡"哦"了一声，"没关系"三个字尚未说完，王沐沐就捂脸跑了出去。很快，乔青羽从惊愕中恢复过来，对乐凡说了句"对不起"，飞快追了出去。

王沐沐跑进行政楼右侧的小花园，消失在一座蘑菇亭后。被乔青羽找到时，她双眼通红，胡乱擦拭的眼角还挂着泪珠。

"你肯定觉得是我骗你来心理室,对不对?"王沐沐语气幽幽的,"我不知道孙老师为什么会找到我,但他确实找了我,问我可不可以劝你和乐凡老师聊聊。但是,"她抽了抽鼻子,抬头看了乔青羽一眼,"我向你保证,今天我没骗你!真的是我自己要找乐凡老师,又不敢,希望你陪着我。"

"嗯。"乔青羽在她身边坐了下来。

王沐沐撸起自己的衣袖——棉外套、校服、毛衣,直到推开最后一层棉毛衫袖口,露出一截白嫩的手臂。

乔青羽先是不明就里地看着,而随着王沐沐翻转手臂,她倒吸了口气——在手臂的另一侧,白皙的肌肤上,布满了一道道鲜红的血印,触目惊心。

"我的心事太多了,"王沐沐咬着唇,"全都是见不得太阳的。"

她们没再回心理室。在行政楼后面的小花园里,乔青羽陪王沐沐坐着,虽然王沐沐说了"见不得太阳"之后就没再开口。她把袖子重新放下,整理好,仔细擦去哭过的痕迹,而后挽着乔青羽的手臂,把头靠在她的肩膀上。她们就像两个极要好的女孩那样。

乔青羽想安慰却无从启齿。时间就这样静静地流逝,直到面前突然冒出教导主任黄胖子。

"你们俩不上课在这儿干吗?"他质问了一句,好像被两个女孩脸上的愁容打动了,下一句语气轻柔了许多,"心情不好是正常的,谁没有心情不好的时候?但逃课就不对了,快回教室。"

走向教学楼时,王沐沐依然用她那没有伤痕的右臂挽着乔青羽的左臂。快分别了,乔青羽笨嘴拙舌地说了几句"一切都会过去"之类的话,感觉到左臂空了,王沐沐停下了脚步。

转头,王沐沐笑得舒展。

"我已经好啦,刚才我那样,你可千万别当真,"她轻松得好似反过来安慰乔青羽,"平时我不是这样消沉的啦!"

"那……"乔青羽将信将疑地看着她,欲言又止,"那你为什么要自——"

"残"字还没说出口,就被王沐沐抢断了:"返校没考好,马上又一模了,压力有点大。不打紧,我已经调整过来了。"

她变回了乔青羽熟悉的那个如春风般温煦,让人感受不到丝毫阴郁的王沐沐。

"乐凡老师很值得信赖。"王沐沐像是记起了自己的使命,"跟心理老师聊天不是什么丢人的事,谁都可以去,就当她是日记本。你什么都可以跟她说的。我现在抽不出时间,等我高考完,我也会找她聊聊天。"

"那我等你高考完了,一起去。"

王沐沐眼里闪过一丝惊讶,及感动。

"好。"

她俩相视而笑,仿佛达成了一个秘密约定。

Chapter 17
友情

　　每天中午，乔青羽都会去图书馆打发掉下午第一堂课之前的漫长光景。教室里充斥着关于明盛的一切——不是别人提到他、找他，就是他自己和后排的男生大声说笑。这让她有点承受不住。他之前也这么活跃吗？是自己去年不够在意他所以没意识到吗？乔青羽不得而知，心烦意乱，干脆一刀断之。

　　图书馆成了她的避难所，阅览室靠窗的位置则是她的天堂。垂挂在图书馆后面矮墙上的迎春花盛放着，从二楼的阅览室往下看，交错重叠、熙熙攘攘的金黄小花，就像无数个柔软的小太阳。瞅见没人的空隙，乔青羽会从阅览室里飞奔下来，怀抱借来的书，在花墙前来回踱步，尽情享受这方小世界的明亮和热烈。有几次她拥抱了这些纤弱又坚韧的细枝，把脸埋在绽放的花朵中间，贪婪地、小心翼翼地呼吸着春的气息。

　　不论是手里的书，还是窗下的灿烂，都能让她暂时忘却明盛的声音和眼睛。阅览室的静谧使这里成为一块圣地。日复一日，乔青羽虔诚地来到这里，挑一本杂志在窗边落座，任灵魂被铅字和春意冲刷。次数多了，她渐渐平静，稳定，有关明盛的一切就像一块被海浪磨平的硬石头，仍搁在她心里，却失去了重量和棱角，不再令她因疼痛而焦躁得坐立难安。

　　到三月末，迎春花已难觅踪迹，乔青羽依然孜孜不倦地泡图书馆。这变成了她的习惯，仿佛午饭后不去图书馆看会儿书就是在虚度光阴，虽然按照孙应龙的意思，放弃校园里精彩纷呈的社团文化节、读书节、合唱比赛等集体活动才是惨痛的损失。

　　乔青羽感激孙应龙为使自己融入集体而做的许多尝试，但也仅限于感激。她对集体活动没兴趣，大家对她也没兴趣。孙应龙两边不讨好，几次下来，就不再做徒劳的努力，反而对乔青羽热爱独自泡图书馆这件事给出了真诚的建议。

　　"除了看书，你也可以尝试动笔，说实话，你那篇把家里搅得天翻地覆的《不该遗忘之殇》，让我很惊艳。"他的笑里满是鼓励，"想写什么就写什么，放开写，就像新概念作文那样，你有这个潜力。"

　　这让乔青羽受到不小的震动，仿佛内心有一个隐藏的火种被噌地点燃了，瞬间熊熊。因为李芳好会随时翻看她的一切，所以她从来没想过"随便"写点什么。可她从小又喜欢写，所以醉心于练字，热爱把书上喜欢的句子摘录到自己的本子上。她突然明白了自己做这些的原因是什么——就是为现在的自由动笔储存能量和决心。现在她房间里有一台电脑，上不了网，还被李芳好用台布罩住了，但——乔青羽想着就兴奋起来——荒废的电脑恰恰可以作为她的秘密基地。

　　可她没有立刻行动，一股难以言说的郁郁寡欢压制着她的热情。一回到家里那个逼仄的封闭空间，除了机械地学习、学习、再学习，她抬不起劲头做其他任何事。冲动和展望只属于图书馆——那块可以自由翻阅、没有压迫的圣地。很快，对毫无行动力的自己，乔青羽心生厌恶。

即便月考成绩她再次进步，位列全班第十，仍没令她摆脱对自己的失望。

她的头发长了一些，发尾像小刺一般扎着她脖颈的皮肤，很不舒服；她不懂夸赞她有才能的孙应龙为什么把市征文比赛的名额给高驰、蒋念和邓美熙，却连看都不看她一眼；她不喜欢除了她每个人看起来都很快乐。迎春花全谢了，圣地失去了色彩，她的头顶一片愁云。

与此相对的是明盛的意气风发。自开学伊始就摆脱聒噪的叶子鳞后，他仿佛当起了自己的代言人，生怕别人不知道似的，无论干什么都要在班里搞出一点动静。带着漠然的态度，乔青羽知道他把能参加的校内活动都参加了，连校外的风波也没放过，里外开花，出尽风头。

她知道，在读书节的朗诵会上，明盛选择了与邓美熙搭档；健美操比赛时，他姗姗来迟又早早离去，却没错过苏恬的完美表演。她还知道，篮球队训练时，明盛不再恶狠狠地阻止那些举起手机或相机给他拍照的女生，所以网络上他的照片一下子多了起来；她当然也知道，就在学雷锋日那天，因对黄胖子不满，明盛竟在他发表集会讲话时引领众多男生在台下发出讥讽的嘘声。总之，他活得肆意畅快，与自己形成鲜明对比。

而且他轻松自在。不像乔青羽，费尽全力却仍旧憋屈。

四月的第一天，心中的愁云飘到天上，下楼时一场突如其来的骤雨把乔青羽挡在了楼道里。她跑回去换鞋，撑着伞冲进雨中，向小区大门奔跑时听到有人在喊她的名字。

"最近学习辛苦啊！"

冯老板娘的脸从一把大红格子伞下闪现出来，乔青羽涌起生理性的厌恶。

"怎么现在放学都不去店里了啊？"不知是无意还是刻意，冯老板娘的红格子伞抵住了乔青羽的伞面，直勾勾的窥探欲写在她脸上，"哟，怎么脸惨白惨白？又瘦了啊！小姑娘家家想那么多干吗哟！十六七岁就愁容满面，漂亮脸蛋也会不好看的哟！"

换作之前，乔青羽一定会忍着。可是现在，她直接回了句"跟你无关"。

"吓？"

"我跟你讲，"乔青羽略带满足地看着她因吃惊而扭曲的脸，"你那天看到的人不是我。我从来没去过明盛家，是你眼花。"

"我哪里说过你去阿盛家了，你哪只耳朵听到我说过？"

乔青羽一口气堵在嗓子眼，差点儿说不出话："我是说你看错人了，和明盛坐同一辆出租车的，不是我！"

"不是就不是咯，你妈妈早跟我说清楚了，"冯老板娘一副"干吗还提起这个"的神情，"要是真的，啊，大家不早对你说三道四了？我啊，糊涂了那一下，阿盛哪里是随便带女孩子回家的人？你女孩子要名声，男孩子不要？阿盛不要？阿盛的爸妈不要？后来我仔细想了下，是我眼花了……"

至路口，乔青羽突然加快步伐，甩开了喋喋不休的冯老板娘。密密麻麻的雨点砸在伞面上噼里啪啦，她把伞尽可能放低，莫名委屈得想哭——在这些势利的人眼里，自己就这么配不上明盛？

更让她难受的是，她觉得这是报应。是她自己说的，记忆转身就能否认，就能忘却……现在，老天爷如她所愿，让所有人都心甘情愿地否认她在明盛家度过了一晚，就等着她主动忘却。除了忘却，别无选择。

这意味着她和明盛之间彻底没有关系了。她不要，别人不许她有，上天也肯定她的抉择。

又有人喊她，这次是王沐沐。她基本没在上学前碰到过王沐沐，一碰上就是她心情骤然低落的时候，真有点困窘。

"我前面就想喊你，但看到冯阿姨和你一起，就不敢叫了。"王沐沐调皮地掀开她的伞面，"你怎么啦？冯阿姨说什么了吗？"

"没有。"乔青羽摇头，眼泪却不争气地滚下来。

"怎么啦？"王沐沐一下子慌了，"不管冯阿姨说什么都不用管，她喜欢挖别人的苦处，你可千万别当真啊……"

乔青羽吸吸鼻子想止住抽泣，眼泪却在王沐沐的柔声细语中越滚越多。她撑伞蹲了下来，王沐沐陪着她，也蹲了下来，伸出一只手，一直轻抚着她的后脑勺。

昏天暗地中，眼前出现一双熟悉的鞋，是李芳好找过来了。

"我说怎么还没来吃早饭，"李芳好说着，连同王沐沐一起，把乔青羽拉了起来，"怎么在大马路上哭了？干吗了？"

尚没法开口的乔青羽听到王沐沐礼貌地喊了声"阿姨"。两人一问一答，很快，李芳好就得出一定是冯老板娘乱说话惹哭乔青羽这个结论。简单安慰了乔青羽，李芳好向王沐沐发出邀请，让她一起去店里吃早餐。王沐沐推辞不过，加上乔青羽请求的眼神，便不好意思地答应了。

"上次你帮青青，怕她受苦，给她一书包的东西，都没好好谢谢你。"李芳好说。

"那些东西……"王沐沐尴尬地开口道，"你们都还给我了呀。"

"还归还，谢也要谢的，青青难得交到诚心对她的朋友。"

"朋友"二字从李芳好口中说出，算是对王沐沐全方位的肯定。永远失去明盛的疼痛感瞬间减轻了，乔青羽心里好受了许多，顿时觉得生活并不全是黯淡无光的。

"你们两个女孩子，都是家里有困难，都是要全部靠你们自己找到出路，"李芳好情深意长地叮咛道，"要互相帮助，互相鼓励，一切往好的方向走。"

李芳好把王沐沐拉进来一同说教，令乔青羽脸上有点挂不住。她不做回应，斜眼偷瞄王沐沐，却见她笑得轻松、灿烂。

"阿姨说得对，我们都是靠自己，必须加油。"

Chapter 18
迷离之春

雨连绵到了第四天，清明。在李芳好的怒骂、撒泼，以及不绝于耳的"离婚"威胁下，乔陆生放弃了跟往年一样回南乔村祭祖的念想。面馆休业一天，乔家一家四口在细雨纷纷的清冽上午，来到了安陵园。

清明假期，又逢周六，一向寂静的安陵园显得有些嘈杂。乔青羽夹在李芳好和乔劲羽之间走上石阶，注意到那些已经有人祭奠过的墓碑前基本都有黄色和白色的菊花花束，大部分是真花，有些是假花。花束让墓碑显得清雅。乔家人手里没有花，只有香纸、金元宝、供奉食品这些看起来特别朴素的东西。乔青羽觉得有些遗憾——姐姐这么喜欢花，她肯定不愿意自己是一众人中最暗淡的那位。

来到乔白羽的墓前，乔陆生弯腰掏出塑料袋里的东西，正要点火，却被东张西望的乔青羽拉住了。

"爸爸，你等我一下，"她急匆匆地说，"我去给姐姐摘点花。"

说完，她转身继续向上走，很快进入墓园外的青绿山野，在家里另三个人的注视中摘起地上的黄色小野花。乔劲羽过来加入了她。随即，李芳好也来了。阵仗一大，来墓园祭奠的另一户人家便好奇地往这边张望，垂立在原地的乔陆生脸上泛起难堪。

"你们快点，意思意思得了，"他皱着眉头用南乔方言轻喊，"别人看到像什么样子！"

李芳好、乔劲羽各摘了一小把就回去了，乔青羽却越走越远。一方面野花纤弱小巧，必须一大把才能显得亮丽、灿烂，另一方面她反感乔陆生把颜面看得高于一切，陌生人一个眼神就让他厌了。直到手里实在抓不下了，她才心满意足地回来。

"不像样！"

乔陆生怒目轻斥。李芳好拉他的衣袖："青青是想着小白。摘点花不是好的嘛，不用费钱买。"

和之前每次来一样，乔青羽蹲下身，用衣袖仔细擦干净了乔白羽的照片。明丽的笑脸蓦然亮闪闪的，和下方繁星般的野花相配，尤其动人。

"大姐真的太美了，"乔劲羽感慨，"要是长在寰州，早被挖去当明星了。"

他们把供品一一摆好，烧纸焚香，对着墓碑祭拜了三次。眼看李芳好的眼眶红了，乔陆生加快了收拾的速度。

"好了，走，"他催促大家，"这里越来越挤了。"

确实，出现在墓园的人比他们刚才来的时候多了一倍，因为撑着颜色各异的伞，所以看起来格外熙攘。有三把黑伞被一群彩色伞围着，挡住了石阶入口。乔青羽正担忧他们怎么走过这群人时，彩色伞散开了，三把黑伞拾级而上，每把伞下都是穿着黑色大衣的修长身影，颇有气势。

不知为何，乔青羽的心咚咚跳。怀疑还没成形，领头的乔陆生先停下了。

"温院长！"

果然。乔青羽心脏一沉，又随着乔陆生开口，迅速提到嗓子眼。

"来扫墓啊，呵呵……我们也是，来看看大女儿……喏，我小女儿，儿子，我老婆。"

机械地抬起伞面，乔青羽迎接温求新略带严肃的笑眼。她抿嘴点了下头，算是打招呼。

"不打搅你们了，"乔陆生谦卑地抬抬手，"你们忙，我们已经弄完——"

他的话被温求新身后突然冒出的黑色身影打断了。撑伞人明显刻意放低伞面并朝这边倾斜，湿冷的哑光黑色大伞面在乔青羽眼皮下滚过，几乎擦到了她的鼻子。她吓得后退了两步。

"阿盛，你……"

不可思议的声调来自最末那面黑伞，一个身穿长及脚踝的黑大衣的女人。她朝乔青羽抱歉地笑了笑，有一张乔青羽莫名熟悉的白皙脸庞。

温求新替儿子说了抱歉，而后两家人就分开了。继续下山时，乔青羽恍然大悟——她是在杂志上看见过明盛的妈妈明郁的。

不止一次，不同的杂志，刊登了明郁的大幅照片，洋洋洒洒好几页介绍她的生平、作品，以及下半年即将在欧洲举办的巡展。与明盛有关的一切，乔青羽都会下意识地避开，所以关于他妈妈的文章，她并没细看。但这不妨碍她看出他妈妈的成就。一家子光芒万丈的人。

"哇，姐，明盛好狂啊，连招呼都不打。"乔劲羽凑近她，兴奋地嘀咕着，"不过你看到他脚上那双黑皮鞋了吗？那个单词我认识！纪梵希！"

李芳好不知何时绕到前面去了，钻进乔陆生伞下，两人正低声而急切地争论着什么。难怪乔劲羽胆子这么大说这些，乔青羽心想。她对明盛穿什么鞋不感兴趣，脑海中闪现的是明盛说起他父母时黯淡的神色。

"纪梵希是什么？"她心不在焉地问。

乔劲羽斜眼看她："落伍。"

乔青羽不置可否，回想着明盛妈妈的样子。和照片上一样，鲜眉亮眼，气质内敛，是个有涵养的美人。

"高中就能穿纪梵希，明盛爸妈也太宠他了吧？"乔劲羽自顾自说着，"唉，我怎么就没这种好命呢！生在那样的家庭，一辈子什么都不愁了！"

"可能就是愁自己不够出色吧，"乔青羽淡淡地接了一句，"怕自己太平庸，达不到父母的要求吧。"

"有纪梵希穿，有那张脸，有那身高，还平庸？"乔劲羽瞪眼。

"肤浅。"

"谁？"

192

"你。"

"你深刻，姐，你太深刻了，以后找不到男朋友我跟你讲——"

李芳好的喊声打断了他。她让他们先去公交车站等，说自己和乔陆生还有点事想问温院长，问完了再去公交车站找他们。

"那我们先回去就是了啊！"乔劲羽说。

"呃，"李芳好看着乔青羽犹豫着——乔青羽知道她是不想放自己离开她，生怕自己做什么出格的事，"你和青青还是去车站等我们。"

"我们就在马路对面等，你看得到，我们听不到。"

说完，乔青羽拉着乔劲羽过了马路。

雨渐渐停了，乔劲羽收好长柄伞，用伞头在地上无聊地画圈。约摸十分钟后，明盛一家出来了，乔青羽听到李芳好喊住他们的声音。

因没了雨声，也因为从小偷听父母惯了，即便隔着马路，乔青羽依然敏锐地捕捉到了李芳好的声音。

"……就是以防万一……传染是肯定没有……抽个血测一下更放心……以前睡一个房间的啊，衣服裤子放一个柜子的啊……儿子不用……哦，是的，我是要跟她讲明白……您说得对……不瞒着不瞒着，她都十七岁了……啊，那太好了……下午可以的……太谢谢了啊……您是大好人啊，之前就帮了我们那么多……嗯，孩子不愿意就算了，我晓得的……好，我下午带她直接过去……那您忙……"

乔劲羽一直用啧啧称奇的眼光打量停在一侧的黑色轿车。见温求新说完话就往这边走来了，乔青羽赶紧拉开了他。

只有明盛一直撑着伞。打开车门后，他先钻进后座再收好伞，这在没雨的时候显得很奇怪。

很明显了，他不想看见自己。

李芳好拜托温求新的秘密，下午就揭晓了。午饭后她骑电瓶车带乔青羽来到省一医院，也不挂号，直奔五楼的检验科。在护士站，她报上温求新的名字，说是院长介绍的。

护士先给院长办公室打了个电话，然后领她们去抽血。生怕乔青羽紧张，李芳好重复着方才出门前说的话："你别怕，院长都说了，你姐的病不会因为你们睡一个房间就传给你，妈带你做一下检测就是图个安心。"

她默认乔青羽已经知道乔白羽的事，又绝口不提"艾滋病"这三个字。乔青羽觉得有点可笑。说实话，当她偷听到李芳好要带自己检测艾滋病时，心里是震惊、愤怒又排斥的，可真走进抽血室，她倒坦然了。

抽血之前，护士先记下了乔青羽的名字、身份证号码，对她说，若检测出来HIV阳性，要复查，而且必须去市卫生防疫站登记。她说得郑重其事，乔青羽点点头。

抽完血，护士让她们去走廊上等结果。

与李芳好单独坐在一起且无事可做是煎熬的。所幸刚一坐下，李芳好就让乔青羽在原地等她，说她去给奶奶抓点药，要寄过去。乔青羽感激这突如其来的片刻自由，同时奇怪为什么李芳好会放心让她一个人待着，毕竟，给奶奶抓药就在医院对面的药房，来去不过半小时，她们完全可以一起行动。李芳好拎着一大袋中药回来后，像是刻意寻找和自己无关的话题似的，乔青羽主动问为什么不让她一起去帮忙。
　　"药房那种地方晦气，有什么好去的？"
　　乔青羽不吭声。李芳好开始数落刘艳芬的不是，把寒假的事拖出来讲，一边指责乔青羽偷拿红包不对，一边怒骂刘艳芬故意报高红包的金额，趁机要钱。
　　"非说你拿走了八千八，黑心。"李芳好骂着，"老人家病了，该出的钱我会出，但红包，我就还4208，你保证你没骗我？"
　　乔青羽摇头："没有。"
　　"我就信你一个人的，别人说多少我都不信，"李芳好大手一挥，"全世界我就信我女儿一个人。"
　　面对南乔村的人，李芳好对自己事事维护，极端信任，可在这里，她又是把自己锁进屋，又是事事盘问，显示出极端的不信任。这让乔青羽觉得困惑。
　　护士出来了，让她们放心，是阴性。

　　难得四个人在家吃晚饭，医院认证的乔青羽的"干净"，使乔陆生露出了多日不见的笑脸。他又带了一瓶二锅头，这次是因为喜悦、放松。
　　"你们真的觉得姐姐会传染给我？"
　　吃饭时，乔青羽冷不丁说了这一句。话出口她就后悔了。
　　"我们觉得不会，但没用，"乔陆生夹起一块红烧肉，"别人怕。现在有医院证明，别人就没话讲了。"
　　"你跟大姐共处一室都没事，我们就更没事了。"乔劲羽朝她眨眼。
　　他们说得倒没错，只是乔青羽心里难受。吃完饭，乔陆生说她可以看会儿电视，她摆摆手，回房了。
　　王沐沐的出现让她颇为意外。更让她意外的是，竟然是李芳好主动邀请她来家里玩的。
　　"下楼倒垃圾碰到了，"李芳好说着把王沐沐推进乔青羽的屋子，"进来坐几分钟，陪青青聊聊天。"
　　乔青羽怀疑是孙应龙建议李芳好让自己多和同龄人交流，别整天关着自己，所以她才主动把王沐沐拉回家。换句话说，她害怕自己真的"憋出毛病"。不过，不管真实原因如何，乔青羽见到王沐沐时由衷的喜悦一点都不少。
　　"哇，"待李芳好去客厅后，王沐沐压低声音，"你的笼子真的好小。"
　　她用的"笼子"让乔青羽安慰又开心——她懂自己的处境，而且一点都没拐弯抹角。
　　若一早知道这漫长的一天能以王沐沐的"探访"收尾，乔青羽就不会在草稿纸上以练字的态度写下"熬"这个字。然而这个"熬"字让王沐沐心领神会，更拉近了两人的距离。

"你妈妈问了我好多问题，"王沐沐声音更低了，"我好怕自己说错话啊。"

"你要是说错了，她就不会带你进来了。"

两人相视而笑。

"哎，"王沐沐拉起乔青羽的手，"你妈比我妈还可怕，我妈只是唠叨，但不会把我关起来……但你爸比我爸好多了，我爸天天发酒疯，我都不喜欢回家。"

"我也不喜欢回家，"乔青羽说，"也不喜欢学校，只喜欢图书馆。"

"原来你在图书馆啊，我还去天台找过你几次，"王沐沐说，"总看到陈予迁他们，还有阿盛，竟然跟他们混在一起抽烟，气死我了。"

"他抽烟？"

"是啊，我有次亲眼看到的。"王沐沐叹了口气，"他越来越堕落，他爷爷要是知道了，会伤心的。"

乔青羽只觉得明盛愚蠢。想着他吞云吐雾的样子，围绕着他的万丈光芒一瞬间消失了。是的，自负、骄横，还蠢不可及，根本不值得在乎。

"别管他了，"乔青羽大手一挥，"跟我们没关系。"

"是没关系了，他们家房子租给别人了，他再也不会回朝阳新村了，太好了。"

乔青羽回味着这句话，总觉得王沐沐听似轻松的语调下有淡淡的哀愁。她不想细究，也不反感，反而对王沐沐产生了同病相怜又惺惺相惜的感觉。这种感觉把她填得满满的，治愈了一切。

她觉得李芳好是对的——无所不用其极地控制她和男生交往，又异常积极地把王沐沐推过来。妈妈早就看透了，她想。爱情是最不值钱的东西，友谊才金贵。

一

王沐沐让乔青羽觉得最舒服的一点就是，她和乔青羽聊天时，从来不会刻意不提明盛。当然，她也没提过寒假发生的事。这才是"遗忘"的正确做法，乔青羽想，不回避，不回头，一切照常。

获得李芳好的信任后，王沐沐经常晚上也来。在李芳好看来，她作为一个临近高考的优等生，来找乔青羽只是为了获得一个更清静的学习环境，两人除了一块儿学习，哪儿都不会去。确实，王沐沐埋头苦学，给偶尔分心的乔青羽做了个很好的榜样。乔青羽很钦佩王沐沐，在学校被每个人称赞，连在百般挑剔的李芳好眼里，她都是完美的。

四月中旬，学校组织高一、高二春游。乔青羽没问李芳好的意见就私自向孙应龙请了假，并告诉了王沐沐。

"为什么不去？"王沐沐眼睛不离试卷，头也不抬地说，"春光这么好，浪费多可惜，而且，春游的集体照中没有你，以后老了翻看照片会多遗憾啊。"

这就是她与众不同的地方，真诚、周到且长远，绝不用"和同学一起多开心"这种理由来应付乔青羽。

"还有，"她抬起头，轻快地眨了眨眼，"春游一般两三点就回到学校，不上课了，你妈不是五点才去接你吗？"

乔青羽颇为心动。周四她犹豫了一天，在放学前终于想通了，跑去告诉孙应龙，自己改变了想法。

"这才对嘛，"孙应龙宽慰地一笑，"喏，我这台卡片相机借你，明天你可别自己躲起来看书了，拍拍同学，拍拍风景！"

春游那天，小小的卡片相机像一把略微沉重的锁挂在了乔青羽的脖子上。为了不辜负孙应龙的一片好意，她不得不把自己惯于在人群中抽离的思绪拉回来，睁大双眼观察周边的人和景，并在合适的时候举起相机。一开始她还担心自己会在东张西望中不经意对上明盛的眼睛，但很快她就知道自己多虑了——明盛自从开始爬山就不见了，据说和几个篮球队的人一起加入了高一6班的队伍。

也就是苏恬所在的班级。乔青羽听到邓美熙和关澜在自己身后说苏恬家要出钱翻新校体育馆，言语中满是鄙夷。

"她以为她用钱可以买到一切，"邓美熙边走边踢石子，"巴不得天天拿着大喇叭广播她和明盛关系好。"

"他们现在关系确实好啊。"关澜向来直言不讳。

"她跟篮球队的所有男生关系都好，"邓美熙揶揄道，"女生，只要愿意臣服于她，也跟她关系好。"

"不过你想啊，平时是苏恬来我们班的次数多吧？"关澜说，"阿盛才懒得去楼下找她。"

"管他呢，唉，"邓美熙虽然叹了口气，听起来心情却好多了，"就外表来说，她长得确实挺好看的，比沐沐姐漂亮多了。"

"因为她会打扮啊，家里有钱，"关澜说，"再说，沐沐姐根本不需要取悦阿盛啊，他们关系已经够铁的了。"

"我听说他们也好久没交流了，"邓美熙说，"阿盛家朝阳新村的老房子都租出去了，他以后都不打算回去了。"

"不是，现在有手机啊姐姐，再说沐沐姐就要高考了，哪有时间跟阿盛维系关系啊？房子租了，阿盛当然就不回去了，你当他们两个是闺密啊，像女生那样，好朋友就得时刻黏在一起？"

邓美熙推了关澜一把，笑道："你是说我天天缠着你咯？"

"没有吗？"关澜大笑，"你明明没我不行！"

两人笑成一团，紧接着又开始模仿苏恬喊明盛时拖得过长、过于甜腻的声音。

"你说阿盛吃这一套吗？"邓美熙问。

"男人的爱，要么出自保护欲，要么出自征服欲。"关澜说得头头是道，"苏恬巴不得做女生的老大，还倒贴得那么紧，对阿盛来说，肯定一点意思没有。"

"看起来柔弱、实则比他强的女生，才更有可能，"顿了顿，关澜继续说，"比如你，娇小可爱，弱不禁风，成绩却那么好，他一直超不过你。"

邓美熙羞得打她，两人打打闹闹，话题总算从明盛身上移开。乔青羽想起去年，苏恬对她的刻意为难及邓美熙对她的当众指责，全部和明盛有关。现在邓美熙在自己背后大肆谈论明盛而对自己的存在视而不见，可见在她们眼里，自己和明盛早就八竿子打不着了。

午餐地点在山顶一个还算开阔的地带，乔青羽找了个角落，独自坐下了。她正翻看相机里的照片时，有人拍了拍她的肩。是蒋念。

两人自开学后就没像去年那样单独讲过话，乔青羽一直认为她们之间脆弱的友谊结束了。现在蒋念突然出现，她竟有点不自在。

"你没改名啊？"蒋念弯腰笑道。

乔青羽摇头。

"为什么不跟我们坐在一起呢？"蒋念指了指不远处。顺着她手指的方向，乔青羽看到一群男女学生把孙应龙围在中间说说笑笑。

"孙老师特意让我来喊你。"蒋念说着开始拉乔青羽的手臂，"来吧，大家对你什么看法都没有，真的。谁家里没点事啊，你干吗总把自己封闭起来呢？"

是这个道理没错，但这话让乔青羽心里并不舒坦。她抱歉地笑了笑，短促地谢绝了蒋念的邀请。

蒋念拿无可奈何的眼光看她："那我先过去咯，你有什么事，尽管找我哦。"

她离去后，乔青羽松了口气，心情却不受控地沮丧起来。到底还是在意他人的眼光啊，她想着，要超脱，要自我，哪那么容易呢？

用餐结束后大合影，队伍随意，姿势随意。乔青羽等所有人都安静下来后才凑过去，匆匆往最边上一站，歪着头从前面举起的若干只做出"V"的手边探出脑袋。拍照老师大喊"1，2，3"时，她感受到身后突然传来一阵风，不知从哪儿冒出来的一个人来了个急刹车，差点儿把她撞倒。

就在她竭力保持平衡的忙乱中，镜头"嚓嚓嚓"响了三下，大伙儿齐声喊了"茄子"。

"你小子还记得回来！"拍完后她听到自己侧后方的陈沈大吼。

乔青羽立马猜到是谁，回头的动作却来不及收回。对上明盛目光的那一秒，有一座火山在乔青羽体内爆发了。

"下午放学早，去不去唱歌啊？"陈沈搭上明盛的肩，"老子喊你这么多次，你总得卖个面子吧。"

"去，"明盛声音莫名地响亮，以至于早就走开的乔青羽不费力就听到他在说什么，"叫上邓美熙一起去。"

"我看见了一只鹰。"

晚上王沐沐问乔青羽春游好不好玩时，她这样回答。王沐沐微微一怔，试探问："不开心？"

"开心啊，"乔青羽笑，"鹰盘旋的姿态很迷人。"

王沐沐不明就里："你到底想说什么啊？"

"鹰是世界上最自由的生物吧。"乔青羽说，"今天爬上山顶，我才知道其实我距离一只翱翔的鹰并不远。"

"山顶上发生什么了？"

"一只老鹰不知从哪里冒出来，低空掠过，来来回回好几次，把大家吓得尖叫乱窜。"乔青羽笑道，"不过我一点都不紧张，看到它充满力量的翅膀，我心里特别振奋。"

王沐沐把笔放下："就这事？"

"对啊。"

"鹰是猛禽，"她重新拿起笔，边抄单词边说，"估计是你们侵犯到了它的栖息地，它想进攻呢。"

"不是，"乔青羽摇头，"它只是在单纯地炫耀自己的力量。"

说这话时，她脑海中回响着明盛说的"叫上邓美熙"。自己竟然会在意，竟会琢磨一下午他这样说的真正目的，真是可笑。他乐于在女生中间游走，享受所有人给自己的关注，轻浮得就像一只野生猛禽，就让他去吧。

"你说，"乔青羽在混乱的思绪里徜徉，"鹰都是独居的吧？"

"不了解。"王沐沐心不在焉，笔下的本子翻过一页。

"它会觉得孤独吗？"

"孤独是一个哲学概念，是人性，"王沐沐说，"鹰又不是人。"

"鹰是孤独的，"乔青羽突然惆怅起来，"拥有自由和力量也无济于事。每只鹰都是孤独的。"

王沐沐停下笔，伸手揉她的脑袋："姑娘，再这么伤悲春秋又语意不明的，我会认为你另有所指。"

"所指什么？"

"明盛。"

乔青羽一下子僵住了，王沐沐哈哈大笑。

"你就老实告诉我今天你跟他发生了什么。"

"没有。"

"好吧，"王沐沐耸耸肩，"骗得了我，骗不了你自己。"

只是对视了一秒，根本不值一提，乔青羽想。她为自己对那一眼的回味以及摇曳不停的心旌感到羞耻。

"虽然你早就拒绝了他，但我明白，人的感情是很复杂的，"王沐沐望向桌面，明亮的眼睛失去了焦点，"如果我是你，看到他那么快就对其他女生产生兴趣，我也不会开心的。"

"我也真是越来越搞不懂他了，"她突然又望向乔青羽，一副痛心疾首的神情，"我感觉自己以前对他的了解全是错的。他现在越来越像一个沾沾自喜的、虚荣的、浅薄的花花公子。他们家的人都很厉害，但都是不显山露水的，但是他呢，完全把爷爷的叮嘱忘在脑后了！抽烟，喝酒，跟好几个女生搞暧昧！他现在跟校外那些二流子有什么差别？"

王沐沐把明盛说得过于不堪了。但乔青羽听着很解气。

"你没亏，不用觉得可惜，"王沐沐牵起乔青羽的手，正色道，"女孩的真情要留给能陪她走到最后的、最值得的那个人。"

乔青羽不置可否地抿了抿嘴。

"我本来还说我们三个人成为好朋友，现在看来，我们要做的是跟他划清界限，"王沐沐又说，"省得他把我们介绍给那些二流子。"

这显然是多虑了，乔青羽想。明盛才不会等她们行动，他早就无声地和朝阳新村以及属于朝阳新村的可怜的她们，划清了界限。

因为他是一只鹰。他的自由、优美和勇猛，会让人原谅他游戏人生。

—

周六，王沐沐一大早就敲门了。乔青羽从沙发上跳起，欢欣雀跃地跑过去开了门。多亏王沐沐，现在李芳好已经不把她反锁在屋子里了。屋子里的书桌太小，客厅没人，清静，所以，她们决定在餐桌上自习。

乔劲羽十点左右走出屋子，也不打搅她们，自己洗漱完就出去了。他消失后，王沐沐抬起了头："你们家最受宠的，肯定是你弟弟吧？"

"如果放任就算宠的话，"乔青羽也停下笔，"那是的。"

"我看他衣服裤子都是名牌。"

"他就那两三套。"乔青羽不以为然，"我们家没条件给他买名牌，但他很要面子，非要买。"

"你会觉得不公平吗？"

乔青羽认真思考，缓缓摇了摇头："衣服什么的倒还好，我无所谓。我反而觉得追求衣服太庸俗了。我嫉妒的是他的自由。"

"但自由有什么用呢？"王沐沐无奈地笑了笑，"自由能当饭吃吗？能让你住上大房子、穿上好衣服吗？"

"大房子和好衣服很重要吗？"

"不重要吗？"王沐沐反问，"那你现在这么用功读书是为了什么？还不是为了能考上好大学、找好工作、有高收入？你是压抑太久了，格外需要自由，自己清高，对物质不屑一顾就算了，还觉得追求物质的人庸俗。大家都是俗人，没人可以免俗的，最终不都得回到生活中的柴米油盐？经济基础决定上层建筑，要真说自由，也只有先衣食无忧了，才有资格谈自由。"

气氛有点不对，乔青羽本能地退让了，没接话。

"我并不是空口说道理，"王沐沐停了几秒后，用稍稍缓和的语气继续说道，"我们家就是一夜之间从富裕到贫困，我太知道没钱的痛苦了。"

那种从高处跌落的感觉一定很难受，乔青羽想。王沐沐的家庭曾经多么幸福，现在就有多么悲惨，于她而言，确实相当痛苦。

"这种心理落差最折磨人了。"王沐沐语气更缓和了，几乎恢复了平时的温润，"我明白一个道理，就是人不能一开始就体验美好。要么一辈子没有，要么后半辈子有。给了你又拿走，是最残酷的。"

乔青羽点了点头。

"感情也是一样，"王沐沐突然撇开视线望向对面，"现阶段太早了，爱情的一切美好，都是幻象。"

循着她的视线，乔青羽望见正对面的窗子终于开了，一个陌生的中年妇女正探出半个身子擦玻璃。

"爷爷家租给别人了。"王沐沐幽幽地说，像是自言自语，"我本以为阿盛永远舍不得出租的……那些钢琴、书、画，应该都搬走了吧。"

乔青羽已经把视线重新放到眼前的英语试卷上。"It was not until…"她默念着卷子上枯燥的单选题。

"青青，"王沐沐声音轻柔，"当时我劝你拒绝阿盛，你会怪我吗？"

"不会。"

"如果他对你是很认真的呢？"

"不会，"乔青羽故作轻松地淡笑道，"他怎么可能认真？昨天你还说他虚荣、浅薄，是花花公子呢——"

"但，"王沐沐打断乔青羽，"可能我说的是错的啊。"

"你没说错，"乔青羽低头笑了下，"你说的都对。昨天，他去唱歌，还专门喊上了邓美熙。"

"哦。"

两人不再讲话，直到时针指向十二点，李芳好带了两份面条回来。王沐沐执意要回家吃，被李芳好七扯八扯拦下了。吃面时，因为李芳好就在一侧，两人也没怎么讲话。待李芳好离去后，王沐沐掏出手机，面色凝重又纠结地朝乔青羽挥了挥手："我给你看一张照片。"

乔青羽好奇又忐忑地凑过去。一开始她没找到重点，只看出照片里光怪陆离的灯光是某个KTV的，而后，在王沐沐的指点下，她蓦然发现坐在一堆杂乱啤酒瓶后面手拿话筒的是明盛。一旦发现了他，她的视线就没法从他的脸上移开了。

"昨天晚上，我在贴吧里看见的，"王沐沐说，"还有好多张，不少很清晰的特写。"

乔青羽波澜不惊地"嗯"了一声，回到对面坐下。

"你想听他唱歌吗？"

乔青羽谨慎地琢磨着王沐沐的这个问题，没有立即回答。这时王沐沐又问："据说他只唱了一首。你想知道他唱的什么歌吗？"

"不想。"

"有人传到优酷，我下载了，手机没法播，你家电脑肯定能播。"

"我不想，我妈妈不让我用电脑。"

"不是你用电脑，借我用电脑，你妈妈就算发现也不会说什么的。"

乔青羽咬着嘴唇，缓缓摇了摇头，内心的防线却坍塌得一塌糊涂。"沐沐姐再坚持一下我就同意。"她豁出去想。

可王沐沐只是若有所思地看着她。

乔青羽感觉自己迅速枯萎了。"写作业吧。"她对王沐沐说，声音嘶哑无力。

"《一场游戏一场梦》，"王沐沐突然来了句，"你一定听过这首歌。"

对面乔青羽茫然地摇了摇头。

"'那只是一场游戏一场梦'，"王沐沐轻声哼了哼，"'不要把残缺的爱留在这里'，听过吧？"

曲调遥远得像是从岁月中走出来的。乔青羽点头。

"为什么道别离，又说什么在一起，如今虽然没有你，我还是我自己，"王沐沐把其中一段歌词背了出来，"说什么此情永不渝，说什么在一起……他失恋了，一定是唱给你听的，你就听一听吧，好吗？"

语调中充满哀怨和卑微，这是恳求。乔青羽有一种受宠若惊的错乱，惊得语无伦次："沐沐姐，不是我……你可能想错了，他去 KTV 唱歌，KTV 什么歌都有……这首歌很经典，很多人唱，跟我没关系的应该……"

"你听一下就知道了，"王沐沐叹了口气，"别人不知道，我还不知道吗？"

"我不会听的。"

王沐沐似乎生气了。

"那天晚上，你去爷爷家的那晚，是不是跟他说了什么？你们之间一定发生了什么。如果你从头到尾都是拒绝他的，他总不至于这么伤心吧？"

"我……"

"我不是说心疼他所以怪你，他不值得，我已经说过了，我是因为你没把实情告诉我，有点生气。"

可直觉告诉乔青羽，她就是在心疼明盛。一个可怕的念头在脑海中迅速成形，有迹可循，铁板钉钉，那就是王沐沐其实也喜欢明盛。是那种隐藏极深、绝望的喜欢，想抓住跟他有关的一切，帮他剔除不利于他的一切，完全忘我，完全为了他。

像不小心偷窥到王沐沐内心最深处的秘密，乔青羽又慌又内疚。新的顾虑翻涌上来——王沐沐会如何看待她们之间的友谊？她劝自己不要接受明盛，其实是觉得自己配不上明盛？可她是这么心机深重的人吗？也许她对明盛只是姐姐对弟弟的那种关爱，是延续童年时的亲昵，只是放在现在看有点暧昧？

"阿盛不是不爽快的人，"王沐沐尽量平和，看乔青羽的目光仍有压不下的审问意味，"你一定对他说了什么或做了什么，让他误会了。"

"我不知道，"乔青羽说，"我没有答应他任何事。"

让王沐沐这么不开心是乔青羽最不愿意做的事。有那么一瞬间，她想索性告诉王沐沐自己送给明盛一只发卡算了，可试了几次都开不了口。她知道是自己心虚。女孩把自己父母的定情信物送给爱恋她的男孩，这是任谁都无法误会的暗示。

也是现在，乔青羽才意识到，原来自己曾经燃起明盛的希望，而后又亲手狠狠地扑灭了。

"那你就是说了非常打击他的话，"王沐沐像是被乔青羽的坚定说服了，自己换了个思路，"你知不知道自己冷酷起来有多冷酷？反正我是做不出把家里丑事都捅出来这种事的，自己舒坦了，却害了家里人。"

话里带刺，说得乔青羽心里很难受。

"我可能就是太冷漠了，"她开口，半是顺着王沐沐，半是真心批判自己，"所以从小到大没朋友。"

"我们同病相怜，"王沐沐温暖和煦地笑着，恢复了往常的亲切，"我跟你相反，对谁都一样好，所以也难交到朋友。"

王沐沐离开后的那晚，乔青羽失眠了。闭上眼就是明盛手握麦克风的样子，紧绷克制的脸，迷离的眼。翻个身又是王沐沐，她对明盛令人生疑的关切，对自己压制不下的不满。她喜欢他，是吗？乔青羽一遍遍问自己。她毫不怀疑明盛对王沐沐的信任，或许是全世界最信任——不然，就不会半夜让王沐沐进家门，并没有任何顾忌地向她吐露喜欢自己这件事了。如果王沐沐向明盛坦露心迹，他会怎么反应呢？高考在即，他若拒绝王沐沐，就是把她打入地狱，所以，他应该不会做这么残忍的事吧？不，沐沐姐不可能告白的，她最清楚自己应该做什么、不该做什么了。

很长时间里，乔青羽的思绪就在这些问题中来回冲撞，像掉进一个迷宫，精疲力竭却找不到出路。意识逐渐模糊时，她得出一个结论，那就是自己无论如何不能失去王沐沐这个朋友。一个得到李芳好认可的朋友，是上天赐给她的礼物，而"明盛"二字则是诅咒。她刺耳的话在拯救她，他真挚的情感却在毁灭她。事实这么直白，自己可千万不能弄混了。

期中考试，乔青羽首次进入年级前一百名，令她意外又振奋。使她不太舒服的是明盛又掉到她后面了，挂在一百名的尾巴上，在班级的名次则紧贴在她之后。

开学到现在考了三次，明盛的成绩像过山车一样。这不是问题，问题是相比他自己，乔青羽反而更操心。想起明盛说自己永远达不到父母要求时苍白绝望的脸，她想象着温求新看到明盛成绩时的冷眼，感受着他可能承受的煎熬。可同时她又觉得自己想多了，开始批判自己泛滥的感同身受。

"我只是不喜欢自己的名字和他的名字排在一起，"她想，"省得总有人风言风语。"

实际上这次叶子鳞什么都没说，别人也仿佛没看见。

乔青羽提醒自己，任何严厉的父母和李芳好一比，都算不上什么。明盛从小恃宠而骄，在父母面前想必也是任性、自我的。他活得那么畅快。全世界被父母压迫的孩子那么多，他是最不需要被同情的那一个。

事实证明她确实多虑了。四月最后一天是家长会，明盛妈妈午饭后就出现在学校，由校长、副校长、教导主任等多人陪着，从行政楼穿过教学楼来到图书馆，最后停在图书馆门厅临时支起的长条桌后，禁不住校长副校长的一再邀请，提笔留下一行诗。

乔青羽从阅览室出来，闻声从二楼的围栏探出头，刚好目睹了明郁笔酣墨饱、挥洒自如的全程。"风翻白浪花千片，雁点青天字一行。"那种畅快、潇洒把她迷住了。写完后，楼下响起稀稀落落的掌声，乔青羽才反应过来自己再不回教室就得迟到了。

就是经过这帮大人时捕捉到的对话，让她确信自己对明盛的担忧是不折不扣的自作多情。

"这次盛儿没考好，但不会影响他申请美国学校，分数只是一个参考因素，"明郁对校长说，"我和他父亲都让他放松点，多参加活动，不要只看考试。"

"是是，毕竟他SAT分数已经很高。"校长笑道，"放心，他很活跃，心态也好得很。成绩嘛，实力在那里，很快就会爬上来。"

乔青羽觉得自己可笑至极。校长说得对，相比返校考，这次考得差看起来没给明盛带来任何影响。看看期中成绩出来后他干了些什么吧——传言他把麻烦惹到了寰州市外，而在校内，他大大方方接受校报和校电视台的采访，任由别人把苏恬往他身上推，还报名参加了校艺术节，据说是钢琴独奏。陈沈好奇地说"你这从小就混市青交去国外巡演的，怎么屈尊来校艺术节了"，他回答，要在出国前留下回忆。

呵呵，出国，是的，说到底感情对他只是调味剂。王沐沐说得不对却也对，他在KTV唱歌深情款款其实代表不了什么，他掏心掏肺的告白，充其量只是一个花花公子少年时代不成熟的冲动。

一

家长会那天放学前，最后一堂自习快下课时，乔青羽鬼使神差地整理了一下原本就非常整齐的书桌抽屉。花了几分钟时间，她把书一本本迅速翻了一遍，翻到最后一套早就做完的模拟题集时，一个薄薄的信封像雪片一样飞到了地上。

捡起，信封上顺云一中的标识让乔青羽心脏直蹦，有种劫后余生的恐惧——何恺不知何时又写的信，若被李芳好发现了，后果不堪设想。

除了明盛，还有谁三番五次与何恺的信过不去？被自己拒绝了，就以折磨自己为乐，作为报复。幼稚又可恶。

下课铃声刚刚响过，周四乔青羽不用值日，必须十分钟内赶到校门口，李芳好在那里等着带她回家。拿着信封僵了十几秒的手重新动起来，乔青羽迅速整理好书包，直接把信抓在手里，匆匆下楼而去。

她决定不走教学楼前正对校门的集会广场，而是从教学楼后面依次经过网球场、排球场，绕过行政楼，从侧边走出校门。路程长了点，但能避开李芳好可能张望的视线。

不能迟到，所以乔青羽步伐飞快。

一出教学楼，她就边走边撕开了手里的信封。信不长，薄薄一页，上下留了大片的空白，正中的深蓝字迹因过于规整而显得很诚挚。"你好吗，乔青羽，"乔青羽边疾走边默念，"你不好，是不是？"

"我一定吓到了你，所以你没回我上学期期末的信。忘了那封信吧，当我什么都没说。等你也高考完了，我再正式地，重新说一遍，到时候你再给我答案，好吗？"

已经来到了网球场。乔青羽脚步缓了缓，平静呼吸。

"我在报纸上看到了你家的事，"她脚底再次生风，开始读第二段，"虽然很多人觉得你不应该那样做，但我觉得你是一个不折不扣的勇士，完全颠覆了我对你之前的印象。有这样一颗心，才能写出那样飒爽的字。我非常非常欣赏这样的你。"

网球场也过了，进入行政楼的后花园，乔青羽开始读最后一段。

"高三本就煎熬，学校里没有你，更像一个监狱了。还好我记住了你的笑脸。我希望二中的同学能够理解你，温柔待你。希望你能多笑笑，你笑起来特别动人。"

最后两个字是"何恺"。乔青羽停下脚步，发现自己站在后花园通往自行车棚的长廊里，头顶是一片如梦似幻的浅紫色——繁茂的紫藤花正开得绚烂。

她把信收起，定定神，踩着掉在地上的紫藤花瓣，继续疾行。

"喂！"

明盛的声音让她再次刹车。

也不知他是从哪儿冒出来的，独自一人，双手插兜，慢悠悠绕到她身边。乔青羽不看他，抬脚走了两小步，他后退一大步，把她拦下了。

"你无不无聊？"乔青羽怒气冲冲瞪向他，手举着信挥了挥，"干吗又拦我的信？"

明盛懒散耸肩："没有啊。"

"特意藏在我看不到的地方，"乔青羽气得深深吸了口气，"要不是我检查了书桌，今晚家长会，会被我妈翻到！你想毁了我吗？"

"我一拿到信就放你桌上了，是你自己迟钝。"

强词夺理。乔青羽别过头，又要走，明盛再次拦下了她。

"2009年3月6日，我看报纸时发现了这封信，当天就把它放在了你桌上，夹在桌子正中央的题集里你摊开的后一页。"明盛背书一样说，"本想你一定会发现，谁知道你从图书馆回来的时候已经打铃了，一回来就合上题集塞进抽屉，我都替你着急。"

关澜每天取来的班级订阅报纸，确实经常让明盛第一个翻阅，所以，他说的，应该是实情。

"你倒记得清楚。"

"那是，你真够喜欢图书馆的，"明盛厚脸皮地笑了，"我还记得那天气温十二摄氏度，微风，你校服内穿着一件月白高领毛衣。"

他怎么用这么文绉绉的词？

"就是你去我家穿的那——"

"我知道。"乔青羽瞪他。

明盛就笑着看她，神情渐渐正经起来。

"上周六，我去顺云一中了。"他开口，语调轻松，"你母校管得好严啊，周六还全校自习。"

这就是他去外面惹的麻烦吗？乔青羽一下子警惕起来："你去顺云一中干吗？"

"找何恺。"

"啊？"

"放心，我一个人去的，别听有些人乱讲。"明盛眼角有苦涩的笑意，"没干吗，我只是当面跟他道个歉。"

乔青羽反应迟钝地"哦"了一声，随即垂下眼睑。

"说回这封信来的那天，"明盛耸耸肩，语调又飘起来了，"你知不知道那天你在讲台上笑了？"

见乔青羽表情茫然，他继续说着，增加了声音的重量，所以听起来不再轻佻："老孙让你把自己作文中的一句话抄在了黑板上，当众夸你作文好，字也好。"

他一提，乔青羽就想起来了，是有这么回事。只不过后来孙应龙没选她参加市征文比赛，所以她也就没把曾经得到的夸奖放在心上。

"狂风散去，雨在垂直生长，城市肃穆如梦想。"

明盛把她抄在黑板上的那句话念出来了，和乔青羽心里的默念同步。他不再说话，似在等待她的反应，目光深沉又灼热。

"那天孙老师夸了好几个人，"乔青羽的睫毛不受控制地扑闪了两下，很快镇定下来，"高驰，邓美熙，蒋念，王浩然，还有……"

"反正我只记住了你的。"

受不了了。乔青羽动起来，几乎把明盛撞倒，逃离了这条意乱情迷的紫藤廊道。

要说被明盛拦住有什么积极作用，就是那天看到李芳好之前，心烦意乱的乔青羽毫不犹豫地扔掉了手上的信。后来她回想信中的语句，思绪都是不完整的，老被明盛说的那些话截断，根本无法沉下心。当初从树上直接跳下来，横在她和何恺中间的明盛无疑是个强势的入侵者，即便在她的头脑里，他也和现实中一样霸道。他早就用所作所为表达得清清楚楚——他要挡在前面，让她看见他，而不是何恺。

乔青羽决定给何恺回信，告诉他自己没收到之前那封信，省得他忐忑不安，产生误会。在家里她不敢动笔，教室太纷乱，所以五一过后，在图书馆阅览室，她展开了信纸。斟酌如何开头时，她突然庆幸自己没有看那封信，以至于她没有负担，没有抱歉，与何恺之间的关系纯洁坦荡如初。

但这并不表示明盛扔掉信就是对的，她提醒自己，不必对他产生莫名其妙的感激。

给何恺的回信中，她云淡风轻地描述了自己在寰州的生活。"谢谢你肯定我的做法，"她写道，"虽然现在我已经不像当初那么确定自己做的是绝对正义的。硬币都

205

有两面，我给家人带来了无法弥补的伤害，这是事实。"

在信的最后，她委婉地请求何恺别再来信。

"我家的痛楚，你应该早就看到了……在我姐的惨痛经历之后，我妈走入另一个极端，时时盯着我，随时翻看我的一切。任何与男生有关的东西出现在我身边，都会击溃她的心理防线。我现在的生活虽不自由，但平稳、安定，我很满足。高考迫近，万事让路，不要因为给我回信而耽误了你复习。提前祝你高考大捷！"

写完，她通读了一遍，为自己的客气礼貌感到满意，心里又不由自主地想起了明盛。在王沐沐面前，她否认自己说了伤害明盛的话，可内心深处，她知道自己在树上说的那些话有多伤人。她寻思他这学期变得这么活跃，是不是跟自己对他的打击有关系。

你看，在你眼里自负、专横的我，你那么看不上的我，实际上多受人喜欢。

可是，为什么要陷入这种猜测中呢？走回教学楼时，乔青羽质问自己，为什么非要觉得明盛做的每件事都和自己有关呢？

今天她写完信就回教室了，离上课还有十五分钟，时间算早。在楼梯拐角，她听到上面走廊传来争执，听声音好像是苏恬和邓美熙、关澜她们。

"诗朗诵和钢琴独奏组合成一个节目，苗老师都同意了，你说不行就不行？"邓美熙的声音、腔调和当初质问乔青羽为什么害明盛没法上场打球时一模一样。

"对啊，邓美熙的朗诵拿过市一等奖，上过电视，除了她，还有谁能和阿盛的钢琴独奏组成一个节目？"关澜帮腔。

"我说了，超时了，你的诗朗诵本来就是后面加的，凭什么把你的留下，把我们健美操拿走？"苏恬不服气地嚷嚷，"先来后到懂不懂，学姐？"

"听老师统筹安排，你觉得不公平，自己找老师啊！"邓美熙声音更大。

"说得好像是老师逼你跟阿盛同台一样，明明是你主动把节目报给老师，什么青年节五讲四美，讨老师欢心，她才换掉我们！"

战争一触即发。乔青羽贴着墙经过她们，恨不得自己能够在这场硝烟中匿形，快速躲进了教室。

她很想知道，如果明盛在场，她们俩会不会还这样不顾风度地争执。事实证明她猜得对，没多久，明盛回来了，三两句就打发了苏恬。

邓美熙赢了，她想着，有种看热闹的兴奋，又有种失意的痛苦——继英文朗诵、唱歌之后，这是明盛第三次主动选择邓美熙了。

　

下午体育课前，乔青羽先跑去行政楼边的小店买了邮票，又匆匆跑去校门口，想把寄给何恺的信封丢进马路对面的邮筒。保安问她要假条，她出示不了，恳求半天，保安也没让她出校门。铃声响了，她只好把信揣进校服裤兜里，跑去操场上体育课。下课后，她又去求保安，还是碰了一鼻子灰。

她有些沮丧，转身看见明盛、陈沈等人正在大摇大摆地横穿集会广场，每个人都大汗淋漓的，手里各拿着一听可乐。经过乔青羽身边时，明盛边仰头喝可乐边轻飘飘地瞄了她一眼，一副胜利者的姿态，仿佛在看她的笑话。

乔青羽再次转身，没等保安反应过来就直接跑出校门，并在保安的大声叫喊中飞奔过马路，郑重其事地把手里的信塞进了邮筒。

她回来后发现明盛他们停在校门一侧，像专程等着她似的。她经过他们，视线扫过明盛冷峻的脸，捕捉到他显而易见的挫败，心头竟也燃起了胜利的喜悦。

一

校艺术节是上半年最重要的校园活动，持续三天，白天正常上课，林林总总的小活动安排在前两晚，最后一晚是大型文艺晚会。

操场被征用，靠近篮球场那侧搭起三米高的舞台，台上有液晶屏、灯光、音响等，像大剧场一样齐全。操场剩下的部分是观众席，最前方几排留给嘉宾及校友，高三师生紧随其后，再是高一，挑大梁的高二年级则位于最后。这场意义非凡的活动就像巨型发动机，连学校里最疏于集体活动的人比如乔青羽都被卷进来了。

她被指派了一个任务：写嘉宾卡。据说以往都是打印的，所以乔青羽合理怀疑这是孙应龙特意为她争取的"福利"。她不想辜负他的好心，用了两个晚上的时间，把一百多名嘉宾的名字用狼毫认认真真写在了卡纸上。

其中就有"明郁"——为了把这两个字写得更好看，她在草稿上反复练习多次，并后悔自己平时练习软笔太少。可当她把这块牌子放在嘉宾席第一排的正中间后，她就释然了——有精益求精的必要呢？毕竟坐在这个位子上的人永远不可能认识她。

艺术节那一周，校园里的气氛大不同于以往，到处兴致高涨，繁忙，有序。明盛参加本就让人兴奋，苏恬争不过邓美熙则是热辣的佐料，让很多人津津乐道。不过，大部分人的消息是滞后的。与明盛同班的乔青羽，在苏美战争之后的次日，就知道了明盛也去找老师谈在节目中砍掉邓美熙这件事。

结局在所有5班人的意料之中，老师同意了，还让明盛改了节目内容。

这丝毫不影响邓美熙的胜利感，毕竟，在所有人眼中，她还是赢了苏恬。别人问起，她就解释说，因为她的节目大家已经看过很多次了，明盛很少独奏，更值得在舞台上展现。也有人问明盛改了什么曲目，他却难得地讳莫如深。

"到那天不就知道了？"他漠然回答，表现得根本不愿谈论这件事似的。

那周他连续请了三天假，说是在校外排练。彩排时轮到他，他就在钢琴上随便敲个曲子了事。有人心生不悦，觉得他敷衍，可老师都不说什么，他们便也不说什么。

等到晚会当天下午，两辆中巴开进校园，抬下架子鼓、低音提琴、键盘，走下若干拿着大提琴、小提琴、吉他的陌生年轻人时，大家才知道，原来他谋划的是一个大动干戈的节目，大到搬来了寰中外的校乐队和市青交的小乐团。

然而钢琴呢？钢琴竟然被撤了。直到演出正式开场，液晶屏上显示明盛的节目是"独唱"，大家才发出一阵惊喜的尖叫。

他的节目是开场后第一个，唱的仍旧是《一场游戏一场梦》。乔青羽呆坐着，任由他克制、洒脱、饱满、温柔的声音穿过整个操场穿透自己，逃无可逃。

一

　　校艺术节文艺晚会算是给高三年级高考前最后的放松，那之后，万物归位，操场重新让位给寂寥的风，空气中渗满紧张的情绪。

　　艺术节那几天因回家晚，王沐沐没来乔青羽家，之后的周末她也没来。将近一周没见王沐沐，将近一周没和人好好讲话，遥远、熟悉的孤独感卷土重来，乔青羽有些窒息，仿若跌进了真空。

　　她们两个在学校里几乎不见面。高三独占另一栋楼，与高一、高二的教学楼隔着图书馆相望，王沐沐像大多数高三学生一样除了吃饭就不下楼，乔青羽则从未越过图书馆一步。

　　乔青羽不是没有这种感觉——她们的友谊就像一朵私密的花，诞生于朝阳新村那个逼仄的笼子，在昏暗的室内生根绽放了，挪到学校毒辣的阳光下会迅速枯萎。她动过找王沐沐的念头，可一想到自己和蒋念那飘零的"友谊"，她就放弃了。沐沐姐在学校不缺朋友，她想。

　　似乎觉察到乔青羽的寂寞和无助，李芳好问起过为什么王沐沐没来，乔青羽回答说，她学习太忙，跑来跑去太麻烦。

　　"最后冲刺阶段是紧张的。"李芳好认同地点点头，"这几天他们家倒是安静，估计为了她能好好学习，她爸妈不瞎闹了。"

　　笼子里又只剩自己，乔青羽觉得孤寂。虽然王沐沐没来，李芳好也没再把乔青羽锁在里屋，但活动空间大了，反而加重了乔青羽心里空落落的感觉。也许，这就是落差吧，就像王沐沐之前说的，上天给了你美好又拿走，是最残酷的。

　　你得学会接受，乔青羽告诉自己。她有一百个理由为王沐沐开脱，唯独不敢触碰一件事，那就是明盛又唱了《一场游戏一场梦》——愚钝如她，也完全接收到了明盛唱歌时的心碎和深情。

Chapter 19
囚鸟之韧

周五，小雨，王沐沐来了。她来得很晚，将近十点，当时李芳好、乔陆生、乔劲羽都在家。

"我能在你这儿睡一晚吗？"一进门她就小声问乔青羽。

李芳好眼底生疑但同意了，乔青羽舒了口气。两人钻进被子，乔青羽靠墙。床很小，王沐沐紧贴着她。她们是最先上床的，可像约好似的，听到外面的灯全熄了，隔墙传来乔劲羽轻微的鼾声，两人才开口说话。

"我失眠很久了。"王沐沐说着，脸朝外侧躺着，背对着她。

"你爸妈吵架影响你睡觉吗？"

"不是他们的问题，他们已经努力了，"王沐沐声音沙哑无力，"这几天我都是偷吃我妈的安眠药才睡着的。今天我不想再吃了。我怕安眠药伤害大脑，影响高考。"

"嗯。"

王沐沐动了动，躺平身体。

"我想死，不止一次，"她望着天花板，声音很平静，"今晚我本来想试一下的。"

乔青羽轻声吸了口气。

"你说，人为什么要有这么多欲念？"王沐沐继续道，"人的欲念到底从哪里来？人活着是不是为了体验美好？上天先是给了我一切，又一样样拿走，是不是告诉我，我的命运就该止步于此，接下来只剩痛苦？那活着还有什么意义？"

"不是，"乔青羽摇头，"沐沐姐，熬过高考就好了。"

"失去的就失去了，熬过高考也回不来，"王沐沐说，"一辈子都回不来。我已经太疲惫了。"

"钱可以赚，爸爸的病可以医，衣服、房子可以买，"乔青羽说，"人的生命很长，有很多时间找回美好。"

"那就是一辈子劳碌，"王沐沐摇头，"身体为了安稳的生活劳碌，心灵为了渴求的亲密劳碌，没有轻松的一天。"

"渴求的亲密"这几个字挑动了乔青羽的神经，她回答："不是的。"

"我真不知道活着的意义是什么，"王沐沐继续说，"现在是高考，然后呢？我没有梦想。梦想是朝前看，而我只想回到小时候……不可能的，时光是无法倒流的。"

被子里，乔青羽的手摸索着抓住了王沐沐的手。

"我真羡慕你强韧的生命，"王沐沐把脸转向乔青羽，"既能忍受一切，也能豁出一切。你心里有光，所以对黑暗无所畏惧。"

乔青羽转头看向王沐沐。

"我的光本来都要灭了，还好有了你，"半晌，她开口，"沐沐姐，是你拯救了我。"

王沐沐苦笑了一下："这就是所有人对我的评价，温暖、好心、如沐春风、做事周到……"

"你不喜欢吗？"

"谈不上喜不喜欢，"王沐沐叹了口气，"我没有自我，被太多人左右，连自己真正的想法都摸不清楚。"

乔劲羽鼾声渐响，两人停下谈话。许久，乔青羽试探着开口："沐沐姐，你想去找乐凡老师吗？"

"不想。"

"为什么？"

"我们不是说好了，"她声音中带着微笑，"等我高考完，一起去的吗？"

"可是……"

"跟你聊过，我已经好多了，放心啦，快睡吧。"

乔青羽一点都不放心。几次深谈下来，她已经熟悉了王沐沐那最终展示的毫无阴云的笑。这笑一开始能说服她，现在反而让她更担心。她不清楚是因为自己和王沐沐还没好到无话不说的地步，还是相比于她，反而看似乐观向上的王沐沐更擅长隐藏自己。她想到王沐沐手臂上的疤痕。从自残到自杀，是惊悚的一大步。这中间发生了什么？

乔青羽时常回想和王沐沐的对话，思考她在暗夜里喃喃的疑问。人的欲念到底从哪里来？人活着是不是为了体验美好？在图书馆的时候，她陷在这些问题里，责怪愚笨的自己没法给出可以安抚王沐沐的答案。杂乱的思绪蜂拥而至，她提笔写了篇在她看来不知所云的小文章。文章标题是《所有的不美好》，在图书馆打印出来，匿名投给了校报。

两天后，校报出刊，她的文章赫然印在头版。

那天刚好是高三的毕业典礼暨高考动员。课间，乌压压的高三学生穿过教学楼，乔青羽在走廊上看着他们，试图从中找到王沐沐，却一无所获。从后门进教室时，她注意到明盛站在后墙黑板前，视线牢牢粘在刚贴上去的校报头版上。

她内心闪过一阵狂喜，又庆幸自己匿名了。她上一秒希望明盛看出这是她写的，下一秒又变成不希望，因为这篇文章并不是什么积极向上的内容。她只是试图站在王沐沐的立场，感受她的无力，写下迷茫——现实中说不出口、看起来深沉可笑的呓语。她怕明盛误解，以为自己就是这样悲观厌世的人。

放学前乔青羽也去后墙黑板前瞄了眼，发现自己文章的最下方原来还有段话，是心理老师乐凡的寄语。

那个周末，王沐沐没来乔青羽家，和前几天一样。乔青羽越来越频繁地望向斜对面，全然不见她的影子。她把自己藏匿起来了。离高考不到两周了，乔青羽的心悬着，深深不安。

一

　　五月的最后两天是周末,室外阳光猛烈,夏天已迫不及待地来临了。午睡后乔青羽换上了短袖。她照例单独在家,但今天不一样,李芳好下午在体校看乔劲羽比赛,没空回来查岗。于是,在安静逼仄的笼子里,乔青羽打开了尘封多日的电脑。

　　趁李芳好不在时用电脑看电影的想法,其实在她脑中盘桓了很久——阅览室旁的视听区域,有好几排可以出借的光碟。塞进主机中的光盘是她随意浏览时一下子就抓住她目光的一部经典纪录片,叫《迁徙的鸟》。

　　画面一出来她就沉醉了,一枚浑圆、仓冷的月。

　　漫天白雪,破败小木屋里,有一个愉悦、灵动的小生命——深青绿羽翼,肚子雪白,脖子下一大抹热烈的橙色,黑眼纯粹明亮如星。随即,这只小鸟探头探脑,从一个破口处跳入雪地,飞离了黑漆漆的木屋。

　　乔青羽不知道自己的眼泪是什么时候流下来的。一个半小时里,泪水一遍遍冲刷她的脸。北极燕鸥、斑头雁、天鹅、丹顶鹤……它们张开羽翼,掠过麦田和大海,飞过埃菲尔铁塔和自由女神像。镜头跟随翅膀上下浮动,屏幕前的乔青羽感觉自己也化身成了鸟。最后,在片尾曲苍凉迷人的男声里,她捧着被震出天际的灵魂,半天回不过神来。

　　这么容易陷入忘我的感动,一定是哪里出了错。

　　乔青羽又有写作的冲动了,全是想对王沐沐说的话。

　　你看,鸟那么自由,却不为美好停留。你看,北极燕鸥刚出生不久就要离开家乡飞向南极,它们的一生就是在地球最冷的两极之间徘徊。你看,斑头雁休憩驻足的雪山多么晶莹、静谧,可下一秒雪崩就轰然而至,而斑头雁,却只是若无其事地拍打翅膀离开,不挽留,不回头。你看啊,飞翔本身就是最美好的事,生命的存在,本就是最美好的事。

　　她没关电脑,打开文档,一气呵成敲下了脑海中的话。李芳好在她关掉电脑的两分钟后进门,给她带来了晚餐。李芳好走后,房门又响了,竟是多日未见的王沐沐。

　　"我看你妈走了才来的,"王沐沐熟络地朝她眨眼,仿佛她们昨天才刚见过,"省得她看见我就提高考,有点麻烦。"

　　乔青羽却哭了。不同于看纪录片时隐忍地流泪,这次她哭得很大声,边哭边紧紧抱住了王沐沐的肩膀。

　　"怎么啦怎么啦,"王沐沐柔声拍着她的背,"想我了对不对……"

　　她俩走进里屋,坐在狭窄的床上。乔青羽已经止住了泪,牵住王沐沐的手,安静地听她抱怨她母亲。

　　"每次被我爸打就说'不活了',真受不了,"她说,"天天跟我说家里苦,供我读大学多不容易,全靠她一个人挣钱。又说等我能自己挣钱了,我爸肯定也死了,她自己一个人没意思,不如也就死了算了……我以前觉得我妈确实太辛苦,心里一有厌烦她的念头就主动压制下去,觉得自己太没良心了……但现在快高考了她还天天唠

211

叨这些，我真的很烦了。"

"嗯。"

"她每晚跟我一起睡，她瓶子里的安眠药我每晚也吃，她都没发现。"

王沐沐抬头苦笑，乔青羽抓住她的手紧了紧。

"你知道吗，我去看过心理医生了，"王沐沐又低头，"没提前告诉你，不好意思。"

"没事啊，"乔青羽拼命摇头，"没事的。"

"不是乐凡老师，"王沐沐抬头，眼里是迟疑和不安，"另一个心理医生。"

乔青羽肯定地点点头："嗯。"

"阿盛介绍的，"王沐沐又说，"那个心理医生姓林，自己开了个工作室，是阿盛家的老朋友。"

"嗯。"

"你不会生气吧？"

"不会。"

王沐沐张开嘴，欲言又止。

怕她心里有负担，乔青羽把她两只手握紧，又说"不会"。

"其实是阿盛主动给我打电话的。"王沐沐凝视乔青羽，"他说，他们家有个朋友，是心理医生，特别乐于听青少年讲心事。他给了我一个号码，说就算出不了门，也可以打电话，喜欢匿名，也欢迎。"

乔青羽呼吸渐紧。

"他让我把电话号码给你，"王沐沐继续说，"我向他保证一定会让你打电话，因为……"

乔青羽抬眼。

"我不想让他担心你。"

乔青羽再次认同地点头："嗯。"

"你生气吗？"王沐沐垂眼，"我等于偷了你的——"

"没有，"乔青羽打断她，"我没有生气。"

"真的？"王沐沐抬头。

她小心翼翼的神色、强忍着的通红眼眶让乔青羽心疼不已。"真的，"乔青羽探过身，再次紧紧拥抱她，"我一点都不生气，你的做法很明智。"

王沐沐的眼泪流了下来。

"他爱你，"她呜咽着，像大姐姐一样摸了摸乔青羽的后脑勺，"真真切切的。"

乔青羽凑近一点，把王沐沐抱得更紧："我们都别管他了，好吗？"

"我难受，"王沐沐声泪俱下，"我感觉自己怎么做都不对……我劝你拒绝他，让他受伤这么深，可如果我帮他，又会害了你……"

"之前你怎么做都是对的，"乔青羽小心地拍着她的背，"从现在起，别管他了，好吗？"

王沐沐哽咽着，艰难地吐出一个"好"。

稍稍平静后，乔青羽拉着王沐沐坐在电脑前，按下主机开关，重新塞进那张《迁徙的鸟》。做这些时她毫不犹豫，一声不吭，固执地相信能给自己带来力量的纪录片一定也能给王沐沐带来力量。可画面刚出来，王沐沐就按了暂停。

"我以前看过的，"她对乔青羽充满歉意地笑了笑，"而且现在我也没时间看这个。"

乔青羽没说话，顺从地把光盘取出，紧接着点开存在文件夹里的一个文档，小声让王沐沐看看。

"写给你的。"她厚着脸皮对王沐沐说。

"像上次匿名发在校报上那样？"王沐沐问，脸上荡起笑意。

"你知道那篇是我写的？"

"废话，阿盛都能看出来，"话一出口，王沐沐马上吐了吐舌头，"你写的是我，难道我看不出来吗？"

"今天写的不是你，但，"乔青羽急匆匆又不自在地补充了句，"是写给你的。"

她们并排坐着，看的时候王沐沐挽过乔青羽的手臂，把头靠在了她的肩膀上。

"你应该拿去投稿，"看完后她轻轻开口，"不要让你的才能湮没在这暗无天日的笼子里。"

"你看到，对我来讲就足够了。"

"我看到了，"王沐沐突然笑着刮了下乔青羽的鼻子，"谢谢你。"

作为考场，二中在高考前要清场。周五下午的最后一节自习课留给大家收拾课桌、清理教室。学校开了两个大阶梯教室，临时用来给高一、高二学生放书。乔青羽混在如潮的人流中，在阶梯教室和教学楼之间来回跑了两次。第二次回来后，孙应龙见她坐下不动，便喊了她。

"你帮值日生一起把后墙张贴撕一下。"

关澜已经在撕了，她比乔青羽矮半个头，正踮起脚撕公告栏上面一排的课程表。乔青羽走过去帮忙。

"谢了。"关澜礼貌地朝她笑笑，又指了指最上方的班训说，"要不你把那个也撕了吧，我懒得搬椅子了……小心点，别撕破，四个角不弄破就能一下子撕下来了。"

乔青羽点点头。班训是一张写了"团结拼搏，铸就辉煌"的浅蓝色长条纸，明盛的字迹。许是因为这张纸不像别的公告那样要不定时更换，所以用的是双面胶而不是透明胶。乔青羽踮着脚，在纸的四角一个个试过去，总算找到了突破口。放松之际，刺啦一声，纸条裂了。

"哎呀，我忘了，当时中间也加了双面胶，"关澜痛心疾首地一拍头，"你刚没注意到中间的双面胶？"

乔青羽摇摇头，脑海中闪过明盛因何恺撕破纸而为难他的画面，突然有些惴惴不安。

"完了。唉，算了，"关澜又说，"你继续撕吧，完整的就行。"

但是很难。中间的那一小段双面胶似是铁了心要把"铸"字粘在公告栏上，关澜站在椅子上帮忙也无济于事。

明盛从后门闪进来，飞快地瞄了她们一眼，拉开距她们不足两米远的椅子，背对着她们坐下了。

关澜捧着破破烂烂的班训，有点不明所以地喊了句"要命"，声音很轻，但乔青羽还是听到了。

"对不起。"她不由自主地说。

"唉，跟我说啥对不起，"关澜笑道，"我又不在意。"

"我去解释，"乔青羽不知所措地用手指了指明盛的背影，"是我撕破的，不关你的事。"

关澜瞪大眼："为什么要解释？"

"会很生气吧？"

关澜眼睛瞪得更大了，像看怪物一样看乔青羽，随即扑哧一笑，轻声说："是邓美熙想要。你要不要这么搞笑？"

"哦。"

随即关澜用同情的眼光看她，头凑近，用唇语充满善意地说："其实他没有那么恐怖，放松点。"

"我知道他不恐怖。"乔青羽心里回答。在旁人看来，明盛对她不屑，理智让她对明盛不屑，挺好。

她回到座位坐下，拿出作业，边做边等下课李芳好来接。不少人搬完东西就直接回家了，到后半程，教室里渐渐安静下来。临近下课时，乔青羽从物理题中抬起头，望了望四壁空空的教室，内心突然涌起莫名的沮丧。

她讨厌一直把自己封闭起来。来二中之前，她明明怀抱着融入集体的热望，可现在高二就要结束了，她的世界却越发像真空。这段时间尤其，她丝毫体会不到自己与外界的联结。王沐沐忙于备考，没再露面，学校为了高考，收起了各类活动，明盛……乔青羽意识到明盛已经安静许久了。

上次文艺晚会的独唱仿佛提前耗尽了他的全部精力，之后他变得沉默、冷淡，除了打篮球，其余时间几乎都待在教室，在后排男生的笑闹中极少发出声响。

一开始他对别人说，是因为成绩退步，所以有了紧迫感。之后月考，他跃回班级第二、年级第十，却仍旧展现不出丝毫放松。陈沈笑他说他也要高考，孙应龙对此则很满意，鼓励大家向明盛看齐，提前进入高三备战。

虽然他并不会参加高考。

想到还有一年明盛就会飞去大洋彼岸，乔青羽感到一种被抽空的痛楚，仿佛心脏被生生剥离。脑海中回荡着他在舞台上唱的歌，"那只是一场游戏一场梦"。奇怪，分明自己并不愿记住那个场景，现在回想起来，明盛在台上略微僵硬的走动、生涩的举手投足，每个细节都像电影慢动作一样清清楚楚。在同龄男生中算沉稳的声音，唱起歌来是少年特有的干净、深沉，摄人心魂。乔青羽记得他唱的每个字。

"不要说愿不愿意，我不会因为这样而在意，那只是昨夜的一场游戏。"

"如今虽然没有你，我还是我自己。"

"如今依然没有你，我还是我自己。"

"他放下了，"乔青羽告诉自己，"不是唱给我听，而是在向自己的感情告别。"

她涌起莫名的怨恨，以及对自己的不满——后知后觉！竟然现在才想明白这点！可很快，她又平静了。挺好，拿得起放得下，从此天涯陌路，各自为安。

下课铃响时，教室里的人已经寥寥无几。乔青羽把课桌剩下的书全都塞进书包，肩上前所未有地沉重。她抬着无力的双脚机械地走向校门，心思恍惚，整个人轻飘飘的，仿若飘浮在真空里，胸腔里只有心脏挣扎的声音，窒息又难受。走出校门，在李芳好惯常等待的花坛边，她没看到李芳好，却看到了另一个意想不到的人——乔大勇。

心脏顿时活了过来，乔青羽第一反应就是李芳好是不是出事了。

"青青！"乔大勇认出她，用顺云方言大吼一声，像头公牛一样朝她冲了过来，"头发剪掉，差点儿认不出来你！"

乔青羽不知所措地点头回应。乔大勇是实打实的农民、南乔村最不讲究的人，身材粗壮，皮肤黑黄像土地，穿得也像是刚从地里干完活回来似的，出现在二中门口尤显异类，遭到不少出校学生的斜眼打量。

"青青啊！"他嗓门洪亮、粗鄙，一开口就吸引了更多目光，"你个坏肠子！我买老婆花你的钱啦？欺负我不识字！说你自己家恶心的事情就好了，说我老婆干吗！我后来才晓得，别人都在网上骂我，骂我买老婆！我没偷没抢，花的是自己的钱啊！"

他骂的是方言，指着乔青羽的鼻子，唾沫星子乱飞。

"我跟你讲，我就是来骂你的。"乔大勇往前一步，乔青羽后退一步，直到书包抵着车辆进出的电动栅栏门，"我跟你讲，你手不要伸太长，我乔大勇家的事不要你个小丫头管！你弄你哥的喜酒，故意在纸里骂我，我就来骂你！我也让你丢丢脸！我要是住边上，我早就来骂你，天天来你学校门口骂你……"

已经有人驻足了，都站得远，猎奇和兴奋在学生中蔓延。他们让乔青羽相信自己是怪物。她想起秦阿姨被烈焰包裹的眼，通透又痴颠，熠熠闪光。她真想化成一团火球，和乔大勇同归于尽。可她只是站着，茫然，绝望，无助，连大气都不敢出，任由围观的学生越来越多。

保安和李芳好同时出现了。保安驱散了围观的人群，李芳好则一上来就和乔大勇对骂。

"你们让一让！"保安吼，"别堵着校门！同学，车来了，你走开点！"

乔青羽反应过来，紧靠电栅栏的身体站直，随李芳好拉着走到一边。一边走，李芳好还在一边和乔大勇对骂，音量一层层拔高。人群虽散了，但投过来的眼光只增不减。

乔青羽把头别向一侧，看向那块被保安清空的区域。

她看到电动栅栏拉开了，一辆黑色轿车徐徐驶出。长车身经过她时，敞开的后窗缓缓升起，遮挡住明盛一动不动的侧脸。

他清贵，冷漠，目不斜视。

高考结束的那个夜晚，救护车尖锐的警笛声惊醒了乔青羽，车顶闪烁不停的灯光透过糊着报纸的窗玻璃在三合板上起伏，使她感觉自己躺在一个盛满水浪的湖底。她听到女人歇斯底里的哭喊，一会儿"老王啊老王"一会儿"沐沐回来啊"。直到警笛声渐小，嘈杂的人群散开，黑夜归于平静，她一直睁着眼。

王沐沐很可能在外面和同学狂欢。一想到她好不容易卸下高考这个重担，生活就立马给了她另一个重压，乔青羽就觉得难受。想象着王沐沐爸爸在医院的各种可能，一个想法不请自来，就是他干脆撒手人寰反而利于王沐沐和她母亲继续生活。这个想法一露头就被乔青羽摁灭了，她指责自己的冷血，甚至邪恶。

幸福固然值得追求，但难道要以幸福的名义摒弃一条生命？

连上帝也不能做这样粗暴的抉择，乔青羽想。随即她想到了明盛爷爷，一个主动把生命交出去的人。她想着明盛一开始的不接受，体会到深深的共鸣。活着就是希望，不是吗？为什么要放弃生命呢？她不懂。

可明盛现在接受了。他已经理解，一个人因为不愿意活成一具没有自我意识的空壳，能够把生命的决定权交到另一个他完全信任的人手里。是吗？乔青羽沉思着。明盛是主动认同了他爷爷的观念，还只是无奈接受了这个既定的无法改变的结果？

不知为何，乔青羽更倾向于后者。人的记忆是滚落时间长河的山石，最终逃不过情绪的深海。明盛对他爷爷的思念，可以让他认同他爷爷的一切。是的，记忆也许不关乎能力，而是关乎爱，更准确地说，是关乎情绪。

就像她现在想起乔白羽，心里流淌的哀愁早就淹没了曾经的怨愤——发现真相为乔白羽鸣不平当然是一个原因，更重要的是，乔青羽觉得是因为她记住了姐姐很早之前看见自己就绽放的喜悦笑脸，以及去哪儿都把自己紧紧牵住的手。

那就是姐姐对妹妹的爱，天真朴素，纯正无邪。

她庆幸自己抓住了这些不起眼的转瞬即逝的片段，它们细碎又闪亮，似鱼鳞，似绸缎，形成了她对乔白羽的记忆大海。她不愿想起后来自己与乔白羽之间的龃龉，它们就像滚落深海的山石那样无足轻重。

搅动她的，只是海潮。

救护车来过之后的第三天，王沐沐敲响了乔青羽家的门。那天是周三，乔青羽要值日，因此比平常晚二十分钟到家。上楼梯时，她发现王沐沐双手抱膝坐在楼梯上，看起来像等了很久。

李芳好问王沐沐有没有吃晚饭，她说没有。

"那我带两份来。"

这次王沐沐没有推辞。看着她们俩进门后，李芳好转身离去，带上门时不放心地瞅了她们好几眼。乔青羽和李芳好的预感一样，王沐沐忧心忡忡、失魂落魄的样子让她不安。所以，等李芳好一走，她就问王沐沐怎么了。

　　"陪我坐一下。"王沐沐看她苦笑。天气热了，她仍穿着长袖，乔青羽不禁为她感到忧心。

　　她们一直坐到李芳好回来。吃饭时李芳好单刀直入，问起了王沐沐父亲的病情。

　　"肝癌晚期，胃出血，"王沐沐盯着碗里的面简短答道，"命捡回来了，还好。"

　　"那就好那就好，"李芳好故作轻松以安抚王沐沐，"接下来好好养身体。"

　　王沐沐"嗯"了一声，埋头大口吃面，以从未有过的粗鲁。李芳好收衣服，叠衣服，把她俩吃完的碗收回，又离开家，去了店里。门再次关上后，王沐沐的眼眶唰地红了。

　　"青青，"她声音里都是哭腔，"我爸爸要死了。"

　　乔青羽张了张嘴，欲言又止。残酷的事实下，一切语言都显得乏力。

　　"如果化疗，还能拖几年，"王沐沐又说，"如果不化疗，没几天了。"

　　"嗯。"

　　"说实话，我不止一次希望他死，"王沐沐咬着唇，眼泪流下来，"现在真到了这一步，我却完全不知道怎么面对。我爸突然变了个人，说自己不该糟蹋自己，说他不怕痛，要活着看我大学毕业，要化疗。我妈却说化疗也治不好，家里本就欠债，化疗费用高，借来的钱以后都得我还……他们两个在医院吵架，互相骂对方没良心，让我做最后的决定……我哪里知道怎么办啊，我该怎么办啊，青青……"

　　乔青羽听着，感觉喘不过气。

　　"昨天我在医院，一夜没睡着。"王沐沐继续哭诉，"我想到小时候的事……很多很多很多……那时候我爸多好，我多快乐啊……我想到底是什么让我爸放弃稳定的教师工作去做生意，又是什么让他在生意场上很快风生水起，却在一夜之间跌入万丈深渊……我想啊想，觉得他就是被自己不断膨胀的野心给害了……野心加上坏运气……我想啊想，觉得自己的人生其实和他的很像，他就是享受一切又丧失一切，从此一蹶不振……我是他的孩子，估计我的人生也跟他的差不多，最终以悲剧收场……"

　　"不是的，沐沐姐。"

　　"你知道我家现在欠了多少债吗？"王沐沐泪眼汪汪地看向乔青羽，"昨天，高考完了，我妈才告诉我……我爸以前做生意，借高利贷投资，亏了，欠下几百万……我家住的房子早就被抵押了，我妈怕影响我学习才没说，其实我们住这里是要交房租的……我从小长大的地方，原来早就不是我家了……一想到我身上莫名背了几百万的债务，我就对未来一点期盼都没有……"

　　"你爸爸借的钱跟你没关系吧，那时候你那么小，"乔青羽握住王沐沐的手，"你一定得还吗？"

　　"父债子偿，难道不是天经地义吗？"王沐沐反问，"我是他唯一的小孩，不找我找谁？"

乔青羽心存疑虑，不过没再开口，而是任由王沐沐继续倾泻她的悲苦和无望。

"我既不想让我爸伤心，又不想让我妈伤心，后来我想，其实让两边都不伤心也是可以做到的，"王沐沐苦笑，"只要我彻底忘却自己就好了。先借钱给爸爸化疗，再拼命赚钱扛起所有债务不让妈妈操心，也不管生活开不开心了，债还完，我就离开这个世界。"

最后一句话让乔青羽呼吸一紧。"沐沐姐，"她极其认真地摇摇头，"那样我会很伤心的。"

王沐沐颓然垂下头，随即紧紧抱住乔青羽，号啕大哭。

为了减缓王沐沐的重压并解答自己心中的困惑，次日中午，乔青羽走进了与阅览室一墙之隔的机房。与常显空旷的阅览室不同，机房的座位不多，经常满员。乔青羽去食堂用餐本就拖到最后，餐后才来机房，发现基本每台电脑前都坐了人。

只有最靠近门的这台机子座位是空的，可桌角有本随意置的封面印有"U.S. History"的英文书，像是有人忘在了这里，又像是有人占了座之后临时走开。不确定之下，乔青羽去了阅览室，隔几分钟过来看一次，无奈地发现机房的人都像生了根似的，没人离开。

只有那个位子仍空着。应该是有人把书忘在这儿了吧，乔青羽说服自己，毕竟，如果是临时走开，为什么桌面空无一物且没开电脑？

她便在那个位子坐下了，按了开机键，在搜索框中输入"父债子还""父亲借高利贷子女要不要还"及"肝癌晚期化疗费用"等内容，打开一个个网页。有令人振奋的内容，即就好几个网上的案例来看，平常所说的父债子偿并没有法律支撑，王沐沐很有希望通过法院撇掉自己与父亲债务的关联；也有不好的信息，即化疗一次就要上万的费用，且过程痛苦，对病人有不小的副作用。

"老父亲说不治了，钱留给两个孩子读书，谢谢医生。"

在一个询问肝癌能不能痊愈的帖子末尾，乔青羽看到发帖人的这句话。

她突然想起李芳好记在账本上的红字——"白羽省一医院费用共十五万八千元"。一种可怕的可能性袭击了她——"十五万"这个数字显然已经到了家庭的极限，父母当时可以选择吗？有没有可能，是父母为了考虑更小的她和劲羽，所以在救治姐姐时不愿意冒险突破极限？就像最初为了照顾她和劲羽就把白羽放开了那样？艾滋病是绝症，一个真心被啃噬、只敢用美貌换取关爱的女孩得了艾滋病，生命还有什么存在的意义？是吗，父母是这样想的吗？

"我对艾滋病一点都不了解。"乔青羽立马告诉自己，像是为父母开脱。她被自己的想法吓到了，脑子仿佛被锤子激烈地捶了几下，有点恍惚。

"同学，同学，"通道另一侧，同样坐在电脑前的一个陌生男生把身子探向她这边，急切地挥手低语，"喂，乔青羽。"

乔青羽还没回过神，不明所以地看向他。

"你快起来。"

见乔青羽有点疑惑，他急了，伸出食指，指了指乔青羽身后，意思是让她自己看。回过头，乔青羽的瞳孔瞬间放大了——背对自己靠着门栏，一身黑色宽松运动服，一手插裤兜一手拿手机的高瘦背影，无疑是明盛。

她想也没想就站了起来。离开座位，她猛然想起网页没关，就又折身回去关电脑。就在她弯腰紧张且迅速地点击鼠标时，身侧压下一个黑色的身影——明盛伸长手臂拿走了桌角的英文书，肩膀横在她和屏幕之间，直抵她的鼻尖。

乔青羽甚至感受到了他紧贴着自己头顶的呼吸。

她僵住了，他也离开了，整个过程不过三四秒。她明白他不要这个位子了，但不确定他是把座位让给了她，还是觉得座位被她污染了，所以逃离了她。不过她耳根发烫，心思全乱了，无法安然领取这突然空出来的"宝座"。

于是她也走了，回到了属于自己的阅览室。

那天找乔青羽哭过之后，王沐沐连着三天没露面，直到周日夜晚才又敲响乔青羽家的门。这期间，乔青羽动过去医院探望王沐沐父亲的念头，却被李芳好一语否决。

"医院那么晦气，去什么去？"李芳好说，"我们家跟他们家又不认识。王沐沐是你的朋友，来家里，我们招待好，尽到本分就够了。"

"本分"二字听起来很冷血，让乔青羽厌恶。前几天在图书馆冒出的想法又探出头了，她必须狠狠压制，才能阻止自己带着批判的眼光审视父母。那种在黑暗隧道中摸索的感觉卷土重来，就像去年她苦苦追寻乔白羽到底有没有染上艾滋病一样，但不同的是，这一次她没有了破罐破摔直面一切的坚定。

相反，她惧怕。她理解了孙应龙曾经说的，有时候，"揭露"比"隐瞒"给人带来的伤害更大。

所以她接受了李芳好的话，告诉自己没消息就是好消息，自己要做的就是在王沐沐来时听她倾诉，给她安慰，而不是去医院看她那不想示人的家庭伤疤。

王沐沐来了，这次她脸色好一些，表情却复杂，一进屋就拉着乔青羽在沙发坐下。

"青青，我想来想去，还是跟你说一下比较好。"她定定地看着乔青羽，"我爸爸接受化疗了。"

乔青羽点头认同，不知为何心里也舒了口气。

"我们没钱，"王沐沐顿了顿，继续解释道，"阿盛家借钱给我们。昨天，阿盛来医院找我，说他们家不急着用钱，让我不要担心，以我爸的身体为先。"

乔青羽又点头："嗯。"

"说实话，我自己是想放弃的，"王沐沐垂下紧绷的肩膀，"我也把我的想法跟阿盛说了，但他不认同。他说我爸自己有活下去的意愿，我们就该尊重他。阿盛说他会帮我，是因为他提出来，他爸妈才借钱给我们家的……我自己……我自己是无法向他爸妈开口借钱的……"

乔青羽继续点头："嗯。"

"这三天，阿盛每天都来医院看我和我爸。"王沐沐抬起头，小心翼翼打量乔青羽的脸色，"可能看我心情不好，怕我想不开吧，他跟我聊了很多，我感觉比我们过去几年说过的话都多……我挺惊讶的，就是爷爷……"她突然停了两秒，继续说道，"因为爷爷的事，他对生命的感悟比我深刻多了……我现在知道自己对他，除了小时候那种熟悉感，其他方面的了解和别的同学没什么两样，或者说比别的同学更少，因为小时候的记忆总是束缚着我……他在以光速成长，不光外在，还有内心，你不觉得他现在很规矩、很收敛了吗？我感觉他的叛逆期过了，爷爷看到肯定会很欣慰的……"

"嗯。"

空气安静，乔青羽的心慢慢沉了下去。那个深藏明盛心里的关于他爷爷的秘密，明盛也告诉王沐沐了吧？他收回了曾经硬塞给自己、唯一能掌握他秘密的"特权"。

"我跟阿盛说，你没打电话，是我打了电话给林医生。"王沐沐开口，声音里充满歉意，"我以为他会不高兴，但他没说什么。"

"他肯定不会说什么，"乔青羽故作轻松地笑了，"我觉得他充满了人道主义的关怀。"

"人道主义？"王沐沐也笑了，温和又疑惑，"有这么伟大吗？我感觉他只是念及和我的老交情。"

这不妨碍他想做英雄。乔青羽想着，但没说出口，因为这是王沐沐说过的词，出口回应她，就会变成赤裸裸的对她和明盛的揶揄，有点刻薄。乔青羽不知道为什么明盛的好心会激起自己灰暗冰冷的另一面，她不喜欢胸腔突然冒出的尖锐的刺。

"我们也一起追忆了小时候的事，"王沐沐继续道，嘴角的笑没有消失，"说了才知道有那么多的回忆。我过去一直觉得总是回忆童年把我给毁了，可现在——"

"其实童年记忆可以救你。"乔青羽打断她。

"是。"王沐沐淡笑，别过头，望向阳台对面。

王沐沐把所有话都告诉她，是信任。跳出来看，自己拥有安全的友谊，王沐沐的父亲得到了救治，明盛彻底放下了对自己的执念，这已经是生活能给出的最好的安排了。

之后王沐沐再没来过。高考出分，乔青羽听乔劲羽说，他从冯老板娘那里听到，王沐沐发挥有点失常，没进入她想去的北大、清华，只能去复旦或人大。乔青羽以前所未有的拼搏态度投入学习，争分夺秒，废寝忘食，在两周后的期末考试中取得了全年级第七十八名的历史最好成绩。李芳好非常满意，维持在二中的年级前一百，意味着能去那些耳熟能详的名校。

高二休业那天大雨，李芳好没骑电瓶车，而是领着乔青羽上了公交车。下公交车后经过难得空荡荡的报刊亭，瞄见透明塑料纸覆盖着的新一期的《萌芽》，乔青羽停下了脚步。

她对李芳好解释说，这个杂志对提高作文很有帮助，暑假校图书馆关门，所以……

"好几个语文老师都来买的！"冯老板娘的声音穿透雨帘，横进她们中间。于是母女俩走进报刊亭的雨棚下，一个付钱，另一个拿书。像是在暴风雨中干渴了多日似的，见到她们向前，冯老板娘兴奋难耐。

"你们知道了吧？"她夸张地瞪着眼，做出神秘的姿态，"今天上午老王走了。"

"哪个老王？"乔青羽飞快追问，心中却有如重物落地，扑通一声。

"就是那个天天发酒疯打老婆的，"冯老板娘满足地看着她的脸，"你的好姐妹沐沐的爸爸。"

Chapter 20
苍茫之夏

夏天来了，夏天早就来了。李芳好拆下两片窗之间的玻璃片，擦干净老旧的纱窗，挂上暗绿色新窗帘，吩咐乔青羽接下来窗子保持敞开，别闷坏身体。电扇嗡嗡嗡地响，与河边传来的蝉鸣纠缠在一起，昼夜不息。一早，阳光透过窗帘下的缝隙照亮床头，乔青羽睁眼所见即是一片刺目的白。坐在桌前写作业，一阵阵热浪直扑进来，令她坐立不安——这屋子比去年难耐多了。

她终于拥有了放眼窗外的自由。第一天，她看见正对面租户的妈妈边择菜边骂身边一直捣蛋的小男孩。第二天，她望见王沐沐母亲在厨房忙碌的身影，把杂物一件件放进一个大纸箱。第三天，太阳未升起她就被楼下"倒车请注意"的喇叭声吵醒了，惊起拉开窗帘，一探出脑袋就对上了王沐沐仰头朝上的视线。

王沐沐要搬家了。

乔青羽匆忙换上运动裤，抓起一件外套就冲下楼去。

货车的车身已经摆正，王沐沐从车头后边跑了过来，脸上和煦又带着悲伤的笑容令乔青羽想哭。

"沐沐姐……"

"我昨天下午去找过你，你不在。"王沐沐笑着说，"我又去店里找你，你妈妈说你去走亲戚了。"

乔青羽点头。确实是，昨天下午乔陆生专程抽时间带她去拜访了住在城西、平常几乎没来往的远亲陈表舅。没有他在教育局的关系，当初乔青羽是没法转学进二中的。

"本想晚上再去找你，但我有点累，竟然睡着了。"王沐沐抱歉地笑道，"我不是故意避开你，不跟你说再见啊。"

听到她说睡着了，乔青羽却觉得安心。她用力点点头，注意到了王沐沐扣在长袖上的黑色麻布。

"我爸过世了，你知道了吧？"王沐沐轻叹一气，"在我们都以为一切在好转的时候，他却突然扛不住了。"

"沐沐姐……"

"还好，我这几天跑来跑去，医院啊、殡仪馆啊、公墓啊，又要搬家，忙得没时间悲伤，这件事看起来就没那么可怕……"

"为什么这么急着搬走呢？"乔青羽不解，"搬去哪里呢？"

"这房子不是我们的了啊，"王沐沐轻柔地说，"每个月五号交租，昨天到期，再住就要多交一个月的租金。"

"那你们去哪里呢？"乔青羽又问。

"阿盛家有套空房，可以暂时借我们母女过渡。"王沐沐咬着唇，"我报了人大，等通知书到了，我就和我妈一起去北京。"

"一起的意思是？"

"我爸走了，我不放心留她一个人在这里，不论我去哪儿，我都会带上我妈的。"

"你以后还会回来吗？"

太阳出来了，浅金色的阳光照在王沐沐脸上，令她看起来既温暖又透明。她笑了笑，像没听到这个问题似的，转而从背包里掏出一本书放在乔青羽手里。书的名称是《窗边的小姑娘》，泛黄的质感就像之前乔青羽在明盛爷爷家抽出的《挪威的森林》，很老旧，二十世纪八十年代的感觉。

"昨天收拾东西的时候发现的，"王沐沐笑道，"多年前从爷爷家借的，忘记还了。你帮我还给阿盛，好吗？"

"你自己还给他啊。"

"他去美国了。"王沐沐笑得温润，知晓一切般按住乔青羽的胳膊，"等他回来，我肯定已经去北京了，我总不能为了这么本老书去找他爸妈吧？他们都是大忙人，而且对我不熟悉。"

"可是……"

"里面还有个礼物，回家再看，"王沐沐突然神秘地凑近她，"千万别让你妈发现。"

她珍重的语气让乔青羽心里发慌。

"我们还能见面的吧，沐沐姐？"

"你有QQ吧？"王沐沐拿出手机，"号码报一下。"

乔青羽报给了她，又说："我基本不上QQ的。"

"我知道，"王沐沐收起手机笑道，"那我给你写信。"

"我妈会看我的信……"乔青羽喃喃，声音里满是绝望，"沐沐姐，你还会回寰州的吧？"

"傻瓜，当然了，"王沐沐微笑着，向前一步，轻轻抱住她，"高三加油。"

司机鸣喇叭，王沐沐放开了她。货车撇下乔青羽，她的眼泪泛上来，视线里的货车迅速模糊成一个小黑点。许久，她转过身，任由金黄色阳光扑打在自己脸上，缓缓朝河边走去。

在运河小径边，乔青羽找了张长椅坐下，斜对着那棵五百年繁茂如初生的古樟。窗边的小姑娘，她轻念出声，翻开了手里的书。

一翻，她就看到了王沐沐所说的"礼物"——一张被剪成一半的照片。

是八九岁左右的明盛，朝气蓬勃的样子，头发被风吹得像鸟窝，笑得自信满满，眼睛清澈如朝露，瘦胳膊瘦腿，身穿短袖短裤，左臂扣着醒目的两道红杠牌——少先队中队长。

剪下的另一半，应该是沐沐姐吧？

"她把自己带走，把明盛留给了我。不，不是留给我，只是留下了。不，是放下，放下童年的记忆、童年的亲密。只是她放下了心中执念，跟我没关系，是的吧？"

阳光透过摇曳的樟树叶在乔青羽眼前晃动，她感觉有点晕。"我得回家了"，她告诉自己，把照片重新夹进书里，站起了身。

夏天很燥热，夏天很寂寞。生活按下重启键，阳台对面是完全陌生的人家，李芳好每天不定时回来查岗。乔青羽的头发现在处于一个尴尬的长度，垂下来刚好扎着脖子，却又无法完全扎起，李芳好替她难受，说带她去剪短一点，被她拒绝了。

"心静自然凉，"她重复了李芳好经常教育她的话，"我不觉得热。"

"到高三都是要剪掉的。"

"我不想读大学的时候我的头发比男同学还短。"

"反正头发都是要长长的，你头发长那么快。"

"真正不分心的人是不在乎头发长短的，"乔青羽反驳，"剪了头发，反而有心理暗示、有压力，我现在这样挺好。"

李芳好目光如炬。

"这是你自己说的，"她开口，语调带着威胁，"要是考试成绩退步了，头发就剪。"

乔青羽咬紧嘴唇："好。"

她心里知道自己刚才讲的全是谎话。王沐沐托付的书，她看了，是日本作家的童年回忆，充满爱和感动，被她安心地放在了书包里；那半张照片，她这里藏藏那里塞塞，始终找不到安全之处，恨不得天天穿长袖校服，把它藏在宽大的校服袖子里。

她的心可能就是被这张照片搅乱了，对明盛的想念疯长，以至于无时无刻不论做任何事，脑海里都是他的身影。"怎么偏偏是这样一张照片呢？"她懊恼地想，"时刻提醒我他本性不坏似的。可是，他本性如何，跟我又有什么关系？"

然而事实就是她无法自控。写作业或看书时，明盛会安静地退到一边但不会消失，吃饭、走路、刷牙、入睡前等任何思想放松的时刻，他就自动走向前，时而明晰，时而虚幻，牢牢霸满她脑海中的世界。

真够折磨人的。

摆脱它，结束它。乔青羽想起明盛第一次在树上对她说的话。"我也得摆脱，"她想，"真的结束，而不是他所谓的那种'结束'。"

怎样做？她毫无头绪，仿佛掉进一片沼泽，越挣扎陷得越深。同样放暑假经常在家晃荡的乔劲羽发现了她的异样，忧心忡忡地问她怎么了。

"这房间太热了。"乔青羽出神地望向窗外，视线投向被铁网割破的蓝得泛白的晴空。

乔劲羽表示赞同，借此去游说李芳好装空调。李芳好不同意，虽然她也觉察到了乔青羽的魂不守舍。她说，这小区不好，太杂，房租马上到期了，不如搬家。

乔陆生却明确反对搬家这件事，说一辈子变动来变动去，受够了。两人夜里常吵，白天，一意孤行的李芳好顶着大日头独自出门找房子找店面。她没空回来查岗，新鲜热辣的自由从天而降，冲到窗外朝乔青羽招手。

可乔青羽全无出门的欲望。

她异常坚定地坐在桌前，做题，练字，看书，惆怅袭来时打开电脑，敲下驰骋在脑海中的一切——青春，友谊，姐姐。

爱，自由，孤独。

是痛苦且纠结地活着，还是满足又释然地死去？

家。

好在李芳好不会开电脑查文档，即使这样，乔青羽也没有敲下与明盛有关的任何一个字。她告诉自己要忘记他，虽然她以行动嘲讽了自己的自欺欺人——坐在这里字斟句酌，脑海中的唯一听众，不就是站在黑板前盯着自己匿名文章的他？

她并不想搬家。明盛走了，王沐沐也走了，她感觉自己再走，朝阳新村就真的老了。老了不可怕，忘记过往才可怕。她怕老去的朝阳新村忘记了曾经发生在这里的一切。

还好有电脑，乔青羽庆幸地想。这是另一个维度的自由。

这样的日子持续了一周后，有一天下午，李芳好突然出现在家里，脸上焦虑重重。

"我们得回南乔村去，"她郑重地对乔青羽、乔劲羽说，"你们奶奶没几天了。"

搬家的事因此被掐断，半个月后，乔家手工面馆重新开业，现有的店面和住房续租了一年。

回南乔村的那两周，因乔青羽做了充足的心理准备，发生的一切都没让她意外。他们必须借住大伯那里，刘艳芬的冷言冷语合情合理。乔陆生带着乔劲羽在爷爷乔礼隆面前承诺一定会把老房子拆了重建，光宗耀祖。乔青羽则随李芳好一起照顾卧床半年已奄奄一息的方招娣，并承担了房子里的大部分家务。夜晚，她仍躺在半年前睡的那张床上，耳边是李芳好均匀平稳的呼吸。

这次，乔青羽从未半夜翻身下床。

在刘艳芬不间断的骂骂咧咧中，乔青羽得知乔劲睿不仅把公务员辞了，连寰州的新房也卖了，拿着钱说是南下广州做生意，人就像消失了一样，一个月不打来一个电话。"小睿过不好，青青和小羽也别想过好，"刘艳芬恶狠狠地对李芳好说，"我们家过不好，你们家也别想过好！看看青青，越长大跟白羽越像，媚样！女孩子这种软硬不吃的性格，会有什么好下场！"

"嫂嫂别气了，"李芳好低眉顺眼，颤抖的声音显得卑微，"青青欠你们的，我来还。孩子改过自新了，别咒她了……"

刘艳芬每句话都带着愤恨，乔青羽自知理亏，从不反驳，心里却把她说的当垃圾。李芳好抬不起头的样子让她难受，乔陆生对乔礼隆言听计从的样子令她不满。她对奶奶方招娣卧床感到愧疚，全身沉重，像戴上了看不见的罪的枷锁。熟悉的愤怒和无力同时冲击着她，这是在南乔村惯有的感受。

末了，她狠狠心对自己说，父母放不下的羁绊她放得下，等完全独立了，她坚决不回来。

唯一好的方面是她在南乔村能自由出门。李芳好鉴于别人的眼光不再关着她，在所有人看来，村里熟人多，比城里安全多了。不过乔青羽会刻意避开村里那些半生不熟的人。

基本上，她想出去了，就拿一本书走进山间，在水库边找块阴凉的大石头，坐下来看两个小时的书。偶尔她会在山里、田里漫无目的地走，夏日的葱茏包裹着她，让她很平静。有一次她走着走着，突然意识到脚下的小路通往的是乔白羽的墓。她站住了，然后决然地转过了头。

这块墓碑上没有乔白羽的照片，而且——乔青羽异乎寻常地确定——乔白羽在安陵园。原因很简单，拼命鞭策自己考上好大学寻求好生活的妈妈，不会舍得把姐姐留在这闭塞、荒无人烟的山里。

方招娣没能熬到八月，在七月的最后一天过世了。在所有大人的电话轰炸下，远在广州的乔劲睿始终太忙，回不来，令乔陆隆暴跳如雷，在葬礼之后突然坐下就站不起来了。大家慌成一团，把他送到顺云中心医院，医生却查不出毛病，只说少操劳、少刺激、要静养。

"我一个人又要做活又要做家务，忙不过来的。"刘艳芬对乔陆生李芳好直言，"一直都是我们照顾老人，你们也该出点力了。谁把家里搞成这样？你们用良心想一想。"

乔陆生二话没说就应承下来。刘艳芬转身离去后，乔青羽听到李芳好不满地抱怨："他们是出了力，那我们每个月出那么多钱，不算数？"

"一个家以和为贵，"乔陆生一副不容商量的语气，"不可能每件事都算得清清楚楚。"

"那你说我们怎么出力？青青高三，过两天就要去学校补课了，店里再不开张，家里喝西北风啊？"

"店里有我和乔欢，两个人也够，"乔陆生边说边转头看了乔青羽一眼，"青青自觉，也不是小孩了，不用天天接送。"

"是啊是啊，还有我呢。妈，"怕他俩吵起来，乔劲羽赶紧插嘴，"我还没开学，跟你一起陪爷爷，说不定过几天他心情好了就能站起来了，是不是……"

事情就这样定了。两天后，在李芳好的千叮咛万嘱咐中，乔青羽跟在乔陆生后面，踏上了回顺云的中巴。直到回到朝阳新村了，她才从巨大的不敢相信中清醒过来——李芳好放开了她。

乔陆生从小就不怎么管她。来寰州的次日，即高三补课的前一天，他从抽屉里找出公交学生卡，还给乔青羽，给了她充饭卡的钱，一次性交代了许多话，算是完成了李芳好给他的任务。

补课第一天的暴雨让乔青羽想起刚来二中的那个台风天，那天是她第一次见到王沐沐。她想起那弯至手肘的透明伞，看着敞亮，实则更封闭。她想起那温暖的笑眼——

王沐沐的笑,是她在二中实实在在感受到的最初的陌生善意。

沐沐姐应该已经收到人大的通知书了吧,不知道她有没有去北京。

高三教学楼早就被清理一空,乔青羽是到得最早的那几个之一,在二楼找到尚且空荡荡的高三5班,一进门就看见了孙应龙,他背对着自己,在黑板上写下了"挥洒斗志,成就梦想"八个大字。

写完,他把粉笔一丢,也不回头,中气十足地问:"谁第一个来了?"

"我,"乔青羽从座位上站起,有点无措,"乔青羽……孙老师,早上好。"

"一声不吭的,我猜到是你,"孙应龙哈哈大笑着转身,"怎么样,短暂的暑假?"

乔青羽一时不知该怎么回答。

"不管怎样,"孙应龙爽朗笑道,"你妈妈已经给我打电话了,说她不在,要特别关照你。"

乔青羽沉沉地"哦"了一声。

"让我帮你把把关。高三了,不必要的同学交往千万不要发生,要是有人给你寄信,就先拿给她,由她给你,但,"孙应龙边说边往乔青羽这边走,乔青羽注意到他手里拿着一个信封,"说实话我觉得她杯弓蛇影,有点太紧张了……班里还有谁比你更安分?你会关照好你自己的,对吧?"

说着,他把手里的信封放在乔青羽桌上:"班级报箱里有一封你的信,我替你拿来了,直接自己看吧。"

乔青羽惊讶又感动,低声说了句"谢谢"。

"很多家长都是比孩子还紧张。"孙应龙笑着,"跟你妈说,放轻松,不然反而影响你考试发挥。"

陈沈进来了,后面紧跟着关澜、邓美熙。孙应龙转身回到讲台上,乔青羽坐下,拆开了信。信封没写寄信人,但字迹明显出自王沐沐的手。王沐沐说到做到,这么快就写了信,令乔青羽兴奋又满足。

把信纸展开,乔青羽趴在桌上,认真看了起来。

"亲爱的青青,展信佳。

"等你看到这封信时,我肯定已经在北京了。我去找过你,没见着人。冯老板娘告诉我说你们全家都回南乔村了。我希望你的奶奶一切安好……哦,不,这不是我内心最真实的想法。林医生说不要觉得回避生活中痛苦的部分,那部分就会消失,所以我想说的其实是,人生老病死是常态,希望你的奶奶临走时没有遭受太大的折磨,希望你没有被家里人责难,希望你不要因为奶奶的离开陷入无限的自责。你告诉过我,她本来就有糖尿病、高血压,身体底子很差,所以,如果她走了,你千万别把错揽到自己一个人头上,好吗?"

好,乔青羽喃喃,心里涌起一股暖流。

"有件事,我一直想说,却找不到机会,"她继续读,"当然也跟我的优柔寡断有关。但最近一次跟林医生聊过后,我决定告诉你,希望不要给你增加负担,毕竟你

227

已经高三了。"

读到这里，乔青羽悄悄吸了口气。

"就是我曾在你家的垃圾桶里看到安眠药的瓶子，你当然不会注意，因为你不认识，但我对安眠药太熟悉了，所以，绝对不会弄错。"

乔青羽的心一下子提了起来。

"你应该不知道，我爸住进医院的第二天，也就是高考后那天上午，你妈妈来医院看了我们。当时我刚好走开了，回病房时听到她和我妈聊天，就站在门口偷听了会儿。我妈又在说寻死，她说惯了，我不以为然，可我听到你妈妈很认同，非常认真地说，要不是为了你和你弟，她也早就随你姐去了。我听到她说，当初从维爱医院转来省一医院，你姐已经不太行了，还不想治，非要死，你妈就拿水果刀架在自己脖子上逼你姐，说要死一起死，你姐才不闹的。她说，你姐断气后，她差点儿从医院的窗户跳下去，还好两个护士拼命拉住了她。她还说，你姐死后这几年，她也总是想着离开算了，但你和你弟还没懂事，所以她放不了手。"

乔青羽鼻头酸涩，眼前的字迹慢慢模糊了。

"最让我担忧的是，我听到她说，死了比活着好受，就当睡长觉，"信里继续说道，"这是我曾经有过的想法。所以我担心她，我知道她对我妈说的不是客套的安慰，而全是她的真实感受。"

乔青羽像缺氧般，胸腔剧烈起伏着。

"青青，"紧接着王沐沐写道，"我想，或许你妈妈和我一样，是心里病了。"

是的，乔青羽想。看完最后两行，她合上信，整个人仿佛掉进暗井，有种触不到底的恐惧。

她现在知道为何那么敏感的李芳好即便跟自己同睡一张床却能任由自己在半夜消失三四个小时了。她也知道为什么李芳好夜里的呼吸总那么平稳、安然。不是因为白天太疲惫，而是因为睡前吃了安眠药。

妈妈早就病了。

这就是在爷爷奶奶、伯父伯母面前，妈妈拼了命把自己做的错事全揽在她身上的原因吧。她的自责更深切，因为觉得没管住女儿。

李芳好在乔礼隆鞭子下拼命护着自己的嘶叫、在刘艳芬的冷脸前卑微认命的样子，如快镜头般在乔青羽眼前晃过。妈妈，她轻喃，鼻子酸涩难忍，眼眶的泪砸到手上——炽热，滚烫，像心里滴出的血。

补课从八月五号到二十五号，共三周，恰是寰州夏天最热的时候。晚自习不强制，约半数人会回家，乔青羽是留下的那一半中的一员。教室有空调，比家里凉快，而且——这是李芳好说的——在学校吃晚饭比去店里抛头露面安全。

乔青羽喜欢一整天都在学校的补课时光。孙应龙重新排了座位，她被安排在最里侧，课桌紧靠着明净的大窗户。思考或放松时，她会把头转向窗外，视线无意识地停留在网球场、篮球场和操场之间的几棵香樟上。

它们年轻挺拔，郁郁葱葱，在毒辣的烈日下绿意婆娑，蓬蓬勃勃。它们无疑是校园里最高的树，矗立在平坦的运动场间，如此突出，可乔青羽像是才发现它们，第一眼就喜欢上了它们。放在过去，她会找个时间走到树下，只为感受那铺天的绿意，可现在她没有。高三了，没时间分给闲情逸致了。

补课期间，最靠近后门的座位一直空着，那是留给明盛的位子，而他在美国，还没回来。这没在乔青羽心里掀起任何波澜，要非说有什么感觉，那就是小小的庆幸——庆幸他不在，班里所有人都无趣了许多，戴上了千篇一律的高三生面具。一潭死水的教室。可乔青羽宁愿这样。

多亏了王沐沐的信，生活的迷雾又拨开一层。现在，荆棘更醒目，道路也更清晰了——她，乔青羽，唯有心无杂念，勤奋懂事，决不抱怨，才能携李芳好安然走出这段黑暗的路。

她彻底静下了心。和明盛有关的一切停留在了七月，生活的步调继续向前。没有明盛的日子，她更频繁地想到乔白羽，想着王沐沐信中写的话。"你姐已经不太行了，还不想治，非要死"，意味着什么？是跟艾滋病有关的病情恶化，生存无望，所以姐姐不想浪费时间、金钱，还是她本来就打算……乔青羽不敢想下去。

她想起自己最后一次见到乔白羽，是在二〇〇五年的暑假同样被烈阳炙烤的八月。彼时，她和乔白羽同住顺云的房间，喜欢穿着清凉的白羽天天裸着白瓷般的胳膊和大腿在屋子里晃来晃去。

父母每天在楼下的店里忙碌。对于李芳好的禁令，即将迈入大学的乔白羽根本不放在心上。她时常穿着超短裤或超短裙，先用长姐的语重心长叮嘱乔青羽好好看书学习，再随便扔下一句托词，诸如"去透透气"，就出了门。

有一次她刚挂电话，约她的两个男生就把头探进客厅，把正趴在沙发上看书的乔青羽吓得不轻。

"你妹妹啊？"一个男生觍着脸笑着，"多大啦？"

乔白羽快速奔向门边："下半年初二。"

"初二可以了啊，可可爱爱！要不一起——"

男生的话还没完，乔青羽就听到乔白羽咬牙切齿地说了两个字："去死。"

想来乔白羽一直把她们俩的世界划分得很清楚。"你要好好读书，不要学我。"她经常这样说。也许，这就是来自姐姐无声的爱——自己的世界怎样污浊、肮脏都没关系，妹妹的世界，一定得干净透亮的。

转过头，乔青羽又望向那几棵葱茏的香樟。满树的叶子在风中翻跹，阳光似流动的碎金。她觉得有点刺眼，闭上眼，看见乔白羽十二岁时被火光映红、紧贴着自己的闪闪发光的笑脸，心中变得温热。

"我会好好读书的。"她想着，回过头，重新握紧手中的笔。

台风来过一次，第二次逼近寰州时，补课结束了。距离正式开学的六天空当里，前三天骄阳似火，第四、五天暴雨倾城，第六天，太阳重新探出脸，灿烂清新，似开启了另一个夏日。眼看着不会再下雨了，乔青羽从久坐多日的狭小书桌前站起，拿上钥匙出了门。

这次她要去的，真的是书城。

她先绕去店里向乔陆生汇报行踪。午后两点半正是店里最清闲的时候，她的出现让收银台内的乔欢惊讶又欣喜。"青青！"她一下子迎了出来，"你怎么来啦？"

乔青羽说自己要去书城买辅导书，特意过来跟乔陆生说一声。

"你爸刚走，买菜去了，说是牛肉不够。"乔欢拉着乔青羽，随意挑了张餐桌坐下，"你要去就去吧，我待会儿跟乔叔说一下。"

乔欢自己找了房子后，这大半年，乔青羽虽然也能每天见到她，但只限于客套简短的寒暄。眼下，店里没别人，乔欢嘴上说让她走，拉着她的手却没放，乔青羽干脆也坐了下来。

"乔欢姐，你瘦了，好看。"

乔欢哈哈大笑："你爸妈没跟你说吧，我谈了个朋友。"

"哦？"

"也在朝阳新村住，比我大两岁，顺云人，老乡，"乔欢羞涩地笑道，眼里亮晶晶的，"水电工，样貌不怎么样，人老实的。"

她发自内心的喜悦感染了乔青羽。

"那就好，"乔青羽忍不住笑了，和乔欢一样满足，"真好。"

"喏，来店里吃了几次，就认识了，"乔欢乐呵呵地笑着，"三月份谈起来，也快半年了。我们打算结婚的，前两天我刚搬了家，住他那儿去了。"

"挺好。"

"他本来说十一结婚的，我说那不行。"乔欢摇头，"我说，你们家现在困难，店里找到合适放心的帮手不容易，我得先帮你们，等你妈回来了，再谈结婚的事。"

乔青羽心里生出亏欠："那会不会耽误你……"

"不会不会，"乔欢朝她眨眼，"你妈也是这样说的，谈久一点、结婚晚一点不要紧，不能错，人品要用时间考察的。"

"嗯。"

"你妈还说有些事情一定要结婚前商量好，特别是生孩子，是不是一定要生儿子啊、要生几个孩子啊，"乔欢继续笑道，"说生孩子的事一定要跟他爸妈谈，他答应了没用。你妈说，当初她就是太天真了，以为你爸是'铁饭碗'，肯定不敢违反计划生育政策，谁知道你爷爷奶奶这么死板，非要孙子……我觉得你妈说得很对，她是过来人，有经验。"

"嗯。"

"哈哈，现在跟你说这些太早，你还小呢。"乔欢笑着，"而且你样貌好，成绩好，到时候随便挑啊，不像我，有一个谈得来的，就算走运了……你快去买书吧，去晚了，回来坐公交车很挤的。"

乔青羽确实没考虑过那么遥远的事。不过，她还不舍得走。

"乔欢姐，"她说，"跟我讲讲我姐姐吧。"

"你姐姐？"乔欢有些吃惊，随即笑了，"你姐姐，你个当妹妹的，肯定比我熟悉啊。"

"就是，"乔青羽微笑着，伸手抚了抚额，"就是想跟人聊聊她……"

"嗯，想她了啊。"乔欢理解地点点头，"唉！肯定想啊！那么漂亮的人，画里走出来的一样。她以前在村里那几年，村里热闹啊，边上村子的男孩子都喜欢跑来玩……那她懂事的，不乱来的，胆子嘛，跟兔子一样小，出门就跟着劲睿。我不是说过嘛，劲睿带小白出来，小白裙子鞋子从来不脏。"

她突然停住了，抱歉地看着乔青羽："啊，我这嘴巴，又提……主要是我以前跟你姐不熟，村子里看到她基本就是和劲睿一起嘛，我对劲睿还熟一点……不说不说啦。"

"你和姐姐读一个初中的吧，"乔青羽问，"姐姐以前在学校里开心吗？"

"我比她高两届，她上初一，我都上初三了，"乔欢边说边回忆，"跟她不熟啊……开不开心我不清楚，反正她挺出名的，别的学校的男孩子都跑来看她……"

"有没有发生过什么让你印象深刻的事情呢？"

"那，想不起来咯。"乔欢努力回忆着，"好像胃不太好，老是肚子痛，体育课不太上的。哦，对了，我也是听说，以前你姐不是初二转到顺云的嘛，听说她读初二的时候，来了个男的实习老师，两个人好像……"

她小心翼翼地看着乔青羽："好像闹了点不开心。实习老师嘛，待不了几天，后来你姐就转学了。"

"男老师很温柔吗？"

"听说人挺好的。"乔欢肯定。

年长男性。虽然乔欢含糊其词，但乔青羽没有了继续询问的欲望。

"乔欢姐，你觉得，"她犹豫着，"我做的事，是不是太过分了？"

"唉，这怎么说呢，"乔欢为难地摆摆头，"你们姐妹情深嘛。你年纪小，你闹，最在理了。"

"姐姐会怪我吗，把劲睿哥害得这么惨？"

"劲睿可惜是可惜，"乔欢仰头叹了口气，"不过啊，反正人好好的，工作什么的，再找一个就行了。这都是命，就是劲睿的命吧。还是你姐可惜，年纪轻轻就走了。"

见乔青羽紧闭着嘴不吭声，她举起手掌，摸了摸乔青羽的后脑勺，笑着劝慰道："日子朝前过，之前的事啊，都别想了。你高三了，读书最要紧，快买辅导书去吧。"

从书城出来时是下午四点，乔青羽在艳阳下走去路口等公交车。她拎着一袋子辅导书，手心很快渗出了汗。等着过街时，一辆深红敞篷跑车突然靠近人行道，发动机低沉的声浪吓得乔青羽连连后退了好几步。车子拐过弯就加速消失了，可乔青羽还是看得一清二楚——副驾驶座上别着脸看向对面、头发在阳光下被风吹得凌乱不羁的，是明盛。

其实在书架间徘徊挑书的时候，她就看到了他。身穿白色T恤，从圆柱后面突然闪现出来，令乔青羽心惊肉跳，差点儿喊出声。他仿佛没看见她，自顾自半蹲下找书，挡住了出口，乔青羽只好踮起脚，一声不吭地经过他背后。

后来结账时她又看见他了，和另一个比他稍矮、看起来年长几岁的男生一起，排在另一个队伍里，在她的右后方。她听到他俩的对话，声音很轻，时而中文，时而英文，交流的基本是美国大学的事。听起来那男生像是他的表哥，陪他来书城买书。他们的队伍比这边稍快，结账时两边同时把书放上了台面。男生面向明盛，把手臂搭在两人之间的台面上，往后退了一小步，不小心碰到了乔青羽的肩膀。

"哦，不好意思。"

男生回过头看乔青羽，明盛不动声色，眼皮都没抬一下。

乔青羽仓促地摇摇头，连说两句"没关系"。结账继续进行，很快结束，走出书城时，乔青羽感觉自己表现得很心虚，继而对自己产生了不满。

她本以为自己已经打理妥帖了，可突然见到他，痒痒的感觉又从她心里冒出了头。两个月未见，她感觉他明显不一样了，更稳重了些，冷淡、疏离，难以接近，孩子般的骄纵感却全无——是清傲的少年。

高不可攀的样子。

一

夜里，乔青羽把整理好的试卷和书本一样样塞进书包，为次日高三正式开学做好准备。李芳好不在家的这些日子，她行为自觉得像机器，作息精准得像钟。放进最后一本全新的浅绿软皮本时，她迟疑了一下，而后摊开本子，在空白的扉页上一笔一画写下"长风破浪会有时，直挂云帆济沧海"两行字。

写的时候她笔下停了停，想起曾经乔白羽十二岁时写的那幅字，心里顿悟——当时，乔白羽的那句话，就是送给即将高考的乔劲睿的。

这本用来当错题集。她想着，把浅绿色本子塞进书包。

明盛说得对，自己确实是个无趣的人。每天教室、饭堂、家三点一线，沉默，孤僻，看太多过于宏大深刻的世界名著，脑子里塞满了沉重的思绪。这就是她，乔青羽，一个无趣的少女，不轻盈，不自在，不美丽。

有钥匙插进锁孔的声音，是乔陆生从店里回来了。

这阵子他每天都比平时晚回来个把小时。李芳好不在，他要做的事情多了，回家不再看电视，通常进门后直接洗个澡就进房睡觉。今天，破天荒的，他一回来，没去洗澡，而是敲响了乔青羽的三合板门。

"青青睡了啊？"

"没有，"乔青羽起身拉开门闩，"爸。"

"嗯，坐坐。"乔陆生踏进屋内，顺道往床角一坐，"明天就开学了啊，正式高三了。"

"嗯。"

"读书吃不吃力？"

"不吃力。"

乔陆生微微歪着脖子看她，疲惫耷拉的眼中满是慈爱。

"开学了也要晚自习的啊？"

"也是自愿的。"乔青羽答，"不过，学校学习氛围好，我就上完晚自习再回家吧。"

"还是回家自习吧，爸妈给你买空调，夏天不热，冬天不冷。"乔陆生边说边伸展一直佝偻着的腰背，打了个大大的哈欠，"接下来，天黑得早了，早点回来好。"

"好。"

父女俩没再说话，乔陆生闭上疲乏的眼，方才打哈欠挤出的泪填满了眼角的沟壑，晶晶亮。

"爸。"

乔陆生睁开眼。

"你吃不吃力？"

"不吃力，"他摇头，同时站起身，"风风浪浪都过来了，接下来就供你读大学，没别的想法，不吃力……早些睡吧。"

他离开时带上了门。窗下的电扇嗡嗡作响，夏蝉以声嘶力竭挽留盛夏的炎热，一如以往的每一年。乔青羽静静坐了会儿，没上床，而是打开了电脑。

"我也爱你。"

居中，放大，然后回车，再回车。标题的四个字是纯金，敲下一行行字仿佛只是在编织篮子，只为了接住它们不断淌下的细末。驱动她的，是心里的赤忱。夜深人静之时，乔青羽停下敲击键盘的手，关电脑，定闹钟，上床，沉沉睡去。

次日她花了两个小时的时间，先把昨晚一气呵成的文章通读、修改，再认真抄在洁白的信纸上。第三天，她回家后剪下了《萌芽》上新概念作文大赛的报名表，填上学校、姓名等信息，任由照片、电话那两栏是空白，和抄好的文章一起叠好，塞进了信封。第四天，高三摸底考结束后，她给信封贴上邮票，写下上海巨鹿路的地址，把信封塞进了邮筒。

九月了，太阳仍旧焦灼，铄石流金。

乔青羽走路时仍不撑伞。她不知道阳光有没有把自己晒黑一点，她希望有，当作她在这个夏天存在过的印记。

这炎热的夏，除了题海，世界空空荡荡。

Chapter 21
透明之秋

王沐沐的第二封信到来时，第一轮复习刚刚拉开序幕。和上次不同的是，这次王沐沐用了人大的信封，并在寄信地址后面写上了自己的名字。

"你也想去人大？"关澜把信交给乔青羽，脸上充满了好奇。

乔青羽理解她的疑惑——不然，王沐沐怎么会给自己写信？

"不是，"她有些紧张，尽量用自然的语调说出来，"沐沐姐和我是朋友，我们关系挺好的。"

"关系挺好？"关澜不掩脸上的吃惊，继而恍然大悟，"哦，对了，你们住一个方向。"

"嗯，一个小区，她家住我家对面那栋楼。"

"这么近？那阿盛爷爷家也在你家对面？"

"是。"

"朝阳新村那么大……"关澜一脸震惊，"你家住沐沐学姐家正对面？"

乔青羽本想把这个问题敷衍过去，可实际上，她摇了摇头，尚未开口，就被关澜激动地抢先了："阿盛爷爷家正对面？"

"呃，"乔青羽抿抿嘴，像犯了错一样，弱弱地承认道，"是。"

关澜的嘴合不上了，她一屁股坐在乔青羽身边，神秘兮兮地凑了过来："哇，这么劲爆。那我悄悄问你啊，阿盛和沐沐学姐之间到底有没有什么啊？"

乔青羽往后缩了缩，迟疑地反问："有什么是什么？"

"就是那个……什么什么啊。"关澜乐了，"你不觉得去年快高考那段时间，以及沐沐学姐毕业后，阿盛就变得很消沉吗？"

"哦。"

"据说高考后，沐沐学姐的爸爸病了，阿盛天天一放学就去医院安慰沐沐学姐。"关澜说，"把我们都惊到了。没见过他对哪个女孩这么关心。"

"嗯。"

"他去年就很喜欢回朝阳新村，你住他俩对面，总能发现点什么吧？"

"没有。"

"什么都没发现？"

"发现不了，"乔青羽顿了顿，以豁出一切的勇气说道，"因为他们之间什么都没有。"

"你确定？"

"确定。"

关澜以不可置信的表情看着她："不,我感觉你说得不对,你沉浸在自己世界里傻傻木木的……再说,你总不能时刻盯着对面吧,他们把窗帘一拉,你哪知道发生了什么。"

乔青羽有点无奈的同时,被她逗笑了："那你还问我？"

"问问嘛。"关澜调皮地挑了挑眉,声调降低,以一副不可告人的语气说道,"阿盛不理邓美熙了,她难受死,我想帮她找找原因。"

"嗯。"

"听说沐沐学姐也搬家了？"

"对。"

"搬去哪儿了呀？"

"北京,"乔青羽答,"和她妈妈一起。她爸爸过世了。"

"过世了？"关澜眼睛又瞪大了。

"放暑假那天走的,所以你们没听说。"乔青羽解释。

关澜信服地点点头,像第一次认识乔青羽似的,用惊叹的眼神上下打量她："哇,我发现你才是深藏不露的高人。"

乔青羽又被逗笑了,笑得有些不好意思。

"我只是碰巧住得离他们近,"她顿了顿,又说,"曾经。"

"嗯,我决定信你,信别的鬼话不如信你。"关澜爽朗地说,"阿盛和沐沐学姐之间什么都没有。我这就告诉邓美熙,让她别胡思乱想了。"

和关澜聊天给乔青羽带来了不一样的感受,她轻松的姿态让乔青羽很愉悦。关澜走开后,她拆开了王沐沐的信,在信里读到了王沐沐走进大学之后的欢欣。

"中学时,我太顾忌同学看我的眼光了,生怕展现自己生活中不尽如人意的一面,从而打破大家对我的美好想象。"她写道,"现在我摆正心态,接受现实,申请到了助学贷款,也很快找到了一份家教的兼职。我是法律系,前两天向教授问了我爸欠下的债,教授说不难解决,会让她以前的学生帮我,不收我律师费。青青,我的心像注入了新的动力,充满了奋斗的热忱。我生活中的一切都在变好。"

信的末尾,她留下了自己的新手机号码、宿舍电话及回信地址。

合上信,乔青羽望向窗外,永远繁茂的香樟树让她内心充盈。上午第一堂课马上就要响铃,香樟前的网球场上空无一人,香樟后同样空荡荡的篮球场上,有一个男生高高跳起,手里飞出的篮球在朝霞中划出流畅的弧线,越过半个球场,稳稳落进篮筐。

是明盛。

马上上英语课,他似乎不打算回来,一直在篮球场上运球、投球。教室空调还开着,窗子关得紧实,可乔青羽能清晰地感受到篮球砸在地上的声音,咚,咚咚,咚。她知道他在为今年的市篮球联赛做准备,他想捧起冠军杯。最后一次机会了,是的。

英语老师小邬站在了讲台上。乔青羽回过神,压制了自己再次转向窗外的欲望。

"每个人都在挥汗如雨,"她对自己说,"我也要加油。"

九月是盛夏席卷后留下的星火，十月，大地濯洗自身，奉献所有的色彩和馥郁，以赤心回应天空倾情浩荡的蓝。空调早就不用了，秋风从敞开的窗户灌进教室，所有人都穿上了长袖。乔青羽也一样。她埋没在题海中，桌上堆起的书高过了窗台，偶尔被风吹得沙沙翻页，算是凝滞时光中为数不多的流动声响。

她还是会习惯性地在沉思或放空时把脑袋转向窗外，习惯了明盛时不时出现在篮球场上的身影。不在学校的时间，她也习惯了李芳好不在身边的生活。王沐沐后来又寄来一封信，连同之前的两封一起，被乔青羽好好存放在家里书桌的抽屉里。信里没提及任何男生，她甚至暗暗希望李芳好能在某一天突然回家，擅自看信，这样她就不用自己开口提安眠药的事。

"姐姐的事可以永不再提，但安眠药我不能假装不知道。"乔青羽想，"我必须得让妈妈明白，你照顾好自己没有错，你要相信女儿大了，能承担自己的罪责。"她内心忐忑地想象着，等待着与李芳好碰撞的那一刻。妈妈会暴怒还是悲痛，是骂她咒她还是抱着她痛哭？

乔青羽希望自己的表现能让李芳好满意。回想过去三个月，她自认为真正做到了心无杂念。摸底考、返校考、两次月考，她还真的每次都比前一次进步几名。最近一次月考，她排在了年级第四十八名——除去那些已经保送的，这个成绩是能进北大、清华的。

日复一日的高压让她有些疲惫。她不再去图书馆，在给王沐沐的回信中，她说自己的灵魂在迅速地萎靡。

"我就像一只钟，我妈早就给我上好了发条。"乔青羽写道，"记得我跟你说过的鹰吗？鹰也会盘旋，在空中一圈圈重复同一个路径，但鹰是自由的，可以随时离开。"

写下这句话时，乔青羽承认自己看到并想到了明盛。他把一切可利用的时间都投进了篮球，苦练的身影像刻在香樟后的名言警句一般激励着乔青羽。当然，她相信自己对明盛的赞叹是正常的，就像别的许多同学想的一样——看，明盛其实早是内定的首发了还这么努力，我们有什么理由不拼命？看，考试就像球赛，一次好不代表次次好，唯有刻苦练习，才能保证最终的胜率。就是这个道理。她对明盛的称赞没有越界，合情合理。

不合理的是她的落寞，坐在玻璃窗后面的她，无比羡慕明盛挥汗如雨的广阔天地。

"我不是鹰，没有选择的权利，"乔青羽又写道，"我生长于盈尺之地而非广阔高空，我仰望已久的天穹其实是个透明罩子，我是无法获得真正的自由的。明白这点，明白其实我永远无法真的跳脱我所长大的世界，成绩就无法给我带来真正的快乐。"

"你应该写作，文字无边无际，"回信中，王沐沐鼓励她，"那是独属于你的天空。"

乔青羽认真考虑了王沐沐的建议。两天后，放学等公交车回家时，她走进车站后的文具店，买了本同样是浅绿封面的薄本子。这本本子，她打算放在学校，随手记下自己偶尔涌动的思考，或愁绪。

买本子后她还做了另一件事，用文具店的电话机，给王沐沐寝室打了个电话。

"青青！"

"沐沐姐。"

两人没聊多久，因为王沐沐马上就要出门搭乘地铁穿越大半个北京去做家教。简短的对话中，她问乔青羽有没有把书还给明盛，语调听起来非常轻松、随意。

"嗯，"不知为何乔青羽决定撒个谎，"还了的。"

"你妈妈什么时候回来呢？"王沐沐问，好像全然忘记书里有照片这回事。

"我爷爷可以站起来了，"乔青羽说，"但身体不如从前，所以我妈还在南乔村照顾他。"

"那你家更清净了，"王沐沐笑道，"我读高中时梦寐以求的环境。"

何止是清净，简直是寂寞，是孤独。夜里拉窗帘时，乔青羽不由自主地朝对面张望，曾经最明净的明盛爷爷家现在充满了烟火气，王沐沐家杂乱的厨房则变得空荡、整洁，无声无息。这让她心里泛出奇妙的、淡淡的哀愁。

给王沐沐打过电话之后，第二天中午，趁明盛不在座位上，且班里大部分人都去了饭堂，乔青羽拿出躺在她书包里三四个月的《窗边的小姑娘》，端端正正摆在明盛的课桌中央。

那半张照片，她夹在了书里，和当初王沐沐夹的是同一页。

"喊。"

闻声，乔青羽看到叶子鳞斜靠着墙，满脸鄙夷地打量她。

"又放什么乱七八糟的东西到阿盛桌上？"

"不关你的事。"

"骚货，跟你姐一样。"

"你再说一次？"

"骚货，骚货！"叶子鳞坐直身体，"你姐不就是有钱就能上吗，你以为你好到哪儿去？一家子浪荡贱货。"

乔青羽希望自己不做理会，大步走开，但是她没有。

"总是一副清高、正义的样子，还替你姐写文章申冤……你就心虚吧，就你姐那骚样，肯定是她先勾引你哥——"

两人之间的动静惊醒了留在班里奋战的几个同学，他们转过头，又面无表情地转了回去。

"闭嘴。"乔青羽浑身发抖。

"被我说中了呗，"叶子鳞轻飘飘转过身背对她，"可怜之人必有可恨之处。"

乔青羽感觉自己该走开了，再不走开她就会变成女疯子，会冲上去撕裂叶子鳞那张油腻的脸。可她仍然没动。眼泪在眼眶内拥挤着，她在努力不让它们掉下来。

"乔青羽？"关澜的声音从身后传来，"你站在这儿干吗？"

泪珠就在慌忙回头的那一刻滑落，模糊中她看到后门出现四张脸——关澜、邓美

237

熙、陈沈，以及明盛。

她感觉自己实在太可笑了，鼻头却越发酸涩，眼泪像决堤了一般。

"乔青羽？"关澜靠近，牵住她的衣袖，抬头满怀关切地看着她："怎么了啊？"

"没事，我没事，"乔青羽连忙抬起手擦掉眼泪，勉为其难地笑了笑，"我没事。"

"你怎么站在阿盛的座位后面哭了啊？"

余光里，乔青羽知道明盛在看见她之后就没动，面朝自己，一直戳在门外。她没有勇气转头迎接他的目光。

"我替沐沐姐还书，"她对关澜解释，"放桌上了，你跟明盛说一下。"

然后她就跑了，从震惊的陈沈和邓美熙中间穿过，擦过明盛紧绷的肩膀，逃离了现场。

那天逃开之后教室里又发生了什么，乔青羽后来从边上同学的只言片语中知道了大概。明盛拿起书，照片掉了出来，陈沈帮着捡起，关澜一声惊呼引来了邓美熙，明盛反而成了最后一个看到照片的人。

不过他看到照片，脸色就变了，变得异常严肃。

也有人说他看到书，脸色就跟平时不一样了。不过这都不重要，重要的是，一直以来的猜测似乎被证实了：王沐沐剪开曾经的合影，把属于明盛的一半还给他，决然了断了两人之间的关联，而明盛明显比前阵子更黯然神伤了。

人是多么容易被表象欺骗啊，乔青羽理智地告诉自己，肺里却像扎进了一根针，在听到别人私下对明盛和王沐沐说得头头是道的时候，她的呼吸会疼。好像每个人都比她更了解他俩，好像事实就如他们所说的那样简单、明确、一目了然，只有她，出于某种难以言喻的渴望、某种可怜兮兮的自我保护，放任自己听信自欺欺人的"直觉"。她在关澜面前铁板钉钉地撇清了明盛和王沐沐的关系，靠的不就是直觉？她怎么确定他俩之间真的什么都没发生过呢？王沐沐的自我伤害、高考重压、父亲病逝，这些难道不足以激发明盛的英雄主义？

关键是，对于这些言论，明盛什么都没有反驳，对不对？

有时，明盛从篮球场走回教室，乔青羽的视线会不由自主地一直跟随着他。基本上他只是运着球或把篮球挎在臂下随意往前走，偶尔心血来潮，也会把篮球抛入高空再接住。有那么一次，乔青羽感觉明盛抬头时发觉她在望着他了，可随即他仍旧稳稳地接住了落下的球，若无其事，步伐从容。那个瞬间乔青羽的心疼得震颤。"清醒吧，"她第 N 次告诉自己，"明盛早就，真的，不在意我了。"

所谓当局者迷。也许，自己对关澜斩钉截铁说的一切，只是自己可怜的自作多情。

这些想法让乔青羽感觉自己很狼狈，有两次上学时碰见关澜，关澜笑着跟她打招呼，她退缩着，很胆怯。后来的一天中午，看她同桌不在，关澜悄无声息凑了过来，把最新一期校报摊在她眼前，笑得很神秘。

"这篇，"关澜指着第四版的一篇标题为"一百次听说"的文章，歪着脖子问乔青羽，"是你写的，对不？"

乔青羽的脸唰地红了。上周，她第一次用绿皮本，本只想简单记录心情，谁知一提笔就洋洋洒洒写了两页。当天，她就把那两页撕下来，投给校报征稿箱。

"干吗匿名啊？"关澜笑道，"你胆子真够可以，我们都不敢在阿盛面前说的事，你竟然写出来发到校报上。"

"能看出来我写的是他？"

"瞎子才看不出来。"关澜忍住笑，开始念文章中的句子，"两扇窗一明一灭，辉映着的不是——"

"别读啦，"乔青羽窘迫不已，"真那么明显？"

"明盛在学校中有多明显，你这篇文章就有多明显。"关澜说，"昨天他就看了，没来找你麻烦？"

乔青羽摇头："我匿名了。"

"嗯，他毕竟是男生嘛，又是当事人，可能没心情看那么仔细。"关澜点头，"哎，你之前不是信誓旦旦说他和王沐沐没什么的嘛，你知道我有多相信你吗？"

乔青羽心里瞬间五味杂陈："不好意思，我……因为沐沐姐没提她和明盛之间有什么，所以我……"

"我说你傻傻木木的嘛。"关澜安抚似的拍了拍她的肩，"不过你也真的好笑，这种事大家说说得了，你还真情实感写一篇文章替他俩可惜。你知道吗，我其实也是这样子的，我看电视，要是男女主角很配，现实中却没在一起，我就可惜得不行，巴不得冲过去把他们绑了！"

乔青羽却感觉关澜举的这个例子和自己写的不是一回事。

"你看了这篇文章，感觉怎么样？"她小心翼翼地问关澜。

"就觉得，哇，这种朦胧又深厚的爱意，真美好啊，"关澜说，"纯纯的感觉。你很会写欸！"

"会不会觉得写文章的人别有用心？"

"不会啊，"关澜奇怪地看着她，"感觉写文章的人比当事人还珍惜这份美好。"

乔青羽的心放下一点。

"但你匿名是对的，"关澜一本正经，又凑近了些，"你知道叶子鳞因为阿盛反感他，已经放弃美国，要去澳洲了吗？"

乔青羽摇头，她什么都不知道。

"阿盛不是不理睬叶子鳞很久了嘛，叶子鳞就跟篮球队别的人混，总请别人吃饭，阿盛其实也不会说什么。但前阵子，不知怎么了，"关澜皱起眉头，"叶子鳞只是坐在那儿看他们训练，阿盛就把球扔过去了。"

"没砸叶子鳞的人，砸他边上的位置，"关澜轻声回应乔青羽的吃惊，"用意却很明显了，然后，叶子鳞把球捡起来还给阿盛，阿盛直接让他滚。"

她两手一摊，做出迷惑的表情："发生什么了？我们都不知道……叶子鳞啥也没干啊……然后呢，就在那天放学的时候，叶子鳞在门口跟陈予迁说以后去美国什么什么的，阿盛经过，就说了句'你还想着去美国？'。"

"过了两天，叶子鳞跟别人说的时候，就说明年要去澳洲了。"怕乔青羽听不懂似的，关澜接着解释道，"就是阿盛那语气吧，怎么说呢，感觉叶子鳞是坨垃圾，他在的地方连空气都会被污染似的……"

乔青羽胸腔里似有洪水在奔流。

"嗯。"

"你怎么反应那么平静？"关澜嗔怪地看着她，"以前大家都说阿盛绝不会跟自己班的过不去，叶子鳞以前跟他多要好啊，没想到……你不觉得可怕吗？"

"他一直都很可怕。"

"你觉得他可怕还写文章发校报？"关澜不可思议地看着她，马上又笑了，"哇，乔青羽，我发现你真是个有趣的人。"

"你才很有趣。"乔青羽发自内心地笑了——关澜爽朗、坦率又天真，总能把她逗笑，和她聊天真的很有意思。

"我才不敢把阿盛的感情捅到校报上……"

"我没有指名道姓啊。"

"反正挺佩服你的，"关澜拍她的肩，"你就自求多福，但愿阿盛看不出来吧。"

这番聊天没给一潭死水的高三生活带来任何变化。几天过去，乔青羽肯定，是关澜多虑了，明盛压根不在乎文章的作者是谁。随着市篮球联赛逼近，他不在教室的时间越来越长，不出意外进入了校队的首发阵容。他不关心这些，乔青羽庆幸又落寞地想，这些无聊的看客，这些情情爱爱的小事。

近来乔青羽望向窗外，越来越能从明盛身上感受到蓬勃的力量。他运球时的灵活，腾空跃起的矫健，永不疲乏的活力，勇往直前的魄力，毫不犹豫的转身，朝霞中肆意的发梢，逆着光的清瘦身影。每次她看他跳起，都有一种他会飞走的幻觉。她觉得他就是在练习飞翔，他在抛下这一切。

教学楼聒噪的一切，朝阳新村沉闷的一切。

他就是超脱的。和他爷爷一样，不受世俗观念的干扰，豁达地追寻自身存在的质量和意义。

不知为何，每次想到明盛爷爷，乔青羽眼前就会浮出一个身穿藏青色对襟棉服的老人家，面目模糊不清，感觉上却异常亲切。她很努力地回忆了两三天，隐约想起来自己春节出逃那次曾在乔白羽的墓边见到过这样一位慈祥和蔼的老人。

当时，他好像把昏沉到意识即将消失的自己喊醒了，安慰了自己，还劝自己回家？

那段记忆在乔青羽的脑海中亦真亦幻，现在想来，颇有冥冥之中的意味。在万般芜杂的思绪和心情中，她越过所有理性思考，固执地让自己相信这就是她和明盛的命中注定——那个通晓自己心情的，想起他就莫名心安的老人，承载的一定是和明盛同脉的灵魂。

一次又一次，她从后排经过，望见明盛清爽的课桌，总生出往他抽屉里塞纸条的冲动。"对有些人来说，死亡意味着消失，对另一些人而言，死亡不妨碍他们永生，"她想这样写，"你可敬可爱的爷爷属于后者，我能证明。"

这句话在脑海中回旋了几天，终究没有落到纸上。

十一月中旬的某天下午，窗外落起了雨，心理老师乐凡走进教室，给每人发了张白纸，让大家自由绘画，说是可以减压。和不少人一样，乔青羽拿到白纸后发起了愣，压根不知如何下笔。

"纸这么小怎么发挥啊，老师。"

声音来自明盛。

乐凡跟着众人笑了："不然我把黑板让给你？"

大家回过头看明盛的反应，乔青羽却垂下了脑袋——不知为何她心慌。明盛走向黑板的短暂时间里，她握紧蓝色水笔，在白纸正中画了一颗透明的雨滴。

窗外雨声渐密，教室里平静下来，乔青羽漫无目的地画着雨点，耳朵不放过任何粉笔在黑板上摩擦的声音。待白纸终于被雨点填满时，她缓缓抬头，望见明盛刚好放下粉笔，转过身，与自己扬起的脸正面相对。

四目相撞，她体内的火山刚爆发，他就把视线挪开了。

乐凡老师歪着脑袋打量他留在黑板上的粉笔画，问画的是不是一只柔软华丽的羽翼。

"不是，"明盛立马否认，斩钉截铁，"是一朵海浪。"

"对哦，蓝色，"乐凡老师恍然大悟地点点头，"好一朵优雅有力的海浪。这笔触，果然功底相当好……怎么想到画海浪？既然选择在大家的眼皮子底下画，不介意跟我们说说理由吧？"

"您不是说随便画嘛，"明盛道，"我随便画的。"

众人笑，乐凡也笑了。

"不过，"明盛晃了晃脑袋，视线由近及远，完美地跳过了教室正中盯着他的乔青羽，"我最喜欢的书是《老人与海》，所以，"他收回视线，笑了起来，流露出莫名的喜悦，"随便画也是有理由的。"

他提到了自己的爷爷。他说，小时候他觉得拯救世界才算英雄，他爷爷就拿出这本书告诉他，一个人永不言败，就是英雄。生活平凡，但每个人都能成为自己的英雄，只要他，或她，拥有独立、崇高又顽强的灵魂。

然后他讲起了他爷爷的临终选择，在众人的微微惊异中，坦然而言自己曾经的不理解甚至怨恨，以及因此整整一年不跟父亲讲话的高一生活。

"后来我觉得自己幼稚，"明盛说，"用最低级的办法来处理和我爸之间的矛盾，一点英雄气概都没。我应该像成熟的大人那样，坐下来，和我爸义正词严地沟通，让我的愤怒掷地有声。不想被当成小孩，就不要表现得像个小孩，不是吗？"

乐凡笑眯眯地点头肯定："那你和你爸谈了吗？"

"谈了，"明盛轻松一笑，"他说他其实一直内疚，觉得自己没处理好，应该让我见爷爷最后一面的，向我道了歉。"

"省一那样的医院，天天人满为患的，资源肯定紧缺，也许你爸有难言之隐。"乐凡语气很和善。

"我爸解释了当时的情况，机器不够，突然来了个更危急的有生存希望的病人。"明盛认真地说，"但……这些实际情况，都能及时告诉我的，对不？拖到中考后才说，我反而不信任，不满。"

乐凡点头："你说得对，我们人类发明了语言，不就是用来沟通的嘛。"

"我和我爸都反省了自己，现在见面不吵架了。"

乐凡笑："听着让人欣慰。"

他就这样收回了曾经送给自己的"秘密"——乔青羽想着，胸腔绞痛——可确实，是啊，好欣慰。

多通透、多强韧的人啊。她出神地望着明盛，被那张英俊不凡的脸彻底地迷住了。

市篮球联赛开始前的两三天，一个八卦经关澜之口钻入了乔青羽的耳朵。那天刚好发布了大学的艺体特长生招生简章，天天带着健美操队在篮球馆和篮球队一块儿训练的苏恬便开玩笑地问明盛她是报北影好还是中戏好，谁想明盛竟严肃地回答说，只要不去美国都好。

没错，苏恬也是计划去美国的。据说明盛的回答让苏恬当场眼睛就红了。对话发生在男生更衣室门口，其他人见状纷纷撤退，只留下他们两个。

"为什么呢？"众人隔着拐角，听到苏恬娇滴滴地说，"我爸妈早定好让我去美国了，我又不会打搅你学习！"

"因为我看到你就烦。"

"你那么确定我会去烦你？"

"不会吗？"

明盛声音冷得像冰，以至于苏恬直接哭出了声："你怎么这样！大家都知道我喜欢你，你却欺负我！我是女孩子，你不会给我点面子吗？"

"我觉得很烦。"

冷峻得不可思议，而且，等陈予迁试探性地绕过去看情况时，明盛已经消失了，只剩苏恬一个人蹲在地上哭泣。

关澜绘声绘色地描绘了这个场景，然后像等待化学反应一样环抱双手盯住乔青羽的脸。

"你，"乔青羽迟疑地缩了一下肩膀，"你干吗？"

"就想看看你怎么反应。"

"什么啊，"乔青羽不自然地笑了，"你跟我说这些，就是为了看我的反应吗？"

"因为很好玩，"关澜笑嘻嘻的，"我是神经病啊，你不知道？"

"我又不是小孩子，"乔青羽也笑，"不要总是来逗我了啦。"

"嗯。"关澜满足地看着乔青羽，"周六下午市篮联开赛，我们学校对育才，劲敌啊，第一场，你去不去？"

乔青羽摇头："不去。"

"为什么？老孙都鼓励大家去。"

"我妈管我很严。"

"你就跟你妈说，集体活动必须得去。而且阿盛说了，第一场很重要，结束要拍集体照。"

乔青羽无奈地笑了："拍集体照不能算一个理由吧？"

"你要我直说吗？"

"什么？"

"我说了你可别吓到哦，我，呀，感，觉，"关澜看着她抬了抬眉，话中刻意留下空白，眼里尽是狡黠的光，"我感觉阿盛就是想让你去。"

心跳漏了一拍，乔青羽欲言又止，眼神无措地转了一圈后落在关澜脸上："你搞错了。"

"我直觉很准的哦。"

"直觉最容易出错了。"

"错不错，我们打个赌，"关澜意味深长地笑着，一把钩住乔青羽的脖子，在她耳边低语道，"要是拍照时阿盛站在你身后，我赢，不然就是你赢。"

她放开乔青羽，又挑了挑眉，一副胜券在握的样子。

"你是想骗我去。"

"你敢不敢嘛。"

"我觉得很无聊。"

"我告诉你哦，要是你不敢，我会觉得是你心虚哦，"关澜又钩住乔青羽的脖子，"说明你对阿盛也——"

"好啦好啦，"乔青羽迫不及待挣脱开来，"去就去。"

竟这么轻易就被关澜套了进去，乔青羽对自己有点生气。但她一点都不讨厌关澜的小伎俩，相反，她喜欢她身上的轻松自在。

周六那天小雨，乔青羽踩着路上残败的落叶出了小区。天气预报说下周会有寒潮，所以现在吹打在脸上的冰凉秋风反而是入冬前的最后一丝暖意。走到路口，乔青羽垂下伞面遮住了自己的上半身——报刊亭内，冯老板娘那双小眼监视器一般睁着，一如往常。

既然已经被看到了，乔青羽想着，身体拐了个弯，干脆走向了面馆。

店里刚刚清闲下来，乔欢在柜台后算账，乔陆生在后厨洗碗。和乔欢打了招呼，乔青羽来到后厨，支支吾吾地向乔陆生说了要去市体育馆看篮球比赛的事。

"你喜欢看篮球赛的？"乔陆生躬身在水池边，手里没停。

"就是，集体活动，"乔青羽心虚地解释，"孙老师说要拍集体照，希望大家都能到。"

"去了半天就没了，你一个人，你妈肯定不同意，"乔陆生边刷碗边说，"小羽呢？让他陪你去。"

"小羽今天训练赛，明天才回家。"

"哦，对的。"乔陆生关掉水龙头，甩甩手，直起身子，下巴点了点，"喏，我裤袋里的手机你拿出来，给你妈打电话问一下。"

所有希望轰然破灭，乔青羽站着没动。

"你很想去啊？"乔陆生问。

"我去拍个照片就回来。"乔青羽弱弱地请求道，"爸，球赛五点左右结束，我四点半过去，五点半一定到家。"

乔陆生又弯腰洗碗了："你想去就去吧。"

"等妈妈回来，我自己跟她解释一下……"

"不要紧，你去吧，"乔陆生用笑安慰她，"我们不说，你妈就不知道。"

简直不可置信。为绕过报刊亭，乔青羽走出店门后，没循平常的老路径，而是换了个方向，来到完全陌生的下一个路口，找到另一个公交车站。站牌上没有直达车，她挑出一条路线，换乘了一次，在临近三点时到达了市体育馆。

在入口处，她听到了场内的欢呼。她停下了，激动，忐忑又愧疚不安——李芳好含辛茹苦为这个家牺牲一切的身影，像挂在她脚上的铅石。

另外，她感觉自己很蠢。大家已经习惯了她在这些活动中缺席，突然在明盛的球赛上出现，肯定会引起众多的注意。

场内的呼声一阵接一阵，令她胆怯。雨仍在下，体育馆边的小径上落满了梧桐叶，一片湿润、萧瑟的黄。乔青羽想，要不算了，就当出来散个步，回家吧。可她刚转身，手臂就被一个人牵住了。

"哈，来了还想逃？"关澜像抓逃犯般紧紧抓着她，"还好我出来观望了……"

她二话不说把乔青羽拉了进去，安置在提前空出的座位上。乔青羽感觉自己掉进了一锅煮沸的水，周围全是人，声浪高涨，气氛热烈起来能把屋顶掀翻。第一次来这样的场合，她有点应接不暇。

"知道哪个是阿盛吗？"关澜尖叫两声后凑过来问。她另一侧一双眼睛也看了过来，是邓美熙。

她们的座位离球场并不近，乔青羽还没反应过来，有点茫然地摇头。

"红色球衣是我们学校，"关澜大声说，"23号，乔丹的号码，就是阿盛！"

怕乔青羽仍然找不到似的，她又补充道："就是那个最怕露的，红色球衣里还有黑色短T恤的！"

说完，她回了头，可邓美熙停了两秒才收回视线。

乔青羽颇为不自在。她很轻易找到了明盛，在一群人高马大的球员中，一米八二的他被衬得小巧，但无疑是全场最瞩目的，因为他在头上绑了根黑白发带，脸庞、身形都清爽异常。

因为不懂篮球，也不易被周围的气氛带动，整场比赛，乔青羽感觉自己就像块干枯的木头。她不断地觉得自己蠢，直到比赛以二中胜出结束，5班的人包括孙应龙基本都集中在球场上时，她才感觉好受一点——至少，关澜没说错，确实除了叶子鳞，所有人都来了。

和上次春游一样，她站在第二排的最外边。身前是笑得神秘的关澜，身后是陈沈和高驰。明盛先和球队合影，而后跑过来加入他们。

他和孙应龙站在一起，第二排女生的正中间。

镜头闪了两下就完事了，大伙儿散开，乔青羽以不动声色的微笑回应关澜的眼神，身体里却光秃秃的，残败如路上萧索的梧桐。

Chapter 22
皑皑之冬

进入十二月，温度一天比一天低，乔青羽从柜子里翻出了那件月白色高领毛衣。在她少得可怜的衣服里，这是她最不愿意穿上的一件，奈何连续两周的阴雨使得阳台上衣满为患，她已没有别的选择。

算起来，李芳好已有四个月没回家了。这天，乔欢来家里收拾李芳好冬天的衣物，要托同乡带回去。乔青羽帮着整理，在父母的卧室里待了半个小时。想来上次进这个房间还是一年多以前，同样是整理衣服的事，当时李芳好拉着她的手，忧心忡忡地提到了明盛。回想自己当时的信誓旦旦，乔青羽感觉到深深的自责。她不得不承认李芳好的直觉很准——连她自己都没想到，仅仅一年后，在极为枯燥的高三生活里，她的呼吸就离不开明盛了。

是的，不夸张，只要不在思考，一呼一吸就全是他的影子。

李芳好不在，没人发现她的异样。乔青羽想，也许正是因为如此，自己才这么放纵。本着自我惩罚的狠心，她开始希望李芳好早点回来，一来能够让自己收心，二来可以让李芳好尽早挣脱大伯一家的欺压。

"姐姐的事告一段落，"乔青羽告诉自己，"妈妈的事，我不能掉以轻心。"

衣服收拾完毕。关柜门前，乔青羽瞄了白色保险箱一眼——它仍在原处，安安静静。

乔陆生在客厅里边看电视边用吹风机吹衣服，乔欢打了个招呼，提着一袋子衣服离开了。乔青羽走出房间，顺手带上门，却听到乔陆生说："别关了，喏，这些干的衣服，叠一下拿进去。"

她刚开始叠，电视里的狄仁杰话音还没落尽，广告就跳了出来。

"爸，"乔青羽笑了笑，"你看不腻啊？"

"也很久没看了，"乔陆生说，"你妈不在，事情多很多。"

"嗯。"

"我还没管过你读书呢，"乔陆生笑着摇摇头，"想着以前你们三个人读书吃饭都是你妈管着，家里事情也是她做，那是多累啊。"

"我们让妈妈回来吧，爷爷不是身体好了吗，"乔青羽把叠好的毛衣放到一边，又拿起另一件，"大伯母说话那么难听，这几个月她肯定不开心。"

乔陆生叹了口气，关掉吹风机，伸手抚了抚额头，满脸愁容："你爷爷说你伯母做饭难吃，每天拉着你妈倒苦水，你妈走不掉啊……你伯母天天闹，让我们把老人接来，你妈不愿意，说寰州没地方住……"

"把爷爷接来？"乔青羽吃惊地重复道，"大伯家盖那么大的新房，不就是为了和爷爷奶奶一起住的吗？"

"嗤，"乔陆生嘲讽地笑了声，"矛盾一直有，以前不说罢了。你那么一弄，干脆脸皮不要了，你爷爷啊，都要被气死了。"

停了停，乔陆生继续道："我就想啊，过两个月，等你期末考完，我们就把老人家接来，你那房间给爷爷，你跟你妈睡，我睡客厅，一家人挤挤，先过个年。年后，我找人把老房子修一下，能住人就行，让你爷爷住回老房子里去。"

"妈妈还要跟着去吗？"

"不去谁给你爷爷做饭洗衣服？"乔陆生往后一靠，"都是儿子媳妇，做点事应该的。"

"回顺云的房子不行吗？"

"顺云的房子，别人租着，每个月还能挣点租金，补贴家用。"乔陆生皱着眉，"我们这房子又不是不住就不用钱。回顺云，租金没了，多不划算。"

"爸，"乔青羽边思考边问，"我们照顾爷爷，伯父家给钱吗？"

"你伯母那个人，难弄的。"乔陆生看了乔青羽一眼，"现在关系不好，还指望她出钱？关系弄成这样，确实错在我们，所以，我们家多付出点，没什么好说的……"

"可是——"

"好了家里的事你少操心，"乔陆生挥挥手，打了个哈欠，"你成绩好，争气，爸妈脸上就有光了，苦点没事，反正现在年纪还不算大，还撑得住。"

"爸爸，"乔青羽语调严肃起来，"妈妈身体还好吗？"

乔陆生闭眼养神："好的啊。"

"有一次，"乔青羽咬了咬唇，"几个月前，有一次我在垃圾桶里看见安眠药的瓶子，是妈妈吃的吗？"

乔陆生睁开眼，突然变得很警觉："你怎么认识安眠药的瓶子？"

"我们学校有心理课，老师的演示文稿上出现过。"

"哦，"乔陆生很快被说服了，"学校还教这个？"

"是妈妈吃的吗？"

"她睡觉不好，"乔陆生点头，"也不是天天吃，忙的时候啊，或者心里烦的时候啊，她就吃。开店事情多，她不睡个好觉，身体哪里扛得住？"

"老师说安眠药吃多了会有危险。"

"你们老师说得对。"

听着像是不想再谈这个话题，可乔青羽锲而不舍："我担心妈妈生活不开心，抑郁，一时冲动做出——"

"哎呀，"乔陆生果然不耐烦了，"你妈又不是小孩子了，你姐那么大的事她都挺过来了，还怕什么……大人的事不告诉你们，就是怕你们想太多，晓得吧？"

乔青羽妥协地点了点头，她并不想惹怒乔陆生。

几分钟后乔陆生进洗手间洗澡，任房门敞着，让乔青羽把衣服放进柜子。把衣物放妥后，乔青羽再次看见保险箱，心思一动，蹲下身子，手掌轻轻盖上凸起的数字盘。

乔陆生平日挂在腰际的钥匙串就在半米外的床头柜上，伸手就能拿到。乔青羽把其中的金色小钥匙插进锁孔，轻轻扭动了一圈。

可箱门没有反应。

一串数字在脑海中出现，像迷失多年的蓝鲸浮出深海。试探性地，乔青羽依次按下了8、5、1、0、3、1六个数字。

咔嗒，保险箱的门松了。

这么简单，这么坦率。父母在外面刻意抹去姐姐的一切，却把她的生日列入最重要的记忆。乔青羽的鼻头一瞬间酸了。

她迟疑了下，跪坐下来，打开了保险箱的门。里面两层，上层放着户口本、房产证、租房合同、账本等文件，下层则是两三条金链子、三只金手镯、两枚金戒指。没有病历本，也没有官司文件。正打算关上箱门时，金首饰下的一小沓信封引起了乔青羽的注意。

她把它们抽了出来。

共七封信，写的都是"李芳好（收）"，字迹从稚嫩到清丽。寄信地址也一样，全都是里方乡中心学校。

耳里传来洗手间花洒的唰唰声。乔青羽维持着跪坐的姿势，先打开了字迹明显最稚嫩的那个信封。

是乔白羽小学一年级时给李芳好写的信。字很大很圆，非常可爱，夹杂不少拼音，告诉李芳好自己被老师表扬了，并问妹妹是不是会走路了。信纸洁白，上一半是铅笔字，下一半是铅笔画的飞鸟。

七封信，从小学一年级到初一，每年一封。从铅笔到圆珠笔，内容越来越长，字越来越规整、俊秀，似小女孩慢慢出落成亭亭玉立的少女。每封信的最末空白处都是一只展翅的飞鸟——乔白羽好像不喜欢留白。

除了最末一封，初一的乔白羽只写了寥寥几句，在纸的下半部分留下大片空白。

"我会听爸爸妈妈、爷爷奶奶、伯父伯母的话，"在留白上方她写道，"妈妈，爸爸，你们别怪劲睿哥了。我不珍重自己，糟蹋了自己，我错了，我会改。"

还有张照片压在第七封信后面。照片上有三张大笑的脸，年幼的乔白羽坐在一块石头上，被年轻的李芳好和乔陆生围在中间，身后是"顺云儿童公园"的大门。翻个面，泪眼蒙眬的乔青羽看到了手写的字迹："摄于1990年10月31日，宝贝女儿小白羽的五周岁生日。"

乔青羽把信和照片重新放回保险箱，关上箱门，关上柜子，放好钥匙，拖着沉重的步伐回到自己房间，倒在床上，任眼泪滑落——为这个家曾经真实存在过的、那么晶莹灿烂的浓情。

十二月，各高校陆续开放了自主招生申请，二中名额不少，孙应龙给乔青羽推荐了两所——复旦、人大。

乔青羽梦想的学校是北大，所以在面对孙应龙的好心时有点踌躇。

"这就是个保险，"孙应龙向她解释，"你要是高考成绩裸分就能上北大或清华，那得到的加分不要也罢，不是说报了就没有退路。"

于是乔青羽同意报人大。

决定后，她给王沐沐写了封信，笔下流淌出一年后的北京生活，内心充满了憧憬。北京，一个更大的人更多的城市，丰富、包容万象的城市，能让自己抛却眼下的所有桎梏，逃离冗长的青春期，彻底新生的城市。

把信塞进邮筒后，她转身看到对面校门上"寰州市第二中学"几个大字闪着金光，夕阳异常明亮。一些身形高大的校篮球队队员走出来，上了停在路边的大巴，明盛被他们拥在中间，模糊得像一粒洪水中的流沙。

乔青羽静静地站着，等待大巴经过自己所在的路口。两分钟后，大巴如愿消失在了车流里，她失落，哀伤，惆怅得像在站台上与青春永别。

—

给王沐沐的信寄出后的第二天，孙应龙在下午的自习课上兴冲冲来到教室，喊了乔青羽的名字。

"你出来一下。"他在后门朝乔青羽招手。

乔青羽不明就里地来到走廊。

"知道我叫你出来什么事吗？"孙应龙笑眼盈盈，"能猜到吗？是好事。"

乔青羽摇头。她生活中会有什么好事？

"你入围新概念了，"孙应龙笑着点了点头，"《萌芽》那边电话打到校办公室，说你电话、照片都没，还怕联系不到人……什么时候写的？一鸣惊人啊乔青羽。"

"就……暑假，"突如其来的喜悦令乔青羽有点语无伦次，"九月份刚开学写的。"

"文章呢？"

"在家里。"

"拿来给我这个语文老师看看，"孙应龙笑道，"也让大家拜读一下。"

因为没有U盘，乔青羽只好又把文章抄了一遍。次日是周五，最后一堂自习快下课时，孙应龙拿着她的文章从教室后门走进来，用胶带把手里的两张A4白纸贴在教室后方的公告栏。

眼看着马上下课，孙应龙走上讲台，拍拍手让大家抬头，说乔青羽的文章入围了新概念作文大赛，贴在后墙，值得所有人看看。说话时，不少人把吃惊的眼光转向乔青羽，她不由得垂下了眼。

铃声响起，孙应龙走出教室。紧张的学习气氛松弛下来，拉开椅子的声音不绝于耳，前排好几个人经由桌子间的狭窄通道走向教室后面，包括关澜，她边走边朝乔青羽竖起大拇指。

突然间关澜停下了，惊讶地张开了嘴，和前面扭过头来的秦芬交换了一个不可置信的眼神。

"都让开。"

249

明盛的声音。

乔青羽回头,看见已经围着公告栏的三四个人同时后退了好几步,留出的空间里,明盛不由分说踩了进去,瘦削却宽阔的肩背遮住了整篇文章,寸土不让的样子。

脑袋里轰的一声,她飞速收拾好书包,落荒而逃。

一

得知入围新概念作文大赛后的那个周末,天空湛蓝,空气温暖湿润如春天。乔青羽先是把这个消息告诉了乔陆生,简单解释了新概念作文大赛的意义,在被问及拿奖能不能加分时,她有些不确定地摇了摇头。

"好像这几年不能加分了。"

"那就是个名,"乔陆生说,"关键还是高考作文要写好。"

而后,他把手机递给乔青羽,让她向李芳好汇报一下。和预料中一样,电话那头的李芳好在得知不能加分后,喜悦的声音一下子转为冷淡,说的话几乎和乔陆生一模一样,"关键是高考作文要写好"。

乔青羽有一种被打击的沮丧:"知道的,妈妈。"

"你得奖的文章写了什么?"

乔青羽迟疑了几秒:"写了亲情。"

"有没有写家里的事情?"

"妈妈,"乔青羽声音降低,"我写的是对姐姐的思念。"

那头李芳好沉默了几秒,再开口时声音苍老:"晓得了。"

挂上电话,乔青羽舒了口气。外面阳光灿烂,乔欢边收拾桌子边劝她去河边走走,呼吸一下新鲜空气。乔青羽听到"河边"二字就摇了摇头——老樟树会带起她的回忆风暴,她得离那里远一点。

"那你就在店里坐会儿,放松一下,"乔欢笑道,"你看看你读书读的,越来越瘦了。"

乔青羽接受了她的建议。乔陆生对她宽松许多,见她无所事事地坐着看大街,什么都没说。坐了会儿,她觉得无趣,自己站了起来。

"爸,"乔青羽来到后厨,喊了乔陆生一声,"我想去看看清湖,可以吗?"

"去吧,"乔陆生靠在后厨唯一的椅子上眯眼小憩,"来寰州还没去看过吧?早点回来。"

他都没问自己是不是一个人去。这份信任让乔青羽受宠若惊。

"那我走了,爸爸。"

"嗯……哦,等一下,"乔陆生睁眼从椅子上站了起来,掏出手机递给乔青羽,"带上,万一有个什么事,给你乔欢姐电话,她反正一直在店里跟我一起。"

"好。"

走进初冬的阳光里,乔青羽想,原来光明正大的自由是这种感觉,充盈、温暖又安然。她握紧手机,将垂下的碎发别在耳后,步伐轻快地经过路口报刊亭,在冯老板娘喊她时没有停留。

"去哪呀，青青？"

"清湖。"乔青羽坦率地抛下两个字，甚至都没转头。

她很满意自己现在头发的长度，层次分明的发梢垂下来刚碰到肩膀，扎起显得很规矩，放下也不突兀。她更喜欢把头发垂下来——一来能感受到颈后蕴藏的暖意，二来，隐隐地，她明白这是这段特殊时期独属于她的自由。等李芳好回来，万物归位，届时离高考仅剩百余天的她肯定会再次被拉去剪头发。

不知是因为对自己没信心，还是因为折服于妈妈的直觉，乔青羽总觉得李芳好一回来就会抓出她"不定心"的蛛丝马迹。

不对——公交经过寰州体育馆时，乔青羽绝望地想——明明是自己太放纵。

她庆幸自己没有亲密的朋友，不然，任何人都能看出她魂不守舍。在清湖下车后，她在湖边的长椅上呆坐着，许久才反应过来自己脑子里除了明盛，没有其他，就像方才在店里坐着看大街，眼睛看到的全是明盛一样。

他驱开旁人独自霸占墙上文章的背影，她不厌其烦地回味了无数遍，夹杂着雪片般纷至沓来的回忆碎片。她想象着他看到文章标题时内心默念的声音——"我也爱你"，郑重，深远，带着轻微的意外和猜测，仿佛这篇文章不是写给乔白羽的，而是写给他的一样。

啊，不可能，他心如明镜，两人之间早就把话说得清清楚楚，所以他才不会产生这样的误会。

奇怪的失落攻占了乔青羽的心。她垂下无力的肩，被自己时而高涨、时而低沉，无时无刻不在飘摇的纠结心绪搞得精疲力竭。

可完全做不到不想他，尤其是现在，市体育馆内的高中篮球决赛如火如荼，他正在场上拼搏。

市体育馆距清湖只有一站地。想着，乔青羽起身，离开了长椅。

缓缓走向市体育馆的那十几分钟里，她为自己的这个行为找到了充足丰富的理由：孙应龙本就鼓励大家都来给二中给明盛加油，说拿到冠军后要拍合影；关澜三番五次劝她来，诚诚恳恳，不带目的，她没理由表现得太不近人情、太不懂变通；她喜欢球场的热烈氛围，决赛结束后她将不再有这样作为相关人士近距离感受的机会；李芳好不在家，乔陆生不多问，所以，她拐去体育馆是绝对安全的。

当然，最重要的是，可以让自己混在人群中，坦坦荡荡燃放对明盛的热烈，不遮掩，不退缩，不怕任何人看透。

而且，合影时，明盛不来自己这边，就可以彻底掐断自己对他后知后觉的渴望。

像烟花一样，先盛放，再殆尽。

就这样。

一

乔青羽踏进体育馆时，下半场刚刚开始。场内人声鼎沸，尖叫声一浪高过一浪。乔青羽在后排转了转，没看到空位，也没找到关澜、蒋念她们，只好在最后排的阶梯上坐下了。视线穿越前排不断起落的小横幅和人浪，她努力找了两圈，没在场上看到明盛的身影。

她疑惑，心也提了起来，便问离自己最近的陌生女生明盛去哪儿了。

"你也是专程来看二中的明盛，对不？"女生哭丧着脸，一副同病相怜又义愤填膺的样子，"我们也是，才看了不到十分钟，他们学校教练就把他换下了！"

"为什么？"

"状态不好啊，"另一个女生探过头，"还被人撞了，估计有点受伤了。"

"去休息室了，他们班很多人也去了。"第一个女生又说。

"应该还会出来吧？"第二个女生问。

"调整下状态就会出来吧，"第一个女生说，像是安慰乔青羽似的，"这可是决赛啊！我们等着就行！"

她们转过脸去，顾自聊了起来。乔青羽不安地站起身，犹豫着要不要也去休息室看看。明盛真的受伤了吗，严重吗？不能上场是不是很失望，很沮丧？

可怎么去休息室？

正当她弯下腰想问问刚才那个女生时，那女生突发一声尖叫，猛拍她身边的另一个女生："啊！明盛！又出来了！"

"哪里哪里？"另一个女生连忙探头问。

乔青羽已经看到了。他出现在正对自己的出入口，身后跟着孙应龙、关澜、陈沈、苏恬等人。和上次一样，宽松的红色篮球背心内比别人多一件短袖黑T恤，与上次不同的是腿上多了副黑色护膝。

明盛的再次出现引起了场内的小骚动，可他仿佛听不见，进场后回头挥挥手示意关澜等人回去，自己则跑去了场上的休息区。

在休息区站定后，他仰起头，面朝观众席缓缓转动脑袋，像在跟观众示意，但更像在寻找什么。乔青羽站在他右前方观众席最远一排的通道，见他视线移向了自己这边，定住了。

她看不清他脸上的表情。相隔这么远，隔着这片嘈杂的人海，她感觉他正在把自己吸过去。

乔青羽无所适从地坐下了，明盛摆正头颅，随即又别过头，目光没有拐弯，直接射向她所在的区域。

这次他视线停留的时间很短。不知是不是自己的幻觉，乔青羽觉得他眼角有笑意。

她的目光追随着他，看他凑到教练身边说了几句，而后跑向休息区一侧，开始压腿热身，同时全神贯注盯着眼前激战的赛场，像瞬间忘记了她的存在。约两分钟后，裁判吹了暂停，教练拍了拍明盛的背，换下一个人，让他上场了。

身旁的两个女生站起来尖叫，场内的分贝翻了一番。乔青羽坐着，看他跑动，运球、过人、上篮，仿佛回到前阵子隔着窗玻璃看他在香樟后独自勤练的时光，耳边安静无声，胸腔跳动着篮球砸地的声音——咚，咚咚，咚咚。

终场哨声吹起，二中以十八分的优势击败了清湖中学，冠军杯再加一座，从去年的四连冠升级成了五连冠。场边的人都拥向场内，明盛一下子被淹没在了人堆里。乔青羽身边，尖叫了半场的那两个女生心满意足地站了起来。

"我说调整一下状态就回来吧！"

"还好没走，下半场简直换了个人，神勇！"

"哈哈，没白来，同学，麻烦让一下。"

乔青羽起身给她俩让路，接着退到出口的墙边给更多的人让开了路。理智告诉她，应该跟随人流离开体育馆，到回家的时间了，脚却怎么都抬不起来。她正挣扎时，一脸匆忙的关澜突然出现在人流中，见到她后就像发现了宝藏一样喜笑颜开，又怕她逃走似的，紧紧抓住了她的袖子。

"太好了，你还在，"她边说边拉着乔青羽逆流而下，"大伙儿都在等你啊！"

"为什——"

"阿盛说你在这边，让我来叫你。"关澜打断乔青羽，回头朝她眨了眨眼，"我们得赶紧！"

来到场边，乔青羽才发现不是5班，而是来到现场的所有二中高三生都站好了队列，一百多号人，校队中的七名高三成员被围在正中，明盛在正中间。两人视线一对上，他立马移开了眼睛。

好像所有人都在等她。第二排站着的女生中有个空缺，关澜把她推进那个缺口，自己则赶紧在第一排蹲下了。

照相机咔嚓，咔嚓，咔嚓。

乔青羽希望自己不要笑得太僵硬、太难看，至少，得配得上身后金灿灿的冠军杯及托着奖杯的意气风发的明盛。

—

拿到冠军杯之后的第二天，周一，孙应龙把乔青羽喊到办公室，又提了大学自主招生的事。

"你要是对北大还有念想，也不是不能赌一把，"他说，"用新概念当作敲门砖，如果你复赛能拿一等奖，就会有优势。"

"当然，"他继续说，"前提是你的成绩能稳住。"

乔青羽思考着。

"依这个学期看，你的成绩进人大是没什么问题，但高考嘛，不到最后谁都难说。"孙应龙说，"想去北大的话……你想不想靠新概念搏一搏？这也是一条路。不过，提前告诉你，要是你高考成绩还不够，靠新概念进北大，那就是中文系。"

中文系倒没事。

"好。"

孙应龙笑了："很多人对北大有执念，我猜到你会拼一拼。挺好，要的就是这种精神。"

北大，这两个字从嘴里吐出，让乔青羽振奋。夜里她把要报名北大自主招生的事告诉了乔陆生，听到新概念作文大赛还有复赛，乔陆生微微蹙眉，不确定地摇了摇头："之前不是说人大吗？复赛拿不拿奖，这谁能说得准？万一没拿奖，高考也没考好，北大不就去不了了？"

"那就能选什么学校就去什么学校，"乔青羽回答，"我认了。"

乔陆生头摇得更坚定了："你自主招生报人大，先拿到加分，高考只要正常发挥，就算失误一点点，有加分，进人大还是有把握的。人大不好吗？之前住对面的沐沐不就去的人大吗？"

"但是，"乔陆生一如既往的保守让乔青羽心生不悦，"北大于我不是不可能啊，我想试试。"

"那两个都试试？"

"我有特定目标，试一个就行了啊，试两个浪费精力，反而会影响高考。"

乔陆生连连摆手，表情甚至有些厌恶："那么费时间的啊！那么就报人大，什么作文复赛就不要去了，省下时间专心复习。你报北大，又要去复赛，耽误了学习，到时候竹篮打水一场空啊！"

"新概念复赛，我当然要去了。"

"我就说，"乔陆生一脸不满，"什么都想要，到时候什么都没有。有什么能力做什么事，人啊，不能太贪心，女孩子就更不能贪心了……"

这根本不是贪不贪心的问题，乔青羽愤愤地想，这是敢不敢接受挑战、突破自己的问题。

"你给你妈打电话问问她，"乔陆生说着把手机递了过来，"她说行就行。"

拿过手机的乔青羽心里是忐忑的。她劝慰自己，妈妈是最支持她拿好成绩、出人头地的人，所以，不用害怕。

电话通了，李芳好似乎正打算睡觉，那边很安静。乔青羽把自主招生报名及新概念作文大赛复赛的事前前后后都说了一遍，感觉那边的呼吸越来越急促。

"青青啊，"夜的寂静放大了李芳好声调中的急切，"新概念复赛要去上海，还要三天，别去了。"

这边的乔青羽没吭声。

"还有啊，你说，就算成绩不够也能进北大中文系，中文系出来能干吗？"李芳好憋着气，"找不到工作，自己都养不活！"

"怎么可能找不到工作——"

"自主招生报复旦或财经大学，有吧？学金融，"李芳好不容置否地打断乔青羽，"我打听过了，大学没专业重要，搞金融最挣钱。人大金融分数高，你还不一定能进去……你的成绩够复旦，接下来还要好好努力，千万要稳住，金融分数都不低的……"

自主招生也要瞄准金融方向，争取拿到加分。"

"妈，我对金融没什么兴趣——"

"我看你就是对看闲书有兴趣，对写一些没用的文章有兴趣，写东西能挣钱？"李芳好的怒意压不住了，"新概念参加一次就够了，还总是去？还要去上海三天，我会让你自己一个人去上海？都什么时候了，还在弄这种吃力不讨好的事情……你要是真有本事，就像何飞海那样，考个全省前十，去北大学金融，我就让你去北大，不然去北大就是白费钱！爸妈挣钱多不容易，你说说。"

"就是说我不能去上海复赛，而且必须学金融。"

"多挣钱了，日子才好过，这个道理都不懂？"李芳好气得大喘气，"现在还看闲书？别看了，看坏脑子！"

"我早就不看了。"乔青羽愤怒又委屈，眼泪快落下来。

"千辛万苦给你转到二中，不是让你搞这些没用的东西！"李芳好吼出声，"读那么多年书，方向不对就白忙！爸妈陪着你白忙！"

连乔陆生都听不下去了，拿过了乔青羽手里的手机。

"好了好了，"他边说边示意乔青羽去洗澡，"青青乖的。"

"她心里飘了你不知道？总想那些有的没的！你哪里看得出来？！"

"这不是问你意见嘛。"乔陆生很是无奈，边说边打了个深深的哈欠。

"我不在，你就让她野吧！"

"你不在，她状态好得很！你看看她这学期的成绩！"

"哼，没有我你们高兴了，是我碍着你们家的路了！"

他俩隔着电话开始争吵，全然不顾乔青羽在场。她躲进洗手间洗澡，出来时看到乔陆生盯着电视，两眼无神。

"爸，我睡了。"

"新概念复赛，你想去就去，"乔陆生说，像是在和李芳好赌气，"要多少费用，我给你，别让你妈知道。"

"哦。"

"自主招生报人大，"他举起遥控器把电视一关，"别听你妈鬼扯，大学比专业重要。"

乔青羽没吭声，走进房间，静静地关上了门。

她谁的话都不想听。"北大"二字像一粒种子，在她心里落地生根并发了芽，连她自己都撼动不得。可按照李芳好的说法，进北大必须学金融，这何其困难！她自认不算聪明，靠的是勤奋，在学习上已经拼尽全力。

面对她的困境，孙应龙也是无解。

"父母的建议可以作为参考，"他对乔青羽说，"最终决定还得你来做。很快你就是成年人了，这是你自己的人生。"

同时他让乔青羽尽快决定，早点准备，不要摇摆不定。

晴朗无风的初冬午后，乔青羽来到图书馆的机房，想了解关于大学和专业的信息。一如既往，机房里坐满了人，唯独最靠近门的那台机子空着，桌子上有本宣告领地的书，封面印着 Chemistry。

似曾相识的场景让乔青羽很烦心。她纠结地在门边站了会儿，决然地转身离开，却一回头就看到了明盛。

正在上楼的他站住了，与她隔着几级台阶，视线越过她，看向了机房内的那个空位。

乔青羽垂下眼睑向前走。

"喂，"明盛微微抬了抬手，拦下她匆匆的步伐，"不是有空位吗？"

"那不是你占的位子吗？"

"是，"明盛收回视线，下巴微颔，看向她泛红的耳垂，"但你可以坐的啊。"

有两个高一的女生走出阅览室，见他俩戳在楼梯中间，面露惊异，缩起脖子飞快经过了他们，又频频回头。

"我不用，"她轻语，尽量镇定地看向明盛，耳垂的炽热却蔓延至整个面颊，"谢谢。"

"你想查什么？"

"就是，"张开口，乔青羽却觉得自己没必要回答他，"大学和专业，哪个更重要。"

明盛若有所思地看着她："你爸妈让你优先考虑大学？"

"他们意见不统一。"

"你自己呢？"

"我不知道。"

"那你还不上网查一下？"明盛语调温和，笑意在眼里清漾，有些狡黠，又充满把握，"你肯定不想被掌控，对不？"

乔青羽轻轻点头。

"去用那台电脑，"明盛又说，语气加重似命令，"当我不存在。"

在同学看她的眼神中，乔青羽感觉到学校的空气变了，不再冷峻扎人，就像这意想不到的温暖初冬一样，竟一日比一日柔和。

乔青羽想，这也许和那篇入围新概念的作文有关系。文章被校报收录，不再匿名，占据了半个版面，文章下孙应龙的评语是"真挚，坦荡，无畏，情感如露水般饱满晶莹"，与她同版的还有两篇文章，一篇是艾滋病的科普，另一篇是心理老师乐凡写的，说"比疾病更可怕的是歧视和排斥"。

但这不可能全是那篇文章的功劳。明盛特意等她拍集体照，并把自己面前的位置留给她，这件事像一块从天而降的巨石，在学校里砸起连绵不断的议论暗潮。在食堂吃饭或者等公交时，总有人好奇地打量乔青羽，仿佛她是第一天来到二中。不过相比一年前的轻视，现在众人投向她的眼神里大多带着欣赏，甚至敬畏，仿佛要把她托起来，令她偶尔会产生飘浮的晕眩感。

有一次，放学后她等公交车回家，发觉几米之外的几个高一男生集体转头看她并凑在一起交头接耳。她有些不自在地往边上移了移，想躲到站牌后，这时其中一个男生被其他人推了一把，走向了她。

"学姐，"男生腼腆笑着，"你是乔青羽学姐吧？"

乔青羽点头。

"哦，我们都觉得你长得很好看，很有气质。"男生笑得羞涩，回头指了指后方的那帮同学，"顾浩一说要追你。"

"啊——齐远，你想死啊，"后边一个戴眼镜的男生欲冲过来，却被其他人笑嘻嘻地压住了，"你想害死我啊……"

男生退回去了。在他们的笑闹声中，乔青羽不止一次听到"盛哥"这两个字。

好像一夜之间大家就相信了她和明盛之间有不可点明的暧昧关系。回想去年，因为和明盛的冲突，也在一夜之间，她在学校就受到了无声却彻底的孤立——真是翻手为云，覆手为雨，乔青羽无奈地感慨着，眼前闪过明盛的黑眸，嘴角不自觉地扬了起来。

那天在机房查了近半小时"学校和专业孰轻孰重"后，乔青羽找到孙应龙，告诉他自己确定要报北大的自主招生。

明盛说她"肯定不想被掌控"，他说得非常精准。北大算一直以来的梦想吗？不。"北大"二字，只是因为自己这半年成绩不错而衍生出的、符合各方期盼的充满光环的梦，说是随波逐流的虚荣也不为过。

她喜欢的是写，所以学中文其实挺适合她。她要为自己的喜好开路，掌握自己的人生。

孙应龙很赞同她的选择。

"你妈妈不在这半年,我感觉你状态越来越好了,各个方面都是,对高三学生来说,可不多见，"他笑道，"考试很稳，开始参加集体活动，还有精力偷偷参加新概念。"

乔青羽不好意思地笑了笑。

"你妈妈会很欣慰。"

"但我违背了我妈妈的意愿……"

"没事，"孙应龙大手一挥，"我会帮你解释一下的。年轻人应该怀有更高的梦想。我看好你，在写作上，你可以有所作为。"

乔青羽很感动。

之前在文具店买的记录心情的薄本子已经被她用得差不多了，那天，她翻到最后一页，认真记下了那充满暖意的一周。

阳光的翅膀雪白，未来高悬于青空，闪闪发光。

—

进入二〇一〇年的前一天，乔青羽收到了王沐沐的回信，照例由关澜放在她的桌上。信放下，关澜没走，一屁股在旁边坐了下来，右手托住后脑勺，半趴在桌上看她，眼里充满质问，一副"瞧你又被我抓住了"的表情。

乔青羽已经习惯了她那鬼灵精的样子，顾自拆信，等着关澜开口。

"阿盛为什么要去江滨搞事情？他早不跟校外的人往来了，怎么突然又去江滨搞事情？"

乔青羽手上的动作停了，疑惑："什么事情？"

"打架啊，"关澜无奈地拍乔青羽的肩，"你果然又不知道？"

乔青羽摆了摆头，神情严肃起来。

关澜却兴奋不已，一把钩住乔青羽的脖子，在她耳边绘声绘色："大姐，我真的很佩服你……上周末江滨的一个厂房里有一帮人打群架，上社会新闻了都！有个人浑身是血，被送进医院了都！剩下的通通被抓进派出所了！第二天，礼拜一，上午阿盛不是没来吗？据说他就是被喊去派出所问话了，因为一帮人说是受他指使的！黄胖子都去派出所了呀！"

见乔青羽脸色越来越凝重，关澜满足极了："但你也看到了，阿盛本人没参与，去派出所也只是被问话，毫发无伤，放心啦。"

"学校里没几个人知道这件事。不过呢，"关澜语调一转，钩着乔青羽脖子的手紧了紧，"经我出色的侦察能力和信息收集能力，我确定肯定以及笃定，阿盛做这件事跟你有关。那——"她故意卖了个关子，拖长声音道，"那个厂所在集团的董事长叫明苍，是明家老大，有个弟弟曾经叫明隽，现在叫明兆群，有两个妹妹，一个叫明雅，在美国当教授，一个叫明郁，是个年少成名的书画家，嫁的男人叫温求新，有个独子叫明盛。"

她一股脑儿说出这些，看了眼乔青羽，神秘地笑了，把声音压得更低道："被打进医院抢救的那个人一头长发，据说叫黑哥，是个横行在江滨的混混儿，这两年惹出不少事。几年前他默默无闻的时候就欺负了刚进寰州旅游职业学校的乔白羽。一年前，他还把手伸过闵江，欺负寰二中的乔青羽……我太能理解阿盛了，换我，早就想办法把他打得找不到牙。"

乔青羽想到在书城碰到的开跑车带明盛去买书的年轻人是他另一个表哥，明盛应该就是借用了他们家的厂房。

"不过我猜阿盛爸妈气死了，尤其是他爸，"关澜充满同情地说，"他爸对他超严。高一的时候，阿盛比现在闹腾多了，他爸三番五次跑学校，说学校对阿盛的管教太松弛。他妈妈不太管他，他爸又太忙了……以前我听阿盛说过，他爸管他的办法就是设立高目标，还不止一个，让他没时间弄别的。"

"嗯。"

"嗯什么呀，总这么超然、冷静。"关澜不满地撇撇嘴，"阿盛默默替你出气，天啊，这难道不是偶像剧……你还心无波澜？"

她责备的眼神令乔青羽心虚得抬不起头。

"既然他做这件事不想让别人知道，你就别乱猜测了。"

"嘻嘻嘻，"关澜乐了，"既要掩护自己又要帮他，有你的！我就说嘛，阿盛都这样了，哪个女孩扛得住？好啦好啦，我懂了。"

乔青羽大惊失色："懂什么了？"

"你说什么就是什么呗。"关澜意味深长地挑了挑眉，望向乔青羽一直拿在手中的信封，脸上又现出一丝困惑，"不过，之前沐沐学姐把他的照片剪下来还给他是怎么回事啊？"

"其实沐沐姐是要把照片给我。"乔青羽暗想。时隔数月，王沐沐的这个举动在乔青羽看来明确了些——如果说明盛是她的执念，那她剪开童年合影把明盛交到自己手里的动作就是"交付"。乔青羽想，也许她早就觉察到自己对明盛，并不像自己表现出来那样毫不在意。把明盛的童年照片当作礼物送给自己，是交付，也是肯定，甚至鼓励。

肯定自己对明盛的念想，鼓励自己接受他。

"还有啊，乔青羽，我发现你最会骗人了，"关澜说，"要不是你写那篇暗指阿盛和沐沐学姐的文章，我才不会那么确信他们之间有故事呢！说他们没有关系的是你，写他们有美好羁绊的也是你，我真是服了你了。"

你不知道我写那篇文章时的心情，其实痛到了极致，所以能够仰视他们，以卑微又麻木的姿态。

可乔青羽只是看着关澜微笑，什么都没说。

关澜走开后，她抽出王沐沐的信，展开信纸后看见里面夹着一张照片。照片中的王沐沐一反往常的温婉，穿着松松垮垮的黑T恤，头发绑成凌乱的马尾，单腿拱起坐在地板上，很有嘻哈风格。

"因为舍友的关系，我在学校边的一个舞蹈工作室学街舞，是不是很意外？"信里王沐沐写道，"小时候我学过几年芭蕾，我挺喜欢跳舞，可惜后来没钱继续上培训班了……选择街舞，因为很飒很酷。每次我练完街舞都会大汗淋漓，我喜欢这种感觉。北京室内有暖气，热得我只好穿短袖。"

"短袖"二字点醒了乔青羽，她拿回照片仔细端详，见王沐沐裸露在外的手臂光洁如新生，没有一点伤痕。

她欣慰地笑出了声，紧接着继续读信。

"我们宿舍夜谈经常会说各自的高中。寰二中，她们竟然都知道，说是有名地好，还说人大条件不够好，问我更喜欢高中还是大学，我当然毫不犹豫地说大学了。

"因为大学和高中太不一样了。校园大，上课在不同的教室，同学都来自五湖四海，能自主安排的时间很多，生活和世界都是流动的……不像高中，每天面对同样的黑板同样的面孔，连烦恼都是三年如一日地一成不变。

"二中是很好，二中也很可怕，竟然有那种能影响大部分人的判断力的学生——也有可能是高中生活太无聊了？那样的学生，且不说他本人的好坏，他的存在，就会把学校变成一个无形的等级分明的丛林。我现在回想自己在二中的生活，别人看我走在云端，给我欣羡的眼光，让我误以为自己处于丛林之上，这种感觉害了我多少……

"你知道吗？别的高中都没有这种事这种人的，"王沐沐写道，"离开二中那个舆论场，我才做回了我自己，做自己的感觉真好。"

"絮絮叨叨跟你说这些干吗呢？你跟我不一样，你的自我很强大，不会被外界影响。"

倒也不是的，乔青羽想。

"你说要来人大，我太开心了，"最后，王沐沐写道，"不过我预感你会去更好的学校。加油！"

放下信纸，乔青羽望向窗外。期中考后换了座位，她早就搬离了窗边，现在位于第四排第四列，教室正中，和去年的这个时间一模一样。不同的是她的心境。玻璃洁净如新，在二〇〇九年的最后一天，她感觉自己轻盈得就像窗外闪耀的晴天。

期末考试那两天，乔青羽不止一次从别人口中听到苏恬要报考北京电影学院。她本就是舞蹈特长生，按说没什么意外的，可因为有几张她穿着古装的照片在同学中流传，所以传得神乎其神。有人说是北京电影学院点名要她，有人说她寒假就要去横店拍戏了，还有人说她请大师算了命，三年内一定爆红。不管怎样，她确定不去美国还一个劲抛头露面，按照关澜的说法，这其实是报复，对明盛拒绝她的报复。

"想要证明自己是被众星捧月的，是女神，风头大大盖过阿盛，让阿盛后悔咯。"关澜极其不屑地说，"嗨，阿盛会吃她那套？"

"你也考电影学院，关澜，"坐在她身边吃饭的邓美熙接话，"你以后去做编剧。"

"可以哦？"关澜眼睛睁大了，"可以啊你，邓美熙，给我指了条明路啊！大学就要去有意思的，电影学院俊男美女多，最有意思了！"

邓美熙抬起眼，和坐在关澜对面的乔青羽对视一眼，两个人都笑了。而后邓美熙迅速低头扒饭，像是很不好意思。

她们两个吃饭喊上乔青羽是最近一周的事。开始那两天基本都是关澜在说，乔青羽本就话少，邓美熙则像是刻意不开口。后来就自然些了，尤其是什么都敢说的关澜突然问她们两个，要是现在让明盛选班花、年级花、校花什么花，他会选择她们当中的谁的时候。

结局当然是关澜被邓美熙一顿好打，打完了，邓美熙笑着瞄了乔青羽一眼，像是自嘲似的甩出一句："我就是个笑话，我认了。"

"都是因为跟你混一起啦！"她回头朝关澜怒吼，又抬手打她，"我本来也很高冷的好不！你这个谐星！天天看热闹不嫌事大……"

"嗷，爱妃救我，爱妃。"关澜朝对面的乔青羽伸手。拉上班里最好看的两个女孩后，她颇有成就感，对外宣称邓美熙是她的"皇后"，而乔青羽是她的"爱妃"。

很滑稽，也很轻松，乔青羽喜欢和她们一起。

多亏她们，乔青羽终于有了融入班集体的感觉。

课间会有同学凑过来跟她讨论学习或者闲聊，上学或放学走在广场上时，会有女生跑过来跟她一块儿走。她知道了坐在自己后面的高驰原来也是顺云人,而早就因物理竞赛获得保送清华资格的秦芬也是个看了许多名著的书痴。

寒假开始前,班级照例开茶话会,黑板上的"新春茶话会"几个大字是众人推举乔青羽写的。茶话会上,好几个人拿着手机相机狂拍照,乔青羽经常被抓拍或要求合影。不再有视而不见,不再有冷漠,所有人都充满了善意。茶话会结束时,听说乔青羽过几天就要去上海参加新概念作文大赛复赛,众人纷纷鼓掌,并齐声喊了"加油"。

乔青羽记住了他们的每一张喊"加油"的脸,心中却有个填不上的黑洞——这当中没有明盛。

他期末考结束后就消失了,飞去纽约,参加第二场SAT考试。茶话会这天刚好是他考试的日子。听班里另两个参加过SATII的同学说,他六月份高考时就去香港考过一次,成绩挺好,但还没达到他爸爸的要求。后来十月份他爸爸要求他再考一次,获得更高的分数以保证进入名校,但明盛没有听,而是把时间都用来准备市男篮了。所有人都不懂他为什么要在篮球场拼命——对二中来说,拿冠军不是难事,而对他而言,拿到资格也不是难事。

"阿盛老爸太严了,"一个同学说,"申请材料都交了还要逼他考试,说是他还没证明自己的实力。"

"不是有句话叫'虎父无犬子'嘛,"关澜点头,"但阿盛真的惨。"

"你们不觉得他们俩很像吗?"乔青羽若有所思,"做一件事就做到自己力所能及的极致,不会因为达标了就停下来。"

她难得开口,正在讨论的几个人吃惊又崇拜地看向她,随即互相交换了几个意味深长的眼神。

紧接着,口无遮拦的关澜让乔青羽瞬间面红耳赤。

"是的是的,我们都是雾里看花,就你最懂他了。"

Chapter 23
江风

　　乔青羽出发去上海参加新概念作文大赛之前，乔陆生给了她一千元，用作来去路费、住宿费及三天的吃饭费用。乔劲羽则把自己的手机塞给了她。
　　"我三天不给妈打电话没关系，你不行，"他对乔青羽说，"你得每天给她打一个电话，她问起我，你就说我洗澡，看电视，或出去玩忘带手机了，随便说什么都行。"
　　"别一个人出去逛，也别随便跟人交朋友，"乔陆生嘱咐道，"拿不拿奖都不要紧，你安全回来最重要。"
　　他们的紧张兮兮让乔青羽觉得可笑又感动。要走出店门了，她背好双肩包，做了个她自己都想不到的举动——分别给了父亲和弟弟一个大拥抱。
　　"我爱你们。"
　　说完，她脚步匆匆，逃离了自己炮制的肉麻现场。

　　有了一年前离家出走的经验，独自出行的乔青羽倒是一点都不慌。到上海后，她先在火车站边上简单地吃了午餐，而后依着记在本子上的路线，直赴组委会指定的招待所。平安到达招待所了，她才遇到了麻烦——原来她提前一天到算晚的，很多参赛者早就到了，招待所已经满员。
　　她只好退而求其次，找到名单上稍远的第二家、第三家，皆是满房。太阳慢慢西沉时，她走在两旁都是老洋房的上海街上，经过两三家价格惊人的酒店，步伐沉重，不知何去何从。晚餐时，她毫无食欲，生煎油腻，青菜乏味。华灯初上时，她咬唇想了个办法，回到了距复赛学校最近也是最实惠的第一家招待所。
　　不过她没进去。她站在招待所门口，把写有"新概念复赛，求女生拼房"的A4纸举在胸前，忍受着来来去去的好奇眼光。
　　半小时过去了，除了有一个男生问她愿不愿拼房之外，无人问津。看得出很多都是来参赛的学生，有些已经三三两两结成了伙伴，还有不少是父母陪同过来。乔青羽手举得发酸，正想着要不要去下一家试试时，一个面目和善的中年妇女停下了脚步。
　　"你是来参加复赛的？"女人问，略带惊讶，"一个人来的？没地儿住了？"
　　"对，"乔青羽点头，"我来得太晚了。"
　　"来吧，我帮你问问。"女人朝她招手，"我是《萌芽》的编辑，刚跟几个学生聊过，有个女生好像是自己住双人间来着。"
　　她在前台报了名字，前台打了电话后不到三分钟，一个短发女生就出现了。
　　"洪老师，她在哪儿？"
　　女编辑转身介绍了乔青羽，短发女生朝乔青羽挥了挥手，笑得敦厚："Hello！"

"嗨！"乔青羽微笑回应。

办了入住，女生领着乔青羽来到客房，把靠近窗户没被弄乱的床让给了她。

"我叫孟小曾，山西的，你呢？"

"乔青羽，"乔青羽边放书包边回答她，"我从寰州来。"

虽然顺云也属于寰州地区，但为避免误会，乔青羽并不想称自己是寰州人。

"寰州的？那很近啊，"孟小曾惊喜地笑着，"我是说，那么水灵。"

乔青羽很不好意思："你自己一个人从山西过来的吗？"

"不然怎么来？"孟小曾双腿一盘坐上了床，拉开一听可乐，大大咧咧的样子，"我都成年了，我爸妈巴不得我赶紧离开家……你看着倒不像是能自己一个人出门。"

"不是啊，"乔青羽赶紧为自己正名，"我就喜欢一个人。"

"嗯，自在。"孟小曾边喝可乐边摆弄手机，"对了，我前面约了几个人过来玩，都是来比赛的，大家一起聊聊认识下，你不介意吧？"

乔青羽摇头："当然不介意。"

"嗯，"孟小曾把手机一丢，抬起头笑了，"他们就到。"

话音刚落就有人敲门了，孟小曾示意乔青羽别动，自己从床上一跃而起，跳下去开了门。

进来五个人，三个男生，两个女生，房间里一下子满满当当的。孟小曾飞速介绍了一遍，乔青羽一个名字都没听清，但记住了他们来的地方——黑龙江、北京、四川、广东、湖南。

"我们都是自己单枪匹马过来的。"最后进来的那个湖南妹子看着乔青羽总结道。她个子娇小，笑眼弯弯，声音脆亮。

一伙人随即开始闲扯，话题基本围绕着文学，以黑龙江和北京的两个男生为主导，从韩寒、郭敬明聊到海明威、村上春树，从文艺复兴、浪漫主义、批判现实谈到魔幻现实，而后又回到安妮宝贝、张悦然。乔青羽蜷在窗下的单人沙发上，一开始听得兴致盎然，可逐渐地，她的视线变得模糊，思维也跟不上众人不断张合的嘴了。

被孟小曾轻轻拍醒后，她很是尴尬。

"上床睡吧！"孟小曾笑道。

房间里很安静，其他人都消失了。

"我竟然睡着了……"乔青羽边说边站起来，"今天走了一下午。"

随着她起身，一件宽大的黑色羽绒服从她身上滑落至地，她捡起来问孟小曾："这是你的衣服吗？"

"不是，"孟小曾回到了床上，笑得耐人寻味，"徐一哲的。"

"谁？"

"就那个一直说村上春树是二流小说家的北京人，"孟小曾说，"你睡着后他就哑巴了。"

想起来了，那北京男孩戴着一副黑框眼镜，长相很斯文，说话却字正腔圆，气势十足。乔青羽有些无措，沉吟一番问徐一哲住在哪个房间。

"你现在就还给他？"孟小曾略微惊讶地问，"他说他明天一早过来取。"

乔青羽有些不确定："现在还不好吗？"

"看你咯，"孟小曾笑着，"一件衣服而已，那么紧张干吗？"

乔青羽还是去还了，因为她不喜欢这件外套所携带的陌生男生的气味。还衣服的场景有些尴尬。徐一哲刚洗完澡，穿着招待所的浴袍开的门。见是乔青羽，他倒吸了口气。

乔青羽把叠好的羽绒服交给他。

"乔……青羽？"徐一哲有些不自在地说出她的名字，随即大方伸手，"我叫徐一哲。"

"谢谢你，徐一哲。"

她微微点头，没回应他的伸手，转身离去。

第二天复赛后，他们几个又聚在了一起。第三天，还是一起玩。几个人彼此之间已经熟了，聊天话题不再集中在文学，而是延伸到了各个方面，谈人生，说青春，还有各自的情感状态。湖南妹子有个青梅竹马的男朋友，黑龙江男孩在追一个网友，孟小曾则表示自己一辈子不结婚不生小孩。谈笑中，徐一哲移到乔青羽身边，问她有没有男朋友。乔青羽摇了摇头。

"你读高几？"他问乔青羽。

"高三。"

"我高二，"徐一哲边说边面朝乔青羽侧过身，像是要帮她挡住外滩的风，"你大学准备去哪个城市？"

乔青羽发现，要应付一个男生很明显却戳不破的讨好挺难的，她没经验，也没参考，常常无所适从。外滩的风很大，她觉得冷，又想着找个安静的地方给李芳好打电话，便提出要先回住的地方。

"我和你一起回去啊。"徐一哲跟上来。

"一起吧，我也走。"孟小曾也追了上来。

乔青羽松了口气。

她本想一回招待所就躲进房间不出来的，可刚走进前厅她就站住了——斜对面的深蓝沙发上，缓缓站起一个高大清瘦的熟悉身影。

是明盛。

她呼吸停了，紧接着鼻头酸了。多日的思念莫名其妙地幻化成了满腔委屈，汹涌难抑。

明盛站着没动。与乔青羽并排的徐一哲随着她停下步子，不明就里地顺着她的视线望了过去。一个人走在前面的孟小曾到电梯前了才发现把两个人落在了身后，按住电梯按钮，回头喊着让他们快点。

"我先不回去了！"乔青羽朝孟小曾喊，视线停留在明盛深沉的眼眸里，鼻音浓重。

明盛开始往这边走，徐一哲反应过来，赶紧朝电梯跑了过去。

"你怎么找到这里的？"

这次是乔青羽先开口。他们走在招待所外的狭窄老路上，两旁是民国时期的红砖楼，在暖黄路灯的晕染下有种穿越时光的静谧。

"很好找。"明盛声音略微沙哑，边说边踢走脚边的一块石子，"复赛难吗？"

"不难。"

"明天颁奖？"

"对。"

"我能去看吗？"

在乔青羽迟疑的间隙，他又问："冷吗？"

"不冷，"乔青羽摇头，又说，"你想来就来吧。"

她感觉明盛笑了，声音明亮了些："明天要不要搭我的便车回寰州？"

"不。"

"那我送你，一起坐火车回去。"

"不。"

明盛轻轻叹了口气，随即无奈地笑出了声，又无比严肃地喊了她一声："乔青羽。"

"嗯？"

"我希望你拒绝别的男生跟拒绝我一样痛快。"

话语中有压不下的怒意和不甘。乔青羽却低头无声地笑了，愉快又安心。末了，她转头看向明盛，尽量认真地解释："我现在还不能考虑感情的事。"

明盛看了她一眼，又一眼，清晰利落的下颌线在昏黄的路灯下显得温柔而哀伤。突然他笑了下，抬起右手，宽大手掌盖住乔青羽的后脑勺，捣蛋似的乱搓两下，弄乱了她脑后的碎发。

"想去哪儿？"他望向马路，手没有拿开，掌心的温热蔓延至乔青羽心里。

乔青羽想起自己是要给李芳好打电话的，但也仅仅是想起。

"外滩？"明盛又问。

半个小时前是乔青羽第一次去外滩，可明盛出现了，她立马感觉那次不算数——人太多了，嘈嘈杂杂，且徐一哲完全破坏了她的好心情。

"好。"

抬头，乔青羽看见明盛在笑，眼里甚是惊喜。后脑勺的温热消失了，明盛伸出右臂，拦下一辆显示着"空车"的出租车。

他们在出租车内的座位和一年前一样，乔青羽靠左，和明盛之间隔着半个中间位，十几厘米的距离。车内暖气很足，电台里连播了三首梁静茹的歌，细腻又饱满的声线像蜜一样从音箱里淌淌流出。乔青羽大部分时间都看向窗外，偶尔车子停下等红灯时，她会看向前方，也不看路，只是把视线停留在后视镜下的深红福袋上——它摇摆不停，

265

似在搅拌一罐蜜糖。

下车后的强劲冷风吹得乔青羽忍不住打了个哆嗦。余光看见明盛在解外套的纽扣，她赶紧阻止了他。

"我不怕冷，"她边说边伸手想帮他把扣子扣回去，又不敢触碰，双手便无措地停在了空中，"你穿得少，别傻了。"

"我也不怕冷。"

乔青羽不置可否，转身往江边走。冬夜寒冷，相比一个小时前，外滩上的人少了一半，看起来甚至有点空旷了。

她走至围栏，看了会儿对面浦东的幻彩夜章，然后沿着围栏漫步，任冷风吹乱自己的碎发。真冷，她期待着再次感受到明盛手掌的温度，可他只是默不吭声跟着她，她走他就走，她停他就停，坚定又不逾矩，仿若一个忠贞的骑士。

来到东方明珠斜对面，乔青羽回头对明盛一笑："帮我拍个照吧？"

明盛点头，接过乔青羽给他的手机。

她拨了拨头发，不让它们遮住自己的脸，双手下垂靠在围栏上，看着明盛手里的手机露出拘谨腼腆的微笑。明盛先是站着，后弯下腰，然后双膝微屈，最后半蹲下来，才比了个OK的手势。搞定了。乔青羽收起僵硬的笑，放松地拨开一缕遮住脸的碎发，却发现明盛迅速换上了自己的手机，维持着半蹲的姿势，仍在拍。

"你——"乔青羽慌了神，却笑出了声，"别拍啦！"

明盛站了起来，翻看着自己手机里的照片，看起来心满意足。

"删掉！"

"你怎么比我还霸道？"他轻飘飘丢下一句，一只手把自己的手机藏在身后，另一只手把乔劲羽的手机还给乔青羽，"谁让你的手机像素低，太写意。"

"写意"二字又让乔青羽笑了："把我的照片删掉。"

"我不给任何人看。"

"那也不行！"乔青羽说着，见明盛要把手机塞进口袋，便伸手去抢，一把抓住手机的同时，冰凉的手掌也把明盛温热的指尖包了在里面。

她应该马上缩回手的，可是她没有——明盛抓手机的力道很松，要夺过来轻而易举。可就在她感觉马上要成功时，另一只温热的手凭空而出，紧紧裹住了她的手背。

"我永远不会删，"明盛的声音轻而坚定，气息越来越近，"我等你。"

鼻尖触到棉质外套的柔软，乔青羽僵在原地。她听到自己吐出一个"好"。

"干吗说自己不怕冷？"

他呼出的气息就在耳边。

后脑勺又被温热的手掌覆盖。黄浦江的风消失了，对面的东方明珠在眼里失了焦，华丽夜景变成一片令人晕眩的彩色光点，乔青羽干脆闭上了眼睛，任明盛把自己小心地、紧紧地揉进了怀里。

Chapter 24
妈妈

　　上海回寰州的动车时长九十分钟，九十分钟里乔青羽笔耕不辍，写满了整整三页 A4 白纸。用的是钢笔，一笔一画均不马虎，练字般全神贯注。她坐在窗边，却忘却了窗外的风景，偶有思索，就把视线放在用来压纸的水晶球上——她在上海买的唯一一件纪念品，大小如乒乓球，透明球体内是一座迷你东方明珠，轻轻摇晃能扬起里面的白色碎片，像漫天飞雪。

　　她本想细细记下这三天的经历，笔下的句子却像是自己长了双奔跑的脚，飞快掠过第一天遇到的困难、认识新朋友的忐忑和欢欣以及比赛时的淡然与平静，写到明盛出现时，脚停了，开始踱步，细细回味每个细节，怕错过一分一毫。去外滩吹冷风的夜晚，乔青羽写了整整一页，今天明盛出现在狭小的颁奖现场为拿到一等奖的她鼓掌，她写了大半页。最后两段像是梦里的呓语，朦胧又直白，热烈又深情，回望和期盼混杂在一起，她自己都不好意思再看第二遍。

　　火车马上到站，乔青羽把三张白纸叠好，塞进一个已经贴好邮票的牛皮纸信封，写上了朝阳新村的地址和收信人，把封口平整封好，而后拿出另一个大的白色信封，把牛皮纸信封塞了进去。

　　出站后，她把信封投进邮筒，寄给了孟小曾。

　　前一天在上海老街闲逛时，他们发现一家"时光邮局"，可以代为寄信给未来。当时一伙人纷纷写了明信片交给店家，有设定一年后寄出，也有设定十年后寄出的。乔青羽当时不为所动，可今天颁奖典礼结束，退房，进入人潮汹涌的虹桥火车站，回首望见玻璃外明盛一动不动的身影的那一刻，在巨浪般席卷过来的不舍和哀愁下，她毅然决定要留下些什么。

　　时间是水，最擅长抹平一切了，她必须把这短暂的三天变成字，刻进纸里，永不消失。

　　她知道孟小曾还要住两天，所以把信寄给了她，请她帮忙拿到店里。对于店家的保管费用，孟小曾在短信中爽快地表示，算了。

　　"既然我认识你了，过两天我干脆来寰州玩，你得当地陪顺便请我吃个饭吧！"她在短信中说，"我只要除夕那天赶回家就行。"

　　能不能当地陪，乔青羽并不确定——明天李芳好就会回来，带着乔礼隆。对于自由的孟小曾来说，自己无法独自出门的生活一定是不可想象的。

　　如何向李芳好解释自己这个凭空冒出来的朋友，以及万一李芳好不同意，如何向孟小曾解释自己的困境，是乔青羽回家路上一直在思考的问题。拉上乔劲羽，说是去书城，可行吗？没钱请孟小曾吃饭，私下向乔欢借点钱，可行吗？

乔青羽感觉飞驰的动车就像是隧道，那头是梦境，这头是现实。回到寰州已是傍晚，天空灰沉沉的，却没让她特别不适——她知道留恋梦境无用，自己只是醒了过来。

那个小水晶球被她握在手里，捏得发烫。

下公交车时，天色已全黑。乔青羽把羽绒服的兜帽戴上，步伐匆匆经过冯老板娘的报刊亭，手掌紧紧包裹着那颗滚圆的小宇宙，心想："还剩一晚上的自由，我必须隐藏好、保护好它。"

恰是饭点，她决定先去店里吃饭，顺便报个平安。乔欢正忙着给一桌客人端面，看到乔青羽进门，高兴地喊了她一声。

"刚我还跟你爸说别急，你肯定马上到家。"放下两碗面，她牵住了往后厨走的乔青羽，头凑过来，"我跟你讲啊，你妈刚到。"

乔青羽感觉自己全身的毛孔都打开了："我妈已经到了？"

"喏，到了半个钟头，小羽刚拿了吃的，回家给你妈妈和爷爷。"乔欢说，"要不你也拿回家吃去，你妈一来就问起你了。"

"好。"

乔青羽走进后厨，乔陆生刚把一盘菜倒进油锅，油烟唰地腾起，遮住了乔青羽的视线和声音。

"爸！"

"回来啦？"乔陆生边挥动锅铲边大喊，"你妈提前一天回来了！"

"我知道！"

"肚子饿了吧，下一盘多做一点，你也吃炒饭好吧？"

"好！"

锅里平稳了，乔陆生把锅盖盖上，关小火，转身切菜，又说："我跟你妈说你去图书馆了，你记住。"

"嗯。"

"钱够不够用？"

"够，"乔青羽边说边从书包里掏出剩下的一百多块钱，放在旁边的台子上，"还剩这些，爸。"

乔陆生瞄了眼："你很省啊。"

"还有这个，"乔青羽把书包放下，从中拿出一本荣誉证书和一个盒子，把荣誉证书翻开，从盒子里拿出透明奖杯，"爸。"

乔陆生放下菜刀，眯着眼凑近看了看，喜悦之情溢于言表："哇，一等奖啊。"

"我是不是不能带回家？"

乔陆生继续切菜，面色严肃，似在沉思，随后说："你放乔欢那里。"

"好。"

乔青羽把证书、奖杯都交给了乔欢，包括带在身上的换洗衣物以及来去的火车票。

被问及还有没有要放的东西时，乔青羽碰到羽绒服口袋里的水晶球，缓缓摇了摇头。

她不舍得把水晶球交给任何人。回家走在小区内的暗黄路灯下，她发觉有什么冰凉的羽毛似的东西飘在自己脸上，抬起头，依稀在灯光中捕捉到几片若隐若现的雪花。

现在的外滩，也下雪了吗？

昨晚黄浦江的风声犹在耳畔，明盛的温热气息仍回荡在鼻腔，想起来却恍如隔世。

掌心的水晶球热得像一颗随时会爆炸的小炸弹。乔青羽拿出手机，删去了过去三天的一切，定定神，继续往家里走去。

她准备好了。

-

乔礼隆坐在沙发上看电视，听到乔青羽喊"爷爷"，也不转头，低沉地"哼"了声表示知道了。餐桌已收拾整洁，厨房里传出洗碗的声音，大房间的门开着，外侧乔劲羽的隔间却空无一人。

乔青羽先放下书包，把带来的炒饭放在餐桌上，探头往厨房内看了眼，跟正在洗碗的乔劲羽打了个招呼，然后悄悄吸了口气，走向亮着灯的大房间。

三合板门也开着，李芳好弓着腰的背影在眼前一闪而过。

"妈，"乔青羽走到三合板门边喊了声，"我回来了。"

正忙着铺床的李芳好没回头："嗯，吃了没？吃了就把桌上的被子捧到客厅里去，你爸今晚用。"

乔青羽把被子抱出去放好，回来，见李芳好已铺好床单，正在套被套。

"妈，我帮你。"

"你别弄这个，你把自己的衣服整理下，这些天要穿的放我和你爸的房间去，这个柜子空出两格给你爷爷放衣服。"

"好。"

小房间的门没锁，衣柜里尚无空位，乔青羽便把自己的衣服先放在了床上。

再次回来时，她看见李芳好开始抖被子，就走过去帮她。母女俩一起把被子叠好，李芳好终于不再弯着腰，站起来满脸阴郁地看向书桌："桌子上的书啊，你也搬到小房间去。"她边说边打了个深长的哈欠，"快点弄，你爷爷说累了，要睡觉。"

"好。"

搬书是个力气活，乔劲羽也过来帮忙。总算搞定后，李芳好让乔礼隆进来睡觉，老人家却不愿意，说太冷，要电火炉。满脸憔悴的李芳好说开空调，乔礼隆说不习惯。见争执一触即发，乔劲羽赶紧跑出来说自己去买热水袋。

他走了后，乔礼隆让乔青羽把他的毛巾、牙刷、拖鞋放进浴室，把热水温度调好，而后，他才起身进去洗澡。

炒饭早就凉了，李芳好走进厨房打开微波炉，两分钟后出来，把冒着热气的炒饭往乔青羽面前一放，一声不吭往小房间走去。

"妈，你先休息一下吧！"

"你快吃。"

吃饭时，乔青羽看见李芳好又开始了新一轮的换床单、被罩——这几年她越来越爱干净，肯定无法忍受家里蒙了灰的样子。她疲惫又忙碌的身影使乔青羽开始自责，竟没提前准备换房间的事，以至于所有的活儿都积压在一起，落在李芳好一个人头上。

房间内，床单铺到一半的李芳好脱去大衣，继续干活儿。

乔青羽这才发现李芳好瘦了许多，贴身毛衣的袖子和腰际看起来空荡荡，一直佝偻在床边的身形就像个羸弱的老太太。她的动作也像，摊开床单的双手微微颤抖，铺好后又翻开来看看正反有没有弄错，有种可笑又可怜的多疑。

乔青羽赶紧扒完饭后，走进了小房间。敞开的衣柜门挡住了李芳好，乔青羽喊了声"妈"，没有反应。

"妈？"乔青羽加大音量，伸头探过衣柜门，"我帮你。"

"嗯。"李芳好声音空洞，双颊凹陷，眼睛无神，一副无动于衷的样子，"青青。"

"妈妈，你去休息吧。"

突然间李芳好回过神来："想让我休息不会早点把这些事做掉？跟你爸说了多少次'先弄好''先弄好'，一回家还是什么都没动，看看家里脏成什么样！故意的，是吧？故意让我做死，你们就高兴了！"

她骂得凶狠又难听，可不知为何乔青羽反而安心了些。接下来李芳好恢复了以往的精神，边整理边仔细盘问乔青羽这半年来的情况，仿佛对过去的每周两三个电话全然没有记忆。乔青羽认认真真回答了每一个问题，一点不敢马虎。终于把房间收拾完毕后，大门刺啦一声开了，乔劲羽抖落肩头的雪，走了进来。

"哇，一下子好大雪！"乔劲羽进门就喊，"姐，来阳台看看！"

李芳好没吭声表示默许，乔青羽飞快地退出令她窒息的屋子，和乔劲羽并排走去了阳台。

王沐沐家一片漆黑，平常热闹的明盛爷爷家也没有开灯，估计租户回家过年了。仰起头，乔青羽看见大片雪花在夜空中无声飘落，世界好寂静。

"我的手机呢，姐？"乔劲羽声音很轻。

乔青羽从口袋中掏出手机还给他。

"听爸说，你拿了一等奖？"乔劲羽轻声笑道，"可以啊，姐，不虚此行啊。"

乔青羽把视线从飘扬的雪花上收回："小羽，你觉不觉得妈妈变了？"

"老了好多，"乔劲羽认同，"面黄肌瘦的……在老家天天受气，老得快啊。"

"为了这个家，"乔青羽回头瞄了眼无人的客厅，"耗尽了青春。"

"是啊。"乔劲羽感慨道，"妈妈年轻时挺美的，唉，青春再美都留不住，最不值钱了……人的一生啊，多挣点钱才是王道，别的都不重要。"

他一副过来人的语气，让乔青羽无奈地笑了。

"小羽，"她望向雪花纷扬的夜空，轻轻地开口，"你也辛苦了。"

"干吗这样说啊，"乔劲羽疑惑而戒备，"是不是又要……"

"帮我一个忙。"

"又来！我就说嘛！"

乔青羽笑了，回头见客厅空空，赶紧掏出水晶球放到乔劲羽手里："把它放在电视机上，或者餐桌上，一进门就能看见的地方。妈妈问起就说是你买的，或者同学送的，怎样都行……"

"你先说清楚这东西是谁送你的。"

"我自己买的，"乔青羽说着，大方接受乔劲羽的审视，"不骗你。"

"我总感觉不对劲。"乔劲羽眉头皱起，"你是不是偷偷谈恋爱了，姐？"

"没有，"乔青羽举起手，做出对天发誓状，"妈都回来了，你觉得我敢吗？"

"你的意思是，如果你胆子大点，你就谈了？"

这句话噎住了乔青羽，她眨了眨眼，说不出话的样子激起了乔劲羽的同情心。

"我帮你，姐，但你能不能先别谈恋爱？你都高三了……唉，算了，你也美，不能荒废青春啊。"他自相矛盾地说着，拍拍乔青羽的肩，"只要保护好自己就行了，别像大姐那样糟蹋青春，知道吗？"

乔劲羽俨然一副长辈的姿态，乔青羽伸手搓他的脑袋，感动着笑言："你这是在怂恿我谈恋爱吗？你知不知道我谈恋爱相当于在找死？"

"别动不动就说'死'，"乔劲羽却面色凝重，"不管怎样不要轻易说到死，姐。任何事都能跟我说，任何事我都支持你，实在想谈恋爱就谈，别憋着，真的，生活开心最重要，其他没什么大不了的……我跟你差不多大，我们两个多幸运啊，不像以前大姐，就算——"

他突然打住了，轻叹一声，仰头望向天空。

"姐，"他声音悠远，"你觉得，我们三个，妈最喜欢谁啊？"

没听见乔青羽的声音，他径自说道："是大姐吧。妈跟我说，就算我们出生了，她心里也是把大姐当独生女的，所以大姐走的时候她……唉，大姐走得太痛苦了，想着都难受。"

"小羽？"

"啊？"

"你是不是知道了姐姐的什么事？"

"什么事？"乔劲羽佯装一头雾水，"我只是感叹一下，大姐那时正值青春啊，太可惜了。"

李芳好走出屋子，两人的对话就此打住。见乔礼隆走出洗手间问李芳好拿热水袋，乔劲羽赶紧主动走了上去，像是在逃避乔青羽继续问话。

为满足乔礼隆想喝碗热粥的需求，李芳好和乔劲羽又像陀螺一样忙碌起来。母子之间没说话，乔劲羽自觉地去店里拿粥，回头让乔青羽安心学习。李芳好一边给坐在沙发上的乔礼隆捏背，一边催乔青羽进房间看书。他们之间突然诞生的默契令乔青羽奇怪，又很快找到了原因——是秘密把妈妈和弟弟绑在了一起，关于姐姐的秘密。

不能让自己知道，怕影响自己的心情，继而影响自己的学习。高三了，任何事情都没有分数重要。这套被社会广泛认同、似曾相识的逻辑让乔青羽想到了明盛初三时经历的事。她体会到了明盛的愤怒。

为什么大人这么功利，可以看轻除了成绩之外的一切事？

为什么大人这么专横，能够以爱为名，剥夺孩子知情的权利？

在寰州过春节如乔青羽预想的一样压抑、无趣，五口人挤在不到六十平方米的商品房里，三个大人之间龃龉不断，房子的每个角落都充满了不愉快。不过也有意外之处，即李芳好因为被乔礼隆牵扯了许多精力，无暇时刻盯着乔青羽，竟松口放她和乔劲羽一起"去书城买书"。

离开家的那半天，乔青羽向乔劲羽借了点钱，跟孟小曾一起暴走清湖，请她吃了晚餐，怀着越狱的心情再次享受到自由的快乐。那天，她到家时已经很晚了，可李芳好没说什么，只催她赶紧看书——她脸上近乎冷漠的平静让乔青羽疑惑：妈妈是真的不介意还是在积压怒气？

和李芳好住在一张床上的那几天，乔青羽留了神，发现她每天入睡前都会打开一个瓶子，倒出几粒药丸吞进肚子。喝药时，她的头会猛地往后一仰，脖子干脆得像被折断一样，令乔青羽心惊。

因家里沉闷，乔劲羽常出门乱逛。初一那天一早他就要出门，乔青羽跟了出去。两人走到萧瑟的河边，乔青羽望着不远处的古樟，跟乔劲羽说了李芳好吃安眠药的事。

"是啊，妈睡眠不好。"乔劲羽听起来一点不意外。

"我之前都不知道。"

"这种事，你知道了也没用。"乔劲羽说，"妈吃这么多苦都是为了我们两个，我反正不成器，知道点无所谓，你不用管家里的事，好好读书就成。"

"我想知道姐姐是怎么回事。"

"什么怎么回事……"

"你别装傻，我知道你和爸妈一起瞒着我，"乔青羽说，"关于姐姐的事。"

乔劲羽看向河面："我答应爸妈了，不能说。"

"不说没关系，"乔青羽拍拍他的背，"我会自己搞明白。"

"姐，你要记住自己高三了！离高考只有百来天了！"

"是啊，"乔青羽叹了口气，"但我不喜欢被蒙在鼓里。"

"我求你别想大姐的事了，她的事早就过去了，"乔劲羽哀号道，"你想想妈妈吧，要是她知道你因此分神了，成绩下降了，她就真的疯了。"

他戳到了乔青羽的痛处，她沉吟半响，开口道："你也感觉妈妈很抑郁，对不对？"

"何止抑郁？"乔劲羽蹲了下来，"暑假里我陪她在老家，有次她被大伯母说了几句，差点儿跳到水库里去。"

想起王沐沐信里写的话，李芳好曾在乔白羽断气时差点儿从医院的窗户跳下去，乔青羽打了个寒战。

"所以我依着她，不告诉你。"乔劲羽说着，回头看乔青羽，"姐，你也依着妈，别刺激到她。"

"好。"

她回想前两天自己晚回家李芳好却无动于衷的样子，隐约明白了妈妈不是对她放心，也不是隐藏怒意，而是不得不放弃了，没有余力管她——也许，从十年前得知姐姐被劲睿欺负那天起，妈妈的神经就紧绷着，这几年尤其如此，随时会崩断。她对自己的漠然是她无意识的自我保护，仅仅表示她真的累了，而不代表她对自己放心。

"你不觉得妈这次回来对你没那么严了吗？"乔劲羽问，"她退了一步，你也退一步，别提那些事刺激她。"

是没那么严了，可乔青羽感到深深的不安。

依着乔陆生的意思，开春后就找人修缮被烧坏的老房子，尽早让乔礼隆住进去。这个想法却遭到了乔礼隆的反对，说老房子那块地晦气重，两个女人死于非命，不能住人。关店在家的日子，三个大人，加上电话那头的乔海生、刘艳芬，为着如何安顿乔礼隆的事吵来吵去，春节就这样过去了。

大年初七，店里开门的前一天，乔欢带着男朋友来家里拜年。听了这件事，乔欢和男朋友对了对眼，主动说让乔礼隆住到她那里去。

"我们在十三栋，也是两个房间，和这里一样大，"她诚恳地环视大家，脸上羞涩起来，"我和叶大哥打算后天去领证，领证后就是一家人，住一个房间就够了，剩下的房间，空着也是空着。"

李芳好和乔陆生又是恭喜又是推辞，乔欢则拉上她男友力劝他们接受："不是白住，你们刚说怕影响青青学习，在边上再租一个房间，那还不如去我们那里，你们照样给房租就行了。"

李芳好和乔陆生不吭声了，似在沉思。

"等青青高考完了，再让乔大伯住回来嘛，现在以青青高考为重，这么挤，影响她学习的。"

于是就这样定了。三天后，乔礼隆的东西从三合板门那边消失，靠窗的隔间又变成了乔青羽的领地。又过了一天，开学了，生活各归各位，重新归于正常。

开学那天，李芳好来到乔青羽的隔间，像是多年没见过她似的看着她，时而摸她的脸，时而摸她的手背，嘴里絮絮叨叨，说的无非是让她好好学习、洁身自好，又回忆了大段乔青羽小时候的事，夸她从小聪明、有主见，懂事惹人疼。乔青羽安安静静地听着，心里因李芳好溢出眼眶的慈爱而充满了莫名的哀伤。

"妈，"她握住李芳好的手，"我都明白的，你放心。"

李芳好点点头，眼里竟噙着泪："嗯，你看，过去半年，你不用我管也能那么好，成绩一次比一次好，你们孙老师今天夸你哦……以前啊，我管得太多了，妈妈对不起你。"

"不要这样说，妈妈，"乔青羽心里升起不安，"多亏你以前管得严，我才有好习惯。"

"你们老师说，过去半年，你跟同学相处得也越来越好。妈妈知道的，妈妈害你没朋友，是妈妈对不起你。"李芳好泪眼汪汪，用双手托住乔青羽的头，"看看我的小女儿，已经好好长大了，多好看啊，是我的骄傲啊……头发留长了好，到大学漂漂亮亮，找个好男孩子啊……"

"妈妈，"乔青羽突然慌得想哭，"我都还没高考呢，大学的事大学再说吧！"

"妈妈啊，找人给你算过了，你啊，是好命，不像妈妈，也不知道哪里走错了，苦一生，"李芳好径自说着，"也不像你姐姐，被妈妈害得丢了命。妈妈还好生了你，看着你，妈妈就感觉自己没白活……"

"人的一生很长呢，妈妈，"乔青羽用力抓着李芳好的手，"我高考、读大学，还要找工作、结婚生子，小羽也还要结婚生子，我们一起孝敬你，你后半辈子就是享福的……"

李芳好仿佛听不见，只是含着泪笑看她，不说话。

乔青羽彻底慌了。

Chapter 25
英雄

挂在黑板一角的高考倒计时牌变成两位数，一天撕去一页，每天换新的红数字像鲜血一样刺目。乔青羽的座位移到走廊的窗边，与靠着后门的明盛处在了同一列——他不愿换座位。

批阅好的试卷向后传递至各人手中时，她会翻看到他的分数，随堂测验向前传递交卷时，他的名字赫然在目。有一次上语文课，孙应龙在黑板上写下"及时"两个字，让大家写作文。铃声响了，明盛的作文纸被传至眼前，标题"人生须臾"四个清雅苍劲的字荡起了乔青羽所有的浪漫和哀愁。

她听到明盛起身的声音，想着他明亮的脸、波及自己的光球般灿烂的未来；紧接着她又想到了明盛爷爷，想到他对孙子深沉的爱、对儿子无保留的信任、对自己生命的理性及洒脱；她想到了秦阿姨不被自己掌控的悲惨的一生；她想到了乔白羽，极致美丽的生命在最美好的阶段戛然而止；她也想到了李芳好。

为什么想到妈妈？乔青羽慌张地质问自己。李芳好好好地，活着，不应该出现在她的思绪里。

然而她放不下对李芳好的担忧。每天晚上，她不厌其烦地向乔陆生强调要注意李芳好吃安眠药的剂量，被乔陆生骂小题大做也毫不在意；清晨若没听到李芳好出门的声响，她会从床上一跃而起，拉开窗帘，探头在路灯的灯光下看到李芳好匆匆的身影才放下心来。她感觉自己有点神经质了，有时回家看到每个角落都被李芳好清理得一尘不染，她都会生出深深的忧虑——生怕妈妈把尘世清理干净了就离她而去。

可奇怪的是，除了乔青羽，家里的其他人并没觉得李芳好有什么异样，反而说是她多虑，高考压力太大，太紧张了。

她对乔劲羽说，妈妈回来后很奇怪，不翻看她的书桌了。乔劲羽反问说："这不是好事吗？你表现那么好，妈妈对你放心了。"她说妈妈现在和爸爸也不吵架了，每天回家把家务做完就进房间不出来。乔劲羽说，店里干了一天活很累，换谁都想早点睡觉。

"我觉得你真的想太多，姐。"谈话的最后，乔劲羽总结道，"妈也很久没骂过我了，还说我懂事，知道体贴家人，我觉得很好啊！我们两个确实很听话啊，妈跟别的妈妈一样，也喜欢看着孩子好嘛，干吗总把她想得那么不讲道理？"

"你不觉得她对生活没有热情？"乔青羽问，"自我放弃的感觉？"

"她一把年纪，两个小孩都要成年了，你还要她干吗呀，拯救世界当英雄？奋斗成世界首富？"乔劲羽反问，仿佛乔青羽在无理取闹。

不是奋斗不奋斗的问题，而是现在这个眼神乏力、声音飘忽的李芳好完全没有了当初迎难而上把整个家从顺云迁往襄州的无畏和韧劲。在乔青羽看来，现在的李芳好就是一具被生活抽干了灵魂的躯壳。

有两次，她故意晚一点回家以引起李芳好的关注，可偏偏那两次李芳好都被乔礼隆缠住了，不是在替他洗衣、收拾房间，就是被支去超市买一些零嘴。晚上乔青羽刻意提起自己晚回的原因，得到的回应却只是李芳好欣慰的微笑和深深的哈欠。

焦头烂额时乔青羽会想，要不早恋算了，给李芳好的心脏来个强力复苏，让她活过来。

可这样的打击对李芳好而言未免太残酷，对面临高考的自己未免太不负责，而且——对明盛未免太不公平。

是啊，还有明盛，还好有明盛。一想到他，什么苦都能化解了。在自己日复一日的无解、焦灼中，他坦荡向上的姿态，就是那阵把三月吹得通透舒畅的春风。

三月末的一天，午饭后，乔青羽建议去图书馆后墙看迎春花，关澜和邓美熙欣然应允。三人在嫩黄的花丛旁仰头望天，迎着阳光留下了几张灿烂的自拍合影。回教室时经过图书馆大门，乔青羽心思一动，说要进去找本杂志，离开了关澜她们。

她快步走进阅览室，迅速找到杂志架上的《萌芽》，翻开目录，在上面看到了自己的名字。

选登的是她的初赛作品《我也爱你》，这让她很高兴。走回教室的路上，她琢磨着要不要买一本留作纪念，不然高考后很可能买不着。随即，她又打消了这个念头——杂志后面有复赛得奖名单，里头有她的名字，让李芳好发现了，总归不好。

乔青羽从后门进入教室，刚经过明盛的后脑勺，就停住了。

她的座位上已经坐了一个人，背影瘦削，头发蓬乱。

是李芳好。

难怪教室里这么寂静。注意到乔青羽回来了，不少人纷纷回头，看看她又看看李芳好，神情复杂。乔青羽见过这样的目光，他们看李芳好就像在看一个女疯子。她不怪大家，她的妈妈确实是个女疯子。

她盯着李芳好的后脑勺，深吸一口气继续向前，迈开的大腿却被什么拦住了。低头，是明盛的手臂。

他转过来，大半个身子朝向她，面色异常凝重地摇了摇头，仿佛在说"别去"。

乔青羽放下抬起的脚，紧张又认真地看着明盛，试图从他的眼眸中探索出更多的信息。就在这时——

"青青！"

明盛的手像触电一般缩了回去，同时，乔青羽看见李芳好腾地一下站起，气势汹汹朝这边冲了过来。

"你刚刚在干吗？！"

她边走边用手里的红本子指着明盛，仔细盯了两秒，乔青羽发现那红本子竟是自己的新概念作文大赛一等奖证书。

"你刚刚对我女儿干吗？！"

声音震天响，教室里所有人都屏住了呼吸。

"没干吗。"明盛摆正坐姿，径自翻开一本书，声音不卑不亢。

"别以为你家有钱有关系我就会怕，"李芳好行至最后一排，越过陈沈，用红色证书把明盛桌子敲得啪啪响："你还对我女儿有想法，是不是？！"

空气沉寂得可怕。

"是。"

"我早就告诉过你，你要是欺负她——"

"我没想欺负她。"

"那你刚刚碰她是什么意思？！你——"

"妈！"乔青羽匆忙走过去，拉住李芳好不断挥舞的手，"妈！你误会了！"

"你没听他自己承认对你有坏心？！你是傻子吗？！"

"我——"

"我生的女儿都是傻子吗？！啊？！都这么好骗的？！你知不知道你姐姐是怎么——"

"妈！"乔青羽绝望地大声吼着打断李芳好，"这里是教室！你想骂我，我跟你回家！"

"嗬，教室。"李芳好像站不稳似的后退了两步，环视四周，突然把手里的证书用力丢向乔青羽，砸得她胸口生疼，"怕丢人了？你把家里的事捅出去怎么不怕丢人？还偷偷去上海比赛，你就伙同你爸，还有你老师、同学，联合起来骗我吧你！"

果然是因为这件事找来的，估计是在乔欢家里发现了自己的"赃物"。

"全世界都跟我过不去！我最相信的小女儿最会骗我！通通骗我！"李芳好一边继续怒骂，一边双手颤抖着从斜挎包里掏出一个透明奖杯，往前一步，狠狠地往乔青羽身上砸下去。

可没有痛意——明盛站起来挡在了她的前面。

越过明盛的肩膀，她见李芳好吃惊地后退了一步，随即换上更阴狠的表情，冲过来要砸第二下。乔青羽使出全身之力推开明盛，自己也轰然倒地，几乎是跪着移到李芳好身下，紧紧抱住了她的双腿："妈妈！你再打我就从走廊跳下去！你就一个女儿都没了！"

李芳好的手停在空中，紧接着，匆忙赶来的孙应龙出现在教室后门。

忽然间李芳好号啕大哭。

"妈妈，妈妈，"乔青羽突然心疼不止，站起身抱住浑身颤抖的李芳好，"妈妈不怕，放心，我不会的……"

她扶着站不稳的李芳好，在孙应龙关切的目光中艰难地把李芳好搀出了教室。站在走廊里，见教室里的同学不断朝这边回头，孙应龙便示意乔青羽把李芳好扶到避开

277

众人目光的楼梯拐角。于是她紧紧抓住李芳好软绵无力的手臂走向楼梯，刚下两步，就听到后门传出明盛的声音。

"以后，谁让我发现在传播或者谈笑这件事，"他语调镇定，似一头不怒自威的雄狮，"我就让谁死。"

后一句话透出的狠辣和寒意令人惧怕，像极了曾经贴在古樟树下"后果恐怖"的"恐怖"二字。

第二天，乔青羽回到学校，庆幸地发觉教室里一切如常，大家仿佛集体失了忆。午饭时，关澜说了无数笑话，不管拙劣与否，邓美熙都很捧场，令乔青羽感激又感动。饭后，关澜提议再去看迎春花，说她今天带了相机，乔青羽却摇了摇头。

"我想去找乐凡老师聊聊，"她看向目露关切的两人，坦诚地说，"问问我妈妈的情况，看我能怎么办。"

和上次一样，开门的乐凡笑得亲切。同样，她给乔青羽倒了杯温水，自己坐在斜对着乔青羽的单人沙发上，拉家常一样回忆起上次乔青羽和王沐沐一起来找她的事。

"我看了你的文章，所有的，不管是新概念的，还是匿名发在校报的，或者是去年为你姐姐抱冤的，"乐凡微微笑着，言语中满是欣赏和鼓励，"你是个通透的孩子。"

"我妈妈不喜欢我写这些。"在乔青羽有些怅然地回应乐凡，以此打开了话匣。

她说了很多很多。南乔村，顺云，朝阳新村；乔白羽，秦阿姨，李芳好；艾滋病，安眠药。她回忆起小时候李芳好的温和、在乔白羽离世后对自己的极度控制，以及离开半年后回来的变化。她也说了自己对乔劲羽欲言又止的思考，以及只要自己提及跳楼，多疯狂的李芳好都会回归理智。末了，她问乐凡，是不是应该带李芳好去看心理医生。

乐凡点了点头："是。你妈妈很可能是重度抑郁，已经有轻生倾向，越早接受治疗越好，心理咨询可能还不够，得配合药物。"

乔青羽双手捂住眼睛，泪水从指缝中溢了出来："为什么我没有早点意识到……"

"你已经非常出色了，"乐凡坐到她身侧，温暖的手抚上她的肩，"孩子，你顶着这么大的压力，不仅把自己照顾得这么好，还有能力帮助家人，非常棒了。"

乔青羽哭出了声。过了会儿，她止住抽泣，迟疑地问乐凡是不是看起来没心没肺的人也会抑郁。

"当然了，人都会隐藏真实情绪，"乐凡点头，"不表现负面情绪，不代表没有。"

乔青羽看着不远处被阳光照亮的一盆绿植发呆。过了会儿，她轻声开口打破静谧："乐凡老师，我感觉我姐姐就是自杀身亡的。"

乐凡"哦"了一声，听起来一点不意外。

"在我的印象里，她中学时非常放纵，跟小学相比完全变了个人。"乔青羽说，"一个人怎么可能说变就变？现在想来，她是自我放逐，放弃了自己。"

"你姐姐刚步入青春期就经历了那样的事，"乐凡轻轻叹了口气，"那个时候她还是个孩子。在孩子的世界里，大人就是天，大人说错的是她、脏的是她，她就会相信自己堕落了，脏了。这会让她产生自我怀疑，从根本上否定自己存在的价值。"

"去年你把家里的事捅出来，闹出不小的风波，我感觉社会上的言论也让你吃了不少苦。"乐凡继续说，"不过你要相信，家庭创伤就像身体的伤口，揭开会带来痛苦，但这是疗愈的第一步。忽视它，无济于事。"

想着李芳好，乔青羽心里一片灰暗："姐姐永远回不来，我感觉妈妈也永远回不到从前了。"

"很多时候，治疗的目的并不是让人忘记痛苦，而是让人学习如何与痛苦相处，"乐凡和声细语，"不要成为痛苦的奴隶。"

"以前我想起姐姐就愤怒，现在我想起她就悲伤，"乔青羽黯然地垂下眼，"我感觉，这悲伤会跟随我一辈子。"

"你是想摆脱这种悲伤吗？"

"不，"乔青羽坚定摇头，"只有忘记她才能摆脱，我不想忘记她。"

乐凡微微一笑，慈爱的目光里充满鼓励和安慰："人生很长，你只需要遵从自己的心，剩下的，交给时间吧。"

从心理室出来后，乔青羽没直接回教学楼，而是拐进了行政楼侧边的紫藤通道。头顶的紫藤花只开了零星几簇，镶嵌在河流般的绿叶中，有一种飘零的、孤独的美丽。早早盛开意味着早早凋谢——乔青羽仰头望着它们，任心中淌过淡淡哀愁，余光则瞥见一个瘦高身影缓缓朝自己走来。

她突然很想逃，脚却像灌了铅一般，动弹不得。

明盛走到她面前，在通道侧边的长凳上坐下了。

乔青羽收回视线，匆匆望了他一眼："你怎么在这里？"

"我一直在楼下等你。"

单独和明盛在一起本就让乔青羽窘迫，加上昨日李芳好在教室大骂他的场景还历历在目，乔青羽更加无所适从了。

"我妈妈砸你，很痛吧？"

"又想说对不起吗？"明盛笑了，"你那奖杯真够硬的。"

乔青羽满腔抱歉："很痛是不是？"

"不痛。"

"骗人。"

"真的不痛。"

"砸的哪里？"

话一出口乔青羽就紧张了，视线移过去，见明盛站起身，靠近一步，伸出两根手指轻轻了敲他自己的左胸口："这里。"

乔青羽耳根微红："对不起。"

"叫你别说。"

一时间两人无话。难耐的沉默中，乔青羽抬脚朝教学楼走去，明盛紧随其后，保持着一步的距离——两人像这样一起走在校园里还是第一次。经过集会广场后，乔青羽受不了落在身上的或猎奇或兴奋的眼光，在穿过高一、高二教学楼时拔腿跑了起来。

所幸明盛没有跟来。

可进入高三教学楼后，在楼梯拐角，乔青羽停下了。

半分钟后明盛出现了，像是要报复她似的，竟脚步淡定地经过她的眼前，没有停留。

"喂！"乔青羽只得喊了声。

"干吗——"楼梯上方的明盛故意拖长声调，懒散地转过身俯视她，嘴角则忍着笑意。

"可以给我林医生的电话吗？"

戏谑的笑意消失了，明盛表情严肃起来。

"我想劝我妈去她那里看看。"

明盛没有立刻点头，而是神情凝重地往下走，令乔青羽莫名忐忑。行至她眼前，明盛停下了："当然可以。"

"但我想先带你去，你愿意吗？"他问，有些小心翼翼。

"你觉得我也应该看心理医生？"

"不是，"明盛摇头否定，声线异常温柔，"是因为你姐姐曾经去过林医生那里。"

乔青羽惊异地抬起眼。

"我问过，"明盛看着乔青羽，眼眸里满是疼惜，"她那次咨询有录音。"

去林医生工作室的那天是周日，清明节前一天。那天乔礼隆坚持要回南乔村，说是第二天清明要扫墓，无奈之下只好让乔劲羽陪他去。乔欢也因清明要回老家待两天，店里一下子又只剩乔陆生李芳好夫妇。出门前乔青羽找了个借口说是去图书馆，李芳好目光幽幽，仿佛看穿了她，却什么都没说。

"去吧，"乔陆生做主道，"早点回来。"

林医生工作室的名称叫"心语小屋"，坐落在清湖边一栋低矮的写字楼里。去之前，乔青羽特意上网查了查，知道林医生是明盛爸爸温求新的高中同学兼多年好友，不仅创办了心语小屋，还写过不少书，在业内享有盛名。路上乔青羽有些忐忑，不过，在写字楼下见到明盛的笑脸时，她突然就镇定了。

"你怎么知道我姐姐来过这里？"进楼后她问明盛。

"我知道的事比你想象的多多了。"

走到门前，他又说："你那么在乎的事，难道我会袖手旁观？"

"你愿意和你爸讲话了？"

"早讲话了。"

明盛责怪地看了乔青羽一眼，一副"不然还能怎么办"的无奈表情："去年，我不就给沐沐姐打电话，想让你自己来找林医生嘛。"

"噢，"乔青羽恍然大悟，"我还以为你觉得我心理出问题了，所以才……"

明盛微微一笑:"那只是我的托词。你要是当时给林医生打电话了,就能早点知道你姐的真相……可惜你没打。"

"嗯,"乔青羽满心感动,轻声解释道,"我不需要什么心理辅导。"

"你是不折不扣的勇士,我相当佩服。"明盛清亮的眼眸望向她,"但心理辅导并不是什么见不得人的事。当然了,我也觉得你其实并不需要,确实沐沐姐更需要……"

电梯门开了,他侧身站着,举起手臂挡住门,让乔青羽先走出去,随即跟了上来。

"那个……"突然他有些无措,"那个我跟沐沐姐之间,什么事都没有,你千万别误会……她爸去年住院,我去看过三次,仅限于……哎,我们家确实帮了她们家,但是……"

明盛因急切而有点语无伦次的样子,令乔青羽欣然一笑:"好啦,我没误会。"

"那你去年还故意写《一百次听说》揶揄我?"

许是因为乔青羽过于爽快,明盛听起来倒有些不甘了。

"你能看出那是我写的?"

"废话,你写的东西我读了多少遍,"明盛的语调中有自得也有委屈,"你以为匿名就完事了?"

"那篇文章只是我当时情绪的产物,"乔青羽停下步子,认真解释道,"我是个非常理智的人。"

"什么情绪?"

不知为何乔青羽的脸突然烧起来了,她不想回答这个问题,便假装没听见,继续往前走去。

"什么情绪?"明盛追问。

"我忘了。"

"吃醋?"

真是要命。更要命的是自己听到这两个让人羞愧难堪的字,压根不敢瞪他。幸好,几秒后他们就站在了"心语小屋"的玻璃门外。

明盛向前一步,胸口擦着乔青羽的肩膀,侧身推开了沉重的玻璃门。

"阿盛,"乔青羽转头望向他,"谢谢你带我来这里。"

"别总说这种客套话,"他温柔地回应她,"哭的时候要是想找我,我就在门口,随叫随到。"

林医生和和气气,话不多,经明盛简单介绍后就把乔青羽带进了一间会客室,把一个光盘塞进电脑,按下播放键后,就把乔青羽一个人留在了那里。

乔青羽也料到自己听录音时肯定会哭,但没料到乔白羽一开口,她的泪就涌出了眼眶。

"医生,您好,我是乔白羽。"

那么礼貌,那么小心翼翼。乔青羽感觉就坐在乔白羽对面,穿越了时光。

"我最近很烦恼，总想死，特别在晚上。天一黑我就很害怕……我不敢睡觉，一睡着我就会做梦，梦见我小时候的事……我在山上跑，好快乐，我哥哥抓住我，说他爱我，抱我亲我，把我放在草地上，解开我的裙子……

"我感觉自己被撕开了，那种疼痛的感觉，我现在还记得……我也很爱他，我到现在还爱他……但我知道我们是不可能的，违背伦理道德的……我可能已经死了，在和他相爱之后，在我把我俩的结晶扼杀了之后，我就死了，对不对？现在的我早就不是我了，这么脏的身体怎么是我？所以他现在看都不会看我一眼……

"我总觉得自己应该早点死……这几年，我不听话，我爸爸妈妈、弟弟妹妹都被人看不起……他们对我都很好，不说我不骂我，我爸爸妈妈把什么好的都留给我，可我还是不满足……我怎么总是不满足呢？我真是太贪心了……我是个肮脏的人，死了好，这样爸爸妈妈也轻松一点，妹妹就不用天天穿我的旧衣服了，我真该死……"

不是的，姐姐。

"我觉得自己活到二十岁就够了，"播放机里，乔白羽声音沙哑，"但我妈看我的日记，发现了写的东西，很担心，说我心理有问题。那我就来看医生，不让她担心。"

而后，林医生的声音传来，在她的引导下，乔白羽详细叙述了过去的生活。很多次，乔青羽听到她提到自己，说"可爱的妹妹""妹妹很懂事"，中间提及冤枉乔青羽收玫瑰那件事，乔白羽的声音非常惭愧："我希望妹妹不要怪我，我只是不想看到妈妈忧心忡忡的脸，看到她担心我，我就会很生气，不知道为什么。"

我不怪你，乔青羽轻喃，眼前出现乔白羽的脸，明媚无瑕，在逐渐模糊的泪眼中幻化成洁白的羽翼，跟随泪珠倏然滑落，消失。

播放机没了声音后，乔青羽又坐了很久，直到林医生领着明盛推门进了会客室。

她和乔青羽交流了一会儿，而后带走光盘，留下他们两人。许是因为她神色不对，明盛张了张口，又怕惊扰到她似的欲言又止。看他呆站着，难得露出了手脚都无所适从的样子，乔青羽轻轻地笑了。

"我已经哭过了。"

"看出来了。"

乔青羽站起身："走吧。"

一路上明盛跟在她身后也不说话。走出写字楼，乔青羽望了眼马路尽头的夕阳，回头问明盛知不知道乔白羽具体是怎么离开的。

"这……"明盛有些迟疑，"你家里人还没告诉你吗？"

"自杀，对不对？"

夕阳把明盛的眸子染成了深金色，他缓缓点了点头。

"什么方式？"

"你要知道得那么清楚吗？"

"对。"

明盛胸腔起伏了一下，深深吐了口气："百草枯。"

"农药？"

"是，据说是从老家拿的，一直带在身边。"

百草枯，多么惨绝的名字，乔青羽心里闪过一阵寒意。

"先是得了急性阑尾炎去维爱动了手术，你爸妈赶来时手术已经做好。不知为何，那天你姐姐坚持要做 HIV 检测，查出来是阳性。当晚趁你爸妈不在，她喝了百草枯。"明盛边说边观察乔青羽的脸色，"等维爱的护工发现，她已经快不行了，先在维爱洗了胃，又转去省一，在 ICU 弥留了半个月才走的。"

"弥留"二字触痛了乔青羽。

"走的时候痛苦吗？"

明盛看着她，双眼温柔而深邃："听我爸说，你姐意识一直清醒，执意要走，但你爸妈不同意，让医院不遗余力抢救……"

"救回来也有后遗症，对不对？"

他深深地看进她的眼睛："半瓶百草枯……竭尽全力也救不回来。"

"我姐姐肯定走得非常痛苦。"

轮到明盛不语。

"我觉得你爷爷很明智，也很幸运，"乔青羽回头看向明盛，"他想有尊严地离开这个世界，也确实做到了。世界上多少人生死都不由己。"

说完，她转头看向夕阳。

"乔青羽，"听声音，明盛靠近了些，"你还好吗？"

"还好。"迎着夕阳，乔青羽闭眼隐起泪光，回头朝他淡淡地笑了下，"谢谢你。"

"你可以随时带你妈妈来。"

"嗯，我刚刚在想，"乔青羽又看向夕阳，"这两天趁我爷爷不在，还是把我妈送进医院疗养比较好。"

"疗养？"

"第九医院。其实我也不太确定，但想不出更合适的地方。"乔青羽又回头，"家对我妈妈来说太沉重了……她需要一个安静的远离家里是非的环境。"

明盛似懂非懂但又信服地点点头，同时有点不可置信地看向她："你说这两天就要送你妈去？"

"对，明天清明，店里休业，刚好是个契机。"乔青羽深深吸了口气，"后天，我爷爷回来，事情就难办了……希望能成功吧。"

"乔青羽，"明盛声音里带着惊叹，"我有三个字想对你说。"

三个字？乔青羽耳根发烫，心迅速提到嗓子眼。

"真英雄。"

她哑然失笑，大方回应了夕阳下明盛眼里的金色柔情："你也是。"

一

因第二天清明要去安陵园看乔白羽，傍晚，乔陆生在面馆的铁卷门上贴了一张"家事，休业一天"的牌子，早早收了工。夫妻俩去医院边买了长香、纸钱等祭祀用品，并带回一束素雅的黄白菊花——花束很大，包装很精美，看起来不便宜。

那天，李芳好回家后早早洗了澡，整理完第二天上坟用的东西就进了房间。听到房门关上的声音，乔青羽走出隔间，看到乔陆生瘫在沙发上，刚刚按下了电视机的遥控器。

"青青去洗澡吧。"

"爸，"乔青羽走去沙发坐下了，"今天怎么买了这么大一束花？"

乔陆生木然盯着电视："哦，你妈要买。"

"为什么？"

"什么为什么，她要买就买咯。"乔陆生责怪地看了乔青羽一眼，把手里的遥控器放下，"青青啊，爸问你一件事。"

乔青羽不禁坐直了身体。

"就是你跟你们班那个同学——他爸是省一医院院长的那个男同学，"乔陆生边沉思边说，"到底有没有什么？"

"没有什么。"

"真的？"乔陆生皱着眉，"你妈说她最放不下心的就是这个，她说那孩子不好对付，怕你被他骗走……我劝她说，咱青青心如明镜呢，就算跟他有过几次接触，估计也是因为他爸是省一的，想从他那里知道小白的事……是不是的啊？"

"是，"乔青羽点头，"是。"

乔陆生松了口气："你啊，唉。"

"姐姐的事，我现在都知道了。"乔青羽顿了顿，加上两个字，"全部。"

"嗯。"

"爸爸妈妈之前在医院很煎熬吧？"乔青羽轻声细语，想象着父母目睹乔白羽生命在自己眼皮下迅速流逝的那种无望，"姐姐怎么走的，是不是连爷爷奶奶都没告诉？"

"不敢说啊。"乔陆生叹了口气。

"姐姐是在维爱医院……"乔青羽没把"喝农药"三个字说出口，停了停继续说，"然后转院到省一的，对不对？"

"唉，跟维爱打官司，就是觉得他们医院怎么没有及时发现嘛，"乔陆生说，"早一点，你姐就多一分希望啊……不过话说回来，谁想得到小白会……说病死都被人说三道四了，唉……你妈跟我当时在医院那个苦啊，钱也不够，你姐嘛，又一心求死……医院明说救不过来，让我们带你姐回家，你妈就疯了啊，闹到院长那里，在院长办公室里哭得稀里哗啦求医院救人啊……"

说着，乔陆生低头用手抹了把脸。

"不说了，爸，"乔青羽把手搭上乔陆生的肩，"都过去了，不说了。"

"嗯，不说了，都过去了，现在都走出来了。"

"爸，"乔青羽严肃地摇了摇头，"妈妈没有走出来。"

乔陆生看向乔青羽，眼角还泛着泪花。

"我知道妈妈在姐姐离开时差点儿跳楼，去年八月在老家跳下了水库。"乔青羽极其认真地说，"这一个多月来，她说的话……就像刚才你说她最放心不下的……为什么是最放心不下呢？爸爸，你不觉得这样说话很奇怪吗？"

乔陆生眉头锁了起来，似被说动了，又似乎有些心虚。

"她以前也会说'要死''要死'……"

"所以以前她真的试图寻死，不是开玩笑，"乔青羽加重语气的同时，鼻头酸了，"爸爸，我们帮帮妈妈吧。"

"谁不想帮啊，我也想让她高兴啊，"乔陆生叹气道，"问题是这日子就这样过，怎么帮啊……"

"我来帮。"

乔陆生苦笑着摇头："你管好自己的学习，高考考好，你妈妈就高兴了。"

"我怕妈妈撑不到我高考的那天"——乔青羽想着，没有说出口。墙角那束与这个简朴之家格格不入的奢侈菊花，在她看来就是某种可怕的暗示。入睡前她照例提醒乔陆生检查安眠药的剂量，自己进入隔间关上门后，却久久没有上床。

像记知识要点般，她在纸上写下了自己想对李芳好说的重点，理性地分析了姐姐的悲剧和家庭承受的苦痛，感性地表达了自己对妈妈的关心和依赖，又跳脱出来写下生命的意义，借用了乐凡老师说的关于疗愈和痛苦的话。她提醒自己要道歉，为之前犯下的不可弥补的错，告诉自己要理解妈妈的困境，是自己把她推进了家庭关系的深渊。她又提醒自己要保证，保证不做妈妈担心的事，不管是大学选专业，还是——任何事。

把笔放下时房子里一片寂静，桌上的纸被写得满满当当，可乔青羽觉得还不够。

转念一想，她把纸翻过一页，又写下了"让妈妈不要因姐姐而自责，不要因为对我太严格而自责"这句话。

可还是不够。

相反，想得越多，乔青羽感觉心里越虚——这些头头是道的话都说出来，不就在向妈妈表示"女儿一切都想得通，不用你操心"？

那就太可怕了。

换个思路，要不干脆对妈妈说"如果你不去医院疗养，我就不读书了"？

或者软硬兼施，既好心劝说，也拿自己的学业胁迫一下，可行吗？只要能够让妈妈同意进医院好好休养，狠心一点，没有关系吧？

乔青羽站起身，往后倒到床上，望着泛黄的天花板，内心茫然、郁结，没有出口。

她想起李芳好的脸——苍白、虚弱，却又时刻紧绷着。上一次见到妈妈发自内心地笑是什么时候、上一次听到妈妈精神饱满的柔声细语是什么时候，竟都没有清晰的记忆。

乔青羽突然替李芳好觉得悲哀——大女儿宁愿把日记交给一个女疯子也不交给她，小女儿心思深沉，从不对她敞开心扉。她对女儿们付出全部心血，女儿们却对她封锁心灵，想着，都觉得窒息、绝望。

春风吹动窗帘，乔青羽关上灯，在轻轻涌动的微弱光线中，感觉自己在下沉。

脑海中激荡着李芳好在教室里大骂她的话——"我最相信的小女儿最会骗我"。

她感觉自己突然触到了底。是的，李芳好渴盼的，是亲密，是真心。

乔青羽决定交出自己，完完全全，毫无保留。

和去年一样，清明那天细雨纷纷。乔青羽他们到得早，墓园看起来尚且冷清。乔白羽有些泛黄的照片上淌满细密的雨珠，亮闪闪的笑眼仿佛在流泪，有种美到极致的哀愁。雨水让香纸燃烧变得艰难，祭拜时间因此比去年延长了许多。离开时李芳好弯下腰，用袖口仔细擦去乔白羽脸上的雨水。

"小白，乖女儿，妈妈来过了啊。"

出了公墓，时间尚早，李芳好提议全家一起去清湖边走走。

"来寰州都没去清湖看过呢，"她笑着看父女两人，"去看看荷花开了没有。"

第一次，乔青羽注意到乔陆生有点慌了。

"现在哪有荷花啊。"他边生硬地表示，边给乔青羽使眼色。

"去看看吧，难得有时间，"李芳好说，"也拍个合影……可惜啊，小羽不在家。"

"我们先去看看。"乔青羽点头，回了乔陆生一个镇定的眼神，"下次小羽来了，再去看一次。"

到清湖后，一家三口在湖边漫步，走的路线和乔青羽第一次偷偷溜出来时一样。因下雨，三人各自撑着伞，互相之间说话并不多。走了半个多小时，来到清湖南岸，最前头的李芳好踏进一座凉亭，把伞收了起来。

凉亭里有两张长椅，李芳好坐下来望向烟波浩渺的湖面，乔陆生坐在与她相对的另一张椅子上。

乔青羽转身走进凉亭后的小卖店买水。

拿着水回到凉亭，她看见父母对视了一眼，静默无言。

于是她走过去，在李芳好身边坐下了，叫了一声"妈"。

"喝点水吧。"

李芳好回头，看着她欣慰地笑："青青乖。"

"妈妈，"乔青羽深深吸了口气，"我……"

话没出口，眼眶就湿了。

李芳好伸手摸她的脸："怎么哭了……"

"妈妈，"乔青羽定定神，"你记不记得刚来寰州的那个暑假，开学前你去给我买手机？"

"嗯，"李芳好声音有点飘忽，"手机。"
"那天我自己偷偷跑到清湖来玩了。"
"哦。"
"妈妈，"乔青羽轻轻抓住李芳好一直抚着自己脸的手，"妈妈，你是不是对我很失望？"
"你大了嘛……"
"我的心事越来越多，"乔青羽深深吸了口气，"不知道跟谁说。"
李芳好垂眼，再看向她时，眼里多了分期盼，似在等待。
"我能跟你说吗？"
"傻孩子，"李芳好突然浅浅地笑了，泪眼晶晶，"当然能跟妈妈讲，别憋着。"
乔陆生识趣地站起来，重新撑开伞走进了雨中。
亭子里，乔青羽伸手，轻轻拭去了李芳好眼角的泪珠。
"妈妈，我什么都能跟你说，对不对？"
"对，"李芳好微笑着看她，泪花又涌出了眼眶，"不要怕妈妈。"
于是，乔青羽一五一十回忆了自己来寰州后发生的一切。她交代了何恺，说了明盛对何恺的为难，以及她刚进二中那半年在学校受到的孤立；她说了自己为查出乔白羽真正死因所做的努力，以及她对乔劲睿、对南乔村的愤怒是怎样被激起的；她提到明盛一开始是怎样拒绝了她的请求，而后又是怎样莫名其妙地对她告白；她说王沐沐是自己所拥有的第一个也是最重要的朋友，也说写作对自己来说不是消遣，而是保证自省、冷静的方式；讲到新概念作文大赛，她说她认为这是值得骄傲的事。至于现在，距高考不到七十天了，她却心神不宁，原因——她顿了顿，继续说——原因就是她觉得妈妈精神不稳定，怕妈妈弃自己而去。

李芳好泪水不断："傻孩子……"
"妈妈是不是本来打算这几天……"乔青羽没说下去。
"妈妈知道自己有毛病，上次去你教室闹，回来后妈妈就悔啊……害了大女儿还要害小女儿啊我……"
"不是的，妈妈。"
李芳好仿佛听不见："可妈妈心里苦啊……"
"我带你去看医生吧，妈妈，"乔青羽轻轻说道，"我们今天就去，好不好？吃点药、休养一阵子就好了。"
"我女儿让我去医院休养，"李芳好苦笑道，"南乔村的人知道了会怎么说？会说你没良心，把妈妈当精神病送进医院……"
"没关系，"乔青羽摆摆头，"随他们怎么说，我不在乎。"
"你爷爷还得妈妈照顾呢……"
"妈妈今天进医院，爷爷明天就不会来了。"乔青羽说，"很可能他以后都不想来我们家了，他觉得我们家晦气。"

李芳好没说话，似在沉思。

"爷爷不喜欢寰州，"乔青羽说，"他自己都说待不习惯……"

"老人家得有人照顾……"

"我们每个人都得先照顾好自己，"乔青羽说，"才能照顾别人。妈，你照顾好自己，才有精力照顾我们。"

"唉，"李芳好垂头深叹一口气，"看医生，又得用掉很多钱啊。"

"我以后多挣钱。"乔青羽说，"妈妈，我会报金融专业，就读上海的大学，不去别的地方。"

李芳好看向湖面。

"妈……"

"那小孩没妨碍你学习吧？"她突然转过头，目光变得和从前一样洞悉一切，"你心思一点都没动？"

乔青羽明白她在说什么。摇头的冲动漫上来，她止住了。毫无保留，她提醒自己，感觉万物的眼睛盯着她，看她能否交出全部真心——仿若自己昨晚发了个毒誓，现在上苍来考验她了。

"我也喜欢他的。"

话一出口，她感觉自己匍匐在地，像被献给命运的祭品。赤裸裸的真心，能否换来母亲的健康、平安？

李芳好凝视着她："不行的。"

"我晓得。"

"他成绩是不是跟你差不多？"

"他去国外念书。"乔青羽安慰李芳好，心里庆幸又黯然。

"要去国外念书还对你撩手撩脚？不负责任！"

一句话让乔青羽呼吸困难，她望向混沌无出路的湖面，张嘴大口吐出胸腔沉重的空气。

现在李芳好看她的眼神充满了叹息。而后，她坐近一点，张开双臂把乔青羽抱进怀里。

"没关系，不难过，妈妈在。"她说，"你乖乖的，听妈妈的，好好读书。妈妈听你的，去医院看病，养好身体，一辈子陪着你。"

她边说边用手摩挲乔青羽的后背，充满母亲的爱，无私又有力。

乔青羽却感觉那只手摁住了自己不知何时已经张开的羽翼。于是她身体后退一点，轻柔地离开了李芳好的怀抱，反过来握住母亲的手。

"我们一起加油，妈妈。"

抛开心中所有的失意和不甘——不管是妥协的大学选择，还是无法触及的爱情——她感觉自己还是高兴的，高兴自己在这么难过的时候仍然拥有挣脱母亲双臂的力量。

Chapter 26
羽翼之振

如乔青羽所愿，听闻李芳好突然被诊断出重度抑郁而住院休养，乔礼隆主动打消了再来寰州的念头。乔欢回到寰州，整理了乔礼隆留在她那儿的衣物，送到三十九栋，对乔陆生说，乔礼隆让她把这些衣物扔了。

"那些衣服留下也行，但得驱邪，"刘艳芬隔着电话对乔陆生嚷嚷，"你那家里店里也得驱邪——"

这头，乔青羽一把抢过乔陆生的手机："伯母，驱邪也没用，再说我们家的事不用你操心。"

"不是我说，别的有女儿的人家哪像你们家——"

"我们家千错万错都没错，错只错在和南乔村相冲，"乔青羽打断刘艳芬，不顾乔陆生的震惊继续说道，"放心，以后我们不回来了，不祸害你们了。"

在乔陆生和乔劲羽的眼皮下，她挂断手机，对着爸爸和弟弟深吸一口气，像是宣布似的郑重说道："我跟妈妈说好了，等她出院，不管什么时候出院，我都会带她离开寰州，离开顺云，找一个环境优美的小城市——一个没有任何人认识她的地方，帮她开启新生活。"

对面的父子都没说话。半晌，乔劲羽转向乔陆生："爸，姐姐的想法很好，我支持她。"

乔陆生叹了口气。

"让姐姐安心读大学，我会跟你们一起。"乔劲羽看了看乔青羽，又看向乔陆生，"等妈妈好了，我们一家换个地方，开启新生活，不怕。"

乔陆生又叹了口气，望向窗外，鬓角的白发使他看起来比平时苍老了十岁。许久，他转过头来，看起来既无奈又欣慰："那要找个房价和顺云差不多的地方……我们啊，得把顺云的房子卖了，一方面能有钱供青青读大学，给妈妈治病，另一方面还能在新地方买个小房子，没有房子，哪有家？"

姐弟俩同时说了个"是"，相视一笑时，乔青羽捕捉到乔劲羽眼里的泪光，及他那句几乎听不见的"姐姐加油"。

加油，也是乔青羽对自己，说的话。李芳好住院后，全家人的心定了，房子里异常清静，可她的状态开始摇摆。清明后就是"一模"，她退到了年级百名以外，与拿到美国名校入学通知并冲进年级前十的明盛相比，一个地上一个天上。

乔青羽告诉自己波动是正常的，前些日子她被家里的事牵扯了太多精力；又安慰自己说，反正不想着考北大了，如果只是在离家近的上海学金融，那这个成绩也能进

289

入还不错的院校。可内心深处,她对自己无比失望。

不仅失望,连学习的动力都丧失了。她好像才发觉重复单调的高三生活原来这么丑恶,试卷上的公式和字母除了消耗青春,没有任何意义。离高考不到六十天了,这时出现厌学情绪,她感到害怕。

她告诫自己,必须调整过来,千万不要在家里好不容易走上正轨时,自己这边掉链子。同时她让自己放平心态,毕竟,与家里经过的大风大浪比,区区高考,算得上什么?

注定要和明盛分离、充满遗憾的青春,又算得上什么?

一模后,全班最后一次换座位,乔青羽再次来到了窗户边。守了后门半年的明盛这次没有拒绝变动,跟着她来到靠窗的位置,她在窗子这头,他在那头。

往窗外看时,乔青羽会用余光扫到他的身影。她发现他很勤奋,绝大部分时间都在座位上专注做题,下课也极少站起,比自己想象得勤奋得多。

不知怎么回事,他越心无旁骛,自己越分神。

四月的校园很美。紫藤成片绽放,花园里晚樱和海棠相互争艳,图书馆后的迎春享受着异常持久的花期,是流泻的金色瀑布。体育是唯一保留的副课,后半节自由活动,不少人走去了操场边的花园。关澜拉着邓美熙,喊乔青羽一起去看花,乔青羽谢绝了。

她走到操场的另一侧那几棵高耸的香樟树下。

她想旁若无人地仰起头赞美这几棵树,一边伸手抚过每一寸粗糙的树皮,可这太做作了,她抬不起手——她并不是独自来到树下的,明盛就在她的身后。

走到最末的一棵香樟下,乔青羽停住脚步,回过头。

"为什么要跟着我?"

"我散步。"

"骗人。"

明盛抿着嘴笑了:"跟着你不行吗?"

"不行。"

"操场是你家的吗?"说着,明盛往树上一靠,斜眼看她,"我就喜欢樟树,怎么了?"

她受不了他这样耍小无赖,感觉故意挑拨她、戏弄她。她已经感受到耳根的热度了——她的脸很容易红的。她要逃走。

"乔青羽,"经过明盛眼前时,她被喊住了,"你怎么不问我去哪个学校?"

她知道他拿到了不止一个名校的录取通知,可确实没听说他选了哪个。

"你要去哪个学校?"

明盛笑了,看着她的双眸深邃明亮,反问她道:"你要去哪个学校?"

"我要高考完了才能知道啊。"

"那我也是高考完了才能知道。"

他脸上的表情不像在开玩笑。乔青羽盯着他,来回想了好几遍,才确定他在说什么。

"你要高考，"她寻思着，"你爸爸的要求吗？"

明盛摇头："不是。"

她警觉起来："那为什么？"

"不出意外，你应该会去北大中文系，对不对？"明盛望着她，嘴角带笑，"我也很喜欢北京。"

"然后呢？"

"然后——"明盛抬头望着晴空，"那就是更大、人更多的地方。"

头顶的樟树叶沙沙作响，明盛重新看向乔青羽，眼里漾动的期待之光使他看起来极其俊朗迷人："是吧？"

那是乔青羽已经度过的十八年生命中，唯一希望时光静止的时刻。她感觉他正在浸入她的灵魂。

"明盛，"她低语，"这样做没有意义。"

"我不寻求意义，"明盛很严肃，"我要和你呼吸一样的空气。"

"我会很痛苦的，"乔青羽深深吸了口气，"我们两个人都会痛苦……你在给我加重负担。"

"我不懂。"

"因为我不能和你在一起，"乔青羽猛然看向他，"你不要为了我改变什么，不要等我，千万不要等我。"

"是不能，还是不想？"

清亮的黑眸凝视着自己，直击心脏。

"不能。"

她看见明盛垂下了头，神色变得晦暗。再抬眼，他目光迷离又专注，直勾勾地，像盯着猎物的猛狮。紧接着她腰间一软，被他一把钩了过去。

乔青羽。她听见他低吼。温热的唇压了下来，呼在脸上的气息滚烫。

就在乔青羽感觉自己要屏息而亡时，明盛放开了她。

她面色潮红地看着他，他也看着她，眸子深如夜空。而后他转过身，离去的背影洒脱，决然。

-

那个突如其来的吻就像一个果断的句号，神奇地终结了缠绕乔青羽数日的空虚之感。两天后的二模，她跳回年级前五十名，学习状态就和她的内心秩序一样，被一股强大的神秘力量扳回了正轨。她很高兴，也很怅然——明盛以签证为由消失了一个星期，回来后又三天两头请假，显然不再把高考放在心上。

如她所愿，他没有偏离他原本的轨道。

谢天谢地。

每个人都有自己的道路，乔青羽想的同时，清晰望见了属于自己的小径：高考，搬家，在上海学金融，四年后工作，找个安分守己有责任心的男人，结婚，度过自己的后半生。

奇怪，高考前的青春这么冗长、这么用力，却无法在通俗的人生大事中占得一席——多不公平啊。

所以，人生一定很长很长吧。

-

高考那两天，依照李芳好的意思，乔劲羽请了两天假，承担起护送乔青羽的责任。最后一场考完，快走到校门时，乔青羽发现乔劲羽身边多了一个人——何飞海。

她欢欣地跑了过去。因何飞海赶着回里方乡，三人没回家，而是走进了校门对面的奶茶店。谈话中，乔青羽得知何飞海的大爷爷过世了，所以他专程从美国赶回来奔丧。

"我说我项目紧，而且不是我亲爷爷，下半年回家顺便悼念行不行。"何飞海边说边摇头，"我爷爷说，不行，我是家族颜面，不回来不像样。"

他看着乔青羽，无奈地笑了笑："现在我才发现我们家跟你们家很像，都是村里的典型。"

"我们不要那个家了，"乔青羽坦言，一身轻松，"顺云的房子也卖了，我妈七月份出院后，我们家会去碎湖买套小房子。"

"哦？"何飞海有点意外，"碎湖？"

"口味、气候和顺云一样，离襄州也不远，"乔青羽说着，乔劲羽在一旁点头，"焕生在万顷碧波上的新城，地广人稀风景好，物价房价都不贵。"

何飞海笑了，充满遗憾："那我以后经过襄州就不能顺便看看你们了。"

"你能去看看姐姐，我们就很高兴了。"

何飞海点头，问乔青羽考试感觉如何。

"还行吧。"

"我姐平常的成绩能上北大。"

"喂——"乔青羽用眼神制止乔劲羽，"我没打算去北京，我去上海。"

想到何飞海也是学金融的，乔青羽便向他打听起大学的情况。

"很多人以为高考是终点，其实不是，"何飞海说，"要是把高考当终点，那大学很容易垮掉……我们宿舍就有人是省状元，结果大二就退学了……"

乔青羽点头："一刻也不能放松。"

"要有目标，越早越好，"何飞海说，"比如你要出国的话，要提前做很多准备……你以后想出国吗？"

乔青羽想也没想就摇了摇头，乔劲羽却急了："不是，姐，何大哥拿的是奖学金啊，不用花家里的钱，对吧？"

"我连大学学费都是助学金，高中时，我也从没想过自己能留学。"何飞海笑道，"青青，等你进大学就知道了，未来很宽阔，一切皆有可能，"他顿了顿，又说，"达到什么高度，取决于你的努力，而不是你的家庭。"

道理我懂，乔青羽想着，有些不在意，心境却敞亮了许多。告别何飞海，姐弟俩直接来到襄州市第九人民医院看望李芳好。身穿蓝白病服的李芳好精神不错,见乔青羽来了,露出了欣喜的笑。

"来,"她拉过乔青羽的手,满眼疼惜,像是许久没见她似的——其实乔青羽三天前才来看过她,"青青,考完啦。"

"妈,我感觉还行。"

"没事没事,考完就好。"李芳好说着,从床头柜里拿出一个盒子,"来,妈给你个礼物。"

打开,是手机,没有键盘,屏幕大又光滑,左上角印着"htc"三个字母。

"以后在外面,多给家里打打电话,"李芳好笑着摸她的脑袋,"高考完就是个大人了,路要自己走了。"

"我挑的哦。"乔劲羽跳过来邀功,一边从口袋里掏出落伍的诺基亚,"姐,暑假你还在家,我们换着用。"

李芳好骂了乔劲羽一句,乔青羽却欣然应允。笑闹过后,医生进来例行检查,肯定了李芳好的恢复情况,而后姐弟俩一起走出病房。

"我妈妈七月能出院吗?"乔青羽问。

"想出院现在就行,放心不下的话再住两个月也可以,"医生说,"关键是出院后不能再受大刺激。你们作为家人,尽量给她一个安稳的环境,要多关爱她,多跟她沟通。"

医生的话让乔青羽心里有了谱。

回到家,乔陆生听从了她的建议,决定加快换房的速度。他们往碎湖跑了两趟,很快看中一套通透的二手房,一次性付清了房款。房子保养得很好,米色地砖亮洁如新,洗手间干净明亮,两个房间,每间都有大窗户。无须大动干戈,粉刷一下墙、洗手间和厨房用具换一换,添置好家电、家具即可入住。

顶着日头,乔青羽和乔陆生、乔劲羽一起跑了好几趟家具市场,七月初就把碎湖的房子收拾完毕。他们给李芳好看了照片,她很满意,笑容中对新生活充满了期待。

繁忙的家事中,高考出分、报志愿对乔青羽来说反而像一件无足轻重的小事——她的感觉没错,高考分数排年级第二十六、全省前一百名,所以她安心地报了复旦经济学院。入学通知是七月下旬到的,依着乔青羽提供的地址,直接寄到了碎湖的新家。

那是他们迁到碎湖的第二天。经过一个多月的换房、装修、面馆退租、朝阳新村退租以及搬家,乔陆生、乔劲羽和乔青羽都有点疲惫。总算安定了,这两天整理好房子,后天就能把李芳好接过来了——她不舍得多花钱,早就想出院了。

在碎湖,乔青羽和乔劲羽仍共享一个房间,不同的是这次窗户大,三合板把窗户一分两半,且乔青羽的那一侧靠墙,关起门来是个私密的小天地。她让书桌对着窗,把复旦大学录取通知书和新概念作文大赛一等奖证书一起放进了抽屉,望着不远处在艳阳下亮得有些刺眼的碎湖。太亮了,把她眼角刺出了泪。

"姐,"乔劲羽推开门,"电脑放爸妈房间了,网线在他们那边,妈来了就可以用电脑看看电视剧什么的。"

"好。"乔青羽回头,"爸呢?"

"去买菜了。"乔劲羽说着走进了屋,拿起乔青羽摆在窗台上的水晶球,"姐,你伤心啊?"

"不伤心啊,"乔青羽笑,"只是一点点伤感。"

"姐,我问你一件事啊。"

"嗯。"

"就是,"乔劲羽把水晶球放回原位,"你跟明盛是不是有过什么?"

乔青羽愣了愣,干笑着反问:"有过什么?"

"前阵子,店里不是要停业了嘛,有一天他走进来,吓了我一跳。"乔劲羽说,"哎,你晓得吧?他竟然知道我!直接喊我名字,说:'乔劲羽,给我来碗招牌牛肉面'。我问他要不要辣,因为一般寰州人都不吃辣嘛,不然爸妈干吗去外地人多的朝阳新村租店面,对不对?结果他说:'就跟你姐平时吃的一样。'"

乔青羽的呼吸不自觉地加重了。

"你平时吃得多辣是不?我不确信,又问了句:'跟我姐一样辣?'"乔劲羽突然笑了,"他说,对,一样。然后……你知道吗,面端上来后,他呆了五六秒才动筷子,估计是被吓着了……我怀疑他一点都不能吃辣。"

"他吃了吗?"

"吃光了,"乔劲羽说,"可惨了,付钱时我看他眼睛鼻子都是红的,辣得眼泪都出来了。"

"他还说什么了吗?"

"有啊,"乔劲羽故作神秘地微笑着,"我问他是不是太辣了,他一开始就点了点头,一副不想说话的样子,但后来嘀咕了一句,我没听太清,但好像是什么'刻骨铭心'?"

刻骨铭心。乔青羽看向窗台上的水晶球,阳光下它闪亮又孤独,仿若从夜空中掉落的星。

"姐?"

"我和明盛是高中同班同学,"她忍下鼻头的酸意,定定地看着乔劲羽,"就是这样。"

Chapter 27
自由之望

大学生活正如王沐沐曾经描绘的那样，是流动的。每天为了上课在偌大的校园里来回跑，宿舍的室友有黑龙江的，有海南的，贯穿了整个中国。夜谈包罗万象，从明星八卦聊到教授情史，又从微积分讲到华尔街，乔青羽即使只是偶尔插嘴，也感觉自己说的话比过去加起来都多——进入新环境，她又感觉到了自己的迟钝。学校生活太丰富了，她应接不暇。

舍友喊她"浅浅"，因她经常浅浅地笑，说她看着像浅水一样透明。这个充满善意的称呼没几天就传了出去，有时，她走在路上，会有不认识的男生对着她笑喊出"浅浅"这两个字。她的反应通常是无动于衷——对男生冷漠是她习以为常的保护色。

没想到这样反而吸引了一些追求者。开学没多久，宿舍响起的电话中，有一半是找她的。上课总有男生凑到她身边坐，她去图书馆自习则会有男生提前帮她占座。有几个男生不厌其烦地每天发短信跟她说晚安，还有几个三番五次邀请她吃饭或看电影，更有人主动送花或者礼物到女生宿舍楼下。

舍友的哄闹让乔青羽有点烦恼，她不禁怀疑这些男生是不是在玩"看谁先追到班里最无趣女生"的游戏。一天夜谈，她一本正经地把这个想法说了出来，使得宿舍的另三个女生既惊讶又不满。

"你也太冷酷了。"一个说。

"别告诉我你不知道自己长什么样……"另一个说。

"浅浅，你对自己有什么误解？"还有一个说，"你太不关心世事啦！你那几张别人抓拍的军训照片，都被人在论坛发了多少帖子了。"

乔青羽没逛过学校论坛，一来她对扎堆的言论有种下意识的排斥，二来她没有属于自己的电脑，且没有上网的习惯。另外，她很忙，学习之余找了份家教的兼职，每周四次穿越大半个城市去给学生授课，剩下不多的空闲时间则奉献给了一本又一本从校图书馆借出来的书。舍友的揶揄令她有点不舒服，像是要为自己辩解似的，她轻轻开了口："因为我在中学都是被孤立……"

"是因为你太漂亮了吗？"一个舍友抢过话。

"不是，我没那么漂亮。"乔青羽否认道，眼前闪过乔白羽的脸，紧接着又想起明盛，心中万千浪潮涌起，"往事如烟，不想提了。"

见她情绪不对，舍友们便不再追问，而是话题一转，列举出追乔青羽的一个个男生，从长相、专业、成绩、前景及家庭等依次评分。她们叽叽喳喳，乔青羽就默默听着，仿佛她们在讨论和自己无关的事。直到三个人得出一致结论，本院学长姜子云得分最高时，乔青羽才反应过来。

"别闹了，"她轻笑道，"他看着就花心。"

"他爸就是咱学院的教授，"一个舍友说，"长得正、家世好、前程似锦，多少女生上赶着哪。"

"人家长得帅被你说花心，也没见他交女朋友啊，"另一个舍友接话，"人也不轻易请女孩吃饭，你干吗拒绝他嘛！"

"哪有人见过一面就要请女生吃饭的？"乔青羽说，"我觉得不靠谱。"

"人家对你一见钟情啊。"

"我不相信一见钟情。"

舍友都无奈地笑了："完了，那这帮人全没戏。"

闭上眼，乔青羽看见了明盛，穿着松松垮垮的运动衫靠着食堂大门光芒万丈的样子。她的心突然疼得紧。姜子云长得帅？她很怀疑。

"我觉得青羽肯定是有喜欢的人，"一个舍友断言，"才能义无反顾拒绝所有人。"

"或者在感情中受过伤咯。"另一个舍友接话，"跟我们说说嘛，浅浅。"

"你是不是喜欢女生？"第三个舍友激动地转过身。

"不是啦，"乔青羽笑了，"是因为我脑子里只剩学习和挣钱，没空间也没精力去考虑情情爱爱的事。"

"晕……"舍友不约而同地笑了，带着善意的鄙夷，"你在浪费青春啊！"

"是啊，"乔青羽自嘲道，"我很无趣的。"

何恺在上海交通大学，得知她在复旦大学，就来学校找她。也没说什么，两人在长椅上坐了会儿，乔青羽要赶着做家教，他就离开了。后来，他又有两次想约乔青羽，都被乔青羽婉拒了。"对不起，我没时间。"她回复说。

乔青羽感觉现在的自己前所未有地现实，像一夜之间变成了大人。有一次，那个姜子云学长在图书馆与她"偶遇"，手里拿着本新概念作文集，笑呵呵地把里面乔青羽的复赛一等奖文章指给她看，并以文学为话题在送乔青羽回宿舍的路上滔滔不绝。可乔青羽觉得厌烦——她不想讨论文学。虽然她仍在孜孜不倦地看书，可那只是她贫瘠的爱好，现在她已经没了写作的时间和欲望。

终于长大了，一切尘埃落定，生活失去了值得探索的维度。现在的她很安稳。安稳是要代价的，失去创作才华，抑或说创作激情，就是代价。偶尔，在忙碌中停顿下来，乔青羽回想起青春期的泥泞和风雨，会思考成长到底意味着什么。是麻木吗？是放下吗？是遗忘吗？

但她想的不多。乔欢说得对，日子朝前过，现在还不是她回忆过往的时候。乔青羽觉得，至少得等自己到爸妈那个年纪了，忆往追昔才说得通吧。

国庆期间，她回到碎湖，用自己做一个月家教挣的钱给父母和弟弟都买了小礼物。给李芳好的，她多了份心，除了一条丝巾，还买了个五十几块钱的珍珠发卡。

"以前你爸买的那个，也是五十几块钱。"李芳好笑呵呵地说。

"那时候五十几块，跟现在可不一样，"乔陆生说，"我大半个月的工资啊。"

乔劲羽把乔青羽送他的手机壳套在了手机上，一边向父母抱怨自己的手机太落后了，一边感叹名校就是好，做家教的收入都比一般大学生高。

"学习更重要啊，青青，"李芳好看着她，"家里供你读大学，还是没问题的。"

乔青羽笑了笑。参与了家里的换房、装修、搬家，她对家里的情况知根知底，知道存款所剩无几。来到碎湖，夫妻俩不再开店了，乔陆生在一个饭店当厨师，李芳好则在家旁边的超市当收银员，两人的收入都不高，也只够日常开支及乔劲羽在寰州的生活费。上海消费不低，乔陆生第一个月还给她汇了一千元生活费，她怀疑下一步就需要李芳好卖掉那些不多的金饰了。

她让父母以后别给她生活费了，又安慰李芳好说，做家教也是锻炼与社会接触的能力，不然走出社会更容易被骗。

李芳好不再说什么，眼里却还是担忧。

为了不让妈妈担心，回到学校，乔青羽继续做家教的同时，也开始寻找别的兼职，时不时登录校内论坛看有没有合适的工作。几天后，一个帖子引起了她的注意——一个大四学姐有个淘宝首饰店，在寻找兼职手模。

乔青羽给自己的手拍了两张照片发上去了。很快，她就收到了学姐的回复私信。

拍照的工作室离学校只有一站地，为防止被骗，第一次去的时候，三个舍友都陪着乔青羽。她们去了才知道学姐首饰店的体量不小。在学姐的指导和要求下，乔青羽飞快更换着戒指、手链等，双手在镁光灯下曝光了整整八个小时。收工时，学姐把饥肠辘辘的乔青羽喊到一边，递给她一沓红色的人民币。

"十元一件，两百件，两千元，给。"学姐笑着，"下次上新再叫你，上新不多，不会像今天这么辛苦了。"

乔青羽拿着那两千元，飘然得像在做梦。她第一次做了东，请全宿舍的人吃火锅，又在舍友的鼓励下给自己买了条生平第一条长度不及膝盖的牛仔裙。牛仔裙买来后，她穿了一次，走在阳光温暖、秋风清凉的校园里，引得不少人频频回头——她不太喜欢。

于是她把裙子洗了，要送给宿舍的人，却被一阵数落。

"没见过这么抗拒自己美貌的。"她们说，"浅浅，只要你愿意，你的人生都能让男人埋单。"

这是乔青羽最排斥的话，她太明白滥用美貌的恶果了。

"容颜易逝，"她笑着回应，"而且，如果我靠男人，我妈会杀了我。"

现在想来，家庭是如何深刻地决定了自己的认知。倾城美貌过早地引来了捕猎者，把姐姐拖入深渊，母亲为防悲剧重演，严防死守，铸造出密不透风的笼子，锁住了自己的青春。现在，她被放出来了，身上却刻上了擦不去的牢笼印记——过于谨慎，太常自省。

她不是个任性潇洒的人。

在爱情上亦是。

后来那个学姐的首饰店基本上每周去一次，变成了稳定的第二份兼职。学期中途，乔青羽抽了两天回家看李芳好，打开电脑给她看自己工作的淘宝店铺。见李芳好脸上的表情从狐疑变成喜悦，她便安心了。学期结束，她拖着新的行李箱回家，过年时给父母和弟弟各一个大红包，并为家里换了台电脑。

挣的钱还剩下几百元，她交给李芳好，被李芳好推回了。

"以后别给家里买东西了，"李芳好说，"家里有爸妈。爸妈不是想着要你回报才供你读书的，是想让你过上好日子哟。你呀，不是小孩了，也给自己买点东西吧。"

乔青羽沉吟半晌，试探着开口："我可以买衣服裙子吗？"

"买啊，买。"李芳好微微吃惊，立马心疼得眼眶红了，笑中带泪，"学校里有好的男孩子，也跟妈妈说说啊。"

乔青羽摇头："还太早。"

"你就快十九岁了。"李芳好摸了摸她的头，"以前我就是十九岁认识你爸，二十岁就嫁给他了。"

"这么早？"乔青羽有点惊讶。她知道李芳好二十四岁时生了白羽，但不知道她竟然二十岁就和乔陆生结婚了。

"你爸那时二十六了，不算年轻咯，"李芳好笑道，"他样子好，有'铁饭碗'，家在村里口风好，我还哪里不同意？没多想就嫁给他了。你爸对我也好，心疼我年纪小嫁过去了，没让我马上生孩子，所以啊，二十四了，才有了你姐。"

乔青羽"嗯"了一声，心里很高兴——李芳好能这样平淡地提起乔白羽，是非常积极的暗示。

"你跟你姐不一样。"李芳好又说，慈爱地看着她，"她看着外向，其实心里没主见，胆子小。你啊，看着不声不响，其实主意大着呢，我知道你没什么不敢做的。"

说完，她嗔怪地摸了摸乔青羽的脸，无奈地摇摇头："但这就是我的小女儿啊，心里拎得清着呢。"

乔青羽笑了，像小猫一样蹭到李芳好肩上："妈。"

进入大二，乔青羽放下家教的工作，专职给学姐做模特。已毕业的学姐扩大了淘宝店铺规模，卖首饰之余还卖衣服。乔青羽做手模的同时也做服装模特，总收入不降反增。她给自己买了台笔记本电脑，闲暇时不再对着书本，也会和舍友一起看电影追剧。许是因为在摄影棚待多了，也可能是因为习惯了，走在路上，她已经可以对投向自己的目光视而不见。

虽然才上大二，但宿舍的夜谈已时常提及未来去向，乔青羽因此也做了许多思考。

学姐让她入伙淘宝店，说电商是大势，高额的收入及店里光速增长的订单确实让乔青羽动心，但那只是动心，不是满意。宿舍有人要考研，有人要出国，还有一个说要考公务员。自己毕业后干什么呢？要工作吗？乔青羽问自己，心有不甘，有些迷茫。

她现在有了要好的朋友，挣到的钱能承担自己的学业，还能买自己需要的一切。她有不少衣服，都是当下流行的款式，也会在出门前抹防晒霜，对着镜子贴面膜。她是院里男生谈论的对象，追求者不断，手机里每天都能收到委婉或直白的情意。她的生活满满当当，像突然间被注满了水的气球，充实，却沉滞。

自由并没有带给她飞翔的快乐。

乔青羽明白这是为什么。她的心是空的。夜深人静时，她任由思绪疯狂地飘回过去，沿着曾让自己心动和慌乱的路径一遍遍走，如饥似渴地回忆黄浦江边的拥抱、香樟树下的吻，试图补上心中的窟窿，却无济于事。日复一日，她觉得自己整个人都空了。

啼叫的鸟儿穿越了一个四季，又一个四季。

花开花落，云卷云舒皆是召唤。

我，在每一个凝神时刻，都奔向了你。

-

二十岁生日那天，乔青羽请宿舍的人去KTV。往常她跟同学去过KTV两次，因害羞加上确实不太会唱歌，所以没开过口。那天，舍友说她必须唱，她就真的选了歌。

连续三首——《天灯》《没有如果》和《情歌》，全是梁静茹的。

最后一个音符落下，微张着嘴的舍友纷纷鼓掌。乔青羽闭了闭眼，试图把一直晃荡在眼前的出租车中的深红福袋擦去。

"再来一首！"舍友笑喊。

屏幕上自动跳出了下一首，乔青羽拿起了话筒。

《会呼吸的痛》。乔青羽唱到一半，哽咽着无法继续，在舍友围过来的关切眼神中丢下话筒，仓皇而逃。

望着洗手间的镜子，乔青羽笑骂自己荒唐。镜子里有张线条清柔、目光澄澈的脸，除了描过的双眉看起来更流畅些，这张脸和四年前相比，几乎没什么两样。

那时自己十六岁，刚去寰州，面对陌生的大城市，一无所有；现在，自己二十岁了，轻松适应了另一个新城市的繁华，在知名学府里事事顺心，却仍然一无所有。

二十岁，姐姐结束了她的生命，妈妈义无反顾踏入了婚姻。她们都是非常果决的人。

"我跟她们其实是一样的。"乔青羽鼓励自己。二十岁了，大人了，是时候对未来做出勇敢的选择了。

-

给明盛发信息那天是十二月二十一日，冬至。一大早，乔青羽接到了李芳好的电话，嘱咐她要吃年糕。她挂了电话，舍友从门外回来，高兴地说下雪了。乔青羽跃下床，连外套都没穿就奔至阳台，在冷风中打了好几个大喷嚏。

"喷喷，又被人想咯。"

雪不大，但很急，据舍友说这雪会下一整天。回到温暖的被窝，乔青羽拿出手机，打开QQ，进入高三5班班级群，找到明盛的头像，点开对话框。一系列熟练的操作后，手指蓦然停下了——就如前几个月的无数次一样。

与他每年零点准时发过来的"新年快乐"相比,说什么好像都不够分量。但是此刻,乔青羽明白,自己的理由很充足,必须开口了。不是要假装自己电脑中毒,把入股的淘宝店铺链接当作广告一样发给他,让他知道自己有了不错的收入,也不必牵强地问他"纽约好不好适应"这种无聊的问题。自己决意去他那所大学读研究生并在努力存钱这件事,聊天开启后,他自然会知道。

纽约,更大的、人更多的地方,不是吗?

主动找他的勇气像海浪一样日复一日地涌来又退去,这次,乔青羽望着窗外的雪,庆幸勇气终于凝结成了不会消失的冰晶。略一思索,她在对话框里敲下了一行字:

"Hi,how are you? 你圣诞放假了吧,回襄州了吗?"

发过去之后,她继续敲字:

"有件事想问问你,就是之前那个珍珠发夹,你还留着吗?那是我爸送给我妈的礼物。今天是他们结婚三十周年纪念日,提起这个发夹,以为被我弄丢了,两人都很可惜。如果你还找得到,可以还给我吗?"

又发过去之后,她敲下最后一句:

"如果你找得到,而且人在襄州,元旦我去襄州找你拿,可以吗?"

想了想,她再加上一句:

"或者明天周六我回家经过襄州时找你拿,可以吗?"

说完,乔青羽深深舒了口气。上午有两堂课,课间她穿越大草坪时,忐忑不安地看了眼手机。明盛尚无回复。

第二堂课她完全无法集中注意力。手机里静止不动的对话框就像一只不安分的猫爪,抓挠着她的心。他一定没回来,她告诉自己。不断计算着时差,东八区和西五区相差十三个小时,这边是下午,那边就是凌晨。他在睡觉,别想太多。

课后她没吃饭,对舍友说很累,自己回宿舍睡个午觉。

她是真的很累。一上午平平无奇,她却感觉自己经历了一场冒险,心脏从没这样疲惫过。

上了床她也睡不着。不知过了多久,宿舍的门被砰的一声撞开,三个舍友争先恐后挤进了屋子。

"浅浅,有男生在楼下等你!"

"让他别等了。"乔青羽想也没想。

"说是你高中同学,一个班的。"另一个舍友扒着她床边的围栏,两眼放光,"巨帅!我被他看了眼,心脏到现在还怦怦跳……"

乔青羽噌地坐起身,掀开被子下床。

"我被他看了两眼!声音好听死了!我死了!"第三个舍友凑过来,"他说有东西还给你!"

这边套上羽绒外套的乔青羽已经拉开了门。

她飞奔着下楼,靠近大门时却放慢了脚步。她已经望见明盛了,他侧身站在宿舍入口的拐角，穿得仍然不多，单手撑黑伞，黑色毛衣翻起的高领盖住了半张脸，肩膀宽阔，双腿修长，在漫天白雪中，挺拔俊逸得像是梦中人。

乔青羽原地徘徊了几秒，听到楼道传来舍友的声音，心一横，踏进大雪，朝明盛走去。

她走近一点，刚想喊他，明盛转过了身。

一时间，两人都没说话。近两年没见，乔青羽觉得他又和自己印象中不一样了，更冷傲也更沉稳，拒人于千里之外的样子。就像自己第一次见到他时一样，被看了一眼，她的心跳就静了音。

"乔青羽，"他开口，拉下遮住口鼻的毛衣领，一如既往地高高在上，又像是压着愠怒，"你知不知道今天是什么日子？"

乔青羽有些意外，茫然眨眼："冬至？"

明盛一脸无奈地别过头，很快又转过脸凝视她，张开手掌举到乔青羽面前，把手心的珍珠发夹摊在她眼下："世界末日。"

二〇一二年十二月二十一日，确实是世界末日。可是他误会了。是自己太愚笨，竟用这件事作为重逢的开头。

"拿着。"

乔青羽不动。

"拿着吧，"明盛吐出口气，"还给你了。"

"阿盛。"

垂下眼睑，乔青羽抬起双手，小心翼翼裹住眼前的手掌和指尖，而后向前一步，额头轻轻贴在他柔软的外套上。

有什么轰然倒地——是明盛的伞。

"你还没有女朋友吧？"

半晌，她感觉他的喉结动了动，头顶传来两个字："废话。"

喷在她耳垂的气息湿热，她的心脏活了过来，身体却麻了。

"我很挑剔的。"

这句话似曾相识，乔青羽嘴角无声地上扬。

下一秒，他的手臂就圈住了她。

"再耍我，乔青羽，"她听到他的耳语，"我就吃了你。"

不会，乔青羽心里想。张开嘴，她却只吐出一个字，好。

大雪飘扬如纯洁的白色羽毛，轻轻覆盖住这个世界，好干净，好温柔。

Ext chapter I
番外 I 盼盼

被问及在老樟树下第一次相遇时对自己的印象，明盛意味深长地笑了："你以为那是我第一次见到你？"

"不是？"乔青羽微微讶异。

车子拐上高速，明盛用力踩油门，腾出右手，抚了抚乔青羽的后脑勺："傻瓜，不是。"

"那你什么时候第一次见到我？"

眼前出现一幅画面，一屋子老旧暗沉的家具中间，有个穿着宽大白色T恤的清瘦女孩在宣纸上行云流水，挥斥方遒。她皮肤很白，披在肩头的长发如墨，身姿纤柔，握笔的姿态却坚毅。暗沉沉的屋子里，女孩自带光晕，似夜空中的皎月。

"算起来整整七年，"明盛转头对乔青羽一笑，右手再次抚上她柔顺的长发，贪恋地滑至发梢，而后自然地握住了她的手，"第一次见你，是我十五岁生日那天。"

"那就是……"

"二〇〇八年八月十五日。"明盛目视前方，握住乔青羽的手紧了紧，"那天我回爷爷家，发现对面空了好几个月的房子租出去了，看见了你，当时你在餐桌上写字，"说着，明盛又转头看了乔青羽一眼，"很美。"

"所以那你对我算是——"乔青羽歪起头，眼里闪着调皮的光，声音中满是期待，"一见钟情？"

"没有啊，当时没看清你的脸。"

听到乔青羽轻轻地"喊"了一声，明盛笑了："我可是个很谨慎的人。"

"那个时候你明明很冲动、不讲理的啊，"乔青羽不服气地嘟囔道，"就因为一张纸，害得何恺学长三个月没法写字。"

"也许，"明盛再次转头看乔青羽，"潜意识里，我已经把他当成情敌了，下手就比较狠……"

"那就是对我一见钟情咯？"

明盛失笑："是。"

乔青羽显得很满意，抓着明盛的右手抬至唇边，响亮地亲了一口。

"好，"她把明盛的右手放回方向盘，"现在两只手开车。"

一个半小时后，进入襄州市区，明盛发现乔青羽睡着了，秀气的脑袋靠在椅背和车窗之间，长发捋到了背后，露出白皙的脖颈、诱人的锁骨。十几分钟后，他把车停稳，不忍心喊醒睡得深沉的她，就让空调开着，俯身在她脸颊上轻啄一口，而后自己轻手轻脚下了车。

他也有点困。两人昨天刚从美国回来，下了飞机直奔碎湖，赶上了乔劲羽的二十二岁生日。满口叫自己"姐夫"的人，比自己还大一天，有点好笑。

昨晚，独自睡在碎湖的酒店，明盛难得有点失眠。可能是因为时差，可能是因为第一次正式见乔青羽父母的忐忑难以散去，更可能——明盛回头望了眼车窗内乔青羽恬静的睡颜——是因为今天的时刻太重要了，他从昨晚就开始紧张了。

手边是一排排的信报箱，明盛打开印有"303"的格子，把堆积着的一沓信件拿了出来。

几乎全是账单——话费、水电煤气费、宽带费。还有几张叠起来的超市促销广告，以及——明盛眼睛一亮——一封写给他的信。

是乔青羽的字，虽然寄信人那一栏没有署名。邮戳显示信件来自上海，时间是年初。年初。明盛仔细回想着，当时自己和乔青羽过完圣诞假回美国，是经过了上海，但是是直赴机场的，她哪有时间给自己寄信？

"哟，阿盛？"

不用抬头也知道，这声音来自冯阿姨。

"放暑假啦？"冯老板娘一如既往目光炯炯，"好几年没看见你了，啧啧，越来越帅啊！"

"冯阿姨好。"

"听你爸说你也学医啦？"

"是。"

"听说美国学医很费钱的啊，也很辛苦啊，你学出来还要三四年？"

"还要六七年。"

"哇，真有志气，有本事。"冯老板娘笑着，突然上手拍了拍明盛的手臂，"有这么好的条件，随便赚点快钱多容易！你跟你爸一样，沉得下心，都是做大事的人！哦，对了，你们家前阵子是不是装修了？我看到……"

余光里，明盛发觉车内的人动了动，视线立马转了过去。还好，乔青羽没被吵醒。

"冯阿姨，"明盛不动声色地移开身体，躲开冯老板娘的接触，压低声音道，"先不说了，青羽累了，让她睡会儿。"

这边，冯老板娘猛然发现乔青羽的存在，脸上慢慢绽出一个夸张的笑，也放低了声音："我呀，一开始就知道你们俩肯定——"

就在这时乔青羽醒了。

"回聊。"明盛朝冯老板娘摆摆手，收到驱逐令的冯老板娘只好悻悻地止住了话题。见车门开了，她一下子窜到乔青羽身边："青青，几年不见，大变样啊！越来越漂亮了啊！"

"那是。"明盛大步向前，一把搂过尚且有些迷糊的乔青羽，对着冯老板娘扬起下巴，"我们走了，冯阿姨。"

行至二楼，乔青羽着急地从他臂膀下挣脱开来。

"干吗要在冯老板娘眼皮下这样……"

"秀给势利眼看啊，"明盛乐呵呵地，"看她以后还敢不敢把你弄哭。"

几秒后，乔青羽恍然大悟地"哦"了一声。

"高中那次我并不是因为她说那些话才觉得委屈的，"她挽上明盛的手臂，与他同步调上楼，"当时我觉得全世界都跟我过不去，才哭了。"

"我不管，"走到门前，明盛从挎包里掏出钥匙，"我只知道你讨厌她，我也讨厌她。"

乔青羽无奈地笑了："你还是好嚣张的，对不对？"

明盛扭动钥匙，推开门，转身把乔青羽一把抱进屋，双唇贴上她的耳朵："对。"

感觉到乔青羽的轻推，他反而腾出另一只关门的手，加大力度把她圈在胸前，嘴唇则二话不说堵上了她试图开口的微张的嘴。唇舌交缠中，她越来越急促的喘息令他浑身燥热，没多久，他就把她压在了客厅柔软的沙发上。

"别……先别，阿盛，"明盛炽热的双唇在自己的脖颈间游走时，乔青羽努力按住了他不断向下的手，"等……等一下……"

明盛抬头看她。屋子里太闷热，他额头已经渗出了汗。

"我手机在响。"

确实，寂静中传来一阵阵蜂鸣般的嗡嗡声。明盛心里咒骂了句，依依不舍地放开了乔青羽。

"是关澜。"从包里拿出手机后，乔青羽略带惊喜地说了句，随即站起身，去阳台上接电话。

这边明盛也站了起来，先认真环视了客厅，而后依次走进了厨房、洗手间、书房，最后走进了大房间。有了明郁的监督，老房子的翻新效果让他很满意，尤其是大房间，墙面被刷成清凉的暗青色，窗子加上了原木边框，轻逸的纯白纱帘垂至地板，配上简约的新家具，房间层次分明又敞亮、宁静，就像爱德华·霍普的风景画。

青羽一定喜欢。

明盛走到床头，从挎包里掏出一个小丝绒盒，压在其中一个枕头底下。而后，他把包放在书桌上，拉出椅子坐下，从包里拿出方才取到的奇怪的信。

信封里面很满，所以他撕得异常小心。三张信纸被叠得整整齐齐，每一张都写得满满当当。为了搞清信的奥秘，他先翻到最后一张看末尾：

"2010年2月7日，于飞奔回寰州的动车上。"

那就是五年前，新概念作文大赛复赛结束那天。

明盛把椅子拉近书桌，双手搁在桌面上，翻回第一页，一字一句认真地读了起来。

从小到大，他收到过无数封信，自己寄出的所有信，却只给了乔青羽一人。两人刚在一起的那个冬天，只身回纽约后，他一口气买了厚厚一沓信封、信纸和邮票，几乎隔一天就会给乔青羽寄去一封。不过她回的不多。也是，通信这么发达，每天微信电话还视频，写信这件事仿佛只是在浪费时间。他也不知道自己为什么能坚持那么久，神奇的是做这件事他根本没费任何脑力，拿起笔，信就自然而然地写成了。

乔青羽来到纽约，他才知道，自己寄给她的信，占据了她的大半个背包。

"知道你的字天下无敌，"她说，"已经够多了，你就别写啦。"

"不是说你妈现在不进你房间了吗？"明盛问，心里竟生出浅浅的愧疚，"为什么全部背来美国？"

"我就是不放心把它们放在别的地方。"乔青羽回答，"等过几年回国，我要有自己的房间，墙面刷成青色，再买个保险柜，把这些信都存进去。"

那句话落进明盛耳中，才有了前阵子折腾明郁把老房子翻新的事。不过，明盛发给明郁的要求里没有保险箱，在他心里，老房子只是他和乔青羽的专属驿站，不是未来的家。

信纸翻到第三页时，明盛左手握拳，抵住了自己的鼻尖。

"我的青春索然无味却动荡不息，全因你闯进了我的小宇宙。你知道吗？我早就偷偷幻想了关于你的一切，包括你的灵魂和肉身。我渴望贴近你，无限地贴近你，和你紧紧相拥，互诉衷肠。我想体验向往的一切，管它是宏大光明的，还是羞于启齿的，和你。我现在就要说爱你。明盛，阿盛，我爱你。"

左后方，乔青羽敲了敲门。

"在发什么呆？"她走了进来，满脸喜悦地打量着屋内，"什么时候重新装修的？我都不知道！难怪你一定要先来爷爷这里……怎么了，阿盛？"

她四下看了看，没发现异常，便走近一步，抬眼迎接明盛奇怪的凝视："怎么变呆了啊……"

明盛揽住她的腰："说爱我。"

"干吗，"乔青羽笑了，抬手捶了捶明盛的胸口，"不是说过的嘛。"

"我爱你，"明盛箍紧她，过于专注的神色显得异常庄重，"乔青羽，我非常非常爱你。"

"那我也——啊！"垂着头的乔青羽突然惊呼一声，挣开明盛，拿起书桌上的信纸，"竟然真的寄过来了！你已经看了？"

明盛点头，饶有兴趣地看着红晕爬上乔青羽的面颊和耳垂。

"我的天啊，"乔青羽把头埋进他怀里，咯咯咯笑着，"好羞耻啊！"

"那个时候我都没敢想那么多，"明盛一下子把她压在床上，"你这个小疯子，真狂野。"

"不是，我——"

"什么是羞于启齿的？"明盛故意对着乔青羽的耳朵吹气，一只手撑住自己半个身体的重量，另一只手摩挲着身下细软的腰肢，"什么是肉身？说来听听。"

"那个……我，嗯……"乔青羽别过头躲开明盛的唇，"阿盛，待会儿再……先让我说一件很急的事。"

明盛停下了。

"什么事嘛？"

语调中的扫兴和委屈让乔青羽笑了："就是关澜刚才电话里说的事。"

明盛放开乔青羽，身体倒向一边："嗯，你说吧。"

"你还记得我曾经告诉过你的南乔村秦阿姨的故事吗？"

"当然记得，"明盛平躺着看天花板，"悲怆的一生。"

"秦阿姨本来是河北人，但从小就跟她爸妈去了北京。"乔青羽说，"关澜不是在北京嘛，我就把自己记得的秦阿姨在日记里写的她父母的名字、工作单位、家庭住址告诉了关澜，让她帮忙查查，看秦阿姨的父母还在不在世。"

明盛"嗯"了一声，摸到乔青羽的手，轻轻地握住。

"刚关澜给我打电话，说她找到秦阿姨的父亲秦书卿了，就在北京的一家养老院，八十多岁，但早就老年痴呆，身体也不太行，估计随时会西去。"乔青羽有点激动，"秦阿姨的母亲在她被拐卖后没几年就离世了，她父亲现在谁也不记得，卧病在床多年，现在吊着一口气，抓住人就念叨，说在等女儿。"

明盛坐了起来。

"所以，"乔青羽的目光澄澈如水，"我说的急事，就是我们一起去看看秦老先生，趁早，明天一早就去北京，好吗？"

"可以啊，"明盛没多想就应承下来，"不过他老年痴呆，我们又是陌生人……"

"我们不是陌生人，"乔青羽微笑着摇了摇头，"去到养老院，我们要喊他'爷爷'，你是希希——希望的希，我是盼盼——盼望的盼。"

明盛眼眸一亮，随即转为无尽的柔情。

"跟他说，秦阿姨虽然命苦，但儿女双全且都平安健康地长大成人了，有了体面的工作、良好的生活。"乔青羽细声细语，有些动情，"因为我看过秦阿姨的日记，知道她很多小时候的事，所以，老人家不会觉得我们在骗他。"

"让老人家安安心心地走。"乔青羽继续说，凑近一些，仰起头亲了亲明盛的下巴，"而且，你也很想再叫声爷爷的，对不对？"

明盛说不出话，只是捧起乔青羽的脸，在她光洁的额头上留下一个轻柔的、圣洁的吻。

"好！"

乔青羽显得很高兴，抓过手机："我跟关澜说一声，让她明天带个路。"

她发信息期间，明盛仿佛看到了第一次看见的她，干净无畏，浑身散发着柔和光辉的样子。他望了眼床头，六爪钻戒正静静躺在枕头下的丝绒盒内。

特意选在这一天是有原因的。今天是自己二十二周岁生日，他第一次看见乔青羽的日子，晚饭后他们会一起去看梁静茹的演唱会，演唱会的名称是"你的名字是爱情"。

爱情。

简简单单的两个字。"爱"的气流从胸腔畅行而出，"情"字被上腭阻拦，爆破成音。

记忆的藤蔓往前伸展,初识乔青羽的那段时光,回想起来依然清晰如昨日。谁能知道,看起来露水一样透明的女孩竟拥有盘古般开天辟地的力量?跳下老樟树张狂威胁撕坏告示的男生时,谁又能料到会是边上那个沉默、拘谨的女孩给自己带来个失智混沌、兵荒马乱、痛定思痛的十五岁?

走进开学第一天的高二5班——明盛回想当时——在所有投射过来的兴奋目光里,乔青羽的明眸也未能免俗。失望,或许是描绘那一瞬间心情最准确的词语。从对面暗沉屋子里的惊鸿身影,到老樟树下的安于常规,再到教室里随波逐流的猎奇,初见时女孩身上自带的柔光褪去了,沦为凡人迅速又彻底,让他有点难以接受。

他知道是自己挑剔,毕竟在很多人眼中,新同学还是很漂亮的。他也不知道自己怎么就看乔青羽不太顺眼了。无所谓,就用平常的眼光看待她:循规蹈矩,乖巧无特性。自认清高却会时不时悄悄打量自己,遮遮掩掩的好奇模样和别人并无两致,无聊透顶。

非要找优点也不是没有,比方说她的字。板书"乔青羽"写得清爽利落,流出纤韧的骨气。但,是人就有优缺点,对吧?总体来说,她乏味又无趣……等等,上本地论坛举报别人偷拍自己的帖子时他发现了什么,一个和乔青羽眉眼相似的女孩,叫乔白羽,年纪轻轻就命丧艾滋病?

英语课的自我介绍,作为转学生的乔青羽走上讲台,告诉大家她有一个平凡简单的四口之家。妈妈、爸爸和弟弟,她这样列举,脸上的紧张显而易见。心虚了吧——待她说完,众人鼓掌,明盛发出轻蔑的冷笑——你应该还有个姐姐吧?为什么避而不谈?你是胆怯、虚荣,还是冷漠?

现在想来,当初体育课把乔青羽喊到一边,轻飘飘揭开乔白羽的事,多少带着些审判世界的意味。受爷爷去世的影响,他对"隐瞒亲人去世"格外敏感和排斥,他父亲这样做,乔青羽竟然也这样做。忍不住想要扯下她的面具,激怒她,让她明白维持这个谎言需要付出怎样的代价。

威胁乔青羽给自己代写作业的那几天,明盛发现她一开始还会模仿自己的写字风格,后面则越来越回到她自己——撇捺不再放肆地溢出线外,力道往回缩,凝于字体本身,绝不出格。

长此以往老师必然会发现端倪,但事情没走到那一步。一个电话,来自乔青羽的母亲,断然了结了这低级幼稚的欺压。回想李芳好当时的声音,明盛依然心有余悸——冰冷如铁、坚不可摧,像一只无形的大手从电话那头直接一掌呼了过来。对乔青羽的同情就是那时产生的吧?母亲专横可怕,姐姐堕落早逝,天啊,她是生在一个怎样的家庭!

可乔青羽不需要他的怜悯。她骂他自恋、卑鄙,说他才是那个可怜人。怪当时太过年少气盛,只想要"赢",把自己全然放在了她的对立面。现在,明盛知道,自己之所以反应那么大,是因为乔青羽一针见血。那阵子的自己是挺狂妄和自恋的——高一闹腾了一年,同学们的众星拱月让他迷失了自我,用他父亲温求新的话来说,还好爷爷看不到他现在的混账样。未曾料到,在他撕她面具的时候,反过来,她竟然也狠狠扯了他的面具。

　　脸挺疼的，尽管在外人眼里，是乔青羽在哗众取宠。回过头看才意识到周围同学用固有印象来判断是非，武断地把错都推到乔青羽身上还妄加各种揣测，对她来说是多么不公平。而自己，当着众人的面说她可悲，是多么蠢不可及。世上最卑劣的事，或许就是强行撕开他人伤口并撒上一把盐了——现在想来，即便乔青羽相信外界全是谣言，乔白羽是因急性阑尾炎过世的，又能怎样？真相固然值得追求，但岂能为了追求真相，给他人带来那么严重的伤害？!

　　十六岁的乔青羽有一张异于所有人的干净脸庞，世界越喧闹，她越沉静。当网络上乔白羽的帖子变成了同学们饭后的谈资，满怀猎奇和恶意的流言在学校里满天飞的时候，乔青羽伏在课桌上的纤瘦背影却极其坚稳。她不可能听不到这些，可她怎么就那么坐得住？比起刚开学进入新环境的紧绷、时不时偷瞄自己的小慌张，现在的她仿佛失聪了，失明了……等等，替那男生写了告示后，她好像就没再把眼神投向自己了，难道她那几天的偷看纯粹只是为了模仿告示？

　　把告示展开看了眼丢回课桌抽屉，它一直安然躺在角落。逮着无人注意的间隙，他把它塞进背包，拿回家细看。盯久了，他感觉这就是自己写的。乔青羽观察人的能力一流……揉揉眼，却又晃了神：自己留在老樟树下的笔锋有这么狂？

　　开学那几日的偷看，当时只道是浅薄，现在才知道她怀有专门的目的。后知后觉探到真相，明盛心里竟产生了从未有过的不甘和挫败——她把自己当工具，用完即弃。所以，自己在她心里真就只是一个自恋到可怜的卑鄙之人，不值得再看一眼？

　　"严禁踏入，后果恐怖。"

　　接下来相当长一段时间，乔青羽写的这八个字就盘踞在明盛的脑海，如一记入木三分的回旋镖，铿锵有力地提醒着他：她，乔青羽，是个危险人物。

　　不能多看，不能多想。

　　不然他就会恍惚地踏进一片广袤的未知，眩晕地跌入一个无底的黑洞。

　　没那么容易。当乔白羽帖子里的内容更加丰富，唤起几个男同学对姐妹俩麻木又下流的兴趣时，回旋镖深扎入心的痛感尤为强烈。生命中隐秘的脆弱部分和乔青羽所面对的真实残酷一贴即合，明盛感觉痛楚，随即茫然：怎么回事？怎么办？

　　说不上哪里不一样了，但是显然，他变了，因为乔青羽。不明所以又渗入肌理的变化让他有些害怕。秉持着以不变应万变的原则，明盛时刻提醒自己离乔青羽远一点。倒也简单，不想看见她，经常走出教室就行了；又没那么简单，一旦有人提起她，他就紧张起来，听觉格外灵敏，还得在外人面前不屑一顾，云淡风轻。撒谎高手就是他自己。生活从没这么纠结过，这样下去不知何时才是个头。强忍着不看她的感觉很难受。干脆……干脆看个痛快吧，趁她走出黄胖子办公室，头也不回地从自己眼前走过时……哪知她离去的脚步突然停顿，朝自己转过了头。

　　"喂，"必须自然、正常地说点什么，用毫不在意的腔调，过犹不及也没关系，总之，绝对不能暴露自己的慌乱，"那个垃圾桶——"

"不是你弄过去的，我知道，"她没让他把话说完，声音轻薄如蝉翼，"对不起。"

为什么说对不起？

何必说对不起？

直到马尾跳动着在楼道的夕光里消失，明盛都没从突如其来的不忍和心疼中回过神来。

危险，危险！

离她远一点！

理由充分得很：一，忙，中美课业双管齐下，要参加篮球比赛，要应付狐朋狗友，每一样都耗精力；二，这种怪异的感觉……肯定不是喜欢。喜欢一个人，应该是快乐的、甜蜜的，不是吗？

我对她，只是同情。

和一点不知所措的愧疚。

眼不见为净——学校里，明盛践行着这个修行般的理念，心却神奇地比任何时候都要敏锐，时时刻刻捕捉着有关乔青羽的一切——

她很孤独，和总有同学跟随的自己相比，几乎是两个极端。

可为什么自己也感觉很孤独？

不是小学时因年纪小而融不进班集体的那种感觉，那更多是失落；也不是在清湖名院每个角落都精心布置的大房子里时常要面对的那种空寂，那更多是抱怨——父母事业有成，工作忙碌，陪伴他是奢求，他明白。走出童年的孤单，挣脱对父母的不满，进入高中的他明明早就能够洒脱自如地呼朋唤友了，为什么却在遇见乔青羽后，越发觉察到心灵无从诉说的深深渴求？

她很能忍。流言越来越离谱，什么乔青羽也有艾滋病所以周末去看了性病科都冒出来了，她却从未反驳过，没有气急败坏，没有泪水涟涟。

她不退缩。切实的恶意降到身上，不管对方是男是女，她都会不由分说地还击。

不声不响的，她却能穿透人心。国旗杆下她的挺拔身姿和素净面容会潜入他的梦里，不动声色地矫正着他周一集会时懒散的站姿、不屑的态度——服服帖帖，透透彻彻。

她……有点神秘。

竟然主动提出要帮自己写作业。

少年时期的一些行为，现在想起来简直羞耻，比方说乔青羽提出写作业的交易时，自己那故作深沉的强势回应。其实是心虚，用过度的冷淡和趾高气扬，来掩盖内心的窃喜及不自信——巴不得一两句话就震慑住她，让她看见"我有多强悍"。爱是生命的艺术，不应该被如此粗暴地表达，可惜当时的自己一窍不通，只会逼自己做判断题：我到底，有没有，喜欢上她？

答案是，没有。如果有，不会在乔青羽妈妈拿着手机出现在学校时，产生离她们家越远越好的念头；如果有，一定能二话不说应下乔青羽的条件，抛开所有，排除万难，从父亲那里问出乔白羽真正的死因。

意识到乔青羽是为了姐姐离世的真相在承受流言链而走险的时候，明盛懦弱地逃走了。

如今回想起来，是他不知道如何面对那终见天日的灵魂共振。亲人离开之痛、家人隐瞒之苦，他都切身经历过，心里对乔青羽产生了深深的理解。"我是没事找事吧，刚开学就故意刁难她——"他骂自己。又是一记回旋镖，在他和乔青羽的关系里——羞愧之余他隐隐意识到，若想与她一起前行，必须先直面他自己和父亲无法沟通的困境。一道天堑横在眼前，太突然了。跨过去太难了。于是他退缩了，切切实实地远离了乔青羽。

直到她在一个热闹明朗的白天举刀刺向了他人。

受伤的手没那么痛，乔青羽被众人围住慌神无助的样子，才令他痛。深夜回到朝阳新村，不为别的，就为离乔青羽近一点。回顾和乔青羽的初识及过往，一遍遍叩问自己，如此自我折磨的感觉，是喜欢上她了吗？

是的，很早。

想让她知道吗？

当然，必须。

脑海中除了乔青羽就容不下其他了，像是要把前阵子的忽视狠狠补上。忍不住想靠近她，又怕吓到她，只好远远观望。逮住一切机会回朝阳新村，却没能单独相遇，唉。终于，寒假开启，冰冷的雨夹雪停了，日思夜想的身影独自出现，朝老樟树走来。

太好了，今天之后，我和乔青羽都将拥有崭新的世界。

年少的轻狂和短视现在想起来简直蠢得不可思议，奈何这就是当时的自己。树上的告白不近人情、自以为是、急功近利，也难怪乔青羽会狠狠拒绝。对明盛来说，被拒的最重要意义在于，她让自己那沉迷于吹捧的心重重跌下了虚无的神坛，回归它平凡的原位——她宁肯跳河也不靠近，可见当时的自己有多糟糕。痛苦使人清醒，清醒了才能理顺逻辑，摆正姿态。所以，在前往纽约的飞机上，一年多不曾主动开口和温求新讲话的明盛，终于生疏地叫了声爸爸。

"怎么了？"温求新看了眼儿子，目露诧异。

"有件事想问问你。"

儿子的郑重其事让温求新放下了手里的书："说。"

"你记不记得以前有个病人，叫乔白羽？"

"乔白羽，"温求新重复道，沉吟片刻后转过脸，镜片后面的眼神相当复杂，"我记得，很年轻。怎么了？"

"她是怎么走的？"

"为什么突然问这个？"

"我——"望向温求新，明盛意识到自从爷爷过世后，他已经很久没有严肃、平和地对待过父亲的疑问了，"我帮同学问。"

"哪个同学？"

"乔青羽，乔白羽的亲妹妹。"

"乔青羽……割伤你手的那个女生，是不是就叫这个名字？"温求新意味深长地皱眉，"她叫你来问我？"

本能地为乔青羽辩护："当然不是。"

"那你会不会过度热心？"转回头，温求新重新翻开书，"她不知道真相，说明她父母没告诉她，至于她父母为何不说，我们外人无权妄加判断。这是别人的家事，你才多大，别犯蠢去插手。"

换作往常，明盛绝对撇过头，不再理他父亲了，今天却不一样。想到乔青羽脆弱却坚忍的背影，想到她生动又沉静的眼睛，他内心涌动着一股蛮力："爸，这不公平。"

温求新微侧过脸，摆出聆听的姿态。

"我们有权知道真相。瞒着我们，并不会让我们的日子更好过。"

"我们？"温求新轻笑，"你已经跟她统一战线了？"

"我的意思是我曾经也被你们瞒着，费了很大工夫才得知真相，我理解乔青羽。"

"所以呢？"温求新收起嘴角，"你知道了真相，高一不照样惹尽麻烦，你觉得日子很好过吗？你让大家都很不好过，难道自己意识不到？"

又有撇头的冲动了，明盛忍着："不要动不动就批判我。乔青羽跟我不一样，她……"

"她在学校里拿刀伤害同学，已经越界了，她伤害的是谁？"温求新犀利的目光射过来，"两天后就考 SAT 了，你……"

明盛闭上眼，愤怒地戴上耳机。过道那边的明郁探身轻拍他的肩以示安慰，被他不耐烦地甩开。

陷入僵局的父子对话后来又有过两次，一次比一次令明盛恼火。后来他分析，这是因为他们父子俩一个成见太深，另一个怨愤太重，但那是后话了。不愉快的对话直接把异国春节变得萧肃无情，有时他真想来个离家出走。谁想，毅然决然执行这个念头的，竟然是乔青羽——

把家里搅个天翻地覆再走，她怎么就那么敢？

而且，是她自己那决断英勇的步伐，冲破了乔白羽的迷雾。

乔青羽把文章传过来时，纽约时间是凌晨一点。窗外飘着鹅毛大雪，明盛从电脑前离开，敲响父母的卧室门。

"妈，"听到父母醒来后，他隔着门问，"你带笔墨了吗？"

折腾到近三点，堆起几十张草稿，终于写出一幅还算满意的字。表哥明岱发信息说取到车了，随时能够出发。放下笔，去厨房倒杯水再回来，卧室书桌旁站着明郁。

想必已经看到文章了。行吧，本来乔青羽就计划公之于众。

"我吵到你了？"明盛没好气地问——他已经尽量让自己悄无声响。母亲需要绝对安静，父亲需要绝对干净，每次跟他们出行，他都憋得慌。

"终于不乱发力了，写得还不错，"明郁抱臂打了个哈欠，像刚刚认识儿子似的打量明盛，"就是不太像你。"

"我要睡觉了。"明盛下逐客令。

压根儿睡不稳。隆冬稀薄的日光透过百叶窗照在床头，迷糊中父母用早餐的刀叉声被无限放大，明郁的嗓音尤其响过平常。

"太可惜了，才二十岁，"她说，"喝了半瓶百草枯……她妈妈得多坚强，才能面对这一切……"

温求新看了眼明盛紧闭的房门，沉沉地"嗯"了一声，压低嗓门："对了，昨天你说现代艺术博物馆那边有——"

"HIV只是击垮乔白羽的最后一根稻草，"明郁音量不减，"实在悲凉……换作我是妈妈，另两个孩子还小，我也不会吐露实情。"

"你……"温求新抬脚轻轻碰明郁，无奈又疑惑地笑了笑，"是故意让孩子听见？"

明郁无所谓地摆弄着餐刀："他还在睡呢。"

"你呀，就是故意。以他对那女孩的……"温求新叹了口气，"宽容，被刀刺伤打不了比赛也没半点抱怨，还天天往朝阳新村跑，还有——"他又看了明盛的房门，"关心，昨晚弄到三点，帮那女孩做事不分对错、不遗余力，女孩家里这么不太平，你觉得他能睡着？"

"他倒没对我们藏着掖着，"明郁意味深长地看了温求新一眼，淡笑着喝牛奶，"想必女孩是个非常与众不同的人吧，我有点好奇她……"

突然，房门开了，顶着一头乱毛的明盛气势汹汹踏出房间："我要马上回国。"

真相来到自己手上，明盛才发现，说出来没那么容易。乔白羽的生命结束得过于残酷，把自己这个外人的心都刺出了血，更何况乔青羽？他不忍心。回过神来，他骤然发现自己下意识的做法竟然和大人一致——不想伤害她，所以瞒着她。

好在乔青羽没追问到底，HIV阳性在她看来就是最终答案。她说要走。好，那就一起走。

每每回忆到这一段，明盛就会寻思，若当时他和乔青羽真的一起逃走了，会怎样。一个不到十六岁，一个尚未十七岁，浑浑噩噩走向社会，能不能让年少的情感开花结果另说，至少有一点可以肯定，即他们都难以拥有现在这样夯实的人生基础。当时感觉遗憾，站在时间这头回观过去，则是庆幸——幸好乔青羽没有像自己这样，一头扎进爱情那令人迷醉的温热。

爱情不是她的避难所。虽然后来她说，那时她也动了心，真有过和自己一起私奔的念头。

珍珠发卡便是证明。

珍珠发卡，亮晶晶沉甸甸的，金属部分有些泛黄，一看就是细心保存多年不舍得用的旧物件。

明盛发觉自己一直没告诉乔青羽："你知不知道，你出其不意送我这个礼物，相当于在我心上丢了颗原子弹？"

也许是因为小时候跟随爷爷生活，明盛对过去的岁月总怀着别样的温情，更喜欢质朴沉静的老房子,旧钢琴紧贴着书架放置,琴键熟悉的手感能安顿心灵,喜欢让经典老歌在屋子里低旋回荡,喜欢衣柜里被枕上有阳光和樟脑丸的香气。有谁知道他无往不惧的外表下有一颗怀旧的老灵魂?乔青羽也未必知道。可是,误打误撞地,她随手拿出的礼物竟能直捣他的心脏。

悉心呵护的优雅旧物件,女孩纯粹闪亮的回应,温温的,带着她掌心的热量。所有外显的、内藏的、锋芒毕露的、不可言说的,连自己都摸不透的情感,一下子都有了去处。就是她了,乔青羽,他的命中注定。

就算被她母亲上门呵斥又能怎样,就算乔青羽把自己喊上老樟树,振振有词说着讨厌自己,又能怎样?

他就是喜欢她。

但……是老天在考验他吗,喜欢乔青羽怎么这么难?

开学伊始,温求新找人给老房子换了锁,搬走了家具,说要把房子租出去,美其名曰很多人想在运河学校附近租房,方便孩子上学。明盛心里气急,却没闹,原因很简单,他父亲还说了一句话:

"屋子留着你肯定总回来,只会落人口实,你总不愿增加她的负担,对不对?"

对的。道理很扎心,但他感谢父亲说了出来,没有搪塞也没有回避,这对他而言很重要。

走过十五岁的后半段,就是走过一场秘密又壮烈的失恋。现实中乔青羽和他在同学眼里有多么形同陌路,明盛心里面就有多难受。不用去管她送自己珍珠发卡是真情还是假意,那已经不重要了,重要的是,在学校里,她真就和上学期一样,视线里没有自己的影子,无论自己怎么折腾她都看不见似的。说到就能做到,真绝。

"盛儿。"

校艺术节结束那天,回家的车子堵在朝阳新村外街,明郁抬头,见后视镜里明盛失魂落魄地盯着路边的乔家手工面馆,便开了口。

"干吗?"

"既然已经撞了南墙,就别再沉沦了,"明郁看着儿子越发成熟的脸部线条,"你俩现在都还小,她——"

"你别管。"

"她写字那么稳当,不是急躁的性格。如果一点回应都不给你,只能说明一件事,"明郁继续说,"就是你还不够好。"

明盛气呼呼地收回视线:"拜托,我已经放下了,好吗?"

明郁微微一笑,不置可否:"以前我跟你爸就是……"

"知道,一开始他猛追你,被你嫌弃,后来你发现他能力强、有善心就又倒追嘛。"明盛不耐烦地挥手,"别跟我讲这些,肉麻。"

"你在感情上碰了一鼻子灰,我可太高兴了。"

"你是不是我亲妈啊?"

"不然真不知道你会冲撞到哪里，有人能帮你刹车，挺好。"明郁无所谓地继续笑着，"现在你比高一的时候顺眼多了，你就需要点磨炼。"

"喊。"明盛绝望又倔强地仰起头，"我说了，我已经放下，以后跟乔青羽就是两路人。"

固然对父母耿耿于怀，觉得他们自私地只顾工作，把小时候的自己丢给爷爷，免去了为人父母养育陪伴的义务，剥夺了老人本该清闲的晚年，但父母有几个优点是明盛不得不承认的：他们善于思考，遇事冷静，不唠叨。

尤其是母亲明郁。虽然她时常在外地，有时办个展几个月不回家，可她对自己的变化掌握得异常准确。

还不够好……明郁的这个结论让明盛嗤之以鼻。但是，莫名地，他开始有了更多的自省：怎样才算变得更好？洒脱一些？友善一点？还是要更加坚不可摧？

做好自己就够了吗？是不是还要惠泽他人？

"答案就在你自己心里，"他问明郁，她这样回答，"找不到，就交给时间。"

时间。

没有人提供答案，人生难题无非于此。

日子一天天过去，暑假来临，明盛一狠心，在美国多逗留了一个月。拉长距离，拉开时间，至少能淡化乔青羽的身影。异国他乡的夏天格外漫长，长到他相信老房子里乔青羽对他的笑只是一个无人见证的梦。或许乔青羽本身就是一个梦，最初闯进自己眼帘的她，不就带着梦的光晕吗？梦是无法变成现实的，该醒过来面对自己的生活了。

认真想一想高中最后一年怎样度过才能不留遗憾；认真想一想，对父亲的怨念太深，作为避风港的老房子却回不去了，该怎么办。

时空之隔以及不断给自己心理暗示是有帮助的，回寰州后，在书城再次见到乔青羽，明盛成功地做到了云淡风轻。然而距离产生美，猛然看见她身影的那个瞬间，他疯狂心动。两个月没见，她的头发又长了些，自然随性地散在脖颈间，散发着难以言说的美丽。

醒过来，醒过来。就保持距离，远远地欣赏吧。可以把她当偶像，但不能是爱恋的对象，不然以她现在的模样，自己又会一头扎进去，长时间万劫不复。

像刚入学的小学生一样，"专心致志"变成了明盛高三开学的第一课，马不停蹄地学习、练球，不要想东想西……他自认为完成得还不错；"知难而进"是第二课。常年与父亲话不相投半句多，不理会是常态，但是——想想乔青羽吧，想想她面对的困境，再想想自己的困境，算什么？

直面它。

现在回看，让他和乔青羽之间起死回生的，正是"醒过来"的这个觉悟。当他沿着自己规划的路径，一步一步向前走的时候，收获的不仅有充实、成长的每一天，还有乔青羽清亮的目光。有时她会在教室窗户内看着他运球走回教学楼，是切实的转头看，而不是不经意地瞥过；当他上台讲述自己和父亲之间的和解时，她那干净却迷离甚至有些直勾勾的眸子直盯着自己，异常动人心魂，这是怎么回事？

算了，管它怎么回事，都这样看我了，怎么可能不缴械投降？

知不知道，平时清冷自制的你，突然温软一下，很致命？

有了那一眼，及后续的很多眼，等乔青羽再次轻轻推开他时，明盛就不像一年前那么怆然无助了。现实仍不明朗，爱情不是乔青羽的优先级，他明白。

他能等。

即便第三次被乔青羽推开了，清晰无误地告诉他"不能"，他依然没有放弃希望。

尊重她的想法，给她一点时间。一个月不够就两个月，一年不够就两年。这期间不是没有担心过，如果她喜欢上别人了，会怎样。不会怎样。最开始不就是吗，认识她的时候，她对别的男生抱着好感。没关系的，她本就是一只自由的飞鸟。只要自己足够好，眼眸雪亮、内心明晰的她，一定愿意飞过来。

眼前的乔青羽还在回信息，侧面对着自己，眉眼似画，美得不可方物。爱情，明盛想着，脑中再次浮现自己在讲台上讲与父亲如何和解时，乔青羽投过来的湿润双眸。

"为什么？"他忍不住咕哝了句，见乔青羽侧了侧脑袋，就提高了音量，"为什么当时你突然对我就……就……"

"喜欢了？"乔青羽接话，目光不离手机屏幕，"因为你很帅啊，全校无敌。"

"不是，你知道我问哪个时候吗？"

"不知道，无所谓，"乔青羽转头朝他笑，"你有什么时候不帅？"

"喂，我正经问你，"她一调皮，明盛反而不好意思起来，"就是我在班里说我爷爷的事那一次，你有印象不？"

"没印象了。"

"没印象了？"

乔青羽"嗯"了声，看他脸色愕然，又笑起来："好啦，我喜欢坦荡的人，当时觉得你敞敞亮亮的，有点迷人。"

敞敞亮亮……从初见她到现在，七年了，她一直都在朝着明亮处前行。瘦瘦的身子充满了力量，十几岁就能带她挚爱的妈妈离开泥沼，去到有光亮的地方。会把光热分给需要的人，有一颗聪慧的柔软慈悲心。

"关澜说没问题，可以给我们带路，一起去见秦老爷爷。你可以喊'爷爷'啦。"乔青羽说着，把手机往床头一丢，站起来伸了个懒腰，向前走了两步，掀开纱帘，"天快黑了……我们出去吃饭吧？"

爷爷。明盛禁不住在心里郑重地重复这两个字。是的，多年没叫过了，深埋于心的遗憾，她竟然懂得。

何德何能可以遇见乔青羽？想一直一直和她在一起。

必须马上确定这件事，而不必等到这一天结束了，等她发现这枚戒指才开口。他

315

不需要那种扭捏。现在就问问她，一刻都不必等。

没听见回应，乔青羽回头，惊讶地看见明盛移至床头，像骑士那样站得笔直而坚定，手里拿着个打开的小盒子，盒子里有什么在闪闪发光。

"乔青羽，"明盛深吸一口气，缓步向前，单膝跪地，仰视女孩清泉一样的双眸，"永远牵着我的手，好吗？"

Ext chapter II
番外 II 青羽

那只鸟又来了，尖喙轻击楼下的玻璃，细脆的嗒嗒声敲碎了暗夜的寂静。明盛似有察觉，圈住乔青羽的手臂动了动，却掉进了更深层的睡眠。嗒嗒，嗒嗒，有飞鸟在敲门，乔青羽睁开眼睛。

屋子里漾着温存的深蓝色，年幼的孩子在房间另一侧睡得正甜。极为安稳、平静的时间。太安详了，比梦境还不真实，醒过来的乔青羽不敢乱动，仿若自己飘在虚空。过了会儿，她感受到明盛的温度和重量，他拥着她，身子倒向她这侧，鼻尖蹭着她的脖颈。进入医院后，时不时他就会这样搂紧她睡觉——手术室如战场，和死神赛跑的英雄之路绝非坦途，为他人修复心脏的同时，保证自己心灵的完整、通韧，也需要卓绝的历练和温暖的支撑。当他有需要的时候，她总会决然陪伴着他，就像每当她产生前进的迟疑时，他总会鼓励她向前，不遗余力给她创造条件一样。此时此刻，明盛的怀抱那么紧，乔青羽知道自己最好安心躺着，不要莫名离开。可是——

嗒……嗒……终于又捕捉到若隐若现的敲玻璃声。就是一只小鸟吧？

慢慢移走明盛的手臂，乔青羽悄然下床，随手拿上一条披肩，蹑手蹑脚地走出了卧室。

下楼，推门，踏上屋外平整的草坪，外墙壁灯在她靠近时自动亮起。绕房转了一周，拨开窗下的绿篱和花圃仔细寻找，并未发现任何不请自来的鸟禽。疑惑之际，敲击声又起，清清晰晰来自书房。乔青羽振奋起来，扶住车库侧墙，小心翼翼把头探出——

哗啦啦……突然一只白鸟掠过眼前，羽翼搅出的小小气浪扬起了她鬓角的发丝。回过神来，鸟的影子已高高融进路灯边一株黄叶落尽的榆树。就在这时，二楼窗户里传来孩子的啼哭声。在跑回去安抚孩子的本能和转过身追踪飞鸟的企望之间，乔青羽犹豫了片刻。恰巧此时窗子被暗黄色灯光点亮，明盛走向儿童床的影子从浅色窗帘里隐隐透出，孩子的哭声瞬间低了八度。

抱臂裹紧羊绒披肩，乔青羽抬脚，安心离开了院落。

纽约的冬天很冷。两个街区后，跳跃在树间的小鸟展翅升入高空，眨眼就看不见了。借着路灯的光，乔青羽分辨出飞鸟是纯净的青蓝色。回想方才掠过自己的白色鸟肚、双翅和尾羽，她不禁疑惑：莫非自己眼花，跟错目标了？

东方暗沉的天空正在缓慢变薄。朝飞鸟离去的方向愣了会儿，踩踩拖鞋里发冷的脚，乔青羽折返，快步回到自家的前院。二楼卧室黑漆漆的，看来孩子已经重新睡下，一楼的起居室却灯光明亮。推开门，她差点儿与迎面而来的明盛撞个满怀。

"刚想出去看看你在哪里。"明盛显出困惑、焦急又舒了口气的复杂表情，上下打量她后握住她有些冰凉的手，"下次走出家门能不能带上手机、做好保暖？"

乔青羽也打量他，满脸认真样。

"青青？"

她想告诉他方才所见，却莫名开不了口，唯一能做的，就只是看着他，任由视线变得柔软，逐渐融化，慢慢模糊。

"青羽？"明盛听着有点担心。

"阿盛，"乔青羽抽出手，反过来把明盛的指尖裹入掌心，像最开始那样向前一步，额头贴上他柔软的外衣，"马上十年了呀。"

"还以为你忙忘了，时间可真快。"明盛用下巴碰她额头，"明天早点下班？我去接你。"

"你接我？"

"对，我请假，"他笑，"想和你一起好好吃个饭。"

"吃饭？"

明盛不回答，双手托起她的脸："你不会在梦游吧，小青羽同学？"

"当然没有。"乔青羽嘀咕着，放开明盛走进屋内，拿起吧台上的手机，"看看今年冬至在哪——后天！后天是冬至！"

她莫名的兴奋劲使明盛产生了些许不祥的预感："你该不会告诉我你有——"

"我想回国。"乔青羽直截了当地说，"后天我爸妈结婚四十周年，我回去陪他们过，能给他们一个大惊喜。"

"太临时了吧？"

"这样才是大惊喜嘛，"乔青羽又拿起手机，"国内刚解封，看看机票……太好了不用核酸……"说着她觉察到明盛不悦的沉默，便再次认真抬起脑袋，"阿盛，纪念日就……等我回来再过？"

"我们的第一个十年啊，乔青羽同学。"

他毫不掩饰心里的失落和失望。

"是啦是啦，"乔青羽连连点头，走过去抱住他，小猫一样蹭他的脸颊和脖颈，"等我回来，一定好好补过，好不好？我请假去接你下班！我……陪你去看NBA现场！反正我来安排，你就别操心啦……我待两三天就回来……刚才突然特别想念他们，这几年又是疫情又是生娃，我已经很久很久没回——啊！"

伴随着一声小小的惊呼，她被明盛一把横抱起来，在空中转了两圈——有相当一阵子，他没这样二话不说就把她抱起来转圈了；那些承袭年少时期的热切举动，竟都在她怀孕之后蜕去坚硬的壳，化为柔软小心的呵护。久而久之，乔青羽就习惯了现在的明盛，习惯了两人分别前他用双唇轻碰自己的额头和脸颊，而不像以前那样不由分说地钩过脖子深吻；习惯了在孩子到来，生活发生巨大变化之后，他把自己紧贴住她的影子拿走，扩展，重塑，变成围绕着她和孩子的无处不在。爱情安全入港，从令人心动变成了令人心安，乔青羽欣然接受着这个变化的同时，也悄悄感慨过好几次明盛再也回不到少年了，谁想——

"吓不吓人啊你！"

"就是要吓你，叫你不重视我。"

"你长不大的嘛！"

说话间明盛抱着乔青羽快步走到沙发边，先故意顿了顿，像是给她反应时间以搂紧他脖子，再猛地往下一坐，笑嘻嘻地："好玩吧？很久没玩了。"

短暂的失重，和他一起下坠的感觉。乔青羽的心跳早乱了节奏："幼稚鬼……啊！"

他站起身又来了一次，抱着她转两圈再一起降落。他还想玩第三次时，被微微晕眩的乔青羽打住："好啦好啦！"

"我没退步，"明盛说着，坐稳身体，抽出右臂亲密地搂住她，"我的目标是八十岁还能跟你这样玩。"

他淘气地看着她的眼睛。这哪是生气的样子啊——乔青羽伸手，温柔抚上明盛的脸："阿盛啊，十年纪念日我们过个大的。"

"废话，我都准备好礼物了。"

还是委屈巴巴的。乔青羽无措："但我真的得去……我知道这个时机不太好，可就是产生了强烈的冲动想要回去一趟。冲动，你能懂吧？"

"我不懂你一天都等不了，"明盛坦诚，"我觉得我们自己的纪念日比父母的更重要。"

"当然是我们自己的最重要，只是我……"乔青羽脑海中闪过方才追踪的小鸟——青蓝和洁白共存，那就是同一只鸟，"回去也不全是为了他们……"

"那就等一天？"

不行的，小鸟飞向东方，晚一天就追不上它了。乔青羽如是想着，低头轻叹一气。该怎么解释呢，难道要说，因为感受到了某种召唤？

"好啦，"突然明盛笑起来，凑过来亲她一下，"刚你查航班，还有票的吧？得抓紧买了。"

　

纽约——上海——寰州——碎湖，回乡之路是一条没有波折的弧线。激动和期待的心情在飞机穿破夜云降落至浦东机场时达到顶峰，乔青羽毫无长途飞行的疲惫，下飞机后提上行李就直奔外滩，拍夜景与明盛共享。兴奋劲一直持续到次日早晨，在平稳的高铁车厢里，忍不住迷糊犯困的乔青羽被一个刻在骨子里的熟悉地名唤醒——顺云。

列车重新启动，下一站是碎湖。侧身看窗外，山丘迅速拱起，转眼就把扩张了的顺云市遮蔽在视线之外。隧道里一片黑，玻璃如水般映出乔青羽的脸，像被透明的岁月薄纱蒙住，竟是伤感的。随着浅金色阳光重新横扫一切，她回过神来，掏出手机，恰好看到乔劲羽发过来一张照片。

是一张二人合影，其中头发半白但容光焕发的人是李芳好，另一位消瘦腼腆的中年女人——乔青羽把照片放大，仔细盯看了许久才说服自己——是乔欢。

像长途旅行回到家发现临走前鲜嫩的玫瑰突然枯黄一样，记忆里饱满快乐的乔欢姐姐就在乔青羽看见照片的那个瞬间干瘦了，坍塌了，过程不明且无可挽回。

一时间乔青羽无力得像个孩子。面馆歇业后，她就没再见过乔欢，算起来已经超过十二年。曾听李芳好提起乔欢说她婚后日子"不太容易"，笼统的四个字本值得被拓展、被追问，却轻易让拥挤忙碌的自身生活覆盖了。十二年，不短的时间，于自己亦然。从少女变成母亲，乔青羽自认为熟谙时间的魔法，知道它会怎样不露声色地给生命加重；可此刻她顿然意识到，自己对时间的所谓理解既浅薄又狭隘——用自身经历美化了它，对它广阔的残酷一无所知。

照片里的乔欢显然没被生活善待。乔青羽涌出莫名的羞愧，不忍多看。

"姐，你能认出来照片里是乔欢姐吧？我差点没认出来。"乔劲羽在微信里说，"前阵子爷爷过世，我们都没来奔丧，爸爸老做噩梦……现在条件允许了，我们想着给老人家过个三七，让他走好，对大家都好，所以今天我和爸妈来南乔村了。"

南乔村。

"本来我们计划下午就回去，"乔劲羽继续给她留言，"但乔欢姐太热情了，非要我们去她家吃晚饭，还要我们住一晚再回。她家新房子很大。"

然后就没下文了。这边乔青羽抓着手机白白等了好几分钟。列车又钻进一个隧道，想象着乔劲羽有些心虚的样子，一种复杂的情绪攫住了她。这些年她不是没想过，哪一天父母重回南乔村了，自己该如何面对。她是与南乔村彻底决裂了，但父母和弟弟呢？

乔青羽发现自己对家人一点信心都没有，毕竟多年前当她试图让大家承认白羽的悲剧时，他们并没有给自己任何支持。实际上父母从未肯定过自己的行为，跟自己说过哪怕一句，没关系的，别放心上。反而是乔欢，还曾用"在理"两个字安慰过自己。乔欢……照片上的干瘦女人迅速覆盖印象中的红润脸颊，乔青羽心里硌得慌。

"妈说去坐坐就行了，给个新房红包，吃晚饭和住宿就算了，省得麻烦乔欢，她不容易。"突然乔劲羽又发来一条语音，"姐，要是你也在就好啦，乔欢姐说好想你了，你是她女儿学习的榜样啊。"

"我也很想她啦。"乔青羽轻喃。

每次来碎湖总会忍不住拍下沿途的风景，可这次都阔别三年了，坐上网约车后，乔青羽却无心欣赏窗外清丽大气的湖面。家所在的梅峰尖社区位于碎湖镇最高坡，近年来因市政规划正逐渐被年轻人抛弃，乔青羽却相当喜欢——看似弯弯绕绕回家不易，开了窗则别有洞天，壮丽的湖面尽收眼底。她很喜爱自己那拥有半扇窗户的小天地，上楼时却突然忆起一件事，赶紧开门进家一看，果然。

小天地没有了。三合板拆掉，一张大床摆在正中，她曾经的小书桌被放置在李芳好、乔陆生的房里，抽屉里除了她从前的书和本子，还多了其他物品，如老花眼镜、零钱、记账本等。

疫情开始没多久，父母就把她的房间给了劲羽。"他和女朋友经常回来，住家里方便。"他们告诉她,"你们来得少,条件好,阿盛也不喜欢挤,住酒店更舒服。"明明自己欣然应允的事情,怎么就失忆了呢?青春期苦尽甘来的明亮小隔间无踪无影,乔青羽心里空空落落。这通透的新家啊——环顾四周,她的心化为层层海浪——已看不到她也生活过的痕迹。

所幸书还在,她曾孜孜不倦记下的文字还在。

从小书桌抽屉的最深处,乔青羽抽出一本浅绿硬封皮的本子。许久未翻开了,载着岁岁年年的时间重量,每一页纸都被压得锋利、坚挺。拉过椅子,她像学生一样端坐在桌前,手指轻抚过开头第一行字:

"用一朵花作为配饰,去跟世界决斗。"

走走停停,翻过一张张词句森林,来到中间空缺的几页,眼前倏然出现安陵园里跳跃的火苗,及烟火后面乔白羽灿烂清丽的面孔。姐姐的眼眸永恒地闪耀着。恍惚间,乔青羽感觉乔白羽眨了下眼睛,满是爱的柔软,带着些许俏皮,似在鼓励她继续,继续向后翻去。于是手指自然地动起来,摩挲过一页,又一页,终于来到最后一页的最后几行:

> 我再说一遍:
> 我失去的只是事物虚假的表象。
> 给我安慰的是弥尔顿,是勇敢,
> 我仍想着玫瑰和语言。

博尔赫斯的诗句,记录于正式踏入高三之前,那个空空荡荡的暑假。

乔青羽用指尖一个字一个字地轻轻滑过,仿若拿笔又写了一遍。思绪回到当下,抬眼环视左右,小隔间消失的隐痛已被文字慰藉。这时手机振动了,信息依然来自乔劲羽:"乔欢姐很想跟你视频,可惜你那边有时差,不方便。姐,你要不嫌烦的话,回头我把她微信推给你。"

"我怎么会嫌烦呢?"乔青羽这样想着,把摘录本塞进背包,下楼叫车,前往南乔村。

出走需要勇气,回头亦然。生活在成长、变化,年少时领自己冲破黑暗的断然决然,不能成为困住自己现在自由行动的网——路上,乔青羽这样告诉自己。诚然,放弃和明盛的十周年纪念,怀着给父母制造惊喜的期待从美国大老远飞回来,目的地却从美好的碎湖变成了她曾发誓永不回去的南乔村,多少让她有点难以向自己交代;可一想到家人就在那里,很想念她的乔欢姐姐也在那里,她又收获了另一个层面的义无反顾、无拘无束。

导航显示已到达,乔青羽却让司机继续往前,速度放慢。近了,近了,记忆中的院子。昔日洁白的马头墙面已经变旧泛黄,显眼苍劲的"德"字不见了,几株艳丽到凄凉的梅花取而代之。院子里清静无人,不像是在聚餐办丧事的样子。车速越来越慢,干脆停了下来,乔青羽往前方看去,乡间中巴迎面而来,因村路太窄,司机只能靠边让车。

中巴依然停在多年前的原位,距院门不到二十米的拐角处。网约车重新启动。见司机缓缓转着方向盘,乔青羽喊了停,说自己就在这里下车。

冰凉的空气一下子把她拉回到过去,然而,村庄很空寂。视线里冒出不少锃亮的新房,鼻腔里闻不到烟火的余香,地面比纽约街区干净多了,色泽鲜明的分类垃圾桶立在路边。远处,村口破败的祠堂被修复了,重获新生。所以南乔村是变了还是没变——乔青羽漫无目的地想着,转过身背对梅花马头墙,把自己的定位发给李芳好。

她预料到自己会被李芳好责怪——"怎么招呼都不打一个,睡不着想来就来,不心疼机票钱呀?""宝宝没带着?宝宝才刚学会走路,那么小,你也舍得丢下不管!"顺带着明盛也被说上一句:"他就由着你瞎闹,还是那么不懂事!"——但终究是欣喜胜过不解,父母发红的眼眶证明她做得对。李芳好嗔怪着乔青羽,乔陆生拿过她的箱子,下一步似乎就是要自然而然地走进院子。有那么两秒,空气变重,乔青羽的呼吸慢了,膝盖费了点劲才抬起来,似有旧疾重现,不舒服。就在这时,一个人远远地跑向这边:"青青!青青!"

是乔欢的声音。

"哎呀,真的是你回来了!青青!"

她本人看起来倒没照片上那么沧桑、落魄,气色还不错,嗓门洪亮,就是比照片上还瘦,棉服和裤管里头空荡荡的。

"前面小羽还跟我说你过年才回来呢,我不是做梦吧,哈哈哈!"

乔欢笑起来和以前一样爽朗。熟悉的感觉回来了,照片带来的视觉冲击褪去大半,乔青羽也轻松笑起来:"乔欢姐。"

"像电视里走出来的大小姐啊青青!真好看!"乔欢二话不说挽上乔青羽的手臂,"上我家去,我家做新房了,盼着你呢,一起去看看。走!"

乔青羽被她一如既往的热情感动,僵硬的膝盖也获大赦,便欣然应允,选择性忽视父母为难的眼神。无奈之下,李芳好跟着她去乔欢家了,行李箱就留给乔陆生和乔劲羽处理。走进村尾一个簇新的大院落,乔欢先带乔青羽转一圈,快速介绍了自家的房子,而后放开她,走进里屋拿茶点。趁她离开的空隙,李芳好赶紧凑近:"你又乱来了,一来就跟着乔欢跑,也不先——"

"我不想进去。"

"你看看你,妈妈话都没说完呢。爸妈不是老古董,你不喜欢大伯家,肯定不会逼你进去。"李芳好皱起眉头,把声音压低,"我是说你做事还那么冲,头一热就跟着欢欢走了,以为她看到你高兴是念旧情?她是病急乱投医,指望着你能帮她收拾她女儿!她那个女儿很难弄的!等一下她肯定让你去劝她女儿回学校读书,你意思意思得了,别真情实感,知道不?"

乔青羽的好奇和关怀都在阔别多年的乔欢身上,李芳好这番话说得她应接不暇:"乔欢姐的女儿?怎么回事?"

"不用管她怎么回事,你别傻乎乎被人当棋子用。欢欢也变了,现在可精明。"李芳好顿了顿,欣慰、无奈又略带遗憾地看着乔青羽,"人都是会变的,也就你,虚长年纪不长心眼,反而一年比一年钝……"

"说明姐姐过得简单快乐嘛,"乔劲羽突然从后方冒出来,"没什么糟心事,要那么多心眼干吗?妈,你怎么永不知足,"他笑嘻嘻地凑近李芳好,"姐姐有钱有爱有自由,你应该乐不可支才对。"

恰好乔欢端着果盘出来了,无缝接上话茬儿,带上随后进门的亲妹妹一起,拉青羽、劲羽和李芳好围着茶几坐下。她们一边往三个人手里塞剥好的橘子、洗过的枣子,一边口齿伶俐地赞叹乔青羽命好。"找了个好老公,嫁了个好人家。"她们这样总结,"青青啊,你的人生圆满了,不像我们,"说着姐妹俩相视一笑,是自嘲的苦笑,"没样子没能力也没运气,别说指望,能不被男人害得没命就算不错了,只能靠自己。"

"青青也是靠她自己,出国读书的钱都是她自己赚的,"李芳好维护乔青羽,"小两口在美国买房,青青该出多少就出多少,一分没少,全是她自己辛辛苦苦赚的。"

"芳姨,不是我说,虽然你比我大一辈,也经历过很多事情,"乔欢笑言,投过来感慨又犀利的一瞥,继续剥橘子,"但你讲的青青靠自己,跟我讲的靠自己,完全不一样……青青,甜吧?来,再吃一个,给。"

完全不一样——这云淡风轻的五个字,从乔欢嘴里说出来却重若千钧。接过橘子,乔青羽对上看向自己的沉静笑眼:"乔欢姐。"

她想把话题重点移到乔欢身上,因为她自己这些年的经历就像教科书里定好的人生模板一样乏善可陈,乔欢则经历了狂风骤雨。可无论她如何尝试,都以失败告终——乔欢,在十几年未见的时间里,进化出动物般警觉灵活的机敏,一嗅到她凑过去的好奇心就能充满防备地把话题岔开,再也不是从前那有啥说啥的个性了。谈笑之间,聊天方向始终为乔欢所掌控,把气氛维持在轻松愉悦的表层,成功守卫住她自己"不太容易"的深层疆土。转眼个把小时过去,乔青羽挫败之余不禁感慨。

乔欢姐身体薄了,心却厚了,看不穿。

也许是好事?生活于每个人都不一样,乔欢太容易被穿透的话,怎能安然走出她自己生活的荆棘丛林?

李芳好担忧的事并没发生,实际上,若不是乔青羽问起,乔欢压根不想提她女儿。乔青羽只知道她女儿十六岁,是个善良的好孩子,但学习成绩比不上当时的乔青羽——这是乔欢提供的所有信息;还知道乔欢不能生育,女儿是十年前好心领养的,这两年叛逆厌学,跟家里人矛盾重重——这是后来李芳好说的。"我就奇怪了,"李芳好还说,"上午拉着我说从小让女儿以你为榜样,还想加你微信让你劝她女儿回学校上学,刚刚见到你怎么又不提了?"

乔青羽不吭声,脑海中充斥着面目不明的乔欢女儿,像飘进来一团迷雾般的云。

"人啊,变来变去,"李芳好接着感慨,"最难懂了。"

"十六岁就是难懂的年纪,"乔青羽思绪乱飞,"但要是可以——"

"别傻了你。"李芳好断然插嘴,"跟你讲过,乔欢女儿很难弄,她不提才是好事。你离得那么远,别瞎掺和,知道不?"

乔青羽不置可否。见李芳好眉头一紧又要开口,她立马赔上一个乖乖的笑:"知道啦知道啦,放心吧,妈妈。"

"你呀,唉……"李芳好轻叹一气,停下步子,转身整理好乔青羽的围巾,抚顺她的长发,仔仔细细打量着乔青羽,仿若才意识到站在眼前的是女儿,"你也是妈妈了呀,青青。"

"我也是妈妈了,"乔青羽握住母亲的手,"妈妈。"

李芳好点头,眼眶又红了,吸了吸鼻子转过身,两只手摩挲着乔青羽的一只手,继续迈开步子:"那阿盛也真是的,又不是房间不够,干吗不让育儿嫂住在家里?"

因为他被惯坏了——乔青羽在心里笑答——挑剔的人就得吃点苦。

"晚上起来哄小孩,他真能做到?"

"对,他做到了。"

"我才不信,是你讲他好话。"

"我干吗莫名其妙讲他好话嘛。"

"你一直都是这个样子,你自己不知道。"

忽地想起了高二时光,乔青羽求饶般笑起来:"妈。"

"哎,妈就这么一说,不是真对他不满意啊,你心里别有压力。"李芳好拍拍乔青羽的手背,"女儿一个人在外面,做妈妈的总是会担心的。但我女儿是明白人,肯定能把她的日子过舒坦。再说了,就算碰到波折,又怎样?妈妈是离得远,但妈妈在呢。话说回来,不管妈妈在不在,你是我的女儿,我能扛过大风浪,你肯定也能扛过。这样一想,妈妈又放心很多……"

"我好着呢,"乔青羽用力握紧李芳好的手,"你也要好好的,妈妈。"

囚笼般的青春,如今回想起来,是母亲为了把女儿弹出去,拼尽全力在使反作用力——她成功了,女儿从她看得见的引力场逃脱,飞向了浩大的宇宙。只是她自己还停留在原地——望着李芳好重又走进乔家院落的孤独背影,乔青羽这样想着,又立马打住——"我不能以浮在空中的姿态去看待妈妈",她提醒自己,"妈妈已然是她生活的强者,无须任何人定义。而且,就像对乔欢的仓促判断屡次被现实矫正一样,我对妈妈的认识,并不能构成一个完整的她。"

妈妈,除了是"妈妈",也是她自己。她是否还记得自己年少时的美丽心愿?她走过了浩荡的人生几十年,夜深人静无法入眠的时候,在想什么呢?

等待家人离开院落的时间里,乔青羽抱着心头新生的迷云,独自一人在安静的村落里闲逛。思绪飘散,时不时会粘上脑海中的另一团迷云,忍不住想要拨开云雾看清楚一点——乔欢女儿,这个熟闻"乔青羽"三个字的十六岁女孩,又会是怎样一个人呢?她怎样看待自己这个所谓的"榜样"?她和家人的关系怎么样,有什么样的喜欢、厌恶和困惑?她有梦想吗,有朋友吗,有爱恋的人吗?她叫什么名字?

乔青羽越走越安静，回过神来，竟已经站在南乔村百米开外。远处群鸦飞过，嘶哑的悲鸣声似在哀唱村庄的衰落。太阳落向西面的山坳，乔青羽转身踩着自己被夕阳拉长的影子往回走。回到村里，踏上一条狭窄的石板路，路边院墙内传来若隐若现的熟悉的嗓音，她脚步停顿，前后张望，发觉自己正站在当年逃亡的必经之路上——院落背后。

就是在隔壁，她曾用弯腰播种般的耐心和毅力，一张一张种下自己愤怒的星火，点燃它，吹旺它，任它蔓延至寰州城，融炼相关的每一个人。

就是在这里，经由这条短短的百年石板路，十六岁的她曾匆匆跑过，脚步声被隔墙的欢宴淹没，心跳声盖过头顶的辽阔天空，义无反顾冲向了自由的荒野。

她毫发无伤地回来了。如今她不需要逃跑了，现在的她就是自由本身。可是，依然，她的步伐不能停。

再走一遍吧，抬脚向前。

啪……没走几步，脚下踩到一个硬硬的东西。低头看，原来是一支笔，夹在两块石板的缝隙之间。

只是一支普通的蓝色水笔，乔青羽蹲下把它捡起的动作，却慎重得近乎虔诚。这支笔太常见了，太亲民了，仿佛从十几年前穿越，掉落于此，和她中学时用过的若干支笔一模一样。

"那是我的。"

惊讶地抬头，乔青羽看见一个年轻女孩站在几米开外，长羽绒服裹住整个身子，围巾里面戴着口罩，眼镜遮住眼睛，刘海儿压过额头，面目不明。她打量女孩的同时，女孩也充满好奇地观察着她。短时间的互相观望后，女孩走近她："还给我。"

乔青羽不动："你是乔欢女儿？"

见女孩伸手就要抢，她反应很快地后退两步，笑了："你为什么不去上学？"

"关你什么事，人生赢家乔青羽？"女孩不客气地反问，"你只是在隔岸观火。我凭什么接受你高高在上的关怀，满足你不痛不痒的好奇心？"

好犀利。对于乔青羽的无言，女孩满意地再次伸出手："还给我。"

"不。"

轮到女孩哑然。

"有句话，不知你听过没有，来自一本书。"乔青羽望着女孩，脑中浮现前面翻阅的摘录本，"'你永远也不可能真正了解一个人，除非你站在他的角度考虑问题，钻进他的皮肤里，像他一样走来走去'。"从容地顿了顿，乔青羽继续说，"你有你要走的路，我也有我的，你不了解我很正常，我不介意。"

女孩沉默。

这边，乔青羽带着试探的心，慢慢、郑重地开口："我在你这个年纪，干了件令家里所有大人都无法忘怀的坏事——"她又停顿，捕捉女孩的微动作，加重语气，"纵火。"

"哪里？"

乔青羽指指院墙："这里。"

"你是说这房子被你烧过？"女孩扑哧笑了，"不可能！"

轻蔑的笑声反而让乔青羽安心了——果然这女孩接收到的只是自己那光鲜得体的后续。这世上有很多人不明白，"成功"二字固然迷人，但遥远、虚幻、脆弱，撬不开一颗沉沦的心，然而，失败可以，挣扎可以，你我都渴望突破的困惑和痛苦可以。这一刻，乔青羽无比庆幸自己此时此刻是站在这里，再次踩着通向自由的必经之路；只有在这里，她才能与这个凭空冒出来的十六岁女孩不期而遇，仿若遇见多年前的自己。

"还我笔。"女孩已经没有耐心。

"我也不了解你，但我很愿意去了解。"打开笔盖，乔青羽转身在白色院墙上留下一行字，才把笔伸过去，"我的地址。"

"给我写信，"把笔放至女孩掌心后，她终于对上女孩眼镜片后面的清澈双眸，"我会等你。"

本想在碎湖多待几天，但明盛那边出了点状况，乔青羽便按照原计划飞回纽约。进了家门，她意外发现明郁、明雅都在，姐妹俩喝咖啡边陪宝宝玩耍，一幅奇妙和谐的画面。乔青羽加入了她们，几分钟后上楼找明盛——他崴了脚，行动不便，这两天都在卧房待着。打开门，见他放松地靠在飘窗上，她像蝴蝶一样飞扑过去。

"怎么在家里都会崴到脚的？"挤上飘窗后，她抱着他抬头问。似乎对她的这个问题早有准备，明盛故弄玄虚笑起来："因为你。"

"怎么会？"乔青羽探身查看明盛垫高的脚踝，"这么肿，都不能上班了吧？"

"后天的社区篮球赛是不行了，上班还想撑一撑，反正右脚能开车。"

"有必要这么拼吗？"

"现在不拼，以后配不上你，我就惨了。"

"得了吧你。"

"我说真的，你拥有超能量，自己都不知道，"明盛微微笑着，神神秘秘的样子，"但我有办法让你知道。"

卖的什么药？她挠他痒："什么超能量……咦，什么东西这么硬？"

想探探，双手却被咯咯笑的明盛扣紧："你不要乱摸啊。"

"口袋里什么东西？"乔青羽好奇，"拿出来！"

"不拿。"

"是不是要送给我的？礼物？"

"哎，但还不到时候……"

他劲一松，乔青羽立马挣脱开来，手飞快伸进他的卫衣口袋，掏出来一个笔直细长的金属物体。

一支深蓝色的钢笔。

"英雄牌，"明盛笑，"为你特制的。"

抬眼，他眼眸依然清亮如少年："喜欢吗？十周年礼物。"

竟然又是一支笔。有点意外，也有点感慨，乔青羽重新抱住明盛，声音闷闷的："很喜欢。"

"其实真正的礼物是一张新书桌。"明盛习惯性用手掌轻抚乔青羽的后脑勺，"给你买了张大书桌，挑选了一些笔和纸，笔很顺畅，纸不洇墨，就在楼下书房里。"

"你既是一支锋利的笔，又是一张包容的纸，这就是你的超能力，青羽。"

本应感动的温情时刻，乔青羽却逆反了。"就一张书桌吗？"她问明盛，"为什么不能是一整个书房呢？"

奇怪，若他只送一支钢笔，她反而只产生纯粹的感动。然而——这个问题也相当急迫——为什么她不能拥有一个属于自己的房间呢？和任何人都无关，只属于她自己，她需要自己的小天地。

"一整个书房？"

明盛片刻的迟疑让乔青羽产生了短暂的失落，斗志莫名燃起，她准备力争，却见他爽快地笑了："好啊，那以后书房就是你的了。"

"我就是担心你连我的敲门声都听不见。"随即他补充，"小时候我妈就是，一进她自己的工作室，就跟失聪了一样。"

原来如此。"我不会对你上锁的，而且你还可以敲窗户呀，"乔青羽笑道，"敲窗户，我一定能听见。"

想起好几天前半夜叩窗的飞鸟，可惜它飞走了。不，不用可惜，那只是一个召唤——过去几日的回乡之旅还在心头沉淀，乔青羽对自己的判断坚定无疑。谁想这时明盛变魔术般从口袋里掏出另一样东西："看。"

一根青蓝色的、真正的羽毛。

"我在书房窗户上面捡到的，"明盛得意扬扬，"我发现了一只青鸟。"

无法言说的喜悦让乔青羽心神荡漾，抬头，明盛满眼温和的笑意："害我崴到脚，我跟你结下梁子了，青羽。"

"这么说来你的脚是爬窗户捡羽毛才崴到的？"

明盛点头："晚上睡觉总感觉书房那边有奇怪的声音，前天才发现是一只小鸟。它在窗户上面停了很久，我以为它受伤了，爬上去一探究竟。结果它飞走了，只留下这根羽毛。我爬窗户的时候，宝宝就在下面看，我一跳，他突然跌倒，我才分神崴到脚。"

"你自己不小心，干吗算到我头上……"

"我是为了看你，好吧？"

"哪有！"

"耍赖皮……明明青羽就是青鸟。"明盛咯咯笑着，眼疾手快把想要逃走的乔青羽钩回身边，紧紧搂住，"你是没见到那只小鸟，蓝蓝的头和翅膀，雪白的肚子，太美了。"

"我见过的"——乔青羽在心里回应——"我已经见过那只真正的青鸟"。

运河边的古樟百年常青,书房外的榆树年年焕新。重新提笔,不是件容易的事。日子一天一天流过,乔青羽不急,她有不倦的耐心。偶尔,万籁俱寂之际,她能听见心中的猛虎嗅到书房窗户下面的蔷薇花丛。初春的某个早晨,起床后她来书房看书,伏在桌前沉心做摘抄时,钢笔落在纸上的沙沙声被一阵清脆的敲玻璃声打断。

"看!"明盛站在窗外,手里提着个可爱的木头小房子,"我给青鸟准备的家!"

她和他一起把巢箱安置在书房窗户顶上。天气越来越暖和,又一个清晨,乔青羽听到窗外传来知更鸟闪亮婉转的啼鸣。神奇的日子开始了。蓝色知更鸟由一只变成一对,每日愉快歌唱,辛勤筑窝,产下四枚漂亮至极的纯蓝鸟蛋。在榆树用满树绿意带来夏的旷野之际,小雏鸟们破壳而出,叽叽喳喳谱写着炽热的前奏,而后突然在一个明媚的早晨张开翅膀,飞向高空,再也没有回来。

玻璃突然冷清了,空空荡荡的。夏天来了,夏天又很快过去了。

莫名地,乔青羽终于有了提笔的力量。

窗外榆树的叶子渐渐变黄、掉落,窗户里面,乔青羽笔尖流出的枝叶却越发繁茂。书桌上,有一封信就在手边,来自遥远的大洋彼岸,等待着她的回复;身体里,又有一个新生命萌了芽,会在不远的将来加入她的生活,与她共行一段难忘的人生。

她准备好了。

Ext chapter Ⅲ
番外 Ⅲ 云都知道

我经常来这家书店，是因为一楼有一块类似于图书馆阅览室的区域，架子上的书籍杂志可以随意取阅，座椅多且舒适，还提供免费的茶水。我一般白天来，傍晚时分离开，周末则不出现——省得和学生们抢座位。

也有例外的时候。有几次，我读书入迷至困倦，对落地窗外日光的消失浑然不觉，直到某个学生拖拽椅子的声音把我吵醒，我才意识到自己在软椅中睡着了。醒来时身上会多一条毯子。想来，这才是书店最吸引我的地方：和善，随意，用心。

交还毯子时，我会和工作人员聊上几句，一来二去，我和他们就熟了。慢慢地，我知道这家书店是一对高知夫妻的产业，店铺的所有权属于从事心脏外科工作的先生，经营方面则由作家太太说了算。店在寰州，老板、老板娘一家子却生活在上海。因老板就是房东，没有店租压力，所以，在运营上，书店不像商场别的铺子那样铆足劲追求利润。

按照书店员工的说法，店里每年的收支刚好持平。事实上——店长低声告诉我——老板夫妇每年还往书店贴钱。

"这家店其实就是他们的情怀和善心。"提起老板夫妇，店长满脸自豪，"我们老板小时候就住在这边，据说家里本来就有这边的商铺，老小区拆了改建后，他就把这个大铺子买下来了；我们老板娘以前做金融的，还早早就入股了一家淘宝大店，早就财务自由了，他们不差钱。"

"您看到那边的'暖岛'了吗？"店长边说边指向书店二层的玻璃房，"那其实是心语小屋在这里的咨询室。心语小屋，您知道吗？创办人是老板家的老熟人。这个'暖岛'，是专门面向学生的，任何咨询都免费……您发现没有，靠近'暖岛'的那半侧书架放的全是教辅书？"

我点点头，顺着店长的手指，把视线移到挑空的大厅上方，停留在二层原木色围栏后常常有学生驻留的书架上。

"一般来说，像我们这样的书店，是不卖教辅书的，"店长说，"老板娘特意在'暖岛'外放教辅书，就是为了照顾学生们的心理。"

"哦？"

"也可以说是掩护吧，"店长笑了，"给那些想偷偷寻求心理帮助的学生，一个正正当当走到这里的理由。十几岁的人嘛，自尊强得很，要是被同学发现去了什么正儿八经的心理咨询，那可不得了……"

"哦……"

"当然了，也有不少学生是光明正大来'暖岛'寻求帮助的。"店长又说，"总之，能帮到他们，我们就高兴。"

"嗯，"望着二层在教辅书前徘徊的那几个学生的背影，我若有所思，"现在中学生有心理问题的多吗？"

"不少。"店长看着我，"曹老先生，您是不是老师啊？"

"做过教师。"

"哦，我说您看着文雅……一看就是师德高尚的人。"

我摆摆手说"不是"，笑得很是惭愧。回到阅读区，趴在桌上埋头做题的一个个少男少女，让我想起了自己当人民教师的那两个月发生在当时那所乡下学校的事。

店长过誉了，我只是个平平常常的普通人。

有时，我会和一些年轻人一样，直接在宽大的台阶上坐下读书，有时，我在书架间漫无目的地徜徉，就当散步。

教辅书区域，我也去过，怀着欣慰甚至是感激的心情，轻轻抚过贴在最后一排书架侧边一个白色箭头上方的"暖岛"二字——诚挚的手写体。

谁写的？真美好。

箭头指向的位置是一扇不透明的玻璃门，偶尔虚掩，常常紧闭，紧闭时门上会挂着一块"请勿打扰"的牌子。

这栋商厦的设计是隔几层就有一间彩色玻璃房，浑圆外墙凸出主墙体，远看就像散落在大厦上的彩色气泡，充满童趣又别致。"暖岛"有着浅蓝色的玻璃外墙，阳光穿透进来，房间内想必是温软又晶亮的。

"暖岛"下方就是书店的阅读区。一棵苍劲的古樟在阅读区外的运河边永驻，一天中至少有一半的时间，古樟的树影都打在最靠近落地窗的那几张桌椅上。

我不像年轻人一样讨厌阳光，最喜欢的位置，就是紧靠落地窗的深灰软沙发。八月是襄州最热的时候，因阳光猛烈，学生不愿靠近落地窗，反其道而行之的我，便在暑期的学生大军中，侥幸占据了这把"专属座椅"。

八月末的一天，我在落地窗边坐了会儿，被店长轻声喊醒，才意识到自己又睡着了。

"曹老师，不好意思，"店长怀着歉意笑道，"我们老板突然来电话说待会儿要用阅读区，我们得把这里清扫、收拾一下。"

"没事儿没事儿……"我摆摆手，站起身，注意到阅读区的学生已走了大半。

"这么临时真是抱歉，"店长说，"老板平时几乎不出现，这次肯定是有很重要的急事。"

手中的书还剩三页，本想今天看完的。我问店长，可否在阅读区再留十分钟。她同意了。

于是我回坐到软椅上，继续翻书。学生走光了，工作人员走进来，飞快地擦拭桌子，摆正椅子。他们出去后，阅读区只剩下我一人，空气瞬间静谧。

我抓紧看完最后三段，起身，正好与一个走进来的女孩四目相对。她十三四岁，碎发齐肩，对我大大方方地微笑致意。那一刻，我惊了，膝盖一软，差点儿喊出声。

女孩径自往前，把手里的细长花瓶摆在正对我的长条桌中央。一个男孩随后走进，往花瓶内插入一枝鲜艳欲滴的红玫瑰。

"老爸临时空出半天就从上海赶回来了，本来还以为是来接我们俩，"男孩望向落地窗外，轻声抱怨，"谁知道他是回来看这棵树。"

他十六七岁光景，身形修长，面如冠玉，极为帅气。

女孩笑了："妈妈说，她第一次看见爸爸，就是今天的日期，在这棵树下。"

"难怪，"男孩无奈地耸肩摇头，"太腻歪了，受不了……"

"纪念日第一，顺便接我们俩，"女孩拍了拍男孩的肩以示安慰，"有这样的爸妈，就认了吧，哥。"

她的脸明艳异常，说是倾国倾城也不为过，和我记忆深处的那个女孩重叠了。几乎一模一样，不是吗？

但肯定不是同一个人。眼前的这个女孩看着清澈、简单，不像多年前的那个女学生，笑得再开朗，眼底仍有散不去的和她年龄不符的哀怨。

也许是因为我的目光令女孩有些不自在，她警惕地转过身，牵了牵男孩的衣袖，两人一块儿走出了阅读区。

我把书放回架上，也走了出去。

我想和店长聊聊，她却一直望向书店大门，心不在焉。几分钟后，门口出现一对男女，她喜悦地奔了过去。

男女都很出众，踏进来就像小石子掉进了水潭，在书店的员工及人流中激起了小小的涟漪。待他们进入阅读区后，店长归位，我问："你们老板娘是不是姓乔？叫乔青羽？"

"是，"店长有些吃惊，"您怎么知道？她很低调，发表作品，从不用自己的照片和真名。"

"我看到她的样子，及她的女儿，就知道了。"

说话间我又把视线投向了不远处的男孩、女孩——他俩没跟着父母一块儿进去。

"好神奇，"店长惊叹，"曹老师，莫非她是您的学生？"

我讳莫如深地笑了笑，看着在书架旁踮脚拿书的女孩，不再言语。乔白羽笑着流泪的遥远模样在头脑中逐渐清晰，太让人心疼了。我失了神。

时隔多年，她妹妹特意办了这个帮助学生的"暖岛"，应该和她有关吧？

乔青羽和她先生走出阅读区时，夕阳已经落下，我仍在书店一楼徘徊。一家四口一起踏上书店二楼，我跟了上去。

"不好意思，那个……请等一下！"

回头看到是我，男孩一下子把女孩挡在了身后——也许是因为我方才看女孩太多次了吧，他把我当成不怀好意的老头儿了。男孩的这个举动引起了男人的注意，他一声不吭地往前走了两步，把妻子儿女都挡在身后，看向我的目光里充满了警觉和怀疑。

我顿时觉得很难堪。

331

男人侧后方,乔青羽的眉眼和乔白羽相似,看着我的目光里没有审视,比男人柔和许多。对上她的视线,我问是否能跟她说几句话。

"可以啊。"她很爽快。

她跟着我走到一侧,男人没跟过来,和子女留在书架边等待,关切的目光时不时瞄向我们。

"那个……"我一下子不知道怎么开口,"您有个姐姐叫乔白羽,对吧?"

她吃惊地眨了眨眼:"是。"

我点点头:"我以前教过她。"

"您是姐姐的老师?"她声音很轻,边说边捂住了胸口。

"实习老师,"我笑了笑,"三十多年前,我在里方乡待了两个月,那个时候她刚读初二。"

"初二……"她重复道,瞳孔有些失焦,像是陷入了沉思。

"对,我教英语,是她班里的实习班主任。"

突然间,乔青羽恍然大悟地"哦"了一声,张了张嘴,欲言又止,像是被什么话堵住了,不便开口。

我能猜出她在顾忌什么,主动说:"您家里,是不是还有个哥哥,叫乔劲睿?"

乔青羽缓缓点了下头,神色严肃起来。

"那个……有件事其实我一直想告诉乔白羽的家人,就是……"

在乔青羽深邃而凝重的眼眸中,我闭了闭眼,撕开尘封多年的记忆,回到那个暴雨倾盆的午后。

我第一次看见乔白羽的日子。

一

去里方乡做实习教师那年,我二十四岁,是一个两次考研失败的落魄师范生。到达里方乡中心学校的那天,空中填满了乌云,随时会下雨。我被分配到初二2班。站在讲台上自我介绍时,我注意到教室中间有个座位空着,便问是不是有同学没来。

"乔白羽肚子痛,"一个男生笑嘻嘻地回答我,"女生嘛。"

"女人。"另一个男生指正。不少男同学咯咯笑,教室里充斥着青春期男生的无知和下流。

我点点头,没再多问,介绍完自己后就回到了宿舍。一般来说,年轻男老师很容易和男学生打成一片,可我对和学生搞好关系没有什么兴趣。一方面,我排斥他们的野蛮,另一方面,反正我只待两个月,尽好本分就行,不必费力培养什么师生关系。

所以,自由活动的第一天下午,别的实习老师都主动积极地留在了各个班级,我却自在地去学校周边闲逛了。

里方乡中心学校位于两座地势平缓的矮山之间,校门外是狭窄的乡间公路,与公路平行的,是一条清澈见底的小河。我先沿着河朝上游的方向走,拐过一个弯后,看见一段石阶通往学校的后山,就掉头往山上走。爬了百来步,又拐弯,一个深绿色的水库蓦然出现在眼前。

我小小地惊呼了一声——不仅是因为这豁然开朗的风景，还因为水库边有个身穿白裙的倩影。

虽隔得远，看不清女孩的脸，但我仍能感觉出那女孩美得不像话。一个过于美丽的女孩出现在空寂无人的山里，这场景让我有点毛骨悚然，不敢再向前。不过，就在我打算转身离去时，女孩注意到我出现，像是被吓到一般，自己先跑开了。

石阶到水库就终止了，女孩在水库另一侧的山路上踌躇，明显没怎么爬过山。我反应过来，骂了自己一声"胆小"，继续朝水库走去。

"喂！"我朝她喊，"要下雨了！山上路滑，危险！"

女孩停下了，转过身，一手还提着裙子，像是怕裙摆被弄脏似的。

我走到水库边她方才站过的位置，看见水边的一块石头上刻有两个名字——乔劲睿、乔白羽。名字中间是一颗爱心。

我当时的理解是女孩失恋了。

"你就是乔白羽？"我有些不确定地问——因为，这女孩个子高挑，身形曼妙，有种摄人心魄的大美人气质，看着不太像十三四岁的初中生。

远远地，我看见女孩好像点了点头。

"我是新来的老师，你不要怕。"我朝她喊，"山里危险，快回学校吧。"

她慢慢下山，朝我走了过来，也不看我，只盯着我身侧的那块石头。为减轻她的心理负担，我故作轻松地朝她笑道："放心啦，老师不会把你的秘密说出去。"

靠近了，我才看清她的脸明艳而稚嫩，明显就是个初中生。

突然她看向我，莞尔一笑："谢谢老师。"

"我姓曹，英语老师，你的实习班主任，"我说，指了指天空，"马上下雨了，跟我回学校吧。"

她却在石头上坐下了，姿势就像蹲在地上。

"曹老师，"她抬头望着我，"乔劲睿是我的哥哥。我喜欢上了自己的哥哥。"

我听清楚了，心里不可置信，便假装没听清一样，夸张地问了句："啊？"

远方传来雷声，乔白羽侧过头，望着暗绿色的平静水面，呢喃了四个字："天理难容。"

"要下雨了，"我有点着急，"有心事，回学校再慢慢消化。"

"曹老师，您会把我的秘密说出去吗？"

"不会。"

她看起来安心了。几秒后，她站了起来，问我能否先走，她过几分钟就回学校。

我奇怪地问为什么。

"你跟我走一起，会被人说的。"

"老师和学生，不能一起走路？"

"我是不自爱的肮脏女生。"

我微微意外，也有点愤怒："一个人，无论如何不能看轻自己。"

她沉默了两秒，说："老师，其实，我是想方便一下，需要您回避……"

这我就没办法了，只好先走一步，踏上石阶，拐下山脊，在看不见她的地方等待。雷声渐近，我看了看手机，五分钟了，她还没来。

六分钟了，还没出现。

头顶响起一个惊雷。我突然明白了，慌了神，掉头，拔腿朝水库跑去。

雨点砸了下来，视野里全然不见乔白羽的踪影。紧接着，在水库正中，乔白羽的脑袋浮出水面，双手在不断挣扎。

我大吼一声，飞奔过去，跳进水里，拼了命游向她。

把她拖到岸上几乎耗尽了我的所有力气。乔白羽平躺着，一动不动，胸腔平静，已经没了呼吸。

想也没想，我开始按压她的胸部，扒开她的嘴，一次次地做人工呼吸。大雨中，我大声喊着她的名字。就在我崩溃、绝望之际，她的胸腔剧烈地起伏了一下，醒了。

我把她背下山，背回了学校。

本以为救了她就解决了问题，谁想回学校后，产生了更多的问题。在父母和校长面前，乔白羽说自己是不小心掉进水里的，恰好被我救起。在众人面前，顾及她的自尊，我没说出自己的疑虑。

几天后，学生中疯传的我和她之间的"亲密接触"，越来越夸张。我便专程找她，质问她为什么要说谎。

"我没有故意跳下去。"她看着我，面不改色心不跳。

"想让我帮你保守秘密，"我说，"你就得说真话。"

"不管我掉下去还是跳下去，"她说，看着我的眼里都是恨，"您都不该救我。"

"为什么？"

"我说了我是肮脏的，"她冷冷地说，"老师，您碰了我，您也脏了。"

荒唐。

我已经从学生和同事那里听到了关于乔白羽的风言风语。据说，她初一就去医院做了流产手术，以胃疼为由，半个学期没上体育课。想到她写下的名字及"哥哥"的称谓，我的额头冒出冷汗。

"老师愿意帮你，"我告诉她，"如果你哥哥欺负你的话——"

"我哥哥没有欺负我。"她断然否决，"曹老师，您应该离我远一点。"

我坚守着自己对她的承诺，没告诉任何人她写下的名字。我知道，这种事，说出来对一个女孩来说意味着什么——意味着永远摆脱不了的千夫指。

同时，我总想和她交流交流。中学生自杀不是小事，我感觉，自己作为老师，有义务帮助她走出心中的阴霾。

可她总是躲着我。

找她不成，次数多了，同事看我的眼神有变，好像我被乔白羽迷惑了，校长还专门找我谈了话。

学生中则流传着乔白羽喜欢上我的谣言，原因是班里男生对我不满，她为我说了几句话，说我是好人。

我从未被人这样议论过，心中烦躁难安。末了，我只好斩断了与她沟通的念头，从此对这朵带刺的玫瑰敬而远之。

刚被称"老师"就惹上了这种不光彩的事，以至于我对自己的能力和未来的教师生涯产生了严重怀疑。两个月实习期一到，我就逃离了里方乡，并向聘用我的学校提交了辞呈。

因为我是个怯懦的人，连一个想自杀、被欺凌的女孩都帮不上，担不起"人民教师"这四个字的分量。

"不，您很勇敢，救了姐姐，虽然——"乔青羽垂下眼，"虽然她后来还是走了。"

"我听说了，"我说，"急性阑尾炎，可惜啊。"

乔青羽愣了愣，缓缓摇了摇头。

"她用自己选择的方式，离开了。"

仔细回味着这句话，我明白了。

"也就说她还是——"

"对。"乔青羽轻声打断我。

愧疚如山倒下来，我深吸了几口气，半晌才喃喃："早知道，当初我应该……"

"您已经救过姐姐了，"乔青羽柔声细语，"况且，她在您面前，并没承认自己跳水库，对不对？"

"那——"我有些忐忑地问道，"您不相信我说的吗？您要不相信，我也没办法了，那只有天上的云知道了。"

"我相信啊，"她淡淡地笑了笑，"世上没有纯粹的突然。"

沉默半响，她又说："曹老师，谢谢您告诉我这些。"

"看到'暖岛'，我很感慨，"我说，"您是有大爱之人。可惜啊，那么美丽的生命……对了，希望没冒犯到您，但我觉得您的女儿，跟乔白羽很像。"

"是，"乔青羽脸色亮了一些，回头望了望书架边等待她的家人，"我觉得，我女儿是命运对我最大的恩赐。"

我点头表示认同。有时，世界就是这么奇妙，不是吗？

"她的名字是乔鸢，"顿了顿，乔青羽又说，"鸢，就是鹰的意思。"

多好的名字。

在一家人温暖有力的庇护下，不远处那位像极了乔白羽的女孩，定会拥有自由、灿烂又坚韧的人生。

图书在版编目（CIP）数据

焕羽 / 蔷屿著. —— 北京：北京联合出版公司，
2024.8. —— ISBN 978-7-5596-7676-4

Ⅰ . I247.5

中国国家版本馆CIP数据核字第2024CA2481号

焕羽

作　　者：蔷屿
出 品 人：赵红仕　　　　　　出版监制：辛海峰　陈　江
特约监制：殷　希　穆　晨　　产品经理：谢佳卿
责任编辑：周　杨　　　　　　特约编辑：陈怡然　丛龙艳
营销支持：肖　瑶　祁　悦　陈淑霞　　责任印制：赵　明　赵　聪
内文排版：陈佳玲　　　　　　封面设计：白砚川

北京联合出版公司出版
(北京市西城区德外大街83号楼9层100088)
北京联合天畅文化传播公司发行
天津中印联印务有限公司印刷　新华书店经销
字数445千字　710毫米×1000毫米　1/16　21.25印张
2024年8月第1版　　2024年8月第1次印刷
ISBN 978-7-5596-7676-4
定价：54.80元

版权所有，侵权必究
未经书面许可，不得以任何方式转载、复制、翻印本书部分或全部内容。
如发现图书质量问题，可联系调换。
质量投诉电话：010-88843286/64258472-800